丰子恺集

第六卷 艺术评论

人民文学出版社

作者像

1936年10月10日在杭州田家园

1938年5月23日在汉口杨森别墅参观中国制片厂

1947年2月5日与宽愿法师在杭州虎跑泉

目 录

/ 艺术漫谈

序___3
图画与人生___4
绘事后素___11
禁止攀折___16
洋式门面___22
钟表的脸___27
具象美___31
扇子的艺术___36
赤栏桥外柳千条___41
照相与绘画___46
视觉的粮食___51
绘画的欣赏___62
漫画艺术的欣赏___69
版画与儿童画___78
深入民间的艺术___89
画鬼___99
日本的裸体画问题___107
谈日本的漫画___120
比喻___138

/ 音乐故事

独揽梅花扫腊雪___ 167

晚餐的转调___ 172

松柏凌霜竹耐寒___ 177

理法与情趣___ 183

铁马与风筝___ 189

律中夹钟___ 195

翡翠笛___ 201

巷中的美音___ 206

外国姨母___ 211

芒种的歌___ 216

蛙鼓___ 222

/ 少年美术故事

贺年___ 231

初雪___ 238

花纸儿___ 244

弟弟的新大衣___ 250

初步___ 255

喂食___ 261

儿童节前夜___ 267

踏青___ 272

远足___277

竹影___282

爸爸的扇子___288

尝试___293

珍珠米___298

姆妈洗浴___302

洋蜡烛油___307

新同学___312

葡萄___317

"九一八"之夜___322

展览会___327

落叶___333

二渔夫___339

壁画___346

寄寒衣___351

援绥游艺大会___357

/ 艺术修养基础

上编　艺术总说___365

第一章　艺术的学习法___367

第二章　艺术的种类___380

第三章　艺术的性状___386

第四章　艺术的形式___390

第五章　艺术的内容 __ 396

第六章　艺术的创作 __ 401

第七章　艺术的鉴赏 __ 407

第八章　艺术的起源 __ 417

第九章　艺术的效果 __ 421

中编　绘画（附书法）__ 429

第一章　绘画的种类 __ 431

第二章　绘画的工具 __ 436

第三章　绘画的学习法 __ 454

第四章　形体的描法 __ 458

第五章　色彩的描法 __ 471

第六章　构图法 __ 488

第七章　图案画 __ 495

第八章　漫画 __ 508

第九章　中国画与西洋画 __ 515

第十章　中国画简史 __ 518

第十一章　西洋画简史 __ 522

第十二章　书法略说 __ 538

下编　音乐 __ 551

第一章　音乐的种类 __ 553

第二章　音乐的学习法 __ 556

第三章　读谱法 __ 561

第四章　唱歌法___569

第五章　风琴与洋琴的奏法___576

第六章　提琴的奏法___586

第七章　口琴的奏法___595

第八章　近世音乐简史___602

艺术漫谈 [1]

（〔上海〕人间书屋一九三六年十月初版）

---

[1] 后又改名《艺术与人生》，桂林民友书店，1944年初版。

子愷

序 [1]

　　有生即有情，有情即有艺术。故艺术非专科，乃人人所本能；艺术无专家，人人皆生知也。晚近世变多端，人事烦琐，逐末者忘本，循流者忘源，人各竭其力于生活之一隅，而丧失其人生之常情，于是世间始立"艺术"为专科，而称专长此道者为"艺术家"。盖"艺术"与"艺术家"兴，而艺术始衰矣！出"艺术"之深宫，辞"艺术家"之尊位，对稚子而教之习艺，执途人而与之论美，谈言微中，亦足以启发其生知之本领，而归复其人生之常情。是则事事皆可成艺术，而人人皆得为艺术家也。人间书屋索书稿，集年来应各报志征文所作之漫谈十八篇付之，并为此序以题卷首。时廿五〔1936〕年双十节后三日丰子恺于杭州田家园别寓。

---

[1] 本序言原为手迹制版。

图画与人生 [1]

我今天所要讲的，是"图画与人生"。就是图画对人有什么用处？就是做人为什么要描图画，就是图画同人生有什么关系？

这问题其实很容易解说：图画是给人看看的。人为了要看看，所以描图画。图画同人生的关系，就只是"看看"。

"看看"，好像是很不重要的一件事，其实同衣食住行四大事一样重要。这不是我在这里说大话，你只要问你自己的眼睛，便知道。眼睛这件东西，实在很奇怪：看来好像不要吃饭，不要穿衣，不要住房子，不要乘火车，其实对于衣食住行四大事，他都有份，都要干涉。人皆以为嘴巴要吃，身体要穿，人生为衣食而奔走，其实眼睛也要吃，也要穿，还有种种要求，比嘴巴和身体更难服侍呢。

所以要讲图画同人生的关系，先要知道眼睛的脾气。我们可拿眼睛来同嘴巴比较：眼睛和嘴巴，有相同的地方，有相异的地方，又有相关联的地方：

相同的地方在哪里呢？我们用嘴巴吃食物，可以营养肉体；我们用眼睛看美景，可以营养精神。——营养这一点是相

---

[1] 本篇原载 1936 年 10 月《中学生》第 68 号。

同的。譬如看见一片美丽的风景,心里觉得愉快;看见一张美丽的图画,心里觉得欢喜。这都是营养精神的。所以我们可以说:嘴巴是肉体的嘴巴,眼睛是精神的嘴巴——二者同是吸收养料的器官。

相异的地方在哪里呢?嘴巴的辨别滋味,不必练习。无论哪一个人,只要是生嘴巴的,都能知道滋味的好坏,不必请先生教。所以学校里没有"吃东西"这一项科目。反之,眼睛的辨别美丑,即眼睛的美术鉴赏力,必须经过练习,方才能够进步。所以学校里要特设"图画"这一项科目,用以训练学生的眼睛。眼睛和嘴巴的相异,就在要练习和不要练习这一点上。譬如现在有一桌好菜蔬,都是山珍海味,请一位大艺术家和一位小学生同吃。他们一样地晓得好吃。反之,倘看一幅名画,请大艺术家看,他能完全懂得它的好处。请小学生看,就不能完全懂得,或者莫名其妙。可见嘴巴不要练习,而眼睛必须练习。所以嘴巴的味觉,称为"下等感觉";眼睛的视觉,称为"高等感觉"。

相关联的地方在哪里呢?原来我们吃东西,不仅用嘴巴,同时又兼用眼睛。所以烧一碗菜,油盐酱醋要配得好吃,同时这碗菜的样子也要装得好看。倘使乱七八糟地装一下,即使滋味没有变,但是我们看了心中不快,吃起来滋味也就差一点。反转来说,食物的滋味并不很好,倘使装潢得好看,我们见了,心中先起快感,吃起来滋味也就好一点。学校里的厨房司务很懂得这个道理。他们做饭菜要偷工减料,常把形式装得很好看。风吹得动的几片肉,盖在白菜面上,排成图案形。两三个铜板一斤的萝卜,切成几何形体,装在高脚碗里,看去好像一盘金刚石。学生走到饭厅,先用眼睛来吃,觉得很好。随后用嘴巴来吃,也就觉得还好。倘使厨房司务不懂得装菜的方法,各地的学校恐怕天天要闹一次饭厅呢。外国人尤其精通这个方法。洋式的糖果,作种种形式,又用五色纸、金银纸来包裹。拿这种糖请盲子吃,味道一定很平常。但请亮子吃,味道就好得多。因为眼睛相帮嘴巴在那里吃,故形式好看的,滋味也就觉得好吃些。

眼睛不但和嘴巴相关联,又和其他一切感觉相关联。譬如衣服,原来是为了使身体温暖而穿的,但同时又求其质料和形式的美观。譬如房子,原来是为了遮蔽风雨而造的,但同时又求其建筑和布置的美观。可知人生不但用眼睛吃东西,又用眼睛穿衣服,用眼睛住房子。古人说:"人之所以异于禽兽者,几希。"我想,这"几希"恐怕就在眼睛里头。

人因为有这样的一双眼睛,所以人的一切生活,实用之外又必讲求趣味。一切东西,好用之外又求其好看。一匣自来火,一只螺旋钉,也在好用之外力求其好看。这是人类的特性。人类在很早的时代就具有这个特性。在上古,穴居野处,茹毛饮血的时代,人们早已懂得装饰。他们在山洞的壁上描写野兽的模样,在打猎用的石刀的柄上雕刻图案的花纹,又在自己的身体上施以种种装饰,表示他们要好看,这种心理和行为发达起来,进步起来,就成为"美术"。故美术是为了眼睛的要求而产生的一种文化。故人生的衣食住行,从表面看来好像和眼睛都没有关系,其实件件都同眼睛有关。越是文明进步的人,眼睛的要求越是大。人人都说"面包问题"是人生的大事。其实人生不单要吃,又要看;不单为嘴巴,又为眼睛;不单靠面包,又靠美术。面包是肉体的食粮,美术是精神的食粮。没有了面包,人的肉体要死。没有了美术,人的精神也要死——人就同禽兽一样。

上面所说的,总而言之,人为了有眼睛,故必须有美术。现在我要继续告诉你们:一切美术,以图画为本位,所以人人应该学习图画。原来美术共有四种,即建筑、雕塑、图画,和工艺。建筑就是造房子之类,雕塑就是塑铜像之类,图画不必说明,工艺就是制造什用器具之类。这四种美术,可用两种方法来给它们分类。第一种,依照美术的形式而分类,则建筑、雕刻、工艺,在立体上表现的叫做"立体美术"。图画,在平面上表现的,叫做"平面美术"。第二种,依照美术的用途而分类,则建筑、雕塑、工艺,大多数除了看看之外又有实用(譬如住宅供人居住,铜像供人瞻拜,茶壶供人泡茶)的,叫做"实用美术"。图画,大多数只给人看看,别无实用的,叫做"欣赏美术"。这样看来,图画是平面美术,又是欣赏美术。为什么这是一切美术的本位呢?其理由有二:

第一,因为图画能在平面上作立体的表现,故兼有平面与立体的效果。这是很明显的事,平面的画纸上描一只桌子,望去四只脚有远近。描一条走廊,望去有好几丈长。描一条铁路,望去有好几里远。因为图画有两种方法,能在平面上假装出立体来,其方法叫做"远近法"和"阴影法"。用了远近法,一寸长的线可以看成好几里路。用了阴影法,平面的可以看成凌空。故图画虽是平面的表现,却包括立体的研究。所以学建筑，学雕塑的人，必须先从学图画入手。美术学校里的建筑科，雕塑科，第一年的课程仍是图画，以后亦常常用图画为辅助。反之，学图画的人就不必兼学建筑或雕塑。

第二，因为图画的欣赏可以应用在实生活上，故图画兼有欣赏与实用的效果。譬如画一只苹果，一朵花，这些画本身原只能看看，毫无实用。但研究了苹果的色彩，可以应用在装饰图案上，研究了花瓣的线条，可以应用在瓷器的形式上。所以欣赏不是无用的娱乐，乃是间接的实用。所以学校里的图画科，尽管画苹果、香蕉、花瓶、茶壶等没有用处的画。由此所得的眼睛的练习，便已受用无穷。

因了这两个理由——图画在平面中包括立体，在欣赏中包括实用——所以图画是一切美术的本位。我们要有美术的修养，只要练习图画就是。但如何练习，倒是一件重要的事，要请大家注意：上面说过，图画兼有欣赏与实用两种效果。欣赏是美的，实用是真的，故图画练习必须兼顾"真"和"美"这两个条件。具体地说：譬如描一瓶花，要仔细观察花、叶、瓶的形状、大小、方向、色彩，不使描错。这是"真"的方面的功夫。同时又须巧妙地配合，巧妙地布置，使它妥帖。这是"美"的方面的功夫。换句话说，我们要把这瓶花描得像真物一样，同时又要描得美观。再换一句话说，我们要模仿花、叶、瓶的形状色彩，同时又要创造这幅画的构图。总而言之，图画要兼重描写和配置，肖似和美观，模仿和创作，即兼有真和美。偏废一方面的，就不是正当的练习法。

在中国，图画观念错误的人很多。其错误就由于上述的真和美的偏废而来，故有两种。第一种偏废美的，把图画看作照相，以为描画的目的但求描得细致，描得像真的东西一样。称赞一幅画好，就说"描得很像"。批评一幅画坏，就说"描得不像"。这就是求真而不求美，但顾实用而不顾欣赏，是错误的。图画并非不要描得像，但像之外又要它美。没有美而只有像，顶多只抵得一张照相。现在照相机很便宜，三五块钱也可以买一只。我们又何苦费许多宝贵的钟头来把自己的头脑造成一架只值三五块钱的照相机呢？这是偏废了美的错误。

第二种，偏废真的，把图画看作"琴棋书画"的画。以为"画画儿"，是一种娱乐，是一种游戏，是消遣的。于是上图画课的时候，不肯出力，只想享乐。形状还描不正确，就要讲画意。颜料还不会调，就想制作品。这都是把图画看作"琴棋书画"的画的原故。原来弹琴、写字、描画，都是高深的艺术。不知哪一个古人，把"着棋"这种玩意儿凑在里头，于是琴、书、画三者都带了娱乐的、游戏的、消遣的性质，降低了它们的地位，这实在是亵渎艺术！"着棋"这一件事，原也很难；但其效用也不过像叉麻雀，消磨光阴，排遣无聊而已，不能同音乐、绘画、书法排在一起。倘使着棋可算是艺术，叉麻雀也变成艺术，学校里不妨添设一科"麻雀"了。但我国有许多人，的确把音乐、图画看成与麻雀相近的东西。这正是"琴棋书画"四个字的流弊。现代的青年，非改正这观念不可。

图画为什么和着棋、叉麻雀不同呢？就是为了图画有一种精神——图画的精神，可以陶冶我们的心。这就是拿描图画一样的真又美的精神来应用在人的生活上。怎样应用呢？我们可拿数学来作比方：数学的四则问题中，有龟鹤问题：龟鹤同住在一个笼里，一共几个头，几只脚，求龟鹤各几只？又有年龄问题：几年前父年为子年之几倍，几年后父年为子年之几倍？这种问题中所讲的事实，在人生中难得逢到。有谁高兴真个把乌龟同鹤关在一只笼子里，教人猜呢？又谁有真个要算父年为子年的几倍呢？这原不过是要借这种奇奇怪怪的问题来训练人的头脑，使头脑精密起来。然后拿这精密的头脑来应用在人的一切生活上。我们又可拿体育来比方，体育中有跳高、跳远、掷铁球、掷铁饼等武艺。这在我们的日常生活中也很少用处。有谁常要跳高、跳远，有谁常要掷铁球铁饼呢？这原不过是要借这种武艺来训练人的体格，使体格强健起来。然后拿这强健的体格去做人生一切的事业。图画就同数学和体育一样。人生不一定要画苹果、香蕉、花瓶、茶壶。原不过要借这种研究来训练人的眼睛，使眼睛正确而又敏感，真而又美。然后拿这真和美来应用在人的物质生活上，使衣食住行都美化起来；应用在人的精神生活上，使人生的趣味丰富起来。这就是所谓"艺术的陶冶"。

图画原不过是"看看"的。但因为眼睛是精神的嘴巴，美术是精神的粮食，图画是美术的本位，故"看看"这件事在人生竟有了这般重大的意义。今天在收音机旁听我讲演的人，一定大家是有一双眼睛的，请各自体验一下，看我的话有没有说错。

廿五〔1936〕年九月十二日下午四时半至五时，
中央广播电台播音演讲稿

绘事后素 [1]

子夏问曰："'巧笑倩兮，美目盼兮，素以为绚兮。'何谓也？"子曰："绘事后素。"曰："礼后乎？"子曰："起予者商也。始可与言《诗》已矣。"

孔子欲对子夏说明"人须先有美质然后可加文饰"之理，却用"绘事后素"来比方。孔子自己说"多能鄙事"，也许他对于绘画也很擅长，深知个中甘苦，所以干脆说出这四个字来作比方。

"绘事后素"，就是说先有了白地子然后可以描画。这分明是中国画特有的情形。这句话说给西洋人听是不容易被理解的。因为他们的画，在文艺复兴前以壁画（fresco）为主，在文艺复兴后以油画为主，两者都是不必需要白地子的。

所谓 fresco，是用胶汁和粉的一种水彩画法。大都画在壁上，故不妨就称之为壁画。文艺复兴以前，欧洲基督教势力盛大。画家所描的题材几乎全是宗教画。最伟大的绘画事业是寺院里的壁画。文艺复兴时虽然油画已经发明，还有许多大画家盛用 fresco 画法为寺院作壁画。像米侃朗琪洛〔米开朗基罗〕

---

[1] 本篇原载 1936 年 3 月 31 日《申报》。

（Michelangelo）便是最著名之一人。这种画法颇有缺点，一则挥写不自由；二则胶性失去后，容易龟裂或脱落，不便保存。所以在文艺复兴之交，就有人另外发明一种油画。其法以油调颜料，随时可以自由窜改，干燥后又很坚牢，利于保存。于是fresco就让位于油画。近数百年来，主宰西洋画界的颜料，惟是油画。这两种颜料，因为都是和着粉的，故不透明，都有掩覆性。红的地子上可以涂上绿的，黑的地子上可以涂上白的。夸张地说，这种画法，同油漆匠漆板壁一般。那颜料好比油漆（且竟是调铅粉的油漆；若换了中国漆，仍有些儿透明，遮不住木纹），那画笔好比漆帚。再夸张一点说，这种画法同泥水工砌墙壁一般。那颜料好比石灰泥，那画笔好比泥刀。所以西洋画的地子，不一定要求白。横竖颜料都是厚厚的，有掩覆性；而且把画面全部涂抹，不留一点空地子，故地子的色彩不成问题，什么都可以。现今中国的画学生们也在那里用油画涂抹。试看他们所用的画布，大都作暗黄色，或者淡青灰色。新派画法中虽然也有模仿中国的"绘事后素"，而在油画布上留出一些空地子的，但是不很自然，实行的人也极稀少。总之，西洋的"绘事"，在工具上，在技法上，都是不必"后素"的。

　　反之，中国绘事则必须"后素"。素纸在中国绘画上，不仅是一个地子而已，其实在绘画的表现上担当着极重要的任务。请看中国画，大都着墨不多，甚或寥寥数笔，寥寥数笔以外的白地，决不是等闲的废纸，在画的布局上常有着巧妙的效用。这叫做"空"，空然后有"生气"。昔人论诗文曰："凡诗文好处，全在于'空'。譬如一室之内，人之所游息焉。息焉者，皆'空'处也。若室而塞之，虽金玉满堂，而无放此身处，又安见富贵之乐耶？钟不空则哑矣。耳不空则聋矣。"这等譬喻在中国画上很可通用。某外国漫画家讽刺商人云：有商人请某大画家作一立幅，送润资六十元。取画一看，长长的立幅下面只描着参差的三粒豆，上面靠边写一行题字，此外都是白纸。商人在算盘上"三一三十一"地一算，说："一粒豆值二十元，行情太贵！"这话虽说是讽刺无知的商人的，一方面也在讽刺中国画。长立幅中画三粒豆，无乃言过其实；但孤零零地画两株白菜，或数只小鸡，或一块石头，确是中国画中所常见的。总之，中国画的画面，大都着墨少而空地多，与西洋油画的满面涂抹者全异其趣。西洋也有水彩画描在素地的纸上的，但是因为画法相异，涂抹得厉害，所留空地远不及中国画之多。而且有时水彩颜料里也通行羼白粉，成为有掩覆性的，一朵一朵地涂上去。况且这在西洋画中，比较起油画来只算一种小道，不是可以代表西洋绘画的。

绘事的"后素"与不"后素"，在艺术上有什么差异呢？据我看，后素的更富有画意。所谓"画意"，就是"艺术味"，浅明地说：就是"不冒充实物，而坦白地表明它是一张画"。画中物象的周围，照事实论，一定要有东西。桌子也好，墙壁也好，天空也好，总之，事实上应该有一种东西，这叫做"背景"（background）。西洋画是忠于实际的，凡画必有背景，背景也是构图的一部分。他们所以要把画面全部涂抹，便是为此。中国画反是，画大都没有背景，而让物象挂在空中。一块石头，或是一枝兰花，或是一个美人，都悬空挂着。他们的四周全是纸的素地。这好似无边的白云中,突然显出着一种现象。所以这种现象给人目的刺激很强。这分明表白它不是实物,而是一幅"画"。回顾西洋画就不然,写实派的油画,工笔细描,描得同实物完全一样。那种油画肖像倘使挂在房间的暗角落里,陌生人看见了或将向他点头拱手,还要请教尊姓大名呢。这办法近于"冒充实物",这种画不像一张"画",不像一个"艺术品"。故讲到"画意","艺术味",中国画比西洋画丰富得多。

孔子说"绘事后素",乃言人必须先有美质,然后可加文饰,犹绘画之必须先有"素地",然后可施"彩色"。我想:素地上若不施彩色而仅用黑色,照上面的道理说,应该更富"画意",更富"艺术味"。所以在中国画中,"墨画"的地位很高。山水、梅、兰、竹、石——自来不乏墨画的名作。根本地想:绘画既不欲冒充实物,原不妨屏除彩色而用黑墨。照色彩法之理:墨是红黄蓝三原色等量混合而成,其中三原色俱足。拿俱足三原色的黑色来描在完全不吸收三原色的白色的素地上,色彩的配合非常饱和,色彩的对比非常强烈,本来可以不借别的彩色的帮助了。

最近苏联拿到上海来展览的那种木版画,听说上海人士对它们颇有好评。有人赞它"有力",有人赞它"有生命",还有人赞它是"革命的"。我没有看见过,不好说话。但知版画大多数是素地上印黑色的绘画,是"墨画"的同类。料想它不是希图冒充实物的绘画,而是富有"画意"与"艺术味"的作品。——版画在中国,千年前早已流行。在西洋则发达于近代。这可说是东洋风的画法。这样看来,"绘事后素"完全是东洋画特有的办法,但现已广播于西欧,行将普及于全世界了。

孔子说"绘事后素",是用描画的"必须先有素底,然后可施色彩"来比方人生的"必须先有美质,然后可加文饰"。一民族的文化,往往有血脉联通,形成一贯的现象,西洋的绘事不必"后素",使我怀疑西洋的人生不必先有美质,而可全部用文饰来遮掩。美质是精神的,文饰是技巧的。东西洋文化的歧异,大概就在于此。

廿五〔1936〕年三月作

禁止攀折 [1]

现在正是所谓"绿阴时节"。游山玩水，欣赏自然，没有比现在更好的时节了。乡村的田野中，好像打翻了绿染缸，处处是一堆一堆的绿。都市的公园中，绿色的布置更齐整：那树木好像绿的宝塔，那冬青好像绿的低垣，那草地好像绿的毯子。爱好天真的人不欢喜这些人工的自然，嫌它们矫揉造作；不欢喜这些规则的布置，嫌它们呆板。它们的确难能避免这种批评。这原是西洋风的庭园装饰法。西洋人的生活，什么都科学化，连自然界的花木，也硬要它们生作几何形体。这点趣味，与一向爱好天真自然的东洋人很不投合，我们偶然看见这种几何形体的植物，一时也觉得新颖可喜。但是看惯之后，或者与野生植物比较起来，就觉得这些很不自然。若是诗人、画家，带了"有情化"的眼光而游这种公园，其眼前所陈列的犹如一群折断了腰，斩了头，截了肢体的人，其状惨不忍睹。在他们，进公园不但不得娱乐，反而起了不快之感。

这种不快之感，原是敏感的人所独有的，普通人可以不必分担。但现今多数的公园中，另有一种更显著的现象，常给游

---

[1] 本篇原载 1936 年 6 月 28 日、29 日《申报》。

客以不快的印象。这便是"禁止攀折"一类的标札。据有一位朋友说,他带了十分愉快的心情而走进公园大门。每逢看见一个"禁止"的标札,他的愉快可打一个九折。看见了两个"禁止"的标札,他的愉快只剩一折八扣了。我很能了解他的心情。他看了这种"禁止"标札所以感觉不快者,并非为了他想攀花折柳,被禁止而不能如愿之故。也不是为了他曾经攀花折柳吃过别人耳光的原故。他所嫌恶的,是这种严厉的标札破坏了公园的美,伤害了人心的和平。

我对这意思完全同情。我们不否定"禁止"两字的存在,却嫌它们不应该用在公园里。譬如军政重地,门外面挂一张"禁止闲人入内"的虎头牌,我们并不讨嫌它。因为这些地方根本不可亲爱,我们决不想在这些地方得个好感。就是放两架机枪在门口,也由它去,何况只标几个文字呢?又如税关,外面挂着一张"禁止绕越"的虎头牌,我们也不讨嫌它。因为税关办理非严密不可,我们决不希望它客客气气地坐视走私。即使派兵警守护也不为过,何况贴一张字条儿呢?又如火车站的月台上,挂着"禁止越轨"的牌子;碘酒的瓶上,写着"禁止内服"的红字,我们非但不讨嫌它们,反而觉得感谢。因为它们防人误触危险,有碍生命,其警告是出于好意的。故"禁止"二字放在上述的地方,都很相当,我们都不觉得不快;但放在公园里,就非常不调和,有时要刺痛游人的眼睛。因为公园是供人游乐的地方,使人得到慰安的地方。这里面所有的全是美与和平。拿"禁止"这两个严厉的字眼来放在美与和平的背景中,犹如万绿丛中着了一点红色,多少刺目;又好比许多亲爱的嘉宾中混入了一个带手枪的暴徒,多少不调和!

　　试想:休沐日之晨,或者放工后的傍晚,约了二三伴侣散步于公园中,在度着紧张的现代都会生活的人们,这原是好的恢复精神,鼓励元气,调节生活,享乐生趣的时机。但是一走进门,劈头先给你吃一个警告:"禁止攀折!"这游客的心中,本无攀折之意。但吃了这警告,心中不免一阵紧张,两手似觉有些痉挛。自己诫告自己,留心触犯这规则。遇到可爱的花木,宁可远离一点,以避嫌疑。走了一会,看见一个池塘,内有游鱼往来。这里没有树木,没有花卉。游客以为可在这里放心地欣赏游鱼之乐了。然而凭栏一望,当面又吃一个警告:"禁止钓鱼及抛掷……!"游客本来不要钓鱼,也不愿拿东西抛掷池中。但吃了这警告,心中又是一阵紧张,两手又觉一种痉挛。再自己诫告自己,留心触犯规则。身子靠在栏杆上,两手宁可反在背后,以避嫌疑。向池中望了一望,乐得早点走开,因为这样地欣赏鱼乐是很不安心的。再走了一会,看见一块草地,平广而整齐,真像一大片绿油漆的地板。中央一条小径,迤逦曲折,好像横卧在这地板上的一条白练。这是多么牵惹游人的光景,谁都乐愿到这小径上走一遭。但是一脚踏进,当眼又吃一个警告:"禁止行走草地。"游人本来不忍用脚去践踏这些绿绒似的嫩草。但吃了这警告,心中又是一阵紧张,两脚也感到一种痉挛,再自己诫告自己,留心触犯规则。本想在小径中央站立一会,望望四周的绿草,想象自己穿着神话里的浮鞋,立在浮萍上面。但这有触犯禁章的嫌疑。还不如快步穿过了这小径,来得安心。再走一会,看见一个动物园;再走一会，看见一个秋千架；再走一会，看见一温室；但处处都有警告给你吃。甚至闲坐在长椅子上，也要吃个"不准搬动椅子"的警告。游客原为找求安慰而来，但现在变成了为吃警告而入公园了！供人游乐的公园挂了许多"禁止"的标札，犹如贴肌的衬衣上着了许多蚤虱，使人感觉怪难过的。美丽的花木、鱼池、草地上挂了这些严厉的警告，亦大为减色。这些真是"杀风景"的东西。

然而我们也不可不为公园的管理人着想。上述的游客，原是循规蹈矩而以谦恭为怀的好人。倘使他不吸香烟，而身上的纽扣又个个扣好，真可谓新生活运动中的完人了。但是世间像这样的人并不多。公园的游客中，有许多人要攀花折柳，有许多人要殃及池鱼，有许多人要践踏草地，还有许多人要无心或有心地毁坏公园中的设备。公园中倘不挂这些杀风景的"禁止"，恐怕早已不成为公园而变成废墟了。而且，"禁止"的警告能够发生效力，还只能限于稍稍文明的地方。有许多公共的风景地方，不声不响的"禁止"两个字全然无效。我曾亲眼看见穿着体面的长衫而在"禁止攀折"的标札旁边攀折重瓣桃花的人。又曾亲眼看见安闲地坐在"禁止洗涤"的牌子下面洗涤裤子的人。又曾屡屡看见悠然地站在"禁止小便"的大字下面放小便的人。对于这种人，即使一连挂了十张"禁止"的标札，也无效用；即使把"禁止"两字写得同"酱园"或"当"一样大[1]，也不相干。对于这种人，看来只有每处派个武装警

---

[1] 旧时的酱园和当铺，往往把"酱园"二字和"當"字写得同整个墙壁一样大。

察,一天到晚站岗,时时肆行叱骂,必要时还得飞送耳光,方始有效。这样看来,那些公园能以"禁止"二字收得实效,可谓文明地方的现象;而悬挂"禁止"的标札,也可说是很文明的办法。我们在这里埋怨这种办法的杀风景,似乎对于公园的管理者太不原谅,而对于人世太奢望了。

　　理想往往与事实相左,然而不能因此而废弃理想。和平美丽的公园中处处悬挂"禁止"的标札,到底是一件使人不快的事。世人惯说"艺术能美化人生",我在这里想起了一个适切的实例:据某画家说,某处的公园中的标札,用漫画来代替文字,用要求同情来代替禁止,可谓调济理想与事实的巧妙的办法。例如要警告游人勿折花木,用勿着模仿军政法政,板起脸孔来喊"禁止"。不妨描一张美丽的漫画,画中表示一双手正在攀折一朵花,而花心里伸出一个人头来,向着观者颦蹙哀号,痛哭流涕。这不但比"禁止"好看,据我想来实比禁止有效得多。花木虽然不能言语,但它们的具有生机,人类可以迁想而知。有一种花被折断了创口中立刻流出一种白色的滋水来,叶儿立刻软疲下来。看了这光景,谁也觉得凄惨。因为这种滋水可以使人联想到血,这种叶儿可以使人联想到肢体。那幅漫画所表现出来的,便是这种凄惨的光景。向人的内心里要求同情,自比强横的禁止有效得多。又如要警告游人勿伤害池鱼,也可用同样的方法来要求同情,画一个大鱼,头上包着纱布,身上贴着好几处十字形的绊创膏,张着口,流着泪,好像在那里叫痛。旁边不妨再画几条小鱼,偎傍在大鱼身旁,或者流着同情之泪,或在用嘴吻他的创口。这是一幅很可动人的漫画。

把人类的事（绊创膏）借用在鱼类身上，一方面非常滑稽可笑，另一方面非常易以引起同情。又如要警告游人勿踏草地，也可画一只大皮鞋，沉重地踏在许多小草上。每枝小草身上都长着一个小头，形如一群幼稚园里的小孩。但这些头都被大皮鞋所踏扁，成荸荠形，大家扁着嘴在那里哭。人们对于脚底下的事，最不易注意。但倘把脸贴伏在地上，细细观察走路时脚底下所起的情形，实在是很可惊的。那皮鞋好像飞来峰，许多小虫被它突然压死，许多小草被它突然腰斩。腰斩的伤痕疗养到将要复原的时候，又一个飞来峰突然压溃了它。这是何等动人的现象！这幅画就把这种现象放大，促人注意。看了这画之后，把脚踏到青青的嫩草上去，脚底下似觉痒痒的非常不安。这便是那幅画的效果。

  这种画的效果，乃由于前述的自然"有情化"而来。能把花木、池鱼、小草推想做和人一样有感情的活物，看了这些画方有感动。而"有情化"的看法，又根据在人性中的"同情心"上。要先能推己及人，然后能迁想于物，而开"有情化"之眼。故上述的漫画标札，对于缺乏同情心的人，还是无效。为了有这些人，多数俱足人性的好人无辜地在公园里吃着那种严厉的警告。

廿五〔1936〕年五月三十一日作

洋式门面 [1]

以前我旅行到一处小城市，在当地一个小旅馆里住了几天。那旅馆位在这城市中最热闹的大街上。我每天进进出出，后来看熟了这大街的相貌。我觉得江浙内地的小城市，相貌大致相似。无非是石库墙门，粉墙马头，石板路，环洞门，石桥，茅坑，以及各种应有的商店凑合而成。而且各种商店的相貌，也各地大致相似。米店老是这么样子，药店老是那么样子，酱园又刻板如此……有时我看到了一爿商店，会把甲地误认为乙地。我觉得漫游内地的城市，好比远看一群农夫。服装、相貌，和态度个个差不多。

然而这小城市的大街中，有一个特点，惹我注目：许多完全中国式的半旧的店屋中间，夹着一所簇新的三层楼洋房。这是一爿绸缎店，这时候正在那里"大减价"。电灯泡像汗珠一般地装满了它的洋式门面。写着赌咒一般的广告文句的五色旗帜插满它的洋式门面，使我每次走过，不得不仰起头来看看。我觉得这洋房的门面着实造得讲究。全体红砖头嵌白线，上两层都有装花铁栏杆的洋台，窗户都用环门，环门上都砌出花纹

---

[1] 本篇原载 1935 年 11 月 12 日《申报》。

来。样式虽不摩登但颇有些子西洋风,足以使我联想起路易时代的华丽的宫廷建筑来。我没有进去买绸缎,这洋房的内貌不得而知。但根据了这门面而推想,里面的建筑大约也很可观。这样陈旧的大城市里有了这样可观的一所三层楼洋房,好比鸡群中有了一只鹤,真是难得!但就城市的全体看,又好比一个农夫的头颈里加了一条绯色的花领带,怪不调和的!

后来,我离去这城市的前一日,一位朋友要我同到大街后面一所茶楼上去喝茶,他说这茶楼位在一个小高原上,房屋虽然平常,但因基地很高,凭在楼窗上可以眺望市外的野景,倒是很可息足的地方。我就跟他去。走过那三层楼洋房,转弯,过桥,便见高地上凌空站着一所茶楼。去处固然不坏,那楼窗内有许多闲煞了的"雅座",似乎正在向我们招手。我们走进门,拾级而上,拣楼角靠窗口的座位坐下了。这里地位固然很高,坐在椅子上,可以望见市外的桑林、稻田,和市内许多房屋的屋顶。我望见其中有一所红色的屋,最高,矗立在诸屋顶之上。我知道这就是那三层楼洋房的绸缎店。

喝了好几开茶,烧了许多香烟,谈了许多话之后,我们疲倦起来,离开座位,沿楼窗走走。走到楼的那一角,靠在窗沿上眺望一下。我惊奇了:为的是望见那三层楼洋房的最高层的窗子开着,而窗子里面露出青天。几根电线横在这屋的背后,其一部分显出在窗子里。一只鸟飞翔在这屋的后面,我也看见它从窗子里面飞过。我不期地叫出:

"咦!绸缎店里面几时火烧了?"

我的朋友不解我的意思,但抬头四望,找求火烧的烟气。

经我说明，他才一笑答道：

"他们的洋房是假的呀！这原来也是一所旧式房子。后来添造了一个洋式门面，和一个'假三层楼'。外面看看神气十足，其实里面都是破房子。而且这三层楼只有一堵壁，壁的后面是天空，那些窗都是装装样子的。你在街上走时被它欺骗了，瞻仰这三层楼，还以为里面有着洞房清宫。现在被你看破了，也算是它的不幸！哈哈！"

我听了恍然大悟。重新眺望。观察了一会，不禁大笑，又重有所感。我每见商店的报纸上，刻印着"本号开设某地某街，坐北朝南，洋式门面便是"等字样。这绸缎店真正只有一个"洋式门面"，其营业手段可谓极精明而最经济了！但我不得不为建筑艺术及人心深痛地惋惜：有人说，西洋文明一入中国便恶化。这个"假三层楼"可说是这句话的一个最极端的证例。有人说，"市容"是民心的象征。这个"假三层楼"具象地显示了当地人心的弱点！

中国式的建筑，西洋式的建筑，各有其实用的好处，各有其美术的价值。就实用说，中国式建筑宽舒而幽深，宜于游息。

西洋式建筑精致而明爽，宜于工作。就形式（美术）说，中国式建筑构造公开，质料毕显，任人观览，毫无隐藏及虚饰。故富有"自然"之美。西洋式建筑形状精确，处处如几何形体；部署巧妙，处处适于住居心情，故富有"规则"的美。物质文明用了不可抵抗之力而闯入远东，为了生存竞争，我们不得不接受。旧有的建设，有许多不得不改变，以求效果的增大。建筑，尤其是工商业的建筑，为了工作能率的增加，就自然地要求洋式化了。然而，前面已经说过，一切西洋文明一入中国便恶化，西洋建筑术入中国，也逃不了这定例。大都徒然模仿了洋房的皮毛，而放弃了中国房子所有的好处。墙壁一碰就裂，地板一踏就动，天花板一下雨就漏，"四不灵"[1]一用就不灵……而且坍损了难于修理，甚至不可收拾。记得往年有一次，我经过所谓"洋房"的建筑工场，看见工人们正在那里做水门汀柱子。我站着参观一下，但见他们拿着畚箕，把东西倒进几根细铁条围成的柱骨里去。细看倒进去的是什么东西，一半是小砖石，一半是垃圾——香蕉皮和花生壳都有！他们将要给这些细铁条、小砖石、香蕉皮和花生壳穿上一件方正平滑的水门汀衣裳，当作一根柱子。我想：将来房屋造好了，人们坐在这柱子旁，犹如坐在固封了的垃圾桶旁呢！又有一次，我住了一所有抽水马桶的三层楼洋房。正屋旁边有小附屋，上两层是抽水马桶间，下一层是灶间。抽水马桶的粗大的铁管，通过了灶间而入地，正靠在饭锅的旁边。据烧饭司务说，人静的时

---

[1] 英文 spring（lock）的译音，今译弹簧锁。

候，铁管中尿屎从三层楼落下，其音历历可闻。从此"洋房"给了我一个不好的印象。但这回看到了这个丑恶的"假三层楼"，觉得前此之所见，还是可恕的了。

这种"洋房"所以恶化的原因，并非专为廉价，西洋的农村不是有着很合用而美观的 cottage〔村舍〕吗？主要的原因，实由于要"装场面"。我们中国有许多造"洋房"的人，其目的非为求其适于住居及增加工作能率，实为好新立异，欲夸耀人目，以遂其招摇撞骗之愿，同时又不肯或不能多出些钱。于是建筑工程师就迎合这般人的心理，尽力偷工减料，创造那种专事皮毛模仿的"洋房"。他们的伎俩跟了时代而极度地发展进步，到今日居然产生了这个"假三层楼"的大杰作！——建筑艺术的浩劫！人心的虚伪、丑恶、愚痴的象征！

下了茶楼，辞别了我的朋友归寓，途经这"假三层楼"的时候，我急忙远离了，向前走去。一路但想：以"经济""便利""美观"三条件为要旨的"合理的"建筑，何时出现在我们的内地呢？何时出现在我们的内地呢？

钟表的脸[1]

有一次坐在上海的街车中,偶然向窗外一望,恰巧看见了某建筑上装着的一只大时钟。它的形式颇能牵惹我的注目,使我当时在车中起了种种感想,又使我至今不忘,现在特地把那感想录出来。

那时钟的脸上不用罗马字或阿拉伯字表示钟点,只画着十二根粗而短的直线,好像都是一点钟。但三点、六点、九点、十二点的四处,望去样子与别的不同,好像是空心的,或者换一种颜色的。因为街车匆匆即过,没有给我看清楚。它的时针和分针,也是首尾一样粗大的直线,不过尖头上作人字形,好像一长一短的两枝铅笔的投影。这在钟表的形式中是别开生面的。我当时一瞥所得的印象,异常新鲜。好似看惯了细眉细眼的都市小姐之后,突然看见一个粗眉大眼的乡下姑娘。

记得以前在谈论"新艺术"的外国书中,曾经看见过这样形式的时钟的插图。但是我在中国看见实物,这是第一次。我一见它,首先想起了它对我个人的前缘:约十年之前,我在学校当教师,有一天对于看惯了的时钟的脸,忽然觉得讨嫌起

---

[1] 本篇原载 1935 年 12 月 7 日、8 日《申报》。

来。因为那十二个阿拉伯字中，有几个好像在催促我上课，有几个好像在命令我睡觉，有几个好像在强迫我起床，还有几个好像在喊我赶快上车，使我在例假日看了也不得舒服。于是拿出油画具来，用 cobalt〔翠蓝〕将表面和两针全体涂抹，又用别的颜料在右上角画柳树的一部分，再挂下几根柳条来。然后用黑纸剪成两只燕子，粘贴在两针的头上。这样一来，我的表就好像一幅圆额的 miniature（小型画）。有时两只针恰到好处，表面也会展出很可喜的构图来。至于实用，我只要认明垂直的是十二点或六点，水平的是三点或九点，其他的时间就可在每个九十度角内目测而知了。我作了这个玩意儿，一时很得意，曾经把壁上的挂钟如法炮制，使它变成一幅油画（这件事曾经记录在我的《缘缘堂随笔》中）。这个挂钟现在还挂在我故乡的家里的东壁上。不过后来我又看厌，早已把杨柳燕子涂去，现在只剩一张白脸和两只黑针了。我和我家里的人，对于"没字钟"已经看惯，大家不要求注阿拉伯字。常来的客人也已不怪，而且会看。几个目力锐敏的小孩子，还能看出几点几十几分半来呢。因有这前缘，我对于钟表的脸的变相特别关切。这一天从车窗中望见那个"新艺术"式的时钟，格外注意。但现在提出这话儿，并非要拿它来证明我对"新艺术"形式的先觉。上述的玩意儿，完全出于我的好奇心和游戏，谈不到艺术上去。只是钟表面不注数字这一点，与我的旧事偶然相合，因此重提耳。现在我平心地想：我的办法——在钟表的脸上画杨柳燕子或涂煞——原是当时过于好奇，只堪自怡悦而不足为他人取法的。但如新艺术所提倡，钟表脸上免除阿拉伯字一事，我觉得是值得商榷的，不妨在这里漫谈一下。

度现在生活的人，对于钟表的脸，看的回数，恐怕比看上司、老板、好友、爱人的脸的回数更多吧！学生、先生、工人、店员、邮局里的人、车站里的人……谁不每天看好几次钟表的脸呢？就是深居简出，养尊处优，尊荣富贵，而天天要别人伺候他的脸色的人，自己也不得不常看钟表的脸色呢。希望这个众目每天常看的脸的相貌，变得好看些，原是有理的要求。记得我们初见它时，它的脸上划着细致的罗马字，那辐射形的许多线条，图案的意味与数字的意味相半。虽然繁琐，却也温文典雅，颇有古风。我也记不得它是什么世纪在西洋出世的，但知道它在明朝万历年间（十六世纪末）就由利玛窦带进中国来，想来总是十六世纪或以前的产物。罗马字大约就是原来的相貌吧？因为那细致的辐射形，温雅的图案风，可以使我联想起文艺复兴期时代及宫廷艺术时代的美术形式来。约三十年前，当我们小时候，它的脸上还划着罗马字；后来忽然变容，大大小小的钟表，脸上都注着阿拉伯字了。此风始于何时，创于何国何人，我非工艺美术的考据家，不得而知。但可想象这是十九世纪末"实利主义"时代的现状，"主智主义"在工艺美术上的表示。因为用1、2、3、4、5等以长方为基本形式而笔划繁简不等的阿拉伯字来装在一个圆圈内的四周，而且还要叫它们个个向着我，在实利上，在智的感觉上，虽有便利之处，但是在形式上终免不了"凿枘"之憾。尤其是现在流行的女子用的长方形手表：因为要硬把长方形的四边去凑指针的圆运动，以致各阿拉伯字的大小和距离都参差起来，变成了一副尴尬脸孔。

现在回想，当年我的讨嫌钟表的脸面而给它们涂煞，虽是好奇之举，恐怕一半也是它们那副尴尬脸孔所使然。

注阿拉伯字的钟表装尴尬脸孔给世人看，至今已有数十年了。世间一定有敏感的工艺美术家讨嫌它，所以有那种新艺术风的时钟的出现。"单纯明快"，是现在感觉所要求的美术形式。雕龙刻凤的家具，现在已被玻璃桌子和钢管椅子所代替了。富丽堂皇的宫殿，现在已被玻璃房子、摩天楼、汽船式建筑所代替了。万般工艺美术，都跟了这潮流而趋向"单纯明快"，这时钟可说是其先锋之一。讲到它的好处，第一，钟表沿用已久，它的脸上的部位我们已看得熟而又熟。故仅用一划表示钟点，而不注数目字，是有利于形式，而无碍于实用的。第二，用一划表示钟点，因其所占地位狭小，而且个个同样，故每五分钟之间的距离很清楚，比罗马字的清楚，比阿拉伯字的清楚得多。我们看分数，一眼就可看清楚。第三，指针上免除装饰纹样。不如旧式的钟表的指针，两旁由曲线形成，针头有圆圈，有时圆圈下还装着许多花纹。其指示的态度直截，明了，不如旧式指针的噜哩噜苏。在这三点上，我赞美新式钟表的脸。但我不能断定这是最进步最合理的钟表形式；只觉得比注阿拉伯字的好看。至少它对于一部分人的视觉是能给予慰安的。在我国的内地，广袤的穷乡僻处，还有无数人不曾见过钟表的面呢！

廿四〔1935〕年十二月三日作

具 象 美 [1]

听人说话，听到具象的、琐屑的、浅显的语句，往往觉得比抽象的、正大的、深刻的语句来得动听。先举一个最显著的例，譬如说"生活问题"不如说"衣食问题"来得动听；说"衣食问题"又不如说"饭碗问题"或"面包问题"来得动听。因为"生活"二字固然包括得很周全，但是太抽象，太正大，太深刻了，故听者由此所得的理解欠深，印象欠强，兴味欠浓。倘换了"衣食"二字，因为较具体，较琐屑，较浅显，可以把握，听了就觉得容易理解，印象强明，而且富有兴味。有时说话的人还嫌"衣食"二字所指太广泛，就更进一步而用"饭碗"或"面包"二字。这是人人最常见最稔熟的一件实物，听到了谁不立刻获得切身的兴味，强明的印象，与充分的理解呢？故"失业"常被翻译作"敲破饭碗"；"失地"也被翻译作"地图改色"；使听者触目惊心。

我现在就称这种说话的技术为"具象美"。这也是人类言语进步后的修辞法之一种，与以前我所谈的"比喻"（其文载本书138页）同类，但自有差别：比喻也是取具象的东西来

---

[1] 本篇原载 1935 年 11 月 28 日、29 日《申报》。

帮助说理的；但所取的具象物，其本身与说理并无关系，只是性状相同而已。譬如说"割鸡焉用牛刀？"此事与孔子的治道毫无关系，只是"大材小用"这一点性状相同，故引用为譬喻，使说理具象化，又趣味化，而易于动听耳。现在所谈的"具象美"则不然：其所取具象物，必与说理有密切关系，能使听者于小中见大，个中见全。譬如"饭碗"或"面包"，与"生活"有密切关系，而且是"生活"的最重要部分，或核心。故言者只须举此一隅，听者便可反三，反十，反百，反千，盖所谓"饭碗"者，其实连老酒、香烟、自来火等一切食用皆包括在内。我觉得这种语言的技术，最有意味，尤其是听讲演、读论文的时候，滔滔洋洋的一篇抽象的大道理，往往容易使人头痛或打瞌睡。反之，倘善用比喻及这种具象美，听者就不会感到疲倦；善用之极，寥寥数语可抵洋洋数万言之力。淳于髡、东方朔等讽谏者的说话，诗人的说话，可说是其实例。

这种具象美的实例，在我们的日常语言中，在诗文中，皆不胜枚举。为便于吟味，就我所想起的摘录几个在下面，真不过略举一隅而已。

投笔、请缨、解甲、下车、下野、即位、弹冠、束发、洗耳、拭目、赋闲、披剃、糊口、扫榻、执牛耳、夺锦标、执教鞭、步后尘、高枕而卧、逍遥林子、拜倒裙下、争奉筇屦……

照字面上看，这些话大都讲不通。文人的笔难道昼夜在手？武人的甲难道昼夜不解？弃官的常住租界，何尝下野？哪一个首领的手里执着一只牛耳朵呢？然而这便是具象美的兴味所在。其中也有靠古典的帮助的，或近于比喻的。但总以小中见大、个中见全为原则，俗语中也颇富于关于此的好例。善于说话的人的口中，常常在那里吐露出来，他们不说"某家没饭吃了"，偏说"某家的锅子底向天了"。不说"某人可以留名后世"，偏说"某人得吃冷羹饭了"。厨川白村说妇女问题是"胃袋与子宫的问题"。吴稚晖说恋爱是"精虫作怪"。语虽苛刻，然而动听。可谓尽言语的具象化的能事，可惜我的见闻太狭，记忆太坏，一时想不起更多的实例来。

在古人的诗文方面，我的记忆没有这般坏，现在就可想起不少的例子来。也摘录些在下面，以供吟味：

太平待诏归来日，朕与先生解战袍。
十四万人齐解甲，更无一个是男儿。
强欲从君无那老，将因卧病解朝衣。
严陵台下桐江水，解钓鲈鱼有几人？
年年战骨埋荒外，空见蒲桃入汉家。
天命苟如此，且进杯中物。
安得万里裘，盖裹周四垠。
君王忍把平陈业，只换雷塘数亩田？
旧时王谢堂前燕，飞入寻常百姓家。
人生在世不称意，明朝散发弄扁舟。
座中泣下谁最多？江州司马青衫湿。
何当共剪西窗烛，却话巴山夜雨时。
夜雨翦春韭，新炊间黄粱。

客从远方来,衣上霸陵雨。
城市不堪飞锡到,恐惊莺语画楼前。
箧有吴笺三百个,拟将细字说春愁。
若教解爱繁华事,冻杀黄金屋里人。(咏蚕妇)
遥窥正殿帘开处,袍袴宫人扫御床。
苦恨年年压金线,为他人作嫁衣裳。
平阳歌舞新承宠,帘外春寒赐锦袍。
东风不与周郎便,铜雀春深锁二乔。
君自故乡来,应知故乡事。来日绮窗前,寒梅着花未?
妾有罗衣裳,秦王在时作。为舞春风多,秋来不堪着。
打起黄莺儿,莫教枝上啼。啼时惊妾梦,不得到辽西。

所谓"朕与先生解战袍",岂真仅解战袍而已?乃举此具体琐屑浅显的一事来暗示升官发财等重赏。又岂真要皇帝亲与解战袍哉?说肯与解战袍,则有重赏可知,不必真解战袍也。但抽象地说有重赏乏味;具象地说解战袍,便有诗趣。同理,"齐解甲"就是齐受降,"解朝衣"就是辞官职,"解钓鲈鱼"就是肯隐居的具象的写法。诗人最懂得小中见大、个中见全的秘诀,最善于运用一件具象的小事来暗示抽象的大事。言"安得万里裘",其救世之愿可知。言"堂前燕飞入寻常百姓家",其堂其人之废逝可知。言"青衫湿",其悲哀可知。言"扫御床","赐锦袍",其恩宠可知。言"锁二乔",其胜利可知。同时这些小事件因为都是具象的,琐屑的,浅显的,故能给读者一个确实、强明、生动、活跃的印象。读了"共剪西窗烛",

"夜雨翦春韭"，便可想见故人久别重逢，烛下把酒谈心的种种情味，如同身历其境一样。尤其是最后的三首五绝，整个儿是具象美。第一首但言"寒梅"，第二首但言一件"罗衣裳"，第三首但言要"打黄莺"。而思故乡，伤迟暮，怀远人之情，强明地站出在这等小事件的背后，深切地印象于读者的心目中。

照艺术的领域说，音乐主听觉美即声音美，绘画主视觉美即形式美，文学主思想美即言语美。则现在所谓"具象美"，照理是绘画的领域中所有的事。绘画除了立体派构成派等以外，常含有多量的思想美即意义美，而文学中亦如上述地盛用具象美。这可以看作文学与绘画的交流，文学与绘画的握手。我曾作一册《绘画与文学》（开明版）说文学与绘画的种种交涉，已是二三年前往事了。现在又发见了上述的一种交涉，觉得往日的兴味重新浓重起来。

廿五〔1936〕年十一月作

扇子的艺术[1]

扇子是在中国特别发达的一种书画形式。这又不妨视为东洋的象征之一。西洋人的绘画中，取东洋风题材的，大都点缀着一把折扇；欢喜幽默的西班牙画家，尤喜在画中盛用扇子。这的确是一种悠闲不过的东西。生了手不必劳作，但为自己感觉的快适而摇了扇子；甚至连摇都不必摇，但为自己的视觉的快适而看看扇上的书画。不是雅人的清福么？故西洋人欢喜取扇子来象征东洋古风，原也有理。但画扇的艺术，仍是东洋人的特长。我们在西洋画中从未见过描着铅笔画、水彩画，或油画的扇子；反之，在中国画中，扇面占据特殊的地位。书画家的润例中，大都备有"扇面"一格，而且有的润笔特别贵；裱画店的壁上，常常粘着扇面裱成的画轴，这种画轴在厅堂书房的装饰中被视为特别雅致的一种。这足证在过去的中国，绘画艺术特别发达，不但堂室中处处挂画，连夏日的实用品的扇子都被划作画家的用武之地；因此把这实用品"艺术化"，使成为一种脱离实用而独立的艺术；一种"为扇面的扇面"。又足证在过去的中国，人的生活特别悠闲，不但有工夫摇扇，又必摇描

---

[1] 本篇原载 1936 年 7 月 3 日、7 日《申报》。

着绘画的扇，以求身体与精神两方的慰安，灵肉一致的快适。

故扇的画法，与扇的用法，都是中国人所特长的艺术。讲到画法，因为它的轮廓形状特殊，画的布局也另有一道。画材大都宜用物象的部分——例如花的折枝，竹林的一部，悬空似的果物。或者宜用不显示地平线的风景——例如连绵的群山，起伏的丛林，云雾掩映的风景。总之，扇面上不宜显示地平线，因为轮廓作弧形，地平线从左上角通到右上角，把扇面划分为畸形的上下两部，有碍美观。中国的扇面画中，人物画比较的少，就因为人物必须以房屋等为背景，而房屋是方正的东西，容易显出地平线，碍于构图的原故。山水画比较的最多，就因为山水随高随低，随左随右，又随处可以设法遮掩地平线，易于布置的原故。西洋画中幸而没有扇面这一格；倘使有了，西洋的画家将为构图而愁杀！因为西洋画对于背景，同主物体一样地注意，没有一幅画没有背景。中国画中常有全无背景而让主物体悬空挂在一张白纸中的画法。但照西洋画看来，这些是未完成的作品。若教西洋人画，后面必须补进许多东西，或是天，或是地，务须表出这主物体所存在的地方。因此西洋画必须有背景，必须合远近法，即必须有地平线。在扇面的轮廓中，很不容易安排妥当。恐怕这也是扇面画能在中国特殊发达的一个原因。异想天开的，不着边际的，图案式的中国画，在无论甚样的轮廓中都能巧妙地装得进去。这也可说是东方艺术的一种特色。

讲到扇子的用法，更可使人惊叹。在中国，除了劳动者手里的芭蕉扇的确负着扇的使命，的确实行着扇的职务以外，折扇、羽扇、纨扇等大抵为装饰或欣赏之用，早已放弃扇的使命，旷废扇的职务了。古代美人用纨扇障羞，诸葛亮手里一年四季拿把羽扇，不知是真是假？唱书先生确是一年四季用折扇的。他们把扇子当作惊堂木或指挥棒。扇子在他手里，仿佛艺术学校毕业生当了警察，用非所学，越俎代谋。此外用折扇的人，即使不是唱书先生，也必定是先生——男的或女的。他们大多数没有劳作，实际上不大用得着摇扇。在女的，扇明明是一道装饰，一种应酬中便于措手足的设备。在男的，扇除装饰外只是一种欣赏品。实际要风的时候，他们有电风扇，不必有劳折扇。折扇原是互相观赏用的。朋友聚在一起，寒暄之后，闲谈之余，互相"拜观"手中的折扇，品评书画，纵论今古，大家忘记了扇之所以为扇，竟把它当作随身携带的中堂立轴看待了。其中爱好文墨者，大抵一人所有决不止一扇。置扇全同置办书画一样，越多越好。我有一位朋友，家藏折扇一大藤篮，有白面的，金面的，有湘妃竹骨的，有檀骨的，有牙骨的，总共不下数百把。除了扇面上的书画之外，扇骨子的雕刻又是很好的欣赏资料。对于这位朋友的藏扇，我没有这么多的闲工夫和闲心情来奉陪，却也很赞美他的办法。他以为：置大幅书画不如置扇。大幅书画管理既不易，欣赏又限于一定的地方。扇子收藏既便，又随身可带，在车中，在船里，在床上，在厕所中，无处不可欣赏。一本小册的画集诗集，原也可以随身到处携带，但终不及扇子的自然。——这话我完全赞成。倘使年光倒流，我们做了盛世黎民，我极愿得这位朋友，来发起一个"全国扇面展览会"，或者在《申报》上写几篇宣传文章，劝国内的青年每人办起百把折扇来。这虽然是梦话，但这位朋友的扇的用法，我始终觉得可取。看画和看字若有益于身心，这也是一种实用。那么这些扇子并不是"为扇子的扇子"，并不是无实用的扇子，不过是由"扇风"的实用转变了别种的实用罢了。

利用扇面书画作某种实用的，我小时就看见过，就是科举时代考乡试的秀才们用的折扇。那扇面是石印的，一面印着乡试场的平面图，中央是明远楼、至公堂等建筑，两旁是蜂窠似的试场，好像是用千字文作号码的。这就是杭州贡院，——现在省立高级中学所在地——的地图。另一面印着密密的蝇头细字，是诗韵的全部，从一东二冬……直到十六叶，十七洽，所有的字都被包括在内。这种扇子现今早已绝迹，旧家或者还当作古物保藏着。设想自己退回半个世纪，做了科举时代的人，觉得这种扇子实在合用。一方面可作入考场的向导，他方面可作吟试诗时押韵的参考。而且当时的人长袍大袖，养着寸把长的指爪的手里拿一把折扇，姿态非常自然。见者将以为这是天然的文雅的装饰品，完全想不到这把折扇有着实用的目的。这件东西在今日虽已无用，这个方法我觉得还是可取。所谓可取，不一定是模仿他们，也在折扇上印上对现代人有实用的花样，好比日本商店赠送顾客的广告扇子一样（中国的商店也早已有过这种赠品了）。我所谓可取，是这种扇中所有的"美术品的实用性"与"实用品的美术化"，却不限定于扇。纯粹的独立的美术，固然具有高贵的艺术价值；可是在生活烦忙的现世，只限于少数人能够领略欣赏。倘要使美术这种香味普遍于人类，提倡纯正美术没有用，只有提倡实用美术或有希望。提倡之法，就是使美术品具有实用性，使实用品美术化。这仿佛在家常便菜上撒几点味精，凡有口的人，大家感觉快美。

说话离开了本题。现在回到扇子上去结束吧。入夏以来，我看见几位有心的青年，利用扇子来勉学励志，我觉得是值得提出来说说的。有一位好学青年，把代数几何的定理工整地抄写在扇面上，预备在暑假中随时记诵。又有一位爱国青年，把附有种种国耻事件的漫画的中国地图描写在扇面上，预备随时给人传观。他大概是参考了最近各杂志上的记载和漫画而集成的，画得很精致，并且很触目。密布的国耻纪念，可惊的屈辱条件，血一般鲜红的字，使人触目惊心。把国耻记在扇上，亦犹"子张书绅"之意，这青年真可爱！可惜这只是个人的手制品；若得用石印复制一下，同商店的广告扇子一般分送，也是一种唤醒民族的呼声，而且其呼声不会比一册杂志弱呢。

这两种扇面的书画，迥非古昔的行草隶篆、山水花鸟的纯正美术可比；它们是一种说明或宣传，即一种实用。但其工整的描写中含有美术的分子，这也可说是一种美术。在戎马仓皇的时节，美术也只能暂取这样的形式而出现于社会了。

廿五〔1936〕年七月作

赤栏桥外柳千条[1]

日丽风和的一个下午,独自在西湖边上徬徨。暂时忘记了时间,忘记了地点,甚至忘记了自身,而放眼观看目前的春色,但见绿柳千条,映着红桥一带,好一片动人的光景!古人诗云:"赤栏桥外柳千条。"昔日我常叹赏它为描写春景的佳句。今日看见了它的实景,叹赏得愈加热烈了。但是,这也并非因为见了诗的实景之故,只因我忘记了时间,忘记了地点,甚至忘记了自身,所见的就是诗人的所见;换言之,实景就是诗,所以我的叹赏能愈加热烈起来。不然,凶恶的时代消息弥漫在世界的各处,国难的纪念碑矗立在西湖的彼岸,也许还有人类的罪恶充塞在亦栏桥畔的汽车里,柳阴深处的楼台中,世间有什么值得叹赏呢?从前的雅人欢喜管领湖山,常自称为"西湖长","西湖主"。做了长,做了主,哪里还看得见美景?恐怕他们还不如我一个在西湖上的游客,能够忘怀一切,看见湖上的画意诗情呢?

但是,忘怀一切,到底是拖着肉体的人所难以持久的事。

---

[1] 本篇原载 1936 年 4 月 11 日、12 日《申报》,曾收入作者的《艺术与人生》一书,改题为《红与绿》。

"赤栏桥外柳千条"之美,只能在一瞬间使我陶醉,其次的瞬间就把我的思想拉到艺术问题上去。红配着绿,何以能使人感到美满?细细咀嚼这个小问题,彷徨中的心也算有了一个着落。

据美学者说,色彩都有象征力,能作用于人心。人的实际生活上,处处盛用着色彩的象征力。现在让我先把红绿两色的用例分别想一想看:据说红象征性爱,故关于性的曰"桃色"。红象征婚姻,故俗称婚丧事曰"红白事"。红象征女人,故旧称女人曰"红颜""红妆"。女人们自己也会很巧妙地应用红色:有的把脸孔涂红,有的把嘴唇涂红,有的把指爪涂红,更有的用大红作衣服的里子,行动中时时闪出这种刺目的色彩来,仿佛在对人说:"我表面上虽镇静,内面是怀抱着火焰般的热情的啊!"爱与结婚,总是欢庆的,繁荣的。因此红又可象征尊荣。故俗称富贵曰"红"。中国人有一种特殊的脾气:受人银钱报谢,不欢喜明明而欢喜隐隐,不欢喜直接而欢喜间接。在这些时候,就用得着红色的帮助,只要把银钱用红纸一包,即使明明地送去,直接地送去,对方看见这色彩自会欣然乐受。这可说是红色的象征力的一种妙用!然而红还有相反的象征力:在古代,杀头犯穿红衣服,红是罪恶的象征。在现代,车站上阻止火车前进用红旗,马路上阻止车马前进用红灯,红是危险的象征;义旗大都用红,红是革命的。苏联用红旗的,人就称苏联曰"赤俄",而谨防她来"赤化"。同是赤,为什么红纸包的银钱受人欢迎,而赤化遭人大忌呢?这里似乎有点矛盾。但从根本上想,亦可相通:大概人类对于红色的象征力的认识,始于火和血。火是热烈的，血是危险的。热烈往往近于危险，危险往往由于热烈。凡是热情、生动、发展、繁荣、力强、激烈、危险等性状，都可由火和血所有的色彩而联想。总之，红是生动的象征。

绿象征和平。故车站上允许火车前进时用绿旗，马路上允许车马前进时用绿灯。这些虽然是人为的记号，其取用时也不无自然的根据。设想不用红和绿而换两种颜色，例如黄和紫，蓝和橙，就远不及红和绿的自然，又不容易记忆，驾车人或将因误认而肇事亦未可知。只有红和绿两色，自然易于记忆。驾车人可从灯的色彩上直觉地感到前途的状况，不必牢记这种记号所表示的意味。人的眼睛与身体的感觉，巧妙地相关联着。红色映入眼中，身体的感觉自然会紧张起来。绿色映入眼中，身体的感觉自然会从容起来。你要见了红勉强装出从容来，见了绿勉强装出紧张来，固无不可；然而不是人之常情。从和平更进一步，绿又象征亲爱。故替人传达音信的邮差穿绿衣。世界语学者用象征和平亲爱的绿色为标识。都是很有意义的规定。大概人类对于绿色的象征力的认识，始于自然物。像今天这般风和日丽的春天，草木欣欣向荣，山野遍地新绿，人意亦最欢慰。设想再过数月，绿树浓阴，漫天匝地，山野中到处给人张着自然的绿茵与绿幕，人意亦最快适，故凡欢慰、和乐、平静、亲爱、自然、快适等性状，都可由自然所有的色彩而联想。总之，绿是安静的象征。

红和绿并列使人感到美观，由上述的种种用例和象征力可推知。红象征生动，绿象征安静。既生动而又安静，原是最理想的人生。自古以来,太平盛世的人,心中都有这两种感情饱和地融合着。目前的"赤栏桥外柳千条"的色彩,正是太平盛世的象征。

这也可从色彩学上解说:世间一切色彩,不外由红黄蓝三色变化而生。故红黄蓝三者称为"三原色"。三原色各有其特性:红热烈,黄庄严,蓝沉静。每两种原色相拼合,成为"三间色",即红黄为橙,红蓝为紫,黄蓝为绿。三间色亦各有其特性:橙是热烈加庄严,即神圣;紫是热烈加沉静,即高贵;绿为庄严加沉静,即和平也。如此屡次拼合,则可产生无穷的色彩,各有无穷的特性。今红与绿相配合,换言之,即红与黄蓝相配合。对此中三原色俱足。换言之,即包含着世间一切色彩。故映入人目,感觉饱和而圆满,无所偏缺。可知红绿对比之所以使人感觉美满,根本的原因在于三原色的俱足,然三原色俱足的对比,不止红绿一种配合而已。黄与紫(红蓝),蓝与橙(红黄),都是俱足三原色的。何以红与绿的配合特别美满呢?这是由于三原色性状不同之故。色彩中分阴阳二类,红为阳之主;色彩中分明暗二类,红为明之主;色彩中分寒暖二类,红为暖之主。阳强于阴,明强于暗,暖强于寒。故红为三原色中最强者,力强于黄,黄又力强于蓝。故以黄蓝合力(绿)来对比红,最为势均力敌。红蓝(紫)对比黄次之。红黄(橙)对比蓝又次之。从它们的象征上看,也可明白这个道理:热烈、庄严,与沉静,在人的感情的需要上,也作顺次的等差。热烈第一,庄严次之,沉静又次之。重沉静者失之柔,重庄严者失之刚。只有重热烈者,始得阴阳刚柔之正,而合于人的感情的需要，尤适于生气蓬勃的人的心情。故朴厚的原始人欢喜红绿；天真的儿童欢喜红绿；喜庆的人欢喜红绿；受了丽日和风的熏陶，忘怀了时世的忧患，而徬徨于西湖滨的我，也欢喜"赤栏桥外柳千条"的色彩的饱和，因此暂时体验了盛世黎民的幸福的心情。

可惜这千条杨柳不久就要摇落变衰。只恐将来春归夏尽，秋气萧杀，和平的绿色尽归乌有，单让赤栏桥的含有危险性的色彩独占了自然界，而在灰色的环境中猖獗起来。然而到那时候，西湖上将不复有人来欣赏景色，我也不会再在这里徬徨了。

廿五〔1936〕年三月十八日作

照相与绘画[1]

一位朋友毅然地斥百金买一架照相机，热心地从事摄影。弄了一会，大失所望，把照相机弃捐笥箧中，废然地走来向我诉说他的失败经过。其言如下：

"我为一种梦想所驱而买这架照相机。我的梦想是这样：我很热心于写生画，速写簿时时带在身上。无论在家里，在校里，在路上，在舟车中，看见了画材，倘有写生的机会，一定把它们记录在速写簿上。然而写生的机会不能常得。因为虽曰'速写'，毕竟也费几分时光。而我眼前的现象，往往变动无定，不能给我当几分钟的模特儿。所以常常因为来不及速写，把很好的画材放走，甚觉可惜。这时候我没有学过摄影，凭肤浅的想象，以为照相机的摄影只消数秒钟，甚至半秒钟，比绘画的'速写'速得多。有了这件机，一定可以多收几种画材。况且有许多活动状态，像运动选手赛技的姿势，走狗的脚的动向，蝴蝶飞舞的光景等，大都难于速写，又不易记忆，是画材收集上一件难事，我想有了照相机，一瞬间的现象也可自由捉住，正可获得许多珍贵的画材呢。

---

[1] 本篇原载 1936 年 2 月 13 日《申报》。

"为这种美满的梦想所驱,我毅然地买了一架照相机,又请人实地指导用法。花费了好几星期的时光,和好几打底片,总算会照了,同时那美满的梦想也就失败了。为的是'事非经过不知难',我以前以为照相机能在随时随地自由捉住现象,实际决没有这么便当。第一,要讲光线。光线弱的地方,开半秒钟不够,动的现象就不能照。灯下、月下,开数秒钟也不够,人物也不能照,只能照静物或风景,而且风吹草动的风景也不能照。第二,要讲距离。十二步以内的现象,要先用眼睛测量现象与物之间的步数,把镜头伸缩到该步数上,然后可照,不然,现象就糊涂。第三,还要讲光圈。……还有我所没有学完全的种种手法和技术。故我所发见的画材,即使光线的条件满足,也要打开镜头,准备开关,校正距离,酌量光圈,然后摄影。所费的时间与速写相差有限,所费的手续实比速写浩繁。摄过后又不像速写地可以立刻给人鉴赏,还要拿了底片到特备暗室中去洗。显像,定影,清水漂洗,在幽暗的红灯底下摸索了好久,才得一张黑白相反的底片。等候底片干了,再到暗室中去拿出晒像纸来,晒像,显影,定影,到这时候,才能在清水盆里看见一张像画的东西。然而十张里头,总有八九张不像画;其像画的一两张,也只有一两分像画。因此我大失所望,把照相机捐弃在笥箧中,当它一种贵重而精巧的玩具。有兴时偶然拿出来玩玩,但与我的绘画生活毫无关系。我的梦想完全失败了。"

他的向我诉述,是要求给他说明与慰安。于是我把照相与绘画的区别，二者的不能互相模仿，以及二者在美术上的各自的使命，一一告诉他。使他知道怎样修正他的梦想，怎样处置他的照相机。其言如下：

绘画与照相，是判然不同的两种东西。二者的区别，可说绘画是眼与手的艺术，照相是镜头与底片的艺术。眼与手的艺术的美，是人工的；镜头与底片艺术的美，是机械的。在前者中，主观性胜于客观性；在后者中则反之，客观性胜于主观性。盖绘画虽然也照客观物体的形象而描写，但其中盛用心的经营，和腕的活动，好像写字一般，各人有各人的笔致，明显地表出着各人的性格。故数人对同一模特儿写生，写出来的作品趣味很不相同。照相虽然各人技术不同，但技术的差异只在取景、采光、晒像等上，客观物体的形象始终是客观的。故多人共对一物摄影，其结果大同小异，相差决不会像绘画之分歧。洋画初入中国时，一般浅薄的洋画信徒拘泥于写实，几乎要把自己的眼睛代替了镜头而作人工的照相（就是在现今，一般低级的洋画学习者还在做这样的死工作）。美术照相初兴时，一般未练的照相家竟取模糊的景色，柔美的调子，以冒充印象派绘画。这两者，都没有理解绘画与照相独得的特色，而欲以绘画模仿照相，或以照相模仿绘画。近来美术照相日渐进步，不复如前之冒充印象派绘画。在杂志上，在展览会中，常见有许多名手的照相颇能充分发挥镜头的技巧。这些作品与绘画异趣，而独具一种美的价值。反之，在画界中，似乎倒不及照相的进步。以模仿照相为能事的绘画，现今还是到处被欢迎着。像月份牌,擦笔肖像画,香烟画片,都是其例。

天地间美的现象,可分两种。一种是天生成就美观的,不须人工代为布置,只消设法照样保留,便有美术的价值。另一种具有美化的可能性,但须经过人工的经营,方能成为美术品。前者宜用照相表现,后者宜用绘画表现。例如:日光下的美丽的影,天空中的云的纹样,海边的水的纹样,以及自然界一切天生成美观的现象,都是照相的好题材。至如传达春讯的梅蕊,解语似的花,通人情似的鸟,天造地设的胜景,以及一切理想的境界,需要人工加以选择,增删,变形,及配置,方能给人美感者,都是绘画的好题材。用绘画去表现照相的题材,吃力不讨好。用照相去表现绘画的题材,势有所不能。故二者不能互相代谋。总而言之:对自然惟妙惟肖,是照相的能事;依人意变化改造,是绘画的能事。即前者是美的"再现",后者是美的"表现"。自来论艺术的人,往往轻再现而重表现,以为前者是画葫芦的工作,没有艺术的价值;后者本乎气韵生动与感情移入,才是有生命的艺术。我以为这话在现代未可概论。讲到艺术的价值,照相自然逊于绘画。但照相亦具有美术品的资格。因为一者,如前所述,天地间实际有着宜于用照相表现的美景。在现今机械发达的时代,艺术上亦何乐而不利用机械?二者,惟妙惟肖,再现艺术,最合于一般通俗人的美术鉴赏眼。以此作为引渡一般人进入美的世界的宝筏,也是文化艺术进步的一种助力。

所以我劝我的朋友不要希望以照相模仿绘画,也不要把照相机当作玩具。要明白照相与绘画的区别,而以机械时代的一种新美术看待照相。

廿五〔1936〕年五月[1]作

---

[1] 疑误,2月发表,当非5月所作。

视觉的粮食[1]

世间一切美术的建设与企图，无非为了追求视觉的慰藉。视觉的需要慰藉，同口的需要食物一样，故美术可说是视觉的粮食。人类得到了饱食暖衣，物质的感觉满足以后，自然会进而追求精神的感觉——视觉——的快适。故从文化上看，人类不妨说是"饱暖思美术"的动物。

我个人的美术研究的动机，逃不出这公例，也是为了追求视觉的粮食。约三十年之前，我还是一个黄金时代的儿童，只知道人应该饱食暖衣，梦也不曾想到衣食的来源。美术研究的动机的萌芽，在这时光最宜于发生。我在母亲的保护之下获得了饱食暖衣之后，每天所企求的就是"看"。无论什么，只要是新奇的，好看的，我都要看。现在我还可历历地回忆：玩具、花纸、吹大糖担[2]、新年里的龙灯、迎会、戏法、戏文，以及难得见到的花灯……曾经给我的视觉以何等的慰藉，给我的心情以何等热烈的兴奋！

---

[1] 此文原载《中学生》1936年1月号增刊特辑，曾收入作者的《艺术与人生》一书，改题为《我儿时的美术因缘》。
[2] 指用麦芽糖吹大而制造各种小玩意的担贩。

就中最有力地抽发我的美术研究心的萌芽的，要算玩具与花灯。当我们的儿童时代，玩具的制造不及现今地发达。我们所能享用的，还只是竹龙、泥猫、大阿福，以及江北船上所制造的各种简单的玩具而已。然而我记得：我特别爱好的是印泥菩萨的模型。这东西现在已经几乎绝迹，在深乡间也许还有流行。其玩法是教儿童自己用黏土在模型里印塑人物像的，所以在种种玩具中，对于这种玩具觉得兴味最浓。我们向江北人买几个红沙泥烧料的阴文的模型，和一块黄泥(或者自己去田里挖取一块青色的田泥，印出来也很好看)，就可自由印塑。我曾记得，这种红沙泥模型只要两文钱一个。有弥勒佛像，有观世音像，有关帝像，有文昌像，还有孙行者、猪八戒、蚌壳精、白蛇精各像，还有猫、狗、马、象、宝塔、牌坊……等种种模型。我向母亲讨得一个铜板，可以选办五种模型，和一大块黄泥(这是随型附送，不取分文的)，拿回家来制作许多的小雕塑。明天再讨一个铜板，又可以添办五种模型。积了几天，我已把江北人担子所有的模型都买来，而我的案头就像罗汉堂一般陈列着种种的造像了。我记得，这只江北船离了我们的石门湾之后，不久又开来了一只船，这船里也挑上一担红沙泥模型来，我得知了这个消息之后，立刻去探找，果然被我找到，而且在这担子上发现了许多与前者不同的新模型。我的欢喜不可名状！恐怕被人买光，立刻筹集巨款，把所有的新模型买了回来。又热心地从事塑造。案头充满了焦黄的泥像，我觉得单调起来。就设法办得铅粉和胶水，用洗净的旧笔为各像涂饰。又向我们的染坊作场里讨些洋红洋绿来，调入铅粉中，在各像上施以种种的色彩。更进一步,我觉得单靠江北船上供给的模型,终不自由。照我的游戏欲的要求,非自己设法制造模型不可。我先用黏土作模型,自己用小刀雕刻阴文的物象,晒干,另用湿黏土塑印。然而这尝试是失败的:那黏土制的模型易裂,易粘,雕的又不高明,印出来的全不足观。失败真是成功之母!有一天,计上心来:我用洋蜡烛油作模型,又细致,又坚韧,又滑润,又易于奏刀。材料虽然太费一点,但是刻坏了可以熔去再刻,并不损失材料。刻成了一种物象,印出了几个,就可把这模型熔去,另刻别的物象。这样,我只要牺牲半支洋蜡烛,便可无穷地创作我的浮雕,谁说这是太费呢。这时候我正在私塾读书。这种雕刻美术在私塾里是同私造货币一样地被严禁的。我不能拿到塾里去弄,只能假后回家来创作。因此荒废了我的《孟子》的熟读。我记得,曾经为此吃先生的警告和母亲的责备。终于不得不疏远这种美术而回到我的《孟子》里。现在回想,我当时何以在许多玩具中特别爱好这种塑造呢?其中大有道理:这种玩具,最富于美术意味,最合于儿童心理,我认为是着实应该提倡的。竹龙、泥猫、大阿福之类,固然也是一种美术的工艺。然而形状固定,没有变化;又只供鉴赏,不可创作。儿童是欢喜变化的,又是抱着热烈的创作欲的。故固定的玩具,往往容易使他们一玩就厌。那种塑印的红沙泥模型,在一切玩具中实最富有造型美术的意义,又最富有变化。故我认为自己的偏好是极有因的。现今机械工业发达,玩具工厂林立,但我常常留意各玩具店的陈列窗,觉得很失望。新式的玩具,不过质料比前精致些,形色比前美丽些,在意匠上其实并没有多大的进步，多数的新玩具，还是形状固定，没有变化，甚至缺乏美术意味的东西。想起旧日那种红沙泥模型的绝迹，不觉深为惋惜。只有数年前，曾在上海的日本玩具店里看见过同类的玩具：一只纸匣内，装着六个白瓷制的小模型，有人像、动物像、器物型，三块有色彩的油灰，和两把塑造用的竹刀。这是以我小时所爱好的红沙泥模型为原则而改良精制的。我对它着实有些儿憧憬！它曾经是我幼时所热烈追求的对象，它曾经供给我的视觉以充分的粮食，它是我的美术研究的最初的启发者。想不到在二十余年之后，它会在外国人的地方穿了改良的新装而与我重见的！

更规模地诱导我美术制作的兴味的，是迎花灯。在我们石门湾地方，花灯不是每年例行的兴事。大约隔数年或十数年举行一次。时候总在春天，春耕已毕而蚕子未出的空当里，全镇上的人一致兴奋，努力制造各式的花灯；四周农村里的人也一致兴奋，天天夜里跑到镇上来看灯，仿佛是千载一遇的盛会。我的儿童时代总算是幸运的，有一年躬逢其盛。那时候虽然已到了清朝末年，不是十分太平的时代；但民生尚安，同现在比较起来，真可说是盛世了。我家旧有一顶彩伞，它的年龄比我长，是我的父亲少年时代和我姑母二人合作的。平时宝藏在箱笼里，每逢迎花灯，就拿出来参加。我以前没有见过它，那时在灯烛辉煌中第一次看见它，视觉感到异常的快适。所谓彩伞，形式大体像古代的阳伞，但作六面形，每面由三张扁方形的黑纸用绿色绫条粘接而成，即全体由三六十八张黑纸围成。这些黑纸上便是施美术工作的地方。伞的里面点着灯，但黑纸很厚，不透光，只有黑纸上用针刺孔的部分映出灯光来。故制作的主要工夫就是刺孔。这十八张黑纸，无异十八幅书画。每张的四周刺着装饰图案的带模样，例如万字、八结、回纹，或各种花鸟的便化。带模样的中央，便是书画的地方。若是书，则笔笔剪空，空处粘着白色的熟矾纸，映着明亮的灯光；此外的空地上又刺着种种图案花纹，作为装饰的背景。若是画，则画中的主体（譬如画的是举案齐眉，则梁鸿、孟光二人是主体）剪空，空处粘白色的熟矾纸，纸上绘着这主体的彩色图，使在灯光中灿烂地映出。其余的背景（譬如梁鸿的书桌，室内的光景，窗外的花木等）用针刺出，映着灯光历历可辨。这种表现方法，我现在回想，觉得其刺激比一切绘画都强烈。自来绘画之中，西洋文艺复兴期的宗教画，刺激最弱。为了他们把画面上远近大小一切物象都详细描写，变成了照相式的东西，看时不得要领，印象薄弱，到了十九世纪末的后期印象派，这点方被注意。他们用粗大的线条，浓厚的色彩，与单纯的手法描写各物，务使画中的主体强明地显现在观者的眼前。这原是取法于东洋的。东洋的粗笔画，向来取这么单纯明快的表现法，有时甚至完全不写背景，仅把一块石头或一枝梅花孤零零地描在白纸上，使观者所得印象十分强明。然而，这些画远不及我们那顶彩伞的画的强明：那画中的主体用黑纸作背景，又映在灯光中，显得非常触目；而且背景并非全黑，那针刺的小孔，隐隐地映出各种陪衬的物象来，与主体有机地造成一个美满的画面。其实这种彩伞不宜拿了在路上走，应该是停置在一处，供人细细观赏的。我家的那顶彩伞，尤富有这个要求。因为在全镇上的出品中,我们的彩伞是被公推为最精致而高尚的,字由我的父亲手书,句语典雅,笔致坚秀;画是我姑母的手笔,取材优美,布局匀称。针刺的工作也全由他们亲自担任,疏密适宜,因之光的明暗十分调和,比较起去年我乡的灯会中所见新的作品,题着"提倡新生活"的花台,画着摩登美女的花盆来,其工粗雅俗之差,不可以道里计了。我由这顶彩伞的欣赏,渐渐转入创作的要求。得了我大姐的援助,在灯期中立刻买起黑纸来,裁成十八小幅。作画,写字,加以图案,安排十八幅书画。然后剪空字画,粘贴矾纸,把一个盛老烟的布袋衬在它们底下,用针刺孔。我们不但日里赶作,晚上也常常牺牲了看灯,伏在室内工作。虽然因为工作过于繁重,没有完成灯会已散。但这一番的尝试,给了我美术制作的最初的欢喜。我们于灯会散后在屋里张起这顶自制的小彩伞来,共相欣赏、比较、批评。自然远不及大彩伞的高明,但是,能知道自己的不高明,我们的鉴赏眼已有几分进步了。我的学书学画的动机,即肇始于此。我的美术研究的兴味,因了这次灯会期间的彩伞的试制而更加浓重了。去年的春天,我乡又发起灯会。这是我生所逢到的第三次;但第二次我糊口于远方,未曾亲逢,我所亲逢的这是第二次。照上述的因缘看来,去年我应该踊跃参加。然而不然,我只陪了亲友勉强看几次灯。非但自己不制作,有时连看都懒得。这是什么原故?一时自己也说不清,大约要写完了这篇文章方才明白。

言归本题:最有力地抽发我的美术研究心的萌芽的,是上述的玩具和花灯。然而,给我的视觉以最充分的粮食的,也只有这种玩具和花灯。那种红沙泥模型的塑印，原是很幼稚的一种手工，给孩儿们玩玩的东西，说不上美术研究。那种彩伞的制作也只是雕虫小技，仅供消闲娱乐而已，不能说是正大的美术创作。然而前面说过，世间一切美术的建设与企图，无非为了追求视觉的慰藉。上两者在美术上虽是玩具或小技，但其对于当时的我，一个十来岁的儿童，的确奏了极伟大的美术的效果，给了我最充分的视觉的粮食。因为自此以后，我的年纪渐长，美术研究之志渐大；我的经历渐多，美术鉴赏之眼渐高。研究之志渐大，就舍去目前的小慰藉的追求而从事奋斗；鉴赏之眼渐高，就发见眼前缺乏可以慰藉视觉的景象，而退入苟安，陷入空想。美术是人生的"乐园"，儿童是人生的"黄金时代"。然而出了黄金时代，美术的乐园就减色，可胜叹哉！

怎样会减色呢？让我继续告诉我的读者吧：为了上述的因缘，我幼时酷好描画。最初我热心于印《芥子园人物画谱》。所谓印，就是拿薄纸盖在画谱上，用毛笔依样印写。写好了添上颜色，当作自己的作品。后来进小学校，看见了商务印书馆出版的《铅笔画临本》《水彩画临本》，就开始临摹，觉得前此之印写，太幼稚了。临得惟妙惟肖，就当作自己的佳作。后来进中学校，知道学画要看着实物而描写，就开始写生，觉得前此之临摹，太幼稚了。写生一把茶壶，看去同实物一样，就当作自己的杰作！后来我看到了西洋画，知道了西洋画专门学校的研究方法，又觉得前此的描画都等于儿戏，欲追求更多的视觉的粮食，非从事专门的美术研究不可。我就练习石膏模型木炭写生。奋斗就从这里开始。大凡研究各种学问，往往在初学时尝到甜味，一认真学习起来，就吃尽苦头。有时简直好像脱离了本题，转入另外一种坚苦的工作中。为了学习绘画而研究坚苦的石膏模型写生，正是一个适例。近来世间颇反对以石膏模型写生当作绘画基本练习的人。西洋的新派画家，视此道为陈腐的旧法，中国写意派画家或非画家，也鄙视此道，以为这是画家所不屑做的机械工作。我觉得他们未免胆子太大，把画道看得太小了。我始终确信，绘画以"肖似"为起码条件，同人生以衣食为起码条件一样。谋衣食固然不及讲学问道德一般清高。然而衣食不足，学问道德无从讲起，除非伯夷、叔齐之流。学画也如此，单求肖似固然不及讲笔法气韵的清高。然而不肖似物象，笔法气韵亦无从寄托。有之，只有立体派构成派之流。苏东坡诗云："论画以形似，见与儿童邻。"正是诗人的夸张之谈。订正起来，应把他第一句诗中的"以"字改为"重"字才行。话归本题：我从事石膏模型写生之后，为它吃了不少的苦。因为石膏模型都是人的裸体像，而人体是世界最难描得肖似的东西。五官、四肢，一看似觉很简单，独不知形的无定，线的刚柔，光的变化，色的含混，在描写上是最困难的工作。我曾经费了十余小时的工夫描一个 Venus〔维纳斯〕像，然而失败了。因为注意了各小部分，疏忽了全体的形状和调子。以致近看各部皆肖似，而走远来一望，各部大小不称，浓淡失调，全体姿势不对。我曾经用尽了眼力描写一个 Laocoon〔拉奥孔〕像，然而也失败了。因为注意了部分和全体的相称，疏忽了用笔的刚柔，把他全身的肌肉画成起伏的岩石一般。我曾在灯光下描写 Homeros〔荷马〕像，一直描到深夜不能成功。为的是他的卷发和胡须太多,无论如何找不出系统的调子,因之画面散漫无章,表不出某种方向的灯光底下的状态来。放下木炭条,靠在椅背上休息的时光,我就想起:我在这里努力这种全体姿势的研究,肌肉起伏的研究,卷发胡须的研究,谁知也是为了追求视觉的慰藉呢?这些苦工,似乎与慰藉相去太远,似乎与前述的玩具和彩伞全不相关,谁知它们是出于同一要求之下的工作呢!我知道了,我是正在舍弃了目前的小慰藉而从事奋斗,希望由此获得更大的慰藉。

说来自己也不相信:经过了长期的石膏模型奋斗之后,我的环境渐渐变态起来了。我觉得眼前的"形状世界"不复如昔日之混沌,各种形状都能对我表示一种意味,犹如各个人的脸孔一般。地上的泥形,天上的云影,墙上的裂纹,桌上的水痕,都对我表示一种态度,各种植物的枝、叶、花、果,也争把各人所独具的特色装出来给我看。更有希奇的事,以前看惯的文字,忽然每个字变成了一副脸孔,向我装着各种的表情。以前到惯的地方,忽然每一处都变成了一个群众的团体,家屋、树木、小路、石桥……各变成了团体中的一员,各演出相当的姿势而凑成这个团体,犹如耶稣与十二门徒凑成一幅《最后的晚餐》一般……读者将以为我的话太玄么么?并不!石膏模型写生是教人研究世间最复杂最困难的各种形、线、调、色的。习惯了这种研究之后,对于一切形、线、调、色自会敏感起来。这犹之专翻电报的人,看见数目字自起种种联想;又好比熟习音乐的人,听见自然界各种声音时自能辨别其音的高低、强弱和音色。我久习石膏模型写生,入门于形的世界之后，果然多得了种种视觉的粮食：例如名画，以前看了莫名其妙的，现在懂得了一些好处。又如优良的雕刻，古代的佛像，以前未能相信先辈们的赞美的，现在自己也不期对它们赞美起来。又如古风的名建筑，洋风的名建筑，以前只知道它们的工程浩大，现在渐渐能够体贴建筑家的苦心，知道这些确是地上的伟大而美丽的建设了。又如以前临《张猛龙碑》《龙门二十品》《魏齐造像》，只是盲从先辈的指导，自己非但不解这些字的好处，有时却在心中窃怪，写字为什么要拿这种参差不整、残缺不全的古碑为模范？但现在渐渐发觉这等字的笔致与结构的可爱了。不但对于各种美术如此，在日常生活上，我也改变了看法：以前看见描着工细的金碧花纹的瓷器，总以为是可贵的；现在觉得大多数恶俗不足观，反不如本色的或简图案的瓷器来得悦目。以前看见华丽的衣服总以为是可贵的，现在觉得大多数恶劣不堪，反不如无花纹的，或纯白纯黑的来得悦目。以前也欢喜供一个盆景，养两个金鱼，现在觉得这些小玩意的美感太弱，与其赏盆景与金鱼，不如跑到田野中去一视伟大的自然美。我把以前收藏着的香烟里的画片两大匣如数送给了邻家的儿童。

我的美术鉴赏眼，显然是已被石膏模型写生的磨练所提高了。然而这在视觉慰藉的追求上，是大不利的！我们这国家，民生如此凋敝，国民教养如此缺乏。"饱暖思美术"，我们的一般民众求饱暖尚不可得，哪有讲美术的余暇呢？因此我们的环境，除了山水原野等自然之外，凡人类社会，大多数地方只有起码的建设，谈不到美术，一所市镇，只要有了米店、棺材店、当铺、茅坑……等日用缺少不来的设备,就算完全,更无暇讲求"市容"了。一个学校,只要有了坐位和黑板等缺少不得的设备,就算完全,更无暇讲求艺术的陶冶了。一个家庭,只要有了灶头、眠床、板桌、马桶等再少不来的设备,也算完全,更无暇讲求形式的美观了。带了提高了的美术鉴赏眼,而处在上述的社会环境中,试问向哪里去追求视觉的慰藉呢?以前我还可没头于红沙泥模子的塑印中,及彩伞的制作中,在那里贪享视觉的快感。可是现在,这些小玩意只能给我的眼当作小点心,却不能当作粮食了。我的眼,所要求的粮食,原来并非贵族的、高雅的、深刻的美术品,但求妥帖的、调和的、自然的、悦目的形相而已。可是在目前的环境中,最缺乏的是这种形相。有时我笼闭在房间里,把房间当作一个小天地,施以妥帖、调和、自然而悦目的布置,苟安地在那里追求一些视觉的慰藉。或者,埋头在白纸里,将白纸当作一个小天地,施以妥帖、调和、自然而悦目的经营,空想地在那里追求一些视觉的慰藉。到了这等小天地被我看厌,视觉饥荒起来的时候,我唯有走出野外,向伟大的自然美中去找求粮食。然而这种粮食也不常吃。因为它们滋味太过清淡,犹如琼浆仙露,缺乏我们凡人所需要的"人间烟火气"。在人类社会的环境不能供给我以视觉的食粮以前,我大约只能拿这些苟安的、空想的、清淡的形相来聊以充饥了。

廿四〔1935〕年十一月十三日作

绘画的欣赏[1]

眺望这般复杂的今日的画坛,而欲在一篇短文中谈论"绘画的欣赏",也只能像"影绘"一般只描物象的大体轮廓,或者像"略画"一般,省去了一切的 details〔细节〕,而仅写主要的寥寥数笔。

凡事入了专门研究,必然发生出许多"不足为外人道"的专门技法来。绘画艺术也是如此。所谓"笔意""气韵",所谓"touch〔笔触〕""value〔效力〕"等,都是专门家之间的品评用语。普通的欣赏者中,真能理解这种技法的人极少。这在一方面看,原是绘画艺术进步的现象;但从他方面看,也是使绘画的欣赏范围缩小的一个原因,或者是把绘画推进象牙塔的一种助力。"绘画的欣赏"的难言,其主因也就在此。然而现在可以暂时不顾一切这等专门技法,而但从绘画的表面着手,把它们区别为"写实"与"写意"两大范型。这办法自不免粗率,然而容易引导一般人跨上绘画欣赏的道程。

这分类法的根据是这样:除了极少数莫名其妙的新派画外,凡绘画总是在平面上描写"物象"——人物、山水、花

---

[1] 本文原载 1936 年 2 月《申报周刊》第 1 卷第 4 期。

鸟、社会——的。这些物象的描写法，或工或粗，或繁或简，因各时代各地方各个人而纷异。但大体可分为两类：其一是力求肖似实物的，即依照眼前的实际状态而描写的。其二是故意背叛实物的，即依照心中的想象姿态而描写。前者可称为"写实"的，后者可称为"写意"的。现在先列表在下面，然后依表的次序略加说明。最后括弧里的字，表示它们的极端的形式。

绘画 { 写实的 ＝＝ 印象派——浪漫派——古典派——文艺复兴期绘画——（照相）

写意的 ＝＝ 后期印象派——野兽派——中国画——漫画立体派——（图案）

印象派是十九世纪后半期兴起的一种画派。他们的主张，描画要全凭仗两只眼睛的感觉，不可加以记忆或想象，例如描一盆花：不可先想起花是红的，叶是绿的，然后调红颜料来描花，调绿颜料来描叶。须得屏绝思虑，用纯洁的视觉来观看某种光线之下某种环境之内的花的瞬间的状态，然后完全依照视觉的所感而描写。红花的某部分，在某种光线之下也会显出非红色来；绿叶的某部分，在某种光线之下也会显出非绿色来。于是花不一定红，有时也会变绿；叶不一定绿，有时也会变红。故在印象派的绘画中，各物的各部分，红黄蓝诸色齐备，不过强弱不同而已。近看时，但见画面统是各种的色点或色条，犹如织物的地毯一般。但走远来，把两眼微微合拢而眺望，即见很逼真的瞬间状态，同真的光线之下的实物一样。这种画法，盛行于十九世纪后半，其余风至今日还存在。现今的美术家，即使非印象派的人，其画中也常略带印象派的痕迹。我们欣赏这种画时须注意：第一，不宜近看，近看则斑斑驳驳，不辨物象；宜远看，远看则光线彩色均极逼真。第二，但赏形色的美，不宜探索画中题材的含义。因为印象派画家的选材，不以内容意味而以形式的美（光与色）为标准。若光线与色彩皆美观，则无论小小的两只果子，平凡的一堆稻草，也可为杰作的题材。印象派创生于法国。法国印象派大家莫内〔莫奈〕（Monet）的杰作，大都是静物及平凡的野景。他们的画，非但力求肖似实物，且描出实物的瞬间的光景，可谓写实风绘画的第一适例。

不重光与色的写实，而重形的写实，是写实派。这是十九世纪中在法国创生的一种画派。其代表作家为米叶〔米勒〕（Millet）与柯裴〔库尔贝〕（Courbet）。他们的画法，有三特点：第一是注重形，凡画中各物的形体，均切实地描写，务求肖似实物。第二是注重明暗，凡物受光之处白，背光之处黑，半受光半背光之处灰色，这三面皆分明地描出，故物象富有"立体感"，远望时同真的东西一样。若将其画缩小，印刷为复制品，则细处的笔法即隐，看去竟同照相一般，不过其美为照相所不可及。第三是题材开放。以前的画，取材大都是高贵的人物，高贵的生活。写实派画家反对这办法，偏偏描写常见的人物，平凡的生活。农夫，劳工，田家生活，贫农之家，从此都有了入画的资格。故欣赏这等绘画，同参观现世社会一样，感到亲切的生活趣味。艺术出了象牙之塔而向一般民众开放以来，此种绘画最普遍地受世人的欣赏。

以上两种绘画，印象派与写实派，虽然力求肖似实物，但画面全体必有统一的调子。即其所描写的必是在某一时间某一地方所见的景物。例如描写远景必模糊，描写细部分亦必模糊，方才合于实际。因我们的目力必集中于主体物象上，故余物势必模糊。但在这两派以前的画派，如浪漫派与古典派，并不如此。他们也力求肖似实物。但不论远近大小，皆用细描。故画面全体精致，一笔不苟。人物自须眉以至衣服上的皱纹，景物自地上的草，树上的叶以至屋上的瓦，无不一一细写。故其画远看也好，近看也好；就全体看也好，就部分看也好。例如浪漫派的大画家特拉克洛亚〔德拉克洛瓦〕（Delacroix）的人物画，古典派大画家达微特〔大卫〕（David）描写拿破仑的画，都是工笔的写实。我们在书籍杂志中看它们的缩印图，觉得同照相无异；若看到真的作品，更要惊讶它们同实景一般。十八世纪以前的西洋画，都作这样的画风，而细写的工夫愈古愈深。文艺复兴期三杰的作品可说是最工细的写实风绘画。所谓三杰，即辽拿独·达文西〔莱奥纳多·达·芬奇〕（Leonardo da Vinci）、米侃朗琪洛〔米开朗基罗〕（Michelangelo）和拉费尔〔拉斐尔〕（Raphaelo）。他们的作品形式大都巨大，画面所收罗的人物很多。各部细写，数年完成一幅，其工致可想而知。达文西的杰作是《最后的晚餐》，描写基督与十二门徒聚餐，十三人的表情、衣褶、室内的布置，无不详细描写，看去真同舞台上扮演的戏剧一般。米侃朗琪洛的杰作是《最后的审判》，无数的人物，各种姿势和服装，各种的景物，皆出于工细之笔。我们平常所见的复制品大都是全幅中的某一部分，但是好像一幅独立的绘画。可知此种大画，实由无数小画连合而成。即画家的观点不集中于一个主体，而轮流集中于各部。故欣赏此等绘画，也可就逐部分细阅，不仅纵观其全体而已。三杰之中，拉费尔的作品形式较小，其杰作为《圣母子图》，用柔丽而工整的笔法，细写圣母与幼年耶稣的姿态，配以种种同样工细的背景。据史传所说，文艺复兴期的画家盛用"模特儿"，不过不像现今地专画裸体模特儿，又令穿各种衣服，扮演历史故事，以供写实。有的画家亲自解剖尸体，以求人体画法的逼真。有的画家为欲描写基督被磔刑时的苦痛的颜貌，竟把模特儿杀死（这是文艺复兴后意大利画家 Giotto〔乔托〕的故事。古代人竟有这种非人道的行为）。他们的注重写实，于此便可想见。

总之，从十五六世纪（文艺复兴）直至十九世纪初（古典派浪漫派）绘画都是工笔写实的。愈古画面愈浪漫，愈近画面愈集中，但其工笔写实则无异。浪漫派以后的写实派与印象派，如前所述，写实而非工笔。故上述各派绘画，可用"写实风"三字总括之。无论工笔或粗笔，统是力求肖似实物，依照眼前实际状态而描写的。充此种画风的极致，就是照相。上述的作品，艺术的价值当然远胜于照相，但在写实的一点上，都具有照相的特色。米侃朗琪洛的大作好像团体照相，特拉克洛亚的风景画，好像风景照相，印象派绘画仿佛是最近流行的那种模糊的美术照相。

反之，还有一大批不具照相特色的绘画存在着。这就是我所谓写意风的绘画。即故意背叛实物，依照心中的想象姿态而描出的绘画。在西洋，创造此画法的是后期印象派大画家赛尚痕〔塞尚〕（Cézanne），他的画中，用很粗大而强力的线条，当作物象的轮廓。这一点便是背叛实物的明证。因为在实物上，轮廓只有界限，而并无"线"。线是画家心中想象出来的姿态。他的画中，又用单纯的大块的绿色来描树叶，单纯的强硬的色块来描物体的明暗。这也是背叛实物的一证。因为实际的树，是由一张一张的小叶集成的，在实际的物象上，是由明向暗渐次移变的，决不会如此单纯而唐突。这种单纯与唐突，也是画家心中想象出来的姿态。所以后期印象派的绘画，大概形态奇怪，色彩强烈，用笔粗率。总之，完全不像实物。同派的画家谷诃〔梵高〕（Gogh）、果庚〔高更〕（Gauguin），以及其后的野兽派画家马谛斯〔马蒂斯〕（Matisse）、符拉芒〔符拉芒克〕（Vlamink）、童根〔东根〕（Dongen）等，更展进赛尚痕所创的画法，愈加背叛实物，而注重主观。故画面亦愈加奇怪，愈加强烈，愈加粗率了。欣赏此种绘画，宜注重其用笔的力，设色的胆量，以及构图的经营，而欣赏其笔情墨趣，却不可从物象的形似上或题材的内容上探求兴味。苏东坡云："论画以形似，见与儿童邻。"用这两句诗来说明此种画的欣赏法，最为适宜。

此种画法，在西洋是赛尚痕所创造的。但在东洋，原是我们中国绘画所固有的画法。而且赛尚痕的创造，确是从东洋画中获得其动机的（详说见拙著《绘画与文学》末篇，开明版）。中国的画，无论山水、人物、花卉，皆不务写实，皆不照眼前实际状态描写；必然把实际形状变更，而描成奇怪的姿态。变更之法大约有二：或移改物象的位置，或变化物象各部大小的比例。例如画山水，尽可把平日所见的各种奇山异水重重叠叠地并收在一张纸上。画女人，为欲显示美貌，不妨把头画得特别大，不管它对于身体称不称；把脸涂得特别白，不管它对于实际合不合；为欲显示纤手，不妨把手画得特别小，像羊齿类植物一般，不管它对于全身配不配。这等其实不是描物象，只能说是描物象的一种象征。而我们欣赏时所感到的兴味，也是在其象征的暗示的意义上。这种变更再进一步地夸张起来，即成为漫画的形式。漫画是注重内容意味（讽刺等）的一种小画，形式大都夸张，不像实物。变形之极，就是立体派的绘画。那种画完全背叛实物，仅写主观的感念。因此缺乏客观的要素，往往成为莫名其妙的东西。这种绘画，虽然古今东西都有，但在背叛实物，依照心中想象姿态而描写的一点上，可说是同一范型的——写意的。充此种绘画的极致，是图案。图案但从实物中看取特色，再用自己的想象来给它自由变形（其方法叫做便化）。或把花草作成规则的形状，或把虫鸟变成奇异的色彩，以供各种装饰之用。试看后期印象派、野兽派、立体派的画，以及各种的中国画，其线、其形、其色、其构图，到处微微地具有图案的特色，如同前述的写实画具有照相的特色一样。

  欣赏绘画时，用这两种特色为区别的标准，也可以在复杂的画坛中找出大体的头绪来。

廿五〔1936〕年春日作

漫画艺术的欣赏[1]

"漫画"式样很多,定义不一。简单的、小形的、单色的、讽刺的、抒情的、描写的、滑稽的……都是漫画的属性。有一于此,即可称为漫画。有人说,现在漫画初兴,所以有此混乱现象;将来发达起来,一定要规定"漫画"的范围和定义,不致永远如此泛乱。但我以为不规定亦无不可,本来是"漫"的"画"规定了也许反不自然。只要不为无聊的笔墨游戏,而含有一点"人生"的意味,都有存在的价值,都可以称为"漫画"的。因此,要写一般的漫画欣赏的文章,必须有广大的收罗,普遍地举例,方能说得周到。这事很难,在我一时做不到。

但欣赏漫画与制作漫画,并不是判然的两件事。可以照自己的好尚而描画,当然也可以照自己的好尚而谈画。且让欢喜看我的画的人听我的谈画吧。于是我匆匆地写这篇文章来应《中学生》的征稿。

古人云:"诗人言简而意繁。"我觉得这句话可以拿来准绳我所欢喜的漫画。我以为漫画好比文学中的绝句,字数少而

---

[1] 本篇原载 1935 年 6 月《中学生》第 56 号。

精，含义深而长。举一例：

"寥落古行宫，宫花寂寞红。白头宫女在，闲坐说玄宗。"这二十个字，取得非常精采。凡是读过历史的人，读了这二十个字都会感动。开元、天宝之盛，罗袜马嵬之变[1]，以及人世沧海桑田之慨，衰荣无定之悲，一时都涌起在读者的心头，使他尝到艺术的美味。昔人谓五绝"如四十个贤人，着一个屠沽不得"。这话说得有理。不过拿屠沽来对照贤人，不免冤枉。难道做屠沽的皆非贤人？所以现在不妨改他一下，说五绝"如二十个贤人，着一个愚人不得"。我们试来研究这首五绝中所取的材料，有几样物事。只有四样："行宫""花""宫女"，和"玄宗"。不过加上形容："寥落的""古的"行宫，"寂寞地红着的"宫花，"白头的"宫女，"宫女闲坐谈着的"玄宗。取材少而精，含义深而长，真可谓"言简意繁"的适例。漫画的取材与含义，正要同这种诗一样才好。胡适之先生论诗材的精采，说："譬如把大树的树身锯断，懂植物学的人看了树身的横断面，数了树的年轮，便可知道树的年纪。一人的生活，一国的历史，一个社会的变迁，都有一个纵剖面和无数横断面。纵剖面须从头看到尾才可看见全部。横断面截开一段，若截在紧要的所在，便可把这个横断面代表这一人，或这一国，或者这一个社会。这种可以代表全部分的，便是我所谓最精采的。"我觉得这譬喻也可以拿来准绳我所欢喜的漫画。漫画的表现，正

---

[1] 指唐朝安史之乱时，玄宗从长安西奔成都，杨贵妃在马嵬坡被缢死之事。罗袜为其被缢死后之遗物。

要同树的横断面一样才好。

然而漫画的表现力究竟不及诗。它的造形的表现不够用时,常常要借用诗的助力,侵占文字的范围。如漫画的借重画题便是。照艺术的分类上讲,诗是言语的艺术,画是造形的艺术。严格地说,画应该只用形象来表现,不必用画题,同诗只用文字而不必用插画一样。诗可以只用文字而不需插画,但漫画却难于仅用形象而不用画题。多数的漫画,是靠着画题的说明的助力而发挥其漫画的效果的。然而这也不足为漫画病。言语是抽象的,其表现力广大而自由;形象是具象的,其表现力当然有限制。例如"白头宫女在,闲坐说玄宗",诗可以简括地用十个字告诉读者,使读者自己在头脑中画出这般情景来。画就没有这样容易,而在简笔的漫画更难。倘使你画一个白头老太婆坐着,怎样表出她是宫女呢?倘使你把她的嘴巴画成张开了说话的样子,画得不好,看者会错认她在打呵欠。况且怎样表明她在说玄宗的旧事呢?若用漫画中习用的手法,从人物的口中发出一个气泡来,在气泡里写字,表明她的说话,那便是借用了文学的工具。况且写的字有限,固定了某一二句话,反而不好。万不及"说玄宗"三个字的广大。就是上面两句,"寥落古行宫,宫花寂寞红",用漫画也很难画出。你画行宫,看者或将误认为邸宅。你少画几朵花,怎能表出它们是"宫花",而在那里"寂寞红"呢?

所以画不及诗的自由。然而也何必严禁漫画的借用文字为画题呢?就当它是一种绘画与文学的综合艺术,亦无不可。不过,能够取材精当,竭力谢绝文字的帮忙,或竟不借重画题,当然是正统的绘画艺术,也是最难得的漫画佳作。

借日本老画家竹久梦二先生的几幅画来作为说例吧。

有一幅画,描着青年男女二人,男穿洋装,拿史的克〔手杖〕,女的穿当时的摩登服装,拉着手在路上一边走,一边仰起头来看一间房子门边贴着的召租。除了召租的小纸札上"Kashima Ari"("内有贷间")五字(日本文有五个字)而外,没有别的文字。这幅画的取材我认为是很精采的。时在日本明治末年,自由恋爱之风盛行,"Love is best〔爱情至上〕"的格言深印在摩登青年的脑中。画中的男女,看来将由(或已由)love 更进一步,正在那里忙着寻觅他们的香巢了。"贷间"就是把房间分租,犹如上海的"借亭子间"之类。这召租虽然也是文字,但原是墙上贴着的,仍不出造形的范围,却兼有了画题的妙用。

去年夏天我也曾写过一幅同类的画:画一条马路,路旁有一个施茶亭,亭的对面有一所冰淇淋店。这边一个劳动者正在施茶亭畔仰起了头饮茶;那边青年男女二人挽着手正在走进冰淇淋店去。画中只有三个文字,冰淇淋店门口的大旗上写着一个"冰"字,施茶亭的边上写着"施茶"二字,都是造形范围内的文字,此外不用画题。这画的取题可说是精采的。但这不是我自己所取,是我的一个绘画同好者取来借给我的。去年夏天他从上海到我家,把所见的这状态告诉我,劝我描一幅画,我就这样写了一幅(现在这画被收集在开明书店出版的画集《人间相》中)。

梦二先生的画有许多不用画题,但把人间"可观"的现象画出，隐隐地暗示读者一种意味。"可观"二字太笼统，但也无法说得固定，固定了范围便狭。隐隐的暗示，可有容人想象的余地。例如有一幅描着一个女子独坐在电灯底下的火钵旁边，正在灯光下细看自己左手的无名指上的指环，没有画题，但这现象多么"可观"！手上戴着盟约的指环的人看了会兴起切身的感动。没有这种盟约指环的人，会用更广泛自由的想象去窥测这女子的心事。——这么说穿了也乏味。总之，这是世间万象中引人注目的一种状态。作者把它从万象中提出来，使它孤立了，成为一幅漫画，就更强烈地引人的注目了。日常生活中常有引人注目的现象，可以不须画题，现成地当作漫画的材料，只要画的人善于选取。梦二作品中还有许多可爱的例。有一幅描着一株大树，青年男女二人背向地坐在大树左右两侧的根上，大家把脸孔埋在两手中，周围是野草闲花。这般情状也很牵惹人目。有一幅描着一个军装的青年武夫，手里拿一册书，正在阅读，书的封面向着观者，但见题着"不如归"三字。取材也很巧妙（《不如归》是当时大流行的一册小说，描写军阀家庭中恋爱悲剧的。这小说在当时的日本，正好像《阿Q正传》在现在的中国）。又有一幅描着一个身穿厨房用的围裙的女子，手持铲刀，仓皇地在那里追一只猫。猫的大半身已逃出画幅的周围线之外，口中衔着一个大鱼。这是寻常不过的题材，但是一种不言而喻的紧张的情景，会强力挽留观者的眼睛，请他鉴赏一下，或者代画中人叫一声"啊哟！"又有一幅描着乡村的茅屋和大树，屋前一个村气十足的女孩，背上负着一个小弟弟，在那里张头张脑地呆看，她的视线所及的小路上,十足摩登的青年男女二人正在走路。这对比很强烈。题曰"东京之客"。其实不题也已够了。

没有画题,造形美的明快可喜。但画题用得巧妙,看了也胜如读一篇小品文。梦二先生正是题画的圣手,这里仍旧举他的作例来谈吧。他的画善用对比的题材,使之互相衬托。加上一个巧妙的题目,犹如画龙点睛,全体生动起来。有一幅描着车站的一角,待车的长椅上坐着洋装的青年男女二人,交头接耳地在那里谈话,脸上都显出忧愁之色。题曰《不安的欢乐》。有一幅描着一个天真烂漫的少女,坐在椅子上,她的手搁在椅子靠背上,她的头倾侧着。题曰《美丽的疲倦》。有一幅描着一个少妇,手中拿着一厚叠的信笺,脸上表出笑容,正在热中地看信;桌上放着一张粘了许多邮票的信壳。题曰《欢喜的欠资》。有一幅描着一个顽固相十足的老头儿,正在看一封长信。他身旁的地上(日本人是席地而坐的,故这地上犹如我们的桌上)一张信壳,信壳的封处画着两个连环的心形(这是日本流行的一种装饰的印花,情书上大都被贴上一张)。他的背后的屏风旁边,露出一个少女的颜貌来,她颦蹙着,正在偷窥这老头儿的看信,题曰《冷酷的第三者》。以上诸画题是以对比胜的。还有两幅以双关胜的:一幅描着一个青年男子正在弹六弦琴,一个年青女子傍在他身旁闭目静听。题曰《高潮》。一幅描着伛偻的老年夫妇二人,并着肩在园中傍花随柳地缓步。题曰《小春》。

还有些画题,以心理描写胜。例如有一幅描着夏日门外,一个老太婆拿着一把小尖刀,正在一个少年的背上挑痧。青年缩着颈，痉着手足，表示很痛的样子。他的前方画着一个夕阳。题曰《可诅咒的落日》。要设身处地地做了那个青年，方才写得出这个画题。有一幅，描着一个病院的售药处的内面，窗洞里的桌上放着许多药瓶，一个穿白衣的青年的配药女子坐在窗洞口，正在接受窗洞板上的银洋。题曰《药瓶之色与银洋之声》。作者似在怜惜这淡装少女的生活的枯寂，体贴入微地在这里代她诉述。有一幅描着高楼的窗的内部，倚在窗上凝望的一个少女的背影，题曰《再会》。有一幅描着一个女子正在看照片，题曰《Kiss〔接吻〕前的照片》。还有一幅描着一个幼女正在看照片，题曰《亡母》。这等画倘没有了画题，平淡无奇。但加上了这种巧妙的题字，就会力强地挑拨看者的想象与感慨。他有时喜用英语作题目。描旷野中一株大树根上站着一个青年学生，题曰《Alone〔孤独〕》。描两个青年恋人在那里私语，题曰《Ever, Never〔永远，永不〕》。描两个天真烂漫的小学生背着书包在路上走，挽着臂的一对青年爱侣同他们交手过，小学生不睬他们，管自仰着头走路，题曰《We Are Still Young〔我们还年轻〕》。用英文作题，不是无谓的好奇。有的取其简洁，翻译了要减少趣味，例如前二幅。有的取其隐晦，翻译了嫌其唐突，例如后一幅。

"言简而意繁"这句话，对于梦二一派的漫画最为适用。自己欢喜这一派，上面就举了许多梦二的例。对于别种的漫画，我也并非全无趣味。例如武器似的讽刺漫画，描得好的着实有力！给人的感动比文字强大得多呢！可惜我见闻狭小，看了不忘的画没有几幅。为调节上述诸例的偏静，也就记忆所及举几幅讽刺画在这里谈谈。某西洋人描的一幅,描一个大轮子正在旋转来。许多穿燕尾服的人争先恐后地爬到这轮子上去。初爬的用尽气力在那里攀附。已爬上的得意洋洋。爬在顶高地方的人威风十足,从顶高处转下去的人搔着头皮。将被转到地上的人仓皇失措。跌落在地上的人好像死了。爬上来的地方,地上写着"Today〔今天〕",跌下去的地方,地上写着"Tomorrow〔明天〕"。形容政治舞台可谓尽致。某日本人描的一幅,描着一个地球,地球上站着一个人,一手捏住鼻头,一手拿一把火钳,把些小人从地球上夹起来,丢到地球外面去。小人有的洋装而大肚皮,有的军装而带手枪。还有一幅,描着一个舞台,许多衣上写着姓名的政客在那里做戏。他们的手足上都缚着线,线的一端吊在舞台上面,一个衔着雪茄烟的大肚皮洋装客正在拉线。这种画,都能短刀直入地揭破世间的大黑幕。在中国现在的杂志上,也常看到讽刺漫画的佳作。可惜我的记忆不好,一时想不起来。举了这几个例就算了。

常有人写信来,问我漫画学习如何入手。没有一一详复的时与力,抱歉得很!现在借这里带便作一总复:漫画是思想美与造形美的综合艺术,故学习时不能像普通学画地单从写生基本练习入手。它的基本练习有二方面:一方面是技术的修练,与普通学画同,练习铅笔静物写生,木炭石膏模型写生,或人体写生。另一方面是思想的修练,如何修练,却很难说。因为这里包括见闻、经验、眼光、悟性等人生全体的修养,不是一朝一夕的能事,勉强要说,只得借董其昌的话:"读万卷书,行万里路。"总之,多读读书,多看看世间,都是漫画的基本练习。这又同诗一样：例如开头所举的一首绝句，倘不曾读过历史，不知道唐玄宗的故事，读了这二十个字莫名其妙。听说外国人翻译这首诗，曾把"玄宗"两字误译为"玄妙的宗教"。亏他们欣赏的！欣赏非有各方面的修养不可，则创作的需要广泛的修养，不待言了。

廿四〔1935〕年五月七日作

版画与儿童画[1]

最近苏联版画展览会在上海开幕。接着全国儿童画展览会又在上海举行,几个相识的中学生及爱好美术的朋友遇见我时,常以版画及儿童画为说话的资料。但这两种展览会,我都没有看。所以他们希望我讲几句切实的批评的话,我却一句也讲不出来。于是他们就把话头转到这两种绘画的一般问题上。所说论的也不外乎下例的几种问题:

"版画究竟是甚样的一种绘画?"

"版画究竟有什么艺术的价值?"

"儿童画跟成人的画有什么差别?"

"儿童画要怎样才算好?"

这种问题,看似平凡,解答时也很困难。约略解说,难得要领;详细解说,言之长也。因此我的回答往往支离破碎,不能满足对方的要求。过后我常常想:艺术之事,在万方多难之我国,颇有未遑兼顾之势。故虽是这样浅近的问题,在青年间尚有茫然不解其意,而要求根本的解说者。因此我在几次支离破碎的说话之后,发心把话题汇集起来,写成这一篇文字,以

---

[1] 本篇原载《浙江青年》2卷7期(1936年5月出版)。

表明版画与儿童画的一般的性状。并以应《浙江青年》的索稿。愿读这篇文字的人,也许不止以前和我说话的几个人。我所喜者,这两种绘画的性状,偶然有着类似点,允许我在这里并为一谈。

什么叫做版画?简单地回答:版画不是描在纸或布上的画,是刻在木头等硬物上而印刷出来的画。版画不是作一次只得一幅的画,是作一次可印刷许多的画。

什么叫做儿童画?简单地回答:儿童画是思想感情特殊而绘画技术未练的一种人所描的绘画。儿童画是重兴趣而轻理法的,近于漫画的一种绘画。

版画因为是刻出来的,故画面大概比普通画小,笔法大概比普通画单纯,色彩大概比普通画简单。全体的印象大概比普通画强明。

儿童画因为是重兴味而轻理法的儿童的作品,故画面当然也比成人的画小,笔法大概比成人的画粗率,色彩也比成人的画强烈。全体的印象大概比成人的画奇特。

印象强明是可喜的,印象奇特也有他的好处。故二者各有其独得的特长,以与普通的成人的绘画相对立。我所谓二者的类似点,就在于此。但是,欲详细表明二者独得的特长,须先把与二者相对的普通的成人的绘画的性状略谈一谈,方可显衬出二者的特色来。

普通所谓"画",就是世间各种景象在平面上的美的表现(所谓普通的绘画者除外,近世所谓新兴美术,即不描物象而仅描无名的形状色彩的所谓立体派等的绘画)。普通所谓"良好"的绘画,最浅近地说,就是景物描得最肖似实物的绘画。总之,绘画的好坏,描得"像不像"是一个最基础的标准。专门家往往把画理说得非常高深玄妙,以为绘画不在描得像。故中国现代画论,大都重"气韵"而轻"形似"。苏东坡说:"论画以形似,见与儿童邻。"照他们说,描画不必求像。这种画论未免立说太高,近于玄妙。而苏东坡的话,更带着诗的夸张,不能视为一般画理。一般地说,"像"毕竟是绘画上最基础的一个条件。因为艺术成立的基础条件中,有一条是"须带客观性"。换言之,即能使万人共赏。客观性愈广大,艺术的价值愈高。吟自己恋爱经过的诗,不能使别人共感;描自己梦境的画,不能使别人共赏,其客观性就狭,其艺术的价值也就差。由此可知绘画的"描得像",是使绘画的客观性广大的第一步;是使艺术的价值增高的最简易的方法。西洋人尤其看重这一点,十九世纪以前西洋画,虽然流派甚多,纵观其共通的特点,不外乎一个"像"字。只要看他们研究绘画的方法,就可知道他们何等地注重"肖似实物";西洋绘画,在古代就有用活人模特儿(model)的办法。中世纪描宗教画的画家,要描基督,或圣母,或诸圣徒群众集合的画,常常先想象画中人的颜貌姿态,然后向世间物色一个颜貌姿态相似的人,教他穿起相当的衣服,装出相当的姿势,让画家看着了描写。中世纪的画家,不用模特儿而全凭记忆及想象作画的人固然很多;但用模特儿的画家也不乏其人。其中有一位大画家名叫乔托(Giotto)的,曾经描一幅《耶稣磔刑》图。然而受磔刑的耶稣的颜貌,在他无论如何想象不出来。为了要求大杰作的肖似实情，他曾经起个狠心，把模特儿杀死，以便仔细观察这人临死时的苦痛的颜貌。这个实在是非人道的行为，在现世，我想决不会有这般野蛮的画家。但在宗教势力盛大而人权不平等的中世纪时代，也许有容许他杀死模特儿的环境。但这些问题我们现在无暇讨论。现在提出这件逸事，无非要表明西洋古代绘画的极端注重"肖似"。到了十八世纪，西洋画风也是如此。那古典派大画家大卫（David），就是为拿破仑宫廷美术总监，而一生专描拿翁赞颂的绘画的官僚画家，也曾有关于模特儿找求的残忍的逸话：他的一个知己朋友，在拿破仑侵略军的炮火中垂死了。他得知了这消息，立刻去探访这朋友。别人以为他是去救护或慰安的。谁知他到了这奄奄一息的朋友身边，一点感情也不动，却冷静地拿出速写簿来，热心地描写他那苦痛的表情，对于他的苦痛如同不见不闻。他不是来吊慰朋友的，他是来练习写生画的！这等不顾人情的画家逸话，都是西洋画极端注重"肖似"的明证。下到十九世纪，此风更盛。印象派的画家作画必须写生，离开了模特儿不能下一笔。他们为了研究静物的形状的色彩，把苹果供得腐烂；为了必须在同样光线下写生，一幅风景写生画要分作好几天画，今天下午从一时画到二时，明天下午也限定这时间去续画，再限定这时间去续画……一直画到地上长草，树上发芽，他的作品终于不能完成。

在这样的画法之下所产生的绘画，有一个显著的共通点，就是"像"，即"肖似实物"。第一形象正确，笔法细致，衣褶都详细描写，毛发都数得清楚，真同照相相像。第二色彩逼真，那种油画颜料，既复杂，又鲜明，又便利，一任画家自由驱使，无往而不肖似实物。第三光线描得如实，哪一部分明，哪一部分暗，哪一部分半调子（half tone），哪一部分高光点（high light），都不容紊乱。肖像画倘使放在室中的暗角里，竟可使粗心人或近视眼一时错认为活人，上前去向他点头拱手呢。写实的画风，在十九世纪前支配西洋画坛，历数百年之久，十九世纪以后，一时受东洋画风影响，写实的画风被放弃，矫枉过正，一时变出种种混乱的现象来，像未来派、立体派、构图派、达达派等莫名其妙的画风，便是矫枉过正的现象。然而这种现象犹如昙花一现，不久就衰沉寂没。现今西洋的画坛，虽然因为未曾盖棺，不能下一定论，但要不外乎祖传的写实风与近来输入的东洋风的葛藤的现象而已。最近版画的勃兴，便是这种现象的一面。

　　版画，显然是背叛向来"力求肖似实物"的画风的一种绘画。它因为是刻的，大多数用线条为表现的手段。它因为是印刷的，大多数只有黑白二色或单纯的几色。这可以使人联想"图案"。图案中所描写的，岂是实际世间所有的现象？版画的内容当然不像图案那么荒唐，但在表现的技巧上，与图案相去不远。总之，旧式西洋画有时可以使人误认为实物。版画则全无这种性格。版画坦白地表明着它是异于实物的一幅"画"，不是希图"冒充实物"的。例如各杂志报纸上刊载的版画作例，索洛威克赤所作的《史塔林〔斯大林〕》像，是版画中写实风最浓重的一例，然而拿向来的西洋油画肖像和这比较起来，格调完全不同。前者含有"冒充实物"性，后者坦白地表明是"画"，一幅用线条描成的黑白两色的插画，我猜想这回的版画展览会中，一定不乏比这幅更"不像真"而"像画"的作品。无论所表现的是工场、烟囱、火车、群众等现代苏联社会的实际现状，但表现的技巧自与实际分离，自成一幅"绘画"。

数百年来看惯那"冒充实物"的绘画的西洋人，看到这种版画，好似肥鲜吃腻了嘴的人喝一瓶苏打水，其爽快可以想见。向来，这种画在西洋只作附属于书籍的插图，没有独立艺术品的资格。现今在德国，在苏联，忽然发达起来，不但获得了独立艺术品的资格，又渐有占据画坛重要地位的倾向了。为的是这种画的表现形式，给西洋人以新鲜的感觉，强明的印象，故能获得多数人的注意与赞美。

这种注意与赞美，发自西洋人，是当然无足怪的事。但发自中国人，我想至少要打个折扣。为的是版画在中国，千年前早已发达，而且中国画本身就是版画风的。数千年来看惯线条画、黑白画、单纯强烈的色彩画的中国人，看见像苏联那种版画时，虽然对于它们的题材的关切生活，与技术的非常进步觉得适合时代社会而可喜，但对于这种绘画技术的原则，不免要想起"这原是我们的呀！"也许为此对版画更加注意，但注意的动机与西洋人不同。也许为此对版画更加赞美，但赞美的性质也与西洋人相异。这注意带着回顾，这赞美含着自矜与自励。总之，东洋是版画技术的本家。在东洋不是版画的也都像版画。

何以言之？中国画法，向来没有前述的那种"写实"风。中国的绘画，向来不想"冒充实物"，没有一幅不坦白地表明它是"画"。第一：中国画中的物象，大都用线条构成。在实物上，其实极少有线条。除了真同线一样细的东西以外，都是各种形体的块。中国画家发明用线条来表示这些形体的块的界线，我们看惯了不以为奇；根本地想，这实在是一种奇妙的发明。画个人，脸壳上围着线条，手指上围着线条，衣服的四周也都围着线条。这岂是实际世间所有的景象？（西洋画就可以不用线，但用色彩明暗的差别来显出这形体的界线，全同实物上所显出的景象一样。）第二：中国画中的形，但凭感觉而描写，很不讲究实际的尺寸。故中国的人物画中，常有头大于腹，手小于耳等可笑的形状。然从前的中国画家，不以此为病。正如东坡所说："论画以形似，见与儿童邻。"他们的批评标准全在于别处，即所谓笔法、神趣、气韵等。因此中国画的画面状态，离实世间甚远！有些"大画家"的作品，画面笔飞墨舞，好似张天师画的一道灵符！这种灵符现今还在各处流行，被好古的中国人珍藏着。好像这里面真有神通，可以驱邪降福似的。第三：中国画的色彩不是简单，就是强烈。简单之极，只用一种黑色，叫做"墨画"。这就像版画中那种单色的作品，不过是用手描的。山水、石头、竹、梅，都通行作墨画，而且墨画山水，在中国画中是一种高贵的画派，唐朝的王摩诘所创行，千百年来中国画家所宗奉，名曰"南派"画法（和它相对峙的，唐朝的李思训所创行的着色山水画法，名曰"北派"）。日本现今盛行的所谓"南画"，就是这种墨画法。中国画中用单色的，不但墨画而已，还有用朱磦代墨的，叫做朱描。朱描的人物《钟馗像》，是常见的。朱描的竹尤为画中奇品，特名为"朱竹"。竹的实际色彩是绿的，中国人却用与绿完全相反的朱色来描竹,其非写实风可使外国人吃惊。第四:中国画全体的构图,亦显然地表示着画与实际的分别,使人一看就知道画中物非真物。所谓构图,就是画面的布置。西洋画的画面,从上至下,从左至右,装得满满的。即使画中的主物体只是小小的一个花瓶,花瓶的上下左右必然配个"背景",或是墙壁,或是帷幕,或是桌子、凳子、窗子,总之,要把花瓶以外的空地用合于实际的别物(即背景)来填充,使画面满满地装着东西。中国画就不然,不一定要背景,只要画出主物体就算。很长大的一张白纸,往往只在下部适当地方画一件东西,一株菜,或一块石头,或一丛兰花,或两个萝卜……,再在上方的一边高高地题几行诗,画就完成。人物画也不一定要背景。像《钟馗像》,普通都是孤零零地画一个一手持剑一手捉鬼的钟馗,上无天,下无地,悬空挂在白纸中间。西洋人看了,或将误认为未完成的作品呢。这"未完成",正是中国画的特色,正是使画异于实际,使画中物异于真物的妙法。

总之,中国画法,形状、色彩、构图,都取"简化"与"摘要"的方法。画家不肯细看物的各部,而作如实的描写,只是依据从物所得的大体印象,简明地,直截痛快地描出在纸上。画家不肯顾到物与环境的种种关系,而作周详的配景,只是把要表现的主要物体,孤零地、唐突地描出在纸上。因此,画面形成了一种单纯的、奇特的、非现实的特相。版画之所以在西洋绘画中别开生面者,就是为了版画的技术具有这种特相的一小部分的原故。

比版画更丰富地具有这种特相的,便是儿童画。如前所

述，儿童画是思想感情特殊而画技未练的人所作的绘画，是重兴味而轻理法的绘画。这作画的态度，就与中国画家的作画态度相近似。前面说过：中国画家"不肯"细看物的各部而作如实描写，只是依据从物所得的大体印象，简明地，直截痛快地描出在纸上。儿童则是"不会"细看物的各部（如形、线、色）而作如实描写，却也能依据从物所得的大体印象而简明地、直截痛快地描出在纸上。前面说过：中国画家"不肯"顾到物与环境的种种关系，而作周详的配景，只是把要表现的主要的物体孤零地、唐突地描出在纸上。儿童则是"不能"顾到物与环境的种种关系（如明暗、构图）而作周详的配景，却也能把要表现的主要物体孤零地唐突地描出在纸上。故在"重兴味"与"轻写实"的两点上，儿童画与中国画是相似的。这原有根本的相似的理由：中国画比较起西洋画来，在创作态度上是"主观的"，在描写技巧上是"原始的"。不顾客观世间的实际的形相，而大胆地把形相依照自己的感觉而改造，故曰"主观的"。忽略眼前景物的详细点，但用最经济的、记号似的、不能再省的几笔来表出，故曰"原始的"。中国画与儿童画，在这两点上颇相似。中国画可说是"先练的儿童画"，儿童画可说是"未练的中国画"。

这里所举的儿童画一例，不算是十分富有"儿童画特性"的一幅，但可以代表儿童画的一面。这里所描的是两个小孩，大约是姊弟二人。试看二人物的身体各部，长短大小的比例都不合实际。五官的大小与位置也不合实际。身体各部的简陋也又不合实际。然而姊弟二人的模样，已经尽够表出，我们可以不要求其更详细与更像实物了，不但如此，这姊弟二人的模样，反能给我们一种明快强烈的印象，是更详细与更像实物的画所不能给予的。看了这样的画，容易使人联想起中国山水画中的点景人物来。

　　然而这也是技巧形式上的部分的相似而已。我们决不能因此而主张以中国画法课儿童，更不能因此而主张用批评中国画法的眼光来批评儿童画。儿童画批评，据我的意见，有唯一的标准：即"艺术须与生活相关联"。换言之，即儿童的绘画必须是儿童生活的反映。详言之，凡真从儿童的生活感情上出发，真从儿童的手上描出，而具有美术形式的，都是良好的儿童画。故批评儿童画，可从（一）美术形式，（二）描写技巧，（三）思想感情，这三方面着眼。反证之如下：（一）例如有一幅儿童画，其中大大小小地、杂乱无章地描着许多小孩子，全无形式的统一性，即使其笔致描得如何工致，形状描得如何正确，色彩配得如何调和，而且画中的小孩所作都是合于儿童生活的善良而可爱的行为，教我评判起来，这幅画只能勉强打六十分。因为它缺乏美术的形式。（二）又如有一幅儿童画，其中描着太幼稚的笔法，看不出是什么东西的形象，不合事实的色彩，即使意义很好，远看活像一张画，教我评判起来也只能勉强打个六十分。为了它缺乏描写技巧。(三) 又如有个七岁的儿童，能描一幅恋爱图，有一个十岁的儿童，能描一幅隐居图。即使这些画真从这些儿童的手上描出来，而且充分具有美术形式，教我评判起来，一定要批它们一个落选。为了这些画不是这些儿童的思想感情的表现，这些画不是这些儿童的生活的反映，这些艺术与这些儿童的生活不相关联。

我已把关于版画和儿童画的我见说完了。最后还有几句话附告读这篇文的青年：不仅儿童画如此而已，文艺之事，无论绘画，无论文学，无论音乐，都要与生活相关联，都要是生活的反映，都要具有艺术的形式，表现的技巧，与最重要的思想感情。艺术缺乏了这一点，就都变成机械的、无聊的雕虫小技。

廿五〔1936〕年四月十七日作

深入民间的艺术[1]

"艺术"这个名词,照目前的情状看,可有严格与泛格,或狭义与广义两种解释。严格地、狭义地说,艺术是人心所特有的一种美的感情的发现。而怎样叫做"美的感情",解释起来更为费事。这是超越利害的,超越理智的,无关心的。深究起来,其一部分关联于哲学,又一部分接近于禅理。这是富有先天的少数人之间的事业,不能要求其普及于一切人。这种艺术之理只能与知音者谈,不足为不知者道。然而世间知音者很少,这种艺术的被理解范围也就很狭。事实证明着:例如中国历代大画家的作品,能够充分懂得的有几人欤?中国历代的画论,能够充分理解的有几人欤?不必举这样高的例子,就是一般美术学生所习的那种水彩画、油画、铅笔画、木炭画,能够理解其好处的人,实在也很少。一般人都嫌它们画得太毛糙,画得不像,看见了摇头。你倘拿一幅印象派油画去展览在外国的所谓叫"俗众"之前,赞美的人一定极少。而这极少人之中,一定有部分是为了别的附带条件(例如看见它装个灿烂的金边,或者知道它是大名鼎鼎的人所描等)而盲从地赞美,

---

[1] 本篇原载 1936 年 4 月 10 日《新中华》第 4 卷第 7 期。

又一部分人是为了要扮雅人而违心地赞美。富商的客堂里也挂几幅古画,吊几架油画。其实这些画对它们的主人大都是全不相识的。不仅绘画方面如此,别的艺术都同一情形。能欣赏高深的音乐,高深的文学的人,世间之大,有几人欤?不必举别的例,小小的一首进行曲,多数的中国人听了只觉得嘈杂。短短的一篇白话文,非知识阶级的人读了也不易理解作者的中心思想,常作种种误解或曲解。名为提倡大众文字的刊物,往往徒有其名,而实际仍为少数知识阶级交换意见之场。故严格的"艺术",根本是少数天才者之间的通用物,根本不能普及于万众。人类智愚之不齐,原同体力之强弱一样。体力强的足以举百钧,体力弱的不能缚鸡,都与先天有关,不可勉强。智愚也是如此,智者不学而能,愚者学亦不能,也都与先天有关,不可勉强。后天的锻炼可以使弱者加强,后天的教育可以使愚者加智。然也不过"加"些而已。定要加到什么程度,难乎其难。况且"艺术"这件东西,在一切精神事业中为最高深的一种。要它普及于万众,是犹勉强一切人举百钧,显然是不合理又不可能的事体。这种艺术,我称它为严格的、狭义的。

泛格地、广义地说,艺术就是技巧的东西。中国某种古书中,曾把医卜星相、盆栽、着棋、茶道、酒道、幻术、戏法等统统归之于艺术。这"艺术"的定义显然与前者不同了。艺术家听见了这话,也许会气杀几个。他们都认定艺术是前述的一种,是神圣不可侵犯的事业;"人生短,艺术长",艺术比人生还可贵。然而征之事实,真可使艺术家气杀:现今我国的民间,生来不曾听见过"艺术"这个名词的人恐不止一大半。把

"艺术"照某种古书认识着的人恐不止一小半（这样算起来，懂得艺术家的所谓"艺术"的人不到一小半，但实际恐怕还没有）。只要听一般人谈"艺术""艺术"，就可测知其对艺术的认识了。他们看见了漂亮的东西就说"艺术的"，看见了时髦的东西也说"艺术的"，看见了希奇的东西又说"艺术的"，看见了摩登的东西更说"艺术的"。浅学无知的人以滥用"艺术"二字为时髦。商店广告以滥用"艺术"二字为新颖。在香艳的、爱情的、性欲的物品的广告上，常常冠着"艺术的"这个形容词。我还遇见一桩发笑的事：一位初面的青年绅士，看见我口上养着胡须，身上穿着旧衣，惊奇地说道："照你的样子，实在不像一位艺术家呢！"我没有话可以答他。但从他这句话里，明白地测知了他所见的"艺术"的意义。大概他看见我有许多关于艺术的著作，听见人们说我是艺术家，心目中以为我是何等"艺术的"人物。而他所谓"艺术的"，大概是漂亮、美貌、摩登之类的性状。因此看了我这般模样，觉得大失所望。我既不自命为艺术家，也不认定我这模样是"艺术的"，所以他这句话对我实在全无关系，只是向我表白了他自己对"艺术"的见解。这见解虽然可笑，但也不能说他完全错误。因为如上所述，在泛格的广义的意义上，漂亮、美貌、摩登也被视为"艺术"的性状；不过这"艺术"是此不是彼而已。故照目前实情观察，多数肤浅的人所称为"艺术""艺术"的，是指漂亮、时髦、希奇、摩登、美貌、新颖，甚至香艳、爱情、性欲的东西。总之，凡是足以惹他们的注意，悦他们的耳目感觉的，都被称为"艺术的"。这定义与前面所述的严格的艺术，相去甚远。不但少有共通的部分,有时竟然相反。譬如盲从流行,在严格的艺术的意义上看来是无独创性的,不美的,而在一般人就肯定它为艺术的。反之,文学绘画上的高深的杰作,在一般人就看不懂,不相信它是艺术。故现代盛倡"大众艺术",倘使要实行的话,只有两条路可走:不是提高大众的理解力,除非降低艺术的程度。要提高大众的艺术理解力,倘从单方面着手,如前所喻,犹之勉强一切人举百钧,显然是不可能之事。要降低艺术的程度,倘也从单方面下手,势必使艺术成为上述的那种浅薄的东西,也不是关心文化的人所愿意的。唱折衷说者曰:从双方着手,大众的理解力相当地提高些,同时艺术的程度也相当地降低些,互相将就,庶几产生普遍人群的大众艺术。这话在理论上是很可听的。但在事实上如何提高,如何降低,实在是一大问题。而关于这问题的具体的讨论,也难得听见。所听得见的,只是"大众艺术""大众艺术"的呼声甚嚣尘上而已。

我现在也不能在这里作具体的讨论。因为我自己的艺术趣味,是倾向严格的一种的;而对于一般群众少有接近的机会,所见的不过表面的情形,未能深解群众的心理。纸上谈兵,无补于事实。故关于这问题的具体讨论,应让理解艺术而又理解群众的人。我现在所要谈的,只是从表面观察,讨论现在的民众所能理解的是甚样的一种艺术,现在的民众所最接近的是哪几种艺术,以供提倡民众艺术者的参考而已。

第一,现在的民众所能理解的是甚样的一种艺术?可用比喻说起:高深纯正的艺术,好比是食物中的米麦。这里面有丰富的滋养料，又有深长的美味。然而多数的人，难能感得这种深长的美味。他们所认为美味的，是河豚。河豚的美味浅显而剧烈，腥臭而异样，正好像现在一般人所认为美的"艺术"。这种美味含有危险性，于人生是无益而有害的。然而它有一种强大的引诱力，能使多数人异口同声地赞它味美。倘要劝他们舍去这种美味而细辨米麦中的深长的滋味，是不可能的。奖励他们多吃这种美味，又是不应该的。于是想出补救的办法来，从米麦中提取精华，制成一种味精。把味精和入别的各种食物里，使各种食物都增加美味。这样，求美味者不必一定要找河豚，各种有益的食物都可借此美味之引导而容易下咽了。在目前，易受大众理解的艺术，就好比这种味精。在各种生活中加些从纯正的美中摄取出来的美的原素，生活就利于展进了。有一个值得告诉群众的思想，必须加了美的形式（言词），然后可成为文学作品，使群众乐于阅读。有一种值得教群众看的现象，必须加了美的形式（形状色彩），然后可成为美术作品，使群众乐于鉴赏。群众所要求的美，不是纯粹的美，而是美的加味。群众所能接受的，不是纯文学，纯美术，而是含有实用性质的艺术。陶情适性的美文，大家不易看懂；应用这种美文的技法来写一篇宣传人道的小说，大家就乐于阅读。笔情墨趣的竹石画，大家也不易看出它的好处；应用这种绘画技法的原理来作一幅提倡爱国的传单画（poster），大家也就易于注目。总之，现在所谓群众的艺术，极少有独立的艺术品，而大多数是利用艺术为别种目的的手段，即以艺术为加味的。民间并非绝对不容独立艺术品的存在。但在物质生活不安定的环境里，独立的艺术品没有其存在的余地，是彰明的事实。语云："衣食足然后知礼义。"现在不妨把这句话改换两字，说："衣食足然后知艺术。"独立的艺术，在根本上含有富贵性质，太平气象，是幸福的象征。根本不是衣食不足的不幸的环境中所能存在的。衣食不足的环境中倘使要有艺术，只能有当作别种目的的手段的艺术，当作别物的加味的艺术。现在的民众所能理解的，也只有这种艺术。

其次，民众所最接近的是哪几种艺术？据我观察，最深入民间的只有两种艺术，一是新年里到处市镇上贩卖着的"花纸儿"，一是春间到处乡村开演着的"戏文"。一切艺术之中，没有比这两种风行得更普遍了。所谓"花纸儿"，原是一种复制的绘画，大小近乎半张报纸，用五彩印刷，鲜艳夺目。其内容，老式的有三百六十行，马浪荡，二十四孝，十希奇，以及各种戏文的某一幕的光景等。新出的有淞沪战争、新生活运动等。卖价甚廉，每张不过数铜元。每逢阴历新年，无论哪个穷乡僻壤，总有这种花纸儿伴着了脸具、大刀等玩具而陈列在杂货店里或耍货摊上。无论哪个农工人家，只要过年不挨冻饿，年初一出街总要买一二张回去，贴在壁上，作为新年的装饰。在黄泥、枯草、茅檐、败壁、褐衣、黄脸的环境中，这几张五彩鲜艳夺目的花纸儿真可使蓬荜生辉，喜气盈门呢！他们郑重其事地把这几张花纸儿贴在壁上欣赏，老幼人人，笑口皆开。又不止看了一新年就罢。这样贴着，一直要看到一年。每逢休日，工毕，或饭余酒后，几个老者会对着某张花纸儿手指口讲，把其中的故事讲给少年们听，叙述中还夹着议论，借此表示他的人生观。每逢新年，壁上新添一两张花纸儿，家庭的闲说中新添一两种题材。这些花纸儿一年四季贴在壁上，其形象、色彩、意义，在农家的人的脑际打着极深的印象。农家子的教育、修养、娱乐的工具，都包括在这几张花纸儿里头了。其次，戏文也是最深入民间的一种艺术。无论哪一处小村落的人民，都有看戏文的机会。他们的戏文当然不及都会里的戏馆里所演的讲究，大都很草率：戏台附在庙里；或者临时借了木头和板，在空场上搭起来。看客没得坐位，大家站在台前草地上观看。即使有几个坐位，是自己家里带来的凳子，用碎砖头填平了脚而摆在草地上的。他们的戏班子远不及都会的戏馆里的那么出色，称为"江湖班"，大都是一队演员坐了一只船，摇来摇去，在各码头各乡村兜揽生意的。他们的行头远不及都会的戏馆里那么讲究，大都是几件旧衣，几幅旧背景，甚或没有背景。他们的演员远不及都会的戏馆里那么漂亮，都颜色憔悴，面目可憎。假如你搭在台边上"看吊台戏"，可以看见花旦的嘴上长着一两分长的胡须呢。然而乡下人对于这样的戏文很满足了。一年之中，难得开演几回。像我们乡下，每年只有新年和清明两时节有开演的机会。倘遇荒年，新年和清明也得寂寞地送过。每次开演，看客不止一村，邻近二三十里内的人大家来看。老人女人坐了船来看，少年人跑来看，"看戏文去！""看戏文去！"他们的兴趣很高，真是"千日辛勤一日欢"！他们的态度很堂皇，大家认为这是正当的娱乐。在他们的心目中，似乎戏文是世间应有的东西，而人生必须看戏文。故乡间即使有极顽固的老人，也从来不反对戏文为赘余；即使有极勤俭的好人，也从来不反对戏文为奢侈。不，村中若有不要看戏文的人，将反被老人视为顽固，反被好人视为暴弃呢。戏文的深入民间，于此可知。

故花纸儿与戏文，是我们民间最普遍流行的两种艺术。一切艺术之中，无如此两者之深入民间的了。都会里有戏馆，有公园，有影戏场，有博物馆，有教育馆，有讲演会，有展览会，有音乐会，有博览会，有收音机，还有种种出版物；但这些建设都只限于都会里的少数人享用，小市镇里的人就难得享受，农村里的人完全享受不到。中国之大，农村占有大半，小市镇占有小半，都市只有数的几个。故都市里的种种艺术建设，仅为极小部分人的福利，与极大多数人没有关系。都市里出版物里热心地讨论民众艺术（本文亦是其一），亦只是都会里的少数人的闭门造车，与多数的民众全然没有关系，他们也全然没有得知。他们所关系的，所得知的艺术，仍还是历代传沿下来的花纸儿和戏文两种。关心文化的人，注意农村教育的人，热诚地在那里希望把文化灌输到农村去。但是，各种的阻碍挡住在前，他们的希望何时可以实行，遥遥无期。倘能因势利导，借这两种现成的民间艺术为宣传文化的进路，把目前中国民众所应有的精神由此灌输进去，或者能收速效亦未可知。例如：改革旧有的花纸儿的内容题材，删除了马浪荡、十希奇之类的无聊的东西，易以灌输时事知识，鼓励民族精神的题材。检点旧有的戏文，删除或修改《火烧红莲寺》《狸猫换太子》等神怪荒唐的东西，奖励或新编含有教化性质的戏剧。倘能实行，一张花纸儿或一出戏文的效果，可比一册出版物伟大得多呢。

惯于欣赏纯正艺术的人看见农民们爱看花纸儿，以为他们的欢乐，在于欣赏"花纸儿"这种绘画。其实完全不然，他们何尝是在欣赏绘画的形状、线条、色彩的美味？他们所欣赏的主要物是花纸儿所表出的内容意味，——忠、孝、节、义等情节。花纸儿的灿烂的形象和色彩，只是使这种情节容易被欣赏的一种助力，换言之，即一种美的加味而已。农民哪里有鉴赏纯正美术的眼光？他们的欢喜看花纸儿，不过因为那种形象色彩牵惹他们的眼睛，使他们的视觉发生快感，因而被骗地理解了花纸儿的故事内容。同理，他们的爱看戏文，其趣味的中心也不在于戏文的形式，而在于戏文的内容。这只要听他们看戏后的谈论就可明白。大团圆的戏剧最能大快人心，是他们所感兴味最浓的题材。忠、孝、节、义的葛藤，也是传统思想极牢固的农民们所最关心的题材。怪力乱神以及迷信的故事，又是无知的农民们所爱谈的话儿。他们不看旧小说，也不看戏考，但他们都懂得戏情。他们的戏剧知识都是由老者讲给少者听，历代传授下来的，夏日，冬夜，岁时伏腊的时节，农家闲话的题材，大部分是戏情。虽三尺童子，也会知道《天水关》是诸葛亮收姜维，《文昭关》是伍子胥过昭关。倘使戏剧没有了内容故事，只是唱工与做工，像现在都会里的舞蹈一般，我想农民们兴味一定大减。由此可知戏剧的唱工、做工与行头，在农民们看来只是一种附饰，即前面所说的美的加味。可知现在的民间，尚不能有惟美的纯艺术的存在。民间所能存在的艺术，只是以美为别目的的手段的一种艺术，即以美为加味的一种艺术。在这种艺术中,美虽然是一种附饰,一种手段,一种加味,但其效用很大。设想除去了这种加味,花纸儿缺了绘画的表现,戏文缺了唱工做工的表现,就都变成枯燥的故事,不足以惹起人们的注意与兴味了。

故深入民间的艺术,不是严格的,是泛格的;不是狭义的,是广义的;不是纯正的,是附饰的;不是超然的,是带实用性的。灌输知识,宣传教化,改良生活,鼓励民族精神,皆可利用艺术为推进的助力。

廿五〔1936〕年三月二十六日作

画　鬼[1]

《后汉书·张衡传》云："画工恶图犬马，好作鬼魅，诚以事实难作，而虚伪无穷也。"

《韩非子》云："狗马最难，鬼魅最易。狗马人所知也，旦暮于前，不可类之，故难。鬼魅无形，无形者不可睹，故易。"

这两段话看似道理很通，事实上并不很对。"好作鬼魅"的画工，其实很少。也许当时确有一班好作鬼魅的画工；但一般地看来，毕竟是少数。至于"鬼魅最易"之说，我更不敢同意。从画法上看来，鬼魅也一样地难画，甚或适得其反："犬马最易，鬼魅最难。"

何以言之？所谓"犬马最难，鬼魅最易"，从画法上看来，是以"形似"为绘画的主要标准而说的话。"形似"就是"画得像"。"像"一定有个对象，拿画同对象相比较，然后知道像不像。充其极致，凡画中物的形象与实物的形象很相同的，其画描得很像，在形似上便可说是很优秀的画。反之，凡画中物的形象与实物的形象很不相同的，其画描得很不像，在形似上

---

[1]　本篇原载 1936 年 7 月 16 日《论语》第 92 期。

便可说是很拙劣的画。画犬马,有对象可比较,像不像一看就知道,所以说它难画;画鬼魅,没有对象可比较,无所谓像不像,所以说它容易画。——这便是以"像不像实物"为绘画批评的主要标准的。

这标准虽不错误,实太低浅。因为充其极致,照相将变成最优秀的绘画;而照相发明以后,一切画法都可作废,一切画家都可投笔了。照相发明至今已数百年,而画法依然存在,画家依然活动,即可证明绘画非照相所能取代,即绘画自有照相所不逮的另一种好处,亦即绘画不仅以形似为标准,尚有别的更重要的标准在这里。这更重要的标准是什么?

简言之:"绘画以形体肖似为肉体,以神气表现为灵魂。"即形体的肖似固然是绘画的一个重要目标,但此外还有一个更重要的目标,是要表现物象的神气。倘只有形似而缺乏神气,其画就只有肉体而没有灵魂,好比一个尸骸。

譬如画一只狗,依照实物的尺寸,依照实物的色彩,依照解剖之理,可以画得非常正确而肖似。然而这是博物图,是"科学的绘画",决不是艺术的作品。因为这只狗缺乏神气。倘要使它变成艺术的绘画,必须于形体正确之外,再仔细观察狗的神气,尽力看出它立、坐、跑、叫等种种时候形象上所起的变化的特点,把这特点稍加夸张而描出在纸上。夸张过分,妨碍了实物的尺寸、色彩,或解剖之理的时候也有。例如画吠的狗,把嘴画得比实物更大了些;画跑的狗,把脚画得比实际更长了些;画游戏的狗,把脸孔画成了带些笑容。然而看画的人并不埋怨画家失实,反而觉得这画富有画趣。所以有许多画,像中国的山水画，西洋的新派画，以及漫画，为了要明显地表出物象的神气，常把物象变形，变成与实物不符，甚或完全不像实物的东西。其中有不少因为夸张过甚，远离实相，走入虚构境界，流于形式主义，失却了绘画艺术所重要的客观性。但相当地夸张不但为艺术所许可，而且是必要的。因为这是绘画的灵魂所在的地方。

故正式的作画法，不是看着了实物而依样画葫芦，必须在实物的形似中加入自己的迁想——即想象的工夫。譬如要画吠的狗，画家必先想象自己做了狗（恕我这句话太粗慢了。然而为说明便利起见，不得不如此说），在那里狂吠，然后能充分表现其神气。想象的工作，在绘画上是极重要的一事。有形的东西，可用想象使它变形，无形的东西，也可用想象使它有形。人实际是没有翅膀的，艺术家可用想象使他生翅膀，描成天使。狮子实际是没有人头的，艺术家可用想象使他长出人面孔来，造成 Sphinx〔狮身人面像〕。天使与 Sphinx，原来都是"无形不可睹"的，然而自从古人创作以后，至今流传着，保存着，谁能说这种艺术制作比画"旦暮于前"的犬马容易呢？

我说鬼魅也不容易画，便是为此。鬼这件东西，在实际的世间，我不敢说无，也不敢说有。因为我曾经在书中读鬼的故事，又常听见鬼的人谈鬼的话儿，所以不敢说无；又因为我从来没有确凿地见闻过鬼，所以不敢说有。但在想象的世界中，我敢肯定鬼确是有的。因为我常常在想象的世界中看见过鬼。——就是每逢在书中读到鬼的故事，从见鬼者的口中听到鬼的话儿的时候，我一定在自己心中想象出适合于其性格行为的鬼的姿态来。只要把眼睛一闭，鬼就出现在我的面前。有时我立刻取纸笔来，想把某故事中的鬼的想象姿态描画出来，然而往往不得成功。因为闭了目在想象的世界中所见的印象，到底比张眼睛在实际的世间所见的印象薄弱得多。描来描去，难得描成一个可称适合于该故事中的鬼的性格行为的姿态。这好比侦探家要背描出曾经瞥见而没有捉住的盗贼的相貌来，银行职员要形容出冒领巨款的骗子的相貌来。闭目一想，这副相貌立刻出现；但是动笔描写起来，往往不能如意称心。因此"鬼魅最易画"一说，我万万不敢同意。大概他们所谓"最易"，是不讲性格行为，不讲想象世界，而随便画一个"鬼"的意思。那么乱涂几笔也可说"这是一个鬼"，倒翻墨水瓶也可说"这是一个鬼"，毫无凭证，又毫无条件，当然是太容易了。但这些只能称之为鬼的符，不能称之为鬼的"画"。既称为画，必然有条件，即必须出自想象的世界，必须适于该鬼的性格行为。因此我的所见适得其反："犬马最易，鬼魅最难。"犬马旦暮于前，画时可凭实物而加以想象；鬼魅无形不可睹，画时无实物可凭，全靠自己在头脑中 shape[1]（这里因为一时想不出相当的中国动词来，姑且借用一英文字）出来，岂不比画犬马更难？故古人说"事实难作，而虚伪无穷"，我要反对地说："事实易摹，而想象难作。"

我平生所看见过的鬼（当然是在想象世界中看见的），回想起来可分两类，第一类是凶鬼，第二类是笑鬼。现在还在我脑

---

[1] 意即使成形，使具体化。

中留着两种清楚的印象：

　　小时候一个更深夜静的夏天的晚上，母亲赤了膊坐在床前的桌子旁填鞋子底，我戴个红肚兜躺在床里的簟席上。母亲把她小时所见的"鬼压人"的故事讲给我听：据说那时我们地方上来了一群鬼，到了晚上，鬼就到人家的屋里来压睡着的人。每份人家的人，不敢大家同时睡觉，必须留一半人守夜。守夜的人一听见床里"咕噜咕噜"地响起来，就知道鬼在压这床里的人了，连忙去救。但见那人满脸通红，两眼突出，口中泛着唾沫。胸部一起一落，呼吸困急。两手紧捏拳头，或者紧抓大腿。好像身上压着一堆无形的青石板的模样。救法是敲锣。锣一敲，邻近人家的守夜者就响应，全市中闹起锣来。于是床里人渐渐苏醒，连忙拉他起来，到别处去躲避。他的指爪深深地嵌入手掌中或大腿中，拔出后血流满地。据被鬼压过的人说，一个青面獠牙的鬼坐在他的胸上，用一手卡住他的头颈，用另一手批他的颊，所以如此苦闷。我听到这里，立刻从床里逃出，躲入母亲怀里，从她的肩际望到房间的暗角里，床底下，或者桌子底下，似乎看见一个青面獠牙的鬼，隐现无定。身体青得厉害，发与口红得厉害，牙与眼白得更厉害。最可怕的就是这些白。这印象最初从何而来？我想大约是祖母丧事时我从经忏堂中的十殿阎王的画轴中得到的。从此以后听到人说凶鬼，我就在想象中看见这般模样。屡次想画一个出来，往往画得不满意。不满意处在于不很凶。无论如何总不及闭目回想时所见的来得更凶。

　　学童时代，到乡村的亲戚家作客，那家的老太太（我叫三娘娘的),晚快[1]叫他的儿子(我叫蒋五伯的)送我回家,必然点一股香给我拿着。我问"为什么要拿香",他们都不肯说。后来三娘娘到我家作长客,有一天晚上,她说明叫我拿香的原因,为的是她家附近有笑鬼。夏夜,三娘娘独坐在门外的摇纱椅子里,一只手里拿着佛柴(麦秆儿扎成的,取其色如金条),口里念着"南无阿弥陀佛",每天要念到深夜才去睡觉。有一晚,她忽闻耳边有吃吃的笑声,回头一看,不见一人,笑声也没有了。她继续念佛,一会儿笑声又来。这位老太太是不怕鬼的,并不惊逃。那鬼就同她亲善起来:起初给她捶腰,后来给她搔背;她索性把眼睛闭了,那鬼就走到前面来给她敲腿,又给她在项颈里提痧。夜夜如此,习以为常。据三娘娘说,它们讨好她,为的是要钱。她的那把佛柴念了一夏天,全不发金,反而越念越发白。足证她所念出来的佛,都被它们当作搔背搔痒的工资得去,并不留在佛柴上了。初秋的有一晚,她恨那些笑鬼太要钱,有意点一支香,插在摇纱椅旁的泥地中。这晚果然没有笑声,也没有鬼来讨好她了。但到了那支香点完了的时候,忽然有一种力,将她手中的佛柴夺去,同时一阵冷风带着一阵笑声,从她耳边飞过,向远处去了。她打个寒噤。连忙搬了摇纱椅子,逃进屋里去了。第二日,捉草[2]孩子在附近的坟地里拾得一把佛柴,看见上面束着红纸圈,知道是三娘娘的,拿回来送还她。以后她夜间不敢再在门外念佛。但是窗外仍是

---

[1] 晚快,作者家乡话,指傍晚的时候。
[2] 捉草,作者家乡话,意即割草。

常有笑声。油盏火发暗了的时候,她常在天窗玻璃中看见一只白而大而平的笑脸,忽隐忽现。我听到这里毛骨悚然,立刻钻到人丛中去。偶然望望黑暗的角落里,但见一只白而大而平的笑脸,在那里慢慢地移动。其白发青,其大发浮,其平如板,其笑如哭。这印象,最初大概是从尸床上的死人得来的。以后听见人说善鬼,我就在想象中看见这般的模样。也曾屡次想画一个出来,也往往画得不满意。不满意在于不阴险。无论如何总不及闭目回想时所见的来得更阴险。

所以我认为画鬼魅比画犬马更难,其难与画佛像相同。画佛像求其尽善,画鬼魅求其极恶。画善的相貌固然难画,极恶的相貌一样地难画。我常嫌画家所描的佛像太像普通人,不能表出十全的美;同时也嫌画家所描的鬼魅也太像普通人,不能表出十全的丑。虽然我自己画的更不如人。

中世纪西洋画家描耶稣,常在众人中挑选一个面貌最近于理想的耶稣面貌的人,使作模特儿,然后看着了写生。中国画家画佛像,不用这般笨法。他们读万卷书,行万里路,留意万人的相貌,向其中选出最完美的眉目口鼻等部分来,在心中凑成一副近于十全的相貌,假定为佛的相貌。我想,画鬼魅也该如此。读万卷书,行万里路,研究无数凶恶人及阴险家的脸,向其中选出最丑恶的耳目口鼻等部分来,牢记其特点,集大成地描出一副极凶恶的或极阴险的脸孔来,方才可称为标准鬼脸。但这是极困难的一事。所以世间难得有十全的鬼魅画。我只能在万人的脸孔中零零碎碎地看到种种鬼相而已。

我在小时候,觉得青面獠牙的凶鬼脸最为可怕。长大后,所感就不同，觉得白而大而平的笑鬼脸比青面獠牙的凶鬼更加可怕。因为凶鬼脸是率直的，犹可当也；笑鬼脸是阴险的，令人莫可猜测，天下之可怕无过于此！我在小时候，看见零零碎碎地表出在万人的脸孔上的鬼相，凶鬼相居多，笑鬼相居少。长大后，以至现在，所见不同，凶鬼相居少，而笑鬼相居多了。因此我觉得现今所见的世间比儿时所见的世间更加可怕。因此我这个画工也与古时的画工相反，是"好作犬马"，而"恶图鬼魅"的。

廿五〔1936〕年暮春作

日本的裸体画问题[1]

在中国乡间过夏,眼睛有一种特殊的感觉,就是裸体的满目。茶店里成群打堆的赤膊赤脚的人,大都只有"一条裤子一根绳"。有时连绳都没有,只有一条夏布裤,借了汗水的黏力把裤腰一卷,效用就同裤带一样。然而这限于男人。乡间的女人都自动地厉行新生活,虽在九十六度的天气,她们上体必穿长衣,下体必加裤和裙两重的遮掩。虽然也有袒胸露腿的摩登姑娘,但终是少数,而且是被视为例外的。

这禁例在日本宽得多。日本女子的服装结束,就不及中国这般严密。她们的胸部露出,通行赤足,而且不穿裤子。这在中国人看来是何等的放浪!但在日本人视为当然。我记得有一次在东京乘电车,车厢里拥挤得很,和许多人站在车尾的月台上。车在某站停了一停,正要开动的时候,一位妇人急忙地跑来搭车了。她的一脚跨上扶梯,车子已经开动。她的呼声不能被驾驶员所听见,她的跳车技术又不高明,她终于从车梯上翻到路上,两脚朝天,大风吹开她的裙子,把她的下体向月台上的群众展览了。这在异国人的我觉得又惊又奇;但看站在月台

---

[1] 本篇原载1936年9月《宇宙风》第3卷第1期。

上的日本人的态度，似乎惊而不奇。他们大家喊"危险"，而没有一个人取笑她。我想这未必是他们道德高尚的表示，大概是司空见惯的缘故吧。除了服装以外，日本人的盛行洗浴也是使女子身体解放的一原因。他们的浴池，不分男女；或虽分男女而互相望见。他们把洗浴看作同洗面一样的常事，自然避不得许多。在小旅馆中，往往在同一浴池的中央的水面上设一块板壁，以为男女之分。池上的空气和视线虽被隔断，池内的水仍是共通。而且板的下端离水面尚远，两方的洗浴者可从这隙处互相窥见其下体。曾经有一个轻薄的男浴者用脚趾越界挑拨隔壁的女浴者，在旅馆里闹起可笑的纷争事件来。我有一次去访住"贷间"的（即分租人家的余屋的）朋友，在门口连打了几声招呼。里面发出稔熟的女主人的答应声。我推门进去，原来女主人正在门边小间里洗浴，这时候赤条条地开出浴室门来，用一手按住了小腹而向我行鞠躬礼，口中说着"失礼"，请我自由上楼去看我的朋友。我的惊奇使我失笑了。

　　看了这样的民风而推想，近代西洋的裸体美术潮流侵入日本，一定是毫无问题的。其实却不然，问题反比一向严禁女子裸体的中国闹得厉害。据他们的画家石井柏亭氏的记述，从明治廿年闹起一直闹到大正末年，还是没有完全闹清楚。而且其中可笑的事尽多。明治美术史因此添上了一层滑稽的色彩。

　　据石井氏说，日本最初的裸体美术论，要算明治二十年四月二十日午后，在上野公园的华族会馆中所开的龙池会（即日本美术协会的前身）席上，副会长细川润次郎的讲演。他的大意是说：不甚嫌忌裸体的日本人，从来少作裸体的绘画或雕刻；而平日嫌忌露体的西洋人，反而玩赏裸体美术，这是一种矛盾。其讲演笔记中有这样的一段（当时用的是日本文言，现在我觉得也用文言译便利）：

  本邦雕刻绘画，古来甚少裸体或类似裸体之像。其例外者，亦不过佛像之一部及春画等耳。彼海外号称文明诸国，于雕刻绘画颇多男女裸体之像，见者恬不为怪。此予之所以怀疑也。我日本民风，固非曰爱好裸体，然亦非深恶裸体者。试举例以证之：近年以前，男女共浴，不以为耻，后奉禁令，分别浴室。但在分别之浴室中，男女两性仍得裸体相视，仍无异于昔日。又妇人行路之际，风飘衣裾，露雪白之胫，以为妖魔见之可失其术。此亦本邦人不深恶裸体之一证也。虽如此不嫌裸体，而裸体雕像甚不多见。反之，欧美诸国，嫌恶裸体特甚，无论男女，呈露肌肤于外部者，惟面与手。虽仅二处，犹不欲其呈露，故面部覆以细纱，两手蒙以手套。其例外者，惟西妇之大礼服，露示胸部及手臂。但此系关于服制礼节者，姑置不论。有如此防人窥见躯体中部而嫌恶裸体之风俗，而在美术制作上盛用男女裸体之像。此予之所以怀疑不释者也。要之，东西洋风习虽有差异，但以裸体为失体裁，乃东西一致，而力图避免者也。力图避免而又竟作男女裸体之像，其理由果安在哉？

细川氏认为西洋的裸体美术是根基于习惯的。其习惯有两种，一是事实上的习惯，一是技术上的习惯。所谓事实上的习惯，是说古代希腊尊重裸体美的遗风。所谓技术上的习惯，是说尊重裸体的希腊绘画雕刻为欧洲美术的模范，故西洋美术家皆袭用其题材。他的结论是这样：

> 此事实上之习惯与技术上之习惯，皆海外之习惯，非本邦之习惯也。非本邦之习惯，其可采用者，固当毫不犹豫而采用之！但模仿失体裁之裸体，实为吾人所不取，盖以呈露下体为耻，乃人之天性。不问地之东西，时之古今，万人所同然也。若技术上不可废，则如学医者之于纸塑像，专为研究磨练而设模写裸体像之课程，其作品则以相当之被服遮掩裸体，庶几不失学美术之法，而免失体裁。吾人对裸体皆不忍视，故对裸体之美术品亦不忍视也。

细川氏是裸体美术排斥论者。他说"裸体不忍视，故裸体之美术品亦不忍视"，可见其对于实物的裸体与艺术化的裸体是认为没有区别的。

这一类的论战延续到明治二十二年，裸体画问题渐由空论而入于实际。这一年的杂志《国民之友》所载美妙斋主人所著的某小说，竟用女主人公的裸体画为插画。这就引起了旧派美术家的攻击。有一位叫做学海居士的，与这美妙斋主人往复论战。各有语妙天下的文字，供给当时文坛以谈笑的资料。又有一个画报，发表美人入浴图，论者以为有害风化，又群起而攻之。但此种插画,都是当时的浮世绘师所描的,大抵属于低级趣味。也不能说是代表纯正的裸体美术的。

明治二十二年七月,《绘画丛志》第二十八卷的卷头,发表了一篇珂北仙史,即野口胜一的《裸体画美人论》,也是排斥裸体美术的。此人不似细川地根据西洋美术的渊源,但以裸体攸关风化为论旨,文章非常滑稽,其中有这样的话:

> 兹有妍美姣丽之妇人,悉去衣服,乳房如双玉,股肉似连藕,其柔润约绅之姿映入朝阳,有如春雪将融之态,爰以纤布细花,遮其一边。此含情脉脉之图,令少年男子见之,如何不动于心?

> 或谓裸体美人仅属一种人物图,并不近于猥亵。然则试问:此裸体美人之旁若添写一裸体男子,强辩者又能指此为一种二人之人物图,而谓其毫不近于猥亵耶?

《东京新报》第百九十九号亦载一篇《裸体美人》的论文。这是读了珂北仙史的论文,而更进一步地发挥的。他的意思,谓天然的东西不定是美术的材料。故依照天然物直写而成为美术的,甚属稀有。因此露示肉体的现实的美人,决不成为美术的材料。但他并不主张裸体美人不可描,仅就裸体美人画的存在理由说明如下:

> 将实物界中的人的身体上所能有的形与线的凑合,皮肤的色彩,肢体的布置,放在想象境的绢筛里筛过一遍,

选拔其精萃，发挥其丰腴，纤软，清瘦等各种理想而表出之，此为美术上的裸体美人。这决不是模写人间界的丑污行，乃当作天然界的一物象而描写人的真形。乃表出组成人的形状的一种形的布置与色的凑合。在此情形之下，裸体美人方是画材。

可知此人是标榜理想画的裸体，而贬斥写实画的裸体的。他说："西洋的名画家苦心经营而描写的裸体画，都是理想的。故背景不取现实的卧床浴室，而用山林、岩窟。此种裸体画，就不必像珂北仙史所说的'用纤布细花遮其一边'，往往只用无顿着[1]的一线即可。"这以理想为美而现实为陋的说法，在当时的日本美术论坛可算是相当地进步的一说。

这时候通俗的石版画在日本大大流行。美人浴余图等画，在各处的"绘草纸屋"的店头高揭着，销场极好。日本的内务省就出行政处分。明治廿二年十一月十五日的告示上，罗列许多裸体的美人画类的名目及出版人姓名，后面批着"右出版物坏乱风俗，禁止发卖"。这些画原是出于低级的洋画家或石版工之手的东西，当局认为猥亵画而禁止其发卖，明治美术会也表示赞成。编《绘画丛志》的珂北仙史就续作裸体美人的论文，责备裸体画赞美论者，说对于此事他们应该负几分的责任。十一月十六日的《日本新闻》的评林中，复有一首讥讽裸体画美人的汉诗，题曰《美人图》，诗云：

---

[1] 无顿着，来自日文，意即漫不经心。

绯红雪白露全肤，恼杀江湖好色徒。
写貌描神虽有说，坏风败俗岂无辜？
花深昼院蹲猫子，波暖春坡浴鸳雏。
紫陌红阡鏖几处，多悬裸体美人图。

此后日本的内国劝业博览会的第一第二两次展览会，及明治美术会的展览会，竟没有裸体画陈列。只有第三次博览会中，有一幅描写一个半裸体的男子的画。但因为是男性，就不当作裸体画看。裸体画的论战似乎略告一段落。但到了明治廿四年，论战又起。明治美术协会开会讨论这问题，会员本多锦吉郎先发表赞成论。他说："自然物中，人的身体为最美，故美术家欲表示纯美的思想感情，非借人体不可。纯美的思想感情的具体表现的裸体绘画或雕刻，对公众当有善的感化。"附和者很多，但反对者也不少。扬忠三郎的反对说是，"将来美术家的心及鉴赏者的所好进步了的时候，提倡裸体美术原无妨碍。但在现在，只有弊害。"其意是说日本的洋画家手腕鲁钝，尚不能作纯美的裸体画，故现在提倡还嫌早。长沼敬守则举文艺复兴三杰之一米侃朗琪洛〔米开朗基罗〕（Michelangelo）的裸体画为例，证明裸体美术的无害，驳反对者说："若用猥亵之感来看裸体美术，其裸体美术虽不猥亵，也可被看出猥亵来。"小山正太郎又反对他，说："将来则不知；若论今日，日本人中真能理解纯美的人是否存在，实属可疑，大概对裸体起猥亵思想的人居多。故可知裸体美术为有害。"讨论终止，主席明治美术协会干事原敬氏（就是政友会总裁的原敬，当初是做美术协会干事的）提出关于此问题要否表决。多数会员主张没有表决的必要。于是原敬氏为此论战作一很漂亮的结论："美术与风俗当然有多少的相关。但诸君有须考虑的一点，即勿使美术始终成为风俗的奴隶！然则本会的决议即使与日本的风俗有害，也可由诸君的画法使之无害；又即使本会的舆论被认为无害，也可因诸君的画法而使成为有害。故诸君各自的考虑为第一着。至于画与不画，则因为诸君不是风俗的奴隶，尽可由各人自由决定。"

但以上还是裸体美术的小规模的论战。非小说插绘或低级石版画，以堂皇的纯美术品的裸体描写而惹起社会问题的，始于明治廿八年四月在西京开幕的第四回内国劝业博览会中所陈列的黑田清辉子爵的裸体画。此画题《朝起》，描写一全裸体法国少女朝起对着衣镜理发的光景。她的背部向着观者，而着衣镜中映出她的前面的全部。黑田氏描写此画时，得当时内务大臣野村靖子的援助，故将此画赠与野村氏。陈列在展览会时，此画已为野村氏的所藏。公众的讥评以此画为众矢之的，在野村氏甚感苦痛，力求所以恢复者。但因审查总长九鬼男爵偏袒对方，终于无法使非难者屈服。

对于此画的赞否之声，在当时的报纸杂志上甚嚣尘上。美术杂志中，《绘画丛志》的编者珂北仙史又用他那冥顽之笔，继续发表裸体美人画论。另有一深田无光者，亦在该志连载《启裸体画论者》一文。其论旨也是主张理想的而排斥现实的。中有这样的话：

据吾人意见，黑田之画是实属可忌。如彼所写，决不能视为美术家清净神圣之理想之产物。俗界一裸妇浴后立镜前，有何美趣可言？人间浴室中，所有皆身边日用之物。其人复映于镜，前后毕显。此画只能使人想起浴室而已。若以筋肉之美与曲线之妙为辩，荒谬已甚。若以此为灵界之物，则春画如之何？察欧洲事情，如此之画亦非世俗所欢迎，不仅由于习惯，亦关于彼邦人士之性情。泰西美术家之清者，亦将排斥此类之画。吾日本人宜从日本人思想之底奥中唤起神圣之心而对此裸画。吾人所谓新思想，非谓受好奇心欺骗而摭拾人之渣滓者。吾人宜竭力排斥此种绘画为"美之神"及我邦家建立坚固之藩屏。

明治廿九年，东京美术学校新设洋画科。黑田清辉及久米桂一郎等又脱离明治美术会，而组织新团体白马会。这是日本洋画界可纪念的一年。黑田用与他自己在西洋学校里所受者同样的方法实行于东京学校的洋画科。即雇请活人为模特儿，使之裸体登台，供美术学生写生。自此以后，东京新添了当模特儿的一种职业。外界听到这消息，大家摇头，然因这是美术教育的最高学府的所为，也不能加以何种干涉。即使干涉，当时少壮血气的黑田、久米等也一定是不肯屈服的。

此后关于裸体画的论战，态度渐渐严肃，论旨渐渐正大起来。廿九年，即有《每日新闻》的吉冈芳陵与森鸥外之间的论战。吉冈先发表赞美裸体的文章。鸥外指摘他："外光派的最终

目的为裸体画,可谓奇谈。"于是吉冈在《每日新闻》的《洋画小言》中辩解:

> 无论从美学上或从技术说,裸体总是美术的基础而值得尊重的。研究泰西美术者的描写裸体,雕刻裸体,正为其不失天真的调和,而又为美术研究的最终目的原故,这是无庸多议的。鸥外氏以此为奇谈,我以为他的话才是奇谈。

鸥外氏又出来反对:

> 人身的形式美在于裸体,艺术上的制作人身以裸体为基础,因此艺术的教育上用活人模特儿的习作,这是我也知道的。但以裸体描写为泰西美术的最终的目的,则我不知。

看了上面的谈话,谁也知道吉冈之说为偏见,而鸥外的话是有理的。

三十年,《美术评论》上有一篇题名《关于裸体画》的文章,作者方眼子,更认真地讨论裸体美的问题。他说:

> 为了气候风土的关系,及宗教上的容仪之念,欧洲北方有嫌忌裸体画的风习。但日本与他们相反,在气候风土的关系上,建筑及衣服都是开放的,故向来没有嫌恶裸体

的风习。近来日本人的排斥裸体，不是出于日本人固有的感情，乃由于欧美习俗传染来的感情。他们所怕的不是裸体，而是阴部，但美术是表现人体美的，不是表现阴部美的。他们大可不必担心。"

据说这署名方眼子的，是久米桂一郎的匿名。对于他的"不是表现阴部美的"一句话，石井柏亭曾加以解说。他说现今的写实派裸体画，并不忽略阴部的描写。有的画家特用几根粗线来暗示；有的画家用浓重的黑色描一三角形的块。但这不是描写阴部美，这是为了装饰的目的，使与上部的头发的黑色互相照应。但这种办法在日本还是不行，倘然有了，一定要受当局的指斥。

明治三十年之秋，白马会开第二次展览会，黑田清辉的一幅裸体作品《智感情》又惹起了沸腾的舆论。这是日本女子为模特儿的一幅最初的作品。公众对于这画，毁誉交加，黑田本人不以为宠辱，社会却以黑田之画为动机，对裸体画大加注意。文艺杂志《新著月刊》乘此潮流，频频登载种种裸体画的照相版。这不单是艺术品的介绍，实在是挑世人的好奇心，以推广杂志的销路。此外模仿者当属不少。明治三十一年五月，当局就颁布禁止裸体画命令。凡烟纸店、杂货店所带卖的裸体画及刊载裸体画的杂志，均被巡查没收。《新著月刊》以每期插裸体画被告发，发行者石桥忍月判课罚金。当时正在上野开会的明治美术会展览会就用布将所有的裸体画遮盖。黑田清辉闻禁令后曾经说："裸体与猥亵原是别问题。今因难于辨别猥亵与不猥亵而普遍禁止一切裸体画,便是向世界表白日本政府的无能无识。"美术家引为快论。

裸体画禁令下后,暂时平静无事。但到了明治三十四年秋,发生了日本美术界有名的可笑的所谓"腰卷事件"。为了那时白马会又开展览会,会中管自陈列裸体画。当局出面干涉,经交涉的结果,免予撤去,但须以海老茶色的布条缠蔽下体,裸体像就好比戴上一个腰卷,这可谓世界展览会中的一大奇观。

此后,当局对此问题无一定方针,忽严忽宽,全视临时检查的警吏的意思而定。故明治三十五年的白马会第七回展览会,又有许多裸体画可以无腰卷自由出品。三十六年十月,白马会第八回展览会,警察又给它新辟了一间"特别室"。凡警察所认为不可公开的,皆移入特别室,只有美术家及特殊的研究家可以进去参观,但其入场券也可以给任何人借用。有几幅,警察认为不必入特别室的,可放在公开会场里,例如冈田三郎助的一幅《微风》,因为画中的裸体女子脸孔上表示忧郁之色,警察认为无妨。又如藤岛武二的《谐音》,因为画中人裸体到脐下数寸为止,警察也认为不要紧。黑田清辉的《春秋》,也因为画中人的下身缠着布,只露出到脐下仅一二寸的地方,就被认为无关风化。当时画家与警察官之间常起剧烈的争执。

明治四十年,又发生了有名的所谓"阴茎切断事件",当年的文部省第二次展览会中,有朝仓文夫的雕刻《阍》(裸男像)与新海竹太郎的雕刻《二裸女》出品。当局认为犯禁,但亦不令撤回,却用锯子将《阍》的男裸像的阴茎锯去,又用厚纸剪成树叶形，用图画钉钉在《二裸女》的阴部上。因为树叶形的厚纸上涂着白粉，在观者反觉得触目了。这两座雕像受过宫刑之后，又被送入特别室。以后当局对于雕刻比绘画更加注意。有的作品，特由警察署指定看法。例如："注意：此像只准从前方看，不准从尻部窥探。"

到了大正时代，裸体美术品也常被禁止展览。但不复入特别室。到了大正末年，法国大裸刻家罗丹（Rodin）的名作《接吻》的青铜像（原来是石雕的，翻造为青铜像而运到日本）运来东京的"佛兰西〔法兰西〕现代美术展览会"陈列，警视厅认为不可，意欲撤回，又因青铜甚重，不便移动，仍交特别室收容。主办这展览会的国民美术协会会长黑田子因为这是近代雕刻的大杰作，愤慨地向当局力争。但警视厅的保安科长非常固执，答他："西洋所承认的，日本没有必须承认的必要。"这话引起了美术家的公愤。国民美术协会特开关于裸体美术问题的讲演会，并拟向当局提起诉讼，又拟设裸体美的咨问机关。但听说没有实现。这是大正末年的事。昭和以来，公众对于裸体美术渐渐见惯，不以为奇，警察方面也就马虎，以后大概不会再有"腰卷"及"阴茎切断"等可笑事件发生了。

中国的当局在这一点上比日本的当局高明，对于中国的美术界不曾做出"腰卷"及"阴茎切断"之类的笑柄。但也没有像日本当局对于日本美术界那样的关心和建设。

廿五〔1936〕年七月廿九日作

谈日本的漫画[1]

我没有一一详考世界各国的漫画史。但回忆过去所读的美术的书籍，觉得关于漫画的记载，任何一国都不及日本的热闹而花样繁多。别国的美术史上虽然也有一两个讽刺画家，描小画的画家，但也不过带叙几句，不甚注重。意、法、德、英，大都如此，中国也是如此。只有日本，大画家往往就是大漫画家，故漫画在日本美术史中非常活跃，占据不少的page〔页〕。这种画笔的游戏，在别国我想并非完全没有。只因在别的国家，只当它一种游戏，无人专心研究，更无人为之宣传表扬，因之不能发达。在日本呢，其国民的气质对于此道似乎特别相近。那些身披古装，足登草履，而在风光明媚的小岛上的画屏纸窗之间讲究茶道、盆栽的日本人，对于生活趣味特别善于享乐，对于人生现象特别善于洞察。这种国民性反映于艺术上，在文学而为俳句，在绘画而为漫画。漫画在日本特别热闹而花样繁多，其主要原因大约在此。

西洋漫画史家自称西洋在四千年前已有漫画，其实例就是埃及古代的地下礼拜堂（catacomb）的壁上所描写的民众生

---

[1] 本篇原载 1936 年 10 月 1 日《宇宙风》第 26 期。

活的壁画。但此说不免把漫画的范围放得太广。若说简笔的画便是漫画，则世间可称为漫画的东西太多了。实际，西洋画中明显地含有讽刺意味，自中世纪开始。十六世纪意大利文艺复兴期三大美术家之一的辽拿独·达·文西〔莱奥纳多·达·芬奇〕（Leonardo da Vinci）曾经描写种种的人的脸，将脸孔的特点夸张，描得使人看了发笑。这才可说是西洋漫画的开始。其后讽刺人生的绘画渐多。在教权时代，有某画家作漫画讽刺僧侣。画中描写有金钱的僧侣能够获得天国的入场券，没有金钱的僧侣不能获得。在拿破仑时代，法国女子盛行高髻。便有漫画家夸张其事，描写一丈夫爬上梯子去为其妻助妆。这可说是西洋漫画的初期，入十九世纪，法国画家独米哀〔杜米埃〕（Daumier）出世，西洋开始正式地容纳讽刺分子。今日西洋漫画的繁荣，实发轫于此。然而西洋漫画无论如何繁荣，终不及日本漫画的富有趣味。盖西洋漫画大都专事讽刺嘲骂。像美国，有"漫画以笑语叱咤世间"之谚，又如欧洲，在上次的大战中，有"漫画强于弹丸"之谚。可见他们的漫画，大都是借绘画为攻击之具，即以讽刺嘲骂为漫画的本能。这不但西洋如此，现今世间各国的杂志报纸所刊载的漫画，亦大部分属于此类。盖洞察人生，刻画世态，揭发隐微，暴露现实，原是漫画的长技。故当今之世——国家、团体、个人，大家用了极厚的老面皮和极凶险的武器，而大规模地夺面包吃的时代，漫画不得不取冷嘲热骂的态度，或者也被利用为一种更凶险的武器，相帮别人夺面包吃。然而这是漫画的暂时的变态，决不是漫画的本色；犹之现今是暂时的非常的时代，决不是人世的常态。

鸟羽 作

漫画的本色如何？这非常复杂，总而言之，与人心的"趣味"相一致。人心有讽刺的趣味，漫画中也有讽刺；人心有幽默的趣味，漫画中也有幽默；人心有滑稽的趣味，漫画中也有滑稽；人心有游戏的趣味，漫画中也有游戏——趣味最多样的，而表现法亦最多样的，莫如日本的漫画。明治以后，西洋画风侵入日本，漫画界也显然地西洋化。但原有的日本漫画的多样的趣味，还是存在，时时在现代诸漫画家的笔端吐露出来。因为日本漫画已有长久的历史。据日本画家考据，正式的日本漫画史，开始于八百年前的藤原时代。

"漫画"两字的出现，在于德川时代，约当中国清初。但漫画风的绘画的出现，则早在藤原时代。藤原时代，约当中国的宋朝。美术最初从中国入日本的时候，绘画全是佛菩萨的画像。藤原时代有一个画家名叫鸟羽僧正的，开始用中国画的笔法描写现实生活，且其画含有多量的滑稽趣味。这是日本漫画的源泉，后世漫画家汲鸟羽僧正之流者甚众。故日本画论者就确定他是日本漫画的始祖。他的传世作品现存者有两种，一种叫做《鸟兽戏画》，分四卷，所写的都是鸟兽怪物游戏的模样，其形态皆动物，其行为皆拟人，看了使人发笑。第一卷描写猿和兔子在溪中沐浴，一似现今的游泳。又写一青蛙扮作佛，兔子拜佛，猴子在旁诵经。据日本鉴赏者说，这些并非完全的戏笔，都是暗中讽刺当时的贵族的游荡生活的。第二卷描写野马，种种鸟兽，和可怕的獏，各种动物争斗的状态。依上例推想，这些大概也是讽刺当时的社会政治的倾轧的吧？第三卷描写僧人和俗人着棋。斗双六，斗鸡，斗犬，及种种动物的游戏。第四卷描写小人在桶上跳舞，在和尚所敲的鼓上跳舞，其神情皆足令人发笑。其所讽刺者何事，日本的鉴赏家都能道之，但不免牵强附会，不如直把它们当作游戏画看。其第二种作品名曰《贵志山缘起》，是描写贵志山僧莲朋的逸事的。这在日本为有名的故事：有僧名莲朋者，在贵志山修行多年，有法术，能使其钵飞到山下的富人家门前来乞米。富人家认识这是莲朋的钵，把米放在钵中，钵自能飞回山中。每天如此，习以为常。有一天，富人家施米者偶然疏忽，将钵忘记在米仓中，而把米仓的门锁闭了。这一晚，米仓屋瓦洞开，仓中所有的米，由钵领导，飞上山来。富人大窘，上山来向莲朋讨情。莲朋作法，米即飞回仓中，仅留钵中米在山上，此后富人施米不敢怠慢。

鸟羽僧正不但在画中作奇离的故事，其生活中亦有种种离奇的逸话：据说鸟羽僧正曾为管仓库的官吏。有一次，他描一幅画，仓中的米被大风吹上天去，许多人在下面拿捉无效，仓皇失措，样子非常可笑，人都不解他的意思，后来日本皇帝见了这画，也发大笑，定要问他什么意思。僧正回答说：现今的贡米中糠渐多，将来一定全部是糠，风吹上天时拿捉不住。皇帝大笑，遂下令严查贡米。此后人皆不敢作弊。又有一次，日本的皇帝神经患病，医生束手。鸟羽僧正自言能治御病，作漫画一卷奉呈。皇帝看了，病果然痊愈。不知道这一卷里所描写的是什么东西。

鸟羽僧正之后，入镰仓时代，"绘卷"（犹今之连续漫画）在日本大肆流行。所描写的大概是现世实相，即所谓"大和绘"。广义地说，大和绘都是漫画。镰仓时代有名的漫画家有二人，即藤原长光与信实。前者绘有《伴大纳言绘卷》，描写一件放火的事实。后者绘有《绘师草纸》，描写一个穷画家的现实暴露。他们的作风都是在严肃中含有滑稽，在嬉笑中隐藏讽刺。故令人开卷必笑。这作风正是鸟羽僧正所创行的。

镰仓时代之后，入室町时代，也有两个有名的漫画家，即土佐行光与土佐光信。前者有绘卷作品曰《天狗草纸》，后者有绘卷作品曰《福富草纸》。《天狗草纸》中描写天狗星的出现。天狗星共有七个，在日本被视为不祥之兆，以为凡天狗星出现，世间必有动乱。这绘卷中描写天狗星，其用意是讽刺当时的七大寺院的僧侣的横行。盖自镰仓时代以来，东大寺、兴福寺、三井寺、延喜寺、东寺、醍醐寺、高野山七个寺势力甚大，寺僧骄慢无耻。漫画家就用七个天狗星来比拟他们，讽刺他们为不祥之兆。然画笔太过严正，不及前述诸家的轻松多趣。《福富草纸》所描写的是一个放屁的故事，甚为可笑。有一个人名叫福富织部的，没有别的本领，但善于放屁。其所放之屁大概有异香异音，故闻者不觉讨嫌，反而心生欢喜。朝廷王公贵人慕其名，敦聘他入朝演习放屁。结果大受贵人称赞，得赏而归。既富且贵，荣名满乡。其邻人藤太，家贫，妻妒悍，绰号"鬼婆"，闻福富以演习放屁而富贵，艳羡不置，使她的丈夫以邻人之谊，向福富叩求放屁的秘法。福富给一包泻药，骗他道："吃了这包药即能演习放屁。"藤太信以为真，回家将药吞下，即赴贵人处要求演习放屁，鬼婆以为富贵立刻可达，遂将破旧衣裤悉数烧毁，裸体伏室中等候，以为丈夫回来，就可买新衣穿了。谁知藤太在贵人前，不放屁而撒烂屙[1]，被贵人驱逐，归家而成痫疾。于是鬼婆大愤，裸体闯入邻家，捉福富而咬其体。——这故事从表面看，不免流于虐谑。但其讽刺意味甚为刻毒，盖世间爵禄富厚，大都由放屁之类的方法得来也。

室町时代之后，桃山时代无漫画。至德川时代而漫画达于隆盛之极，画风仍为鸟羽僧正派的延续。当时漫画发达的原因，一方面由于时势太平，上下共乐；另一方由于木版画的流行。还有一个重要原因，是"浮世绘"的盛行。所谓浮世绘，是用工笔描写世态人情的一种民众艺术。前面说过，中国美术初入日本，尽是佛菩萨的图像，即所谓宗教艺术。浮世绘则是宗教艺术的反动，全以人生日常琐屑生活为画材，故最能受一般民众的欣赏。浮世绘所以异于漫画者，即前者多工笔而不必含有讽刺或滑稽味，后者多简笔而含有讽刺或滑稽味。然而界限很不清楚。浮世绘中有一部分，称为"大津绘"的，就是漫画。故大津绘可说是漫画的别名，又可说是漫画的前身。

---

[1] 撒烂屙意即拉稀的大便。

足相扑图　耳鸟斋 作

所谓"大津绘",又称为"追分绘",因为最初是大津、追分地方产生的。又称为"鸟羽绘",因为它是鸟羽僧正之余流。据说最初的大津绘,所描的仍是佛,不过含有可笑味。故日本大诗人芭蕉有俳句,大意谓"大津绘的笔的开始,某某佛。"但后来就取滑稽题材,例如天狗(日本人画天狗星的象征形,为一长鼻人,其鼻有长至数尺者)与象比较鼻长,鬼弹三味线(一种弦乐器,似我国之三弦),大黑登梯为福禄寿三星剃头,雷公钓鱼,鬼念佛等。大津绘的名家有二,即松屋耳鸟斋与近松门左卫门。耳鸟斋有作品曰《古鸟图贺比》,描写人间种种相,皆可发笑,左卫门有作品曰《净琉璃》,宣传尤为普遍。

经过了耳鸟斋与左卫门,就是"漫画"正式命名的时期了。这时期中计有六大作家:英一蝶、葛饰北斋、锹形蕙斋、歌川国芳、大石真虎和禅宗画僧仙厓。连上述的耳鸟斋与左卫门,可称为德川时代八大漫画家。"漫画"之名则由葛饰北斋始用。

英一蝶被称为"浮世绘漫画家",因为他初学浮世绘,后来独辟画境而成为漫画家。他的画中多恶戏。例如描写二人着围棋,添描一孩子以物置其中一人的头上,其人热中于棋,全不知觉。又如描写私塾学童踢球,球打先生之面,先生抱头呼痛。诸如此例,无不令人发笑。然卒为讥刺过于尖刻而贾祸。他曾作漫画肖像画一册,题曰《百人男》,内中描写当时权贵的相貌,夸张过甚,形容刻毒,并于每幅上题以讽刺文句。以此触怒权贵,下狱。不久出狱,故态不改,又作女人漫画肖像册,曰《百人女蔺》。册中有《朝妻船》一幅,被指为讽刺当时将军纲吉及其爱妾御传,又被捕下狱,流放三宅岛十二年。刑满归乡,画名益高,依旧从事讽刺画,至七十三岁寿终,死后又出遗作集。

围棋　英一蝶 作

葛饰北斋被称为"准浮世绘漫画家",因其作风与浮世绘相去比英一蝶更远,而自称其画集为《北斋漫画》。"漫画"之

早飞脚　葛饰北斋 作

名由此诞生。葛饰北斋十九岁学画,直至九十岁寿终,八十一年中未尝停笔。故所作画极多。他的画大都是小幅的。有人讥笑只会作小画,不会作大画。北斋愤怒,为护国寺作画,用一百二十张纸连接起来,描一达摩祖师像。又在同样的大的纸上画一匹大马,远望各部尺寸皆极自然,观者折服。随后又取白米一粒,于其上画两麻雀,见者无不惊叹。

　　锹形蕙斋本为浮世绘版画专家,后来废止版画研究,专写含有诙谐味的简笔画。有画卷曰《职人尽》,现藏东京上野博物

俚谚漫画　锹形蕙斋 作

馆，其中描写各种社会的风俗，各种职人的生活，各种俚谚，皆曲尽其妙，而且处处出于诙谐。全德川时代的漫画作品，当以此《职人尽》为镇卷。

歌川国芳是蕙斋的承继者。他在七八岁时读蕙斋的职人漫画，就立志为人物漫画家。其构图非常奇拔，有时把人的形状加以巧妙的配置，其画就同变戏法一样。例如描五个儿童，可以看成十个儿童。又如描许多人打堆，可以看成一个大头。后者曾被翻印在中国昔年的某杂志上，我幼时看了曾经发生趣味，照它临摹过，又自己仿作过。当时不知这是德川时代大漫画家的手笔，长后读日本画史，方才知道。因此想起西洋和中国也有这种绘画的游戏，例如两个女孩可以看成一个髑髅，一个老人头倒转来看是一个小孩子头等，是消闲读物的插图中所

鉴定通过了的人

常有的。但我觉得这种技巧以日本人为最长。去年某月的《上海每日新闻》上有一幅相面先生的广告，其中附有一幅面孔的图，顺看是一副欢喜脸孔，倒看是一副愁苦脸孔，描得非常自然。这种画法，大概是歌川国芳的遗风。歌川国芳的代表作为《荷宝藏壁无驮书》，是优俳的肖像画。把当时许多名优的相貌描成漫画风，形容非常古怪，而无论何人一看就认识。故当时一般民众奉此书为异宝，肖像漫画在英一蝶手中曾经大大地发达过。但英一蝶因此得罪权贵，流放荒岛十二年。自此以后漫画家的笔锋不敢向大人物，而移向优伶。歌川国芳有爱猫的特

组合漫画　歌川国芳　作

癖，其画中常以猫为点景。

大石真虎专门研究诸职人生活，其画亦多深刻的写实。其作品著名者有《百人一首一夕话》《神事行灯》《张替行灯》等，皆描写社会生活，四时行乐，种种世相，多幽默趣。其作风亦可说是蕙斋的延长。真虎不但作画幽默，其生活亦甚多幽默逸话。有一天，真虎在街上走，看见一家糕饼店里夫妇二人正在相打相骂。那妇人说"我要死了"，丈夫也说"我要死了"。许多孩子拥挤在门口观看。真虎走进糕饼店，拿柜上的糕饼向路上乱抛，许多孩子就争先恐后地拾糕饼吃。夫妇二人大窘，停止了相骂而向真虎理论。真虎认真地说："你们两人都死了，这些糕饼迟早要腐烂，不如抛给孩子们吃了。"夫妇因此和好如初。

仙厓是一个禅宗的和尚，住在博多的圣福寺中。其作画草率而自然，寥寥数笔，曲尽妙趣，即所谓"意到笔不到"的境地。这一点是仙厓的特色。盖鸟羽僧正长于细描，笔虽简，其线条皆郑重而板滞，后世宗之。故以前的漫画，多数工致如绣像画

野猪及相打　仙厓 作

然。仙厓胆大，挥毫无所顾忌，就自成草率自然的一种画风。现今日本有名的漫画家，如冈本一平、池部钧等，其用笔都有仙厓风。仙厓曾自赞他的用笔："世之画皆有法，仙厓之画无法。佛曰，法本无法。"这话并非夸口。

上述八人，为德川时代漫画八大家。日本漫画在此时代为最盛。德川以后，漫画坛暂时沉静，非无作者，但无大家耳。到了明治时代，漫画又兴。西洋风与日本风，交互错综，造成灿烂的现代日本漫画坛。历数画人，不可胜计。但有的作品不多，有的正在努力著作中，加之我所见的也很不周到，故未敢详述。现在但举有定论者及作品丰富者二三人略述于下。

河锅晓斋，是歌川国芳的门人。后来醉心于漫画始祖鸟羽僧正的研究。其作风集国芳及鸟羽之长，可谓明治时代漫画家的先锋。晓斋家中设画塾授徒。即以此画塾为画材，作种种可笑的描写。晓斋在早年，原名狂斋，自称其画曰"狂画"。后来因为"狂画"闯祸入狱，故改名晓斋。当时有书画大会，集画家于一堂，畅谈痛饮，兴酣落笔，云烟满纸。晓斋嗜酒，有一次在书画会大醉，信笔作画毁谤官吏。当场被巡者发见，捕缚下狱。时狂斋已烂醉，全不知觉。酒醒，方知身在狱中。出狱后大悔，遂改名为晓斋。此外奇行甚多。

竹久梦二，是现存的老翁。他的画风，熔化东西洋画法于一炉。其构图是西洋的，画趣是东洋的。其形体是西洋的，其笔法是东洋的。自来总合东西洋画法，无如梦二先生之调和者。他还有一点更大的特色，是画中诗趣的丰富。以前的漫画家，差不多全以诙谐滑稽、讽刺、游戏为主趣。梦二则屏除此种趣味而专写深沉严肃的人生滋味。使人看了慨念人生，抽发遐想。故他的画实在不能概称为漫画，真可称为"无声之诗"呢。他生在明治维新之交。当时西风东渐，日本人盛行恋爱。梦二作品中描写此种世相的甚多且佳。举一二例说：有一幅写一个顽固相的老人，趺坐席上，手持长信一纸，正在从头阅读。旁置信壳一张，封缄处贴一心形，乃当时日本情书上所习用者。老人背后有画屏，画屏背后露一愁容满面的少女之颜。她正在偷窥老人的拆看她的情书。此画题曰《冷酷的第三者》。我们由此可以想象那"热烈的第一二者"，而看见这冷酷的第三者与热烈的第一二者的剧烈的对比。又有一幅，描写一待车室的冷僻的角里的长椅上，并坐着一对幽会的青年恋侣，大家愁形于色，似有无限心事正待罄述者。此画题曰《我

一家团乐散步图　竹久梦二 作

们真，故美；美，故善》。盖借用恋爱者的口吻，表现得非常生动。又有一幅，描写一个异常瘦损而憔悴的中年男子，和一个异常丰肥而强壮的少妇携手并行，题曰《我看见如此的夫妇，感到难言的悲哀》。梦二的深刻动人的小画很多，大都载在他的《梦二画集》春、夏、秋、冬四卷中。这书出版于明治年间，当时社会上的好评沸腾。可惜现在时异世迁，人的兴味集中在讽刺夺面包吃的漫画上，对于此中富有诗趣的画少有人注意。因之其书似乎已经绝版，除了旧书店偶有收存外，不易办到了。这位老画家现在还在世间，但是沉默。我每遇从日本来的美术关系者，必探问梦二先生的消息，每次听到的总是"不知"。

北泽乐天，现在正是一位中年画家。比梦二时代稍后，其画亦比梦二时髦。他的画法，采入西洋风比梦二更多而更显，有几幅完全同西洋的版画一样。因此笔情墨趣，远不及梦二之丰富；画意亦远不及梦二之深沉。但在另一方面，广罗各种社会的现状，描摹各种问题的纠葛，这画家的观察与搜集的努力，是可以使人叹佩的。数年前有《乐天全集》出版，不知何故，出了一半就中止。已出的七册中，有不少可读的画。其中"普罗""布尔"[1]笑剧一部，描写现世阶级对峙之下的种种笑柄，最饶精彩。有穷措大兼名丁野（日本发音与"低能"二字相同）者为普罗代表。有大富翁名丙野（此二字之日本字

---

[1] 普罗即 proletariat（无产阶级）音译的略称，布尔即 bourgeois（资产阶级）音译的略称。

母[1]，形成一眉一目，为日本儿童描人物颜面时所惯用）者，为布尔代表。另有洞尾（日本发音与"吹法螺"，即吹牛，同音）者，狡猾而恶劣，在其间怂恿撺掇，拐骗图利，演成种种笑剧。择记忆所及者数事略述之：丙野续娶一比他小三十多岁的少女为继室，甚怜爱之。一日，丙野夫人赴银行领款，职员态度怠慢。夫人大怒，归告丙野，誓必复仇。丙野告该银行老板，欲以百万元盘其银行。老板不允，出重价而后可。丙野得银行，即召全体职员开会。职员齐集，即请丙野夫人上演讲台，指出前日领款时态度怠慢之人，革其职，丙野夫人之怒始解。又一日，洞尾介绍一卖古董者于丙野，极口称赞画之名贵，丙野出十万元购藏之。他日出画，见蠹鱼盘踞画中，画已破碎不堪收拾。丙野惜物，见此蠹鱼已食代价十万元，不忍舍弃，畜之玻璃瓶中，供案头，时时用显微镜欣赏之。丙野一生行事，大率类此。丁野为丙野之甥，而穷不可当。一日，谋饭碗不成，闲行市中，见旧衣店头悬旧大衣一件，与自己身材正称。心念世间看重衣衫，若买得此大衣，谋事必成。见标价十元，又嫌其贵。正踌躇间，适值洞尾，因将心事告之。洞尾谓此店老板乃其好友，只要稍稍结交，不难以最廉价得此大衣。于是丁野托其介绍，请老板吃牛肉酒。洞尾胃甚健，肆意饮啖，既醉且饱。丁野还帐三元五角，心念大衣可得最廉价，付帐不妨稍阔，即以找头赏堂倌。于是洞尾代为向老板申说丁野之意。老板谓自当格外克己，不过须归店查帐，方可定价，定

---

[1] 即字母 へ（似眉）与 の（似目）。

后当以明信片通知丁野。丁野感谢而去。次日,丁野接明信片,上写"特别廉价,九折计算,请速来成交"云云。又一日,丁野家中寄到十元汇票一纸,是夜丁野将此汇票藏里衣袋中而卧,准备明日赴邮局领取。夜梦大风入室,将此汇票吹上屋顶。丁野上屋,风又将票吹上树巅。丁野缘木求票,将达树巅,风又将票吹入河中。丁野不顾性命,随票跃入河中。幸洞尾及其他三四友人正作船游,恰巧经过其地,合力救起丁野,并为打捞汇票,人财皆不损失。梦醒,一身大汗。即赴邮局领洋十元,随即走告洞尾,表示谢意。洞尾索牛肉酒为酬,又约梦中其他诸友同食。席上诸友共称丁野友情素重,故梦中亦得友人相助;且人财失而复得,大可庆祝。于是痛饮大嚼,丁野会钞九元余,散出时袋中只剩铜板数枚。丁野一生行事,大率如此。洞尾自乡赴东京,谓一在公司当职员之友人曰,我家住清溪之旁,又可望见富士山。友人艳羡不置。一日,天气清明,友人向公司乞假,乘火车往访洞尾,冀一享清福。至则洞尾正裸体种田,其家不蔽风雨。询以清溪及富士山,洞尾指屋旁泥沟云,一个月不雨,当即清冽。又指野中长松云,天晴无云之日,登此树巅,可于望远镜中望见富士山顶。又一日,洞尾与友人约,次日午后一时赴访。次日,洞尾至友人家,见壁上时钟已指三时。即鞠躬道歉,谓友人曰:"予非敢误约,只因十二点半正欲动身时,友人丁野暴病,托为延医,奔走多时,方得脱身。急驰至电车站,又值电气故障,等待至一小时之久方得上车。下车后急赴尊府,不料又在电车站附近拾得皮夹一只,内藏拾元钞票三十张。因即走报公安局,托其归还物主。

转辗延搁，以至迟到，千万原谅！"友人听毕，从袋中摸出表，徐徐谓洞尾曰："足下并未迟到，现在正是一点钟，此壁上时钟乃昨日停后未开之故。"洞尾一生行事，大率如此。此为乐天漫画中刻划最工的一部分。

此外，现今日本知名之漫画家甚多。像冈本一平、池部钧，所作皆"笔简而意繁"，尤为特出之才。又有柳濑正梦，专以漫画为社会运动、政治运动作桴鼓之应，即所谓"以漫画代弹丸"者，所作亦多动人之处。我曾翻阅其画集，惜未能记忆。

廿五〔1936〕年九月十日病起

比　喻[1]

言语中用比喻始于何时？是很有兴味的一个问题。我没有考古癖，但推想其由来一定很久，《毛诗》里不是已经盛用了么？大约人类语言发生以后，不久进步起来，要讲究修辞，就发明用比喻的方法。人类生活复杂起来，比喻的用法也发达起来。到现在，差不多没有一篇文章或谈话里没有比喻的了。

尝吟味比喻的效果，觉得有三方面：第一，能使意义"具象化"；第二，能使事实"夸张化"；第三，能使语言"趣味化"，或者偏重某一方面，或者兼有各方面。而最后一种趣味化大概是各种比喻所共有的，因为突然地拉一件与话题毫不相干的东西或事体来作比喻，往往使人感到新奇，可笑，因而觉得其语言富有趣味。

例如最通俗的话："寿比南山""福如东海"，可说是偏重具象化的例。寿、福，都是抽象的东西。要形容其高和大，就拉毫不相干的南山和东海来作比喻。其意义便具象化；而其语言比较起不用比喻的"万寿无疆""洪福齐天"来，另有一种趣味，简洁，轻快，而松脆。

---

[1] 本篇原载 1935 年 7 月《文学》第 5 卷第 1 号。

又如最常见的话："光阴如箭，日月如梭""久闻大名，如雷贯耳"，可说是偏重夸张化的例。科学地讲起来，日月运行的速度比箭或梭快得多。但在普通的感觉上，把日月的出入比之于织布的梭的来去一般快，是极度夸张的。至于说听见人的名字好像吃了一个霹雳，则夸张以外又泛溢着趣味，使人想一想觉得要笑。

然而这也不能划然地分类。凡巧妙的比喻，大都是兼有上述的三种效果的。具象化使听者容易理解，夸张化使听者容易折服，趣味化使听者乐于领受。故《学记》疏云："以同类之物相比方，则学乃易成。"又《毛诗》序云："诗有六义：一曰风，二曰赋，三曰比，四曰兴，五曰雅，六曰颂。"比就成了文学上的一种体裁。故无论诗词、文章、俗语，皆盛用比喻。其中有许多取譬巧妙而适切，大可供欣赏者。

先就诗词方面看，《毛诗》中就处处地应用着比喻。摘录数例如下：

>白茅纯束，有女如玉。
>谁谓荼苦，其甘如荠。
>自伯之东，首如飞蓬。
>行迈靡靡，中心如醉。
>有女同车，颜如舜华。
>出其东门，有女如云。
>鬒发如云，不屑髢也。
>其仪一兮，心如结兮。

> 如切如磋，如琢如磨。
> 如金如锡，如圭如璧。
> 彼采葛兮，一日不见，如三月兮。
> 彼采萧兮，一日不见，如三秋兮。
> 彼采艾兮，一日不见，如三岁兮。
> 手如柔荑，肤如凝脂，领如蝤蛴，齿如瓠犀，螓首蛾眉。

前面数例大都简单，只取"玉""荑""飞蓬""舜华"等事物来比方一下。后面两条稍稍复杂：用"三月""三秋""三岁"来比一日不见，夸张得厉害。最后一例，用各种比喻来描写美人的各部，历历如绘，可说是绘画的比喻了。

后人的诗词中，所用的比喻就更加复杂。最委婉曲折的有如下例：

> 似将海水添宫漏，共滴长门一夜长。
> 惟有相思似春色，江南江北送君归。
> 相逢如春雪，一夜不能留。
> 思君如满月，夜夜减清辉。
> 自在飞花轻如梦，无边丝雨细如愁。

把海水用自来水管接到宫漏上，可谓异想天开。用春色的随人来比方别后相思的追依，用春雪的易溶来比方朋友相叙的匆匆，用满月的渐亏来比方别后容颜的消减，都极其委婉曲折，可谓妙喻。最后一例，从字句上看是以梦比飞花，以愁比丝雨;其实也可反转来看,以飞花的美丽与飘忽来比梦,以丝雨的轻微与绵密来比方愁,可谓象征的比喻法。

前述的绘画的比喻,其取譬大概是象征的。自从"手如柔荑"以后,诗词中这一类的比喻大大地发展起来,用各种东西来比方美人的各部和全体的形态,取譬大都夸张得离奇,最常见的如下列诸例:

芙蓉如面柳如眉。
水是眼波横,山是眉峰聚。
淡扫蛾眉朝至尊。
唇一点小于朱蕊。
樱桃樊素口,杨柳小蛮腰。
雾鬟烟鬓乘翠浪。
斜托香腮春笋嫩。
帘底纤纤月。(比足)
　　(以上比美人各部)
帘卷西风,人比黄花瘦。(以花比)
炉边人似月,皓腕凝霜雪。(以月比)
翩若惊鸿。(以鸟比)
袅袅婷婷,何样似一缕轻云。(以云比)
衰桃一树近前池,似惜容颜镜中老。(以桃树比)
篱角黄昏,无言自倚修竹。(以梅树比)
宛如待嫁闺中女,知有团圞在后头。(以初月比)
　　(以上比美人全体)

关于形态的描写，原是绘画的能事。文学要兼任此事，然而它没有画具，而只有言语。于是便用"如……"这件法宝来代替线条和色彩。所描写的虽然无形，但因有夸张的、象征的比喻法，有时反能给人比绘画更强明的印象。

以上是就诗词方面的比喻而说明。再就文章方面看，可欣赏的比喻比诗词中更多。原来文章长于叙述和理论；而比喻最宜于作这方面的工具。因为如前所说，比喻的具象化能使听者容易理解，夸张化能使听者容易折服，趣味化能使听者乐于领受，故用比喻帮助文章的叙述与理论，最为得力。文章里用了比喻，仿佛是加了一幅插图，使人一目了然地领会。譬如说"口若悬河"，不啻画一道瀑布来象征滔滔不绝的辩才；说"风烛残年"，不啻画一支风中的残烛来象征朝不保暮的残年。辩才与残年都是抽象的东西，现在用悬河与风烛的两个比喻，来使它们具象化了，就容易动人，故文章中往往盛用比喻。像李太白的《春夜宴桃李园序》，"夫天地者，万物之逆旅；光阴者，百代之过客；而浮生若梦，为欢几何？……"开头就连用了三个比喻。即以"逆旅""过客"，及"梦"来象征无常的速与人生的虚幻，作为其召集夜宴的理由。被他这般夸张地比喻了一下，读者安得不惕然感动，而赞成及时行乐之至当？何况下文还有"况阳春……"呢！

若有空工夫，取《左传》《国策》《国语》《庄子》等书来通读一遍，在其中发见的比喻一定不可胜数。我没有这工夫，但就孔孟的书中找几个有趣的例吧。孔子虽说"予欲无

言",但言时用的比喻来得巧妙:

子曰,为政以德,譬如北辰,居其所,而众星拱之。
子曰,吾与回言终日,不违如愚。
子曰,人而无信,不知其可也。大车无輗,小车无軏,其何以行之哉?
宰予昼寝,子曰,朽木不可雕也。粪土之墙,不可圬也。于予与何诛?
子曰,富贵于我如浮云。
子曰,吾未见好德如好色者也。
子曰,譬如为山,未成一篑,止,吾止也。譬如平地,虽覆一篑,进,吾往也。
子曰,岁寒,然后知松柏之后凋也。
子之武城,闻弦歌之声。夫子莞尔而笑曰,割鸡焉用牛刀?
吾岂匏瓜也哉,焉能系而不食?
君子之德风,小人之德草,草上之风必偃。
祭如在,祭神如神在。
孔子于乡党,恂恂如也,如不能言者。
入公门,鞠躬如也,如不容。
摄齐升堂,鞠躬如也,屏气似不息者。
执圭,鞠躬如也,如不胜。上如揖,下如授。勃如战色,足蹜蹜如有循。

最后数例，弟子描写孔子于乡党的态度，尤为有趣。其实这都是绘画的能事。但文学自有其巧妙的表现法。像"如不容"，"如不胜"，"如不息者"，"如有循"，反比绘画生动，而且可笑。倘换了绘画，一定办不到这般生动而可笑的效果。

孟子虽也说"予岂好辩哉"，但辩时用的比喻比孔子更加巧而且多：

> 孟子对曰，王好战，请以战喻，嗔然鼓之，兵刃既接。弃甲曳兵而走。或百步而后止，或五十步而后止。以五十步笑百步，则何如？曰，不可，直不百步耳，是亦走也。曰，王如知此，则无望民之多于邻国也。

> 孟子对曰，杀人以梃与刃，有以异乎？曰，无以异也。以刃与政，有以异乎？曰，无以异也。

> 王知夫苗乎：七八月之间旱，则苗槁矣。天油然作云，沛然下雨，则苗勃然兴之矣。其如是，孰能御之？

> 民归之，犹水之就下，沛然谁能御之？

> 曰，有复于王者曰，吾力足以举百钧，而不足以举一羽；明足以察秋毫之末，而不见舆薪。则王许之乎？

> 曰，挟太山，以超北海，语人曰，我不能。是诚不能也。为长者折枝，语人曰，我不能。是不为也，非不能也。

> 以若所为，求若所欲，犹缘木而求鱼也。

> 孟子见齐宣王曰，为巨室，则必使工师求大木。工师得大木，则王喜，以为能胜其任也。匠人斲而小之，则王

怒，以为不胜其任也。

今有璞玉于此。虽万镒，必使玉人雕琢之。至于治国家，则曰，姑舍汝所学而从我。则何以异于教玉人雕琢玉哉？

孟子曰，矢人岂不仁于函人哉？矢人惟恐不伤人，函人惟恐伤人。巫、匠亦然。故术不可不慎也。

曰，今有受人之牛羊，而为之牧者，则必为之求牧与刍矣。求牧与刍而不得，则反诸其人乎？抑亦立而视其死与？

古之君子，其过也，如日月之食，民皆见之。及其更也，民皆仰之。

吾闻出于幽谷，迁于乔木者，未闻下乔木而入于幽谷者。

曰，士之仕也，犹农夫之耕也。农夫岂为出疆，舍其耒耜哉？

曰，丈夫生而愿为之有室，女子生而愿为之有家。父母之心，人皆有之。不待父母之命，媒妁之言，钻穴隙相窥，逾墙相从，则父母国人皆贱之。

曰，有人于此，毁瓦画墁，其志将以求食也，则子食之乎？

天下溺，援之以道；嫂溺，援之以手。子欲手援天下乎？

有楚大夫于此，欲其子之齐语也，则使齐人傅诸？使楚人傅诸？曰，使齐人傅之。曰，一齐人傅之，众楚人咻之，虽日挞而求其齐也，不可得矣；引而置之庄岳之间数年,虽日挞而求其楚,亦不可得矣。

孟子曰,今有人日攘其邻之鸡者。或告之曰,是非君子之道。曰,请损之,月攘一鸡,以待来年然后已。

于齐王,犹反手也。

民之归仁也,犹水之就下,兽之走圹也。

仁,人之安宅也。廉,人之正路也。旷安宅而弗居,舍正路而弗由,哀哉!

文王视民如伤。

从之者如归市。

今有同室之人斗者,救之。虽被发缨冠而救之,可也。乡邻有斗者,被发缨冠而往救之,则惑也。虽闭户,可也。

齐人有一妻一妾。(下略)

思与乡人处,如以朝衣朝冠坐于涂炭也。

思天下之民,匹夫匹妇,有不与被尧舜之泽者,若己推而纳之沟中。

告子曰,性,犹杞柳也。义,犹桮棬也。以人性为仁义,犹以杞柳为桮棬。

虽有天下易生之物也,一日暴之,十日寒之,未有能生者也。

孟子曰,鱼,我所欲也。熊掌,亦我所欲也。二者不可得兼,舍鱼而取熊掌者也。生,我所欲也。义,亦我所欲也。二者不可得兼,舍生而取义者也。

人有鸡犬放,则知求之,有放心而不知求。

今有场师，舍其梧槚，养其樲棘，则为贱场师焉。养其一指而失其肩背，而不知也，则为狼疾人也。

　　孟子曰，仁之胜不仁也，犹水胜火。今之为仁者，犹以一杯水救一车薪之火也。

　　仁则荣，不仁则辱。今恶辱而居不仁，是犹恶湿而居下也。

　　舜视弃天下，犹弃敝屣也。

　　人病舍其田而耘人之田。

我童年时读《孟子》，觉得比读《论语》有趣味。为的是《孟子》中比喻更多而可笑。例如"挟太山以超北海"，"吾力足以举百钧"，"日挞而求其楚"，"被发缨冠而往救之"等，童子读之如读童话，最有兴味。现在年纪大了重新吟味这种比喻，仍是觉得可笑。《孟子》文章之所以脍炙人口，比喻的多且巧恐是原因之一。

比喻的"可笑味〔幽默〕"（humor），我觉得是一种最可贵的要素。譬此"割鸡焉用牛刀"，"日挞而求其楚"，"为长者折枝"，"缘木求鱼"，"恶湿而居下"，"以朝衣朝冠坐于涂炭"，"钻穴隙相窥，踰墙相从"，"毁瓦画墁"，"嫂溺援之以手"，"日攘其邻之鸡"等，富有humor，使人想象其情状，觉得要笑出来；仿佛可以给每种情状描一幅漫画的。笑是不可勉强的，实由于真心的感动而来，实由于真心的折服而来。故含有可笑味的比喻的入人之深，由此可以想见。盖无论何种理论，能说得使对方发笑，必有说服的希望了。

最富有可笑味的，莫如俗语中的比喻。在吾乡，只要到茶店去坐地，便可听见茶客的纷纷议论中，处处引用着巧妙而可笑的比喻。老于应酬而长于口才的人，谈起天来差不多五句话里必有一句比喻。譬如说："偷鸡勿着蚀把米"，"撒屎勿出嫌茅坑臭"等，用得妥当，能使听者中心悦而诚服。还有一种比喻，同谜语一样，有谜面谜底。上面一句谜面，是一个比喻。下面一句谜底，是上句所隐射的一件事理。例如："火烧纸马店——迟早要归天"，"六指头搔痒——加二讨好"等，说的时候普通只说上一句的比喻，让听者自己悟及下一句的事理。这两种比喻的俗语，自成两种体裁，现在假定称前者为"喻语"，则后者可为"歇后喻语"，因为后面的谜底往往不说，类似于唐人所谓"郑五歇后体"也。（唐有郑綮者，善诗，语多俳谐。其诗世称为"郑五歇后体"。例如讥人"无耻"曰"孝弟忠信礼义廉"，骂人"忘八"曰"一二三四五六七"之类，极其巧妙。今所述喻语，体裁与"郑五歇后体"大致相似，故借用其名称。）

这种比喻语虽然俚俗，然其取譬也很巧妙，且富有讽刺意味，即如前揭数例，以"偷鸡勿着蚀把米"比拟贪得反失，以"撒屎勿出嫌茅坑臭"比拟迁怒，除滑稽以外，还含有鄙视贪得及迁怒的行为为"偷鸡""撒屎"的讽刺性。以"火烧纸马店"隐射"迟早要归天"，以"六指头搔痒"比喻"加二讨好"，则取材尤为巧妙。盖纸马，原是给人家买去祭祷了一番而焚化的，故纸马店中所有货物，迟早都要归天。加二是加百分之二十之意，六指适为五指加百分之二十。故搔痒时可谓"加二讨好"。此种俗语,《何典》中所引不少,又最近报纸杂志亦时有所见。吾乡所流行者,有一部分与他们相同,然亦有不同者。去年这几天,吾乡举行灯会,邻镇亲友都来我家看灯,白昼无事,大家坐着烧香烟,咬瓜子,谈天。话题不知怎样一来,转到了这种喻语及歇后喻语上。大家努力搜索,命一女孩随时纪录于册。到灯会圆满,亲友散去时,这种俗语纪录了两册。当时兴尽,便塞之箧中。现在检出来重新翻阅,觉得有许多巧妙可喜。因择其尤者,摘录于此,以实证俗语中的盛用比喻。

先说"喻语"。其取譬都是日常生活中琐屑的事,鄙贱的事,甚至猥亵的事。关于食的,关于撒的,关于僧道的,关于各业的,以及关于杂类的,各方面都有。今约略依次列举于下。遇有需说明者,则于括弧中加注。

偷鸡勿着蚀把米。
杀猪屠死了勿[1]吃带毛猪。
羊肉勿吃得[2],惹了一身骚。(言冤枉。)
自己没饭吃,怪别人家抢镬滞[3]。
卖了馄饨买面吃。(言人多事。)
羊肉当狗肉买,烧酒当冷水卖。

---

[1] 勿,在这里是不、不会的意思。
[2] 勿吃得,意即没有吃到。
[3] 抢镬滞,意即铲锅巴。

挂羊头，卖狗肉。

公要馄饨婆要面。

撩出馄饨一碗汤。

包住了耳朵吃硬蚕豆。（犹掩耳盗铃。）

口干吃盐卤。

舌头拖着地，宁可打个结。（言忍馋以争气。或曰"宁可踏脱一段"。皆有趣。）

鸡价钱涨了，磨尖鸭嘴巴来。（言人的孜孜为利。取譬刻毒可笑。）

豆腐里寻骨头。

买三钱豆腐，要打听上海豆行情。（言人精明。）

砧头勿响猫勿叫。（言毫无动静。）

结个箍箩买鸭蛋。（言人细心，托人去买鸭蛋，结一个箍，使他照箍的大小去买。）

圆子[1]吃到豆沙边。（言功亏一篑。）

卖肉娘子舐砧头。（言会做的自己反不享用。）

火腿上的绳。（绳也有油水。以比方富贵家的走狗。）

吃炒米粉难为[2]唾涎。

有心开饭店，勿怕大食汉。

纯纯胡椒，辣勿杀人[3]。（其辣有限。）

---

[1] 圆子即团子。
[2] 难为，在这里是浪费、费的意思。
[3] 这里的"杀"是死的意思。

吃了对门谢隔壁。

猫口里挖鳅（挖勿出。）

羊毛出在羊身上。

逃走鲤鱼十八斤。（言失掉的分外可惜。）

贪贱买了灌水鱼。

猪多肉贱。

话得讨饭好，连夜买只篮。（言人性急。）

打得老虎杀[1]，大家有肉吃。

四脚眠床勿吃，两脚爹娘勿吃。（言什么都要吃。或曰"四脚的除出条凳，生翅膀的除出纸鸢，生冷东西除出玻璃"。更可笑。）

吃饭忘记种田人。

撒屎勿出嫌茅坑臭。

人撒屎，狗做主。（犹言越俎代谋。）

屎勿撒，屁先出。（未能实行先自大言。）

吃家饭，撒野屎。

新造茅坑三日兴。（犹言虎头蛇尾。）

一朵鲜花插在狗屎里。

茅坑板当桌子面。

捉[2]了一世狗屎，打翻了一船粪。（犹言十年之功，废于一旦。）

---

[1] 杀，同样是死的意思。
[2] 捉，此处是捡的意思。

吃屎只要糖多。

拿了猪头等庙门。

打杀了和尚，削落了头发偿命。（言人划一。）

观音斋罗汉。罗汉斋观音。

僧来看佛面。

远来和尚念得好经。

和尚要钱经要卖，尼姑要钱身要卖。

一个和尚提水吃，两个和尚扛水吃，三个和尚没水吃。

拆庙造庙。（犹"卖了馄饨买面吃"。）

溺死鬼骗得上岸。（言人骗功好。）

多个菩萨，多对蜡烛。

阎罗王洁樽候光的帖子在石印局里了。（言人快死了。）

孔夫子面前读三字经。（犹言班门弄斧。）

鬼吵难为病人。

三个臭皮匠，抵个诸葛亮。

做了一世收生婆，摸断一条脐带。（言前功尽去。）

拳教师跌在西瓜皮手里。

天坍自有长人顶。

说真病，卖假药。

一朝得了天和下，你坐朝来我坐廷。（言分肥。把"天下""朝廷"拆开，另有语趣。）

石灰船上吃了亏，到砖瓦船上去翻梢。（翻梢即报复。）

朝里无人莫做官。

黄狗吃食，白狗顶灾。

狗嘴巴里生勿出象牙来。

打狗看主家面。

打骡子给马看。

热石头上蚂蚁。（犹言如坐针毡。）

既要马儿走得好，又要马儿不吃草。

抱了母猫要小猫。（犹言得陇望蜀。）

老虎走来问雌雄。（言人镇静。）

打蛇勿杀撩蛇毒。（言打不杀蛇，而撩它一下，将受其害。）

盲人戳了刺，自有亮子给他挑出来。（譬如欺侮弱小，自有旁人代他抱不平。）

情人眼里出西施。

拾只苏州袜带儿。（言浑身衣服都要换过，方才配用。）

娘娘就是老太婆。（娘娘乃尊称，老太婆乃贱称，实则一也。）

八个甏，七个盖。总有一个盖勿好。（言移东补西。）

真金勿怕火来烧。

万宝全书缺只角。（言达人亦有所不知。）

落水要命，上岸讨包。

打呵欠割脱舌头。（言万恶社会。或曰"眼睛一眨，眉毛要拔"。）

远水救勿着近火。

"啊唷哇""有趣"一样钿[1]。(言叫苦无益。)

一个牙齿痛,满口勿安。

打破镬子勿蚀铁。

朝天串头绳。(或曰"倒拖节节高",言人贪得。)

起了风,总要落雨。

刀伤药虽灵,勿用最好。

三间茅草屋,六个大烟囱。(言不称。)

落地绵兜[2]。

耕地忘记锄头。

次说"歇后喻语"。其取譬也是日常生活中的琐屑,鄙贱,甚至猥亵的事。而关于缺陷的,残疾的,龌龊的,可笑的尤多。现在也约略归类,列举于下。所谓"喻语"与"歇后喻语"的区别,前者只设一个自成起讫的比喻。后者则用一个比喻来隐射一件事理,两者互相表里而各自独立。故写时用"——"连结之。例如前面所揭的"八个甏,七个盖,总有一个盖勿好",粗看似属"歇后喻语"而其实不然。因下面一句"总有一个盖勿好"不是一件事理,也是比喻里的话。故属于前者的"喻语"。

---

[1] 一样钿,本为"同样价钱"的意思,这里表示都一样。
[2] 绵兜是指未扯松时的丝绵,落地就粘上灰尘,以此比喻到处勾引男人的女人。

六指头搔痒。——加二讨好。

两个哑子共一床。——呒话头。（呒话头，犹"不知所云"。）

哑子吃黄连。——话勿出的苦。

瞎子点灯。——借勿着光。

瞎子射箭。——差得一线。（吾乡所谓瞎，有时作眇字解。）

瞎子看灯。——见得一半。（同上。）

瞎子当秤。——勿在心上。（秤星之星，与心同音。）

媚眼儿做给瞎子看。——莫名其妙。

癞痢头做和尚。——天生成。（下句或曰"现成"。）

癞痢头儿子。——自己的好。

癞痢头上搔痒。——怪用得着。

缺嘴和尚发晕。——呒救。（发晕，即临死前晕绝。吾乡俗，病者晕绝，子孙欲挽留之，用刻人中及拉头发二法。今和尚无发而又无人中，故发晕时呒救也。）

缺嘴吃鼻涕。——正好。

驼子跌一交。——两头勿着实。

驼子穿背心。——前长后短。

歪嘴吹喇叭。——一股邪气。（斜、邪同音。）

麻子妆粉。——分外难为[1]。（以粉填麻孔，故难为。）

---

[1] 难为，在这里是浪费的意思。

叫化子发魇。——穷开心。（发魇，梦呓也。）

叫化子吃死蟹。——只只好的。

叫化子做官。——连夜上任。

叫化子籴米。——只有这一身。（升、身同音。）

城头上出棺材[1]。——远打圈子。

落棺材装粉。——死要面子。

棺材里伸出手来。——死要钱。

棺材横头踢一脚。——死人肚里自得知。（死人，乃称对手，犹言你，侮辱之也。）

门角落里撒尿。——总有晓得的日子。

粪坑里麻皮。——又臭又韧。

屁股头带锯子。——绝[2]后。（无子孙也。）

孔夫子卵泡。——文绉绉。（犹言文质彬彬。）

床脚底下打蚊烟。——自熏自屁股。

夏裤子扎脚管[3]。——卵毛勿落掉一根。（言人吝啬。）

粪坑上拜年。——臭奉承。

赤膊等尿瓶。——要紧得来。

屁孔〔屁股〕上画眉毛。——好大面子。

狗对茅坑罚愿。——没干。（罚愿即立誓。没干即无

---

[1] 出棺材，意即出丧。

[2] 按作者家乡话，绝、截同音。

[3] 扎脚管就是把裤脚扎起来的意思。此人夏天也不怕热，还要扎脚管，极言其吝啬。

用。言狗始终要吃屎。）

狗吃鸡屎。——勉强。

狗咬吕洞宾。——勿识好人。

瞎子狗吃屎。——撞着[1]。

狗头上油盏。——险险令丁。

鼓楼上麻雀。——吓出。（吓出，犹言吓惯。麻雀是胆小的鸟。）

金弹子打麻雀。——贪小失大。

猢狲戴帽子。——像煞有介事。

黄鼠狼爬在鸡棚上。——不是你，也是你。

蚯蚓剥皮。——没处起头。

萤火虫吃亮百脚。——亮搭亮[2]。

温汤里煮鳖。——勿死勿活。

腌鲤鱼放生。——死活勿得知。

老鼠咬杀了一只牛——吃勿及[3]。

老鼠尾巴上生个剔骨痈。——大煞也勿大。

猪身上拔根毛。——一点勿得知。

老虎头上拍苍蝇。——没有这个大胆子。

黄牛钻狗洞。——勿顾身材。

纸糊老虎。——吓人怕。

---

[1] 撞着，意即碰巧。
[2] 亮百脚指一种极小的蜈蚣。亮搭亮，意即明对明，亦即打开天窗说亮话。
[3] 吃勿及，意即来不及吃。

蛇吃蛇。——比比长短看。

老鼠躲在书箱里。——吃本。（本即书。吃本即亏损。）

胡桃里肉。——要敲出来吃的。

蜜饯砒霜。——吃勿得。

吃了砒霜药老虎。——做自家勿着。[1]

三升米烧半碗粥。——厚子衲褋[2]。（言老面皮。）

三钱火肉[3]。——无批。（吾乡称用刀削薄片曰批。火肉价贵，买三钱则无可批。无批，无可批评也。）

张天师被鬼迷。——有法也无法了。

关云长卖豆腐。——人硬货勿硬。

四金刚腾云。——悬空八只脚。（犹言荒唐。）

张古老骑骡。——倒好。

四金刚撒尿出[4]。——越大越勿像人。

猪八戒吃钥匙。——开心。

尼姑生儿子——众人帮忙。

小娘烧香。——假扮正经。（小娘即妓女。）

寿星唱曲。——老调。（比喻必曰"寿星"而不曰"老

---

[1] 做自家勿着，意即自己不合算。
[2] 和尚穿的衲，往往补褋甚厚。厚子衲褋，意即所煮的粥很厚（很稠），像补褋的衲一样。
[3] 火肉即火腿。
[4] 撒尿出，即尿坑。

寿星",以隐藏"老"字。)

念佛娘娘拜周仓。——相信这把刀。(这把刀,犹言此道。)

狐狸精放屁。——怪气[1]。

泥菩萨落水。——自身难保。

和尚拜丈母。——第一次。(比喻甚流行。惟我以为取譬不适切。初婚者拜丈母皆第一次,岂必和尚哉?)

丈二和尚。——摸不着头脑。

关公看《春秋》。——一目了然。

船头上跑马。——走投无路。

染店架子改鸟笼。——大料改小料。

顶了石臼做戏。——出力勿讨好。

阿姨送亲。——来得而来的。

南瓜生在甏里了。——要勿出。

屠甸市蜡烛。——放心胆大。(屠甸市吾乡邻镇。其地所产蜡烛,芯甚粗大。)

砻糠里搓绳。——起勿来头[2]。

老旦着绿裙。——末脚[3]一出。(此条或说属喻语。)

脚炉盖当镜子照。——看得穿。

黄连树底下弹琴。——苦中作乐。

---

[1] 怪气,即奇怪。
[2] 起勿来头,意即没法开一个头。犹言做一件事一开头就受干扰。
[3] 末脚意即最后。

戴了箬笠亲嘴。——相差一大段。

火烧纸马店。——迟早要归天。

六月里戴毡帽。——勿识时势。

剃头司务过年。——人头面上刮屑。

火烧眉毛。——救救眼前。

三只骰子掷两点。——看勿来。

快刀切豆腐。——两面光。

小拇指头刻卦。——轮勿着[1]。

拖油瓶上祠堂。——轮勿着。

荷叶包老菱。——里戳出。（例如汉奸。）

油炒枇杷核。——滑来滑去。

光棍子讨老婆。——多了一半人头。

半个铜钿。——勿成方圆。

老太婆切[2]袜底。——千针万针。（与"千准万准"同音。以下皆谐音。）

肉骨头敲鼓。——荤冬冬。（与"昏冬冬[3]"同音。）

江西人补碗。——自顾自。（补碗时钻洞之声如"自顾自"也。）

斜桥过去。——郭店。[4]（与"搁店"同音，言歇业

---

[1] 刻卦时，以大拇指刻其他指，而小拇指不能刻卦，所以说轮不着。

[2] 切，意即用针穿了线来扎、缝。

[3] 昏冬冬，意即昏头昏脑。

[4] 斜桥是沪杭线上的站名。郭店是海宁县的一个小镇，离斜桥近。

也。)

老和尚敲磬子。——不当不当。[1]("不敢当"之意。)

一片瓦鞋子。——无双梁。[2](与"商量"同音。)

老寿星讨砒霜吃。——寿要死。(与"就要死"同音。)

外甥提灯笼。——照舅。(与"照旧"同音。)

吉字写给你看。——口干。(与"口乾"同音[3]。吉字倒转来,成为口干二字。)

往上检点一下,不觉写了喻语九十一条,歇后喻语一百〇七条。但这只是从我去春的收集中挑选出来的若干例。还有许多造语欠佳的,皆不录入;未经我收集的好例,一定也还有不少。

这种俚语,向来只流传于民众的口头上,没有形诸纸笔的资格,即所谓"不登大雅之堂"的。但细味上揭诸例,其取譬之妙,造语之工,其实不亚于诗词文学中的譬喻,不过不用文言而用白话而已。例如前揭的"思君似满月,夜夜减清辉"。"相逢似春雪,一夜不能留"。其句法就同"歇后喻

---

[1] "不当不当"是敲磬子时发出的声音。
[2] 蚌壳棉鞋由两片组成,缝合处有两条滚边,如双梁。一般船鞋则仅一片,故曰无双梁。
[3] 当时"乾"字尚未简化作"干",故作者加此说明。

语"差不多。上一句取譬喻，下一句说事理，不妨写作"思君似满月。——夜夜减清辉"。"相逢似春雪。——一夜不能留"。孔子的"杀鸡焉用牛刀"，与喻语中的"三间茅草屋，六个大烟囱"命意相同，"为山九仞，功亏一篑"，与"圆子吃到豆沙边"命意相同；孟子的"日攘一鸡"与"偷鸡勿着蚀把米"取譬相同；"出疆舍其耒耜"与"耕地忘记锄头"取譬相同。文言中的"掩耳盗铃"，即俗语中的"包了耳朵吃硬蚕豆"；"得陇望蜀"即"抱了母猫要小猫"；"班门弄斧"即"孔夫子面前读三字经"；"如坐针毡"即"热石头上蚂蚁"；"越俎代谋"即"人撒屎狗做主"；"虎头蛇尾"即"新造茅坑三日兴"。讲到取譬之妙，造语之工，前者未必胜于后者，后者有时胜于前者。所异者只是文言白话之分耳。因此我在选录这些俗语的时候，每每不肯割爱，一写写了近二百条。但这大部分是吾乡一带地方所流行的俗语。我国各处一定各有其流行语。倘得罗集起来，亦可以窥见各地民间生活的一斑。《日本语言丛刊》的发刊词中说："在语言的发达与变迁里，反映出民族的生活。"我在收集这些俗语的时候，觉得这里头也常有民族的生活相反映着，我们所欣赏的不仅是比喻的取譬与造语而已。

廿四〔1935〕年六月七日

附记一：此文脱稿后一小时，接到《太白》第二卷第六期。见内载黄华节先生著《歇后语》一文，题目与此文后面一节自相类，作者对于这种俚语的兴味也与我相似，所举的例也略有几个相同，但不同者居大多数，整理法也各异，因此我这篇文仍不妨寄给《文学》发表。这不约而同，足证注意民间生活的人渐多。是可喜的事。希望各地有同样兴味的人多多地收集起来发表。对于中国语言的改进，这也是一种助力。

附记二：此文正在校阅之时，有乡亲告诉我，还有人取譬于"乡下人"的许多俗语未曾列入。吾乡所谓"乡下人"，是城市人对农村人而言，实即"农人"之意。前时代城市人视农人为最愚蠢，便把他们的愚蠢夸张化，造出许多侮辱农人的歇后喻语来，供自己谈笑取乐。现在附在这里，使"反映民族的生活"，亦以作为前时代城市人侮辱农人的罪状。

乡下人不识碎器[1]。——统是毛病。

乡下人不识桂圆。——外黄。（与"外行"同音。）

乡下人不识鼻涕。——长痰。（与"长谈"同音。言人长谈细讲也。此喻夸张得荒唐。岂农人连鼻涕都没有了？）

乡下人不识瓦花。——屋草。（与"恶吵"同音。）

乡下人不识走马灯。——去了又来。

乡下人不识茶淘饭。——做粥。（与"做作"同音。）

乡下人不识报单[2]。——大对。（意谓报单像阔大的对联也。）

---

[1] 碎器，即碎瓷。
[2] 报单，是指考中举人、进士等的录取报告单。

乡下人看告示。——一篇大道理。

乡下人吃橄榄。——丢去,又拾来。

六月八日附记。曾登《文学》

音乐故事[1]

---

[1] 音乐故事共 11 则,原连载于 1937 年 1—6 月《新少年》第 3 卷第 1 至 11 期。

子愷

独揽梅花扫腊雪 [1]

满天大雪,从去年除夜落起,一直落到今年元旦的朝晨。天井里完全变成白色,只见两株老梅的黑色的树干从雪中挺出,好像一双乌木筷插在一碗白米饭里了。

除了两株梅树以外,还有一个浑身黑色的王老公公。他身穿一件长而厚的黑棉袄,头戴一顶卓别麟〔卓别林〕式的黑呢帽,脚踏一双长统子的黑钉靴,手拿一把长柄的竹丝扫帚,正在庭中扫雪。他想从大门口直到堂窗边,扫出一条路来。使我们便于进出。他的白胡须映着雪光,白得更加厉害,好像嘴上长着一丛鲞骨头似的。我戴了围巾,镶拱了手[2],立在堂前看他扫雪,心中有些不安。他是爸爸的奶娘的丈夫,今年六十一岁了。只因家中的人统统死去,房子又被火烧掉,他这孤身老头子无家可归,才到我家来作客。爸爸收留他,请他住在大门口的一间平屋里,供给食衣,并且声明"养死他"。我最初听见"养死他"三个字,觉得可怕。这好像是"打死他","杀死他"

---

[1] 本篇原载 1937 年 1 月 10 日《新少年》第 3 卷第 1 期。
[2] 镶拱了手,作者家乡话,意即袖着手。

之类的行为。但仔细一想,原来是好意,也就安心了。[1]

他扫到梅树旁边,大概觉得腰酸,一手搭在东边的梅树干上,一手扶着扫帚,暂时站着休息。我觉得这光景很可入画:一片雪地里长着一株老梅,梅树上开着同雪一样白的梅花,一个老翁扶着扫帚倚在树旁。这不是一幅很动人的图画么?

但是爸爸从里面出来,向庭中一望,却高声地唱道:"噢!do re mi fa sol la si!"

我忍不住笑起来,惊讶地问道:"爸爸为什么对着扫雪的王老公公唱了音阶?"

爸爸答道:"我们小时候学唱歌,先生教我们唱音阶,用'独、揽、梅、花、扫、腊、雪'七个字。现在王老公公不是在那里'独揽梅花扫腊雪'么?"接着就把这诗句的字义一一告诉我。我把这七字反复地念了两遍,笑道:"原来如此!那么,音阶下行时,'雪腊扫花梅揽独'怎么讲呢?"爸爸伸手抚我的头,笑着说:"雪腊扫花梅揽独,王老公公做不到,只好你去做了!"说着便离开我,自去同王老公公闲谈了。

我正在独自回想,忽然里面现出一个很新鲜的人影。这是离家半年而昨晚冒雪回来的姐姐的姿态。昨晚她回到家里已是上灯时光,我没有看清楚她。自从暑假开学时相别后,我在白昼的光线中再见她的姿态,现在是第一次。我觉得非常奇怪:在她目前的姿态中,思想感情,态度行为,和语调笑声,仍旧是我的姐姐;而面貌和身体好像另换了一个人。她的面貌比前

---

[1] "养死他",作者家乡话,意即养他直到老死。

粗而黑，身体比前长而大，好像不是我的姐姐，而是姐姐的姐姐了。姆妈曾经讲一个故事给我听：有一个人死去，换了另一个人的灵魂而活转来。于是身体原是他自己的，灵魂却换了别人的。现在我的姐姐正和这人相反：灵魂原是她自己的，身体却似乎换了别人的。

但这是久别重逢时暂起的感觉。数分钟后，我就不以为奇。同以前看见她换了一身衣服一样，似乎觉得这不过是表面的变化，无论变得怎样，内容中始终是我的姐姐。在阔别的半载中，我常觉得有许多话要同她说，今日重逢，却又想不出什么话来。我们不约而同地走进半年前曾为我们的美术工作场的厢房间里，在映着青白的雪光的座上相对坐下。我就同她说起刚才爸爸所唱的音阶来。

"刚才我听爸爸说，他小时候唱音阶，唱作'独揽梅花扫腊雪'。你道好笑吗？"

"我曾经见过他小时所用的唱歌书。翻开来第一页上，写着1 2 3 4 5 6 7 七个数字，数字下面注着'独揽梅花扫腊雪'一句诗。我也觉得好笑。从前的人的习惯，欢喜把外国来的名字翻译得像中国原有的一样。其实音阶何必也如此呢。这七个字在外国本来是没有意思的。我听中学里的音乐先生说，这七个字还没有发明的西洋中世纪时代，有一个宗教音乐的作曲者作一首赞美歌，一共七句。每句乐曲开头的一个音，恰好是音阶顺次上行时的七个音，而每句歌词开头的一个字的第一个缀音，恰好是 do，re，mi，fa，sol，la，si。因此后人就用这七个字来唱音阶，称它们为'阶名'。"

"姐姐！'音名'和'阶名'究竟有什么分别？我们小学里的先生没有讲得清楚。"

"你们六年级的音乐是谁教的？"

"还是华明的爸爸——华先生——教的。他教图画教得好，但是音乐不会教。只管教我们唱，却不教乐理。我到现在还没有明白五线谱的读法呢。"

"五线谱的读法，在乐理中是最机械的最容易的一小部分，一个黄昏也可学会。音乐的性状和组织，才是重要的乐理，学习音乐的人不可以不研究。像你刚才所说的'音名'和'阶名'的区别的知识，倒是了解音乐的性状和组织的最初步。这区别很浅显：风琴上的键板，各有固定的名称，CDEFGA 或 B 不可移易。这叫做'音名'。我们唱音阶时，随便哪个键板都可当作 do，即无论哪个音名都可当作 Do。这 do，re，mi，fa，sol，la，si 就叫做'阶名'，阶名是不固定而可以移易的。这区别不是很浅显的吗？比这更深刻而有兴味的，我觉得还是 do，re，mi，fa，sol，la，si 七个字的性状。我们的先生教我们一个很有趣的比喻。他说音阶里的七个字，好像一个家庭中的七个人物：do 字是音阶中的主脑，最重要，最多用，好比家庭里的主人，故称为'主音'。sol 字与主音最协和，常常辅佐主音奏和声，好比家庭里的主妇，从属于主人，故称为'属音'。mi 字与 la 字与主音也很协和，也常辅佐主音奏和声，虽不及主音、属音的重要，却也常用，故 mi 称为'中音'，la 称为'次中音'。前者好比这人家的儿子，后者好比女儿。以上四个音在音阶中都是重要的，常用的，犹之父母子女四人都是一家的主人。此外，re 附在主音上，称为'上主音'，好比这人家的男仆。fa 附在属音下，称为'下属音'，好比这人家的女仆。还有一个 si，是引导一个音阶到其次的一个音阶时用的，称为'导音'，我们的先生说它好比是这人家的门房。——这比喻真是非常确切，非常有趣……"我听得兴味浓极，不禁打断了她的话，插口说道：

"嗄！你所说的家庭就是我家！爸爸是 do，姆妈是 sol，我是 mi，你是 la，阿四是 re，徐妈是 fa，新来的王老公公是 si。哈哈，我们这音乐的家庭！……"

外面有华明的声音："恭贺新禧，恭贺新禧！"我和姐姐争先出去迎接，我的话也被他打断了。

晚餐的转调 [1]

晚餐时发生异样的感觉。

过去的半年中,姐姐常在城里的中学校里做住宿生,家里的食桌上总是爸爸姆妈和我三人。我吃饭时左顾右盼,一定看见姆妈的和悦的脸孔和爸爸的笑颜,半年来已经看得很惯了。今晚坐到食桌上,抬头一看,光景忽然异样:姆妈的脸孔忽然不见,却出现了姐姐的齐整而饱满的面庞。原来今天学校开始放寒假,但姐姐于下午从学校回来而姆妈被隔壁三娘娘家邀去吃对亲酒 [2] 了。因此晚餐桌上的光景忽然一变,使我发生异样的感觉。

感觉上有什么异样?说也说不清楚。但觉得以前的座上比现在热闹,因为爸爸姆妈两个大人都在座,而且姆妈是欢喜说笑的。又觉得现在的座上比以前更幽静,因为我和姐姐都是小孩,而且姐姐向来是温和沉静的。我不期地把这感觉说了出来:"少了一个姆妈,多了一个姐姐,我觉得今天的晚餐很异样。"

---

[1] 本篇原载 1937 年 1 月 25 日《新少年》第 3 卷第 2 期。

[2] 对亲酒,意即订婚酒。

姐姐接着说:"长调〔大调〕转了短调〔小调〕,感觉当然异样了。"

我忽然忆起了阳历年假中的比喻:"爸爸是 do,姆妈是 sol,姐姐是 la,我是 mi。"姐姐说"长调转了短调",一定和这话有关。照这比喻说,以前的晚餐座上的三人是 do,mi,sol,现在的晚餐座上的三人是 la,do,mi。长调和短调的分别,一定在这上面了。我就问姐姐:"你说长调变了短调,就是说 do,mi,sol 变了 la,do,mi 么?我们的先生也讲过,可是我还分不清楚。为什么 do,mi,sol 是长调,la,do,mi 是短调,你现在能简明地告诉我么?姐姐!"

姐姐在爸爸面前很谦虚,侧着头笑道:"我也不大讲得清楚,但知道常用 do,mi,sol 三字的是长调的乐曲,常用 la,do,mi 三字的是短调的乐曲。为什么叫做长调短调,你问爸爸吧。"

爸爸不等我发问,笑着说道:"你们把我比作 do,把你姆妈比作 sol,把你们两人比作 la 和 mi,倒是很确切而有趣的比喻!音阶中有七个音,那么还有三个音用什么比呢?"

我和姐姐一同抢着说:"徐妈是 fa,阿四是 re,管门的王老公公是 si!我们是音乐的家庭!"

爸爸听了,笑得几乎喷饭。我就再问:"为什么 do,mi,sol 是长调,la,do,mi 是短调?"

爸爸说:"do,re,mi,fa,sol,la,si 叫做长音阶〔大音阶〕,用长音阶作曲的乐曲,叫做长调乐曲。la,si,do,re,mi,fa,sol,叫做短音阶〔小音阶〕。用短音阶作曲的乐曲。叫做短调乐曲，一个音乐里最常用的，是第一、第三、第五的三个音。所以 do、mi、sol 是长音阶中最常用的音，可以代表长调，la、do、mi 是短音阶中最常用的音，可以代表短调。你吃完了饭可以试唱一遍看：唱 do, mi, sol, do（把第一音重复），感觉热闹而力强，正像你姆妈在家时一样；唱 la, do, mi, la, 感觉幽静而柔弱，正像你姆妈换了你姐姐一样。"

我不等吃完饭，就唱起来："do——mi——sol——do——。" "la——do——mi——la——。"真奇怪，前者感觉得阳气腾腾地热闹，后者感觉得阴风惨惨地沉静。后者所不同者，就是 sol 字换了 la 字，姆妈换了姐姐。我忽然想出一种解说，自言自语地说道："嗄！我知道了：姆妈的身体比姐姐长，所以有姆妈的叫做长音阶，有姐姐的叫做短音阶。"爸爸和姐姐听了都笑起来。我自己想想也觉得好笑。接着我就问："不然，为什么用长短两字来分别呢？"

爸爸正在赶紧地吃饭，暂时不响。姐姐怀疑似地轻轻说道："这是长三度〔大三度〕和短三度〔小三度〕的区别吧？"说着看爸爸的脸孔。爸爸吃完了一碗饭，点点头说："到底姐姐说得不错。这是长三度和短三度的区别。什么叫做长三度和短三度？恐怕你还不知道。吃过了饭我教你。"

我连忙伸手接了爸爸的饭碗，说道："我同你添饭，你现在就教我好么？"他笑着答应了，继续说道："你知道么：一个音阶里有七个音，每两个音之间的距离不等。从 mi 到 fa，从 si 到 do，这两处的距离特别短，叫做，'半音'，其余的叫做'全音'。故一个音阶是由五个'全音'和两个'半音'造成的。所谓'度',就是从一个音到另一个音所经过的字数。例如从 do 到 re,经过两个字,叫做二度,从 do 到 mi,经过三个字,叫做三度,其余不必细说。二度有两种:相距一个'全音'的,叫做'长二度',例如 do 到 re 便是。相距一个'半音'的,叫做'短二度',例如 mi 到 fa 便是。三度也有两种:相距两个'全音'的,叫做'长三度',例如 do 到 mi 便是。相距一个'全音'和一个'半音'的,叫做'短三度',例如 la 到 do 便是。故长音阶就是第一音(do)与第三音(mi)之间为长三度的音阶,短音阶就是第一音(la)与第三音(do)之间为短三度的音阶。你懂了么?"爸爸说过之后赶快吃饭。

我一面吃饭,一面回想爸爸的话,觉得很有兴味,原来长短音阶的名称是这样来的。我又自言自语地说道:"那么从爸爸到我是长三度,从姐姐到爸爸是短三度。"姐姐道:"还有从你到我,从爸爸到姆妈,是什么呢?你可不知道了!"

我想不出来,对爸爸看。爸爸放下了饭碗,说:"索性统统教了你吧!四度也有两种:相隔两个'全音'和一个'半音'的,叫做'完全四度',例如 do 到 fa,又如 mi 到 la(姐姐在这里加以注解道:"就是从你到我")便是。比'完全四度'增多一个'半音',相距三个'全音'的,叫做'增四度',例如 fa 到 si 便是。五度也有两种:相距三个'全音'和一个'半音'的,叫做'完全五度',例如 do 到 sol(姐姐道:"就是从爸爸到姆妈")便是。比'完全五度'减少一个'半音',相距两个'全音'和两个'半音'的,叫做'减五度',例如 si 到 fa 便是。六度也有两种:相距四个'全音'和一个'半音'

的,叫做'长六度',例如 do 到 la 便是。相距三个'全音'和两个'半音'的,叫做'短六度'。七度也有两种:相距五个'全音'和一个'半音'的,叫做'长七度',例如 do 到 si 便是。相距四个'全音'和两个'半音'的,叫做'短七度'。八度只有一种,含有五个'全音'和两个'半音',叫做'完全八度',例如 do 到 do 便是。"

讲到这里,姆妈回来了。姐姐刚吃好饭,立起身来,拉姆妈坐在她所坐过的凳上,说道:"好,好,短调又转长调了!"姆妈弄得莫名其妙,我们管自好笑。姆妈也管自同爸爸讲三娘娘家对亲的事情了。

松柏凌霜竹耐寒 [1]

寒假中,爸爸的老朋友陆先生来我家作客。他带给我们两只口琴,和两本他自己著作的《口琴吹奏法》。口琴是爸爸托他向上海买来给我们的。《口琴吹奏法》是他送给我们的礼物。但他这一次还要送我们一件更可贵的礼物:就是教我们吹口琴。前几天爸爸写信告诉他,说我和姐姐欢喜音乐,曾把我家的七个人比作一个音阶,很有意味。因此要托陆先生选买两只口琴,由邮局寄来,使寒假中的我家增添一些音乐的空气。陆先生一讲起口琴,兴味同泉水一般涌出来。就回爸爸信,说他本要来同爸爸叙叙,口琴由他亲自带来,并且教我们吹奏。我们收到这封信,全家十分欢迎。爸爸欢迎他的老朋友。姆妈欢迎一切客人,何况是以前曾经同我们在他乡结过邻的陆先生呢?我和姐姐则欢喜我们这位口琴教师和两只新口琴,想不到在此外又得到两册装帧美丽的新书。

我们到公共汽车站上迎接他到家,已是上灯时候。他从皮箧里取出口琴和书给了我们,说一声"等一会儿教你们吹",就同爸爸谈个不休。姆妈忙着烧酒菜,我和姐姐忙着做小圆子,

---

[1] 本篇原载 1937 年 2 月 10 日《新少年》第 3 卷第 3 期。

预备给陆先生酒后当点心吃。但一半也为自己要吃。家里打年糕,新磨的糯米粉非常细致,做成黄豆大的小圆子,伴着桔子和糖烧起羹来,非常好吃。我们已经尝试了一次,今天以请陆先生为名,再来吃一顿看。

陆先生同爸爸走出书房间来。爸爸指着我们对陆先生说:"这好比是'夜雨剪春韭',等一会儿我们还要'一举累十觞'呢!"陆先生笑着回答说:"倘使'十觞亦不醉'的话,等一会儿我们还要'口琴闹一场',哈哈哈哈!"我们听说陆先生改作的一句诗,大家笑起来。这首杜甫的诗,姐姐在中学里读过,新近她教了我,我已经读熟。当时我家的情景,真同诗境一样。我们就不约而同地齐声背唱起那首诗来:

> 人生不相见,动如参与商。
> 今夕复何夕,共此灯烛光。
> 少壮能几时,鬓发各已苍。
> 访旧半为鬼,惊呼热中肠。
> 焉知二十载,重上君子堂。
> 昔别君未婚,儿女忽成行。
> 怡然敬父执,问我来何方。
> 问答未及已,儿女罗酒浆。
> 夜雨剪春韭,新炊间黄粱。
> 主称会面难,一举累十觞。
> 十觞亦不醉,感子故意长。

明日隔山岳,世事两茫茫。

这首诗好比是晚餐的前奏曲,他们在晚餐的桌上追忆过去,谈种种旧事。有时大家好笑,有时大家叹息。这一餐就遥遥无期地延长起来。我心头抱着一种希望,好像还有一样很好的菜蔬,没有发出来似的。仔细一想,原来是饭后的吹口琴。连忙吃完了饭,跑到厢房里,先去试新。我完全没有吹过口琴,拿了这只光彩夺目的小乐器,却无可如何它。幸而姐姐不久也来了,她在中学里曾经见人吹过,略懂得一点吹法,她就教我。中央一组音阶中各字的位置,do, mi, sol 吹, re, fa, la 吸,顺次相间,还容易弄清楚。我们就用最缓慢的拍子,合奏起一只最简单的小曲来。上口很容易,音色很清朗,这真是只可爱的小乐器!

陆先生听见了口琴声,兴致勃发,叫我们跑过去吹给他听。姐姐难为情似地上前说道:

"我们都是完全不曾学过的,请陆先生吃过了酒教我们。"陆先生把酒杯一放,从衣袋中摸出一只吹得很旧了的口琴来,对我们说道:

"你们刚才吹得很好!稍微学一学就更好了。先要学手和口的姿势。手要这么拿琴,口要含住五个孔,这才好加伴奏,使乐曲热闹起来。你们刚才吹的时候,嘴一定张得不大,只含住一两个孔。这样奏出来的只是单音,没有加伴奏,所以音乐比较的单调。倘加了伴奏,音乐要华丽得多。你们听!"

他张大嘴巴,把口琴一口含住,好比花猫拖鱼似的。忽然繁弦急管之声从他的颔下滚滚地流出，一会儿弥漫堂前。满堂的人都听得出神。阿四倚在门上歪着头听，口角上流下唾涎来。音乐抑扬顿挫地经过了种种转折，方始告终。我们大家拍手叫道："好听，好听！"陆先生把口琴向空中挥两下，用手帕把它一揩，从容地说道：

"这一曲叫做《天国与地狱》，是西洋的名曲。因为加着伴奏，所以好听。加伴奏的方法也很容易知道：嘴巴含住五个洞，用舌头把左方的四个洞塞住，不使发音，单让右方的一个洞发单音。这单音所奏的就是乐曲的旋律。每一拍，舌头放开一次，即有一串与这单音相调和的和弦响出，来辅助那单音，这样就叫加伴奏。"他说过之后又奏一个加伴奏的音阶给我们听，教我们先照此练习。

我们依他的指示练习一下看，果然很容易。而且很好听。

自　　励

| 3 - 5 - | 1 2 3 - | 2 - 3 6 | 5 - · 0 |
| 松　柏　| 凌　霜　| 竹　耐　| 寒， |

| 3 - 5 - | 1 2 3 - | 5 - 2 3 | 1 - · 0 |
| 如　何　| 桃　李　| 已　先　| 残？ |

| 5 - 6 - | 6 - 5 - | 5 4 2 5 | 3 - · 0 |
| 只　因　| 能　力　| 分　强　| 弱， |

| 5 - 1 - | 2 - 3 - | 2 - 2 7 | 1 - · 0 |
| 非　是　| 天　心　| 两　样　| 看。|

在陆先生吃两碗饭的期间中,我们已把音阶的伴奏练得很纯熟。陆先生愈加高兴了,草草地洗一洗面,漱一漱口,就翻开那册《口琴吹奏法》来,说道:

"来,这一曲很容易而且好听,不妨作为初步伴奏练习的乐曲。你们看,画一个尖角的地方,舌头开放一次,我先奏一遍你们听听。"

我们看着乐谱听他奏,但见那歌的题目是《自励》,旋律和歌词都很简单。

第二遍,我们跟了他吹,居然也跟得上,不过伴奏加得不大均匀。陆先生教我们吹奏时用脚在地上踏拍子,可使伴奏均匀起来。这方法果然很有效。继续练过数遍,我们已能同陆先生合奏,一个字也不脱板了。

我们学会了《自励》之后,又到《口琴吹奏法》中另找简短的乐曲来练习,兴味很好。但是姆妈恐怕我们吹伤了肺,劝我们明天再吹。我们兴味正浓,再三不肯放手。最后姆妈把两只口琴拿去藏好了。

陆先生要同爸爸在书房间里作长夜之谈。我们先睡了。我躺在床里回想这晚上的事,感到两种疑问:第一,口琴伴奏的和弦,顺次排列在口琴上,不是像弹风琴地用手指去选出来的。那么为什么每次都很调和呢?这一定同口琴的构造和乐理有关。我明天要问问陆先生看。第二,寒假中听人唱了不少的乐曲,姐姐把中学校里唱过的歌一一唱给我听。宋慧明和他的姐姐宋丽金唱《渔光曲》和《月光光》给我们听。绰号标准美人的金翠娥又来唱《葡萄仙子》和《毛毛雨》给我们听。这些曲子,有的很长大,有的很复杂,有的很急速,有的很困难。然而我对它的兴味都不很浓,其中像《渔光曲》和《月光光》,听了四肢发软,人几乎要软倒在地上。《葡萄仙子》和《毛毛雨》尤其不堪入耳。我听了连隔夜饭都要吐出来。独有今天陆先生指示我们的那曲《自励》,使我永远不会忘记了。这乐曲那么短小,那么简单,那么缓慢,那么平易,初唱时毫无趣味,然而越唱兴味越深长起来,慢慢地使人认识它所特有的深长伟大的曲趣。别的乐曲被遗忘之后,这乐曲还是可爱地印象在我的脑中。歌词中说:"松柏凌霜竹耐寒,如何桃李已先残。"在我心中的"音乐之园"里,别的曲都好像先残的桃李,这一曲真是凌霜的松柏或耐寒的竹了。这也许和作曲法有关。明天我也要问问姐姐,爸爸,或陆先生看。

理法与情趣[1]

昨夜我抱着了两个疑问而睡觉：第一，吹口琴时，就用某音左面的几个音作为某音的伴奏，为什么都很调和？第二，"松柏凌霜竹耐寒"的乐曲这样短小，这样简单，这样缓慢，这样平易，为什么反比那种长大、复杂、急速、困难的乐曲更加好听？今天起身后，我本想就去质问陆先生和爸爸。可是他们一早就出门，直到晚快才回来。陆先生没有放下史的克[2]，我就把第一个问题问他。他把我的问句顺了两遍："为什么都很调和，为什么都很调和？"然后笑着对我说："如金，你这样欢喜研究，倒很难得！"

姐姐对我说："弟弟专门'截树拔根'[3]，陆先生刚才回来，怎么就拉住他教乐理呢？"

陆先生对姐姐笑着说："逢春到底是中学生了，这样会得客气！我知道你欢喜美术，我曾经看过你去年的美术日记，写得很好！"他一面脱大衣，一面对我说："'截树拔根'就是富有研究心呀！伴奏为什么都很调和？这确是一个有意思的质问。

---

[1] 本篇原载 1937 年 2 月 25 日《新少年》第 3 卷第 4 期。

[2] 史的克，英文 stick 的译音，意即手杖。

[3] 截树拔根，意即打破砂锅问到底。

但这个问题要请你的研究艺术理论的爸爸来解答才行。"他又对爸爸说:"为什么都很调和?请你说明吧,我也要听听呢。"

爸爸说:"有你老兄的著作在这里,我可以根据了你的著作来说明。"

爸爸和陆先生休息了一下,叫我和姐姐到书房间里,翻出《口琴吹奏法》里一幅图来指给我们看,说道:"你们先认清楚口琴上各音的位置。"我但见那幅图画得很清楚:

廿一孔口琴上音阶位置图

吸	7	2	6	7	2	4	6	7	2	4	6	吸
吹	1	3	5	1	3	5	1	3	5	1	吹

爸爸找一张纸和一枝铅笔,对我们说道:"认清了口琴上各音的位置,然后再来讲'和弦'。好几个音一同奏出,叫做'和弦'。最常用的和弦,是由三个音同奏的,叫做'三和弦'。口琴上用作伴奏的,大多数是三和弦。所以我们先要研究三和弦。三和弦共有七种,音阶的每一个音上都可造起一个三和弦来。"他用铅笔在纸上写出这样一只表来:

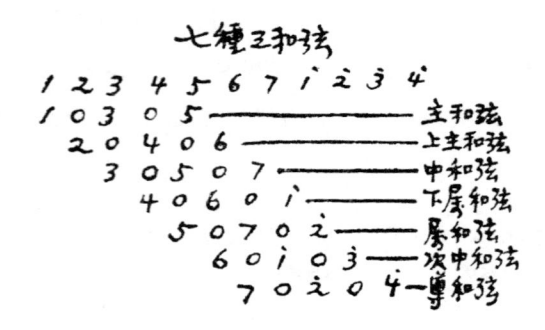

七种三和弦

```
 1 2 3 4 5 6 7 1 2 3 4
 1 0 3 0 5 ——————— 主和弦
   2 0 4 0 6 ————— 上主和弦
     3 0 5 0 7 ——— 中和弦
       4 0 6 0 1 — 下属和弦
         5 0 7 0 2 属和弦
           6 0 1 0 3 次中和弦
             7 0 2 0 4 导和弦
```

一边说道："陆先生教你们吹伴奏，不是说嘴巴要含住五个洞么？譬如含住１２３４５五个洞，吹起来，只有１３５三个字发音。这就是'主三和弦'，因为它是以主音为根据的。向右推移一洞，含住２３４５６五个洞，吸起来，只有２４６三个字发音。这就是'上主和弦'，因为它是以上主音为根据的。……这七种三和弦，在音乐上是最常用的。每一个和弦中的三个字，前后次序不妨变换，所以口琴上凡是吹出的和弦，都是'主三和弦'。你看！"他用铅笔在《口琴吹奏法》上"廿一孔口琴上音阶位置图"的下方画八个括弧，再把它们总括起来，写上"主和弦"三字，下面又写一个较大的"佳"字，说道："主和弦都是很调和的，故佳。"

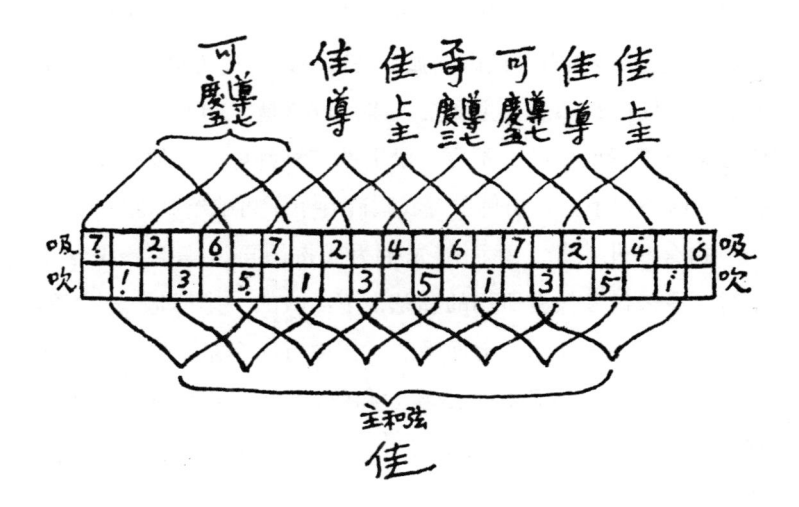

然后他用铅笔指着上面一排吸的音说道："这一排音就比较复杂了！我们非先讲'七和弦'不可：什么叫做七和弦？三

和弦的上方再加一个字，譬如１３５再加一个７字，使成１３５７；２４６再加一个 $\overset{\cdot}{1}$ 字，使成２４６ $\overset{\cdot}{1}$，……即成七和弦。因为从１到７，从２到 $\overset{\cdot}{1}$ ……都是七度，所以叫做七和弦。七和弦也有七种，然比三和弦少用。其中较常用的只两种：即属音上的５７２４（叫做正七和弦）和导音上的７２４６（叫做导七和弦）。其余的都称为副七和弦，都是不调和的，更难得用，在口琴上可以不讲。在口琴上，我们只要知道一种'导七和弦'，即７２４６。还要知道：导七和弦的第五度音（即４）可以废除，其余的都不可省。"于是他用铅笔在图的上方又画三只括弧，继续说道："你看：这三个和弦都由７２６三字造成，即由导七和弦（７２４６）废除了第五度音（４）而成的，故可。"他把这三个括弧总括起来，写上"导七废五"四字，上面又写一个较大的"可"字。然后向右继续画括弧，一边写，一边说道："７２４是导和弦，佳；２４６是上主和弦，佳；４６７是７２４６（导七和弦）废除第三度音而成的，不可。以下的三种都好。"他把图转向我，暂时不说下去，仿佛要等我嚼碎吞下了再喂给我吃似的。

我有些儿头晕。幸而陆先生为我按图再讲一遍，我方才了解。原来口琴伴奏所用的和弦，下面吹的一排都是"佳"的主三和弦，毫无问题。上面吸的一排中有四个是"佳"的三和弦，也无问题。还有五个是导七和弦，其中四个"可"，无问题，但有一个"不可"，怎么办呢？于是我问："不可就是不调和，为什么我听不出呢？"

爸爸欣然地答道："因为这是７字的伴奏，７字不独立，且不常用，所以使你不容易听出。原来口琴这乐器，因为构造太简小，不免有小小的缺陷，然而并无妨碍。倘使上了陆先生的神妙的嘴，这个'不可'的导七和弦非但会变成'可'，变成'佳'，竟会变成'妙'呢！哈哈！"

陆先生早已拿着口琴在手里弄，到这时候，似乎非把它塞进嘴里不可了。他说："好，不要再讲头痛的乐理了！天色将晚，让我吹一曲《暮色沉沉》给你们听吧。这也是又容易又好听的一曲，比昨天的《自励》还要好听。"曲没有奏动，姐姐已敏捷地在书中翻出这曲谱来，递给我看，她自己就和着口琴唱歌了：

海 滨

C $\frac{3}{4}$

5̇	3 — 2	1 — 5	7 — 6	5 — 5̇
暮	色　沉	沉，惊	涛　怒	鸣，水

1 — 1	2 — 2	3 — ·	3 0 5̇
天　一	望　无	垠。	远

3 — 2	1 — 5	7 — 6	5 — 1
帆　摇	白，新	苇　丛	青，一

6̣ — 2	1 — 7̣	1 — ·	1 0
钩　凉	月　初	生。	

他们反复奏唱了好几遍。这时候天色已昏，电灯未开。窗际只见一片暮云，好比"水天一望无垠"。窗角上有一颗明星，

不妨当它是"一钩凉月初生"。我想象自己立在海滨了,然后极度地展开了我的心,把清朗的琴音和圆润的歌声一字字地吸收到我的灵魂里去。我感到无上的愉快!

昨夜抱着睡觉的第二个疑问又涌上我的心头。奏毕,我不期地向陆先生立正,问道:"为什么这曲歌这样好听?"

他们都对我笑。姐姐指着我笑道:"弟弟又要'截树拔根'了!"他们笑得更厉害。但我因为不能够解决这疑问,几乎要哭出来,只管蹙紧眉头向陆先生立正着。爸爸走过来拉我的手,摸我的头发,温和地对我说:"如金,你发痴了!理法可以解说,情趣是不可解说的呀!情趣只能用心去感觉,犹如滋味只能用舌头去尝。假如我问你'糖为什么甜?'你能解说么?"

我忧然若有所悟。然而姆妈在外面喊着"你们陪陆先生来吃夜饭!"了。

铁马与风筝[1]

春分节到了。爸爸的书房搬到楼上。

这是爸爸的习惯：每年春初庭中的柳树梢上有鸟儿开始唱歌了，爸爸的书房便搬到楼上，与寝室合并。直到春尽夏来，天气渐热，柳梢上的鸟儿唱歌疲倦了，他再搬到楼下去。爸爸是爱听鸟儿唱歌的。它们唱得的确好听。尤其是在春天的早晨，我们被它们的歌声从梦中唤醒，感觉非常愉快。因为它们的歌调都是愉快的。有一个春晨，爸爸对我说："你晓得鸟儿的声音像什么？"我说："像唱歌。"他说："不很对。歌有时庄严，有时悲哀，有时雄壮，不一定是愉快的。它们的声音无时不愉快，所以比作唱歌，不完全对。我看这好比'笑'。鸟是会笑的动物，而且一天笑到晚的。倘说像唱歌，它们所唱的都是 game song（游戏歌），或 sweet song（甜歌），一定不是'三民主义吾党所宗'[2]之类的歌。"

今天星期日，早晨我被另一种音乐唤醒。这好像是一种婉转的歌声，合着清脆的乐器伴奏。倾耳静听，今天柳梢上黄

---

[1] 本篇原载 1937 年 3 月 10 日《新少年》第 3 卷第 5 期。

[2] 这是国民党的党歌，取其曲调严肃之意。

莺声特别闹热。这大概是为了今天晨光特别明朗的缘故；但也许是为了今天这里另有一种叮叮冬冬的伴奏声的原故。但这叮叮冬冬究竟是什么声音呢？我连忙起身，跟着声音去寻。寻到爸爸的房间的楼窗边，看见窗外的檐下挂着一个帽子口大的铁圈，铁圈周围挂着许多钟形的小铜片，春晨的和风吹来，铜片互相碰击，发出清脆的叮叮冬冬，自然地成了莺声的伴奏。

这是爸爸今年的新设备，名叫"铁马"。昨天晚上才挂起来，今天早上我第一次听见它的声音。早饭时我问爸爸："铁马有什么用？"爸爸说："在实用方面讲，这是报风信的。天起风了，铁马冬冬地响起来，我们就知道天起风。"我说："还有在什么方面讲呢？"爸爸说："还有，在趣味方面讲，这是耳朵的一种慰安。我们要知道天起风，倘不讲趣味而专讲实用，只要买一只晴雨表，看看就知道。或者只要在屋上装一只风车，看见它转动了，就知道天起风。但我们希望在'知道'事实以外又'感到'一种情调，即在实用以外又得一种趣味。于是想出'铁马'这东西来，使它在报告起风的时候发出一种清朗的音，以慰藉人的耳朵。所以这铁马好比鸟声，也是一种'自然的音乐'。我们的生活环境中，有许多自然的音乐，不论好坏，都有一种影响及于我们的感情，比形状色彩所及于我们的影响更深。因为声音不易遮隔，随时随地送入人耳。"

这时候，赶早市的种种叫卖声从墙外传到我们的食桌上："卖——芥——菜！""大——饼——油——炸——桧！""火——肉——粽——子！"音调各异，音色不同，每一声给人一种特异的感觉，全体合起来造成了一种我家的早晨的情趣。我听到这种声音，会自然地感到这是早晨。我想这些也是自然的音乐，不过音乐的成分不及莺声或铁马声那么多。我把这意思说出，引起了姆妈的话。

姆妈说："他们叫卖的时候很准确。我常常拿他们的喊声来代替自鸣钟呢，听见'油沸豆腐干'喊过，好烧夜饭了。听见'猪油炒米粉'喊过，好睡觉了。而且喊得也还好听，不使人讨嫌。最使我讨嫌的是杭州的卖盐声：'盐——'像发条一样卷转来，越卷越紧，最后好像卷断了似的。上海的卖夜报也讨嫌，活像喊救火，令人直跳起来。"

爸爸接着说："你们把劳工的叫声当作音乐听赏，太'那个'了！"

姆妈火冒起来，挺起眼睛说道："你自己说出来的！什么'自然的音乐，自然的音乐！'还说我们'那个'？"

爸爸立刻赔笑脸，答道："'那个'我又没有说出！你不必生气。把叫卖声当作自然的音乐，不仅是你，"他改作讲故事的态度，继续说："日本从前有个名高的文学家，——好像是上田敏，我记不正确了——也曾有这样听法。日本东京市内有一种叫卖豆腐的担子，喊的是'托——夫'（即豆腐）两个字。其音调和缓，悠长，而有余音，好像南屏晚钟的音调。每天炊前，东京的小巷里到处有这种声音。善于细嚼生活情味的从前的东洋人，尤其是文学家上田敏，真把此种叫卖声看作黄莺、铁马一类的自然的音乐。有一次，东京的社会上提倡合作，有人提议把原有的豆腐担尽行取消，倡办一个大量生产的豆腐制造所，每天派脚踏车挨户分送豆腐。据提议者预算，豆腐价格可以减低不少。可是反对的人很多，上田敏攻击尤力。他的理由是：这办法除使无数人失业而外，又摧残日本原有的生活情调，伤害大和民族性的优美。他用动人的笔致描写豆腐担的叫卖声所给予东京市内的家庭的美趣。确认此改革为得不偿失。两方争论的结果如何，我不详悉。孰是孰非，也不去说它。总之，我们的环境中所起的声音有很大的影响及于我们的感情和生活，是我所确信的。譬如今天早上，我听了铁马和黄莺的合奏，感到一种和平幸福而生趣蓬勃的青春的气象，心境愉快，一日里做事也起劲得多。早餐也可多吃一碗。"

我对于这些话都有同感。兴之所至，不期地说道："我今天放起风筝来要加一把鹞琴，让它在空中广播和平的音。"

爸爸表示很赞成。但姆妈说："当心削开了手指！"

早餐后我去访华明，约他下午同去放风筝，并要他在上午来相帮我制一把鹞琴。他都欣然地同意，陪我出门，先到竹匠店里买两根长约三尺的篾，拿回我家，就在厢房里开始工作。我们把一根篾的篾青削下来，用小刀刮得同图画纸一样薄。然后把另一根篾弯成弓形，把那片篾青当作弓弦，扎成一把弓。华明握住了弓背在空中用力一挥，那篾青片发出"嗡嗡"的声音，鹞琴就成功了。

下午，风和日暖，华明十二点半就来，拿了风筝和鹞琴，立等我盥洗。我草草地洗了脸，把口琴和昨天姐姐从中学里寄来的新歌谱，藏在衣袋里了，匆匆跟他出门。我们走到土地庙后面高堆山上，把风筝放起。待它放高了，收些鹞线下来，把鹞琴缚在离开鹞子数丈的鹞线上，然后尽量地放线。鹞琴立刻响起来，嗡嗡地，殷殷地，在晴空中散播悠扬浩荡的美音，似乎天地一切都在那里同它共鸣了！

把鹞线的根缚在一块断碑上了，我们不消管守。我们两人可倚在碑脚上闲坐。我摸出口琴来，开始练习姐姐寄我的《风筝》[1]歌。这是她新近在中学校里学得的，《开明音乐教本》第二册里的一首歌。她把五线谱翻成了口琴用的简谱寄给我。我按谱吹奏下去，曲儿果然很好听。其轻快和飘逸的趣味，尤其适合目前的情景。口琴的音衬着鹞琴的音，犹似晨间所闻的黄莺声衬着铁马声，我也感到一种和平幸福而生趣蓬勃的青春的气象。

但是吹到最后一句，我停顿了。因为这一句里有一个高半音的 fa 字，我吹遍了口琴的二十三孔，吹不出这个音来。这怎么办呢？回去问了爸爸再练习。现在且换一个纯熟一点的轻快的小曲来点缀这一片春景吧。

---

[1] 《风筝》歌谱附后。

风筝

C调 2/4

3 5·6 | 5 — | 3 5 1̇ 2̇ | 1̇ — | 1̇·7 2̇ |
东 风袅 袅, 吹送 纸鸢 高。 筝 儿

6·5 7 | 4 3 6 5 | 5 — | 3 5·6 | 5 — |
轻 巧, 捷足上云 霄。 悠 然独 步,

3 5 1̇ 2̇ | 1̇ — | 7·3 3 | 3 7 1̇·7 | 6 — |
超出红尘 表。 回头 处, 一览众山 小。

6 0 6·5 | 4 0 4 5 | 6 0 6 7 | 1̇ 5 3 6 | 5 6·5 |
可惜 你, 不自 由, 被根 线儿牵住 牢。可惜

4 4·5 | 6 6·7 | 1̇ 5 3 6 | 5 — | 3 5·6 |
你, 不健 全,一阵 细雨 身难 保。 东 风袅

5 — | 3 5 1̇ 2̇ | 1̇ 7 6 | 5 #4 4 2 | 1 0 ‖
袅, 吹送 纸鸢 高, 只恐 春阴雨欲 飘。

律中夹钟 [1]

风和日暖的一个星期六下午,我放假回家,照例上楼,走进爸爸的书房间里。爸爸正在写信。我靠在窗缘上,对着檐下的铁马闲眺。和暖的春风吹在我脸上,好像一片薄纱,使我感觉非常舒适。这铁马的上端是帽口大的一个铜圈,铜圈上挂着许多钟形的小铜片,每片上镌着文字。它在春风中徐徐旋转的时候,把每个铜片上的文字轮流地显示给我看。我看见每片上镌着两个文字,意义都不解,但觉"钟"字特别多,有什么"仲钟""林钟""应钟""黄钟""夹钟"等。东风偶然着些力,这等"钟"便轻轻地敲响起来,其音清脆,余响不绝。闭目静听,正像身在西湖船中。我想:"大概因为铁马声很像钟声,所以铁马上镌着许多钟字。"但我又想:"我只知道有上课钟、下课钟,和自鸣钟;却不曾知道有仲钟、林钟、应钟、黄钟、夹钟。这些究竟是甚样的钟呢?"回头看见爸爸信已写完,正在整理桌面,预备休息。我就问他铁马上的文字是什么意思。

这铁马是爸爸今年春天的新制作,这几天他对它的兴味正浓。我问他,他很高兴,走近窗边来,看着了铁马对我说:"这

---

[1] 本篇原载 1937 年 3 月 25 日《新少年》第 3 卷第 6 期。

是中国音乐上的'调名'呀！你做了中国人，只知道C调D调……，却不知道中国自己的调名。现在我教你：'黄钟'就是C调，顺次下去，愈下愈高，同西洋音乐上的十二调相一致。你看，这些钟形的铜片，大小厚薄不同。'黄钟'最大最厚，发音最低。'大吕'比它稍小稍薄，发音稍高。顺次下去，到'应钟'，最小最薄，发音最高。所以风吹铁马，能碰出高低不同的种种音。有时碰得凑巧，成为自然的音乐，非常好听。"

D调、C调等，我在口琴谱上是常常看见的。但是十二个调子是什么，我没有清楚。我想要求爸爸给我更详细的说明，忽然从窗际望见轮船码头方面的石皮路上，有一群工人扛了只大木箱，向我们这里缓缓地走来。我的注意力被这东西所牵引，暂时忘记了音乐上的事，凭窗闲眺。但是这东西渐行渐近，终于行到了我们的门口，而且进了我们的门。

我惊异起来，拉住爸爸的手叫道："爸爸，他们抬进来了！"爸爸问："什么？"我慌张地答道："像棺材模样的一件东西抬进来了！"爸爸皱一皱眉，从椅子里立起身来，向楼窗中一望，立刻喊下去："喂，你们放在天井里吧，我就来了！"说着匆匆地下楼去招呼。

我跟他下楼，走到天井里，才知道这是爸爸新买的一架风琴，才由转运公司运到的。爸爸的脾气总是这样：凡做一件事，事先不告诉人，突然地实现，使你们吃惊。据他说，这样可以增加人的兴味。凡新添一件东西，倘事前给我们知道了，我们总要盼望，而且加以想象。倘然等待太久，盼望的热度会冷却起来，想象的工作会疲倦起来。等到真的东西出现，我们的兴会早已衰败了。倘然盼望过于热心,想象过于丰富,后来看见真的东西往往要失望。因为真的东西往往不及理想的东西那么完美的。这道理是对的。如今这架风琴突如其来,使我意想不到,我对它的兴味就特别浓。我站在天井里,看见爸爸指导工人们打开木箱,拿去了层层的衬纸,发现一口崭新的红木色的五组双簧风琴,然后请工人们扛进,放在书房间里的北窗下。这位置很妥当,好像我家原来是有一架风琴的。但这光景又很新鲜,好像是梦中所见的!爸爸为什么突然买这一架大风琴呢?

啊,我记起了,这架风琴是为了一个高半音"4"字而买的。两星期之前,我同华明到土地庙后的高堆山上去放风筝,把放高了的风筝缚在断碑上了,坐在草地上吹口琴。吹的是姐姐从中学里寄给我的《开明音乐教本》里的一曲《风筝》。曲儿非常轻快,我吹得很有兴味。可是吹到最后一句,发现一个"4"字上写着高半音记号,口琴上没有这一个孔,使我无法吹完这乐曲。我懊恼得很,回家来质问爸爸。爸爸说:"口琴有一个大缺点:没有'半音'。因此不能换调子——所以有许多乐曲口琴不能奏。口琴若要吹半音,必须另备一具,一并拿在手里,用很敏捷的技法去吹。若要换调子,必须换一只口琴。这是口琴的大缺点。这都是因了口琴上没有'半音'的划分的缘故。若是风琴,有'黑键'划分半音,就可以自由换调子,无论什么乐曲都可以自由弹奏了。"我惋惜那曲《风筝》不能在口琴上吹奏,一时感兴地说道:"可惜我家没有风琴,不然,我还可以学得许多好听的乐曲呢。"爸爸有意无意地说道:"将来我们去买一架。"我当时不以为意,后来就忘却了。谁知当天晚上他就写信，汇洋七十元，托陆先生在上海选购风琴，就是今天运到的一架。我们的爸爸，衣食住行都很节俭，独不惜买书籍和艺术用品。他为了我的口琴上的一个高半音"4"字，而不惜七十元的重价去买风琴，我心中很感激。我今后非用功音乐不可。

　　付了风琴运送费，送了工人们酒力，爸爸就同我去试新。最初他说："你前回在口琴上奏那曲《风筝》，因为没有高半音'4'字，奏不成功。如今可在风琴上奏成功了。"说着，就在新风琴上弹奏那曲《风筝》给我听。我以前在口琴上奏，因为没有高半音"4"，暂用本位"4"代替。如今听到正确的演奏，觉得有了这高半音"4"，曲趣果然婉转得多，全曲的结束圆满而富有余韵了。而且风琴的音色，我也很欢喜。口琴的音色华丽，轻快而清朗，近于女性的。风琴的音色庄重，稳定而有力，是男性的。我决计立刻开始学风琴，要求爸爸教我。爸爸用他的大手跨住琴键上的一组音，即七个白键和五个黑键，对我说道："你要学风琴，先得认清楚这十二块板。这就是那铁马的铜片上所镌着的十二个音名。拿张纸来，让我先把琴键的音名和音阶的规则写给你看。"他在纸上画出了这样两图：

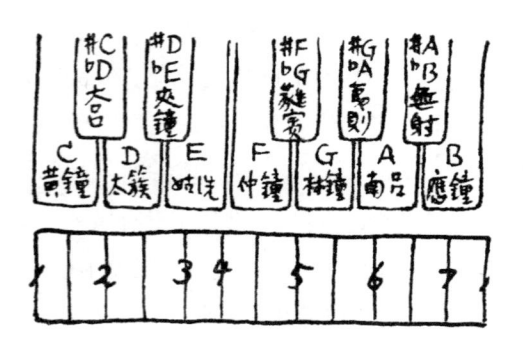

他指着上面一图说："你看：五个黑键，七个白键，合成一个音阶。黑键是划分半音的。可知七个白键之中，只有 E、F 之间和 B、C 之间相隔一个'半音'，其余每两白键间相隔都是两个'半音'，即一个'全音'。这样，一个音阶中一共含有十二个'半音'。懂了么？"他略停一下，指着下面的一图继续说："音阶有一定的规则：'第三、四两音之间和第七、八两音之间必须是半音，其余的每两音间必须是全音。'所以以 C 音为第一音的音阶，恰好全是白键，不须用到黑键。这叫做'C 调长音阶〔C 调大音阶〕'。你的口琴，是 C 调的，所有的只是这七个白键的音。五个黑键的音都没有。所以不能高半音，又不能转调。风琴上好在有黑键，故能随意高半音，随意换调。譬如要换 D 为第一音，只要按照'第三四音及第七八音为半音，其余各音间为全音'的音阶规则而推移，即得 D、E、升 F、G、A、B、升 C 的七个音，叫做 D 调长音阶。余类推。"

我想了一会，终于悟得了黑键的用处和移调的方法，恍然地叫道："我知道了，不管黑键白键，但恪守音阶的规则，则无论哪一键都可以当作第一音（do）。是不是？"爸爸连连地点头，说："对啦！十二个键都可以当作第一音（do），所以音乐上共有十二个调子。现在你已懂得了移调的方法，我且考你一考：中国古代以十二律（即十二个调子）代表十二个月。不从黄钟而从太簇开始（好像西洋调名不从 A 而从 C 开始似的）。即正月律中太簇，二月律中夹钟，三月律中姑洗，四月律中仲钟，五月律中蕤宾，六月律中林钟，七月律中夷则，八月律中南吕，九月律中无射，十月律中应钟，十一月律中黄钟，十二月律中大吕。现在是阴历二月,律中夹钟,即升 D 调或降 E 调。你试把这夹钟调的七个音指出来看。"

我牢记着"第三四音间与第七八音间为半音,其余为全音"的音阶规则不慌不忙地指出七块键板来:"降 E、F、G、降 A、降 B、C、D。"爸爸说:"不错!再把十二律统统练习一遍。明天教你弹法吧。"

翡 翠 笛 [1]

"南北山头多墓田，清明祭扫各纷然。纸灰化作白蝴蝶，血泪染成红杜鹃。日落狐狸眠冢上，夜归儿女笑灯前。人生有酒须当醉，一点何曾到九泉！"从前姐姐读这首诗，我听得熟了。当时不知道什么意思，跟着姐姐信口唱，只觉得音节很好。今天在扫墓船里，又听见姐姐唱这首诗。我问明白了字句的意味，不觉好笑起来，对姐姐说："这原来是咏清明扫墓的诗，今天唱，很合时宜，但我又觉得不合事理：我们每年清明上坟，不是向来当作一件乐事的么？我家的扫墓竹枝词中，有一首是'双双画桨荡轻波，一路春风笑语和。望见坟前堤岸上，松阴更比去年多。'多么快乐！怎么古人上坟会哭出'血泪'来，直到上好坟回家，还要埋怨儿女在灯前笑呢？末后两句最可笑了：'人生有酒须当醉'，人生难道是为吃酒的？酒醉糊涂，还算什么'人生'？我真不解这首诗的好处。"

爸爸在座，姐姐每逢理论总是不先说的。她看看我，又看看爸爸，仿佛在说："你问爸爸！"爸爸懂得她的意思，自动地插嘴了："中国古代诗人提倡吃酒，确是一种颓废的人生观。像

---

[1] 本篇原载 1937 年 4 月 10 日《新少年》第 3 卷第 7 期。

你,现代的少年人,自然不能和他们同情的。但读诗不可过于拘泥事实,这首诗的末两句,也可看作咏叹人生无常,劝人及时努力的。却不可拘泥于酒。欢喜吃酒的说酒,欢喜做事的不妨把醉酒改作做事,例如说'人生有事须当做,一件何曾到九泉!'不很对么?"姐姐和我听了这两句诗,一齐笑起来。

爸爸继续说:"至于扫墓,原本是一件悲哀的事。凭吊死者,回忆永别的骨肉,哪里说得上快乐呢?设想坟上有个新冢,扫墓的不是要哭么?但我们的都是老坟,年年祭扫,如同去拜见祖宗一样,悲哀就化为孝敬,而转成欢乐了。尤其是你们,坟上的祖宗都是不曾见过面的,扫墓就同游春一般。这是人生无上的幸福啊!"我听了这话有些凛然。目前的光景被这凛然所衬托,愈加显得幸福了。

扫墓的船在一片油菜花旁的一枝桃花树下停泊了。爸爸、姆妈、姐姐和我,三大伯、三大妈和他家的四弟、六妹,和工人阿四,大家纷纷上岸。大人们忙着搬桌椅,抬条箱,在坟前设祭。我们忙着看花,攀树,走田塍,折杨柳。他们点上了蜡烛,大声地喊:"来拜揖!来拜揖!"我们才从各方集合拢来,到坟前行礼。墓地邻近有一块空地,上面覆着垂杨,三面围着豆花,底下铺着绿草,如像一只空着的大沙发,正在等我们去坐。我们不约而同地跑进去,席地而坐了。从附近走来参观扫墓的许多村人,站在草地旁看我们。他们的视线集中在姐姐身上。原来姐姐这次春假回家,穿着一身黄色的童子军装,不男不女的,惹人注意。我从衣袋里摸出口琴来吹,更吸引了远处的许多村姑。我又想起了我家的扫墓竹枝词:"壶馐纷陈拜跪忙,闲来坐憩树荫凉。村姑三五来窥看,中有谁家新嫁娘。"所咏的就是目前的光景。

忽然听得背后发出一种声音,好像羊叫,衬着口琴的声音非常触耳。回头看见四弟坐在蚕豆花旁边,正在吹一管绿色的短笛。我收了口琴跑过去看,原来他的笛是用蚕豆梗做的:长约半尺多,上面有三五个孔,可用手指按出无腔的音调来。我忙叫姐姐来看。四弟常跟三大妈住在乡下的外婆家,懂得这些自然的玩意儿。我和姐姐看了都很惊奇而且艳羡,觉得这比我们的口琴更有趣味。我们请教他这笛的制法。才知道这是用豌豆茎和蚕豆茎合制而成的。先拔起一枝蚕豆茎来,去根去梢去叶,只剩方柱形的一段。用指爪在这段上摘出三五个孔,即为笛声。再摘取豌豆茎的梢,约长一寸,把它插入方柱上端的孔中,笛就完成。吹的时候,用齿把豌豆茎咬一下,吹起来笛就发音。用指按笛身上各孔,就会吹出高低不同的种种音来。依照这方法,我和姐姐各自新制一管。吹起来果然都会响。可是各孔所发的音,像是音阶,却又似 do 非 do,似 re 非 re,不能吹奏歌曲。我的好奇心活跃了:"姐姐,这些洞的距离,必有一定的尺寸。我们随意乱摘,所以不成音阶。倘使我们知道了这尺寸,我们可以做一管发音正确的'豆梗笛',用以吹奏种种乐曲,不是很有趣么?"姐姐的好奇心同我一样活跃,说道:"不叫做豆梗笛,叫做'翡翠笛'。爸爸一定知道这些孔的尺寸。我们去问他。"

爸爸见了我们的翡翠笛,吃惊地叫道:"呀!蚕豆还没有结子,怎么你们拔了这许多豆梗!农人们辛苦地种着的!"工人阿四从旁插嘴道:"不要紧,这蚕豆是我家的,让哥儿们拔些吧。"爸爸说:"虽然你们不要他们赔偿,他们应该爱护作物,不论是谁家的!"姐姐擎着她的翡翠笛对爸爸说:"我们不再采了。只因这里的音分别高低,但都不正确。不知怎样才能成一音阶,可以吹奏乐曲?"爸爸拿过翡翠笛来吹吹,就坐在草地上,兴味津津地研究起来。他已经被一种兴味所诱,浑忘了刚才所说的话,他的好奇心同我们一样地活跃了。大人们原来也是有孩子们的兴味,不过平时为别种东西所压迫,不容易显露罢了。我的爸爸常常自称"不失童心",今天的事很可证明他这句话了。

阿四采了一大把蚕豆梗来,说道:"这些都是不开花的,拔来给哥儿们做笛吧。反正不拔也不会结豆的。"姐姐接着说:"那很好了。不拔反要耗费肥料呢。"爸爸很安心,选一枝豆梗来,插上一个豌豆梗的叫子,然后在豆梗上摘一个洞,审察音的高低,一个一个地添摘出来,终于成了一个具有音阶七音的翡翠笛。居然能够吹个简单的乐曲。我们各选同样粗细的豆梗。依照了他的尺寸,各制一管翡翠笛,果然也都合于音阶,也能吹奏乐曲。我的好奇心愈加活跃了,捉住爸爸,问他:"这距离有何定规?"

爸爸说:"我也是偶然摘得正确的。不过这偶然并非完全凑巧,也根据着几分乐理。大凡吹动管中空气而发音的乐器,管愈长发音愈低,管愈短发音愈高。笛上开了一个洞,无异把管截断到洞的地方为止。故其洞愈近吹口,发音愈高,其洞愈近下端,发音愈低。箫和笛的制造原理就根据在此。刚才我先把没有洞的豆梗吹一吹，假定它是 do 字。然后任意摘一个洞，吹一下看，恰巧是 re 字。于是保住相当的距离，顺次向吹口方向摘六个洞，就大体合于音阶上的七音了。吹的时候，六个洞全部按住为 do，下端开放一个为 re，开放二个为 mi……尽行开放为 si。这是管乐器制造的原理。我这管可说是原始的管乐器了。弦乐器的制造原理也是如此，不过空管换了弦线。弦线愈长，发音愈低；弦线愈短，发音愈高。口琴风琴上的簧也是如此：簧愈长，发音愈低；簧愈短，发音愈高。但同时管的大小，弦的粗细，簧的厚薄，也与音的高低有关。愈大，愈粗，愈厚，发音愈低；反之发音愈高。关于这事的精确的乐理，《开明音乐讲义》中'音阶的构成'一章里详说着。我现在所说的不过是其大概罢了。"

"大概"也够用了。我们利用余多的豆梗，照这"大概"制了种种的翡翠笛。其中有两枝，比较的最正确，简直同竹笛一样。扫墓既毕，我们把这两枝翡翠笛放在条箱里，带回家去。晚上拿出来看，笛身已经枯萎了。爸爸见了这枯萎的翡翠笛，感慨地说："这也是人生无常的象征啊！"

巷中的美音 [1]

日长人静的下午,我家东边的巷中常常发出一种美音,婉转悠扬,非常动听的。

今天放学后,我正凭在东楼窗上闲眺,这美音又远远地响来了。我想看一看,究竟是谁奏什么乐器。便把头伸出窗外去探望,但那发音体还在屋后的小弄里,没有转弯,所以我不见一人,但闻那声音渐渐地近起来,渐渐地响起来,渐渐地清爽起来。我根据了这美音而想象,转出来的大约是一位神仙,奏的大约是一管魔笛。不然,为什么这样地动人呢?谁知等了好久,转出来的是一个伛偻而且褴褛的老头子,肩上背着一大捆竹棒头,嘴里吹着一根横笛——也是一根竹棒头。

我很惊奇,看见他一步一步地走近来,心中想到:这美音原来是卖笛的广告!但这老头子学得这一口好笛,真是看他不出!继又想道:中国的乐器实在有些神秘!只要在一根毛竹上凿几个洞,就可由此奏出这样婉转悠扬的美音来,何等简单而自然!外国的风琴钢琴笨重而复杂得像一架大机器,对此岂不愧然!

---

[1] 本篇原载 1937 年 4 月 25 日《新少年》第 3 卷第 8 期。

伛偻而且褴褛的老头子带了婉转悠扬的美音而渐行渐近，终于走到了我的窗下。我喊下去：

"喂，你的笛卖不卖？"

"卖的。"老头子仰起头来回答，美音戛然中止了。

"多少钱一支？"

"一毛小洋。"

"你等一等，我走下来同你买。"

我抽开抽斗来数了二十五个铜板，匆忙下楼，走出大门，听见那美音又在奏响了，奏得比以前愈加华丽，愈加动听。我走近老头子身边，老头子收了美音，放下肩上的一捆毛竹棒来，叫我自己选。我选了一管，吹吹看，不成腔调。我说："这管笛不好听，把你刚才吹的一管卖给我吧。"老头子笑着答允了，把他自己吹的笛递给我。我付了钱，拿了笛回家，满望吹出美音来。谁知吹起来还是不成腔调，懊恼得很。

管门的王老伯伯看见了，来安慰我："哥儿不要着急，学起来自会吹得好的。来，我教你吧。"我不意王老伯伯会教音乐，好奇心动，就请他教。他吹一曲"工工四尺上"给我听，虽然吹得不及卖笛老头子这般婉转悠扬，却也很上腔调。只是"工工四尺上"这名目太滑稽，我玩笑地对他说："公公四尺长，婆婆只有三尺长了！"他说："不是这样讲的。喏：六个手指完全按住，是'六'。下底开放一指是'五'，开放两指是'乙'，开放三指是'上'，开放四指是'尺'，开放五指是'工'，六指全部开放是'凡'。懂得了这七个字眼，就可吹各种曲子了。不一定是'工工四尺上'的！"我研究了一下，豁然领悟，原来这是音阶,"六五乙上尺工凡"就是"扫腊雪独揽梅花",也可说就是"独揽梅花扫腊雪"。王老伯伯所谓"工工四尺上",就是口琴谱里的 3 3 6 2 ⅟ 1 - 5 · 6 ⅟ 1 - 6 1 ⅟ 1 3 2 - ⅟ 这在口琴曲里称为《大中华》,原来真是中国的本产货,连王老伯伯都会奏的。我从王老伯伯手里夺回那管笛,自己练习音阶,不久就学会了。我知道这笛上可以吹两种调子:第一种是以六指全部按住为 do,逐一向上开放,即得七音。第二种是以开放三指(即右手全部开放,左手全部按住)为 do,逐一向上开放,周而复始,亦得七音。前者倘是 C 调,后者正是 F 调。这比口琴便利一点。一只口琴只有一个调子,一管笛倒有两个调子。而且笛的音色也不比口琴坏,非常嘹亮,远远的愈加好听。这样单纯的一根竹管头,想不到也具有这样巧妙的机能。中国乐器真是神秘。

我生硬地吹着"工工四尺上",吹进爸爸的房间里。爸爸问我笛的由来,我把刚才买笛的情形一一告诉他,最后笑着对他说:"刚才我吹的,是王老伯伯教我的'公公四尺长,婆婆六尺长'呀!"爸爸也笑起来,从我手里取过笛去吹了一会,对我说:"你是中国人,却只知道西洋的阶名,听到中国自己的阶名时反觉得好笑。这才真是好笑咧。我告诉你:中国也有音名和阶名。音名,前回我已对你说过,就是铁马上所刻着的十二律'黄钟、大吕、太簇、夹钟、姑洗、仲钟、蕤宾、林钟、夷则、南吕、无射、应钟。'约略相当于西洋的十二调'C、升C、D、升D、E、F、升F、G、升G、A、升A、B'。阶名,有古乐及俗乐两种。古乐里的阶名,就是七音'宫、商、角、变徵、徵、羽、变宫',因为其中有两个仅加一变字,故又叫做'五音'。俗乐里的阶名,便是王老伯伯所说的'上尺工凡六五乙'。大约相当于西洋的七音'独揽梅花扫腊雪'。现今学京剧昆剧的,大都用这七个音当作阶名。从音乐的练习上讲,'宫商'和'工尺'都不及'独揽'的便利。所以现今东洋各国,都废止了自己原有的阶名而采用西洋的'独揽'。所以'独揽'现已成为世界共通的阶名,仿佛西历现已成为世界共通的公历了。不过做了中国人,中国原有的音名阶名也应该知道。所以你不要讥笑王老伯伯,他倒是能够保存国粹的呢。哈哈!"

我窥察爸爸今天谈兴很好,就向他发表刚才的感想:"我看卖笛的老头子,比王老伯伯更加稀奇。我只听见婉转悠扬的笛音而未见其人的时候,想象其人大约是个神仙,吹的大约是管魔笛。谁知等他走近来一看,原来是个伛偻而且褴褛的老头子,吹的只是这样的一根竹管。吹出来的音那样地动人,真是出我意料之外!"

爸爸说:"这还不算稀奇。你想象这是仙人吹魔笛,我就讲一个仙人吹魔笛的故事给你听吧:从前有一个外国地方,忽然来了无数的老鼠。满城的房屋和街道,都被老鼠占据了。这些老鼠很横行,要吃人的食物,要咬人的衣服,白昼也不避人。满城的百姓,都不得安居。但都想不出驱逐老鼠的方法。有一天,有一个吹笛的老头子——大约就像你今天所见的老头子一般模样的——来到城里,对人说他能驱除老鼠,但每只要一毛钱,人民见他貌不惊人,不敢相信,市长说姑且教他一试,就答允他的条件,请他驱鼠。这老头子吹着笛向河边走,无数老鼠都跑出来,跟了他走。走到河边,统统跳到河里,不再出来了。老头问最后一只大老鼠说:'一共几只?'大老鼠说:'一共九十九万九千九百九十九只。'说过之后,也跳进河里。于是城里的老鼠都驱除了。老头子向市长要九十九万九千九百九十九毛钱。市长图赖了,对他说:'你要钱,拿凭据来。见一只死老鼠,给你一毛钱。'老头子拿不出凭据,也不要钱了。但他又吹笛,向山林方面走去。这回吹的比前愈加好听,满城的小孩子都跑出来,跟着他走。跟到山里,山脚上的岩石忽然洞开,老头子走进洞,满城的小孩子统统跟进洞。洞就关闭,只剩一个跷脚孩子没有被关进。他因为脚有毛病,走不快,所以没有被关进。满城的大人们都来寻孩子,只寻着一个跷脚孩子。跷脚孩子把别的孩子的去处告诉大人们。大人们拿了锄头铁耙,拼命地掘岩石,始终掘不出孩子来。于是这城就变成了一个(除了一个跷脚孩子以外)没有孩子的寂寞的城!这城至今还存在呢。音乐的感化力有这般伟大,你信不信?"我未及回答,外面客人来了,爸爸匆匆出去。

这时巷中的笛声又远远地响着了。原来出巷便是市梢,没有人买笛,所以他每次吹出巷,又吹回来。我一听见笛声,连忙走到东窗口去眺望。我再见这伛偻而褴褛的老头子时,不觉得稀奇而觉得可怕。再听他的笛声,也不复是以前的悠扬婉转的美音,却带着凄凉神秘的情调了。他走近来了,我连忙关窗。我不欢喜我的笛了,预备把它送给王老伯伯。

外国姨母[1]

联合运动会于星期五闭幕。星期六休息一天。星期日例假。这样,我有了接连两天的假日。怎样利用它呢?

星期五傍晚,运动会已告结束,我们在旅馆里整顿行李,预备回校的时候,忽然爸爸来找我了。这里都是先生、同学,和别的学校的朋友。其中忽然站出一个爸爸来,使我感觉异常。见了爸爸,我的年龄好像打了一个对折,由一个独立的少年变成了一个依赖的小孩。何况在公事已经完毕,休假尚在后头的当儿。我整行李的手立刻软了下来,全身忽然感到疲倦,上前去说:"爸爸,你也来了?我们的运动会已经开好了!明天放假,后天星期!"

爸爸说:"我有事到城,顺便来看看你的。明天放假,倘你今天不必跟同学们一起回校,就跟我一同住在姨丈家,明天在城里玩玩,再回家吧。"我未及回答,华先生一面给学生打铺盖,一面仰起头来招呼爸爸:"柳先生!你也在城里?就请同如金留住在城里吧。反正明天后天都放假。况且我们的汽车本来挤得很!"爸爸说:"那很好,镇上会!"我就带了自己的行李,

---

[1] 本篇原载 1937 年 5 月 10 日《新少年》第 3 卷第 9 期。

跟爸爸坐上了一辆黄包车，飘飘然地离群而去。华明送我到旅馆门口。临别时我感到一种惆怅，好像很对他不起似的。

在黄包车里，爸爸告诉我："这姨丈在你五岁时离国，到西洋去留学，直到最近回来。所以你见了他恐怕记不清楚了。"我问："姨母呢？"爸爸告诉我："姨母在他离国前一年死去，你更记不得了。"最后爸爸又笑着说："但姨丈又娶了一位外国姨母回来，现在和他同住着。这位外国姨母很会唱歌。等会儿你可听见她唱，唱得非常好听的！"

黄包车所拉到的姨丈家，是一所精致的小洋房。里面一位穿着洋装披着长头发的中年男子出来迎接我们，这人就是姨丈。我约略有些记得的。我行过礼，在爸爸身旁的椅子上坐下，就有一个男仆给我倒茶，却不见外国姨母出来。我起来对姨丈说："我要见见姨母！"姨丈的眼睛和嘴巴都张大了，回答不出。爸爸笑着从旁说："姨母要晚餐后才可见你，唱歌给你听，现在她是不见客的。哈哈！"姨丈也笑了。我弄得莫名其妙，怀疑地坐下了。

晚餐时，并不见姨母出来同吃，我更觉得奇怪，但没有再问。

黄昏，爸爸说："我们上楼去吧。同你去见见外国姨母。"

我跟了他们上楼，楼上也是一个精致的房栊，陈设很雅洁，但是阒无一人。窗下安着一口大钢琴，爸爸坐上去就弹。姨丈开了钢琴顶上的一只匣子，取出一只小提琴来，调一调弦，就同爸爸合奏起来。小提琴这乐器，我在《音乐入门》的插图中看见过；但是看见真物，今天是第一次。这演奏法真别致：乐器夹在下巴底下，奏起来同木匠使锯子一般；而发出来的声音异常柔和，异常委婉，活像一个女子在那里唱歌。我出神地听，听到曲终，不期地叫道："姨丈奏小提琴，活像一个女子在那里唱歌呢！"

爸爸指着姨丈手里的乐器对我说："这位就是你的姨母呀，姨丈从外国带来的。你看她唱的歌多么好听！"说过之后大家笑起来。我恍然大悟，原来爸爸同我开玩笑。我又忽然记得，有一次姆妈对我说过，我有一位姨母，结婚后一年就病故。姨丈不愿再娶，立志终身研究音乐，独自到外国去留学了。今天所见的一定是这位姨丈。我说："原来如此！我很欢喜音乐，今天要拜见这位姨母，请她教音乐了。"说得大家都笑了。我走过去看姨丈的小提琴。姨丈认真地说："如金也欢喜音乐么？以后我同你一同研究。"爸爸接着说："这孩儿对音乐欢喜是很欢喜的，可惜没有人教。我从前学的都已忘记，不会教他。如今你回国，他倒可以常常来请教。算他幸运！"

姨丈问我学过些什么，我说学过口琴和风琴，但都是初步。姨丈问我欢喜这 violin(小提琴) 否，我说很欢喜。我从来不曾听见过这样好听的乐器。口琴携带便利，但是不能吹奏像刚才一样复杂的乐曲。风琴可以弹奏复杂的乐曲，可是笨重得很，携带不便，况且发音沉重而严肃，缺乏活泼之趣。如今我看这 violin，便利、复杂、轻快，而且活泼，真是一个最可爱的乐器。我说："我一定要请姨丈教我 violin。我也去买一口，不知要多少钱？"说着我看爸爸的脸孔。

爸爸对姨丈说："请你先考他一考看，可学不可学。"又对我说:"倘使能通过入学试验,就给你买乐器。"

姨丈叫我坐下,拿起小提琴来,先奏一个悠长的音,对我说:"你跟我唱,唱'啦'字,须同我的琴音相和。"我唱了。他点头说:"对啦,再来一个!"再来的高了三度。前者若是 do,现在的应是 mi,我就唱了一个高三度的"啦"字。他再来一个,我听来是 re,再来一个,我听来是 fa,……我一一和唱了。他越奏越快,度数的跳跃也越大,而且越不规则,我勉励自己的耳朵和喉咙,紧紧地跟着唱,幸而都跟得上。而且很有兴味,因为他所奏的似乎不是乱奏的音,却是一个旋律,能表示一种曲趣的。

约摸跟着唱了十分钟,姨丈收琴,对我说:"很好!再给我调调弦看。"他把琴放在我膝上了,教我用左手按弦,用右手去弹。我乱按乱弹不成腔调。姨丈说:"先放开手指,弹一下,假定这是 do 字,然后顺次给我按出 re,mi,fa,sol,la,si,do 等字来,都要正确。"我听了有些儿慌:光塌塌的一根弦线,又不像口琴地有孔,又不像风琴地有键,教我怎么按得出音阶来呢?姑且试一试看:我倾耳静听,把食指在弦线上摸来摸去,摸了几回,果然摸出一个很中意的 re 字来,我欢喜得笑起来了。姨丈说:"对啦!再来个 mi!"我用中指摸了一回,又摸出一个中意的 mi 来,又笑起来。姨丈说:"对啦!再来个 fa!"我用无名指摸了很久,才摸出正确的 fa。自己看看手指,惊奇地说:"咦,中指和无名指为什么这般接近,几乎碰着了。"姨丈和爸爸正要指教我,我忽然无师自通,接着叫道:"嘎!不错,这是半音!"两个大人同声说:"对啦!这是半音!

再弹下去！"我弹出了 sol，手指用完了，对姨丈呆看。姨丈说："把手移下一把改用食指去按 sol。"我伸起右手来，用大指刻住了小指按 sol 的地方，然后把左手移下一把改用食指去按小指所按的地方。姨丈摇手道："这不行！这不行！不得教右手相帮，也不得用眼睛看弦线。须得教左手自己摸出来。"我吃惊了。不教右手相帮，犹可说也。眼睛不准看弦线，真是暗中摸索了。教我如何摸得着呢？姨丈见我有些狼狈，指示我一句四言秘诀道："全凭耳朵。"我恍然若有所悟，仰起头，看着天花板，大胆地把左手的食指划下，正好按在小指所按的 sol 字地方，于是 la，si，do 顺次地被我按出了。

　　这样地反复按了三四遍，姨丈夺了我的乐器去，对爸爸说："好，考取了！他的耳朵颇能辨别音的高低，他的手指颇能供耳朵的驱使——这两个条件合格，就有学小提琴的资格了。明天我给他去选购乐器吧！"

　　这晚上姨丈和爸爸又合奏了许多乐曲，我听了很羡慕。临睡时，我渴想我的新乐器，巴不得天立刻亮了。

芒种的歌 [1]

五点半到了。收了小提琴,放松弓弦,把琴和弓藏进匣子里,坐在北窗下的藤椅子里休息一下。一种歌声,从屋后的田坂[2]里飘进楼窗来:

上有凉风下有水,
为啥勿唱响山歌?……

辽廓的大气共鸣着,风声水声伴奏着,显得这歌声异常嘹亮,异常清脆,使我听了十分爽快。半个月以来的身体疲劳,和精神的苦痛,暂时都恢复了。

半个月以前,我进城去参加运动会。闭幕后,爸爸同我去访问新从外国回来的研究音乐的姨丈。姨丈说我很有音乐的天才。于是爸爸出了二十五块钱,托他给我买一只小提琴,并且在他的书架中选了这册枯燥的乐谱,教我天天练习。当时我们听了姨丈的演奏,大家很赞叹。爸爸曾经滑稽地骗我,说姨

---

[1] 本篇原载 1937 年 5 月 25 日《新少年》第 3 卷第 10 期。

[2] 田坂,作者家乡话,意即水田。

丈娶了一位外国姨母,很会唱歌的。我也觉得这乐器的音色真同肉声一样亲切而美丽,誓愿跟他学习。为了我要进学,不能住在城里,爸爸特地请姨丈到我家小住了一个星期,指导我初步。我每天四点钟从学校回家,休息半小时,就开始拉小提琴,一直拉到五点半或六点。姨丈去后,由爸爸指导练习。练到现在,已经半个月了,弄得我身体非常疲劳,精神非常苦痛:我天天站着拉提琴,腿很酸痛;我天天用下巴夹住提琴,头颈好像受了伤。我的左手指天天在石硬的弦线上用力地按,指尖已经红肿,皮肤将破裂了。想要废止,辜负爸爸的一片好意,如何使得?他以前曾费七十块钱给我买风琴。为了我的手太小,搭不着八个键板,我的风琴练习没有正式进行。如今又费二十五块钱给我买提琴,特地邀请姨丈来家教我,自己又放弃了工作来督促我。这回倘再半途而废,如何对得起爸爸?倘再忍耐下去,实在有些吃不消了。

怪来怪去,要怪这册练习书太没道理。天天教我弹那枯燥无味的东西:不是"独揽梅,揽梅花,梅花扫……"便是"独揽梅独,揽梅花揽,梅花扫梅……"从来没有一个好听些的乐曲给我奏。老实说,七十块钱的风琴,二十五块钱的提琴,都远不如一块钱的口琴。那小家伙我一学就会,而且给我吹的都是有兴味的小曲。凡事总要伴着有兴味,才好干下去。现在这些提琴曲"味同嚼蜡"。要我每天放学后站着嚼一个钟头蜡,如何使得!……今天的嚼蜡已经过去,且到外面散步一下。我从藤椅子里起身,对镜整理我的童子军装,带着沉重的心情走下楼去。

走到楼下，看见外婆一手提着手巾包，一手扶着拐杖，正在走进墙门来。姆妈上前去迎接她。我走近外婆面前，大喊一声"敬礼"，立正举手。外婆吓了一跳，摇了两摇，几乎摇倒在地，幸而姆妈扶得快，不曾跌交。啊哟，我险些儿闯了祸。但最近我们校里厉行童子军训练，先生教我们见了长辈必须如此敬礼。对外婆岂可不敬？不过我自知今天因为提琴练得气闷，不免喊得太响了些。对面的若是体操先生，我原是十分恭敬的，但换了外婆，我刚才好像就是骂人或斥狗，真真对她不起！幸而姆妈善为解释，外婆置之一笑。然而她的确受了惊吓，当她走过庭院，到厅上去坐的时候，她的手一直抚摩着自己的胸膛。姆妈因此不安，用不快的眼色看我。我自知闯祸，就乘机退避。

走到门边，听见门房间里发出一种声音，咿哑咿哑，同我的小提琴声完全相似。听他所奏的曲子，委婉流丽，上耳甜津津的。这是王老伯伯的房间。难道王老伯伯也出二十五块钱买了一口提琴，而且已经学得这样进步了？我闯进门房间，看见他坐在椅子里，仰起头，架起脚，正在奏乐。他的乐器是在一个竹筒上装一根竹管和两弦线而成的，形如木匠的锯子，用左手扶着，放在膝上拉奏。看他毫不费力，而且很写意，外加奏得很好听。他见我来，摇头摆尾地拉得越是起劲了。我一把握住他的乐器，问他这叫什么，奏的是什么曲。他把弓挂在乐器头上，全部递给我，让我观玩。说道："哥儿有一个琴，我也有一个琴。你的值二十五块钱，我的只花三毛半。这叫做'胡琴'，我刚才拉的叫做《梅花三弄》。你看好听不好听？"

我照他的姿势坐下，也拉拉胡琴看，觉得身体很舒服，发音很容易，远胜于我的提琴，而且音色也不很坏。我想起了：这是戏文里常用的乐器，剃头司务们也常玩着的。但所谓《梅花三弄》，以前我听人在口琴上吹，觉得很不好听，为什么王老伯伯所奏的似乎动人得很呢？我问他，他笑道："这叫做熟能生巧。我现在虽然又穷又老，年轻时也曾快活过来。那时候，我们村里一班小伙子，个个都会丝竹管弦。迎起城隍会来，我们还要一边走路，一边奏乐呢。那时拉一只《拜香调》，我现在还没有忘记。"说着就从我手中夺过胡琴去，咿哑咿哑地又拉起来。这是一种低级趣味的音乐，爸爸所称为靡靡之音的。我原感觉得不可爱，但似有一种魔力，着人如醉，不由我不听下去。听完了不知不觉地从他手里接过胡琴来，模仿着他的旋律而学习起来了。王老伯伯得了我这个知音，很是高兴，热心地来指导我。不久，我也在胡琴上学会了半曲《拜香调》，而且居然也会加花。

窗外有一个头在张望，我仔细一看，是爸爸。我犹如犯校规而被先生看见了一般，立刻还了胡琴，红着脸走出门去。爸爸没有问我什么，但说同我散步去。便拉了我的手，走到了屋后的田坂里。路旁有一块大石头，我们在石头上坐下了。

"你为什么请王老伯伯教那些乐器？"爸爸的声音很低，而且很慢；然而这是他对我最严厉的责备了。我不敢假造理由来搪塞，就把提琴练习如何吃力，如何枯燥无味，以及如何偶然受胡琴的诱惑的话统统告诉了他。最后我毅然地说："但这也不过是暂时的感觉。以后我一定要勇猛精进，决不抛弃我的小提琴。"

爸爸的脸色忽然晴朗了，怡然地说："我很能原谅你。这是我的疏忽，没有预先把提琴练习的性状告诉你，而一味督察你用功。今天幸有这个机会，让我告诉你吧。你要记着：第一，音乐并不完全是享乐的东西，并非时时伴着兴味的。在未学成以前的练习时期，比练习英文数学更加艰苦，需要更多的努力和忍耐。第二，人生的事，苦乐必定相伴，而且成正比例。吃苦愈多，享乐愈大；反之，不吃苦就不得享乐。这是丝毫不爽的定理，你切不可忘记。你所学的提琴，是技术最难的一种乐器。须得下大决心，准备吃大苦头，然后可以从事学习的。从今天起，你可用另一副精神来对付它，暂时不要找求享乐，且当它是一个难关。腿酸了也不管，头颈骨痛了也不管，指头出血了也不管，勇猛前进。通过了这难关，就来到享乐的大花园了。"

这时候，夕阳快将下山，农夫还在田坂里插秧。他们的歌声飘到我们的耳中：

上有凉风下有水，
为啥勿唱响山歌？
肚里饿来心里愁，
哪里来心思唱山歌？……

爸爸对我说："你听农人们的插秧歌！芒种节到了，农人的辛苦从此开始了。插秧、种田、下肥、车水、拔草……经过不少的辛苦，直到秋深方才收获。他们此刻正在劳苦力作，肚饥心愁，比你每天一小时的提琴练习辛苦得多呢。"

我唯唯地应着，跟着他缓步归家。回家再见我的提琴，它似乎变了相貌，由嬉笑的脸变成严肃的脸了。

蛙 鼓[1]

舅妈要生小弟弟了,姆妈到外婆家去作客,晚上也不回来。家里只剩我和爸爸两人。爸爸就叫我宿在他的房间里,睡在窗口的小床里。

今天天气很热,寒暑表的水银柱一直停留在八十七度上,不肯下降。爸爸点着蚊香,躺在床里看书。我关在小床里,又闷又热,辗转不能成寐。我叫爸爸:

"爸爸,我睡不着,要起来了。"

"现在已经十点钟了。再不睡,明天你怎能起早上学呢?"

"明天是星期日呀,爸爸!"

"啊,我忘记了!那你起来乘乘凉再睡吧。我也热得睡不着,我们大家起来吧。"

我的爸爸最爱生活的趣味。他曾经说,我和姐姐未上学时,他的家庭生活趣味丰富得多。我和姐姐上学之后,虽然仍住在家,但日里到校,夜里自修,早眠早起,参与家庭生活的时机很少。这使得爸爸扫兴。去年姐姐到城里的中学去住宿

---

[1] 本篇原载 1937 年 6 月 10 日《新少年》第 3 卷第 11 期。

了，家里只剩我一个孩子。而我又做学校的学生的时候多，做爸爸的儿子的时候少。爸爸的家庭生活愈加寂寥了。然而他的兴趣还是很高，每逢假期，常发起种种的家庭娱乐，不使它虚度过去。这些时候他口中常念着一句英语："Work while work, play while play！"用以安慰或勉励他自己和我们。我最初不懂这句外国话的意思。后来姐姐入中学，学了英语，写信来告诉我，我才知道。姐姐说，每句第一个字要读得特别重，那么意思就是"工作时尽力地工作，游戏时尽情地游戏。"这时爸爸从床上起来，口里又念着这句话了：

"Work while work, play while play！现在是星期六晚上，天这样闷热，我们到野外去作夜游吧！"

"楼下长台脚边，还有两瓶汽水在那里呢！"这是我最关心的东西，就最先说了出来，"我们带到野外去喝吧！"

"这里还有饼干呢，今天外婆派人送来的，一同拿到野外去作夜'picnic〔郊游，野餐〕'吧！检出你的童子军干粮袋来，把汽水、枇杷统统放进去，你背在身上。汽水开刀不可忘记！"爸爸的兴趣不比我低。于是大家穿衣，爸爸拿了拐杖，我背了行囊，一同走下楼去。我向长台脚下摸出两瓶汽水，把它们塞进干粮袋里，就预备出门。

"轻轻地走，王老伯伯听见了要骂，不给我们出去的！"我走到庭心里，忘记了所伴着的是爸爸，不期地低声说出这样的话来。爸爸拉住我的手，吃吃地笑着，不说什么，只管向大门走。走到门房间相近，他忽然拉我立定，也低声说："听！他们在奏音乐！"我立停了，倾耳而听，但闻门房间里响着最近唱过的《五月歌》。我跟着音乐，信口低唱起那首歌来：

  愿得江水千寻，洗净五月恨；
  愿得绿阴万顷，装点和平景。
  雪我祖国耻，解我民生愠。
  愿得猛士如云，协力守四境。

  爸爸听了我唱的歌，很惊诧，低声地问："是谁奏乐？"我附着他的耳朵说："是王老伯伯拉胡琴，阿四吹笛。"爸爸更惊诧地说："我道他们只会奏《梅花三弄》和《孟姜女》的！原来他们也会奏这种歌！不知这歌哪里来的，谁教他们奏的？"我说："这是《开明唱歌教本》中的一曲，姐姐抄了从中学里寄给我。我借给华明看，华明借给他爸爸——华先生——看，华先生就教我们唱。前天我同华明在门房口唱这歌。王老伯伯问我唱的什么歌，我说唱的是爱国歌。外国人屡次欺侮我们，我们必须牢记在心。唱这歌，可以不忘国耻的。王老伯伯说他虽然是一个孤身穷老头子，听了街上的演讲，也气愤得很。他说我们好比同乘在一只大船里。外面有人要击沉我们的船，岂不是每人听了都气愤么？所以他也要来学这歌。他的音乐天才很高，听我唱了几遍，居然自己会在胡琴上拉奏，而把这旋律教给阿四，教他在笛上吹奏。如今他们两人会合奏了。"

  爸爸听了我的话，默不作声，踏着脚尖走到门房间的窗边，在那里窥探。我跟着窥探。但见王老伯伯穿着一件夏布背心，坐在竹椅上拉胡琴。阿四也穿一件背心，把一脚搁在一堆杂物上,扯长了嘴唇拼命吹笛。大家眼睛看着鼻头,一本正经地,样子很可笑。但又很可感佩。因为门房间里蚊子特别多,听见了奏乐声,一齐飞集拢来,叮在两人的赤裸裸的手臂上,小腿上,和王老伯伯的光秃秃的头皮上。两人的手都忙着奏乐,无暇赶蚊,任它们乱叮。其意思仿佛是为了爱国,不惜牺牲身上的血了。

忽然曲终,两人相视一笑,各自放下乐器,向身上搔痒。这时候四周格外沉静,但闻蚊虫声嗡嗡如钟,隆隆如雷,充满室中。我不期地高声喊出:"王老伯伯和阿四合奏,蚊子也合奏!"

王老伯伯和阿四听见人声,走出门房间来。看见爸爸和我深夜走出来,吃了一惊。爸爸忍着笑对他们说:"天气太热,我们要到野外散散步,你们等着门,我们一会儿就转来的。"王老伯伯一边搔痒,一边举头看看天色,说:"不下雨才好。早些回来吧。"就把我们父子二人关出在门外了。

门外一个毛月亮照着一片大自然，处处黑魆魆的令人害怕。麦田里吹来一股香气，怪好闻的。我忽然想起了昨夜的话，说道："爸爸，你昨夜教我一句苏东坡的好诗句，叫做'麦陇风来饼饵香'。现在我也闻到了，就是这种风的香气吧？"爸爸笑道："对啊，对啊！你闻到了饼饵香，我就请你吃饼干吧。我们到那田角的石条上去吃。"

四周都是青蛙的叫声。近处的咯咯咯咯，远处的咕咕咕咕。合起来如风雨声，如潮水声。闭目静听，又好像千军万马奔腾而来的声音。我说："门房间里有蚊子合奏，这里有青蛙合奏呢！"爸爸说："蛙的鸣声真像合奏，所以古人称它为'蛙鼓'。不但其音色如鼓，仔细听起来，其一断一续，一强一弱，好像都有节奏。这是不愧称为合奏的。你听！……这好像一个大 orchestra 的合奏。你晓得什么叫做 orchestra？翻译做中国话，就是管弦乐队。你生长在乡下，还没有机会见过这种大合奏队。但无线电常常放送着。将来我们也去买一架收音机，你就可听见，虽然不能看见。合奏的种类甚多。两人也是合奏，三、四人也是合奏。大起来，数十人、数百人的合奏也有——就是所谓 orchestra。但你要知道，刚才王老伯伯和阿四的花头，其实不能称为'合奏'，只能称为'齐奏'。因为合奏不但是许多乐器的共演，同时又是许多旋律的共进。许多旋律各不相同，而互相调和，在各种乐器上同时表出，即成为合奏。王老伯伯和阿四所用的乐器虽然各异，但所奏的旋律完全相同，所以只能称之为齐奏，还没有被称为合奏的资格。"这时我的汽水已经喝了半瓶。

"orchestra 的人数和乐器数多少不定。普通小的，数十人奏十数种乐器。大的，数百人奏数十种乐器。远听起来，其声音正像这千万只青蛙的一齐鸣鼓一样。乐器可分为四大群。第一群是弦乐器，都是弦线发音的，像你近来学习的提琴，便是弦乐器中最主要的一种。提琴同时用数个，或十数个，或数十个，所奏的是曲中最主要的旋律。第二群是木管乐器，就是箫笛之类的东西，音色特别清朗。第三群是金管乐器〔铜管乐器〕，就是喇叭之类的东西，声音最响。第四群是打乐器〔打击乐器〕，就是钟鼓之类的东西，声音最强。——所以 orchestra 的演奏台上，这四群乐器的位置都有一定：弦乐器最主要，故位在最前方。木管乐器次之。金管乐器声音最响，宜于放在后

面。打乐器声音最强,而且大都是只为加强拍子的,故放在最后。用这四大群乐器合奏的乐曲,叫做'交响乐',是最长大的乐曲。"我吞了最后的一口汽水。

"最大的 orchestra,有一千多人,叫做'千人管弦乐队'。现在我们不妨把这无数的青蛙想象做一个'千人管弦乐队',而坐在这里听他们的交响乐!"爸爸也喝完了汽水。

夜露渐重,摸摸身上有些湿了。我们不约而同地立起身来。我收拾汽水瓶,跟着爸爸缓步回家。就寝时已经十二点钟。这晚上我做了两个梦。第一个梦是爸爸买了一架收音机来装在吃饭间里,开出来怪好听的。第二个是梦见许多青蛙,拿着许多乐器——就中鼓特别多——在一个舞台合奏交响乐。忽然一只青蛙大吹起喇叭来,把我惊醒。原来是工厂里放汽管!时光还只五点半。想起了今天是星期日,我重又睡着了。

少年美术故事 [1]

([上海]开明书店一九三七年三月初版)

---

[1] 本书系《开明少年丛书》之一。共收故事 24 则,原载 1936 年 1—12 月《新少年》第 1 卷 1—12 期及第 2 卷 1—12 期。

子愷

贺　年[1]

十二月三十一日的清晨,我被弟弟的声音惊醒。他一早起身,正在隔壁房里且跳且叫:"日历只有一张了!过年了!大家快点起来过年!"随后是姆妈喊住他的声音:"如金!静些儿!爸爸被你打觉[2]了!你已是高小学生,五年级读了半年了,怎么还是这般孩儿气,清早上大声叫跳?"弟弟静了下来,接着低声地向妈妈要新日历看。我连忙披衣起床,心中想:这回是今年最后一次的起床,明天便是新年例假了。这一想使我不怕冷,衣裳穿得格外快些。但回想姆妈对弟弟说的话,又想到我六年级已读了半年,再过半年要毕业了,不知能不能……有些儿担心。

我一面扣衣纽,一面走进姆妈房中。看见日历上果然只挂着单薄薄的一张纸,样子怪可怜的。弟弟捧着一册新日历,正在窗前玩弄。我走近去一看,只见厚厚的一刀日历,用红纸封好了,装在一片硬纸板上。纸板上端写着某香烟公司的店号。店号下面描着图案,图案中央作一长方形的圈子,圈子里面

---

[1] 本篇原载 1936 年 1 月 10 日《新少年》创刊号。

[2] 打觉,作者家乡方言,意即吵醒。

印着一个电影明星的照片。不知是胡蝶,还是徐来,我可认不得。但见她侧着头,扭着腰,装着手势,扁着嘴,欲笑不笑,把眼睛斜转来向我看。好像我们校里那个顽皮的金翠娥躲在先生的背后装鬼脸。我立刻旋转头,走下楼去洗脸。我们吃过早粥,赴校的时候,弟弟叮咛地关照姆妈,最后一张日历要让他回来撕,新日历要让他回来开。姆妈笑着答允了。

我们上完了今年最后一天的课,高兴地回到家里。弟弟放了书包就奔上楼,想去撕日历。但被爸爸阻住了。爸爸正坐在窗前的桌子旁边看画册。桌上供着一盆水仙花,一瓶天竹,一对红蜡烛,一只铜香炉,和一只小自鸣钟。——这般景象,我似觉以前曾经看到过,但是很茫然了。仔细一想,原来正是去年今日的事!种种别的回忆便跟了它浮出到我的脑际来。

爸爸对弟弟说:"今天是今年最后的一天,我们不要草草过去。我们大家来守岁,到夜半才睡觉。日历也要到夜半才可撕。在夜里,我们还要做游戏,讲故事,烧年糕吃呢!"弟弟听了又跳起来,叫起来。爸爸拉住他的臂膊说:"不要性急,今年还有八个钟头呢。你们乘这时候先画一张贺片,向你们的最好的朋友贺年。"

"好,好,好。"我们答应着,抢先飞奔下楼,向书包里去拿画具。途中我记起了:去年图画课中华先生叫我们画贺片,我画一只猪猡,同学们大家说"难看,难看",华先生偏说"好看"。他说:"你们为什么看轻猪猡?你们不是大家爱吃它的肉么?"后来我告诉爸爸,爸爸说:"因为中国画家向来不画猪猡,所以大家看不惯。其实也没啥,不过样子不及兔子、山羊那般玲珑罢了。"今年不知应该画什么动物了？等会儿问问爸爸看。

我们把画具端到楼上，放在东窗下的桌上，开始画贺片了。画些什么呢？我就问爸爸明年是什么年。爸爸说明年是丙子年，子年可以画个老鼠。但我所发见的题材，被弟弟抢了去。他说："我画老鼠！老鼠拉车子！昨天我在《小人国》里看见过的。"我同他论理，但他连说"对起，对起，对起，对起"，管自拿铅笔打稿子了。"对起"就是"对不起"，是他近来的口头禅。他每逢自知不合而又不舍得放弃的时候，便这样说。我知道他已热心于画老鼠拉车了，就让让他吧。但是我自己画什么呢？想了好久，记得以前华先生教我们画花的图案，我画得很高兴。现在就画些花的图案吧。

我的颜料没有上完，弟弟已经画好，拿去请爸爸看了。我赶快完成，也拿过去。但见爸爸拿着剪刀正在裁剪弟弟的画纸。一面说着："你画老鼠拉车，不可画得太高。下面剪掉些，上面多留些空地写字吧。"剪成了明信片样的一张，他又说："上面太空，添描一个很长的马鞭吧。"弟弟抢着说："本来是有马鞭的，我忘记了！"爸爸就用指爪在贺片上划一个弯弯的线痕，叫他照样去画。爸爸看了我的画，说："很好看；但你可用更深的红在花瓣上作个轮廓，用更深的绿在叶子上作个轮廓。那么，深红配淡红，深绿配淡绿，好看得多。这叫做'同类色调和'。"我照他所说的去改了。弟弟已经画好马鞭，看看我的画，跳起来说："姐姐用颜料的！不来，不来，我要画过！"就向爸爸嚷着要换。爸爸说："如金！画不一定要用颜料的呀！你姐姐的是'装饰画'，所以用颜料。你的是'记事画'，可以不用颜料。"但弟弟始终不满意，撅起小嘴唇看我的画，连说着"我要画过，我要画过"。这时候姆妈进来了。她听见了弟弟咕噜咕噜，就来看他的画，知道他嫌没有颜料，就对他说："也可以着颜料的。我教你吧：小人的衣服上着红色，小车的轮子上着黄色，老鼠和车子本来是黑色的。"弟弟照姆妈的话做了，觉得果然好看，就笑起来。爸爸衔着香烟，也走过来看，笑着说："很好，很好，全靠姆妈，不然又要闹气了。但我看红色太孤零，没有'呼应'。最好拉车的绳子换了红色。"弟弟又抢着说："原是一根红头绳呀！我在《小人国》里看见的。"于是大家商量改的方法。姆妈对我说："逢春！你帮帮他吧。先用橡皮将黑绳略略擦去，然后用白粉调了红颜料盖上去。"我照姆妈的话给他改。弟弟见我改成功了，又连说"对起，对起，对起，对起"。姆妈说："不要'对起'了，且说你们这两张贺片送给哪个。"我和弟弟齐声说出："送给秋家叶心哥哥。"爸爸说"好"。就教我们写字。姆妈说："写好了大家下来吃夜饭吧。吃过夜饭还要守岁呢。上星期叶心曾说放了年假来守岁，黄昏时他也许会来的。"说过，就先自下楼去了。

弟弟吃饭来得最迟，他手里拿着一封信，封壳上贴着一分邮票，写着"本镇梅花弄八号秋叶心先生收，梅花弄二号柳宅寄"。匆忙地对我们说："我到邮政局里去寄了这两张贺片再来吃饭。"就飞奔去了。爸爸笑着说："哈哈！还是秋家近，邮政局远呢！"姆妈也说："恐怕信没有到邮政局，人已经来这里了！"

吃过夜饭，我们正在点起红烛，准备守岁的时候，邮差敲门了。我们收到一封城里寄来的信。拆开一看，原来是叶心哥哥从县立初级中学寄来的贺年片。附着一封信，说他要今日晚快回家，先把贺片寄给我们，晚上他也来我家守岁。我和弟弟欢喜得很，忙将贺片给爸爸看，爸爸啧啧称赞道："到底不愧为美术家的儿子！又不愧为中学生！他的画兼有你二人的画的好处呢：逢春画两枝花，形式固然美观了，但是内容没有表示新年的意义。如金画只老鼠，内容原有新年的意义了，但是形式好像《小人国》童话书里的插画，不甚适于贺片的装饰。亏得加了一根长马鞭，把'恭贺新禧'等字钩住，还有点图案的意味。现在看到叶心的画，觉得是两全的了。在形式上，松树占了左边，地、海和朝阳占了下边，青云和松叶占了上边，成了三条天然的花边。在内容上，这几种东西又都含有庆贺新年的意思：初升的太阳，常青的松树，高的云，广的海，和活泼地出巢的小鸟，没有一样不表出新年的欢乐和青年的希望。题的字也很有意味呢！"我们争问爸爸怎么叫做"美意延年"？他继续说："这是出于《荀子》里的。美意就是快美的心，也可说就是爱美的心。延年就是延长寿命。一个人爱美而快乐，可以康健而长寿。这意思比你们的'恭贺新禧'高明得多了。"我听了觉得脸上有些发热，同时更佩服叶心哥哥的天才了。爸爸又仔细看他的贺片，摇摇头对姆妈说："叶心的美术的确进步了。你看他布置多少匀称：太阳耸得最高的地方，这一行字特地缩短些，交互相补。进中学才半年，就这样进步，这孩子……"姆妈正拿着一本新日历想要去挂。爸爸随手把贺片放在日历上端的电影明星的照片上,说道:"咦!大小正好。倘换了这张,好看得多,有意思得多呢。"我本来讨厌这装鬼脸的"金翠娥"。要挂着了教我看她一年,真有些难受。我连忙赞成爸爸的话,提议把贺片用糨糊粘上。爸爸和姆妈都说"好",弟弟也说"好"。我就实行我的提议。但把糨糊涂到电影明星的脸上和身上去的时候,我又觉得有些对她不起。旁观的弟弟早已感到这意思,他笑着说:"对起,对起,对起,对起!"

不久叶心哥哥来了。他果然还没有收到我们的贺片。我们谢他的贺片,并把爸爸称赞他的话告诉他,羡慕他的美术的进步。他脸孔红了,咬着嘴唇旋转头去,恰好看见了粘在日历上边的贺片。他惊奇地一笑,又转向别处。后来对我们说:"待我收到了你们的贺片,把它们镶在镜框里!"

我们这晚做了种种游戏,讲了许多故事,又吃年糕和桔

贺年片的图案

子。直到敲出十二点钟，方才由弟弟撕去最后一张旧日历，打开新日历。年已经过了！父亲派工人送叶心哥哥归家。我们送他出了门，各自去睡觉。我梦到"美意延年"的画境里，在那松下海边盘桓了多时。醒来时，元旦的初阳已照在我的床上了。

初　雪 [1]

早上醒来，看见床上的帐子白得发青。撩帐一看，窗外的屋顶统统变白了！我连忙披衣起身，看见室内静悄悄的，一切都带着银色，好像电影里所见的光景。

盥洗后走出堂前，看见弟弟站在阶沿上，正在拿万年青叶子上的雪塞进嘴里去，笑着招呼我："来吃冰淇淋！"我们吃了一些"冰淇淋"，就被母亲叫去吃早粥。在食桌上，弟弟向母亲要求到外婆家的洋楼里去看雪景。我知道县立中学是昨天放寒假的，叶心哥哥一定已经回家。自从新年别后没有相见过。今天去望望他，一同看雪景，更有兴味。于是我也要求同去。母亲答允了，但吩咐我们路上看滑交。又拿出一包糖年糕，叫我们带送外婆。

街上的雪已被许多人的脚踏坏，弄得龌里龌龊了。只有外婆家旁边的小弄，望去很好看。雪白而很长一条，上面蜿蜒地画着一道脚踏车轮的痕迹。不知那一端通到什么地方？样子很是神秘。

走进外婆家，看见外婆坐在厅上的太师椅子里，把小脚踏

---

[1] 本篇原载 1936 年 1 月 25 日《新少年》第 1 卷第 2 期。

在铜火炉上,正在指挥女仆整理网篮和铺盖。她见了我们,惊喜地说:"这么大雪天,亏你们走了来!"就拉住我们的手,检查我们穿着的衣服。然后指着那网篮铺盖说:"叶心昨天晚上才回家,行李还没有收拾呢。你们到洋房楼上去玩吧。他父子两人正在那里布置房间呢。你娘舅新买来的那种新式椅子,后面空空地,坐上去像要跌交似的,教我是白送也不要它!你们去看看吧。"我们把年糕送给外婆,就转入厅内,通过走廊,跨上洋房的楼梯。

  我们走进房间,看见娘舅和叶心哥哥大家穿着衬衫,卷起衣袖,脸上红红地,靠在窗边端相室内的家具。看见我们进去,叶心哥哥叫道:"你们来得正好!我们方才布置妥当,正想有客人来坐,你们来得正好!"便拉我们去坐。我好久不见娘舅,正想问安,已被叶心哥哥拉到房间中央一只奇形的玻璃桌子旁边,硬把我按在一只奇形的椅子里了。弟弟也被按在我对面的椅子里。于是娘舅和叶心哥哥也来相对坐下。四个人坐着四只奇形的椅子,围住一张奇形的桌子,好像开什么特别会议。我从看惯了的自己家里出门,走过龌龊的街道,通过外婆的古风的厅堂,忽然来到了这里,感觉得异常新鲜。这房间里的墙壁都作淡青色,壁上挂着银框子的油画。油画下面放着几何形体似的各种桌子、茶几、沙发和书橱。这些家具上面毫无一点雕花,连一根装饰的直线也没有,好像是用大积木搭出来的。尤加奇形的,是我们所坐着的椅子。这些椅子用一根钢管弯成,后面没有脚,真如外婆所说,好像坐上去要跌交似的。但我坐上了,却觉得很舒服。这样新奇的一个房间,被三四个大窗子里射进来的银色的雪光一照，显得愈加纯洁朴素，好似一种梦境。娘舅开始向我们问爸爸姆妈的好，又说他为了美术学校开教授作品展览会，才于昨天回家。为了要布置这些家具，还没有来望我们的爸爸。随后就把这种新家具一样一样地为我们说明。他说："这是很新的一种形式，其特点是省却以前的种种繁琐的装饰，而用朴素的几何形体。旧式的家具，统是弯弯曲曲的线，统是细致的雕花，虽然华丽，但太复杂，看上去不痛快。现代的人，对于一切美术要求其单纯明快。凡不必要的装饰，应该除去。因此家具渐渐地朴素起来。到了现在，就有人造出这种最新的形式来。你们觉得好看吗？"我们都说好看。弟弟指着墙上的自鸣钟惊奇地叫道："咦！这只钟没有数目字的！"我抬头一看，果然看见一个圆形的黑框子里，四周画着十二条粗大的黑线，两只粗大的黑针一长一短地横在中央，此外毫无一物。那十二条粗线中，垂直的两条（十二点和六点）和水平的两条（三点和九点）都是空心的，因此容易认识。我一看就随口说出："九点还差一分。"娘舅得意地笑道："我这里的东西都是奇怪的。但你一看就能说出几点几分，可见奇怪得还有道理。"他笑着立起身来，拿了大衣预备出门，叫叶心哥哥陪我们玩。等他出走了，我们就到窗前来看雪。这楼位在市梢，窗外一片广大的郊原，盖着厚厚的白雪。只有几间茅屋和几株树，各自顶了一头白雪，疏朗朗地点缀着。以前我们在这里所见的繁华的春景，浓重的夏景，和清丽的秋景，现在都不见了。眼前只见明快的一片白色，和单纯的几点黑色。回想起娘舅解释新美术形式的话，我觉得现在室内和室外的景象

少年美术故事 | 241

非常调和，我们好像是特地选择这一天来参观这些新家具的。叶心哥哥的殷勤的招待打断了我的闲想。他拿着一本照片册邀我们看。这里都是他自己拍的照片，取景构图都很好。冲晒也很精洁，衬着黑纸，映着雪窗的光，样子分外美观。翻到后来，忽然展出两张色彩图来。仔细一看，原来是我和弟弟画送他的贺年片。我们要求他把这两张拿出。他说："你们不是把我的画粘在日历上，预备给大家看一年么？"这时候外婆派人来叫我们了。我们就下楼，到厅上来吃年糕。这一天我们在外婆家谈了种种话，吃了中饭，下午方才回家。

回到家里，把在舅家的所见告诉爸爸。爸爸说："各种器物，都有繁简种种形式。大概从前的人欢喜繁，现在的人欢喜简。"他随手拿铅笔在一本拍纸簿上画给我们看，一面说着："譬如钟，以前用细致的罗马字，后来改用简明的阿拉伯字，现在连阿拉伯字也不要，只用一条线。又如茶杯、花瓶、痰盂等，以前大都用S曲线，后来曲线改简，用括弧形的，或X形的。有时索性不要曲线，而用不并行的直线，或竟用并行的直线。又如椅子，从前的太师椅，曲曲折折，噜噜苏苏。"弟弟指着爸爸描出来的图，插口说："外婆坐的就是它！"爸爸又描一只椅子，继续说："不必说外婆，就是你姆妈房里的藤穿椅，脚上一轮一轮的，一段一段的，也噜苏得很。所以后来就不流行，改用直线的脚。再简起来，就是娘舅家的钢管椅子。其他桌子、眠床等，也都有同样的变化。建筑也是如此。旧式房子形式繁复，新式房子形式单纯。将来你们到大都市里去，可以看见许多实例呢。"爸爸放下铅笔，结束地说："建筑和工艺美术同一潮流。这潮流是从人的思想感情上变出来的。"

姆妈进来了，向我问了些外婆家的情形之后，告诉我们说："今天上午华明的母亲来过了。她说华明因为早上在庭中的雪地里小便了一下，被华先生骂，说他'已是五年级生了，毫无爱美的心，敢用小便去摧残雪景？美术科白学了的！'于是罚他在家读书，叫他母亲来我家借一册《阳光底下的房子》去，定要他今天读完，晚上还要考他呢。"弟弟听了，很同情于华明的受罚，轻轻地对我说："我们明天去望望他？"我点点头。

花 纸 儿 [1]

华明在庭中的雪地里小便,他父亲——华先生——罚他在家里读书。弟弟同情于华明的受罚,早就对我说,想和我一同去望望他。但他因为那天冒雪到外婆家走了一趟,得了重伤风,母亲不许他出门。今天他好全了,才同我去看华明。

我们出门时,母亲吩咐我说:"逢春,今天是阴历元旦。虽然阴历已被废了[2],但我们乡下旧习未除。倘使华先生家正在招待贺年的客人,你们应该早早告辞,不要也在那里扰闹他们。"我答应了,就同弟弟出门。

弟弟不走近路,却走庙弄,穿过元帅庙,绕道向华家。我知道他想看看阴历元旦市上的热闹。我们穿过庙弄时,看见许多店都关门,门前摆着些吃食担、花纸摊、玩具摊。路上挤着许多穿新衣服的乡下人,男女老幼都有。他们一面推着背慢慢地走,一面仰头看摊上的花样。我但见红红绿绿的衣裳,和红红绿绿的花纸玩具一样刺目。觉得真是难得见到的景象。到了庙里,又见一堆一堆的人,有的在看戏法,有的在看"洋画"。

---

[1] 本篇原载 1936 年 2 月 10 日《新少年》第 1 卷第 3 期。
[2] 当时曾一度废除阴历,提倡阳历。

弟弟奇怪起来，问我："他们这种事体，为什么不提早一个多月，在国历元旦举行？难道这种事体一定要在今天做的？"我说："'旧习未除'，母亲刚才不是说过的么？"弟弟凶起来："什么叫'旧习'？都是人做的事，人自己要改早，有什么困难？"我不同他辩了。心中但想：倘使中国的人个个同弟弟一样勇敢而守规律，我们的国耻不难立刻雪尽，我们的失地不难立刻收回，何况阴历改阳历这点小事呢？眼前这许多大人，我想都是从弟弟一样的孩子长大来的；为什么大家都顽固而不守规律呢？心中觉得很奇怪。一边想，一边走，不觉已到了华家的门前。

走进门，华师母笑着迎接我们，叫我们坐。随后喊道："明儿！你的好朋友来了！"华明从内室出来，见了我们，便笑着邀我们到里面去坐。他的下唇上涂着许多黑墨，证明他今天早上已经习过字了。我们走进他的房间，弟弟便问："华明，你这样用功，一早就写字？"华明摇摇头，管自说道："你们来得很好，我气闷得很，正想有朋友来谈谈。"就拉我们到他的书桌旁去坐，自己却匆匆地出去了。我看见他的房间小而精。除桌椅和书橱外，壁上妥帖地挂着两张画，和一条字的横幅。其中一幅画是印刷的西洋画，我记得曾在叶心哥哥的画册中看见过，是法国画家米叶〔米勒〕作的《初步》，里面画着农家的父母二人正在教一孩子学步。还有一幅水彩画的雪景，我看出是华先生所描的。横幅中写着笔划很粗的四个字："美以润心"。旁边还有些小字。我正在同弟弟鉴赏，华明端了茶和糖果进来，随手将门关上，然后把茶和糖果分送我们吃。

花纸儿

使我惊奇的,他的门背后挂着一张时装美女月份牌——华先生所最不欢喜的东西。这东西与其他的字画很不调和。弟弟就质问华明。华明高兴地说:"你看这月份牌多么漂亮!可是我的爸爸不欢喜它,不许我挂。他强迫我挂这些我所不欢喜的东西(他用手指点壁上的《初步》《雪景》和《美以润心》),于是我只得把它挂在门背后,不让他看见。我还有好的挂在橱门背后呢!"他说着就立起身来,走到书橱边,把橱门一开。我们看见橱门背后也挂着一张月份牌,内中画的是一个古装美人,色彩是非常华丽的。弟弟说:"你老是欢喜这种华丽的东西。"华明说:"华丽不是很好的么?把这个同墙上的东西比比看,这个好看得多呢。我爸爸的话,我实在不赞成。他老是欢喜那种粗率的,糊里糊涂的画,破碎的,歪来歪去的字,和一点也不好看的风景,我真不懂。那一天,我在雪地里小便了一下,他就大骂我,说什么'不爱自然美','没有美的修养','白白地学了美术科'……后来要我在寒假里每天写大字,并且叫姆妈到你家借书来罚我看。我那天的行为,自己也知道不对。但我心里想,雪有什么可爱?冰冷的,潮湿的,又不是可吃的米粉?何必这样严重地骂我,又罚我。我天天写字,很没趣。字只要看得清楚就好,何必费许多时间练习?至于那本书,《阳光底下的房子》,我也看不出什么兴味来,不过每天勉强读几页。"于是我问他:"那么你这几天住在屋里做些什么呢?"他说:"我今天正在算一个问题。这是很有兴味的一个问题。你知道:一个一个地加上去,加满一个十三档算盘,需要多少时光?"我们想了一会,都说不出答案来。最后弟弟说:"怕要好几个月吧?"他说:"好几个月?要好几万年呢!这不是一个很有兴味的问题么?"他忽然改变了口气,说:"我还有很好看的画呢!"说着,掀起他的桌毯,抽开抽斗,拿出一卷花纸儿来。一张一张地给我们看,同时说:"这是昨夜才买来的。我爸爸又不欢喜它们,所以我把它们藏在抽斗里。"

我们一看就知道这就是刚才我们在庙弄里所见的东西。因为难得看见,我们也觉得很有兴味。华明便津津有味地指点给我们看。他所买的花纸儿很多。有《三百六十行》《吸鸦片》《杀子报》《马浪荡》等,都是连续画,把一个故事分作数幕,每幕画一幅,顺次展进,好像电影一般。还有满幅画一出戏剧的,什么《水战芦花荡》《会审玉堂春》等,统是戏台上的光景。我看了前者觉得可笑。因为人物的姿态,大都描得奇形怪状。看了后者觉得奇怪。许多人手拿桨儿跟着一个大将站在地上,算是"水战",完全是舞台上的光景的照样描写。这到底算戏剧,还是算绘画?总之这些画全靠有着红红绿绿的颜色,使人一见似觉华丽。倘没有了颜色,我看比我们的练习画还不如呢。华明如此欢喜它们,我真不懂。弟弟看了,笑得说不出话来。华明以为他欢喜它们,就说送他几张,教弟弟自选。弟弟推辞,华明强请。我说:"既然你客气,我代他选一张吧。"便把没有大红大绿而颜色文雅的一张拿了。华明说:"这是二十四孝图,共有两张呢。"就另外检出一张来,一同送给我。这时候,我听见外室有客人来,华师母正在应接。我和弟弟便起身告辞。华明说抽斗里还有许多香烟牌子,要我们看了去。我们说下次再看吧。

回到家里，母亲把二十四孝图中的故事一个一个讲给我们听。我觉得故事很好笑。像"陆绩怀橘遗亲"，做了贼偷东西来给爷娘吃，也算是孝顺？母亲又指出三幅最可笑的图："郭巨为母埋儿"，"王祥卧冰得鲤"，"吴猛恣蚊饱血"。她说："陆绩为了孝而做贼，还在其次呢。像郭巨为了孝而杀人；王祥为了孝，不顾自己冻死，溺死；吴猛为了孝，不顾自己被蚊子咬死，才真是发疯了。"弟弟指着画图说："这许多蚊子叮在身上，吴猛一定要生疟疾和传染病而死了！"母亲笑得抚他的肩，说道："你大起来不要这样孝顺我吧！"我记得弟弟那天读了《新少年》创刊号的《文章展览》中的《背影》[1]，很是感动，对我说："姐姐，我们将来切不要'聪明过分'！"我知道弟弟一定孝亲，但一定不是二十四孝中的人。

讲起华明，母亲说这个孩子太缺乏趣味，对于美术全然不懂。他的父亲倒是很好的美术教师，将来也许会感化他。

---

[1] 《背影》是现代散文家、诗人朱自清的一篇散文。

弟弟的新大衣 [1]

寒假开学这一天的早晨,姆妈拿出弟弟的新大衣来给他穿。弟弟先把左臂全部插进衣袖里,右臂便插不进去,哭丧着脸喊:"嫌小!嫌小!"

姆妈走过来帮他穿,一边说着:"真是乡下孩子!穿大衣的法子还没懂得呢!两只手要向后,一齐插进去的呀!"姆妈给他穿上,纽好之后,退远几步,端相了一会,说:"到底大衣好看。活像一个新少年了!如今要留心点,不可再用衣袖和屁股当手帕!"弟弟原有用衣袖揩鼻涕,和把手上的龌龊擦在胸前的习惯。姆妈屡次说他,近来他已改好些,知道用手帕揩鼻涕,而把手上的龌龊擦到自己看不见的屁股上去了。爸爸曾经讥笑他这是"进步",他很难为情。这会姆妈又这样说他,他便把话头转开去,笑着对姆妈说:"《新少年》是一册杂志呀!我怎么会活像《新少年》的?"说得大家笑了。

我觉得大衣的确比短衫或长衫好看。回想弟弟穿短衫时的模样,似乎年纪要小得多,完全看不上眼;穿长衫时的模样,又似乎年纪要老得多,一点没有威势。如今穿了小大衣,样子

---

[1] 本篇原载 1936 年 2 月 25 日《新少年》第 1 卷第 4 期。

便好看起来：精神比前振作，动作比前活泼，眼睛也似乎比前有光辉，真是"活像一个新少年了"！我伴着他上学校时，路上的人大家对他注目，弄得他很不自然，只管低着头躲在我的背后。

华先生两手镶拱在胸前，站在校门口。看见我们走来，笑着说："柳如金的新大衣漂亮得很呢！"弟弟愈加难为情了，走

进校门，忙向纪念厅跑。华先生目送他跑。我说："请华先生给他画一个'斯侃契'（sketch，就是速写）吧。"华先生点点头。

纪念厅里已有着许多男学生。我们校里的习惯，开学第一天大概不上课，行过开学会，发过新书之后，大家可以回家，

明天再来上课。所以男同学们大家不到教室,空手站在操场上或纪念厅里等候开会。女同学们则集中在纪念厅隔壁的六年级教室里等候。弟弟一进纪念厅,就钻入人丛中。但是同学们都注意他的新大衣,打着圈子看他,又对他说笑。最会说笑的是华明,他第一个说:"大家看:柳如金穿着新大衣来拜年了。"绰号老太爷的王品生穿着一件大马褂,走上前来,模仿大人对弟弟拱拱手,说:"恭喜发财!"李学文用两手把老太爷和弟弟分开。高声喊道:"什么'恭喜发财'?你们用阴历的都要打倒!"弟弟挺着胸脯向李学文说:"我不是来拜年的,并没有用阴历!"李学文忘记了自己的新围巾和新蓝棉绸袍子,同他辩:"今天是阴历正月初九,你穿新衣裳便是用阴历!应该打倒!"说得大家都笑起来。这时候沈荣生拖着穿童子军衣服的张健走过来,把他推在弟弟身上,口里喊着:"两个外国人!两个外国人!"绰号神经病的陈金明却把张健拉开,眼睛望望我们的教室里穿大衣的女生宋丽金,装着鬼脸说:"不是两个外国人!是两个'金'!两个穿大衣的'金'!"大家拍手喊道:"好啊!一对!一对!"我们教室里的女同学也都笑起来,大家向宋丽金看,看得她脸孔红了。华先生拿着速写簿,躲在纪念厅旁门边为各人写生,大家没有注意到。这时候他把速写簿藏入衣袋,走出来喊道:"不要吵了!开会了!"接着铃声就响,操场上的同学都跑进来,校长先生也进来了。大家齐集纪念厅去开会。

　　开过会,领了新书,我正想回家,华先生走来对我说话了!"我已给你弟弟画了一张'斯侃契'了呢!"就从衣袋里摸出速写簿来递给我。许多女同学围集拢来看。我看见画的不止弟弟一个，刚才说笑的许多人：王品生、李学文、张健、沈荣生、神经病，都在内，他的儿子华明也在内。王品生戴着瓜皮帽，穿着一件大马褂，大摇大摆的，真像一个老太爷。李学文穿着长衫，围着围巾，态度很斯文，华明戴鸭舌头帽，穿一件黑背心，像商店里的小伙计。张健又瘦又长，单薄薄的穿着一套童子军装，看了使人发冷。那沈荣生上身穿着短衣，罩着黑背心；下身穿着一条膨胀的厚棉裤子，两只脚管扎得紧紧的，好像一对灯笼。那神经病穿着宽大的短衣短裤，浑身松懈，脸上永远装着鬼相。我笑道："咦！他们的服装各人各样，没有一个相同的呢！"女同学们看了都好笑。回顾自己队里，发见女生的服装也是各种各样，极少有相同的。最会说话的徐娴就要求华先生，给女生们也画几张"斯侃契"。华先生看看我们各人的样子，似觉很有兴味，就说："好，你们大家站着吧。"便拿了速写簿走到远处的门边，对着我们写生了。我们大家像做纪念周一般肃立。只有那绰号标准美人的金翠娥，撒娇撒痴地喊："啊唷，华先生不要写我！"又扭扭捏捏地躲到王慧贞背后去，却被王慧贞骂"轻骨头"。金翠娥竖起眉毛想抗辩，被大家喝住，也只得肃立。这时候我觉得很痛快。

不多时，华先生写好了，把速写簿递给我们看。他描着七个人的"斯侃契"，服装也各人不同：宋丽金黑大衣里面衬着白围巾，样子最好看。金翠娥旗袍上罩毛线短衣，一股摩登气，在画里看看也不觉得十分讨厌。徐娴旗袍上罩着旗袍背心，戴着缀花球的绒帽子，傻头傻脑的，很是可爱。王慧贞端正地穿着短衣短裙,样子最是老成,像个中学生。李玉娥格子布短衣、短裤,像个小丫头。陆宝珠黑色的短棉背心,格子布裤子,歪着头,把手插在背心洞里,活像一个乡下姑娘。还有一个戴围巾,穿长衫,满头黑发的人,大家说是我。我自己却不认识,看了觉得很奇怪。

我问华先生借了这册速写簿,拿回家去给姆妈爸爸看。姆妈看了华先生所画的华明,笑着说:"他把自己的儿子画得像个小滑头。"我问:"华先生为什么这样不讲究服装?"姆妈说:"华先生何尝不要讲究?只是华师母和华明自己不懂得服装,不要好看,华先生也没有办法!"我又问爸爸:"弟弟穿了大衣,为什么比穿短衫或长衫好看?"爸爸说:"大衣是西洋服装。西洋式的衣服,各部分都依照人的身体的尺寸而裁剪,穿上去很称身。故只要身体生得好,穿上衣服去样子总好看。中国式的衣服,只是大概照身体,却不讲究身体各部的大小,穿上去往往不称身,样子便不容易好看。衣服同家具一样:西式的用家具来凑身体,中式的用身体去凑家具。"他又说:"服装实在是比家具更重要的一种实用美术。这是活的雕塑艺术!"

我觉得这话很有意味。就把华先生的"斯侃契"临摹下来,想描成十四种服装图。弟弟出校后跟华明同到庙前玩耍,这时候方才回家,见我在描画,就挨过来看。看见我描着他和宋丽金一对大衣人物,以为我也是和他说笑,就伸手来夺我的画。幸而我提防得早,没有给他夺去。

初　步 [1]

　　徐妈提着一大篮黄矮菜，两只小脚在天井里的石板上"的的搭搭"地敲进来，嘴里喊着："小客人来了！"我和弟弟并不问她，赛跑似地赶到门口。但见河埠上停着一只赤膊船，船里坐着雪姑母，雪姑母手里抱着镇东。茂春姑夫蹲在岸上，正在把船缆缚到凉棚柱脚上去。我们齐喊："镇东！镇东！"镇东两只手用力撑住雪姑母的下巴，拼命想从她身上爬下来，并不理睬我们。雪姑母两手抱住他，仰起头，代替他答应："喂！逢春姐姐！喂！如金哥哥！"说最后两字时，嘴巴被镇东的手盖住了，发音好像"如金妈妈！"岸上的人大家笑起来。雪姑母就在笑声中上了岸。

　　我还记得，镇东是前年"九一八"出世的。当时茂春姑夫来报告我们，笑嘻嘻地说："倒养个团团。"又说："娘舅给毛头起个名字吧。"后来爸爸就在一张红纸上写"蒋镇东"三个大字，上面又横写"长命康强"四个小字，和产汤一同送去。这好像还是昨天的事，谁知镇东已长得这么大了。当雪姑母擒了他走进我家时，他不绝地想爬下来，使得雪姑母几乎擒拿不住。到了堂前，雪姑母把他放在方砖地上，说："让你去爬吧！

---

[1] 本篇原载 1936 年 3 月 10 日《新少年》第 1 卷第 5 期。

娘舅家的地上比乡下人家的桌子还干净呢。"接着又对姆妈说:"'爬还爬不动,想走,'就是他!他在家里只管在泥地上爬,拾了鸡粪当荸荠吃的!"说得大家又笑起来。姆妈走过去抱了他,教他坐在膝上。我们大家围拢去同他玩笑。

镇东"叫名三岁",其实只有一岁半。他不像城市里的小孩子一般怕陌生人。好久不到我家,一到就同我们熟识。雪姑母教他叫人,"娘舅!""舅妈!"他都会叫,而且叫时声音响亮,脸上带着笑容,非常可爱。雪姑母说他到别处去没有这样乖。姆妈说到底是外婆家,外婆家原同自家一样。爸爸却说:"一半也是长在乡下的原故。乡下的环境比城市好得多呢。"他伸手捏捏镇东的小腿,又摸摸他的圆肥而带紫铜色的小脸,咬紧了牙齿说:"你看!一股健康美!定要有这样的好体格,将来才能'镇东'呀!"又握他的小手,笑着对他说:"将来你去'镇东',不要忘记啊!"镇东吃吃地笑。

镇东在姆妈身上坐得不耐烦了,又开始要爬下来。爸爸退后几步,张开两臂蹲在地上,对姆妈说:"不要给他爬,让他学学步看。来!你放他走过来。"姆妈扶他站定在地上,说着:"镇东乖乖,走到娘舅那里去!"镇东高兴得很,看着爸爸笑,同时慢慢地摆稳他的步位来。姆妈一放手,他居然摇摇摆摆地跑到了爸爸的怀里。堂前一阵欢呼。爸爸立刻抱住他,站起身来,用手拍他的背。他把圆圆的小脸偎在爸爸的肩上,吃吃地笑,表示成功的欢喜。

这般可爱的光景,我们似觉曾在什么地方看见过,一时记不起来。正在回想,弟弟对我说了:"姐姐,刚才的样子,活像华明房间里挂着那张画里的光景呢!不过不在野外而在屋里。"我恍然大悟,抢着说:"不错,不错,米叶〔米勒〕的《初步》,叶心哥哥的画帖里也有一张的。"弟弟说:"我们要他再做一遍,教爸爸拍一张照,好不好?"我说:"好。"于是我们一同要求爸爸,爸爸立刻赞成,叫我就到楼上去拿照相机。继又阻止我,踌躇地说:"在什么地方照呢?先想好了'构图'再说。"弟弟断然地说:"到后墙圈里,篱笆外面,槐树底下,鸡棚边,照出来就同那张画一样。"爸爸笑着点点头,就同我们去看地方。这时候姆妈正摆好了糕茶盆子,请茂春姑夫、雪姑母和镇东吃茶点。弟弟回头对镇东说:"你多吃点糕糕,吃好了糕糕,我们同你拍照!"

爸爸叫我和弟弟二人装出人物的姿势来,从远处望望,又踌躇地说:"米叶的构图,我记得是很好的。不知人物怎样布置?可惜找不到那张画来参考。"弟弟说:"华明有,我去借。"拔起脚来就走。爸爸喊他不住,让他去了。过了一会,弟弟气喘喘地夹了画框回来,后头跟着华明。华明对爸爸说:"柳先生!你们要照美术的《初步》?"我们大家笑起来。弟弟教他:"不是'美术',是米叶!我们这里今天来了一个挨霞,《阳光底下的房子》里的挨霞,你认识么?我们要照你这张画的样子给他拍个照。"说着,把画框递给爸爸,就拉华明到屋里去看镇东。爸爸看了那画,欢喜地对我说:"没有这样巧的!我们的篱笆和树的位置,正同画里一样。要算[1]那个鸡棚,恰巧代替了

---

[1] 要算,作者家乡方言,意即尤其值得一提的是。

初步　米勒　作

画里的小车。假如没有这个,左边太轻,构图就不稳了。好!我们完全模仿它。你去拿照相机吧。"

我拿了照相机回来时,茂春姑夫、雪姑母、镇东、华明、弟弟,和姆妈,都已来到。爸爸叫弟弟逗着镇东玩耍,单请茂春姑夫和雪姑母先来演习。他在镜箱后面的毛玻璃上仔细审察,校正他们的姿势和位置。确定之后,就叫我抱镇东到雪姑母身边去,叫她扶着。镇东全不知道要被拍照,张着两只小臂,吃吃地笑,跃跃欲试,比前次更加高兴,样子也更加可爱了。雪姑母和茂春姑夫却拘束起来。雪姑母仓皇地叫:"等一等照!我的衣裳没有扯挺,我的头发恐怕蓬着呢!"爸爸说:"还未照呢,现在先试做一遍看。真果要照时我会通知你们的!"于是大家放心,很自然地演习起来。雪姑母摆开步位,弯着腰,提着镇东的两腋,一面笑,一面说:"团团走,团团走,走到爸爸去!"茂春姑夫跪下左膝,伸出一双大手,起劲地大喊:"团团来,镇东来。"正在这时候,照相镜头上"的"地一响,爸爸叫道:"好,好!照好了!"雪姑母呆了一会,后来说:"上了你的当,我全然不得知呢!"爸爸笑着回答她道:"不得知才好呢!得知了照出来一定不自然的。"说着就拿了照相机回进屋里去。我们大家留在墙圈里玩耍。我扶着镇东走路,弄皮球,捉猫,拾鸡蛋。弟弟却和华明两人坐在石凳上谈个不休。我听见华明说:"'得知了照出来一定不自然',倒是真的。他们起初的样子,一点也没神气。后来就活泼起来,活像我那幅画里的人了。"弟弟说:"你那种月份牌的画,大都是不自然的,没有神气的,你为什么欢喜它们?"华明想了一会,点点头说:"呃,倒是真的。"他拿起那画框来,看了一会,自言自语地说:"这个好,这个好。"又说:"你们不要用了?我带回去挂着吧。"说过,就夹了画框告辞。姆妈说快吃饭了,我们大家就回进屋里。

喂　食[1]

　　华明自从那天星期日看见我们模仿米叶〔米勒〕的《初步》拍了一张照相之后，对于美术的兴味忽然浓厚起来。第二天放夜学后就背了书包跟弟弟跑到我家，悄悄地问我："昨天的照相洗出了没有？"我告诉他，爸爸昨天因为陪客人，没有工夫洗照相。他搔搔头皮，回家去了。

　　第三天放学后，他又背了书包来问。我又告诉他：因为定影药——大苏打——用完了，昨晚洗不成。今晨已由我写信到城里县立中学，托叶心哥哥代买。他寄到后我们就洗出来给你看。他又搔搔头皮，回家去了。

　　星期六课毕回家，我收到叶心哥哥寄来的一个小包。打开一看，里面有一包大苏打，和一张画。他的附信上说："接到你的信，知道你们在模仿米叶作品的构图拍照相，我很羡慕，退课后恨不得坐飞机回来看一看。大苏打一磅，已买来，现在包封了寄上，即请查收。前天我的姐姐又从美术学校寄了许多名画的复制品给我。其中有一张米叶的《喂食》，我看描得比《初步》更加有趣。现在我把这画一同寄给你，想你一定欢喜

---

[1]　本篇原载 1936 年 3 月 25 日《新少年》第 1 卷第 6 期。

它。这般大小的镜框我知道你家一定有的。请你给它配上适当的背景纸，装入镜框，挂在房间里。将来你们如果找得到相似的模特儿，也许还好模仿这构图拍一张很有趣的照相呢。"

我把大苏打交给爸爸，就去找镜框来装配那张名画。只有弟弟床前装着他的"甲上"的写生画成绩的那个银边镜框，大小正好。我便除它下来，预备借用一下。正在装配，弟弟同华明，各人背个书包来了。弟弟见我拆毁他的成绩，把书包向床里一丢，对我叫跳起来。我拿叶心哥哥的信给他看，并且说明暂时借用的意思。他读了信，看了我正在装好的名画，笑起来；忘记了一切似地惊叹道："这张画好极了！真个比《初步》更有趣！你看这三个孩子。"他捧着镜框给华明看，继续说："中央的一个张着嘴来吃，像只小鸟。这边的一个已经吃过一口，正在辨滋味；那边的一个看着他吃，正在吞唾涎呢！哈哈哈……"华明以笑代替答应，只管捧着镜框细看。弟弟说："挂起来大家看！"华明把镜框递给我。我把它挂在窗口亮的地方，大家同看。弟弟向画中指东点西，评长论短，唠叨了一会，最后说："你们知道他们为什么坐在门槛上喂食？大家猜猜看！"接着立刻自己回答："因为门口风凉些，他们是在吃乘凉夜饭呀！"我笑道："你不要瞎说，他们穿的衣裳这么厚，头上都戴帽子，怎么会吃乘凉夜饭的？我想是晒太阳吧？你看门里墨黑的，门外太阳光多么亮！"华明一向背着书包对画呆看，绝不插嘴。这时候他拍拍手说："对啊，对啊！这女人是米叶夫人，这三个是米叶家的孩子，我知道了。"弟弟知道自己的话说错了，无可辩白，就到华明身上出气，指着他说："你也是瞎说！

喂食　米勒　作

你几时认得他的？"又借用了阿Q偷萝卜时回答老尼姑的一句话诘问他："你叫得他应么？"华明最近同弟弟两人读《呐喊》，常把书中可笑的话记在心头，时时用以说笑。这时候他也借用了赵七爷恐吓七斤嫂的一句话来回答弟弟："书上一条一条写着！"说过，伸手向书包里摸索。我正在笑得肚痛，但见华明摸出一册黄面的书来，书面上写着"《西洋名画巡礼》，丰子恺著"几个字。我认识这是华先生到我们教室里来讲美术故事时常带的书，可是没有读过。华明把这书摊在桌子上，翻出一节来读给弟弟和我听：

但这时候米叶穷得很。他自己在日记上这样写着："我们只有两天的柴米了。用完了叫我怎么办呢？我的妻子下个月要生产了。我只得空手等待着。"

到了第二天晚上，米叶家里柴米都用完了，剩些面包屑，给小孩们吃了两日，他自己只得挨饿。到了第四天晚上，灯油也用完了。米叶只有一双空手，暗中坐在一只破箱上，想他的明天怎样过去。忽然听见外面有人敲门，敲得很急。米叶吓了一跳，他想一定是米店里的人同了官兵来讨债了，心里很怕。但是敲门的声音愈加急了，只得去开门。门开了，走进来的果然是两个衙门里的人。但他们说话很和善："米叶先生在这里么？""是的，我就是米叶。你们有什么贵干？""我们是官府里来的。官府知道你先生的画描得很好，而生活很穷，特地叫我送来一点钱，作为奖赏。"他们就拿出一包洋钱来递给米叶。米叶如同做梦一般，接了这包钱，手中觉得很重，但口中讲不出话来。停了一会，他方才说道："谢谢你们！你们来得正好。我们已经两天没得吃了。第一是小孩子饿不得，他们这两天只吃一些面包屑。现在可以买给他们吃了。我真要谢谢你们！"等这两个人去后，米叶打开钱包来一看，里面包着一百个法郎，好像是从天上飞下来的。正在饥饿的时候，会有人送钱来，这不是天保佑善良人么？米叶立刻去买柴，买油，买米，买菜烧饭给孩子们和将要生产的夫人吃。

华明从书中仰起头来，指着画说："他家是很穷的，这一定是他的家了。因为家里没有火炉，冷得很，所以他的夫人带了三个孩子到门口的太阳光里来喂食。你看，他的夫人的身体这么大，一定是就要生产了！"

背后有一个大人的声音"格格格格"地笑起来，回头一看，原来是爸爸。华明脸孔红了。爸爸说："你们读了《西洋名画巡礼》，鉴赏西洋名画，很好很好。"他朝着画坐下了，对华明说："你的话大概对的！这里所写的恐是米叶自己的家庭。但是我们欣赏名画，'画里的人是谁'，不是最重要的问题。知道了固然好，不知道也无妨。我欢喜这幅画，却为了它的内容和形式都很好。在内容意义上，这么天真烂漫的孩子，这么慈爱的母亲，这么和平的环境，使人看了心中感动，会跟了他们天真起来，慈爱起来，和平起来。在构图形式上，这画以四个人物为主体，四个人中又以母亲为正主体，三小孩为副主体。

主体摆的地方很适当,故画面非常稳定。此外,房屋和天地都是背景。你看他的背景配得多么巧妙:母亲身上黑影多,配着光明的墙和地;孩子们身上阳光多,配着门内的黑影。这么一来,主体就统统显明。而且,小的地方也都苦心配成呢:譬如那边一只鸡,没有了原也无妨,但是寂寞了,终不及有的美观。鸡下面一丛黑草,看来无关紧要,但没有了它,母亲背后这块地也太单调。甚至画的左边上,石库门上的一个破窟窿,也是苦心搭配着的。倘没有了它,这一条狭长的墙壁就太死板了。……这些是照相所做不到的。所以照相终不及绘画。"

爸爸讲的时候,华明一直看着画微笑点头。这时候他问了:"柳先生,《初步》的照相几时晒出来?"爸爸说今晚可洗,并约他明天来看。他很欢喜,背着书包告辞了。爸爸目送他去后,对我们说:"以前你们常说华明不爱美术,现在我看他很热心,并且很懂得了。将来正会进步呢。"

儿童节前夜[1]

儿童节[2]的前一天,星期五,放学时,弟弟背了书包跳进门来,口里喊着:"明天庆祝会!后天星期日!我要快活煞了!——姆妈!吃点东西!"不管三七廿一,撞进姆妈怀里,把她手里的毛线针上的线纽撞脱了一大段。

姆妈皱着眉头笑道:"哎呀,把你自己的毛线衫撞坏了!——'东西'没有!'南北'要不要吃?"弟弟也笑着说道:"'南北'我也要吃的。姆妈给我吃点'南北'!"同时把手张开了伸到姆妈下巴边。

姆妈仰起头避开他的手,一面修整了被他撞脱的线纽。然后起身说道:"今天茂春姑夫来拿镇东的照片,送一篮山芋在这里。是他家老太太藏着的风干山芋,很甜的。同姐姐去削一个吃吃吧。"她把毛线衫搁在茶几上,走到里面,从长台下拖出一篮山芋来,拣一个圆肥的给了弟弟。弟弟捧着山芋向我走来,口里叫着:"吃'南北'了!姐姐相帮我削'南北'!"大家笑起来。伏在书室里写字的爸爸也搁住笔笑了。

---

[1] 本篇原载 1936 年 4 月 10 日《新少年》第 1 卷第 7 期。
[2] 民国年间,儿童节为 4 月 4 日。

我在厢房里的桌子上铺一张报纸,把山芋皮削在报纸上。削好之后,剖作四块,先教弟弟拿两块去送爸爸姆妈吃。然后打扫桌子,和弟弟坐着,各用小刀把山芋切成小片,慢慢地吃。这真是好东西:不但味道又脆又甜,切出来的样子也好看,仿佛一块一块的白大理石。我切一块圆形的,在周围雕出十二个角,使成为青天白日之形。弟弟看了眼热,也切一块正方的,把四边刻脱些,成了一个卐字形。我说:"我的青天白日,原是中国旗,你的卐是德国旗,废弃'洛迦诺条约'的希特拉〔希特勒〕的国旗;你为什么给他造国旗?"弟弟想了一想说:"我要打倒他!"就拿起山芋做的卐来,在桌子上拼命地拍。拍了一会,对着桌子上的水印惊奇地叫道:"你看!许多卐纹图案!好看得很!"我向桌子上一看,果然打着许多卐纹的水印子,非常清楚。不知不觉地叫道:"咦!这可代替印刷机的呢!我们拿山芋来刻个花纹,涂些墨,印在纸上,就同木版画一样!"弟弟听了很高兴,就拿吃剩的一块山芋要我刻。我说:"真个要刻,我们须得再去拣一个大的山芋来,可以刻得大些。这个你只管吃吧。"弟弟哪里有心再吃?他丢了吃剩的,立刻跑到长台底下去拣山芋。不久捧了一个又长又大的山芋逃来,轻轻地笑道:"姆妈没有看见!"我用刀把山芋直剖开来,其面积比我的手还大,很可以刻些花头。然而刻什么呢?正在同弟弟商量这个问题,只听见窗外有脚步声。回头一看,一个人影正在离开窗去。弟弟叫问"是谁"?就追了出去。我也伸首门外去看。原来那人影是华明,弟弟捉住他的臂,问:"华明来玩!为什么张一张就回去?"华明红着脸说:"你们在吃东西。我明天再来玩吧!"弟弟说:"我们不是吃'东西',是玩'南北'呀!很好玩的,正盼望你来一同玩!"华明被弄得莫名其妙,就被弟弟拉了进来。我把我们的印刷计划告诉华明。华明缩一缩鼻涕,兴味津津地说道:"我爸爸前天到上海看了苏联木版画展览会来,据说他们的画都是用木头刻了,印刷在纸上的。他带了许多木版画来,我看有几幅很简单,只是几个黑影,倒也很像,很好看。我们可以刻刻'山芋版画'看!"我们就把刻什么的问题同华明商量。华明又缩一缩鼻涕,说:"明天开儿童节庆祝会,我们刻一个儿童节的纪念物,自己印刷了,送给朋友,不很好么?"弟弟说:"好!刻个贺片,恭贺儿童节,同恭贺新喜一样!"我说:"儿童节送贺片不大好,还是刻个书签,倒可以永久保存。"大家赞成。弟弟就要我刻。我踌躇地说:"要先画了,才好刻呢。"华明摸摸山芋的断面,连缩两缩鼻涕,说:"这里有水,不好画,况且画了印出来是相反的。还是先画在薄纸上,把薄纸粘上去,照着了刻。印出来便是正的了。"我们都说"不错"。我就找一张薄纸,先画一个书签形的长方框子,然后考虑里面的图案。华明仰起头想了一会,说:"画个儿童放风筝。风筝是向上的,表示进步。"我想了一想说:"意思很好;不过风筝的线是斜的,我们这书签形式是狭长的,配不进去。我看,还是画个轻气球。轻气球也是向上的。"大家说好。我就画了。弟弟说:"下面太空,画个猫儿吧,猫儿是可爱的!"我依他画了。华明说:"总要有几个字才好。用阴文,刻在上边:'儿童节纪念',也不很难刻。下面再刻'一九三六'四个字,表示它是今年印送的。"我们都

赞成。薄纸儿上的底稿就描成了。正想粘上去刻,天色已黑,将近吃夜饭了。我们留华明在我家吃夜饭,吃过饭相帮刻,相帮印。华明不肯,说吃了夜饭就来,一溜烟去了。

我们没有吃完夜饭,华明已先来。我和弟弟大家少吃一碗饭,连忙漱了口走进厢房,看见华明已把底稿粘在山芋上,正在刻了。看他刻下去很松脆,非常有趣。弟弟同他夺来刻。画统被他们刻好了,剩下的文字要归我刻。我说:"你们太便宜了!饶饶你们吧!"其实我觉得刻画太容易,还是刻文字有趣。越刻越有趣。不到一刻工夫,已经刻完了五个中国字,和四个数字。我似觉刻得不够,能得再刻几个才好。

怎样印刷呢?弟弟说用毛笔涂上蓝墨水,印在图画纸上。华明说:"蓝墨水里羼些红墨水,变成紫的,颜色更华丽。印在淡黄色的厚纸上,黄和紫是很调和的。"我说:"哪里去找这种纸?"他指点窗缘上说:"我带来着。"打开一看,原来是华先生描色粉笔画用的淡黄色的厚纸。弟弟说:"哼!你从你爸爸那里偷来的?"华明不理他,管自卷起衣袖调墨水,开始印刷,活像一个印刷工人。我们便做他的助手。印出来的很好看,比印着电影明星的书签好看得多。每印一张,弟弟喝一声彩。

"山芋版画"的印刷品铺满了厢房里的茶几上,椅子上,藤榻上,和地板上。数一数看,共有七十张。我们六年级里三十人,弟弟和华明的五年级里三十四人。每人分送一张,共需六十四张,还可选去六张坏的。时光已经不早,华明要回家了。但是"山芋版画"还没有干。我说:"让它们铺着,明天一早我们带到学校里吧。"华明说:"好。"临去时他又回转身来,选了一张较干的,说:"让我先带一张去,给爸爸看看。……明天会!"

踏 青 [1]

儿童节上午开过庆祝会,就放春假。这一天恰好是寒食,我同弟弟一路回家,但见人家檐下都插杨柳条。日丽风柔,杨柳条被映成了一串串的绿珠,排列在长街两旁,争向行人点头。我心中感到说不出的快乐。

吃过中饭,华明就来。他站在檐下张望,不走进来。大概是因为这几天他来的太勤,防恐我们讨厌他。我和弟弟便赶出去欢迎他。华明见了我们,笑着说:"春假还只头一天呢!"三人相对而笑,不发一言。我又感到说不出的快乐。尤其是因为华明向来不爱美术,近来忽然热烈地爱好起来,天天和我们在一起玩,我们好像得了一个新交的好朋友。弟弟提议"到阳伞坟去"!大家赞成。三人一同出门。

阳伞坟是离市约一里路的一处好地方。那坟四周是广漠的平野和田,中央一株大树,树本身很粗,我们三人合抱不交。树枝很多,从一人头高的地方生起,接连地生到树顶,都是水平的,甚至向下的,全体好像一只大香蕈,又好像一把大阳伞。因此这坟就被称为阳伞坟。那些树枝好像阳伞的骨子,密

---

[1] 本篇原载 1936 年 4 月 25 日《新少年》第 1 卷第 8 期。

层层地交叉着。无论甚样弱小的小学生,都可自由地攀登,一直登到树顶,毫无害怕。这坟不知是谁家的,向来没有人干涉儿童们玩耍。这好像是天地给吾乡的儿童们设备着的一架运动具。我们这一天来得正好,大树上一个人也没有,专候我们去登。我们一直爬到树顶,各人拣一处有坐位,有靠背,有踏脚,可以眺望,而又很安稳的地方坐了,一面看野景,一面谈闲话,我又感到说不出的快乐。

从树顶上俯瞰四野,都是金黄色的菜花田,青青的草地,火焰似的桃花,苍翠的乔木,罩着碧蓝的天空,映着金色的日光,好一片和平幸福的春景! 远近几处坟墓,有人正在祭扫。红色的飘白纸在晴风中摇荡,与周围的绿色作成了强烈的对比,正同祭扫者的哀哭声与和平幸福的春景作成强烈的对比一样。我低声背诵爸爸昨夜教我读的古诗:"乌啼雀噪昏乔木,清明寒食谁家哭。风吹旷野纸钱飞,古墓累累春草绿。棠梨花下白杨树,尽是死生别离处。冥漠重泉哭不闻,潇潇暮雨人归去。"背到最后两句,心头一阵寒惨,鼻子里一阵辛酸,眼睛里几乎滴下泪来,同时又感到一种说不出的快感。这感觉被华明和弟弟的对话打断了。

"好天气啊!"华明说。

"好色彩啊!"弟弟接着说。

"你晓得这里共有几种色彩?"华明问。

"三原色都有。喏,那桃花是红的,菜花是黄的,天是蓝的。红黄蓝三原色都有。"

"三间色有没有呢?"华明又问。

"也有：红黄成橙，那太阳光下的沙泥地便是。红蓝成紫，那田里的草子花便是。黄蓝成绿，随你要多少：那草地、树叶，都是绿的啊！"

"你们知道红黄蓝三原色都配拢来是什么？"我插进去问。

"黑，黑，黑！"华明抢着回答。

"黑也有：那个树干！"弟弟补足了。

"那末，红黄蓝三原色都不用呢？"我又问。

"……"他们大家茫然了一会。

"那是没有颜色了。还有什么呢？"华明自言自语地说。

"不是没有颜色，是白！"我说明了，他们都笑起来。

"白也有：那白云，那祭扫的女人的衣裳。"弟弟说过后屈指计数："红、黄、蓝、橙、紫、绿、黑、白，"又感动似地叫道："真妙！三种颜色会化出八种来。"又兴奋地提议："我们用山芋雕刻了，印三色版，好不好？"我想一想，这确是容易而且有趣的玩儿，就赞成。华明还不解其方法，要我说明。我说："我们雕三个山芋版，一个印红，一个印黄，还有一个印蓝。只要把三色预先搭配好，就可印出八种颜色来。"华明恍然大悟。三人不约而同地爬下大树，踏着青草回去做印刷工了。

回到家里，走进厢房间，他们就要我计划印三色版的办法。我想：要用红黄蓝三个版子印出八种颜色来，非先打个画稿不可。就拿出铅笔、画纸，和水彩颜料来，问弟弟和华明："你们想想看！什么景物有八种颜色？要容易，又要好看。"弟弟说:"就画今天所见的光景,不是八种颜色都有了么?"我说:"这个很复杂,太难刻了。"华明挺起眼睛想了一会,说:"画一瓶花,花瓣、花叶、花瓶,和桌子上的布,都可自由配色,而且也容易刻。"我觉得很对,先画三朵花,一红,一黄,一橙,再画一丛绿叶。这样,红、黄、橙、绿四色已经有了。还有蓝、紫、白、黑四色要设法搭配。弟

弟说:"蓝花瓶紫桌毯,白背景。可惜黑没有地方用。"华明说:"黑的围在四周,当作画框。"我想这办法很好:用黑作画框,三块山芋版的外廓一样大小,套印起来就容易正确了。就决定这样画了。画好了彩图,拿出三张薄纸来。先用第一张薄纸贴在图上,把含有红色的部分(红、紫、橙、黑)用铅笔勾出。次用第二张薄纸贴在图上,把含有黄色的部分(黄、橙、绿、黑)用铅笔勾出。最后用第三张薄纸贴在图上,把含有蓝色的部分(蓝、紫、绿、黑)用铅笔勾出。然后叫弟弟到长台底下去偷一个大山芋来,切成同样大的三块版子,把薄纸分别贴上,由三人分任雕刻。华明拣了最容易刻的红版。弟弟刻的黄版也简单。我刻的蓝版比较的最复杂,但刻起来也最有兴味。不久大家刻好了。我们安排三只小瓷盆,把水彩颜料里的三原色分别溶化在小瓷盆里。再洗净三支旧笔,当作涂色的刷子。再找些中国纸,裁成比版子略大的十多张,就开始印刷了。先印最淡的黄色版。等它干了,再盖上红色版。红色版干了,最后盖上蓝色版。蓝色版下每逢印出一张,大家喝一声"好!"印好十多张,天色已经晚了。华明拣了一张较干燥的,藏在袋里,对我们说:"我要回家了。这张带去给我爸爸看。明天会吧。"

  我和弟弟想留他在这里一同吃夜饭,最好一同宿在这里。但是"家庭"这一种区分硬把我们隔离了,我们只得让他回去。

远　足 [1]

　　劳动节前一天早操毕，校长先生叫四年级以下的小朋友先退出操场，说有话要对五六年级的同学说。他穿着一身坚固的中山装，爬上司令台，立正。五月的朝阳照在他的秃头上，发出光来，全体好像一支点着的蜡烛。我们的队伍里有好几处发出吃吃的笑声来。幸而他没有听见，管自说话了：

　　明天，五月一日，是劳动节。你们知道劳动节的来历么：千八百八十六年，正好距今五十年前，美国芝加哥地方有许多工人，为了终日像牛马一般力作，生活太苦痛，故集合团体，要求当局改良劳工生活，每日工作以八小时为限。当局非但不允许，并且杀死了许多工人。三年之后，千八百八十九年，世界各国的人大家同情于这些为要求改良劳工生活而被杀死的人，就议决以这一天为国际劳动纪念节，全世界的人年年纪念它。每日工作八小时的制度，在中国还少有实行。有许多地方的劳工，还是像他们所谓"从鸟叫做到鬼叫"的。我们倘希望这制度在全世

---

[1] 本篇原载 1936 年 5 月 10 日《新少年》第 1 卷第 9 期。

界实行,须得大家纪念这日子。纪念这日子,须得有点表示。去年劳动节,五六年生整理操场。今年换个办法,大家去远足。多走些路,可以知道劳动的辛苦,带便也可以出去领略自然界教科。

说到这里,一只大蜻蜓飞来,在校长先生的头上绕几个圈子,就停在他那光秃秃的脑门上了。校长先生伸手把它赶走。它飞到冬青树旁一转,立刻又飞回来,仍旧停在他的秃头上。台下六七十人一齐笑起来。校长先生也笑,一面再赶,一面继续说:

远足的目的地,是火车站。明天早晨七点钟,大家到校,一同出发。二十里路,大约十点钟可以走到。吴先生家就在那里,我们请吴先生今天回家,为我们设法备午饭。在那里吃过午饭再走回校。路上应带的东西,像标本箱、旅行袋、速写簿等,大家今天先预备好,明天早上带了到校。现在大家去上课吧。

散出操场时,人声很嘈杂。有的讨论到火车站的路径,有的商量携带的东西。这一天我们的身儿虽在教室中上课,心儿早在向火车站的大路上。

次日早上,我们五六年级一大队学生,果在晨曦中的大路上浩浩荡荡地前进了。离市已远,校长先生叫我们散队,自由行走,可以观赏沿途的风景,采集道旁的花草。因此华明和弟弟,又与我联在一起。同学们因见我们三人近来常在一起看画,印画,给我们取个绰号,叫做"三大美术家"。这时候最多嘴的陈金明就说:"今天三大美术家可以研究风景美了。前面的风景好不好?请你研究研究看。"华明装腔做势地说:"好,让我这大美术家先来研究。"他用两手打个圈子,从圈子里探望前面的风景,继续说道:"很好!可惜路旁的电线木一根一根地短起来,而且电线都是弯曲的。"他说了这句话,大家忽然静起来,改变了以前玩笑的态度,各自观察且沉思。随后就有人自言自语地说:"这的确奇怪。为什么电线木一根一根短起来?那些电线近处的都很直,为什么远处的都弯曲呢?"陈金明说:"你们都忘记了么?这叫做'远近法',华先生上图画课时讲过的。他曾经把这样的话写在黑板上。我现在背给你们听:'眼睛直出的一点,叫做"消点"。向前并列的东西,都集中于消点。比眼睛高的东西越远越低。比眼睛低的东西越远越高。'现在电线木的上端比眼睛高,越远越低;下端比眼睛低,越远越高。所以远处的电线木一根一根地短起来。"许多人接上去问:"那么为什么远处的电线弯曲呢?"陈金明不能回答。我笑着说:"大家热心地研究风景美,大家是大美术家了!让我这大美术家来解释这问题吧。远近法里还有一个定规:'同样大的东西,越远越小;同样长的距离,越远越短。'电线木的距离,实际是同样长的,但看去越远越短。电线虽然张得很紧,但因有重量,中央总要弯下去。距离愈长,这弯下的愈看不出;距离愈短,这弯下的就愈显明了。所以远处的电线都很弯曲。"华明接着说:"不错,不错!譬如画一根一尺长的直线,

并树道　霍贝玛　作

中央弯下一分看不出,画一根一寸长的直线,中央弯下一分就很显明了。"我们一边走,一边谈,从远近法谈起,搭联地谈到种种问题。不觉火车站已在望了。

吾乡虽然离火车站只有廿里,同学中还有不曾见过火车的人。火车来了,有许多人看得发呆。火车去了,我站在铁路中央对同学们说:"你们看,铁路是证明远近法的最好的东西。这两条铁轨,实际是始终同样距离的,但看去渐渐兜拢来,终于相交在一点。这些枕木,实际也是同样距离排列着的,但看去越远越密,终于互相重叠。"同学们都来看,没有看见过铁路的人又看得发呆了。吴先生早在车站等候我们。领导我们在车站附近玩了一会,就邀我们去吃午饭。他家一间大厅上,备着八桌饭菜。我们吃的时候,大厅后面的屏门里有许多女人小孩的头,在那里窥探。仿佛我们正在吃喜酒,有新郎新娘在我们里头似的。

饭后又往市镇里参观了许多地方。三点过后方才排队回去。五月的夕阳在我们背后放出黄金色的光线,一路护送我们回家。我们各人踏着愈踏愈长的自己的影子向前迈进,大家背脊上湿透了汗。走到校门口已近黄昏,大家不再进校,各自散归了。我从来没有走过这许多路,觉得非常疲劳。浑身是汗,更觉难过。校长先生的话真不错:"多走些路,可以知道劳动的辛苦。"以前我看见车夫、轿夫、背纤的人,全不晓得他们的苦处。现在想来,他们大约是天天同我现在一样疲劳,天天同我现在一样浑身是汗的。

回到家里,看见桌上放着一个邮件。打开一看,两块厚纸夹着一张画。画的左右题着两行字:"荷兰画家霍裴马〔霍贝玛〕(Hobbema)作《并树道》"。"叶心购赠逢春妹、如金弟惠存"。原来这是叶心哥哥从县立中学寄送我们的。常常受他的美术的赠品,很是感谢。细看那画,更觉欢喜。这里画的一条路实际所占的纸面极少,不到一寸高,然而望去非常深远,足有好几里路,跑得正疲倦的我看了觉得害怕。远处的树在纸面上所占的长度只抵近处的树的二十分之一,然而望去同近处的树一样高大。我今天远足中从电线木和铁路研究远近法,很有趣味,远足回来又收到这幅远近法巧妙的名画,愈加欢喜了。先把这名画拿到楼上去收藏了,然后下楼来洗浴。

竹　影 [1]

这一天我很不快活，又很快活。所不快活的，这是五卅国耻纪念，说起"五卅"这两个字，一幅凶恶的脸孔和一堆鲜红的血立刻出现在我的脑际，不快之念随之而生。所快活的，这是星期六，晚饭后可以任意游乐，没有明天的功课催我就寝。况且早上我听见弟弟和华明打过"电报"：弟弟对他说"今——放——后，你——我——玩"，华明回答他说"放——后——行，吃——夜——后，我——你——玩"。他们常用这种的简略话当作暗号，称之为"打电报"，但我一听就懂得他们的意思：弟弟对他说的是"今天放学后，你到我家玩"，华明回答的是"放学后不行，吃过夜饭后，我到你家玩"。华明本来是很会闹架儿的一个人。近来不知怎样一来，把闹架儿的工夫改用在玩意儿上了，和我们非常亲热。我们种种有趣的玩意儿，没有他参加几乎不能成行。这一天吃过夜饭后他来我家玩，我知道一定又有什么花头。星期六的晚上，两三个亲热的同学聚会在一起，这是何等快活的事！

暑气和沉闷伴着了"五卅"来到人间。吃过晚饭后，天

---

[1] 本篇原载 1936 年 5 月 25 日《新少年》第 1 卷第 10 期。

气还是闷热。窗子完全开开了,房间里还坐不牢。太阳虽已落山,天还没有黑。一种幽暗的光弥漫在窗际,仿佛电影中的一幕。我和弟弟就搬了藤椅子,到屋后的院子里去乘凉。同时关照徐妈,华明来了请他到院子里来。

我们搬三只藤椅子,放在院角的竹林里,两只自己坐了,空着一只待华明来坐。天空好像一盏乏了油的灯,红光渐渐地减弱。我把眼睛守定西天看了一会,看见那光一跳一跳的沉下去,非常微细,但又非常迅速而不可挽救。正在看得出神,似觉眼梢头另有一种微光,渐渐地在那里强起来。回头一看,原来月亮已在东天的竹叶中间放出她的清光。院子里的光景已由暖色变成寒色,由长音阶〔大音阶〕变成短音阶〔小音阶〕了。门口一个黑影出现,好像一只立起的青蛙儿,向我们跳将过来。来的是华明。

"嗅,你们惬意得很!这椅子给我坐的?"他不待我们回答,一屁股坐在藤椅上,剧烈地摇他的两脚。他的椅子背所靠着的那根竹,跟了他的动作而发抖,上面的竹叶作出潇潇的声音来。这引动了三人的眼,大家仰起头来向天空看。月亮已经升得很高,隐在一丛竹叶中。竹叶的摇动把她切成许多不规则的小块,闪烁地映入我们的眼中。大家赞美了一番之后,弟弟说:"可耻的五卅快过去了!"华明说:"可乐的星期日快来到了!"我说:"可爱的星期六晚上已经在这里了!我们今晚干些什么呢?"弟弟说:"我们谈天吧。我先有一个问题给你们猜:细看月亮光底下的人影,头上出烟气。这是什么道理?"我和华明都不相信,于是大家走出竹林外,蹲下来看水门汀上的人

竹　吴昌硕　作

影。我看了好久，果然看见头上有一缕一缕的细烟，好像漫画里所描写的动怒的人。"是口里的热气吧？""是头上的汗水在那里蒸发吧？"大家蹲在地上争论了一会，没有解决。华明的注意力却转向了别处；他从身边摸出一枝半寸长的铅笔来，在水门汀上热心地描写自己的影。描好了，立起来一看，真像一只青蛙，他自己看了也要笑。徘徊之间，我们同时发现了映在水门汀上的竹叶的影子，同声地叫起来："啊！好看啊！中国画！"华明就拿半寸长的铅笔去描。弟弟手痒起来，连忙跑进屋里去拿铅笔。我学他的口头禅喊他："对起，对起，给我也带一枝来！"不久他拿了一把木炭来分送我们。华明就收藏了他那半寸长的法宝，改用木炭来描。大家蹲下去，用木炭在水门汀上参参差差地描出许多竹叶来。一面谈着："这一枝很像校长先生房间里的横幅呢！""这一丛很像我家堂前的立轴呢！""这是《芥子园画谱》里的！""这是吴昌硕的！"忽然一个大人的声音在我们头上慢慢地响出来："这是管夫人的！"大家吃了一惊，立起身来，看见爸爸反背着手立在水门汀旁的草地上看我们描竹，他明明是来得很久了。华明难为情似地站了起来，把拿木炭的手藏在背后，似乎恐防爸爸责备他弄脏了我家的水门汀。爸爸似乎很理解他的意思，立刻对着他说道："谁想出来的？这画法真好玩呢！我也来描几瓣看。"弟弟连忙拣木炭给他。爸爸也蹲在地上描竹叶了，这时候华明方才放心，我们也更加高兴，一边描，一边拿许多话问爸爸：

"管夫人是谁？""她是一位善于画竹的女画家。她的丈夫名叫赵子昂，是一位善于画马的男画家。他们是元朝人，是中国很有名的两大夫妻画家。"

"马的确难画，竹有什么难画呢？照我们现在这种描法，岂不很容易又很好看吗？""容易固然容易，但是这么'依样画葫芦'，终究缺乏画意，不过好玩罢了。画竹不是照真竹一样描，须经过选择和布置。画家选择竹的最好看的姿态，巧妙地布置在纸上，然后成为竹的名画。这选择和布置很困难，并不比画马容易。画马的困难在于马本身上，画竹的困难在于竹叶的结合上。粗看竹画，好像只是墨笔的乱撇，其实竹叶的方向、疏密、浓淡、肥瘦，以及集合的形体，都要讲究。所以在中国画法上，竹是一专门部分。平生专门研究画竹的画家也有。"

"竹为什么不用绿颜料来画，而常用墨笔来画呢？用绿颜料撇竹叶，不更像吗？""中国画不注重'像不像'，不同西洋画那么画得同真物一样。凡画一物，只要能表出像我们闭目回想时所见的一种神气，就是佳作了。所以西洋画像照相，中国画像符号。符号只要用墨笔就够了。原来墨是很好的一种颜料。它是红黄蓝三原色等量混合而成的。故墨画中看似只有一色，其实包罗三原色，即包罗世界上所有的颜色。故墨画在中国画中是很高贵的一种画法。故用墨来画竹，是最正当的。倘然用了绿颜料，就因为太像实物，反而失却神气。所以中国画家不欢喜用绿颜料画竹，反之，却欢喜用与绿相反对的红色来画竹。这叫做'朱竹'，是用笔蘸了朱砂来撇的。你想，世界上哪有红色的竹？但这时候画家所描的，实在已经不是竹，只是竹的一种美的姿势，一种活的神气，所以不妨用红色来描。"

爸爸说到这里，丢了手中的木炭，立起身来结束地说："中国画大都如此。我们对中国画应该都取这样的看法。"

月亮渐渐升高来，竹影渐渐与地上描着的木炭线相分离，现出参差不齐的样子来，好像脱了版的印刷。夜渐深了，华明就告辞。"明天日里头[1]来看这地上描着的影子，一定更好看。但希望天不要落雨，洗去了我们的'墨竹'，大家明天会！"他说着就出去了。我们送他出门。我回到堂前，看见中堂挂着的立轴——吴昌硕描的墨竹，——似觉更有意味。那些竹叶的方向、疏密、浓淡、肥瘦，以及集合的形体，似乎都有意义，表出着一种美的姿态，一种活的神气。

---

[1] 日里头，即白天。

爸爸的扇子[1]

从烧野火饭这一天——立夏日——起,爸爸手里拿了一把折扇。虽然一个月来天气很冷,有几天他还穿棉袍子,但是这把扇子难得离开他的手。我们每天放学回家,看见他总是读着扇子上的字画,在院中徘徊。因为这正是他每天著述工作完毕而开始休息的时候,而他的休息时间娱乐法,最近已由种花种菜改变为读扇与院中散步了。

这曾经使得徐妈奇怪。她有一次对我说:"你爸爸每天看那把扇子,看了这多天还看不厌,真耐烦呢!"我笑起来。原来她没有知道,爸爸有一藤篮的折扇,据姆妈说,大约共有一百多把。这是他历年请人书画,积受起来的。每年立夏过后,他就用扇,一两天掉换一把。徐妈不知道这一点,以为他看的老是这一把,所以奇怪起来。我把这情形告诉了她,她更加奇怪了。"咦!一个人有一百多把扇子,好开爿扇子店了!扇子店里也拿不出这许多呢!"

姆妈对于他这点特癖,也常表示不赞成。娘舅家的叶心哥哥入中学时,姆妈向藤篮里拣扇子,对爸爸说:"你一个人也用

---

[1] 本篇原载 1936 年 6 月 10 日《新少年》第 1 卷第 11 期。

不得这许多扇子。叶心很爱好字画，拣一把没有款识的送他作为入中学的纪念品吧。"但是爸爸不肯，反抗地说："我的扇子都有印子，都有年代，而且每一把可以引起对于一书一画的两个朋友的怀念，怎么好拿去送人？你要送叶心，我自己画一把送他吧。倒比送现成的来得诚意。"以后他就把盛扇子的藤篮藏好。因此我们难得看见爸爸的扇子。最近他虽然天天拿着扇子，我们也只看见他拿着扇子而已，没有机会去细看他扇子上写着的字和描着的花。

今天放学回家后，弟弟从便所出来，笑嘻嘻地告诉我说："爸爸的一件宝贝落在我手里了。你看！"他拿出一把扇子来。我接过来一看，正是这几天爸爸手里常常拿着的一把。料想这一定是爸爸遗忘在便所里的。弟弟说："我们暂时不要还他。等他找的时候，要他讲个故事来交换！"我很赞成。同时我想："爸爸天天捧着扇子在院子里踱来踱去地看，究竟扇子上有些

爸爸的扇子

什么花样？现在让我仔细看它一看。"但见一面写着字，全是草书，一个也识不得，一面描着画，有山，有树木，山间有一间房子，房子的窗洞里面有一个人，驼着背脊，伸着头颈，好像一只猢狲，看了令人觉得可笑。别的东西也都奇怪：那山好像草柴堆，一条一条的皱纹非常显著。那树木好像玩具，上面的树叶子寥寥数张，可以数得清楚。那房子小得很，只有一个窗洞，窗洞中只容一个人。而且孤零零的，旁边没有邻居，前后左右只是山和树。我不禁代替那猢狲似的人着急：设想到了晚上，暴风雨把这房子吹倒了，豺狼虎豹来吃这人了，喊"地方救命"[1]也没人答应。细看这环境里，全是荒山丛林，没有种米的田，种菜的地，不知这人吃些什么过活？这总是爸爸的朋友中的某一位画家所描的，不知这位画家为什么选择这样的光景来描在爸爸的扇子上？难道他自己欢喜住在这样的地方的？不然，难道是爸爸欢喜住在这种地方，特地请他这样描的？我心中诧异得很，就把这感想告诉弟弟。弟弟说："上面有字呢。你看他怎么说的？"我把扇子左角上题着的两句诗念出来："闲坐小窗读《周易》，不知春去几多时。"《周易》我知道的，是中国很古的、又很难读的一部古书，就对弟弟说："啊，原来这人住在这荒山中读古书，读得连日子都忘记，春去了几多时也不晓得呢！"弟弟说："前天我们班里的陈金明在日记簿子上写错了日子，先生骂他'糊涂'。这人连春去了几多时也不晓得，真是糊涂透顶了！"他想了一想，又自言自语地说："扇

---

[1] 意即喊附近一带地方上的人来救命。

子上为什么描这样的画,又题这样的诗?这有什么好处呢?"

外面有爸爸懊恼的声音:"到哪里去了?我明明记得放在便所里的脸盆架上的,怎么寻破了天也不见……"弟弟向我缩缩头颈,伸伸舌头,拿了扇子就走,我也跟他出去。弟弟把扇子藏在背后,对爸爸说:"爸爸找扇子么?我能给你寻着,倘你肯讲个故事给我们听。"爸爸知道他的花样,一面拉着他搜索,一面笑着说:"你还了我扇子,晚上讲故事给你听。"弟弟背后的扇子就被他搜去。他把扇子展开来反复细看,看见没有损坏,才表示放心。我乘机把关于画的怀疑质问他:"为什么他给你画上一个住在可怕的荒山里,而糊涂得连日子都忘记的人在扇子上?"爸爸笑一笑说:"这原是过去时代的大人所欢喜的画,你们当然不会欢喜,也不应该欢喜。"我更奇怪了,接着又问:"过去的大人为什么欢喜这个呢?"爸爸坐在藤椅上了,兴味津津地告诉我这样的话:

"中国古时,人口没有现今这么多,交通没有现今这么便,事务没有现今这么忙,因此人的生活很安闲,种田吃饭,织布穿衣之外,可以从容地游山玩水。有的人终年住在山水间,平安地过着清静的生活。但这是远古时代的情形了。到后来,世间渐渐混乱,事务渐渐烦忙,人的生活已不容那么安闲。但是中国人有一种特别的脾气,就是'好古'。对于无论什么东西,总以为现在的坏,古代的好。于是生在烦忙时代的人极口赞美古代的清静生活,一心想回转去做古人才好。这梦想就在他们的画里表现出来。在京里做官的画家,偏偏喜画寒江上钓鱼一类的隐居生活;住在闹市里的画家,偏偏喜画荒山中读古书一类的清闲生活,山水画得越荒越好,人物画得越闲越好。"他指点他的扇子继续说:"于是产生了这样的没有邻侣,没有粮食,不怕风雨,不怕虎狼,而忘记了日子的荒山读《易》图。这原是不近人情的,但在他们看来,越不近人情越好。"说到这里他讥讽地笑起来。接着又认真地说:"可是现在这种画不能使多数人欢喜了。因为现在这时代交通这么便,生存竞争这么烈,人生的灾难这么多,人们渐渐知道做过去的梦,无济于事;对于描写过去的闲静生活的画,也就减却了兴味。你们是现代人,在学校里受着现代人的教育,所以你们不会欢喜这种画,也不应该欢喜这种画。不但你们,就是我,对于这种画也不能发生切身的兴味。只是这把扇是三十年前的旧物,我把它当作纪念品看待,当作古董赏玩罢了。"爸爸折叠了扇子,立起身来,用了另一种兴味津津的语调继续说:"扇面是中国特有的一种绘画呢!要在弧形的框子里构一幅美观的图,倒是一件很不容易而很有趣味的事呢!其实画扇面不必依照古法,老是画些山水花卉,西洋画风的现代生活的题材,也可巧妙地装进弧形的构图中去。你们不妨试描描看,很有趣味的。"夜饭的碗筷已经摆在桌上。爸爸说过后捧了他的宝贝回进书室去,预先把它藏好了再来吃夜饭。我对于他最后的几句话觉得很有兴味。预备去买一张扇面来试描一下看。

尝　试 [1]

姆妈要到城中姨母家去吃喜酒了。我们要读书，不能同去。姆妈临行时对我和弟弟说："回来时买些东西给你们吧。姐姐一件夏衣料，弟弟一副乒乓球。"我说："我衣料不要，买一张白扇面给我吧。"姆妈答允我，去了。

爸爸说过："扇面上不一定要画古法的山水花卉，也不妨用西洋画法描现代生活。"我想尝试地画画扇面看。爸爸又说："扇面的弧形框子内，构图很不容易。"我的扇面没有买到，不妨预先想想构图看。华先生上图画课时屡次教我们构图的方法。有一次他用自己的身体作实例，演给我们看，很容易懂，又很发笑，使我从此不会忘记。他走到教室的大门的门槛上，先把身体立正，站在门的正中，问我们："这样好看不好看？"我们中有大多数人回答"好看"。他次把身体移偏一步，大约站在门槛的三等分点上，又问我们："好看不好看？"我们中又有大多数人说"好看"。最后他把身体缩紧了，贴在门边上，好像讨饭叫化子的模样，又问我们："好看不好看？"我们大家笑着，一致回答道："很不好看！"于是他走上讲台来对我们说："画

---

[1] 本篇原载 1936 年 6 月 25 日《新少年》第 1 卷第 12 期。

图也是这样,譬如今天要画的这个臭药水[1]瓶,放在正中也好看,放在三分之一处也好看,但贴在边上很不好看。"听见他拿自己比臭药水瓶,我们中有许多人忍不住笑了。从此以后就给他起个绰号,叫做"臭药水瓶"。但当时他全不觉察,得意地继续说:"但是你们要知道:前两种虽然都好看,很有分别:第一种好看是'齐整的',第二种好看是'自然的'。图案画、装饰画、肖像画大都取前者,写生画大都取后者。"又有一次,他教我们画三株青菜。先在我们中选出三个人来,教他们均匀地并立在讲台上,手中各拿一册书,问我们:"这么样好看不好看?"我们中有大多数人说"好看"。其次,他教两个人共拿一本书,站在讲台的三等分处共看,其余一个人在旁边侧着头借看,问我们:"这么样好看不好看?"我们全体一致回答"很好看"。最后,他教这三个人各持一本书,分别站在讲台的三只角上,问我们:"这么样好看不好看?"我们全体一致回答:"很不好看。"于是他放这三个人回去,对我们说:"图画也是如此:譬如这三株青菜,倘描图案画,不妨把同样的三株并列起来,加以装饰风,其形式均齐、对称,而反复,很是好看。倘描写生画,一齐并列就嫌太呆板,分别放在三只角上又嫌太散漫,必须巧妙地布置,使这三株菜集中于一个中心点,而其间又有主有宾。那么既有变化而不呆板,又有系统而不散漫,看去方觉自然。布置之法,就同刚才的三个人一样,把两株菜拉拢在一起,放在三等分的地方,这就是主,就是画的中心点;把另

---

[1] 即来苏尔(lysol)的俗称。

一株菜放得稍稍离开一点，这就是宾，附属于主，倾向于中心点。那么全画既有变化，又有统一，看去很自然了。"

我回想这些教课，想助成我的扇面的构图。谁知用铅笔一打草稿，立刻发见了很大的困难：无论画臭药水瓶，或青菜，总有一根地平线。我的扇面上倘画地平线，势必从左角通到右角，把扇面横断为畸形的两块，多么难看！我拿这一点去问爸爸。他说："困难就在这地方呀！你们在学校里画的图画，大都显出地平线，不宜于画扇面。扇面上所适用的画材，第一要选择不显出地平线的；第二要选择天生成中央高而左右低的东西。中国老式的扇面画题材，最常用的是山水，其次是花鸟，其次是人物。因为山水树木可以遮隐地平线，又可随意高低，最易布置。花鸟可以截取一部分枝叶，不用背景，悬空挂着，也容易安排。人物则必有房屋等为背景，房屋大都显出地平线，又不便随意高低，在扇面中布置最难。现在你要画扇，不宜取静物，宜取风景。你们虽不画山水，风景写生总练习过。想想看：哪一种景象的形式最适合于扇面形的画框？但同时又要顾到内容：扇是夏天用的，扇上宜画使人看了爽快的景象。"

我回到自己房间里，拿出速写簿来翻。翻到远足那一天在途中为柳荫下的大石上的三个同学写生的一幅，觉得很适宜于装进扇面中。那株柳树枝叶播得很广，从树顶向两旁渐渐降低，恰像扇面的上边。柳树底下，一块大石耸起在中央，两旁的地和杂草可以稍加改变，使向左右延长且降低，以适合扇面的下部。我选定了画材，拿一张白纸来，用铅笔画一扇形的框,先在纸上试画一遍看。我弃了柳树的顶,使柳条从扇的上边挂下,越发自由了。我把大石放在扇面的横长的三等分地方,以符合构图的规则。我把纸钉在墙上,走远几步眺望,自己觉得很满意。恨不得请姆妈立刻回来,把扇面带给我,让我把这图正式描到扇上去。

忽然想到了刚才爸爸所说的最后的几句话,觉得要正式画扇,还有难问题在这里。我所取的景象的内容是不是合于画扇的?我在这景象上题些什么字?三个人坐在柳荫下的大石上,

这景象看看倒很爽快,至少不是不配画在扇上的。但题些什么字呢?"远足途中"么?这景象与远足并无多大关系,不过我自己知道是远足中所写的而已,别人看了全然没意义。"柳荫"么?太简单。"晚凉"么?这两字在夏天的人看了倒很爽快,但我嫌字太少。因此忽然想到:我何不改作夜景,看了更加爽快,而且画起来更加容易?我就在柳叶的梢头上,加描一个圆而大的月亮。这一笔加上之后,树木、石头、地、杂草、人物,忽然在我心目中变成了暗蓝色。景色非常清凉,而且画时

只要用影绘一般的平涂，不必细写树干上，人身上的笔划了。最凑巧的，坐在右旁的那个人正在举手指点，所指着的恰好是月亮，他们仿佛在那里谈月亮的话。这使我想起曾经读过的一首词的第一句："明月几时有？"我欢喜这一句，为它是一个世间最可怪而大家不以为怪的大疑问。我曾同叶心哥哥讨论过，他也觉得很有兴味。现在我这扇面决定就题这五个字。倘然画得不很坏，就把它送给叶心哥哥。他常常关念我的美术练习，屡次把美术品送给我。把这初夏的赠品回敬他，也可当作我对他的成绩报告。等姆妈带到扇面，我决定这样实行吧。

珍 珠 米 [1]

叶心哥暑假回家时，我们还有三天大考。我对叶心哥说："你们中学生太便宜了！"他回答道："你不必小气，你吃亏煞也只三天。下学期你也是中学生了。"这话使我猛然想起了未来的事：留级，毕业，辍学，升学，落第，考取，……许多念头盘旋于我的脑际，好像许多不可捉摸的幻影。而想起了离去母校，分别旧友，又觉得心绪缭乱，连预备大考的勇气也被减杀了。

现在，最后的三天大考居然过去了。成绩已经算决，我的总平均居然及格，毕业已经确定了。以前盘旋脑际的不可捉摸的幻影，现在变了一种对于未来的预想。而别离的情绪，今天愈觉得黯然了。我在教室中整理抽斗时，想起这是永远的告别，觉得教室中一切都可爱起来。那只底板上有着许多裂缝的抽斗，以前常把我的铅笔或橡皮漏落在地上，我很讨厌它，常用砖头把它死命地敲，现在觉得抱歉起来。那张刻着许多小刀痕的桌面，以前常使我的铅笔刺破纸头，我更讨厌它，现在细看这些看熟了的刀痕，也觉得对它们有些依依难舍。从我的坐位里望到黑板上，左角常有一大块白白的反光，字迹看不

---

[1] 本篇原载 1936 年 7 月 10 日《新少年》第 2 卷第 1 期。

清楚。以前我最讨嫌这一点，每逢抄札记的时候，身子弯来弯去，非常吃力。今后即使我愿意吃力，也不可再得了。这些还在其次，最使我不能忘却的要算几位先生的印象：校长先生的秃头，级任先生的浓眉毛，潘先生的红鼻头，华先生的两个大牙齿，我已看得很熟，一闭眼睛就可想象出来。校长先生的"还有"，级任先生的"不过"，史先生的"差不多"，华先生的音乐的"诸位小朋友"，我们都听得很熟，有几位同学能模仿得很像。这些形状，这些音调，今后我永远不能常常接近了。想到这里，我心中起了一种悲哀——爸爸称之为"多情的悲哀"。他说我爱读《爱的教育》，性格受了它的影响。有一次他指着该书的开头第一页对我说："这种人太多情。安利珂升了四年级，看见三年级时的红头发先生感到悲哀，已经多情了。二年级时的女先生因为安利珂此后不再走过她的教室的门口而悲哀，实在是多情过度，变成多事了。"我今天的种种想念，恐怕也是多事。但我竭力抑制自己的感情，毅然地把抽斗撒空，准备离去这学校，向我的前途勇猛精进。

华先生带了两个大牙齿走进教室来。一声音乐的"诸位小朋友"之后，我们知道他有话说了，大家同上课一样就座静听。他继续说道："你们的大考已经完毕，成绩大家及格，现在只等候毕业式了。这是很可喜的事。美术是不考试的。但你们此后不再来校，应该留点成绩在校里，他日也可和别班比较。平时成绩固然已经选留了若干幅，但都不是最近作的。今天下午没事，大家回到屋里去，各自画一幅写生画，留在校里当作毕业成绩，大家愿意么？"我们齐声说"愿意！"他接着说：

"画什么不拘,画的大小也不拘,用不用颜色也不拘,只要是写生——忠实的写生。这可以表示你们在校学了几年图画,眼的观察力和手的描写力修养到了什么程度。但是不可叫别人代画,代画了我一看就看出。"他在最后一次的课中竟说这近于侮辱的话,似乎觉得难为情,立刻改正了说:"但我知道你们一定不愿意的。"我们又齐声说"不愿意!"

中午,我夹着一大包书回家,在路上考虑图画的题材。这样,那样,想不定当。走进家里,看见桌上放着热腾腾的一只篮,篮里盛着许多刚蒸熟的玉蜀黍。"茂春姑夫家送来的。"被我一猜就着。这是我的爱物,为了它有黄色的长须,像洋囝囝的头发,乳色的粒,像象牙雕成的珠子。蒸熟以后这些珠子变成金黄色,更加可爱。它有一种异香,好像香粳米的香气。这香气使饿肚皮的人闻了很舒服。它有一种异味,非甜非咸,令人多吃不厌。但我的欢喜它,不仅为了好吃,又为了好玩。我的玩法有种种。有时我先把米粒统统摘落,藏在袋里,好像一袋精小的黄豆,一粒一粒地摸出来吃。有时我在玉蜀黍上摘出花纹来,兴味更好。条纹的,圈纹的,斜纹的,点纹的,种种图案都可排成。食物之中,我所最欢喜的,是山芋和这玉蜀黍。山芋可吃之外又可雕版印刷,玉蜀黍则可吃之外又可排图案。这两种食物,可说是实用性与趣味兼备的东西。玉蜀黍的名称有种种:六谷、粟米、棒子、玉米、玉麦、鸡头粟、珠珠粟、珍珠米,都是它的名称。我觉得"珍珠米"这名字最适切又最好听。我欢喜这样称呼它。下午我就为珍珠米写生。

长台底下,还有一篮未曾烧熟的珍珠米。生的外面裹着

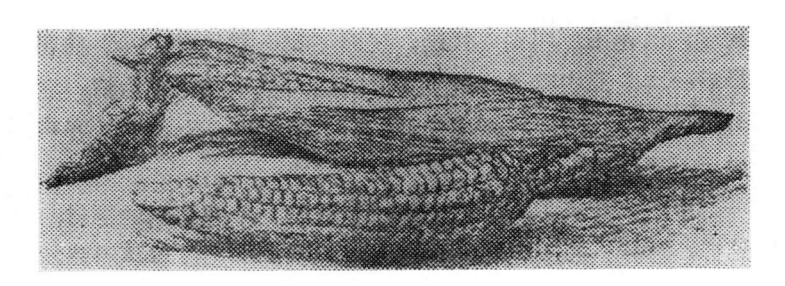

衣，又有长须，比熟的好看。我拣了两个，一个有衣的，一个无衣的，把它们横卧在桌上。一小一大，一近一远，一繁一简，一客一主，配置也很相宜。我用铅笔打了轮廓，涂上阴影，已经有些立体感。再加上一层黄色的淡彩，写实的效果愈加显著。这最后一回的写生练习趣味真好！以前在学校的图画科中写生，何以没有这样好的趣味呢？细想起来，原因很多：最后一回特别起劲，是一个原因；珍珠的可爱又是一个原因。而最大的原因，还在写生的设备上。以前在教室里写生，三四十人共看一个模型，模型的位置最难妥帖。只有少数人所望见的位置恰好，其余的多数人，所望见的位置就不好看了。华先生曾经注意这点困难，有一次他办了十种模型，把我们分成十组，教每组三四个人共写一个模型，位置的确容易安排。但因先生的预备教材太麻烦，所以不能常常应用这办法。今天我在家里自办模型，独自写生，当然比学校里的分组更加自由了。学图画同弹琴一样，是不适于共同学习而宜于个别教练的。明天拿这张画向华先生缴卷时，想把这一点意思告诉他，请他在下学期想个妥善的写生办法。我们虽然出校了，其余的同学可得许多便利呢。

姆妈洗浴 [1]

里面发出一阵惊慌的喊声。我当作火起了,连忙丢了手里的西瓜跑进去看,弟弟也跟了进来。

原来喊声从浴室里发出,是姆妈的声音:"不要来!不要来!等一会来!等一会来!"其音仓皇而尖锐。除了去年隔壁豆腐店里失火的那一次以外,姆妈从来不曾发过这样的喊声。我回头看浴室的对面,但见厢楼的瓦上高高地站着一个工人,低缩着头,脸上带着难为情似的笑容,正在小心地跨着脚步,慢慢地走下瓦来。我看了这光景,一想,笑得仰不起头来。

我家的浴室是由厢楼改造的。玻璃窗的下半部挂着比人头更高的窗帏,窗外来去的人不能望见室内。但玻璃窗的上半部没有遮蔽,坐在浴室里可以望见对面的厢楼的屋上生着几朵瓦花,走过一只白猫。有一次我正在洗浴,看见那白猫又同了隔壁豆腐店里的黄猫来,一齐站在瓦上向我注视。我几乎喊"姆妈"了,后来想起了它们是猫,没有喊出。刚才爸爸正在开西瓜,那泥水司务来修屋漏,爸爸就叫他去修厢楼,没有想到姆妈正在洗浴,而厢楼的屋上可以望见浴室的全部的。我想象姆

---

[1] 本篇原载 1936 年 7 月 25 日《新少年》第 2 卷第 2 期。

妈这一吓非同小可,难怪她要发出这样惊慌的喊声。然而这件事又实在可笑。弟弟茫然不解,接连地问我"为什么?笑什么?"我竟笑得说不出答话来,只管掩着嘴向外面跑。

弟弟火冒了,跟着我跑到大厅的廊下,定要问我出来。我告诉他:"姆妈在洗浴,被屋上的泥水司务看见了。"他想了一想,问道:"那末你为什么这样好笑呢?"我不答,他再问。我也火冒了:"这不是好笑的么?你不要'截树拔根'呀!"他说:"我倒偏要'拔根',为什么洗浴要不给人看见?难道洗浴是羞耻的?还是犯罪的?"这一问来得很凶,使我一时难于回答。我想了一想,说道:"洗浴要裸体,裸体是难为情的,所以洗浴要不给人看见。"弟弟紧接着说:"我还要'拔根',为什么裸体是难为情的?明明大家都有一个身体用布包好着,为什么不许公然地打开这包裹来看看呢?"我被他说得又气又好笑,但也无法置辩。他越是起劲了:"华明和我意见完全相同。前天我同他到乳鸭池去看水浴,我们同班里有许多同学在那里,大家裸着身体,走来走去,同穿衣服时毫无两样。我和华明也脱光了衣服,跳下水去,一点也不觉得难为情。后来许多裸体人坐在草地上休息时,华明提倡'裸体运动',大家拍手赞成。可是想起了各人家里的大人们一定不许可,终于大家穿好了衣服回家。但我知道大人们不一定反对裸体。不然,爸爸的书橱里为什么有着许多西洋名家所描的裸体画呢?只有姆妈反对裸体。前回我看看爸爸书橱里的裸体画,姆妈教我不要看,后来又对爸爸说:'你这种画怪难看的,藏藏好吧,孩子们看不得的。'我暗中觉得奇怪,为什么孩子们看不得?大人们就看得?既然大人们看得,姆妈今天洗浴,就让泥水司务看看吧,何必大惊小怪呢!"

"呆话!"我旋转身来预备走开,同时对他说:"不要对我胡闹了。你有本领,去同爸爸辩论吧。我要预备我的初中入学试验,没有工夫同你缠。"弟弟立刻跑到书房里去找爸爸。我原想走开了。但是一种奇妙的力拉住我,我终于留停在书房外的廊下,假装整理牵牛花蔓,意欲窃听

维纳斯像

弟弟和爸爸的谈话。因为刚才我嘴上虽然斥责弟弟,心中实在同他一样地怀疑。从去年夏天起,姆妈不准我赤膊,又教我揩身一定要关在浴室里。我自己也觉得不肯赤膊,不肯在人前揩身。"裸体是难为情的",这件事我和大家一样地承认。但是"为什么呢",姆妈不曾说过,爸爸不曾说过,学校里的先生们也不曾说过,我也觉得不便问人,始终是"行而不知"。光是"行而不知",疑问倒还简单。所可怪者,画家都不怕难为情,描出一丝不挂的裸体女子来向公众展览。难道人在描画和看画的时

候,都不是人了么?裸体既是难为情的,画家就不应该描。画家既然可描,裸体就不应该难为情。那么正如弟弟所说,"明明是大家有一个身体用布包好着,不妨公然地打开这包裹来看看"了。我觉得这是世间的一大矛盾。且听爸爸如何解释这矛盾。

但听见弟弟提出了两个疑问——裸体为什么难为情?画家为什么描裸体?——之后,爸爸格格地笑个不休。最后对他说道:"我讲一件故事给你听:从前的从前,世界上还没有人。天上有一个上帝和诸神。上帝有一个花园,园中种着一种树,叫做'智慧果树'。上帝派一个男神名叫亚当的,一个女神名叫夏娃的,去看守花园。但叮嘱他们不许采果子吃,天上的神都是裸体的,同你和华明洗浴时一样,不觉得难为情,只觉得自由自在,非常快乐。亚当和夏娃初进花园时也这般快乐。后来,他们偷把'智慧果'采下来,各人吃了一个。忽然眼睛和感觉都异样了,觉得裸体很难为情。他们就用树叶子编成裙子,遮蔽身体。上帝看见了,大怒,把两人驱逐出园,罚他们到世界上来做人。这是世界上最初的两个人,就是我们一切人的始祖。——这是耶稣教的《圣经》上的故事,你现在一定不相信这事实,但不久你将相信这故事中所含有的道理。现在的你和华明等,好比是不曾吃过智慧果时的天神,但再过几年,你们一定都要吃。你姐姐已经咬过几口了。"爸爸又格格地笑,弟弟一声不响,我听到最后一句话,不期的面红起来,幸而没有被人看见。我继续站着静听爸爸对于第二疑问的解释:"画家为什么要描人所认为难为情的裸体?因为美术可分为两种,一种是普通的,应用的,另一种是专门的,学术的。前者是人人应有的美术常识（例如衣服、家具、房屋等如何可使美观）。后者是专门家的美术研究。要专门研究美术，必须取法于自然，即从天然物中探求'美'的原料。山水、花卉、树木、禽鱼，都是天然物，都含有美的原料。人是天然物中最优秀的一种，所含有美的原料独多。所以专门的美术家要描写人，——脱去了人造的衣服的天然的人，——当作他们的基本练习。世间各种工艺美术，都是应用这种基本练习的。例如瓷器的形状，家具的模样，图案的花纹等，都是从花木禽兽或人体的某部分中模仿来的。故自然和人体，可说是美的原料。但这种原料在普通人难于理解。故裸体画只能让专门家互相赏鉴；倘拿去向大众展览，实在很不适宜，而且容易引起种种误解，因为大众都缺乏美术的专门修养。只有在民众美术教养极普遍的古代希腊，裸体人像的美才能得到大众的正当的欣赏。例如你们描图画用的铅笔的篓子上，印着一个上半身裸体而没有手臂的人像。这叫做维娜斯〔维纳斯〕（图见前页），是古代希腊的美与爱的女神像。这雕刻非常优美，虽然因为年代太久而损失了手臂，但头胸腹各部的雕刻的精美为后世所不能及，至今还是被人翻造作石膏模型，给专门的美术研究者当作临摹的范本。铅笔商人因此用它来作商标。故用普通习惯的眼睛来看，裸体人是难为情的；用专门研究的眼睛来看，裸体人是美的原料。你现在还没有成人，又没有美术的专门研究，对于我的话恐怕还听不懂。但是将来你一定会懂。那时候你对于你姆妈今天的大惊小怪和我书橱里的裸体画的怀疑，都会消释了。"爸爸立起了身，似乎要走出书房来，我赶快逃走了。

洋蜡烛油 [1]

大热一连五天,都在九十六度以上,一点书也看不进,真是讨厌。大雨足足下了半天,檐头水溅进窗内,湿透了我的《初中入学试题集》,可惜得很。做短工的阿四还要欢喜赞叹:"一阵热,一阵雨,爷做天也没有这样好!"我问他理由,他只管眼看着天叫道:"落下来的都是金子呀!"我听不懂。问了姆妈,才知道夏天一场大热,一场大雨,田稻可以丰收,所以农人最欢喜。早知如此,我对于天热不会那样讨厌,我那册书湿透也没有什么可惜了。我把湿书放在灶山[2]上,吃过夜饭后已烘干了。

连日因为天热没有看书。这一天雨后晚凉,我同弟弟就在灯下读书。他读《续爱的教育》,我很羡慕他。因为我所读的那册烘干书,很少趣味。尤其是那些数目字——现在世间的植物共有多少种?孙中山先生预备筑的铁路长若干里?——怎么记得牢呢?弟弟又不绝地把好看的地方讲给我听,安利珂什么样了,舅父什么样了,使我完全无心记诵这些枯燥的试题。爸爸

---

[1] 本篇原载 1936 年 8 月 10 日《新少年》第 2 卷第 3 期。

[2] 灶山,指老式灶的高处。

原说:"这种书不犯着读,即使因此考取了,也好比打着航空券,是侥幸的。"但先生深恐我们不取,坍母校的台,教预备升学的几个人在暑假里人手一册,我也就姑且读读。但这晚同弟弟的比较之下,我的工作变成无聊透顶!当时我下决心:明天起,听从爸爸的话,温习小学时代所读过的旧书。正如爸爸所说:"硬记试题,考取了不算光荣;习熟各科,考不取不算失败。"今晚夜凉如水,另做些有趣味的工作吧。

我抛了《试题集》,同弟弟共看了一回《续爱的教育》,电灯打个招呼,原来辰光已近十一点钟,再过五分钟,我们这小镇上的发电机要休息了。但我们的兴味还不许我们休息。我赶紧找洋蜡烛。找到的洋蜡烛使人看了发笑:因为白天太热,它们都从烛台上软倒来,弯成半只玉镯的模样,我用手捏了一会,才得扶直了。弟弟从烛台取下蜡泪,把它捏成黏土模样,拿到麦柴扇上去用力一揿,看了印着的纹样欢喜地叫道:"啊,很清楚的图案!雕刻家也刻不成的!"我挨近去一看,固然美妙得很。那阴文的麦柴纹条条都很清楚,倘用黏土填进去,可以印出同麦柴扇一样的阳文的浮雕来。我就计上心来,对弟弟说:"我们用洋蜡烛油来翻造洋囡囡的脸孔好不好?"弟弟说:"怎样翻造呢?"我说:"我们先用洋蜡烛油揿在洋囡囡的脸孔上,造成一个阴文的模子。等它硬了,就可翻印。印出来的不是同洋囡囡的脸孔一样么?"弟弟赞成。我们的雕塑就在半夜里开工了。

先收集蜡泪,积了小拳头大的一块。然后开开玩具橱,选出两个洋囡囡来:一个面团团的阿福,一个尖头大眼的蔻贝[1]。把蜡平分为两块，我捏一块，弟弟捏一块，捏到柔软了的时候，我的覆在阿福的脸上，弟弟的覆在蔻贝的脸上。"气闷杀了！气闷杀了！"弟弟喊了几声，连忙拿去蜡块，蜡块里已经印着很清楚的蔻贝的脸孔了。"同阿福比比看，谁清楚？"弟弟催我拿去蜡块，"啊哟，阿福愈加清楚！"

"有了模子，怎样翻造呢？"我提出这问题。弟弟说："用烂泥吧，今天阿四挑了许多烂泥在花台里。"我说："烂泥太龌龊。况且半夜三更到院子里去取烂泥，姆妈知道了又要说话。我看仍旧用洋蜡烛油印，来得干净。"弟弟说："蜡同蜡黏合了怎么办呢？况且蜡已经没有了！"我说："我自有办法。"我记得姆妈缝纫时，常用洋蜡烛头在布上擦一擦，然后下针。这洋蜡烛头就藏在她的针线盘里，我们偷偷地走进她的卧房，找到了她的针线盘，偷了她这件宝贝回来。我们把模子浸在冷水里，使它们硬起来；把蜡烛头切成两段，用手捏弄，使它们软起来。捏得很柔软了，急忙从水中取出模子，把软蜡嵌进模子里头。用大拇指捺了好久，取出一看，两只脸孔同洋囡囡的一样，不过变了羊脂白玉色，越发可爱了。弟弟喊起来："好啊！大功告成！"

这喊声惊动了爸爸。原来他还没有睡，也趁着晚凉在书室里看书。这时候他携着一支电筒，走进我们的房里来探问："半夜三更告成了什么大功？"弟弟连忙藏了模子，拿两只白玉的脸给爸爸看，说道："爸爸，我同姐姐都会塑造了，你看这塑得

---

[1] 日本的一种玩具裸体娃娃（译音）。

好不好？"爸爸相了一会，笑道："好倒是很好的。不过你们哪里来的模子？瞒我不过的。"我们就把模子和制法和盘托出。他又笑道："法子倒也想得巧妙的。倘能不用模子，用手指捏造出来，你们两个都变成大雕刻家罗丹了。"我们不懂这话，求他解说。爸爸回到书室里去拿了一张雕像的印刷品来给我们看，对我们讲下面一段话：

"二十年前死去的，法国一位大雕塑家，叫做罗丹（Auguste Rodin，1840—1917）。这个题名《考虑》〔《思想者》〕的裸体人像，便是他的杰作。他是近代世界最大的雕刻家。因为从前的雕刻法，都有一定的格式，好像我们这里的佛像，身体各部的雕法有定规。所以雕出来的往往不像实际的人体。这叫做'古典派'。"爸爸指着弟弟说："上次我给你看的希腊雕刻维娜斯〔维纳斯〕像，便是古典派的。"又继续说道："到了罗丹，

思想者　罗丹　作

开始废弃一切定规，完全依照实际的人体而雕塑。所以雕出来的全同真的人体一样。他所创造的这一派叫做'写实派'。他的写实派雕塑最初在展览会里出品时，法国的人大家不相信他凭空雕出，说他一定是从活人取了模子，——好比你们用洋蜡烛油覆在洋囡囡脸上取模子一样，——而翻造出来的。法国政府认为这是残酷的办法，应该禁止。罗丹向他们辩解，他们不信。于是罗丹说：'你们不信，让我再雕几个小"大人"像给你们看。'过了几时，他雕成了一群小像，——意大利大诗人但丁（Dante）的名作《神曲》的《地狱篇》中的人物，题名曰《地狱之门》——各像不过一二尺高。于是他拿去给批评者看，对他们说道：'你们说我从活人取模子，请问这些像的模子从哪里去取？难道我到"小人国"里去取来不成？'批评者方始确信他的写实手腕的高妙，从此大家尊重他为世界最大的雕塑家，他的一派就成为现代雕塑的模范。你们看这幅图：寸法、筋肉、姿势，全同实际一样。姿势尤加表现得好：你看这人的'考虑'多少深刻，好像要解决一个极重大的难问题，在那里呕心沥血地考虑，连脚趾头都在那里考虑。"讲到这里，大家笑起来。

  姆妈被笑声惊醒，从隔壁房里喊道："半夜三更还不睡觉，笑什么？你们爸爸也同你们一般样见识，不晓得催你们睡！"爸爸伸伸舌头，拿着电筒出去了。我们各人拿一个羊脂白玉头像放在枕畔，然后就寝。

新 同 学 [1]

阿四挑着行李前面走,我和姆妈后面跟。走到汽车站时,宋丽金和她的爸爸已在站上等候我们。姆妈就同宋家伯伯谈话:

"宋先生,你们早!"

"呃,我们也到得不久,柳师母。天气倒很好呢。"

"嗳,早上倒很凉快。我们的逢春要托你照应了。她爸爸本来也要亲自送她上学。因为播音讲演约定了日期,不便改变,管自到南京去了。我又不惯出门。昨天听说你要送你家丽金小姐到城,就叫阿四来相托,把逢春一道带去。路上要你费心照顾,真是对不起得很!这是她的学费,一发托你代缴了。"

"便的,便的,你放心。我送她们进宿舍,一切安顿好,然后回来,你放心是了。她们两人从小同学同班,如今又是同学同班,再好勿有!我们的丽金不聪明,全靠同逢春小姐做伴,得益不少。这回四百人投考,取五十名,逢春小姐考取第一,真是了不得!丽金总算侥幸取了。以后还要时时托她领导呢!"

---

[1] 本篇原载 1936 年 8 月 25 日《新少年》第 2 卷第 4 期。

"说哪里的话？逢春这孩子一点也管事不来，衣服脏了不晓得洗，鞋子破了不晓得换。成日家在屋里，只晓得同她弟弟玩耍，哪里及得上丽金小姐这般能干？这回送她进校住宿，我本来放不开。她爸爸说要她练习，不练习永远不会管事，话也不错，我硬着心肠放她去了。幸而有丽金小姐作伴，使我放心得多。"

"你只管放心，学校里管理得很好，况且许多同学，熟识了之后都是好朋友，互相照顾的。"宋家伯伯说到这里，汽车来了。站役抢劫似地把我和宋丽金的行李搬到车顶上去。我们三人走到车厢拣位子坐下了。我坐在靠窗的位子里，姆妈立在窗外的地上，仰起了头看我的脸孔。阿四扶着扁担站在她的后面，仰起了头看汽车的各部。姆妈对我说："逢春，到了校里写个信来……"她的喉中好像有物梗住，不能再说下去。我应了一声"嗄"之后，忽觉心绪混乱，也不能再说下去了。宋家伯伯看出了我们两人的意思，从中插口对姆妈说："柳师母明天会！我明天上午就来给你回音，你放心！"姆妈未及答应，汽车已经开了。我就像姆妈怀里放出来的一只鹞子，带着一根无形的线，向远处飞扬去了。

这一天所见的都新鲜。这样大的操场，这样广的膳厅，这样整齐的床铺，还有这样多的同学，在我当时看来全同陌路人一样。宋家伯伯真好，亲自为我打床铺，找坐位。安顿好之后又匆匆地出校，买了两包薄荷糕回来，给宋丽金和我各人一包。又叮嘱我们一番，然后回去。我和宋丽金本来不很亲近，这时候却相依为命了。因为自从宋家伯伯去后，除了在宿舍门口看见叶心哥一面以外,我们两人举目无亲,所见的全是素不相识的奇奇怪怪的脸孔。晚快,听见许多老学生喊着"听播音演讲",大家走向纪念厅去。我同宋丽金也跟去。但听见收音机中有一个大喉咙正在喊:"我们中国的文字,同人的脸孔一样,每个字有一种相貌,喜、怒、哀、乐……"其声音粗大而发沙,但又很稔熟。忽然记起了这是爸爸的演讲,我觉得很稀奇,同时又很欢慰。我想对收音机说:"爸爸,我在这里听你讲呀!这些话你在家里常常说的,我已经听厌了!"但是没有说,即使说了他也不会听见。听讲毕,就吃晚饭。饭后我和宋丽金散步了一会,就去睡觉。这晚我做了许多奇奇怪怪的梦。

第二日上午行始业式,领书籍用品,抄课程表。要明天开始上课,今天下午无事,我写了两封信。一封给姆妈,把别后一切情形告诉她,请她放心。又附一封很长的信给弟弟:

弟弟:我到校后很好。一切情形,请你看我给姆妈的信便知。现在我有一件有趣的事告诉你:昨天下午我在校里听爸爸播音演讲。他又是老调,用人的脸孔来比方文字的神气,由此说明美术的构成。这些话我听惯了,当时也不觉得有趣。不料今天上午开始业式,新学生和老学生相对立着行相见礼时,我看见了数百只陌生的脸孔并列着,或方或圆,或长或扁,或凶或善,或忧或喜,真同一篇不识得的文字一样,我方才知道爸爸的话有道理。当时我研究这数百只陌生的脸孔,又想起了爸爸以前所说的话:"年青人的眼睛必生在头部正中的横线上。幼童的眼睛比正中

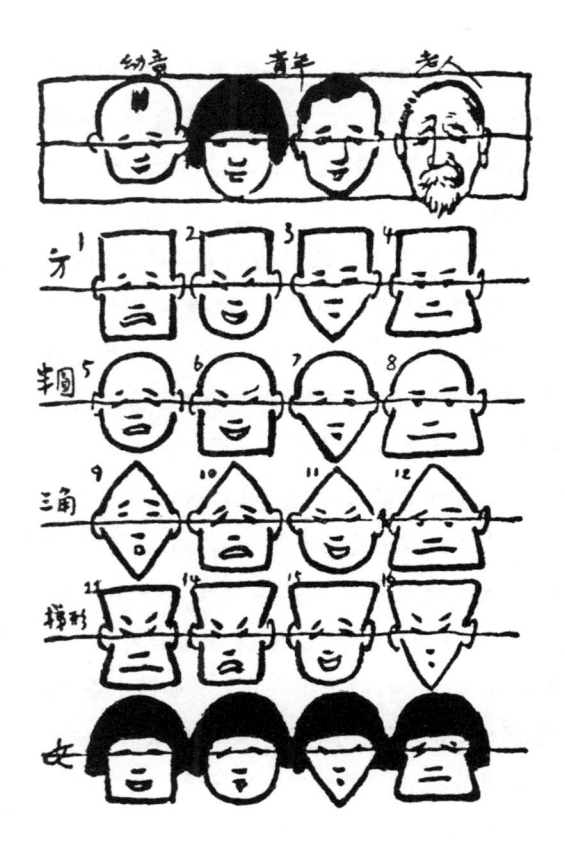

横线低，老人的眼睛比正中的横线高。"（请看附图）这规则果然很对：我们的同学大多数是年青人，眼睛都生在正中；只有少数年幼的同学，眼睛下面的地方比上面的地方小；还有几位年老的先生同他们相反，眼睛下面的部分比上面的部分长得多。然而除了这条规则以外，五官的形状和位置，变化非常复杂，竟找不出别的定规来。只有头的外廓的形状，被我找出了一种定规：头由上下两部合成，以眼线为分界。上部的形状有四种，下部的形状也有四种，都是半圆形、长方形、三角形，和梯形。四种形状交互错综地配合起来，成为四四十六种头形。但这是限于男子的。在女子，因为上部养着很厚的头发，都作半圆形，没有多大差别，故只得四种（请看附图）。你到学校时，也可留心看看同学们的头，是否合于我这规则？但据我的经验，熟识的人的脸的特点，不容易看出。我这回所见的都是素不相识的新同学，所以容易发见。但你倘能假定同学们为素不相识的人而观察，也不难看出。我再把爸爸的播音演讲中很有趣的一段话告诉你：他说古时有两个人要去见官，官身旁的人善用文字比方人的相貌，预先告诉这官说，一个人的脸孔像"西"字，一个人的脸孔像"舊"字。这两个人一到，官见了哈哈大笑，弄得两人莫明其妙。原来一个人的头中部庞大（如图中第九而更扁），面带笑容，很像"西"字；另一个人的头长方（如图中第一而更长），牙齿露出，满面皱纹，很像"舊"字。用文字比方人的面孔，的确很有趣。今天上午我看见这里的校长先生，眼睛发凹而连成一线，鼻子很直，右面有一条很深的皱纹，与扁平的嘴巴相连。我觉得他的面孔像一个宋体的"置"字。还有一位训育主任，眼睛倒挂而鼻头大得厉害，望去只看见眼睛和鼻头，我觉得像个"公"字。将来我倘得到他们的照片，一定寄给你看。以后你倘有有趣的事，也要写信告诉我。你的姐姐逢春，八月廿六日下午五时。

葡　萄 [1]

午饭后接到弟弟的信。正想拆看，上课铃响出了，我就带了这信去上数学课。先生说要增加趣味，教科以外又发油印的四则问题讲义，这回点几个人到黑板上去演算。这些问题我早已做出，不耐烦坐着看别人吃粉笔灰。对不起，犯一次校规了。我就偷偷地拆开弟弟的信，把信纸夹在数学书里。把书竖立在桌上，从容地看信。但见信上写道：

逢春姐姐：你离开家里已经半个多月了。但是家里没有一天不提起你的名字。姆妈搬出了饭菜，就对着书房间喊："逢春的爸爸，吃饭了！"爸爸在厕所里走不出来，也就挺起喉咙喊："逢春的娘，拿点粗纸来！"昨天星期日，上午三舅妈来，恰好姆妈到裁缝店里去了，爸爸同她谈话：逢春的娘长，逢春的娘短，我听了实在好笑。后来姆妈回家，同三舅妈谈话：又是逢春的爸爸长，逢春的爸爸短，我听了有些耐不住，当场对姆妈说："姆妈，你叫爸爸，为什么一定要拖姐姐在里头呢？"姆妈笑着骂我："难

---

[1] 本篇原载 1936 年 9 月 10 日《新少年》第 2 卷第 5 期。

道拖你在里头？可惜你来得迟了一点！"

我看到这里，忘记了身在教室，独自笑起来。幸而先生正在起劲地讲"乌龟四只脚，鹤两只脚"，没有注意我的笑。我继续看下去：

小天井里的葡萄，你去时还没有熟，现在已经很大而且很甜。生的又多，仰望好像一串一串的绿珠子。我每天放学回家，自己爬上梯子去采一球来吃。一个人哪里吃得及呢？我们送一大篮给外婆家，一小篮给华明家，一小篮给宋家伯伯家。阿四自己采了一篮，去给小阿四吃。邮差来送信，爸爸叫他自己爬上去采。一身绿衣裳钻在葡萄棚底，人忽然不见了，但闻空中笑声。姆妈叫我不要把玩耍事体告诉你，防恐你在校中想着家里，没心想读书。但我知道你不会。因为我以前常常听你说："应该玩耍而玩耍，是快乐的；不应该玩耍而玩耍，反而苦痛。"况且你住在学校里，一定也有学校生活的乐处。我把家庭生活的乐事告诉你，你把学校生活的乐事告诉我，互相交换听听，岂不更加快乐？我听宋慧民说，他爸爸日内要进城，到你们校里来望宋丽金。今天下午我采了最大的三球葡萄，放在雪茄烟匣子里，托宋慧民转请宋家伯伯带给你。他动身日子不定，也许你收到这封信后，不久有得吃家里的葡萄了。祝你身体健康，学业进步。你的弟弟如金上言。九月十四日夜八点钟。

我偷看信毕，他们还在黑板旁边讲"乌龟四只脚，鹤两只脚"，纠缠不清。好容易打下课钟了。回到自修室，见案上放着一只雪茄烟匣子，一个纸包，旁边附一张宋家伯伯的名片。名片反面有铅笔字："来访适值上课。令弟嘱送食物一匣，请收。外食物一包烦交小女。明日下午再来访问。逢春女士鉴。"我忙把名片给宋丽金看。两人欢喜地拆看食物，我的是葡萄，宋丽金的是猪油炒米粉。我把葡萄分送宋丽金，宋丽金也把猪油炒米粉分送我。我想再分送些给叶心哥。但是这学校的习惯，男女学生隔离很远，非但不相往来，在课堂中见了面也不交一语。况且他是二年级生，与我不同课堂。故我如今虽然和他同学，反比以前生疏了。葡萄也不便分送给他。课余我吃着葡萄，联想家里的情形，感谢弟弟的好意。就拿起笔来，写这样的一封回信给他：

弟弟，收到你的信后一小时，就接到宋家伯伯带来的葡萄。我非常感谢。你送我一匣真的葡萄，我现在报你一张画的葡萄。上星期，这里的图画先生教我们画一幅葡萄的临画。这是我入中学后第一张图画成绩，现在附在这信里寄给你，请你留作纪念。先生说，学画应该以写生为主；但临摹别人的作品，也可学点笔法。故难得临画几次，也是必要的。我觉得很对。你看这幅画用笔并不繁，而葡萄的特点都能表出。还有一个关于画葡萄的故事告诉你：前天我向这里的图书室借了一册丰子恺著的《艺术趣味》来读。看见里面有一节说："从前希腊有两位画家，一位名叫才乌克西斯 (Zeuxis)，还有一位名叫巴尔哈西乌斯 (Parrhasius)，都是耶稣纪元前的人。他们的作品已经不传，只有一个故事传诵于后世：这两位画家的画，都画得很像，在希腊为齐名的两大画家。有一天，两人各拿出自己的杰作来，在雅典的市民面前展览比赛。全市的美术爱好者，大家到场来看两大画家的比赛。只见才乌克西斯先上台，他手中夹一幅画，外面用袱布包着。他在公众前把袱布解开，拿出画来。画中描的是一个小孩子，头上顶一篮葡萄，站在田野中。那孩子同活人一样，眼睛似乎会动的。但上面的葡萄描得更好，在阳光下望去，竟颗颗凌空，汁水都榨得出似的。公众正在拍手喝采，忽然空中飞下两只鸟来，向画中的葡萄啄了几下，又惊飞去。这是因为他的葡萄画得太像，天空中的鸟竟上了他的当，以为是真的葡萄，故飞下来啄食。于是观者中又起了一阵热烈的拍掌和喝采。才乌克西斯的画既已受了公众的激赏，他就满怀得意地走下台来，请巴尔哈西乌斯上台献画。在观者心中想来，巴尔哈西乌斯，一定比不上才乌克西斯。哪有比这幅葡萄更像的画呢？他们看见巴尔哈西乌斯夹了包着的画，缓缓地踱上台来，就代他担忧。巴尔哈西乌斯却笑嘻嘻地走上台来，把画倚在壁上了，对观者闲眺。观者急于要看他的画，拍着手齐声叫道：'快把包袱解开来呀！'巴尔哈西乌斯把手叉在腰际，并不去解包袱，仍是笑嘻嘻地向观者闲眺。观者不耐烦了，大家立起身来狂呼：'画家！快把包袱解开，拿出你的杰作来同他比赛呀！'巴尔哈西乌斯指着他的画说道：'我的画并没有包袱，早已摆在诸君眼前了。请看！'观者仔细一相，才知道他所描的是一个包袱，他所拿上来的正是他的画，并非另有包袱。因为画得太像，观者的数千百双眼睛都受了他的骗，以为是真的包袱。于是大家叹服巴尔哈西乌斯的技术，说前者只能骗鸟，后者竟能骗人。"弟弟，你听了这故事作何感想？我知道你一定又有一番大议论。下次来信，请把你的感想告诉我。你的姐姐逢春。九月十六日下午五时。

"九一八"之夜[1]

"九一八"是星期五,第一小时公民停课,大家到纪念厅去开会。校长先生用简劲的语调,叙述民国二十年间的旧事,和以后的种种国耻;又用悲壮的语调,叮嘱我们大家勉励、团结、奋斗,直到"九一八"三字消灭为止。随后训育主任——绰号大鼻头先生的——上台讲演。他说要洗雪国耻,必须刻苦耐劳。他敲着桌子,讲越王勾践卧薪尝胆的故事时,眉头蹙紧,嘴巴纽起,显得鼻头愈加伟大,同学中就发生嗤嗤的笑声。校长先生忽然突出两个眼球,钉住嗤笑的人,全体就肃静起来。训育主任的讲演的结论,是"大家不可忘记:我们所处的决不是享乐的时代,而是刻苦奋斗的时代。从今天起,大家上课要愈加严肃,用功要愈加认真。"看见台下全体肃静,好像默认了,他然后下台。散会后大家依旧上课。这一天上课果然比以前严肃得多。散课后,我看见有几位女同学拿着碗筷,跑进厨房里去,嘴里边喊着"毋忘国耻,毋忘国耻"。我不懂她们的意思。等她们跑回来,一看,原来她们在冲藕粉吃。我说:"哼!现在不是享乐的时代!"她们拿藕粉匣上的广告文字

---

[1] 本篇原载 1936 年 9 月 25 日《新少年》第 2 卷第 6 期。

给我看，念道："毋忘国耻，请吃九一八真藕粉。"接着说："请你也吃些，可以毋忘国耻。"我不要吃，心中起了不快之感。我知道这是杭州西湖风景胜地"九溪十八涧"的出品。商人发见地名中的数字和国耻纪念日月的数字偶然相同，就利用为广告，以求获利。这种行为近于"幸灾乐祸"，"卖国求荣"。因为我想，将来国耻雪尽，"九一八"三字消灭了，他们没有广告可作，营业将受影响。他们难道希望国耻永远存在吗？而且这样一来，使九溪十八涧这风景名胜也好比受了创伤，虽然将来总有痊愈的一日，然而创痕永远不退了。"谢谢你们，我不要吃这种藕粉！"

晚上，轮着图画教师秦先生监督自修。我觉得欢喜，因为秦先生是一位最可敬的女先生。她上课非常认真，往往比学生先到教室。她的态度非常诚恳，有人不会描的，她在课外补教，定要使这人会描。此外，她的服装非常有意思，都是粗衣布裳，但是形式和色彩都很调和，比别人穿的绫罗缎匹的摩登服装好看得多，足见她的美术研究是很纯正而能应用在生活上的。这一晚她穿着一件灰色的上衣，一条黑色的长裙，一双自制的黑布鞋，笑嘻嘻地走进教室来，坐在讲台上的椅子里向我们看，似乎等候我们发问。我们原有许多人正在演算草，但看见秦先生进来，大家把算草簿收藏，提出艺术上的种种问题来问她。她为我们逐一解释，说话道理充足，而又趣味丰富，使我们听了，折服之外又感到愉快。自治会干事林佩贞就应用她的辩才，提出一个及时的问题，她对秦先生说："今天早上训育主任教我们'不要忘记我们所处的决不是享乐的时代，而是刻苦奋斗的时代'，我觉得这话很不错。但同时我又觉得，当这刻苦奋斗的时代，我们似乎无暇去弄图画等赏心悦目的东西，为什么学校里还要教我们画画儿呢？这疑问请秦先生为我解释！"秦先生听了，双眉微蹙，而口角上的微笑仍不消失，似乎对于这问题觉得很重大又很有兴味，暂时考虑着。自修室长吴文英是个极忠厚的好人，看见林佩贞排斥图画，而秦先生又半晌无语，大约以为这位好先生被学生难倒了，很不自然，不待秦先生开口，先站起来说："我觉得林同学的疑问不成问题。因为图画也有很大的用处。譬如早上训育主任所讲的卧薪尝胆，倘使把它描成图画，可以鼓励我们奋斗，图画正是奋斗的工具！"许多人都异口同声地说："不错，不错！"足见同情于秦先生的人很多。

大家静了下来，秦先生从容地说道："你们两人的话，大家都不错，同时大家都错。"听了这矛盾的评论，大家笑起来。秦先生继续说："林佩贞说'我们无暇去弄赏心悦目的东西'，吴文英说'图画也有很大的用处'，说得都不错！但是，林佩贞认为'图画是赏心悦目的东西'，吴文英认为'图画是奋斗的工具'，观念就都错误了！"于是大家有所思虑，全体肃静无声了。秦先生提高了声音说："现在我告诉你们两句话：第一，图画不仅是赏心悦目的东西，实是一种苦工。第二，图画的用处不在乎直接地用作奋斗的工具，乃在乎间接地修养人的心目，使人的生活健全。这两句话是图画学习的要点，大家必须记牢。"她举起一只手，对林佩贞说："你以为图画都是全不费力的享乐么？现在我要你们描一只手，最常见的一只手，你们三十多人中一定没有一个人能描得完全'正确',若要描得正确,须放数年苦功下去。若要描得'正确'而又'美观',须再放数年苦功下去。学图画的目的,就是要操练正确而又美观地描写一切物象的本领,岂不是一件苦工么?"大家伸起自己的手来细看,表示默认先生的话。有几只戴着金指环的手,在电灯底下辗转反侧,发出闪闪的光。

秦先生又向着室长吴文英说:"你以为有用的图画的用处是卧薪尝胆之类的画么?这种画原也有用处,但是用处太小。因为有许多意思和教训是无形的,是描不出的,你将怎么办呢?譬如我们现在要劝中国青年'锻炼身体,学习功课,认识时势,决定行动',倘用图画表出,一定吃力而不讨好。所以要直接拿图画去派用处,其用处一定太小。图画的大用处,在于间接的修养上。我们用苦功练习眼力、手力、心力,养成了能够明敏地观察,正确地描写,美满地表现的能力,然后拿这明敏、正确、美满的能力去应用在我们一切的生活上,使我们的生活同良好的美术品一样地善良、真实,而美丽。这便是图画的间接的用处,这才是图画的最大的用处。有了这最大的用处,别的小用处都跟了来。因为你学得了上述的能力,无论描卧薪尝胆,或者描博物图,描地图,都很自由。反之,不用苦功练习手、眼和心,而立刻要拿图画去直接派用处,你必然失败。现在我且问你:这里三四十人中,谁能凭空描出一幅像个样子的《卧薪尝胆图》来?不必说别的,就是单描勾践的一只手,恐怕也没有人描得正确呢!"讲台下发出一片满足的笑声,许多雪白的手又伸起来,在电灯底下辗转反侧地发光。

手的习作　荷尔拜因　作

秦先生结束地说:"所以我告诉你们:我们现在所处的原是刻苦奋斗的时代,但美术研究决不可以废止。也不必硬拿美术去当作奋斗的工具,以致贪小失大。从今日起,我们大家应该刻苦练习我们的眼力、手力和心力,希望将来大家做个健全的国民,健全的人。到那时候我们还怕什么呢!"自修下课铃响出了,秦先生带着愉快的笑容退出我们的自修室,我们也带着满足的笑容送别她。就寝后我回想这晚的话,觉得很有意思。听到了许多同学的眠鼾声,方始睡觉。

展 览 会 [1]

双十节早上开会,校长先生训话。大意说:"国庆好比月亮,国难好比乌云。要使月亮鲜明,必须除去乌云。"我听了觉得一则以喜,一则以惧。散会后,男同学中有一个最会吵的冯士英,对大家说道:"今天我们大家应该如此。"说着就装个鬼脸,上部颦蹙眉头,下部张开笑口,样子很是尴尬。另外一个名叫李成的,接着说道:"不,今天我们大家应该如此。"也装个鬼脸,上部眉开眼笑,下部撅起嘴唇,样子尤加难看。这引得许多同学大笑起来。我们不应该这样开玩笑。但这两位同学所装的鬼脸,倒颇能象征今日的我的心。

走过揭示处,看见国庆放假一天的条子旁边,贴着一张展览会的广告,上面写着:"文美社第一次展览会"九个大字,下面写着:"日期:双十节起共三天。每日上午九时至下午五时。地点:民众教育馆楼上。"末后又写着"无券入场,欢迎参观"八个字。宋丽金对我说:"看展览会去!"我说:"好的,最好我们去邀秦先生同去,可以请她教教我们画的看法,不知

---

[1] 本篇本应载 1936 年 10 月 10 日《新少年》第 2 卷第 7 期,但由于某种原因,并未发表。

她肯不肯的。"宋丽金在小学时，和我并不亲近，也不欢喜美术。自进中学之后，因为我们是同乡，又是小学时代的同学，况且初入校时举目无亲，两人相依为命，所以忽然亲爱起来。于是我们两人的趣味也互相影响；我不懂得管理衣着，而她欢喜整理服装，如今使我也欢喜整理服装了。她不懂得描图画，而我欢喜研究美术，如今使她也欢喜研究美术了。这时候她听见我提出邀秦先生同去，非常高兴，就拉了我穿过网球场，走进教师宿舍去邀秦先生。

秦先生穿着一身黑衣服，戴着一顶白帽子，手里拿着一只黑色的小皮箧，正要出门，见我们来，就立定了。我问："秦先生到哪里去？"她说："我想去看展览会，没有伴侣，你们能同去么？"我和宋丽金同声地惊叫起来，把秦先生吓退了一步，她仓皇地问我们："什么了？什么了？"我立刻告诉她，我们本想邀她同去，因为彼此偶然暗合，欢喜之余不觉惊叫。秦先生也笑起来，就拉我们一同出门。这一天天高气爽，青天白日满地红的旗子招展在晴秋的骄阳之中，色彩异常鲜丽，气象异常雄浑，我不相信这旗子不能抵抗国难的压迫的。

展览会场门前挂着一条很长很长的白布，布上写着九个图案字："文美社第一次展览会"。

我们走进门，各自在参观簿上签了名，又索得一张作品目录，然后上楼去参观。楼上的陈列处共分两部，第一部是中国画，第二部是西洋画。我们先看中国画之部。走进房间，但见四壁都是中堂、立幅、屏条，不知从哪一张看起。秦先生按照目录，一幅一幅地顺次看过去。我们跟了她做。秦先生每逢看到大幅的画，必向后倒退几步。我们也跟了她倒退几步，但两人相顾而笑，不懂得这是什么意思。后来我恍然觉悟：画面广大的，必须隔开相当的距离，方才看见全部。若距离太近，只见画的局部，便无从鉴赏。我就轻轻地把这道理告诉宋丽金，不期被秦先生听到了，她教我们："看画，须将画放在视线的六十度角内，方能同时看到画的全部，方能看出画的神气。所以小的画可以近看，大的画必须远看。"这时候恰好又来一幅大画。宋丽金急忙向后退，动作太快，不期踏了后面一位老翁的脚跟，又背面冲突了一下。老翁叫起来。宋丽金涨红了脸孔向他道歉，我们都笑，老翁也笑了。

中国画之部虽然作品很多，但我觉得画法大同小异，有几幅山水竟是千篇一律，没有什么特色的。所以没有看完，我们就感觉厌倦。宋丽金偷眼研究几位女参观者的服装，也已心不在画了。好容易秦先生看完了中国画，我们跟了她走进西洋画之部去。

这一部中，花样比前者复杂得多：有油画，有水彩画，有木炭画，有木版画；有比中堂更大的，有比扇面更小的；式样繁多，鲜艳夺目。我们跟了秦先生逐幅观赏，觉得比看中国画兴味更浓。秦先生亦常常为我们说明："这一幅是印象派的"，"这一幅是想象出来的"，"这一幅是刻了木版印刷出来的"，……又轻轻地告诉我们，哪一幅好，哪一幅坏，好在哪里，坏在哪里。我听了很是有味，宋丽金性急，往往不耐细听，先向前走。忽然她惊叫着走回来，对秦先生说："那边一幅可怕的画，我被它吓死了！"秦先生和我跟着她去看，看了果然可怕，又很可笑。一幅大油画：画的右边描着半个绿色的人头，左边描着一个牛头，牛的脸上描着一只小母牛，小母牛旁边坐着一个女人，正榨牛奶。画的上边描着许多房子，有的房子倒置，屋脊生在地上。有的房子里面描着一个很大的人头。房子前面描着一男人和一女人，男人走着，女人倒立着。画的下边描着半只手，食指上戴着戒指，食指和大指间捏着一枝奇异的花果。此外还有种种奇形怪状的东西，总之，全画面希奇古怪，颠倒谬乱，好像顽童们的恶戏，不知为什么陈列在这展览会里？我们连声向秦先生质问，立等她的解答。但她也只管笑，没有回答。后来对我们说："这是一种新派画，原是一种奇怪的画法，大家看不懂的。"宋丽金更奇怪了，反问道："既然大家看不懂，陈列在这里做什么呢？"秦先生说："等一会告诉你们。"后来我们走出展览会场，在路上，秦先生告诉我们这样的话：

"这幅画是一个俄罗斯人画的，其人名叫夏格尔〔夏加尔〕（Marc Chagall，1890[1]—〔1985〕），现在他是一位四五十岁的中年人。他的画派叫做'表现派'，是最近西洋新派画中最有名的一派。这一幅是表现派中的名作，所以中国人临摹了，来展览给中国人看，使我们大家知道世间有这样的一种绘画。但是看得懂的人极少。我也看不懂。因为他们所描的，都是自己个人心中的感想，或者心目中的幻影。他们的主张，以为描画不必描写外界的状态，应该描写我们看见一种状态时心目中所起的感想。这画家眺望他自己所住的村，眼睛看见外界的状态，

---

[1] 生年应为1887。

我的村　夏加尔　作

同时心内浮起人物房屋花果等现象来。他把这外界的状态和内界的状态一起描在画里,就成为刚才听见的样子,这叫做'表现派'。此外还有奇怪的画派:有的把过去现在未来的状态一齐描出。譬如描一只正在跑的马,就描几十只脚;描一个正在弹琴的人,就描好几只手。这叫做'未来派'。有的把物体的形状分裂为种种几何形体,重新组织起来,使人看了不知道所描的是什么东西。这叫做'立体派'。然而这种画,都是极少数人所赞成的,在我们看来只是一种游戏。约二十年前,这些画在欧洲各国相当地流行。但现在已经没人提倡。他们把这画陈列在展览会里,可使我们知道西洋曾经有过这样的一种怪画,其意思也是好的。"我们一边听秦先生讲,一边走路,不觉已经走到校门口。望见青天白日满地红的大旗招展在晴秋的骄阳之中,我的心又从新派画回到了双十节。

落　叶 [1]

中秋过后，天气渐渐凉爽，人意也渐渐快适。我的饭量比前增加。以前只吃一碗半，现在要吃两碗半。我的用功比前起劲。以前午饭后第一课不免打瞌睡，现在上了一天课还抖擞精神。尤其是今天，星期六，兼又天高气爽，心身都舒服。四点钟课毕后，我回到楼上的自修室，把书向桌上一抛，走到窗前小立一会。但见变幻不定的白云，衬着深远无底的青天，辽廓无边。我忘记了身在学校，又忘记了眼前所见的是什么东西。过了好久，才记得这叫做"天"。但是，这为什么叫做"天"呢？这明明是古人假造出来的名称。我一向上了古人的当，以为这的确是天，毫不怀疑。今天仔细一看，这是何等神秘的一种现象！怎么可用一个"天"字来包括呢？

我正在想入非非，猛听见下面有稔熟的声音："柳逢春小姐家里有信！你弟弟寄来的！"

我向下一望，原来是宋丽金和吴文英，手里各拿一册速写簿，并肩而行，却仰着头和我开玩笑。我也笑着回答道："我道真个是王妈送信来了。原来是两位女画家！你们今天写了几张

---

[1] 本篇原载 1936 年 10 月 25 日《新少年》第 2 卷第 8 期。

画？可让我'拜观'你们的'大作'？"

"'大作'要美术家的女儿才会写的，我们哪里有呢？你靠在窗际出什么神？还是带了 sketch book，和我们一同写生去吧！"

"sketch book"就是速写簿，这名词在我耳中感觉非常可亲。一则初学英语，应用起来分外新鲜，二则秦先生教我们各人自制一册速写簿，练习速写，现在正是最有兴味的时候。我就回转身来，向抽屉里取了 sketch book，两步并作一步地走下楼来，参加在她们的写生队中。

宋丽金本来不欢喜图画，自从进了这中学校以后，因为和我是同乡，又是小学时代的同学，外加初入校时举目无亲，和我两人相依为命，因此受了我的影响，如今对图画比我更欢喜了。自修室长吴文英呢，本来是一位各科都平均爱好的好学生，自从"九一八"之夜听了秦先生那番讲话之后，对于秦先生的人格学问忽然佩服起来。最近，在《中学生》杂志里读了丰子恺先生的播音讲演稿《图画与人生》，感动得很。曾经对我说道："'美术是精神的粮食'这句话真对！我每逢看见自修室里的地板上丢满花生壳和香蕉皮，比饿了一餐夜饭更加难过。每逢看见同学们穿着龌龊的衣服，比吞一个果核更加难过。原来是眼睛在那里作怪。像你，做美术家的女儿的，到底幸福！你欢喜美术，精神的粮食常不缺乏。以后我也不肯忽略这方面的营养了。"从此以后她常常到图书室里去借美术书看，常常亲近秦先生，对我和宋丽金更加要好了。上星期秦先生劝我们各人自制一册速写簿，把制法告诉我们。第二日，吴文英发起合作。凡愿制速写簿者,到她那里签名,由她去买封面布、纸头、丝带和铅笔。结果三十多人个个参加,人手一册。就中宋、吴两同学,尤为热心。每逢课余、饭后、睡前,必利用休息时间,练习人的姿势的速写。坐的、立的、睡的、游戏的、运动的、工作的,都被描写。然而限于学校内的光景,到底单调。今天是星期六,她们两人就相约出门写生,希望得些新鲜的材料。我的参加,原也是极高兴的。

我们三人跑到了市外的树林里。树林外面是大片的稻田,金黄色的稻挂下了沉重的穗,正待农人来割。凉风忽起,送来一阵新米饭的香气。树林里面是一个小小的村落。村落里有几个村女,肩了竹耙或扫帚,走进树林里来,大家打扫落叶。她们的服装个个不同,她们的姿势时时变化。这正是最好的速写画材。我立刻躲在一株大树背后,展开速写簿来,开始写生。宋丽金走到一个土坟背后,坐在地上写生。吴文英的方法最巧妙:她并不躲避,只管向着她们站立,但时时把头向着稻田方面眺望,假作描写稻田的风景。村女们最初毫不介意,管自起劲地打扫落叶,演出种种姿势来给我们速写。后来,其中有一个人看穿了吴文英的戏法,忽然对她的同伴说道:"她们在画我们呢!"于是大家抛了竹耙或扫帚,赶过来看。我和宋丽金立刻把 sketch book 藏入袋里。吴文英不慌不忙地招呼她们,就同最先赶到的村女谈起话来。

"你们打扫这些树叶儿,拿去做什么用?"

"我们拿去烧饭吃的。你们画这些画儿拿去做什么用?"

"我们是拿去看看的。你们打扫落叶,样子都很好看。"

吴文英说着,把 sketch book 翻开来,她们大家聚拢来看。有的笑着说:"眼睛鼻头都没有的!"有的惊讶地说:"哈哈!一把竹耙只有三个齿!"还有一个年轻的指着一幅速写叫道:"这是三姑娘,穿裙子的!"又认真地指教吴文英道:"头上还少描两朵花,她是新娘子呀!"于是大家笑着对三姑娘看。三姑娘脸孔红了,低下头去。忽又伸起手来,向年轻的背上乱打。年轻的逃,三姑娘追,追到土坟背后,两人一起滚倒在地。大家拍手大笑。我观察这位新娘子,年纪比吴文英小,身材比宋丽金矮,打架时态度全同小孩子一样。我心中惊诧得很。后来一个年纪最大的把她们劝开,大家谈着话重新工作。我们也各自藏了速写簿,大家谈着话,缓步回校。

晚上,我们三人同到秦先生房间里,把白天的速写给她看,请她批评。却先把新娘子打架的故事讲给她听。她听了也好笑得很。对我们说:"这里的村人总算是明白的,没有阻碍你们的写生。我以前有一次,把一个山乡的村童 sketch〔速写〕一下,他的母亲赶将过来,定要撕掉我的画,说我是要拿去卖给洋鬼子,叫洋鬼子来捉他的灵魂的。我种种地辩解,她总不相信,那幅画终于被她撕去,我还被她骂了一顿。真是好笑又好气!"我们都表示同情。她继续说:"这全是我国教育不普及的原故。他们都不受教育,不知道图画是什么。全中国的人知道 sketch 这一个名词的,恐怕不到万分之一呢!"我们大家叹息。秦先生为我们的速写一一批评,并加以适当的修改。我有几幅,自己也觉得不得要领,但不知道不对在什么地方。经秦先生加减数笔,忽然得要领了。我佩服之至!原来简笔画的省

米勒 作

略法，笔划的取舍很不容易。无关紧要的笔划应该省略，主要的笔划不可缺少。无关紧要的笔划倘不省略，其画芜杂；主要的笔划倘缺少了，其画不全。芜杂与不全，都是不得要领的。最后秦先生从书架里检出一幅画来给我们做榜样，她说："这是十九世纪法国大画家米叶〔米勒〕（Millet）的钢笔 sketch，所描写的是一个女人正在打扫落叶枯草来做野火的光景，取材大致和你们今天的 sketch 相类，可供你们参考。你们看，他的用笔多少得要领！繁的地方不嫌其繁，简的地方不嫌其简。你们初学，不妨临摹几次，学点笔法。"

我们大家在速写簿上临摹米叶的 sketch，又各向秦先生借了一本画帖回去。从此我对于简笔画的兴味愈加浓厚了。

二 渔 夫[1]

星期六之夜,女同学四五人,每人带了些食物,到秦先生的房间里去闲谈。花生米、栗子、文旦、瓜子,摆满了秦先生的画桌,把她的水彩画具推在一旁了。秦先生看了笑着说:"你们又来 picnic〔野餐〕了。我这房间倒像是野外呢。"宋丽金接着说:"不是野外,是一所美丽的花园。你们看,布置多么妥帖,陈设多么美观!比真的花园更艺术的呢!"秦先生欢喜地说:"那么我就算花园的主人吧。主人应该请客,不好专吃客人的。"说着,开开橱门拿出一盒胡桃糖来,继续说:"这是我母亲的手制品,今天才寄到的,你们大家吃些,是新胡桃做的。"她就坐在椅上,我们环坐在她的画桌旁边。电灯光把许多人的精神拉拢在一块。大家说着,笑着,吃着,这真是弟弟所谓"学校生活的乐处"。吴文英忽然蹙损着眉尖说道:"倘使我们和敌人开战了,像今天这样的快乐恐怕不会再有呢!"坐在秦先生身边的年纪最小的女同学池明把刚才剥好的一个大栗子送进嘴里,含糊地说道:"我们不怕炸弹,大家在后方做看护工作,空下来还是可以这样地吃东西。"说过之后大嚼起来,

---

[1] 本篇原载 1936 年 11 月 10 日《新少年》第 2 卷第 9 期。

引得大家发笑。秦先生伸手拍拍她的背脊,笑着说:"一点不错!我们还是可以谈笑,还是可以唱歌,描画,做一切快乐的事呢!"她似乎忽然想到了一件事,对大家说道:"两个渔夫的故事你们听见过没有?"大家异口同声地说:"没有。"我说了一句谎话。我其实早已在胡适之译的《短篇小说》中读过。但现在所以说谎者,一则为了秦先生的讲故事不照事实讲,常在处处插入自己的感想,怪好听的;二则倘我直说"已经读过",使她减少兴味,即使肯讲,也不起劲,致使同学们大家减少兴味。所以我毅然地说了一句谎话。

秦先生拿起热水壶来冲好一杯茶,拣了一块胡桃糖,然后兴味津津地讲故事了。

"那一年普鲁士同法国开战,普兵围困了巴黎城。法国将领死守着城门,没有被打进来。但是城中绝了粮食。有许多人饿死了,有许多人吃着树皮草根。其中有一个修钟表的人——名字我忘记了,姑且不去说它——同一个开小店的老板,有一天早晨,在荒凉的巴黎街上遇见了。两人握着手说不出话来。原来他们是并不熟识的老朋友。"听到这句话,大家惊诧地笑起来。秦先生便解释:"因为他们只是每星期日不约而同地在城外的河岸上一起钓鱼,此外毫无关系,所以说他们并不熟识。又因为他们钓鱼的趣味完全一致,而且相伴得很久,所以说他们是老朋友。在太平时候,每逢星期日早上,两人差不多同时来到河岸,笑着点点头,便并坐下去钓鱼,不说一句话。有时天气太好,钟表司务忍不住说一句:'好天气呵!'小店老板极诚地答应一句:'再好没有!'此外不再说话。"听到这里大家

听讲 丰子恺 作

又笑起来。池明笑着，嚼碎了的花生米都涌出在口角上。

秦先生忽然拿起桌上的软铅笔对着展开着的画纸，警诫似地向着靠在她对面的桌上静听讲故事的我说："柳逢春，你不要动！只管装着这姿势听我讲，也不要注意我手上的动作。我一边讲故事，一边为你写生。因为你这姿势怪好看的。"同学们都把兴味移注在我身上，一时秩序稍稍混乱。我努力保持着原来的姿态，同时喊道："喂！你们忘记了人物写生注意的第一条么：'被别人写，只当不知；看别人写，偷偷地看！'大家不要看我，依旧听讲！"同学们立刻记起了秦先生的图画讲义，同声说道："好，我们也'只当不知'。秦先生讲下去！"秦先生一边用铅笔在纸上信手描写，一边继续讲话："这两人在太平时代这样地一同钓鱼，已经很久。但战事发生以后，人们逃难都来不及，东西都没得吃，哪有心思钓鱼？即使有心思，城门外都是敌人，城门口有兵士严守着，他们也不能再到原地方去钓鱼了。"我偷偷地沉下眼睛去一瞥，看见她已打好大轮廓。头部里面划分脸与发两区，头部下面画着打着结的两臂的大体轮廓。虽然细部一点也不曾画，大体已经看得出是一个热心听故事的人的姿态了。我继续听她讲："但是他们这一天在围城里相逢，大家兴致极好，相约再到旧地方去钓鱼。因为小店老板同守城门的中尉相熟识，可以出得城去。于是两人各自回家去取了钓具，向中尉讨个秘密的口号，把口号告诉守城门的兵士，兵士就放他们出城。他们到了老地方的河岸上，依旧并坐下来垂钓。然而环境大非昔比：四周绝无人影，但见炮火的痕迹，对岸的岛上的房屋统统关门，好像多年不住人了。其实有普鲁士兵埋伏在里头。他们也知道这一点,预先商定,万一敌兵来干涉,他们准备把鱼送给他们。不久,枪炮声起,敌兵又开始攻击了!他们两人正想躲到附近的葡萄藤下去,忽闻好几个人的脚步声走近来,顿,顿,顿,顿。"这时候同学们大家朝着秦先生的脸孔出神,有几个张着嘴巴闭不拢来。我又偷看她的笔下,但见她已换了一支水彩笔,蘸上深青的颜料,正在使劲地画我的头发。笔的动作和她嘴里的"顿,顿,顿,顿"相应和,我几乎笑出来。斜窥坐在我身旁的宋丽金,看见她仰起头假装听讲,也偷偷地沉下眼睛来窥看秦先生的笔下,她的鼻头里"嗯,嗯"地答应,她的口角忍不住要笑。我再看别人,原来她们都是这样:一面假装听讲,一面热心地偷看写生。我恐被秦先生看出,立刻又规规矩矩地做我的模特儿了。但听见她继续说:"顿,顿,顿,顿地走过来的,是四个普鲁士兵。立刻把这两渔夫捆住,猪猡一般地抬了去。……让我画了脸孔再讲。"

这时候同学们大家公然地立起来看画了。她们轻轻地说着:"像来,像来!""快来,快来!""好看来,好看来!"[1] 独有我同石像一般,依旧两臂打着结伏在桌上,仰起头倾听那无声的演讲,大约有两三分钟之久。

"好,下面的容易画了,继续讲给你们听吧。那普鲁士兵把两个渔夫捉到营中,一个军官就来审问。他说:'你们两个奸细,想探听我们的军情,却假装钓鱼!钓得好么?'两个渔

---

[1] "像来""快来""好看来"为江南一带方言,意即真像、真快、真好看。

夫不说话。军官又说：'照理，奸细立刻枪毙。但现在我可以饶你们的命，好好地送你们回家，倘使你们能把通过城门的暗号告诉我。'两渔夫你看看我，我看看你，一声不响。军官又说……"这时候秦先生已画好手臂和衣服，只剩背景未画。她放下了笔，对我们说："大体画好了，等一会再完成它。你们暂且不要看画，听我讲！"于是起劲地讲起来："军官又说：'限你们五分钟！倘不说，立刻枪毙，抛在河里！'他拍拍小店老板的肩膀，又说：'试想：五分钟之后，你们两个身体要沉在河底里，你们总有亲爱的人，舍得么？'两渔夫你看看我，我看看你，还是不说。五分钟过了，军官命兵士架起枪来，同时自己走过来，把小店老板拉到一旁，轻轻地对他说：'你说了，我不告诉你的朋友，假意怪你不肯说，使他不会知道你说。我重赏你。'小店老板不开口。军官又拉钟表司务到一旁，同样地骗他。钟表司务也不开口。于是他命令兵士准备放枪。小店老板旋转头去对钟表司务说：'朋友，再会了！'钟表司务也对他说：'朋友，再会了！'枪声响处，两渔夫先后倒地。一会儿，两个尸体被抛入河中，只见河面上浮起两道血水。这两个无名的小百姓，情愿死，不肯泄漏军机，情愿枪毙，不肯卖国。这叫做'杀身以成仁'。他们当时只要动一动嘴巴，就可免死，且得重赏。你们试想：什么东西使得他们的嘴巴死不肯动的？"秦先生讲毕了。

大家听得非常兴奋，忘记了一切。我吟味她最后一句话，也忘记了一切，但似乎觉得有件好事在后头，正待去做。猛然想起了那张画，立刻起身来看。但见花生米包纸底下，隐着一张水彩肖像 sketch〔速写〕，画得非常生动。大家又忘记了一切，用另一种兴奋来看画。吴文英摇摇头，自言自语道："秦先生的手不知怎样生的？怎么一面讲，一面会画出这样又像又美的画来！"秦先生调着背景的颜料，缓缓地答道："讲同画原是两件事，讲是理智的，画是直感的，两者可以同时并用；但逢到难画的地方，我也要停讲。况且这幅画的成功，不是我的手高明的原故；一半由于今晚高兴，一半由于柳逢春善于做模特儿的原故。"我就向秦先生要这幅画，当作做模特儿的报酬。她允许我，但还在热心地修改。

　　九点半钟到了，我们收拾桌上的果壳，告别回寝室。我不期地得了一幅肖像，喜出望外。这晚做了许多好梦。

壁　画[1]

上公民课时，金先生——就是鼻头很大的训育主任——一进教室的门，没有一个不低着头窃笑。因为他的大鼻头上，不知怎的受了伤，贴着十字形的绊创膏。他的鼻头本来大得可观，如今加上了药布和绊创膏，大得更可笑了。但又因为他是训育主任，平日连我们打呵欠都要管到，大家忌惮他，没有一个敢仰面出声而笑。他上了讲台，也低着头，把眼睛挺起来，向满堂偷看一遍。看见没有动静，就开始点名。点好了名，立刻翻开书来讲"民权初步"一课，好像防人提出他鼻头上的问题似的。

他正在讲"集会的原则"，男同学冯士英离座，走到门边的痰盂旁去吐痰。这是寻常的事，大家不以为意。但当他吐好了痰回座的时候，后面几排男同学忽然出声地笑起来。坐在我邻近的女同学，有的低着头吃吃地笑，有的向门角里张望。我跟了她们的视线一望，但见教室的门正在慢慢地关拢来，而门背后的墙黑板上显出一幅线条很粗的可笑的画：一个大头的侧形，鼻头比头大两三倍，鼻尖上贴着一个十字形的绊创膏，

---

[1] 本篇原载 1936 年 11 月 25 日《新少年》第 2 卷第 10 期。

鼻头旁边还有一个小人，手拿一把锯子，正在锯鼻头。这显然是金先生的滑稽肖像。大家对着这幅肖像公然地笑。

我们的教室，门开在讲台所靠着的一壁上，即先生背后的右方。我们的座位对着开门的一壁。这教室位在角里，门外没有人走过。故上课时门总不关上。教室中除讲台所靠着的一壁外，其余三壁上都有墙黑板，备学生演习算草之用。门常常开着，故门闭后的一段墙黑板被门遮住，比别的部分特别新而且黑，这幅粗笔的滑稽肖像画在这上面异常显著。这画的作者不知是谁，但把门关上，使它展览在大众之前的，无疑地是吐痰的冯士英。

金先生看见大家对着门角笑，把头向右转，凝视了一会，脸孔一阵红，但强装笑颜，说道："这算是我的肖像么？谁画的？"大家低头不说，也不笑。"画得不像！我的鼻头难道这样大的？"大家笑不可仰。"我的鼻头上生一颗瘰，就会好的，何必把鼻头锯去呢？"大家笑得更厉害。"难道图画先生教你们这样画的？画的是谁？"他向级长问。级长立起来说："我进教室后不看见有人画。也许不是本级人画的。"金先生又问："刚才吐痰的是谁？"没有人说话，但有许多人旋转头去向冯士英看。冯士英低着头看书，一动也不动。金先生向冯士英注视一会，接着说："不要讲了，上课吧。"级长就离座，拿揩拭把画迅速地揩去。

下课后，金先生叫冯士英到训育处，请他吃一顿"大菜"。图画教师秦先生也叫他到房间里，又请他吃顿"大菜"。"吃大菜"是我们一级里的方言，就是被先生叫去训斥的意思。冯士英吃了两顿"大菜"回来,向我们装个鬼脸,伸伸舌头,说:"吃饱了,今天中饭也吃不下了。别的没啥,就是对不起秦先生。原来大鼻头一下课就找秦先生说话,好像是秦先生叫我画的,你看奇不奇?秦先生气煞了。她说话时一直皱着眉头。她说确是她教得不好,没有预先关照我们不可用画侮辱师长。这话使我很难受。我就向她认罪,并且表明誓不再犯。其实这并不算侮辱,你的鼻头不是大的?能够锯下一段,算你运气呢!"说得大家都笑起来。

晚上,我同宋丽金到秦先生房里去慰问。秦先生的气还未消尽。她最初说冯士英太会吵,后来怪金先生多事,轻轻地对我们说:"他怪我,真是笑话。画了他要图画先生负责,那么说了他要国语先生负责,打了他还要体育先生负责哩。况且这幅画——我是没有看见,听他们说——也不算侮辱。却是一幅'漫画肖像'。我觉得可以欣赏,用不着动怒。"我们问她什么叫做"漫画肖像"。她就高兴地说道:

"漫画中有一种画法:把人的颜貌的特点放大(譬如鼻头大的,画成特别大些),画成很可怕或很可笑,却又很像相貌,叫做'漫画肖像'。这是很困难的一种技术。各国的报纸及杂志上,常有政治上的要人、名优、名人等的'漫画肖像'公然地登载着。被画的人全不认为侮辱。像从前美国的总统,曾经特地把自己的漫画肖像收集拢来,随时欣赏。法国有名的讽刺画家独米哀〔杜米埃〕(Daumier)曾经把国王的头画成一只梨头,很可笑,却很像。国王见了,自己照照镜子,笑了一笑,并不动怒。后来国王出门,人民望见了他都笑不可仰,失去礼仪。

经他查问，知道他们是想起了独米哀这幅漫画的原故，心中觉得不快。回宫后借了别的理由把独米哀捉住，关在牢间里。但也不久就释放。法国还有一个漫画家，把某女作家的面貌画成猪猡一般。女作家并不动怒，她的丈夫却认为侮辱，向官厅告状。开审时，旁听的人满座。审问终了，裁判官婉言地对女作家的丈夫说：'他把你夫人描漫画肖像，是好意，在你是光荣的。况且描得很像！我劝你撤回诉讼吧。'"讲到这里，大家笑起来。秦先生一讲到美术，一切不快都可忘怀。现在她早把大鼻头先生所给她的不快忘记了。她继续讲下去：

"原来漫画家对人的相貌美不美的看法，与普通人相反：普通人所认为美的，譬如脸孔齐整，五官匀称，头面光洁的，在漫画家看来一点不美。因为它太平凡，毫无特点可捉，画不起出色的漫画肖像来，是不美的。漫画家所认为美的，是脸孔凹凸不匀，五官特殊发展，头面奇形怪状的相貌。因为它特点显著，容易捉住，一画便像。但在普通人看来，就认为是丑陋的。这位金先生，他自己也许嫌自己貌丑，但在漫画家看来，他正是个美人

呢！"大家又笑。

我问秦先生："漫画现在我国很流行。到底怎样算好，我还不懂。有没有标准的？"秦先生说："也说不出一定的标准。但'抽象思想具体化而明快地表出'，可说是良好漫画的主要条件。"她伸手向书架里抽一册书，翻出一张来给我们看，说道："喏！譬如这一幅，便是'抽象思想具体化而明快地表出'的一例。最近各国开军缩会议，大家协议减缩军备，共图世界和平，但这都是空形式。实际上，各国都在增加军备，酝酿大战。——这点就是所谓'抽象思想'。抽象思想是画不出的，但漫画家能想出一种具体的状态来，把这抽象思想明快地表出，使人一看就了解，而且比读文章所得印象更深。例如这幅画的作者想：军缩会议是表面的，军备扩张是暗中的；军缩会议是虚空的，军备扩张是实力的。于是他想出了具体化的方法：军缩会议是表面的，可用三个穿大礼服的外国人在席上碰酒杯来代表。军备扩张是暗中的，可用拳足交加的三个黑影来代表。又军缩会议是虚空的，可画得小些。军备扩张是实力的，可画得大些。这样，这种抽象的思想就具体化为人物和黑影，而明快地表出来了。从看画的人方面说：我们先看前方，但见军缩会议席上有三个要人很客气地在碰杯。再看后方，原来三个大黑影拳足交加地在那里打架！哈哈哈哈……"我们同声地"哈哈哈哈……"夜自修的下课铃也跟着了"当当当当……"起来。我们就告辞。

寄 寒 衣 [1]

姐姐：

你的新棉袄已经做好，现在托宋家伯伯带上，请你查收。姆妈叫我写信对你说：这件棉袄虽是丝绵的，但是很薄，现在就可穿了。童子军露营的时候不可不穿。因为我们生在产丝绵的地方，从小穿惯丝绵，严冬穿棉花要伤风，尤其是露营的夜里，姆妈怕厚了穿在童子军装里面太臃肿，所以翻得特别薄，而且裁得特别小，包你穿了不变大胖子。叫你切不可把棉袄藏在箱子里，而只管挨冻。

关于你的棉袄，我还有一点话对你说：这种衣料叫做"梅萼呢"，是我同姆妈两人去买的。那天庙弄口新开绸缎店，我同姆妈去剪衣料。剪你的棉袄料时，姆妈叫我选。我看见他们橱窗里的衣料颜色和花样很多，实在无从选起。后来我一想，你是欢喜纯青灰色的，就选了一种没有花纹的"标准布"，但是姆妈不赞成，说大姑娘家不宜穿得这么素净，青灰不妨，但总要有些花的。就叫我另选"梅萼呢"，我一看，都是很华丽的。只有一种曲线格

---

[1] 本篇原载 1936 年 12 月 10 日《新少年》第 2 卷第 11 期。

子的,最为雅观,就选中了它。姆妈还不赞成,定要换一种梅花的。我说:"用这种布做了,姐姐一定不要穿,露营回来一定重伤风。"姆妈这才赞成,剪了我所选定的曲线格子的"梅蕚呢"。拿回家里给爸爸看,他说花纹很好。我很欢喜,仔细一看,果然很好。这种曲线格子不知怎样画的。横线和直线都是水浪形,而且相交叉的地方处处一律,毫没一点参差。我用铅笔在纸上画画看,无论如何也画不正确。去问爸爸,爸爸说:"这是图案画,要用器具画的。"我再问他用什么器具,他说:"图画仪器!将来我去寻出来教你画。"说了就衔着香烟踱开去。我不再问他。第二天到校,我问华先生,在黑板上把浪纹格子画给他看,问他怎样可以画得正确。他说:"这要用两脚规画,很难很难,但你们现在不必学这种画。"我也不再问他。后来我把这事对华明说了。第二天华明到他爸爸——华先生——的抽屉里偷出一只两脚规来给我看。我玩玩看,很有趣味。旋一旋,一个圆圈;旋一旋,一个圆圈。用手来描,无论如何描不这样正确。但是你的棉袄上的浪纹格子,用这家伙怎样描得出呢?我想不出,华明也想不出。华明去问他爸爸,他爸爸回答他的话,同我爸爸回答我的话一样搪塞。我不懂得这种浪纹格子的画法,很不舒服,好像有一件事没有做完,常常挂在心头。华明笑我:"你不晓得的事多得很呢:飞机怎样造,高射炮怎样打,矿怎样开……天下的事,哪里知道得许多呢?"然而我不相信他的话。因为我想,这不过是一种画法,不是那么重大的

少年美术故事 | 353

事。我的要求,不算过分。现在我把这事告诉你,你在中学校,见闻较多,不知能把这种画的方法告诉我吗?

这封信藏在棉袄袋里,恐怕你不发见,另外在一张纸条上写了"袋内有信"四个字,放在衣包内。又恐怕你打开衣包时纸条要遗失,又在包面上写了"内有纸条"四个字。还恐怕你不细看包面上的字,姆妈托宋家伯伯转托宋丽金口头关照你"包面上有字"。你看到了这信,写个回信给我。

你的弟弟如金上言,十二月一日。

弟弟:

宋丽金送给我衣包的时候,再三关照我"袋内有信"。我读完了信然后看见包内的条子,看见了条子然后看见包上的字。

寄来的棉袄,我穿上去很称身,而且颜色花纹也都很好。我试穿后,就一直穿上了。露营三天,已经过去。我们在露营中自己烧饭吃,非常有趣。晚上十个人同睡在一个营帐内,大家一身大汗,巴不得有人来偷营,出去透一口气。哪会伤风呢?我现在身体很好,不像从前在家里时那么怕冷怕热。请你对姆妈说,叫她放心。

衣料的颜色我的确欢喜。花纹也很雅观。画这种花纹,我看了一会,觉得一定可用两脚规画,但怎样画法,一时想不出来。昨天晚上,我特地去问秦先生。她教了我种种有趣的画法。我才知道两脚规这件东西真是妙用无穷。现在我把她所教我的种种画法描成一图，寄给你看，想你一定很欢喜。同时我又买了一只两脚规寄给你，省得你叫华明去偷。我寄给你的图中，有九个方块，但共有十二种花样，因为其中有三块是每块中含有二种花样的。第一行中的右手旁边的一块，就是我的棉袄上的花纹。这花纹的画法看似复杂，其实很简单。你只要划一张正方形的格子，以任何一个交叉点为中心，以一格的对角线为半径，作一个圆。这个圆一定通过八个方格。揩去了相对的每两方格里的弧线，其余相对的每两方格里的弧线，就是相邻的两条浪纹的一部分。你依照图中的格子仔细去看，一定容易悟通这画法。很有规则，很死板，一点不难。你看懂了这种浪纹格子以后，别的花样的画法也都容易看懂，不必我一一细说了。万一有看不懂的地方，可用两脚规去试试看。能够寻出每段弧线的圆心，就容易懂得它的画法了。你看懂了这十二种画法以后，一定会自己创造出种种花样来。只要先划格子，正方的，长方的，斜方的，或者混合的。然后把两脚规的尖脚放在格子的交点上，把两脚规的开度自由伸缩，把弧线的连接自由支配，就可画出无穷的花样来。秦先生说："织物图案和装饰图案，全靠一只两脚规。"这家伙真是妙用无穷的。

　　弟弟！你玩了这家伙，一定趣味很浓，但我要通知你：这不是很难的一种图画。这种画有规则，很呆板，只要细心，谁都会描。反之，像那种写生画，没有一定的规则，而美恶显然不同，这才是美术上的难事，光是细心没有用了。秦先生这样说，我也这样地感到。我觉得画这种画，好比做缝纫，只要耐心，一针一针地缝，总会缝得成功。写生画就不同：不一定要耐心，也不一定要细心。有的时候，耐心了细心了反而不好。用器画注重机械的表现，同一题材，各人所描的结果大致一样，反之，写生画注重个性的表现。十人同画一种水果，画出来的人人不同。所以你倘欢喜用器画，须当它图画的一部分而研究。在工艺美术、实用美术方面，用器画是很重要的。现代的人，有赖于用器画甚多。一切工艺，都是靠了用器画的帮助而制成的。我们大家应该研究这种画法；但这是图画的一部分。除此以外，我们还得研究别种图画。

年假不到一个月了。我半年不回家，第一次回家时怎样高兴，现在也想象不出。

你的姐姐逢春谨复，十二月四日。

援绥游艺大会 [1]

天气一天冷似一天，不知不觉地入了严冬。校庭中，以前郁郁苍苍的梧桐树，如今变成赤裸裸的几根树枝；以前青青的草地，如今很像一片焦土；以前到处有三三五五的散步者，如今连狗都不见一只；以前常常拥挤着笑脸的教室窗子，如今都紧紧地关闭，只让一只烟囱的弯臂膊伸出在外面，向灰色的寒空中乱吐黑烟。——室外充满了严寒的气象。

然而在大会堂的室内，正与室外相反，充满了热烈的气象。这并非为了生着火炉的原故，只因敌兵侵犯绥北，我军在冰天雪地中抗敌，居然获得胜利。所以全校的同学少年个个异常愤慨而且兴奋，正在热烈地开会，讨论援绥的办法。

"背了竹筒向路人募捐，办法不好：不懂事的人要说我们像叫化子，不明白的人还以为我们拿去自己用的。我看还是开个游艺大会，发卖门票，每张大洋一角。大家分担推销：先生们每人担任十张，同学们每人担任五张。这样，我们全校二十几位先生和四百多同学，一共可以推销二千多张，就有二百余

---

[1] 绥，系我国旧绥远省简称，1954 年撤销，并入内蒙古自治区。本篇原载 1936 年 12 月 25 日《新少年》第 2 卷第 12 期。

元可以寄送绥北去慰劳抗敌将士。背了竹筒募捐,哪里能得这数目?"学生会会长提议。全体同学一致拍手赞成。会长继续说:

"关于游艺大会推销门票的办法,蒙全体一致赞成,很好很好。现在我们来继续讨论这游艺大会的内容。会中所表演的,无非音乐、跳舞、演剧等种种艺术。但这不是每人都能参加的。我的意思,应由各级分别选择出长于艺术的人才来,组织一个筹备会。然后由筹备会安排节目,分派任务,克日练习,定期表演。"大家又是一阵拍手赞成。

经过了其他种种讨论之后,方始散会。各班同学各自回到自己的教室,由级长主席,分别选择游艺大会筹备会会员。我们这班里投票的结果,我当选了。当晚筹备会就成立,借全校最大的春一教室开第一次会议。会员共有六十三人,男同学五十人,女同学十三人。我向全体回视一周,觉得这里所包含的不外两种人:一种是平日最热心图画音乐的人,一种是平日最会噪的人。推举主席,讨论节目,分派任务……大约经过两小时之久。结果我被选为装饰股干事。

次日午饭后至上课的空闲,我们的装饰股干事开会。有的人担任办器物,有的人担任借衣饰,有的人担任制背景……派到我名下的是绘制各种标语和大会门前的匾额。和我合作的还有一人,就是二年级的男同学秋叶心。他是我的小学时代的同学、同乡,又是亲戚。本来很亲近;自从入中学以来,为这学校的校风——男女同学除上课外极少接近——所碍,反而生疏起来。我常觉得这是一种不自然,不合理,而且幼稚的校风。

这回，在众心一致的爱国热情之下，这种校风开始被打破了。在集会时，大家忘记了男女的区别，共同讨论。在筹备中，大家忘记了男女的区别，共同办事。这真是可喜的事。叶心哥本来最怕人笑，平日偶尔遇见我时绝不理睬，好似遇见仇敌一般。这回方始回复了从前的态度。他笑着对我说："敌人的侵略，反使我们全校同学更加亲密了！"我说："不仅同学如此，全国民众一定也会因了敌人的侵略而更加亲密起来呢！"我们就商量我们的工作。

标语条子是小小的，还容易绘制。门口的大匾额，做起来倒很费事。"画图案字吧？""请先生写大字吧？""用棉花堆出来吧？""用马粪纸剪出来吧？"我们二人商量了好久，终于不决，就一同到秦先生房间里请教。

秦先生说："图案字画得好，也很醒目，但现今有许多图案字广告，把字体变得奇奇怪怪，非常难看，甚至不认识。变成了美术上的一种流行病，你们切不可犯。一定要请擅长书法的先生写，也可不必。你们两人的字体都还清秀，我看还是自己写。"叶心哥说："听人说，书法有种种体裁，都要根据种种碑帖而练习的。我们毫无练习，怎么敢写大字呢？"我接着说："我以前只临过郑孝胥的大字帖，总是临不像。后来这人做了卖国贼，我气煞了，立刻把帖撕碎，从此不再临帖！"叶心哥和秦先生都笑起来。随后她说："碑帖中的字固然写得好，初学时笔划未整，不妨临摹。但用笔渐有把握之后，不必临摹，只要看看各种字体的结构，笔力的轻重，以供自己的参考，也就够了。写字一定要模仿古人，这一说我很反对。"我们同声表示赞同。她继续说:"古人苦心经营,发明一种有特色的字体,确是美术上的创作。但后人何必一定要学他,而且定要学得很像呢?我主张写字要各人自成一体,同各人的脸孔一样。古人苦心经营的结果,——那种碑帖,——可供我们参考,但不是教我们依样画葫芦的。用图画的眼光来看书法,字无非是各种线条的结合。各种字体,皆因线条结合法不同而生。而线条结合法的不同,分析起来不外两条路,第一是线条的构造。这好比图画的构图,又好比造屋的木材。第二是线条的粗细刚柔。这好比图画的笔法,又好比造屋的盖砌。前者当然比后者更为重要。譬如图画,构图不好,笔法虽好无益。譬如造屋,木材架子搭得不好,盖砌虽好无用。再用人体来比方字,线条的构造犹之骨骼,线条的粗细刚柔犹之筋肉。骨骼倘有缺陷,筋肉虽然健全,其人终是残废者。"这时候,恰巧驼背的王妈提了水壶进来倒开水,见了她,我们三人一齐笑起来,弄得她莫名其妙。

素性温厚的秦先生立刻注意到了自己的行为近于残酷,赶快敛住笑声,继续对我们说:"所以我劝你们自己去写。只要笔划的构造妥帖,笔划的粗细刚柔适当,能使观者得到明白爽快的印象,便是好字。但切莫模仿那种无理地好奇的图案字!至于用棉花堆,用马粪纸剪,我看也可不必。去买那种淡黄色的布,用鲜红色写上'援绥游艺大会'六个字。四周也不用花纹,但用双线加一道边。这样,色彩温暖而有生气,形式正大而明快,很可以象征你们的爱国热忱呢。"我们领教,告辞。

办到了布和颜料,先由叶心哥用木炭在布上划出每个一尺

> 援綏
> 會大藝游

半见方的六个字的骨胳,然后由我一一附上筋肉去。经过几度修改之后,两人同把红颜料涂上去。——我们的写大字真同画图一样。

画好了字,抬出去晒。许多人走过来看。有的同学问:"字谁写的?"我说:"他写的。"他说:"她写的。"他们笑着说:"你们二人同写的?真是'同心'的了!"我们被说得难为情起来。不意校长的声音在人丛背后响出:"很好!正要万众'同心',才可援绥抗敌!"于是大家齐声呐喊起来:

"万众同心!援绥抗敌!"

艺术修养基础[1]

（〔桂林〕文化供应社一九四一年七月初版）

---

[1] 根据 1946 年 12 月香港文化供应社初版本排印。

子愷

上编　艺术总说

第一章　艺术的学习法

学过了几何，再学三角；学过了物理，再学化学，都是更进一步，再多学一种学问。只要更多出一点心力，或者更多费一点时光，就可以成功。但学过了别的学问，再学艺术，情形就不同；不是更多出力或更多费时，就可成功的。学了别的东西之后，再学艺术，须得心中另"换一种态度"，才有成功的希望。所以讲艺术学习法，先讲艺术内幕的事是徒劳的，必须先请学者懂得"换一种态度"的方法。

世间有"真、善、美"三个真理。人生便是追求这三个真理的。科学追求真，道德追求善，艺术追求美。人生必须学艺术，便是为求人格的圆满。真、善、美，这三者，互相关联，三位一体；但是性状完全不同。譬如这里有一株树，我对着它，可有三种态度。第一，心中想起这是什么树，在植物学中属于何类，以及这是谁人所植，谁家所有的。这时候我所用的心，是心的"知识"方面。第二，心中想起这树上可收多少果实，树干可作多少器具，我打算来采伐它。这时候我所用的心，是心的"意志"方面。第三，心中全不想起上述的事，而只是眺望树的姿态，觉得它是秀美的，或者苍劲的，或者婆娑的，或者窈窕的。这时候我所用的心，是心的"感情"方面。

前面所谓"换一种态度",便是用心时换一个方面的意思。

我们在日常生活中,用心的"知识"和"意志"的时候居多数。譬如出门办事,要察看时候,要辨别路径,要计较是非,要打算得失。所用的心大都是心的知和意两方面。难得用感情去欣赏事物。习惯了这种日常生活的人,学艺术的时候也就这样用心,那一定学不成功。因此我现在特别提出这态度的问题来,教学者注意。诸君要学艺术,必须懂得用"情"。不要老是把心的"知"和"意"两方面向着世间。要常把"情"的一方面转出来向着世间。这样,艺术才能和你发生关系,而你的生活必定增加一种趣味。譬如你出门办事,专门用心于察看、辨别、计较和打算,你的生活太辛苦而枯燥了。偶然坐下来休息一下,对着眼前的花草风景天光云影欣赏一下,心里便舒畅些,元气也充足了。艺术对于人生的慰安,即在于此。故能应用感情,可免生活枯燥。世间有些人利欲熏心,有些人冷酷无情,有些人形同机械。这都是缺乏艺术趣味所致。他们有时也玩艺术品,但不懂得感情的用法,故与艺术实在毫无关系。

感情怎样用法?可就眼睛、耳朵、心思三方面分别说明。因为重要的三种艺术,绘画、音乐、文学,是用这三种感官去领略的。

一、眼睛的艺术的用法:造物主给我们头上生一双眼睛,原是教我们看物象的。但他曾经叮嘱我们:"要用眼睛看物象的本身,又看物象的意义!"小孩子出生不久,分明记得这句话,看物象时都能够注意其本身。后来年纪长大,便忘了上半句,不看物象的本身,而转看物象的意义了。学艺术便是补充这上半句的。诸君都听见过《皇帝的新衣》的故事吧。(大意是:有一个皇帝,要做新衣,雇织工来织布。织工说,我织的布,非常神妙,没有道德的人看不见,道德高尚的人才看得见。皇帝相信他。皇帝派大臣去看,大臣看见布机上并没有布,织工只是空装织布的姿势。但恐怕别人说他没有道德,假意称赞布很美丽。皇帝自己去看,也看不见。但也恐怕没有道德,也假意称赞布的美丽。后来布织成了,衣做成了,织工拿来给皇帝穿。皇帝明明看见是空的,假作欢喜,穿了出去巡游。民众明明看见皇帝裸体着,但都恐怕自己没有道德,大家假意称赞新衣的美丽。直到后来,有一个小孩子看看皇帝,喊道:"皇帝裸体着,并没有穿衣!"被他说破,于是大家才觉悟了。)大臣民众为什么都说假话呢?因为他们忘记了上半句,看物象时但看其意义,以为这裸体必须假定为有衣服的,故应该说有衣服,就不见裸体的本相了。小孩子为什么能够说破皇帝的新衣的虚空呢?就为了不忘记上半句,能够看见物象(裸体皇帝)的本身的原故。现在世界上,生着眼睛而不能看见物象本身,与那些大臣民众一样的人很多。艺术教养,就好比小孩子的说破。可知学习艺术,眼前能见一种新鲜的光景,实在是人生的一种幸福。

由上述的故事,可知"看取物象的本身",便是眼睛的艺术的用法。倘嫌上述的故事太稀奇,不妨举日常生活的实例来说。譬如一只茶杯,你看见了但想"这是盛茶用的器皿,这是我所有的,这是几毛钱买来的"等,你便忘记了造物主叮嘱你的上半句,而只记得下半句了。换言之,你的眼睛便是不懂得艺术的用法的。还须得能够静静地观赏茶杯,看它的形状如何,线条如何,色彩如何,姿态如何,才是看见茶杯的本身。又如一把椅子,你看见了但想"这是坐的家具,这是红木制的,这应该放在客堂里,这要谨防偷盗"等,也是忘记了上半句,不懂得眼的艺术的用法。还须得能够观赏椅子,看它的形状、线条、色彩、姿势,才是看见椅子的本身。如前所述,看见树木,只想"这是什么树,在植物学中属于何类,是谁所植,树上可收果实多少,树干可作多少器具,我打算怎样采伐它"等,此人也没有看见树木的本身。

看见物象本身有什么好处呢?浅而言之,大家能够看见物象的本身,世间的工艺美术一定会大大地进步起来。只因多数人只讲实用,茶杯但求盛茶不漏就好,椅子只要是红木的便贵,对于形式的美恶全不讲究。于是社会上就有许多恶劣的工艺品流行,破坏人生的美感。常见好好的瓷器,只因样子塑得不好,花纹描得难看,而给人恶劣的印象。好好的木器,只因形式造得不好,漆饰涂得难看,而引人不快的感觉。都是为了多数人看不见物象的本身,因而工业者忽略美术的研究所致。进而言之,吾人对物象能看其本身的姿态,眼前的世界便多美景,我的心便多慰乐。所谓"美的世界"并非另有一个世界,便是看物象本身时所见的世界。古人咏儿童诗句云:"对境心常定,逢人语自新。"[1] 对着一种境地心能够常定。便是说对着

---

[1] 近代诗僧八指头陀(俗姓黄,字寄禅)诗句,全诗是:"吾爱童子身,莲花不染尘。骂之唯解笑,打亦不生嗔。对境心常定,逢人语自新。可慨年既长,物欲蔽天真。"

物象能够撇开其意义而看见其本身的意思。逢着人说出话来自会新鲜。便是说看见物象的本身，故能说别人所不能说的话。"皇帝裸体着，并没有穿衣"，便是"逢人语自新"的一例。

可知要学艺术，必须懂得眼的艺术的用法，即必须能见物象的本身。但最后我须得声明：我劝你看物象的本身，并非劝你绝对不要想起物象的意义，而仅看其本身。我是劝你不要忘记造物主所叮嘱你的话："要用眼睛看物象的本身，又看物象的意义。"看物象的本身能发见其美，看物象的意义能发见其真和善。真善美三位一体，不能分割。好比一个鼎必须有三只脚，方能立稳。缺了一只脚，鼎就要翻倒的。

二、耳朵的艺术的用法：造物主给人头上造一双耳朵，教人能听。当时也有一句话叮嘱人："要用耳朵听声音的本身，又听声音的意义！"但人们老是忘记了上半句，而单记住下半句。听见一种声音，但问这是什么声音。是敌机声么？赶快逃进防空洞！是风声么？可以放心。是喊救火么？赶快搬东西！是喊摆渡么？可以放心。这样的听觉生活过惯了，遇到声音总是追求其意义，就从此听不见声音的本身了。凡美必是事物本身的表现。故音乐艺术必是声音本身的表现。听不见声音本身的人，就不能学习音乐。唱起歌来像说话或叫喊一样，听见音乐先问这是什么歌，便是不解声音本身之故。故耳朵的艺术的用法，是听声音的意义之外，又听其高低、强弱、长短和腔调。风声、水声没有字眼，你要能在它的高低强弱长短里，听出一种情味来。反之，说话有字眼，你却要能在字眼之外听出一种腔调来。——好比不懂英语的人听英国人说话，不解其意义而但闻其腔调。这等便是听取声音本身的练习。练习积得多了,听见没有字眼的声音便似听见说话一般,能在其中感到一种情味,音乐艺术便可学成了。据传说,希腊黄金时代,艺术最发达的时代,其人民听讲演,对于讲演的音调,比讲演的意义看得更重。话未免夸张,但艺术教养深厚的人对于声音的敏感,于此可知。我国古代也有传说:孔子有一天立在堂上,听见外面有一种哭声,非常悲哀。孔子就拿琴来弹,其琴声的腔调和哭声相同。孔子弹完了琴,听见有人嗟叹。问是谁,原来是颜渊。孔子问颜渊为什么嗟叹,颜渊说:"现在我听见外面有人哭,声音很悲哀,不但是哭死别,又是哭生离。"孔子说:"你何以知道?"颜渊说:"因为它像完山之鸟的鸣声。"孔子说:"完山之鸟的鸣声又怎样?"颜渊说:"完山之鸟有四个儿子,羽翼已经长成,将要分飞到四海去。母鸟送别他们,鸣声极其悲哀。因为他们是一去不返的。"孔子差人去问门外哭的人,哭的人说:"丈夫死了,家里很穷,将卖掉儿子来葬丈夫,现在同儿子分别。"于是孔子称赞颜渊的聪敏。这故事不知真假。但故事的意旨,无非是要说明声音本身(没有字眼)能够详细地表现感情。懂得耳朵的艺术的用法的人,便能从纯粹的声音中听出一种情味来。孔子称赞颜渊聪敏,他自己能用琴模仿这种哭声,可知比颜渊更聪敏。颜渊只能欣赏,孔子却能创作。孔子有一天听见子路弹琴,说他有杀伐之声,是不祥之兆。后来子路果然战死,被人斩做肉酱。可知他老先生的耳朵聪敏得更厉害。苏东坡的《赤壁赋》中写客有吹洞箫者,说"其声呜呜然,如怨如慕,如泣如诉",能从声音中听出怨慕泣诉的情味来，其耳朵也很有艺术的修养了。

　　故要用耳朵来学习艺术，即要学习音乐，必须另备一种听的态度。不要专门听辨声音的意义，又宜于意义之外听赏其腔调。古代的隐士，欢喜住在深山中听松风声，听流水声。倘其人不解听赏声音的本身，实在毫无意味。今人欢喜赴音乐演奏会，听器乐曲管弦乐曲（没有歌词的音乐）。倘不解听赏声音的本身，便同不聪敏的隐士听松风流水声一样地苦痛。须知音乐是音的艺术，详言之，是音本身所表演的艺术。我们平时所唱的歌曲，有乐谱又有文字的，是音乐与文学（诗歌）的综合艺术，不是纯正的音乐艺术。这仿佛是一种合金，虽然也有用途，但论其质，不是纯正的金属。学习音乐，必须学习纯正的音乐，即没有歌词而仅用音符表演的"器乐"（有歌词可唱的叫做"声乐"）。声乐不过是音乐中之一种，不能代表音乐本体的。器乐才是音乐的本体。要理解器乐曲，必须从听赏声音本身入手。但最后又须声明：我劝你听赏声音的本身，并非劝你听人说话时也不顾到话的意义，而仅听其腔调，弄得同外国人或聋子一样。我是劝你不要忘记造物主所叮嘱的话："要用耳朵听声音的本身，又听声音的意义。"听声音的本身能发见其美，听声音的意义能发见其真和善。真善美三位一体，不能分割。好比一个鼎必须有三只脚，方能立稳。缺了一只脚，鼎就要翻倒的。

　　三、心思的艺术的用法：我们平时对于世间事物的思想与见解，总是求其真实而合理的。然而有的时候，真实合理太久了，要觉得枯燥苦闷；偶然来个不真实不合理的思想与见解，

阿宝两只脚，凳子四只脚　丰子恺 作

反而觉得有趣。这也是人的生活的一种奇妙状态。例如几个大人坐在室中谈话。谈的话都真实而合理。忽然有一个小孩子，到室中来游戏了。他把糕喂给洋团团吃；忽然又脱下自己脚上的鞋子来，给凳子的脚穿了。于是大人们都笑起来。这种笑，不是笑他的无知与愚痴，却是觉得这种生活的有趣，而真心地欢笑。欢笑得不够，大人们会蹲下来，模仿小孩子，向他讨糕糕吃。可见儿童生活富有趣味，可以救济大人们生活的枯燥与苦闷。耶稣圣书中说：惟儿童得入天国。从艺术上看，儿童得入天国，便是为此。但造物主怜悯大人们脱离了儿童的黄金时代之后，生活太苦，特为造出叫做"艺术"的一种东西来赐给他们，以救济他们的生活的枯燥与苦闷。故心思的艺术的用法，不妨说就是大人思想的儿童思想化。就是大人的回复其"童心"。

懂得真实地合理地观看世间事物的大人们，有时故意装作不懂，发出小孩子说话似的见解来，便可成为艺术的"诗"。例如：一个女子自己划船去采莲，采到月出才划回来。本是一件寻常的事。但你不必这样老老实实地说。你不妨换一种看法与想法，把花月看作人，想象他们都同这采莲女相亲爱，便可得这样的诗句：

　　来时浦口花迎入，采罢江头月送归。

那么一说，这一件寻常的事忽然富有生趣，这事实忽然美化了。我们明明知道这话不真实，不合理，是假意说说的。但我们不嫌其假，反觉其假得很好。又如两人将要分别，在蜡烛火下谈到夜深。也是一件寻常的事。但我们不妨换一种看法与想法，而这样地说：

　　蜡烛有心还惜别，替人垂泪到天明。

好在蜡烛有芯，其油像泪，这诗句就更巧妙了。又如一个人坐在深山中的庵里，独自喝杯茶。这事实可谓简单，枯燥，寂寞之极了。但诗人能作如是观：

　　青山个个伸头看，看我庵中吃苦茶。

同类的事实，一个人独行荒山中，只有一只白鸟飞来叫了几声，其余无事。这也可谓简单，枯燥，寂寞之至了。但诗人这样说：

登山图　丰子恺　作

> 青山不识我姓氏，我亦不识青山名。
> 飞来白鸟似相识，对我对山三两声。

上面举的四个例，都是故意说假话。假的地方，都在把无情之物当作有情的人看。故可称为"拟人的看法"。这看法进步起来，有时变成荒唐。但好处也就在荒唐。例如在渭水上想念故乡，便说："渭水东流去，何时到雍州？凭添两行泪，寄向故园流。"仰望庐山，便说："咫尺愁风雨，匡庐不可登。只疑云雾里，犹有六朝僧。"恨丈夫乘船出门久不归家，便说："不喜秦淮水，生憎江上船。载儿夫婿去，经岁又经年。"把眼泪流在河里，要它带到故乡去。唐朝人说庐山上恐怕还有六朝僧。丈夫不回来，埋怨秦淮河同船。这种荒唐可笑的行径，简直同无知小儿的一样。然而这都是唐诗的杰作，流传到千年后的今日，还是脍炙人口。

还有一种小孩子看法，是把眼前事物照样描写，而故意说不合事理的话。可称为"直观的看法"。例如：

> 山中一夜雨，树杪百重泉。

看见树后面的山中有泉水流着，便撇去树与山的距离，故意说泉水在树杪上流着。还有更不合事理的：

> 孤帆远影碧空尽，惟见长江天际流。

> 黄河远上白云间，一片孤城万仞山。
> 君不见走马川行雪海边，平沙莽莽黄入天。

江、河、沙都会上天，流到白云之间。这些话更不合事理。但把眼前立体的景物当作一幅平面的图画看时，的确如此。

还有一种小孩子的看法，是故意装作不识大体，而讲些零星小事，而这小事却又能暗示大体。胡适之先生说这好比大树干的横断面，看见一片便可想象大树的全体。故不妨称之为"断片的看法"。例如：

> 打起黄莺儿，莫教枝上啼。啼时惊妾梦，不得到辽西。
> 寥落古行宫，宫花寂寞红。白头宫女在，闲坐说玄宗。
> 妾有罗衣裳，秦王在时作。为舞春风多，秋来不堪着。
> 君自故乡来，应知故乡事。来日绮窗前，寒梅着花未？

第一首诗，只说一个睡晏觉的女子要打走枝上的一只黄莺。但从这小事中可以窥见开边黩武时代人民怨战的情状。今日的日本女子读了可以哭杀[1]。第二首诗，只说一个老宫女在讲旧事。但由此可以窥见唐明皇一代兴亡之迹。第三首诗，只说一件破衣裳。但由此可以窥见人世盛衰无常之相。第四首诗，只说梅花开了没有，但由此可以窥见离人思乡之心。这些诗，表面都好像天真烂漫的小孩子讲的零星细事。但并非

---

[1] 哭杀，意即哭死。本书写于抗日战争时期，故云。

真个无关大体的零星细事，却是可以小中见大、个中见全的，故能成为好诗。

文学之中，诗是最精采的。所以上面举许多诗为例。学者理解了诗心，便容易理解文心，而懂得心思的艺术的用法了。

总结上文：如要学习艺术，须能另换一种与平常不同的态度来对付世间。眼睛要能看见形象的本身。耳朵要能听到声音的本身。心思要能像儿童一般天真烂漫。

第二章 艺术的种类

艺术共有十二种。即 1 绘画，2 书法，3 金石，4 雕塑，5 建筑，6 工艺，7 照相，8 音乐，9 文学，10 演剧，11 舞蹈，12 电影。

这一打艺术，我们须得把它们分别门类，学起来才有眉目。最普通的分类法，是以我们的感觉机关为标准。对付艺术时所用的感觉机关，主要的不外二个，即眼睛和耳朵。换言之，艺术不外乎看的同听的两种。但此外还有又看又听的，即眼睛和耳朵并用的。故共有三种。看的称为"视觉艺术"，听的称为"听觉艺术"。又看又听的称为"综合艺术"。还有一种称呼法：视觉艺术因为必须在空间中表现的，故又可称为"空间艺术"。听觉艺术，因为必须在时间的经过中表现的，故又可称为"时间艺术"。又占空间，又历时间的，则仍称为"综合艺术"。

视觉艺术共有七种，即前面自 1 至 7。这七种艺术，都是用眼睛看的。普通所称为"美术"（fine arts）的，便是这一类。其中有二种，是西洋所没有，而中国所特有的，即书法与金石。西洋人写字不当作艺术，刻印也不成为正式的艺术。中国则从古以来，"书画"并称。又有"书画同源"之说，说写字同作画，是根本相同的。故在中国，书是与画同等重要的一种艺术。金石，在小小的图章中雕刻文字，分厘毫发都要讲究，在一切美术中是最精深的一种。其性质介乎书法与雕塑之间，亦可说是雕塑之一种。但此种雕塑设备较简，研究很轻便。故中国古来的文人，大都能制作或鉴赏。中国画家大都能书，书家大都能治金石。因此"书画金石"，三位一体。一幅中国画中，画之外有题字，题字之下有印章。看一幅画，便是欣赏"书""画""金石"三种艺术。这是西洋所没有的。

除上述三种以外，第7种照相，是以前所没有，而近来新添的。照相初发明时，大都当作实用品，或工艺之一种，不能独立为一种艺术。后来，用照相摄静物、风景，同绘画一样。就有"美术照相"之名。有人称它为"准艺术"。因为它究竟太机械的，太不自由，不能充分加入作者的主观的创作，故不能称为正式的艺术。后来照相技术进步，而绘画趋于写实，美术照相遂渐渐地获得正式艺术的地位。

绘画、建筑、雕塑，这三种在西洋美术中向来是最主要的。绘画是在平面上（纸、布）表现的。建筑雕塑是在立体中表现的。雕塑的立体是仅重表面的。例如一个铜像，只讲外观，不讲内部。建筑的立体则兼重表面和内部。故此三种美术，所用的感觉各异：绘画仅用视觉。雕塑直接用视觉之外，又间接用触觉。（不是真个用手去摸雕像，是触觉参加在视觉中。故石膏像、铜像、木像、泥像、大理石像，给人不同的感觉。）建筑则直接用视觉之外，又间接用触觉及运动感觉。（不是真个用手去摸建筑的各部，到建筑的各部分去跑一转。是触觉和运动感觉参加在视觉中。故仅讲美观而不宜实用的建筑，使人不满意。）

工艺，是实用为主的一种艺术。例如文具、茶壶茶杯、桌子凳子等一切日用器什，都是工艺美术。这种艺术，是在合实用之外，又必求其美观。因为实用的条件太苛刻，美术家不能自由发挥其创作欲，故与照相同样，在艺术中为地位最低的一种。然而它的美术的效果，却是最大。因为日用器什，旦暮在人眼前，其形式的美丑，给人心情以很大的影响。英国十九世纪艺术教育者莫理斯〔莫里斯〕（William Morris）说，民众的艺术趣味的高下，与工艺美术的美丑大有关系。故欲提倡艺术教育，首先要改良工艺美术。他自己开一爿卖家具器什美术品的商店，叫做"莫理斯公司"。所发卖的工艺品，都很讲究美观。英国人至今还受着他的惠赐。

以上是七种视觉艺术的说明。

听觉艺术只有两种，即前面的8音乐，与9文学。音乐全靠耳朵听，是明显的事。文学常印成书册，好像是靠眼睛看的，其实与眼睛无关。文学原来就是讲话。讲话远处的人听不到，后代的人也听不到。因此把它用文字刻印在书册上，使它可以传到远方，传到后世。所以我们虽用眼睛看书，其实就是听讲。所以文学也是属于听觉艺术的。文学中的诗歌，注重音调，含有音乐的分子，就更显明是听觉艺术。

听觉艺术比视觉艺术活跃。因为前者在时间中表现，是抽象的；后者在空间中表现，是具体的。所以音乐比绘画容易感动人。绘画中加些文学的趣味（例如中国画、漫画等），容易得人理解。反之，视觉艺术比听觉艺术有力。因为具体的形状色彩，不易消灭，给人很深刻的印象。不像音乐文学地听过后即消失，须得重听才能再见。

除上述七种视觉艺术和二种听觉艺术之外，其余的三种，即前面所举 10 演剧、11 舞蹈、12 电影，因为并用眼睛和耳朵，故称为综合艺术。演剧就是扮演出来的文学。其不扮演者，便是剧本。我们看剧的时候，眼睛要看舞台上的布置与举动，耳朵要听角色的唱白与伴奏的音乐，心中要想剧中的情节。这便是绘画、音乐、文学三种艺术的合同表演。所以称为"综合"。舞蹈大都伴着音乐。即使是默舞，也全靠在时间的经历中表现。所以也是综合艺术。这种艺术，在人类中发生最早，与音乐同时出现。太古时代的初民，没有一切文化的时候，就会唱歌跳舞。所以舞必伴着歌。电影，有声的，其实就是演剧。不过用照相代替了真的人物。无声的亦必在时间经历中表现，且有文字说明，故仍为综合艺术。近来有一种称为"纯粹电影"的，没有剧本，不演事情，只是各种形象色彩的变化，好比展览花布一样的，是属于视觉艺术的。但这种电影很少有，只有西洋几个研究立体派未来派绘画的人玩玩，不能视为正式的电影。

以上已把一打艺术的最普通的分类法说过了。艺术还有种种分类法。现在把比较重要的三种附说在下面。

第一，以艺术对自然的关系为标准而分类，则一打艺术可分为"模仿艺术"与"非模仿艺术"两种。绘画、雕塑，完全是模仿艺术。因为它们必须取自然界的物象来描写雕刻，不许乱造的。最近有一种绘画，叫做"立体派"，"未来派"的，不描物象，而由主观创造各种形象色彩，使人看了莫名其妙。雕塑中也有这两派，雕的东西教人识不得。但这些究竟不是正当的艺术，二十世纪初在欧洲流行一时，不久即消灭。故绘画雕塑依然完全是模仿艺术。照相自不必说。音乐、舞蹈，是最完全的非模仿艺术。因为它们用音符或姿势表出一种情味，音符和姿势根本不能模仿自然界的物象的。但其中也有略含模仿分子的。例如音乐中的"标题音乐"，用声音描写人事风景，像水流声、风声、步声、马声、炮声等，则音乐也略有模仿性。又舞蹈中也有略含模仿分子的。例如用姿势模仿流水、落花、动物的步态等便是。此外如文学，有抒情的，有描写记述的，可说是半模仿半非模仿的艺术（演剧、电影同）。书法，除象形文字之外，是非模仿艺术。金石与书法同。建筑和工艺，可说是完全的非模仿艺术。因为它们必须合实用，根本不能照自然物象而造房子或制器具。偶然有取狮子老虎的脚的形象来作椅子桌子的脚，取动物的形状来做水盂。但都是勉强借用一部分的，且少得很。故建筑和工艺总是非模仿艺术的代表。

第二，以艺术的用途为标准而分类，则一打艺术可分为"自由艺术"与"羁绊艺术"两种。建筑与工艺，必须合实用的，是代表的羁绊艺术。此外，除了供欣赏之外别无实用的，都是自由艺术。但各种艺术中都有特例。例如建筑原是羁绊艺术，但其中如宝塔、凯旋门等，只供欣赏，并无实用，又属于自由艺术。绘画雕塑中的肖像，可供供养、瞻拜，则又似属于羁绊艺术。

第三，以艺术的作风为标准而分类，则艺术因地域而有西洋艺术与东洋艺术之别，又因时代而有古代艺术与现代艺术之别。精深的艺术，例如绘画，则在同一地域内又有各种派别。中国的山水画，有南宗与北宗。西洋的绘画，也有古典派、浪漫派、写实派等分别。这在后面当再说明。因为是和艺术研究很有关系的。

以上已将艺术的种种分类法说过了。总之，视觉艺术与听觉艺术是最重要的两类。视觉艺术可由绘画代表，听觉艺术可由音乐代表。故绘画与音乐，是艺术中最重要的两种。普通学校的课程中，必建图画与音乐二科，便是为此。绘画为什么可以代表视觉艺术？因为建筑、雕塑、工艺等研究，必须从绘画入手。绘画是一切美术的根源。音乐为什么可以代表时间艺术，因为它比文学更注重时间的经过，一秒钟也不可以疏忽的。文学，其实应该包括在艺术中。但因为它本身太庞大，故普通让它独立。艺术中也就不论及文学。本书便是照这办法的。

第三章 艺术的性状

要知道艺术的性状,须先看艺术的定义。世间的艺术论者,曾决定艺术的定义如下:"艺术是假象的,非功利的,带客观性,而又带个性,含独创分子,能表现国民性及时代精神的一种美的感情的发现。"把这定义加以说明,艺术的性状便明白了。

先看定义的最后,可知艺术是"美的感情的发现"。人的心有三方面的活动,即知识、意志,和感情。由这三种活动产生三种文化,即科学、道德与艺术。故艺术是感情的发现。科学的目的是追求真,道德的目的是追求善,艺术的目的是追求美。故艺术是美的感情的发现。这在第一章中也已说过。

然后再看定义的限制词:第一是"假象的"。假象,就是说不是事实。事实也能使人发现美的感情。例如对着春郊的风景,月夜的田园,看见相爱的人久别重逢的光景,我们心中都会发现美的感情。但这时候不能说是创作艺术或欣赏艺术。必须把这春郊描成一幅画,把这月夜作成一个曲,把这光景作成一首诗或一篇小说,才可算是艺术。而这幅画主在表出春郊之美,不是某处郊外的地图;这个曲主在表出月夜的美,不是为某家田园写实;这篇诗或小说只求表出久别重逢时之欢乐，不是为某人记事，所以说是假象的。描写历史事迹或某人生活的作品，大都用艺术的技巧来使它假象化。小说中往往用"×××"或"ABC"等字母来代表人名地名，便是为了要加强其假象性。

"非功利的"，便是说艺术创作须全由真心的感动而来，并非为了何种功利的目的而工作。这种事业，在中国称为"净行"，在西洋称为"无目的的"，"无关心的"。何谓净行？例如僧人刻苦修行，并非为求现世的福报，乃是真心信仰佛法之故。这种行为至为清净，故曰净行。艺术的工作，也是真心爱美，欲罢不能的，同这僧人的行为相似，故也称为"净行"。倘画家描画，完全为了想卖画得钱；文人作文，完全为了想卖文得稿费，就不是净行，他们的作品一定不会很好。因为不是真心感动而发，往往是勉强作出来的。"无目的的"，"无关心的"，也就是这意思。"无关心说"是德国美学者康德的名论。英名 disinterestedness，即与 interest（利益）无关之意。但这是艺术创作的最高原则，不是说一切艺术皆非如此不可。例如建筑、工艺，便是有目的的，有关利益的。工程师受人嘱托，签订条约，然后动工建筑。工厂里的工人也受月俸而做工作。难道他们所作统统不好，或者皆非艺术品么？不，他们也可以作出很好的艺术品来。但订条件，受月俸，与工作须看作不相关的两件事，不可专为报酬而做工作，方才有良好的艺术的产生。因为当作不相关的两件事看时，其工作本身仍是为工作而工作，即无目的的，无关心的一种净行。倘专为报酬而做工作，则此人对工作本身毫无兴味；为了生活，不得已勉强从事，其工作一定不良。今日的工厂，对工人待遇太薄，使他们无法对工作本身发生兴味，因此，所产生的工艺品都恶劣轻巧，全无艺术趣味。

"带客观性"，就是说，不是作者一人独自感到兴味的，而是可使多数人共感兴味的。凡是人，必有共通的感觉。孟子称这为"心之所同然"。他说："圣人不过是先得我心之所同然罢了。心之所同然是什么？是理，是义。"从艺术方面讲，就可说"是美"。必须是多数人共感的美，方能成为艺术。同感的人愈多，其艺术愈伟大。西洋人的文学作品，翻成了中国文，中国人看了也感动。即可知这西洋人的艺术很高。反之，倘只限于一国、一乡，或一家的人能感兴味，而他人皆不觉其美的，其艺术便不高明。最伟大的作品，千载之后还能感动人，即所谓"不朽之作"，其客观性是非常广大的。像中国的古文、古诗等，便是其例。自来"春花""秋月""别离""羁旅"等，最常被取作诗的题材。而用此种题材的作品中，佳作亦最多。便是为了对这等事同感的人最多，客观性最广的原故。咏富贵生活的诗，咏隐居游仙生活的诗，极少有好的。便是为了对此等事同感的人很少，客观性很狭的原故。最近西洋有一种奇怪的绘画，叫做"立体派"，"未来派"，"达达派"（Dadaism）的，只有作者同他的少数同志能懂得，别的人看了莫名其妙。这些画一时勃兴，转瞬即消灭。便是为了客观性太狭之故。

"而又带个性，含独创分子。"这句与上句"带客观性"好像是相矛盾的，其实并不。题材要带客观性，使万人共感；表演技术要带个性，与他人不同。以"春"为题目的诗,在唐诗中不知有几千百首。然而各有各表现法,不相重复,即各诗人各有其个性,不相雷同,所以各自能成为佳作。许多画家对着同一景物写生,所描成的画,笔法、色彩、构图等各不相同,因而画的情趣各异,便是为了各人各有个性,各有独创力的原故。用写字来比方,此理更易说明。写字必须得大家认识,不许乱造,便是"带客观性"。写字各人有各人的笔迹,不相雷同,便是"带个性,含独创分子"。有些人写字,死板地临摹古人碑帖,学得同碑帖分不出来。这人决不能成为书法大家。因为依样画葫芦,失去了自己的个性。有些初学画的人,画直线喜用米突〔米(metre)〕尺,画圆线喜用圆规。其画死板板的,没有生趣,不能称为艺术。反之,空手用笔描写,显出笔法,方可成为艺术品。

"能表示国民性及时代精神",是根据于上条"带个性含独创分子"而来。一个人生在一个地方,一定受这地方环境的影响;一个人生在一个时代,也一定受这时代思想的影响。所以英国人的作品有英国风,法国人的作品有法国风。唐代人的诗有唐代风,宋代人的诗有宋代风。这是自然的表现,不是勉强的。可知中国人到外国留学,就模仿外国风,学得同外国人一样;今人学古人,学得同古人一样,都是不自然的事。同时他的作品一定不好。因为其中缺乏国民性及时代精神。

第四章　艺术的形式

艺术是给人美感的，故其表现形式非常讲究。艺术形式的法则，重要者有下列六种：1.反复与渐层，2.对称与均衡，3.调和与对比，4.比例与节奏，5.统调与单调，6.多样统一。各种艺术的表现形式，都要应用这些法则。今逐一略说于下。

1.反复与渐层：反复就是同样的形式屡次出现。图案模样，例如绸布的花纹，差不多完全是同一花样的反复。建筑亦然：例如窗、柱、壁饰等，都是同样形式的屡次出现。音乐舞蹈中也很多。同一音符往往连续数个，同一动作往往反复数次。诗文的用字用句，也往往反复。反复的效果，是形式整齐，给人强明的印象。这是最原始的艺术形式。未开化的原始人，在石刀的柄上刻并列的同样的两三条纹，以为装饰。他们也知道这形式法则了。更进一步的，是渐层，就是一种形式渐次变化起来。例如由大而渐小，由深而渐淡，由高而渐低，由强而渐弱等。建筑中的浮图（宝塔），便是由大而小渐层向上的。音阶 do re mi fa……是由低而高的渐层进行。fa mi re do……是由高而低的渐层进行。诗文的叙事、议论，层层渐进，至于顶点（climax）。图案的色彩由深而淡，渐渐消失。沿线由内向外盘旋而出。都是应用渐层法则的。反复有整齐的美，渐层有变化的美。

2. 对称与均衡：对称就是左右相同。这与反复一样，是原始的艺术形式之一。人生来就欢喜对称，因为人自己的身体完全是对称的。建筑中应用此法则最多。例如门、窗，都是左右同样两扇的。房屋形式也多数用对称。例如三开间，左右两厢房，是中国房屋形式的通例。庙宇殿堂，尤重对称。因为对称有一种正大堂皇之感。室内布置，中国人也多欢喜对称。例如厅堂，朝外天然几，上悬中堂匾额，左右挂对联。堂前左右两排茶几椅子。痰盂亦必左右两个。蜡台必成对，花瓶亦必求其成双。绘画中的图案，用对称形式亦多。诗文中平仄相对，尤为惯例。舞蹈由人体表现，人体是对称的，故对称的动作特别多。由对称进步起来，变成均衡。均衡，就是左右并不相同，而能保住平均，无偏重之感。这两种形式，拿秤来比方最易说明。对称好比是天平秤：中央一个架子，左右两个盘，重量相等，而形式亦相同。均衡好比中国向来用的秤：秤杆的右边挂着重物，逼近秤纽；则左端小小的锤，必须远离秤纽，方才保住均衡。即右端物大而地位小，左端物（锤）小而地位大，由此作成均衡。又如一个人，右手提着一桶水，则左手自然会伸开去，以保住左右的均衡。绘画的构图，应用此法则最多。例如一边有许多屋，则他边画一人物，与之对抗。一边有大屋，则他边画高塔，与之相抵。名作的构图，应用均衡法则非常巧妙，非笔墨所能述。西洋建筑欢喜用均衡式。例如小住宅，一边有广大的草地，一边建着小小的洋房。草地上立几株树，与洋房保住均衡。洋房的房室也不必左右对称，不妨大小搭配，成不规则形。室内陈设,也不求左右成双。椅子不妨单独,桌子不妨斜置,但求全体之保住均衡。看惯对称的厅堂的中国人,对于此西洋式布置颇感新鲜,都模仿他们。但模仿时第一须注意全体的均衡。倘不顾全体,但把椅子拆开,桌子斜转,便成为无理的好奇。音乐中两部相对,其高低、强弱、长短也巧妙地保住均衡。舞蹈时身体的姿势,若非对称,必取均衡。

3. 调和与对比:调和,就是相类似。这原是音乐上的用语。例如 do 与 do,振动数相倍,所发的音很调和。借用在形式上,同是直线形,同是曲线形,同是红一类的色彩,也称为调和。色彩的调和,尤为一般艺术上的常用语。凡七色轮上相邻近的二色,一定很调和。例如红与橙,橙与黄,黄与绿,绿与蓝,蓝与青,青与紫,紫与红便是。故凡衣物,用同类而较深的颜色来镶边。一定很美观。例如淡红衣用深红镶边,嫩绿衣用深绿镶边,都是很调和的。充其极,渐层中相邻的二层,是调和的。反之,二种形式性质相反,名曰对比。在形式上,如直线与曲线,方与圆,互相对比。在声音上,如高音与低音,长音与短音,强音与弱音,繁急的进行与简缓的进行,亦成对比。在色彩上,凡七色轮上相对的两色,如红与绿,黄与紫,蓝与橙等,都是对比的。调和有和平之感,对比有活跃之感。调和是静的,对比是动的。故对比比调和为复杂。文章一起一伏,便有波澜,即是对比的效果。日本人说,女子不宜携方形之物,宜携圆形之物。这话是以调和为主的。因为女子周身都是柔美的曲线,手携直线形的物件,对比太强,有伤其和平之美。反之,洋楼矗立的都市中,偶然来一个张雨伞的人,这市街风景忽呈美观。因为洋楼的直线得了雨伞的圆线的衬托，作成美满的对比了。市街上种树，可得与此同样的效果。绘画的构图，应用对比法则更多。

4. 比例与节奏：以上的各条，都是研究两个形体的关系的。一个形体内各部分的关系的研究，名曰比例。例如中国画的立幅，很狭而高；横幅，很扁而很长，皆有新奇之感。又如西洋的油画，长阔两边的比例约如明信片、书册等的两边的比例，便有安定之感。因为明信片、书册等的两边的比例，大致是合于黄金律的。黄金律（golden law），是美学上有名的定律。即"大边比小边等于大小两边之和比大边"。实际上大约是三比五之类。凡保住此比例的，有安定恰好之感。反之，太长、太扁，即变成奇特。奇特也有新鲜之美，但安定总是常道。所以黄金律为美学上有名的定律。建筑中盛用黄金律。例如窗、门等，两边比例都近于黄金律。建筑的上下各部，大小比例尤须讲究。头轻脚重，头重脚轻，都是不安定的。东洋人穿西装，西洋人穿中国大褂，大都不好看，比例不相称之故。比例在音乐上，便是节奏。节奏，就是各音相隔某一定的长短距离，依某一定的强弱规则而进行。变化节奏，即变化曲趣。诗文各部长短，也须比例相称，即也有节奏。

5. 统调与单调：一件艺术品中，某种色彩（或形象等）遍满全体，便是由这色彩统调。例如月夜风景的图画，由青灰色统调，秋林的风景，由赭色统调。春郊的风景，由绿色统调。此时画中也有其他色彩。但这一种色彩特别多见，其他色彩就退在后面，成了宾主的关系。罗马的大圆顶的建筑物，必附有许多小圆顶，及圆顶的窗门，可使圆形统调。基督教会的尖塔顶的建筑物，必附有许多小尖塔，及尖顶的窗门，可使尖形统调。一个乐曲，常由某一乐句统调。一篇诗文，也常由某一主意统调。统调可使艺术品增加统一之感。统调中的主调特别发展起来，扑灭了其余的宾体，成了独占的状态，便称为单调。单调是缺陷的，但有时也很美满。例如中国的渲淡墨画，只用黑色而无别色，也很好看。这是因为黑色中含有红黄蓝三原色之故。倘改用他色，例如苏东坡用朱砂画竹，便不及墨画的美满。因为朱色太单调了。

6. 多样统一：艺术的形式法则，以此为最高。上述的种种法则，都可包含在这里头。故"多样统一"可说是艺术的形式原理。多样就是有变化，统一就是有规则。有变化而又有规则，叫做多样统一。名作绘画的构图，都是多样统一的。辽拿独达文西〔莱奥纳多·达·芬奇〕（Leonardo da Vinci）的《最

最后的晚餐　莱奥纳多·达·芬奇　作

后的晚餐》，是一个适例。这画中描基督和十二个弟子一同吃晚餐。十三个人的姿势各有各的变化，而形势集中在基督一人。换言之，全画只有一个主脑，不能分割为二幅。名手的静物画，画中布置许多果实，看似历乱的，其实有一系统，许多果物的形势集中于一点。画中单描一瓶花，也合多样统一之理。花瓶放在正中，则统一而不多样，嫌它呆板。放在靠边，则多样而不统一，嫌它无理。必须放在不中不偏的地位，方为多样统一，而给人美满之感。

第五章　艺术的内容

艺术的题材，不外自然、人生，及超自然三种。艺术是表现美的，故艺术的题材，可说是自然美、人生美，及超自然美。

自然分植物、动物、矿物三类。大多数的植物，可为艺术的题材。其中花、松、柳等，尤为艺术常用的题材。动物中，鸟、兽、鱼、贝、虫等，都可为艺术题材。而鸟尤为常用。矿物中，宝石、岩石、山、川、海、湖、溪，以及雨雪云雾，皆为艺术题材。其中山水尤为中国绘画所常写的题材。

属于自然的，还有天体，综合的自然，与变化的自然，也常为艺术的题材。天体即日月星辰，在艺术中都很重要。其中的月，尤为诗文方面的重要题材。动植矿物与天体中之一种相配合，也可成为一种题材。例如一枝梅花，一只蝴蝶；或者一块岩石，一个月亮，都可成为绘画诗文的内容。艺术品大都是组合二种以上的事物，使之综合而作题材的。综合最复杂的，即山水画。一幅画中，动植矿物及天体都含有。又有以自然的变化状态为主眼而取题材的。例如春之野，夏之山，秋之夜，日出的海，日没的河等，都是艺术的好题材。有的艺术家直接描写此种自然。有的艺术家把此种自然加以变化而描写。例如装饰化,理想化,或拟人化。

其次,为艺术题材的是人生。人生之中,第一先举人体。人是动物之一种,原是属于自然的。但因为是艺术创作者的同类,所以特别提出来,与自然相对。人体在绘画与雕塑,为重要的内容。例如人物画、裸体画、人像雕塑、裸体雕塑,都是仅用人体为内容的。人体在雕塑,尤为主要的内容。人生,可分为个人、家庭,和社会。个人的生活也可为艺术内容。家庭与社会则为文学的主要内容。例如小说、脚本、风俗画、历史画,是必须以家庭社会为内容的。建筑艺术也是以家庭或社会为内容的。住宅的内容为家庭,公共建筑的内容为社会。

以自然及人生为内容时,所写的都是自然及人生的过去或现在的状态。其未来的想象与理想,也可为艺术的题材。例如在自然界,想象出黄金的树木,半兽半人的怪物来。在人生,想出月球里的人类来,作为绘画或诗文的题材。这等都称为超自然的内容。宗教艺术的内容,大都是超自然。例如佛像,是想象十全的五官百体而绘的。神像,也都是依照其性格、功德而想象出来的超自然。

再就各种艺术的内容分述之如下:

先就建筑的内容说。建筑的内容,除宗教建筑的部分为超自然以外,都是人生。在宗教建筑中,也只有供神佛为目的的殿堂,是以超自然为内容的。此外拜殿、讲堂,以及其他民众礼拜用的,说教用的建筑,都已含有人生的内容了。例如西洋的教堂,显然是完全以人生为内容的。公共建筑的内容,为社会。其中如官厅、银行、公司、学校、图书馆、病院、车站、博物馆、美术馆、公共会场、剧场、商店等，都是以广泛的人生为内容的。住宅、别庄，则以家庭为内容。纪念塔、凯旋门，是纪念社会上某种事件的，其内容也是人生。只有温室，以植物（即自然）为内容。大概近世纪以前的建筑，以宗教的内容为主。近世纪以来的建筑，以世俗的内容为主。

雕塑的内容，也是昔日以宗教（即超自然）为主，至近世忽变为世俗的，即人体与动物。以宗教为内容的雕刻，是佛像、神像。二者种类均甚多。佛像有释迦、弥陀、观音、势至等。神像则埃及、希腊、中国，均有种种。近世的世俗的雕塑中，肖像以外又有裸体像。又有以希望、喜悦、悲哀等抽象的人类精神状态为内容的。人体以外，狮、虎、马、牛、山羊、犬、猫等动物也常为雕塑的内容。

西洋绘画，与雕塑同样，其内容在古昔是宗教的，即超自然的，至近世变为非宗教的，即自然与人生。所谓宗教的内容，即神像，及基督像、圣母像，或关于宗教的事件。西洋在希腊时代，绘画即以神话中人物为题材。入基督教时代，绘画便好像是圣书的插图了。直到十八九世纪，古典派兴，方才废弃宗教的题材而改选世俗的题材，直到今日。在中国画，情形便异。中国绘画在周秦汉时代，以人物为主要题材。例如周朝明堂的壁画，汉明麒麟阁功臣图，都是以人物为主的。到了唐代，即以山水自然为绘画的主要题材。当时有两位大画家出世，创造两种山水画派。王维（字摩诘）用墨水画山水，其画派称为南宗。李思训以金碧丹青画山水，其画派称为北宗。直至今日，此南北两宗常为中国画的标准，此二大画家常为中国的画祖。在另一方面，汉代时，佛教入中国，中国始有宗教画，即佛像等。此后各时代都有宗教画家。但这是与山水画同时并行的一种画，并不像西洋的交代继起。

工艺美术都是有实用的，即应用美术。应用美术的内容，都可说是人生，因为它们都是为人生实用而造的。例如花瓶、茶壶、染织物等，上面绘的图样虽是自然花卉风景，但全体的用途总为人生。

音乐艺术，因为所用的材料是抽象的（音符），所以它的内容也是抽象的，微妙的，暧昧的。例如裴德芬〔贝多芬〕的《月光曲》（Beethoven: *Moonlight Sonata*）虽说内容是描写月光的，但究与绘画文学所描写的月光大异其趣，不见月亮的实形，但有月夜似的一种感情而已。音乐原只能以抽象的感情为内容。歌曲，即有歌词的音乐，当然具体地表示意义。但那是歌词所表示的。歌词是文学，歌曲是音乐与文学的综合艺术，不是纯粹的音乐。音乐本身的内容，只是音的高低，拍子的长短强弱所表示的情感。音乐有内容音乐与形式音乐两种。《月光曲》等有题名的，是内容音乐。没有题名，只写作品第几号等字样的，是形式音乐。形式音乐所表示的感情，更为抽象。其内容只能是感情。内容音乐中有一种叫做"模仿音乐"的，用音模仿鸟声、水声、炮声、步声等。但是低级趣味的东西，不能代表音乐艺术。

舞蹈也有以内容为主的及以形式为主的两种。以内容为主的舞蹈大都有歌词，其内容须依歌词而辨别。但也是舞蹈与文学音乐的综合艺术的内容，不是舞蹈本身的内容。以形式为主的舞蹈则与音乐相似，所表示的也只有一种感情。

演剧是文学、舞蹈、音乐、绘画、雕塑、工艺、建筑等许多艺术的综合艺术。其内容很复杂。这许多艺术的内容，便是这演剧的内容。但演剧的主要的内容，还是脚本，就是演剧中所含的文学的内容。故演剧的内容，与其脚本同。其所异于脚本的文学者，是借了音乐、舞蹈、绘画等的助力，而由伶人在空间演出，作生动的表现。但单看戏曲的文学，与观演剧，效果悬殊。往往有读起来不很有兴味的作品，演起来很好看。

文学的题材，在一切艺术中最为广泛。自然人生的一切，皆可为文学的内容。故在一件作品中含有最广泛最复杂的内容的，只有文学。如小说、戏曲等便是。短形的诗歌，写生文，也有以自然为内容的。但最大的诗文，大都以人生为主要的内容，而以自然为附属的内容。（人生之中，又以爱——狭言之，两性间的恋爱——为最多被用。文学中如果除出了恋爱，就很寂寞了。）

第六章　艺术的创作

"创作"两字，现今的人常常用着，关于文学特别多用。例如说"创作一篇小说"，"某人的创作"，当作动词名词用都有。这"创作"好像就是"作"或"作品"。照字面看，"创作"是"创造出来作品"，即别人不曾作过而他一人独创的意思。但这样解说，没有完全说明。

因为绘画也有创作；两个画家同时写生同一地方的风景，或同一瓶花，所写出来的两张画，都称为创作。即使两张画中所写的物象完全相同，也不妨各称为创作。那么所谓"创"在什么地方呢？

所以我先要说明"创作"二字的意思：创作是指艺术的形式，不是指艺术的内容。形式便是艺术表现的技巧。在绘画是构图、用笔、着色等。在文学是章法、句法、字法等。故题材（内容）尽管同样，而形式（表现技巧）人人不同。所以两个画家同时写生同一地方的风景，或同一瓶花，所写出来的两张画，即使物象完全相同，也不妨各称为创作。由此例推，文学也是这样。同一故事，由两作家描述，各自成为创作。总之，绘画只要不是临摹别人的画，文学只要不是抄袭别人的文章，都可成为创作。

所以古来的画家，常常描写同样的题材，而各成为创作。在中国画，例如《寒江独钓图》《归去来图》《游赤壁图》《玉堂富贵图》等，自古以来不知曾经几多画家的描写。然而各人表现技巧不同，所以各自成为创作。在西洋画，圣母子图，最后的晚餐图，磔刑图，升天图等，也不知经过几多画家的描写。然而各人表现技巧不同，所以各自成为创作。在文学上，也是如此。孔子作《春秋》，左丘明、公羊、谷梁三个人作《传》，三种都是杰作。司马迁作《史记》，有部分就是《春秋》所说的事。《国策》《国语》，所叙述的也有与前者相同的。但是这些都是我国古文的杰作，并不因为题材相同而失却其文学的价值。诗词方面，描写同一题材的更多。例如春闺、秋夜、惜别、忆旧，以及梅、兰、菊、竹、桃、李、松、柳等，自古以来不知被诗人词客咏过几千万遍，然而永远不厌，永远有新的创作的产生。

就别的艺术方面看：例如音乐，内容是抽象的，不易描写物象，所以作曲者各人表出各人的腔调，根本不会相同。又如演剧，其脚本即是文学，可不赘说。其扮演则各人有各人的技巧，也可称为创作。梅兰芳演《苏三起解》，程艳秋也演《苏三起解》，并不相同。又如舞蹈，便同演剧一样，你跳舞，我也跳舞，所舞相同，但姿态不同，各为创作。又如建筑，不是一人所完成的艺术，也可合力创作。又如雕塑，便同绘画一样，大家雕塑孙中山先生像，大家都是创作。又如工艺，同是一花瓶，各人创作形式不同。但有了模型之后，用机器或手工照样复制不能称为创作。因为完全相同的。又如电影，同文学与演剧一样，不必赘说。又如照相，两人摄同一景物，因为构图、取光、及晒印技法不同，故照例也可各成为创作。但照相究竟因为主观的活动太少，所以习惯上不大有人称它创作，至多叫它"作品"。又如金石，即使刻的字相同，但篆法、章法、刀法各人不同，故各为创作。最后如书法，读者宜特别注意。向来学书，都是临摹碑帖。学的人缺乏艺术知识，以为临摹求其肖像，学得越像碑帖越好。其实这是不对的。临摹别人的画，不能说为创作；同理，临摹别人的字，也不能算是创作；越是临摹得像，越是没有创作的资格。碑帖原来是教人看的，不是教人临摹的。偶然拿来照样描写一次，可以体会古人用笔的筋觉状态，原是有益的；但这也好比偶然临摹古人的名作，借以体会他们用笔的实际，当作一种练习课而已。所临摹的，只是练习品，不是自己的创作。自己的创作，须得含有自己独特的个性。几个人不妨同学王羲之。但学出来必须含有自己的格调，而各人不同，方可称为创作。倘个个人同王羲之完全一样，就好比许多架印刷机，没有艺术的意味了。

　　以上已把创作二字的意义说明了。以下请谈谈艺术品制作的经过情形。

　　艺术是美的感情的发现。美的感情起于艺术家的心中，因美欲而变成艺术冲动，表现而为客观的艺术品。这经过叫做创作。艺术品尚潜伏在艺术家心中而未曾表现于外部时，叫做"内术品"。表现于外部，称为"外术品"。像即兴作诗，即兴作曲，对客挥毫等，内术品与外术品同时成就的，属于少数。多数的艺术品，其内术品成就须历相当的时间，其外术品的成就也须历相当的时间。像大建筑、壁画、长篇小说，则内术品的成就需要数月或数年；外术品的成就又需很长的时日。

试考察艺术家心中内术品的成就的过程，可知其直接的动机，有时由于外部的刺激而来，有时由内部涌出。例如严冬的寒夜，回想过去的春昼而咏诗，则是由外部刺激而来的。又如纪念恋人而咏诗，则是由内部涌出的。无论由外由内，内术品成就时必唤起许多过去的经验。经验无论何等丰富，倘不记忆，即是无用。故可知内术品的成就，最初全靠经验与记忆。

仅仅是过去及现在的经验，不能成为艺术的题材。故经验称为"素材"。必须把这等素材加以变化，方可用以创作艺术。变化有种种，其一曰"想象化"。例如对着海的风景写生，海上并无船，而画家添描一船，便是想象其有船而描写的。中国画，对景写生，都在室内想象出来，其应用想象化最多。西洋画注重对景写生，大部分的物象如实描写，但云霞、光线等，容易变易的东西，也只得用想象来补充。至于小说、戏曲，其人物、背景、梗概，大体虽根据实际的经验，但描写时都须加以想象。有许多小说戏剧（例如中国的旧小说，《聊斋志异》等），全部是想象出来的。然想象无论何等多用，总是自然中或人生中所能有的事情。倘是不能有的事情，则另名为"空想化"。例如描梅花而添写一莺，是想象化。因为这是可能的事情。倘描写莺能言语，梅花化为蝴蝶，则为自然界中所不能有的事，就是空想化了。神话、童话、寓言，大都是空想化的。浪漫派的作品中，含有空想化的分子很多。空想化中，把非人当作人看而描写，例如前述的莺能言语，以及诗词常见的与花问答,与月对饮,与云同居等,则特称为"拟人化"。想象化、空想化、拟人化,皆无一定标准,全凭艺术家自由变化。倘以一定的理想为标准而变化素材,则另名为"理想化"。例如描写佛像,雕塑神像,身体各部比例不照真人的比例,而加以改造,使合于理想,即以理想的人为标准而行理想化,中国画的山水,远景、中景、近景必须完备,便是自然风景的理想化。小说戏曲含有劝善惩恶之意,也是故事的理想化。与理想化相类似的,有"装饰化"。例如树木的枝,实际是不规则地生着的,图案画家把它描成左右对称,色彩也不照实际而描成金的、红的、银的。这可说是理想化之一种,但可特称之为装饰化,或"形式化",或"图案化",工艺美术中盛用此法。

艺术创作时素材(即记忆与经验)的用法,与艺术上的主义派别很有关系。今略加说明如下:第一,把素材照样表现的,即对于人生自然,均是照样描写的,名为"写实主义",即 realism。这是素材的照样模仿。在绘画雕塑,写实最为重要。在别的艺术,也大都以自然人生的模仿为根本。而且其他的主义,多少必含有写实主义的分子。在这点上看来,这主义颇有价值。然而写实主义无论何等巧妙,总不能越出素材的范围之外。换言之,即艺术常在自然的属下,艺术常为自然的奴隶。因此就有人反对这主义,主张不事模仿,而表现自然人生的"真"相于艺术中。这就称为"自然主义",即 naturalism。自然主义不事表面的写实,而深刻地描写,以表现自然人生的真理为标准。但求真是知欲的事,是科学的目的。艺术的目的是求美,故专意于"真",艺术便科学化。这是自然主义的缺点。第三，把素材想象化，或空想化的，叫做"浪漫主义"，即romanticism。无论自然或人生，由作者加以丰富的想象，自由的空想，而作梦幻的、空想的、浪漫的表现。这种表现，倘忘却了其"诗的趣味"，而当作事实看，就变成荒唐无稽。但它的好处，是彻底的求美。在艺术过分科学化、道德化的时代，提倡这种诗趣的、梦幻的、唯美的、高调的艺术，也颇有调济的功能。第四，把素材依照理想而变化的，名为"理想主义"，即idealism。理想主义的作家，描写自然的形色时，必依照形式法则（见前第四章）而加以变化；描写人生时，必根据道德（善）而加以变化。劝善惩恶的小说，便是理想主义艺术之一种。道德家所称许的，便是这种艺术。但此主义可说是艺术的道德化，与自然主义的科学化同为偏颇之见。第五，不从事于素材的变化，而用素材代表或暗示别的意义，例如描写山间的日出，以表示"希望"，描写难船，以表示"苦痛"，则名为象征主义，即symbolism。例如梅脱林克〔梅特林克〕的戏曲《青鸟》（Maeterlinck：*Blue Bird*），是以青鸟为幸福的象征而支配全曲的。又有以一小说或一戏曲的全部来代表人生的，也是一种象征主义。如但丁的《神曲》（Dante：*Divine Comedy*）便是其例。沙翁（Shakespeare）的戏曲，是大人生的象征。这等可说是超越素材的变化的伟大艺术的作品。

第七章　艺术的鉴赏

艺术创作时，先由艺术家心中发生感动，再向外表现而成作品。鉴赏则是反对路径：先鉴赏作品的外部，然后体会作者的感动。故鉴赏的顺序，第一诉于感觉，第二发生感情，第三感情移入，第四美的判断，第五美的批评。

一、感觉：在艺术上有效用的感觉，第一是视觉。视觉的机关是眼。视觉所感到的是色彩与形状。视觉以空间中平面上为主，而能把立体的当作平面的看。能用视觉完全鉴赏的，是绘画。工艺美术中，像染织物等平面的东西，亦与绘画同样。其他的艺术，凡具有平面的，例如建筑的表面、浮雕等便是。圆雕、舞蹈、演剧等，在视觉亦就其平面的表现而鉴赏。建筑与立体的工艺美术，在视觉就其平面而鉴赏。这叫做绘画的看法。第二种有效用于艺术鉴赏的感觉，是听觉。听觉的机关是耳。听觉所感到的是声音，听觉的特色是时间的。由听觉感觉的艺术，有音乐、文学，与演剧。艺术鉴赏，以视听二感觉为主。此外触觉、运动感觉、一般感觉，与艺术鉴赏亦有间接的关系。触觉的机关是手。但艺术鉴赏时并不真个用手摩挲，而由视觉代办，即触觉翻译为视觉。如鉴赏雕塑便是一例。建筑、工艺、演剧、鉴赏时也常借助于视觉代办的触觉。譬如看见天鹅绒，觉得触觉的快美；但并不用手去抚摸，只要一看就可感觉。运动感觉的机关是筋肉。借此感觉来帮助鉴赏的艺术，是建筑、音乐、舞蹈、演剧等。一般感觉是一切艺术鉴赏的辅助，但在建筑与演剧，用一般感觉最多。以上所述，可列表如下：

艺术 感觉	绘画	雕塑	建筑	工艺	书法	金石	照相	音乐	诗文	舞蹈	演剧	电影
视觉	主	主	主	主	主	主	主	—	主	主	主
听觉	—	—	—	—	—	—	—	主	主	—	主	主
触觉 （视觉）	—	副	副	副	—	—	—	—	—	—	副	副
运动 感觉	—	—	副	—	—	—	—	—	—	副	副	副
一般感觉	—	—	副	—	—	—	—	—	—	—	副	副

二、感情：艺术鉴赏时最先由感觉，其次动感情。艺术鉴赏时所起的感情，有材料感情、形式感情、内容感情三种。例如看见桃花的红的色彩，与五角形瓣，觉得很美，这是材料感情。这红色的五角形映着绿叶，使人感到对比的美，是形式感情。因此想起这桃花所象征的美人的脸孔，是内容感情。三者各有特色：材料感情大概最初发生。因形状而发生的，最静。因声音而发生的，最动。因色彩而发生的，介乎动静之间。形式感情最为静的，且为批评的。在批评家，此感情最先发生。在一般人则最迟发生。内容感情，在一般人发生最早，且最

强。普通人看画，必首先质问所描的是什么东西，什么意思。例如描水仙花、红蜡烛、泥人的画，一般人看了，必先想起这是除夕及新年的画。然后看色彩形象。但在专门家，大都不管其内容是新年或除夕，总先注目其构图、设色、调子等。上述的材料感情，形式感情，内容感情，三者合为一体，叫做美的感情。

三、感情移入：我们鉴赏艺术品时，先由感觉，次生感情，已如上述。感情起在我们的心中，但我们似乎觉得这感情是对象所有的。例如见了盛开的玫瑰花，而起愉快的感情，似乎觉得玫瑰花是具有这愉快的感情的。又如听了活泼的进行曲，而起爽快的感情，似乎觉得进行曲是具有这爽快的感情的。这就是把我们的感情移入于玫瑰花与进行曲中。这叫做"感情移入"（Einfühlung）。德国美学大家李普斯〔利普斯〕（Theodor Lipps）的美学，就是以这感情移入说为基础的。吾人鉴赏艺术品时，似觉艺术的题材与内容具有感情；其实无非是吾人自己的感情移入于艺术品中。例如描写悲哀的人物。起悲哀之情的，是看画的人，并非画本身。这就是把我们的感情移入画中。感情移入，艺术品即有生命。例如笛中吹一支乐曲，听笛的人把悲哀的感情移入笛中，就听见笛音如泣如诉，宛如有生命的人。我们的感情移入于艺术中，变成了艺术的感情，二者相融合，而发出艺术鉴赏的最高调，观剧便是最好的例：观剧的时候，观者的感情移入于演者的体中。演者的感情就是观者的感情。观者的感情就是演者的感情。观者与演者融合为一体。

四、美的判断：艺术鉴赏达到了感情移入的地步之后，本来已经告终。但人的精神现象，往往不能如此简单了结。此后必定继续发生理知的活动。理知的活动发生之后，必然要下判断。对于艺术，当然主用美的判断。然其中科学的判断与道德的判断也可以含有。例如看见画中所描的植物或动物判断其有无描错，是科学的判断。看见裸体画认为有害于风俗，是道德的判断。艺术作品是社会的产物之一，像展览会等，及于社会的影响更广，故不得不加以科学的判断与道德的判断。但倘误认科学的判断与道德的判断为美的判断，或者把二者混入于美的判断中，左右美的判断的价值，是不许可的事。这一点，是艺术鉴赏者所宜注意的。

五、美的批评：美的判断不过是鉴赏者心中所起的一种精神现象。表出到外面来，即成为美的批评。凡能下美的判断的人，都可作美的批评。以此为专门任务的，特称为批评家。美的批评有三种，即印象的批评，分析的批评，与综合的批评。印象的批评，就是按最初第一印象而下批评。不分解各种感觉，而直接依其清新、强烈、活跃的感觉而下批评。这样下批评，自有其特色。但须得批评家的教育与经验都很充分，这印象的批评方可适切而有价值。故天才批评家的印象的批评，为最有价值。分析的批评，如字面所示，是就作品的题材，物质的材料，感觉的材料、形式、技巧、手法等一一加以批评。庞大的艺术品，则就各小部分一一加以批评。例如建筑与演剧，常须作分析的批评。综合的批评，就是把已经分析的重新综合起来，估定其总平均，造出结论。

以上已就艺术鉴赏的经过，从感觉到批评一一说过了。以下将就各种艺术的鉴赏略述其特色。

一、绘画的鉴赏：绘画是空间艺术，其空间是平面的，故鉴赏时主用的感觉是视觉。视觉的特色，是可得比较的完全的第一印象。除了大壁画和长绘卷之外，绘画都可以一眼看到其全体，而获得最完全的第一印象。绘画的感情大都是静的；惟第一印象略有动的性质。第一印象于最初见画时发生一次之后，不能再得。故初次看画，务须避去心情不好的时候。身体康健心情愉快的时候，赴展览会或展阅画图，最为适宜。如此，可以获得正确明了的第一印象。第一印象之后，立刻发生材料、形式、内容三种感情。对于色彩强烈的绘画，材料感情先发生。对于装饰的图案的绘画，形式感情先发生。对于描写事件的绘画，内容感情先发生。在普通人，大都内容感情与材料感情最为强烈。在作家与批评家，则形式感情最为强烈。

二、雕塑的鉴赏：雕塑是空间艺术。其空间是中实的立体。故制作之际，以触觉为主；鉴赏之时，则把触觉翻译为视觉。雕塑中作平面形的，叫做浮雕，薄肉雕。这等的鉴赏，与绘画鉴赏相似。所差者，视觉中含有触觉的再现的意义而已。既用绘画的看法，当然也有第一印象，第一印象的特色亦与绘画完全同样。雕塑的材料感情，因物质而异。大理石雕、铜铸、泥塑、木雕、干漆制，各有特殊的感情。例如近世法国大雕刻家罗丹（Rodin）的《接吻》（*Kiss*），有大理石的，有铜铸的，其感情大不相同。对于雕塑，在普通人也能先起形式感情。例如像的均衡、对比等，一般人皆容易注目。因了颜面的表情，身体的姿势，而发生内容感情（即感到其意义）。

三、建筑的鉴赏：建筑也是空间艺术。其空间为中空的立体。但最初鉴赏时，也是当作平面，用视觉的绘画的看法的。例如从远处眺望建筑，即把它当作绘画看。故鉴赏建筑，也先得第一印象，与绘画雕塑相同。其时所起的为形式感情。但稍稍走近建筑，即把它当作中实的雕塑看，其时所起的，大都是材料感情。例如木造的、砖造的、石造的，各有不同的感情。但上述的绘画的看法与雕塑的看法，都不是建筑的主要鉴赏法。要走进建筑中去，看建筑的内部，才是建筑自己的鉴赏法。走进建筑去看内部，就要用运动感觉，又伴着有机感觉，一般感觉等。于是住居的感情，使用的感情，均占重起来。这些感情，在绘画雕塑中是没有的。因为绘画雕塑是自由艺术，而建筑是羁绊艺术之故。在羁绊艺术，合实用是一个重要的条件。故实用如何与艺术相调和，是建筑上一个重要的问题。故鉴赏建筑时，住居的感情与使用的感情必然占重。无论用何等贵重的

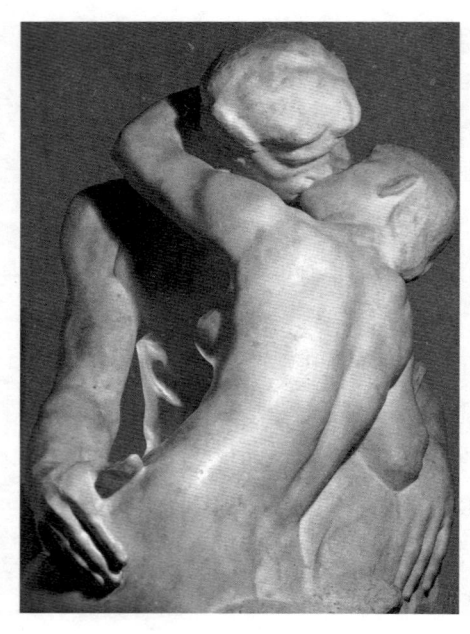

接吻　罗丹 作

材料，何等美丽的形式来建造住宅，倘不适于住居，就没有建筑的价值。没有艺术修养的富人，拿楠木造厅堂，拿红木造家具，而不知形式美，缺乏实用性，都是浪费材料，与建筑艺术无关。

四、工艺的鉴赏：工艺美术也是空间艺术之一种。同时又是羁绊艺术。种类甚多，故其所占空间也有种种。染织物全是平面空间，此外大都是中空或中实的立体空间。平面空间，当然用绘画的看法。立体空间，远眺时用绘画的看法，近看时即发生材料感情，使用感情。此时触觉往往不翻译为视觉，而实际地用手去接触。例如鉴赏花瓶，拿来插插花看。鉴赏椅子，便坐一坐看。

五、书法的鉴赏：书法的性状，与绘画相同。鉴赏法亦大体相同。所异者，绘画内容感情较强，书法则形式感情较强。因为在绘画中，描什么东西是很重要的；而在书法中，写的文字是什么意思，却不甚重要。古代的碑帖，残缺不可读的很多，但是片文只字，都很珍重。因为我们原是鉴赏其字的笔法装法，不是鉴赏其文章的。倘同时又鉴赏其文章，那便是书法与文学的综合艺术，不是纯粹的书法。所谓"写作俱佳"的，便是书法与文学的综合艺术。

六、金石鉴赏法：与书法鉴赏法略同，而比它更为精深。因为金石的地盘很小，真所谓失之毫厘，相差千里。故鉴赏金石，需要极精微的形式感情。世间能鉴赏绘画书法者较多，能鉴赏金石者极少。因为一般人都缺乏精微的形式感情之故。

七、音乐的鉴赏：音乐是时间艺术，故用听觉。然听觉中有时又伴着运动感觉。例如进行曲、舞蹈曲等，听了便起运动的感觉。别的乐曲，其节奏也常使人起运动感觉。音乐需要时间的经过，故不能像绘画地立刻获得第一印象。开始听曲时，不能说是第一印象。听完一曲，然后获得全曲的印象。音的高低及音色，使人起材料感情。若是肉声唱歌，则材料感情特别强。但在艺术上，音乐必以由形式，即拍子节奏，而起的感情为最主重。尤其是形式音乐，鉴赏时必以形式感情为主。

八、文学的鉴赏：文学也是时间艺术，但真个用听觉鉴赏的极少，大都以视觉为手段。因为大多数的文学是写或印在纸上的。但其本来，是口头读唱的。所以在文字未发明的时代，文学早已存在。后来发明文字，为便利计，就改用视觉为手段。因此在文学，材料感情几乎没有。即我们看书，对于铅字，不会发生什么感情。讲究版本，是另外一种美术鉴赏，与文学无关。故鉴赏文学，只有形式感情及内容感情。鉴赏散文，以内容感情为主。鉴赏诗词歌赋，则形式感情与内容感情并盛。内容感情究竟是文学鉴赏中最主重的。所以一国的文学翻译为他国文，只要内容意义译得正确，他国人也可鉴赏。因为内容感情是同样的。但形式感情总不能同原文一样。如曼殊大师所说，中国诗翻译为英文，难得恰当。他翻译古诗十九首中的"思君令人老"一句为 To think of you makes me old，认为是难得的巧合。

九、舞蹈的鉴赏：舞蹈是综合艺术，占有空间兼时间。其空间是活动的立体，犹之动的雕刻。但舞蹈是从相当的远处眺望而鉴赏的，故可用视觉感得。但这又是时间艺术，故不能像鉴赏雕塑地一览而获得第一印象。又因舞蹈必伴着音乐，故鉴赏时听觉也同时活动。对于舞蹈自身的鉴赏，视觉外又伴着运动感觉。舞蹈所伴的音乐，也含有多量的运动感觉，我们鉴赏舞蹈时，对于舞者的颜貌、头发、肉体、衣裳，起材料感情。对于舞者的动作姿势，起形式感情。对于其意义，起内容感情。然舞蹈的意义甚少而模糊，故鉴赏时当以形式感情为主。

十、演剧的鉴赏：演剧在综合艺术中是最复杂的，包含建筑、绘画、文学、音乐、舞蹈等。其空间也兼平面与立体。其文学由优伶说出或唱出，而由听觉鉴赏。又表现于优伶的动作中而由视觉鉴赏。优伶与舞者虽同是人，而意义不同。在舞蹈犹之动的雕塑，在演剧则是文学的内容的人物。我们鉴赏演剧时，对于优伶的扮装、衣饰、姿势，用视觉。对于优伶的白、唱，及音乐，则用听觉。此外又借助于触觉、一般感觉等。至于感觉，则对背景、扮装、声音，起材料感情。对优伶的姿势唱腔起形式感情，对脚本的意义起内容感情。然演剧鉴赏所用的感情，新剧（话剧）以内容感情为主，旧剧（京剧昆剧）则形式感情与内容感情并盛。

此外，电影鉴赏与演剧鉴赏大同，照相鉴赏与绘画鉴赏大同，故不赘说。

鉴赏是创作的逆行。故最完全的鉴赏，与创作有同等的意义。例如古人看见战场的遗迹，心生感兴，而作诗曰："小桃无主自开花，烟草茫茫带晚鸦。几处颓垣围败井，向来一一是人家。"我们倘是曾经见过这种实景的，读了这诗便起与作者同样的感兴。事实上虽不是自己作诗，但心情上实同自己作诗一样。所以鉴赏称为"被动的创作"。意思是说,不主动地生起感兴,因别人的作品的引诱而生起感兴。一般的见解,往往以为创作要自己作出来,很困难。鉴赏不过听听看看,很容易。又往往以为创作价值甚高,鉴赏无甚价值。这都是浅薄的见解。真正的鉴赏,与创作一样困难,因为需要与创者同样的心灵。又与创作一样有价值,因为可得与创作同样的艺术的效果。学者理解了这句话,学习艺术时就不拘拘于自己的动手,不斤斤于自己的作品。其艺术享受的范围便可广大起来了。

第八章　艺术的起源

艺术在人类中是怎样发生的？自来西洋学者有种种说法。今略为介绍于下：

一、模仿说：这是古代希腊哲学家柏拉图、亚里斯多德〔亚里士多德〕所主张的。近代德国美学家鲍谟加登〔鲍姆加登〕（Baumgarten）也宗奉此说。大意说：艺术是从人的本能出发的。模仿是人的本能。艺术即从此模仿本能发生。试看小儿的生活，特别如游戏，差不多全是模仿。大人生活中也有这现象。如逐流行，便是由于模仿本能的。由此可知人类在原始时代，模仿本能很强。我们模仿人生自然的形状而描写或雕刻，因此便产生绘画与雕塑。绘画与雕塑，到现在还是模仿人生自然的，故特称为模仿艺术。艺术起源于模仿本能之说，在模仿艺术看来很是不错。但在别的艺术，像建筑与音乐看来，建筑模仿什么？音乐模仿什么呢？故模仿说不是完全的。

二、游戏说：这是近世德国哲学美学者席勒尔〔席勒〕（Schiller）所始创的。斯宾塞（Spencer）、格洛斯〔格罗塞〕（Grosse）、郎干〔兰格〕（Lange）等美学研究者皆宗奉他。大意说：艺术由游戏发生，游戏是人类的一种强大的本能。例如小儿，其生活几乎全是游戏。小儿描画，即绘画的雏形。小儿唱歌，即音乐的雏形。小儿讲故事，即文学的雏形。小儿模仿大人生活，即演剧的雏形。小儿堆积木，即建筑的雏形。小儿弄黏土，即雕塑的雏形。小儿踊跃，即舞蹈的雏形。小儿的生活，类似于原始人。故原始人的艺术，可想象其从游戏发生。自来艺术中往往含有游戏的分子。日本古代，称小说家为"戏作者"。可知艺术与游戏关系之深。最大的共通点，是无目的。游戏不是为欲达到某种目的的手段，乃为游戏而游戏。即游戏的本身便是目的。艺术亦然，创作艺术时，心地纯洁，不是为欲达到某种目的而以此为手段，乃为艺术而艺术。即艺术本身便是目的。所谓无目的，就是出于真心的感动，欲罢不能的心情的。这样的艺术，对于人心方可有广大的传染力，方可得多数人心的共鸣。故世间倘有"为人生的艺术"，这便是最高的"为艺术的艺术"。

三、表现说：这是近世德国艺术学者希伦〔伊恩〕（Hirn）所主张的。此人曾著《艺术的起源》一书，为近世名著。大意说：人类原有表现感情的本能。艺术是美的感情的发现，故知其起源于表现本能。人类从小儿时代就有这种本能。心中欢喜时要笑，心中苦痛时要哭，心中喜怒哀乐都要表现到外面来。仅乎表现在颜面上，还不满足，又必由声音、言语、身体来表现。由声音表现即为音乐的起源，由言语表现即为文学的起源，由身体表现即为舞蹈演剧的起源。表现感情，虽是个人的事。但因人类合成社会，故必进而对他人，对社会，表现自己的感情。这就是艺术制作的起源。

四、装饰说：这是席勒尔、格洛斯等所主张的。大意说：

装饰是人的本能。这本能非常力强。在小儿生活中，未开化人生活中，装饰就是一件大事。在原始时代，先有身体的装饰，次有住居的装饰，次有用具的装饰。装饰发达起来，即成为艺术。但此说只能说明造型美术的起源，对于音乐与文学，不能说明。

五、艺术冲动与美欲说：以上四说，都只能说明某几种艺术的起源，而不能概括地说明一切艺术的起源。原来各种艺术，各有其起源，各别地发达。后来综合起来，统称之为"艺术"。所以要概括地说明其起源，是困难的。但我们可找一切艺术的共通点，就这点上探求其起源。一切艺术的共通点，是"美的感情的发现"。把这感情的发现当作一种冲动，便可称之为"艺术冲动"。从人类的欲望方面说，这就是"美欲"。故艺术冲动，不是单纯的冲动，可说是由模仿、游戏、表现、装饰四种冲动综合而成的。例如小儿拿黄泥在壁上画马，是为了一个艺术冲动而画的。但同时也可看作是游戏，是模仿，是表现，是装饰。一切艺术冲动，并不常常含有这四者。但至少必含有一种以上。至于美欲，如字面所示，是求美的一种欲望。人生有五大欲，即食欲、色欲、知识欲、道德欲、美欲。前二者是肉体的，是根本的，同时向来称为劣等欲望。因为它们的目的止于维持生命与保存种族，不求其进步发展，而有时须予以限制。后三者是精神的，是进化的，向来称为高等欲望。人类没有二劣等欲望，不能生存；没有三高等欲望，不能满足。有了三高等欲望，方可因知识欲而求真，因道德欲而求善，因美欲而求艺术，而人类生活方始向上。故此三欲，是人生进于理想的原动力。科学的起源可用知识欲来说明，伦理的起源可用道德欲来说明，则艺术的起源可用美欲来说明。为美欲而起的冲动，就是艺术冲动。模仿、表现、装饰三冲动，也都起于美欲。即模仿美观的东西，表现美感，为求美观而施装饰。游戏冲动与美欲关系甚深。例如描画、弄黏土、折纸等，其中都有美欲活动着。故美欲可说是四冲动及艺术冲动的原因，可以一元地说明艺术的起源。且为最根本、最完全的说法。

第九章　艺术的效果

艺术的效果，法国美学者特索亚〔德索瓦〕（Dessoir）曾经详述艺术的职能，说有精神的、社会的、习俗的三种。精神的职能，便是说艺术及于人的精神修养的效果。社会的职能，便是说艺术及于人类的社会组织的效果。习俗的职能，便是说艺术及于人的生活习惯的效果。这样说法很是周详。但我现在欲避去烦琐，作简要的说明。因为对于艺术初学者及非专门者，详论反而无用。而且特氏之说，过分偏重艺术的直接的效果，未免太狭隘了。

艺术常被人视为娱乐的消遣的玩物。这样看来，艺术的效果也就只是娱乐与消遣了。有人反对此说，为艺术辩诬，说艺术是可以美化人生，陶冶心灵的。但他们所谓"美化人生"，往往只是指说房屋衣服的装饰；他们所谓"陶冶心灵"，又往往是附庸风雅之类的浅见。结果把艺术看作一种虚空玄妙不着边际的东西。这都是没有确实地认识艺术的效果之故。

艺术及于人生的效果，其实是很简明的：不外乎吾人对艺术品时直接兴起的作用，及研究艺术之后间接受得的影响。前者可称为艺术的直接效果，后者可称为艺术的间接效果。因为前者是"艺术品"的效果，后者是"艺术精神"的效果。

直接效果，就是我们创作或鉴赏艺术品时所得的乐处。这乐处有两方面。第一是自由。第二是天真。试分述之：

研究艺术（创作或欣赏），可得自由的乐趣。因为我们平日的生活，都受环境的拘束。所以我们的心不得自由舒展。我们对付人事，要谨慎小心，辨别是非，打算得失。我们的心境，大部分的时间是戒严的。惟有学习艺术的时候，心境可以解严，把自己的意见、希望与理想自由地发表出来。这时候我们享受一种慰安，可以调济平时生活的苦闷。例如世间的美景，是人们所爱乐的。但是美景不能常出现。我们的生活的牵制又不许我们去找求美景。我们心中欲看美景，而实际上不得不天天厕身在尘嚣的都市里，与平凡污旧而看厌了的环境相对。于是我们要求绘画了。我们可在绘画中自由描出所希望的美景。雪是不易保留的，但我们可使它终年不消，而且并不冷。虹是转瞬就消失的，但我们可以使它永远常存，在室中，在晚上，也都可以欣赏。鸟见人要飞去的，但我们可以使它永远停在枝头，人来不惊。大瀑布是难得见的，但我们可以把它移到客堂间或寝室里来。上述的景物，无论自己描写，或欣赏别人的描写，同样可以给人心以自由之乐。这是就绘画讲的。更就文学中看：文学是时间艺术，比绘画更为生动。故我们在文学中可以更自由地高歌人生的悲欢，以遣除实际生活的苦闷。例如我们世间常有饥寒的苦患。我们想除掉它，而事实上未能实现。于是在文学中描写丰足之乐，使人看了共爱、共勉、共图这幸福的实现。古来无数描写田家乐的诗便是其例。又如我们的世间常有战争的苦患。我们想劝世间的人不要互相侵犯，大家安居乐业。而事实上不能做到。于是我们就在文学中描写理想的幸福的社会生活，使人看了共爱、共勉、共图这种幸福的实现。陶渊明的《桃花源记》便是一例。我们读到"豁然开朗。土地平旷，屋舍俨然。有良田美池，桑竹之属。阡陌交通，鸡犬相闻。……黄发垂髫，并怡然自乐。"等文句，心中非常欢喜，仿佛自己做了渔人或者桃花源中的一个住民一样。我们还可在这等文句以外，想象出其他的自由幸福的生活来，以发挥我们的理想。有人说这些文学是画饼点饥，聊以自慰而已。其实不然，这是理想的实现的初梦。空想与理想不同。空想原是游戏似的，理想则合乎理性。只要方向不错，理想不妨高远。理想越高远，创作欣赏时的自由之乐越多。

其次，研究艺术，可得天真的乐趣。我们平日对于人生自然，因为习惯所迷，往往不能见到其本身的真相。惟有在艺术中，我们可以看见万物的天然的真相。例如我们看见朝阳，便想道，这是教人起身的记号。看见田野，便想道，这是人家的不动产。看见牛羊，便想道，这是人家的畜牧。看见苦人，便想道，他是穷的原故。在习惯中看来，这样的思想原是没有错误的，然而都不是这些事象的本身的真相。因为除去了习惯，这些都是不可思议的现象，岂可如此简单地武断？朝阳，分明是何等光明灿烂，神秘伟大的自然现象！岂是为了教人起身而设的记号？田野，分明是自然风景之一部分，与人家的产业何关？牛羊，分明自有其生命的意义，岂是为给人杀食而生？穷人分明是同样的人，为什么偏要受苦呢？原来造物主创造万物，各正性命，各自有存在的意义，当初并非为人类而造。后来"人类"这种动物聪明进步起来,霸占了这地球,利用地球上的其他物类来供养自己。久而久之,成为习惯,便假定万物是为人类而设:果实是供人采食而生的,牛羊是供人杀食而生的,日月星辰是为人报时而设的,甚而至于在人类自己的内部,也由习惯假造出贫富贵贱的阶级来,视为当然。这样看来,人类这种动物,已被习惯所迷,而变成单相思的状态,犯了自大狂的毛病了。这样说来,我们平日对于人生自然,怎能看见其本身的真相呢?艺术好比是一种治单相思与自大狂的良药。惟有在艺术中,人类解除了一切习惯的迷障,而表现天地万物本身的真相。画中的朝阳,庄严伟大,永存不灭,才是朝阳自己的真相。画中的田野,有山容水态,绿笑红颦,才是大地自己的姿态。美术中的牛羊,能忧能喜,有意有情,才是牛羊自己的生命。诗文中的贫士、贫女,如冰如霜,如玉如花,超然于世故尘网之外。这才是人类本来的真面目。所以说,我们惟有在艺术中,可以看见万物的天然的真相。我们打叠了日常生活的传统习惯的思想,而用全新至净的眼光来创作艺术、欣赏艺术的时候,我们的心境豁然开朗,自由自在,天真烂漫。好比做了六天工作逢到一个星期日,这时候才感到自己的时间的自由。又好比长夜大梦一觉醒来,这时候才回复到自己的真我。所以说,我们创作或鉴赏艺术,可得自由与天真的乐处。这是艺术的直接的效果,即艺术品及于人心的效果。

间接的效果,就是我们研究艺术有素之后,心灵所受得的影响。换言之,就是体得了艺术的精神,而表现此精神于一切思想行为之中。这时候不需要艺术品,因为整个人生已变成艺术品了。这效果的范围很广泛。简要地说，可指出两点，第一是远功利，第二是归平等。

如前所述，我们对着艺术品的时候，心中撤去传统习惯的拘束，而解严开放，自由自在，天真烂漫，这种经验积得多了，我们便会酌取这种心情来对付人世之事，就是在可能的范围内把人世当作艺术品看。我们日常对付人世之事，如前所述，常是谨慎小心，辨别是非，打算得失的。换言之，即常以功利为第一念的。人生处世，功利原是不可不计较，太不计较是不能生存的。但一味计较功利，直到老死，人的生活实在太冷酷而无聊，人的生命实在太廉价而糟蹋了。所以在不妨害实生活的范围内，能酌取艺术的非功利的心情来对付人世之事，可使人的生活温暖而丰富起来，人的生命高贵而光明起来。所以说，远功利，是艺术修养的一大效果。例如对于雪，用功利的眼光看，既冷且湿，又不久留，是毫无用处的。但倘能不计功利，这一片银世界实在是难得的好景，使我们的心眼何等地快慰！又如田畴，功利地看来，原只是作物的出产地，衣食的供给处。但从另一方面看，这实在是一种美丽的风景区。懂得了这看法，我们对于阡陌、田园，以至房室、市街，都能在实用之外讲求其美观，可使世间到处都变成风景区，给我们的心眼以无穷的快慰。而我们的耕种的劳作，也可因这非功利的心情而增加兴趣。陶渊明躬耕诗有句云："虽未量岁功，即事多所欣。"便是在功利的工作中酌用非功利的态度的一例。

最后要讲的艺术的效果，是归平等。我们平常生活的心，与艺术生活的心，其最大的异点，在于物我的关系上。平常生活中，视外物与我是对峙的。艺术生活中，视外物与我是一体的。对峙则物与我有隔阂，我视物有等级。一体则物与我无隔阂，我视物皆平等。故研究艺术，可以养成平等观。艺术心理中有一种叫做"感情移入"（德名 Einfühlung，英名 Empathy）。在中国画论中，即所谓"迁想妙得"。就是把我的心移入于对象中，视对象为与我同样的人。于是禽兽、草木、山川、自然现象，皆有情感，皆有生命。所以这看法称为"有情化"，又称为"活物主义"。画家用这看法观看世间，则其所描写的山水花卉有生气，有神韵。中国画的最高境"气韵生动"，便是由这看法而达得的。不过画家用形象色彩来把物象有情化，是暗示的；即但化其神，不化其形。故一般人不易看出。诗人用言语来把物象有情化，明显地直说，就容易看出。例如禽兽，用日常的眼光看，只是愚蠢的动物。但用诗的眼光看，都是有理性的人。如古人诗曰："年丰牛亦乐，随意过前村。"又曰："惟有旧巢燕，主人贫亦归。"推广一步，植物亦皆有情。故曰："岸花飞送客，樯燕语留人。"又曰："可怜汶上柳，相见也依依。"再推广一步，矿物亦皆有情。故曰："相看两不厌，只有敬亭山。"又曰："人心胜潮水，相送过浔阳。"再推广一步，自然现象亦皆有情。故曰："举杯邀明月，对影成三人。"又曰："春风知别苦，不遣柳条青。"此种诗句中所咏的各物，如牛、燕、岸花、汶上柳、敬亭山、潮水、明月、春风等，用物我对峙的眼光看，皆为异类。用物我一体的眼光看，均是同群。故均能体恤人情，可与相见、相看、相送，甚至对饮。这是艺术上最可贵的一种心境。习惯了这种心境，而酌量应用这态度于日常生活上，则物我对敌之势可去，自私自利之欲可熄，而平等博爱之心可长，一视同仁之德可成。就事例讲：前述的乞丐，你倘用功利心、对峙心来看，这人与你不关痛痒，对你有害无利。急宜远而避之，叱而去之。若有人说你不慈悲，你可振振有词："我有钞票，应该享福。他没有钱，应该受苦。与我何干？"世间这样存心的人很多。这都是功利迷心，我欲太深之故。你倘能研究几年艺术，从艺术精神上学得了除去习惯的假定，撤去物我的隔阂的方法而观看，便见一切众生皆平等，本无贫富与贵贱。唐朝的诗人杜牧有幽默诗句云："公道世间惟白发，贵人头上不曾饶。"看似滑稽，却很严肃。白发是天教生的，可见天意本来平等，不平等是后人造作的。学艺术是要恢复人的天真。

中编 绘画（附书法）

第一章　绘画的种类

绘画可从三方面分类。第一，以国土为标准而分类。第二，以题材为标准而分类。第三，以工具为标准而分类。分述于下：

第一，以国土为标准而分类，世间的绘画可分为两大类，即中国画与西洋画。现今的艺术专门学校的绘画科，便是分为这两系的。普通说起画家，也大都先问他是中国画家，还是西洋画家。可见这分类是绘画中最重要的。中国画和西洋画的区别，很是明显。约略言之，在于写意与写实。即中国人作画，不肯依照客观的形象而模仿，常用主观把物象任意变形，故曰写意。西洋人作画，非常看重客观的物象，常刻意模仿，把物象画得同实物一样，故曰写实。所以中国画中所描的东西，往往不像实物，一看就知道这是手描出来的图画。西洋画中所描的东西，往往非常逼真，几乎使人看了要误认为真物而用手去拿。西洋古代有这样的一个故事：从前希腊有两个画家，一个叫做才乌克西斯（Zeuxis），一个叫做巴尔哈西乌斯（Parrhasius）的，这两人在雅典为齐名的两大画家。有一天，二人大家拿出杰作来比赛。雅典全市的市民大家来看。才乌克西斯先上台，他手中挟一幅画，用袱布包着。解开袱包，画中描的是一个小孩子,头上顶一盘葡萄,站在田野中。一切都同真的人物一样。忽然一只鸟飞来,向画中的葡萄啄了几下,又惊飞去。看的人大家喝采,为了这画能够欺骗鸟眼,足见画得极像,而极像便是极好。后来巴尔哈西乌斯上台了,他也挟一幅画,用袱布包好。他把画放在坛上,不解包袱。看的人拍着手,催他快把包袱解开来。他老是不解。后来群众催得紧了,他才从容地说道:"我的画并没有包,这便是画!"原来他在画中描一包袱,描得同真的一样,使群众分不开来。于是群众热烈地喝采,认为他的画比前者更好。前者只能欺骗鸟眼,后者竟能欺骗人眼。足见后者画得更像,更像便是更好。

从这故事,可知西洋人描画极注重写实。此风一直传下来,成为西洋画的特色。中国画就同西洋画相反。苏东坡有诗曰:"论画以形似,见与儿童邻。"就是说"你批评画的时候倘以像不像为好坏的标准,你的见解就同三岁小儿差不多。"可见中国画不专求像。那末求什么呢?后章当有详述。现在约略地说,求笔墨的神气。同写字一样,不在乎字的端正工细,却在乎笔墨的气势。所以在艺术修养浅薄的人看来,西洋画比中国画好。但在艺术修养深厚的人看来,中国画比西洋画高深得多,难学得多。因为西洋画可以依照了实物而仔细描写,只要工夫深,总可入门。中国画则全靠天才,没有天才的人竟无法入门。

第二,以画中所描的东西(即题材)为标准而分类,中国画与西洋画略有不同。在中国画,有山水、人物、花卉、翎毛四大类。其中山水最为正格。自唐以来,我国山水画即独立。

千余年来，经过种种发展，直至今日，向为中国画之表式。于此可见我国画家之爱好自然。人类初生，即有与自然对峙的感情。故畏怖自然，难得取作艺术题材。东西洋古代绘画的主要题材，都是人物，其原因即在于此。后来人类思想进步，就知道爱好自然，而取自然为艺术题材。故绘画题材由人物而自然，是进步的状态。西洋画自然风景的独立，近在十八世纪。而中国则远在唐代，即七世纪。于此可知中国画的发展，比西洋画早得多。

人物，在古代为绘画的主要题材。例如周明堂壁画，描写尧舜禹汤之姿，孔子看了徘徊不忍去，说："此周之所以兴也。"汉代有麒麟阁功臣图、凌烟阁功臣图等。毛延寿为王昭君画像，因为昭君不用贿赂，画得很丑，汉帝把她送去和番。这事迹成为后世文学戏剧的好题材。这些都是人物画，于此便可想见古代人物画的发达。自唐以后，山水画占夺了人物画的地位。然人物画依然发达，不过位在山水之次。其中最普通的，称为"仕女"，是专写名士美人的。人物画大都用工笔。

花卉，在中国画中的地位不亚于人物。因为这也是自然之一种，与山水是相近的。其中最主要，是"四君子"，即梅兰竹菊。这四种题材，每种自成一式。有许多画家，平生专门写其中的一式。例如专门画梅，专门画兰，皆自成一家。

翎毛，就是飞禽，大都用工笔描写。专写翎毛的画家较少。

中国画中还有一种特殊的题材，便是石头。石头这东西，在西洋画中是不成为画材的。但在中国画中很重要，可为学画的基本练习，又可为独立的一种绘画形式。常见一条立轴中，画着一块奇形怪状的假山石，此外并无一物，但自成一种格局。

以上是中国画的题材分类法。西洋画照题材分类，普通有人物、风景、静物三种。人物在西洋画中占有主要地位。虽然十八世纪以后风景画独立了，但是人物画的地位还在风景之上。因为西洋过去千余年由人物支配画坛，所以一时改不过来的。

风景，在古代西洋画中，只当作人物的背景用，描法也极幼稚。十八世纪末，方才独立，描法也进步起来。这与中国的山水画有异。中国的山水画，大都专写山景，难得在山中点缀几间简单的房屋，或桥梁、亭子等人造物。西洋的风景画，则包含山水、田野，与都市。而且"都市风景"相当地重要。例如上海南京路的风景，在中国是决定不可入画的，但在西洋是很好的风景题材。

西洋还有历史画、风俗画等，也各自成一类。但这大都就是人物画或风景画之一种，故可不必另为分类。

第三，以工具为标准而分类，中国画较简，而西洋画较繁。在中国，作画用的工具，只有毛笔、墨、纸、绢、颜料。绢极少用，颜料亦可以不用。故主要的工具只有笔、墨、纸，与写字差不多。所以中国画以工具分类，只有二类，即墨画与彩画。墨画只用黑的一色，或加以淡墨，故称为"渲淡"。彩画则用颜料。绢极少用，不能自成为一类。墨画在中国画中，占有很重要正大的地位。自从唐朝的王维开始，墨画即独立为正格的画法。唐朝有二大画祖，一是李思训，画山水用颜料，称为北宗。一是王维，画山水用墨，称为南宗。南宗在中国画坛的势力，胜于北宗。于此可见墨画的重要。黑色何以能够独立？这有色彩学上的根基：黑是红黄蓝三原色等量混合而成的。试用一分红，一分黄，一分蓝，用水调匀，即成黑色。红、黄、蓝三原色具足而且等量，色彩感觉最为饱和而圆满。黑虽然表面上是一色，其实三原色具足，所以圆满饱和，自能独立，且为正格。

西洋画以工具分类，常用的有铅笔画、色铅笔画、擦笔画、木炭画、色粉笔画、水彩画、油画等七种。这七种工具，各有特色，因而画的技法也各异。所以学西洋画的人，往往拘泥于工具，而专学一种。例如油画家、水彩画家、色粉画家，在西洋是最多的。关于工具，次章当有详述，现在但举名目而止。

第二章　绘画的工具

绘画的工具，在中国画较简单，而在西洋画颇繁复。今分述于下：

中国画规定用毛笔，故其工具便是毛笔画的工具。中国画除毛笔外，有用手指作画者，名曰"指画"。此事虽古已有之，但难能而不可贵，终非正常的画法，所以现在不讲。毛笔画的工具，普通有下列诸种：

一、笔　羊毛笔最多用。狼毫、兔毫，亦有人用。画笔宜备大小数种。

二、纸　中国画难得用绢。除绢以外，必用宣纸。宣纸是一种富有吸水性的白纸。中国画选取此种纸，就为了它能够吸水。能够吸水，则着笔深固，好像刀刻入木一样。故有"笔透纸背"之说。但因此落笔必须爽快，不好犹豫、涂抹，或修改。故中国画大都落笔算数，一气呵成，全同写字一样。外国人初见中国画纸，大都不懂。在他们看来，中国人用"吸水纸"作画，奇怪之极。岂知中国人正要它吸水。倘不吸水，笔画发浮，就难得佳作。中国画的工笔画，也有用不吸水的熟矾纸的，但是少数。正格的中国画，必用宣纸。宣纸出产于安徽宣城，故名。有厚薄种种。薄的名曰"单宣"，厚的有"夹贡""玉版"等名称。厚的落笔较快适。但薄的单宣，装裱之后，也与厚的差不多。练习作画，宜用单宣。

三、墨　中国书画，对于墨很讲究。古人有"墨史""墨志"等著作，专论墨这种工具的制法选法用法。据说，魏文帝铜雀台中，藏墨数十万斤。可见我国很早就讲究墨。又据说，"精墨乃松液所成，又经化炼，轻升，滓浊尽去，如膏如露，濡毫之余，闲用吮吸。灵奇之气，透入窍穴，久久自然变易骨节，澄炼神明，谓之墨仙，非虚语也。故好书画者必寿。"说书画家长寿，是墨的关系。这话使人不能相信，但中国古来制墨的讲究，于此即可想见。故用墨以松烟为最佳，其次兰烟，不宜用胶质太多的墨。墨必须在要用的时候临时磨起来，不可用陈墨或现成的墨汁。磨墨的砚子，不可太粗。太粗则磨出来的墨也粗，不宜作画。砚在中国同墨一样讲究，但近于古玩，与作画实际无甚关系。作画用的砚，但求表面不太毛糙，即已可用。

四、丹青　中国画所用的颜料，都是干的。作画时宜早些时先调水，使它溶解，便于蘸用。普通用的有胭脂、朱磦、月黄、赭石、花青、二绿、石青、铅粉等。胭脂即西洋颜料中的 rose madder〔玫瑰红〕, carmine tint〔深红〕之类。朱磦即 vermillion〔朱〕。月黄即 lemon yellow〔柠檬黄〕, gamboge〔黄〕之类。赭石即 yellow ochre〔土黄〕, burnt sienna〔赭〕之类。花青、石青，即 Prussian blue〔普蓝〕, ultramarine〔群青、深蓝〕之类。二绿即 emerald green〔浓绿〕之类。铅粉即 Chinese white〔瓷白〕。有些中国颜料，色彩不甚鲜明，或应用不甚便利。故不妨参用西洋颜料,同牙膏一样用小锡管装好的半液体颜料。例如铅粉,中国颜料是一块一块的。用时须得研碎,又须合以胶水(牛皮胶、鱼胶等煎为液体,调入铅粉末中),手续很麻烦。不如用西洋的锡管装的 Chinese white。这颜料的原料,本是中国产的。其他如胭脂、朱磦等,也不妨参用西洋颜料。但西洋颜料必须用英国牛顿公司(Winstor Newton Co.)制的,因为它色彩鲜明而久不退变。若普通小学生用的锡管颜料,则因原料不佳,容易退色或变色,不如用国产颜料为佳。

五、其他工具 最普通的中国画用具,除上述的笔墨纸丹青外,必备梅花碟一个,笔洗一只。此外笔筒、笔架,普通文房四宝中所有的都可用。梅花碟是瓷制的,作梅花形,分作七八格。这不是每格盛一种颜料用的。盛颜料另有小盆(连盆发卖的)。这梅花碟是调匀颜料时用的。譬如要把一种颜料调水使淡,即以笔向小盆中蘸取颜料,在梅花碟中调水。或欲将两种颜料交混,亦在梅花碟中调制之。故梅花碟的用处,与西洋画的 palette(调色板)相当。笔洗也是瓷制的,形如饭碗而中央设一 S 线,把它分作两格,成为太极图形。有的作方形,内设一丁字形,分作三格。备办了上述的工具,即可从事中国画学习了。

西洋画的工具很繁多。上章最后一节所述的七种西洋画,即铅笔画、色铅笔画、擦笔画、木炭画、色粉笔画、水彩画、油画,每一种有各自的用具。所以非常繁多。现在依次逐说于下。但学者须知道:学西洋画,并非上述的七种画都要学到的。这七种画中，有主要的，有不重要的。有必修的，有非必修的。关于这事，当在次章中详述。现在但讲各种画的用具。

甲、铅笔画的用具　铅笔画是西洋画中最简便的一种。故其工具也最简单。普通学校的学生，大都先习铅笔画。其设备只有笔、纸、橡皮三事。

一、铅笔　铅笔宜用软的，自 BB 至 BBBB，最为适宜。硬铅笔只宜抄笔记用或写帐用，画用嫌它不发墨。太软的铅笔，例如六个 B 字的，铅太松，又嫌其着纸后易于脱落，不便保存。故以二 B 至四 B 为相宜。Venus〔维纳斯〕牌的铅笔最宜于画用，但别的牌子也行。削笔不可用铅笔刨子，必须用小刀。因为铅笔刨子刨出来的铅笔，往往太尖，太细，宜于写帐抄笔记，而不宜于作画。作画的铅笔，头要粗钝为佳。用小刀削，可以自由自在。铅笔头以粗钝为佳，可知铅笔画不求工致，而贵乎自然。工笔有匠气，粗笔可得自然之趣，所以铅笔头不宜削尖。

二、纸　普通所称为"图画纸"者，皆宜用以作铅笔画。铅笔画纸求其质地坚致而表面粗毛。凡具有这些条件的纸，都可为铅笔画纸。图画纸中，象牌的质最坚致，表面纹路最粗，故最宜作铅笔画。飞马牌等次之。道林纸表面太光，报纸质地太松，皆不宜作铅笔画。用木炭画纸作铅笔画，另有一种美趣。因为木炭画纸上有凹凸的条纹，用铅笔描写，其纹路美丽如织锦。

三、橡皮　铅笔画修改时，用橡皮擦去。橡皮以 Venus 牌子的为最佳。因其柔软而不伤纸。修改这一件事，在中国画是不许可的。中国画落笔为定，不可修改。西洋画则不妨修改，但也以不修改为最佳。作铅笔画先打大体轮廓，然后细描。细描既毕，无用之大体轮廓线（称为稿线）须用橡皮擦去。故橡皮之用，并不专为修改。

四、其他工具　描较大的铅笔画，宜备画板一块。画板的大小，约如报纸之四分之一。因为铅笔画宜于小品，不宜作很大的画的。板质宜取不易弯曲破裂的。左右两端，用直纹的木头二条镶上，以防其弯曲。板面须光而平。画纸用画图钉钉住在板上。又，铅笔画为防铅末的脱落，可用定止液吹上。定止液即木炭画所用的，详见木炭画的用具项下。又，削笔刀是铅笔画必备的工具。

乙、色铅笔画的用具　色铅笔形状与铅笔同样，不过内心是各种颜色的蜡，其实不能称为"铅笔"。用具与铅笔画大致相同。只是笔要备两种：铅笔与色铅笔。铅笔即上项所说的软铅笔，是起稿用的。色铅笔有八色、十二色、十六色各种。初学宜取十二色或八色者。色彩太多，不易支配。色铅笔画也是普通学校图画科所宜用的。因为设备简单，而效果显著。画法：最初与铅笔画同样，用软铅笔作大体轮廓，然后用色铅笔细描。需要两种以上色彩混合的，先用甲，次用乙，丙……重叠涂上，近看复杂，远看自能和匀。故色铅笔画有印象派风，不宜近看而宜于远眺。只有蜡制的色条，外面不包木壳的，不称为色铅笔，而称为"蜡笔"，即 crayon。蜡笔笔致比色铅笔更粗。外面不包木头，不须用刀削，故用时更为便利。小学生用蜡笔画最宜。色铅笔画与蜡笔画，不宜修改，故不用橡皮。

丙、擦笔画的用具　擦笔画是用黑粉描的画，大都用以描肖像。取其光洁，与照相相似。但是学画的人大都不欢喜描。因为用笔磨擦，工作太机械，少有兴味。且有些画工，用格子把照相放大，作擦笔画肖像，借此图利。于是擦笔画便低级趣味化，画家不屑用此。但倘不用格子放大照相，而用擦笔写生，也是一种另有美趣的绘画。其用具与铅笔画大体相同，不过不用铅笔，而用擦笔及黑粉。

一、擦笔　可以自制。其法将吸水纸卷成笔形，一头尖锐，即以蘸黑粉，在图画纸上磨擦作画。用了长久之后，尖锐一头钝起来，可把吸水纸拆开，重新卷过。上海等处的画具商店，卷好的擦笔亦有发卖。

二、黑粉　原来是方柱或圆柱形的粉条，长二三寸，比铅笔略细，名曰conté，画具店大都发卖。将此黑粉条研为细末，用擦笔蘸细末作画。其色深黑，有如丝绒。故擦笔画自有其美趣。但conté并非专为研末作擦笔画用。有的画家，就用conté代铅笔作画，同黑板上用粉笔一样，又另有美趣。因为它的黑色浓重而粗大，比铅笔有力得多。

丁、木炭画　这是西洋画中重要画具之一。正当的学习法，是从木炭画开始。故木炭画是西洋画基本练习的工具。用具有木炭、木炭画纸、面包或炼橡皮、画架与三脚凳、定止液等，逐述如下：

一、木炭　是用柳枝烧成的，长四五寸，比铅笔略细，数十支装一匣，由画具店发卖。自己亦可制造。只要采取杨柳枝，剥皮，晒干，然后烧成炭条。不过烧法颇不容易。烧得太久了，要变做灰；烧得不足，写不出来。有经验的，才烧得恰好。

二、木炭画纸　是为木炭画特制的一种画纸。大小与普通图画纸相近，而稍薄，上有席纹。木炭描在上面，显出条纹，另有一种美趣。木炭画描写阴影时，用炭条涂上后，用手指稍稍擦抹，使炭粉匀和。手指擦抹的地方，条纹更为美观。故铅笔画也可用木炭纸。水彩画家也有欢喜用木炭纸的。

三、面包或炼橡皮　木炭画窜改时，不能用普通橡皮，用面包最宜。每日练习木炭画时，买无馅的馒头一个，作橡皮用。用法，将馒头摘下一粒，用手略略搓捏，即可揩去纸上的木炭。揩后再搓捏一下，然后再用。用到干枯而色变黑之时，即弃掉它，另摘新的一粒。倘馒头不易买得，用炼橡皮亦可。炼橡皮形似普通橡皮，而色青灰。用手搓捏，其质似黏土，可以任意变形。大的画具商店，都有发卖，价格与普通橡皮亦相近。作木炭画时，可用此种橡皮代面包。其好处是不须天天买面包。其缺点是质地终比面包坚硬，容易损坏木炭画纸上的席纹。且用得太长久，吃饱了木炭，揩时有黑迹留纸上，损坏画面。故炼橡皮也不是可以永久使用的。不过比面包可以耐久。面包要每天新买，不免麻烦。但作木炭画橡皮用，面包最良，因为它的质地柔软，绝不伤害纸面的席纹。

四、画架与三脚凳　木炭画是西洋画的基本练习，必须对石膏模型或人体而写生，且画面较大，故必须用画架。画架是木制的，其形如第一图所示。画板直立架上，画者对画板而写生。画板须比全张木炭画纸稍大。因为木炭写生，有时用半张木炭纸，有时用全张木炭纸。画架的好处是画面直立。直立则画者的视线正射纸上，对于形状明暗可以看得正确，又可退后几步而远眺。中国画平放在桌上描写，视线斜射，且不便远眺，实为一大阻碍。能仿西洋画法，使纸直立在画架上而作画，必可得更好的效果。又，图中所示，是室内写生用的画架。制法甚易，普通木工都能照图仿制。野外写生用的画架，则较为难造。三只脚必须用细而坚牢之木，且每脚分为两段，可以自由伸缩，一似照相架子。如此，则收拢来形甚短小，可以纳入写生袋中而携带。此种野外写生用画架，普通木工不会制造，画具店自有发卖。又野外写生携带画架之外，又须携带三脚凳。三脚凳之形如第二图，普通木工也不会制，须向画具店购办。这凳上面用皮或帆布，下面是三根细而坚致的木头，可以展开收合的。展开即可当作凳子坐用，收合则成一小束，可以纳入写生袋中。

第一图　画架

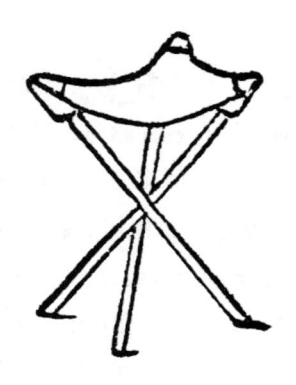

第二图　三脚凳

五、定止液　木炭的细末写在纸上，一经弹动，便会脱落。故木炭画画成后，必须加定止液，使炭末固定在纸上。定止液，画具店有现成的发卖，但自制亦很容易。制法：买火酒一瓶，用松香三四两研为细末，放在火酒里。过了一会，松香完全融化在火酒中，这便是定止液。用法：另买雾吹管一具（药品店发售），或裁缝用的喷水器亦可。将定止液倾入杯中，用雾吹管吹在画上。或者将定止液注入于喷水器中吹之，亦可。吹的时候，须注意：不可太多。太多则画面的定止液流下来，木炭画便损坏。亦不可太少。太少则木炭粉并未固着，仍会脱落。吹毕之后，稍待数十分钟，火酒蒸发，定止液即干燥，而木炭画始便于保存。

戊、色粉笔画的工具　色粉笔画，西洋名曰 pastel。用具如下：

一、色粉笔　形式与黑板上用的粉笔相似，不过粉末精细，且有各种颜色，装成一匣。每匣的支数，多少不同。最少的八色，最多有三十余色。十余色乃至二十余色者为最常用。用法与木炭相似，就拿粉条描在纸上。两色以上拼合的，用手指略为磨擦，使之匀和。色粉笔有掩覆性，故改窜时不用橡皮，但把一色加在他色上，他色即被掩覆而不见。

二、色粉笔画纸　是特制的一种纸，上有绒毛，犹似绒布。此绒毛可以阻留色粉，使它厚厚地堆积在纸上。有绒毛的纸价格甚贵。普通练习，用表面粗糙的纸即可。例如有一种作书籍封面用的纸，或马粪纸、木炭画纸等，凡表面有粗纹的，皆可作色粉笔画。色粉笔画纸大都作灰色、青色等深色。因为色粉笔画有掩覆性，能将纸地遮盖。故纸地作任何色皆无妨。

三、定止液　色粉笔画比木炭画更难保存，因为色粉末堆积在纸上，若不吹定止液，一动弹，即脱落。故必须周到地吹定止液。而且所用的定止液，亦须细致而富有胶着力者。画具店有色粉笔专用的定止液发卖，比木炭画用的质料精致。但自制的火酒松香液，只要松香研得细，彻底溶解，则亦可用。色粉笔画加定止液后，并不完全可以放心。因为粉末太厚，风吹日晒之后，怕定止液失其效用。故仍须装入玻璃框内，永远钉杀，方可耐久。这是西洋画中最难保存的一种。它的好处是色调柔嫩可爱。写小孩女子的颜貌，春日的风景等，最为适宜。法国人最欢喜此种画。法国有许多以色粉笔画著名的画家。

己、水彩画的用具　水彩画在西洋画中是地位很高的一种。除油画外，要算水彩画为最正大。本来很不普遍，十八世纪时，英国有两大水彩画家出世，其人即康斯坦勃尔〔康斯太布尔〕（Constable）与脱纳〔透纳〕（Turner）。水彩画于是流行于世，地位亦抬高了。直到今日，水彩画最发达的地方仍是英国。水彩画颜料制造最精的，也是英国。水彩画之所以在英国发达者，是因为英国地方多雾，其风景模糊柔美，用水彩表现最为适宜的原故。水彩画的用具，有笔、纸、颜料、调色板与水筒，野外写生用具等，逐述如下：

一、笔　水彩画须用貂毛笔。取其硬而有弹性，水彩画笔的近笔尖处，大都用金属镶成，笔杆上有 1，2，3，4，5，6，7，8，……等号码。1 笔最大，依次减小。初学水彩画宜用 7 号 8 号等。其笔头大小与中国中楷羊毫的笔头相似者，最为适宜。作较大的水彩画，则宜置备更大的笔。若用中国毛笔代替，则取狼毫、紫毫，不宜用羊毫。

二、纸　水彩画纸以质地坚致，表面粗糙，不吸水分者为佳。普通图画纸、木炭画纸，亦可用以作水彩画。但最好用水彩画专用之纸。专用之纸有两种，一曰 Whatman〔瓦特曼〕纸，一曰 O. W. 纸。前者质地坚致，弹动有声，如洋铁片，表面作纹路如树皮。用此纸描水彩画，最为爽快，易得佳作。后者质地更厚，表面作很粗的布纹。初学者用之或嫌太粗，水彩画专家都爱用之。此二种纸，价格皆高贵。中国画具店发卖者亦不多，常须向外国购求。初学者如不易得此纸，可以木炭画纸代用。用木炭画纸作水彩画，比用普通图画纸更为相宜。

三、颜料　水彩画颜料，有两种。一种是固体的块形的，八色、十色、十二色、十六色，或二十色，装成一匣。用时以笔蘸水润湿块形，即可应用。但胶质太多者，一时不易溶化，用时颇感不便。故不如装锡管的合用。装锡管的水彩颜料，形似牙膏，长约寸许，普通八瓶、十瓶、十二瓶、十六瓶，或二十瓶装成一匣而发售。此颜料为半液体（似牙膏），易于溶解。故比块形者便利。但上述数色装成一匣之颜料，均不宜用。因为匣中每色一瓶，各色分量相等。而我们学画时，大都红黄蓝三原色最多用，而其他的杂色较为少用。故购用装匣的水彩颜料，往往某几瓶已用完，而别的几瓶剩余很多，或竟未曾动过。就此抛弃，甚为浪费。故此种装匣之水彩颜料，只是骗骗小学生的，实际上很不合理，应该取销。故学水彩画，宜购用单瓶出售之锡管颜料。视自己的习惯而开单购买。习惯上多用红的，红颜料多买几瓶；多用蓝的，蓝颜料多买几瓶。用完了可以分别添买，不用的可以不买，绝无浪费之事。至于颜料的牌子，最好的是英国牛顿公司（Winstor Newton Co.）的出品。其次德国制或中国制的。至于所用颜料的种类，视各人好尚习惯而异。普通初学水彩画，先购备下列十种。以后可视自己好尚习惯而增删。

  rose madder　玫瑰红

  carmine tint　深红

  vermillion　朱

  burnt sienna　赭

  lemon yellow　柠檬黄

  yellow ochre　土黄

  violet　紫

  Prussian blue　普蓝

  ultramarine　深蓝

  Chinese white　白

此十瓶中，玫瑰红、朱、柠檬黄、普蓝，四色最为重要。有的画家，只用此四色，一切色彩都可由此拼调出来。最后一瓶白的，最为少用。因水彩画纸是白地的，要白色可以留地，不必用白粉涂抹。只有需要粉红色等的时候，用少许白粉渗入颜料中而已。故多数水彩画家不备白粉。

  四、调色板与水筒　水彩画必须在画架上描写。画架直立在空中，不像中国画的有桌子可放梅花碟与笔洗，故必备调色板与水筒。调色板用铁叶制，上涂洋瓷〔搪瓷〕，或方形，或

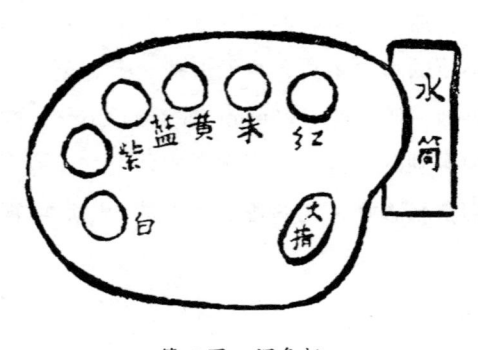

椭圆形。一边有洞，可将左手大指穿入洞中而把持。水筒亦铁叶制，或置画架边上，或用钩挂在调色板的边上。右手执笔，左手持调色板与水筒，即可自由向画架描写。

第三图　调色板

水彩颜料由锡管中捏出，排列在调色板的边上。排列须有一定次序。大略如第三图所示，最常用的接近水筒，最少用的远在左端。这排列法各人有各人的习惯，不须规定。但以便于应用为原则。又如长方形的调色板，中有铰链，可以折合的，亦甚合用。折合时形似长方形扁匣，可免用剩之颜料受到灰尘，携带亦便。

五、野外写生用具　水彩画野外写生，作大画，宜用画架、画板、三脚凳，及画箱。作小画不带画架，单用画板、画箱与三脚凳亦可。发见可画的风景，即对着它放置三脚凳，身坐其上，将画箱置膝上，即可写生。画箱是特制的，画具商店发卖。箱盖的一边活动，向外翻出，即可将画板放在箱盖内而写生。箱内放颜料、笔、调色板，及水筒。水筒用洋铁制，有盖，盖上有钩，可挂在调色板上当笔洗用。如第四图所示。水彩画纸须预先贴好在画板上。贴法，不用图画钉，宜用纸条与糨糊。先将水彩画纸喷水，使受潮而膨胀。然后依照画纸四边之长，裁桑皮纸四条，用糨糊将画纸粘附在画板上。起初画纸凸凹不平，但干燥之后，画纸即收缩而紧张在画板上。描画于其上，犹似描在壁上或板上，最为快适，易得良好之结果。画成，用小刀将桑皮纸割破，画即离画板。此贴纸法须于前一日预先设备。但好

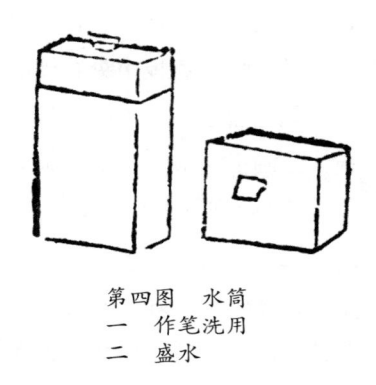

第四图　水筒
一　作笔洗用
二　盛水

处甚多，故学者不可避此麻烦。倘欲避此麻烦而用图画钉钉其四角，则纸面遇水后不易平伏，于作画有妨碍。且有钉的地方留出一块圆形不涂颜料，甚为难看。故无论室内室外的水彩写生，画纸必须预先设备。

庚、油画的用具　油画是西洋画的代表。十五六世纪以前，油画尚未发明，西洋画家都用鲜画〔壁画〕（fresco）。鲜画是用胶汁调颜料而涂在板上或壁上的，只宜作大画，不宜作小画，且胶汁挥写甚不自由。十五六世纪时，荷兰人发明油画，用油调颜料，挥写自由，作大画小画均相宜。于是鲜画自然淘汰，而油画当了西洋画的代表。凡西洋画家，十人中有九人是描油画的。油画的用具，在一切画中最为复杂。列举之，有下列各种：画架、三脚凳、画箱、画布、画框、画板、画夹、画带、伞柄、画囊、画笔、调色板、油壶、画刀、揩布。最初二种，与水彩画用具相同，以下的就不同。

一、画箱　油画箱比水彩画箱稍大。因为油画颜料的锡管

较大，同牙膏一样大。且油壶、刀、调色板一齐放在箱中，故箱形较大。调色板中央有铰链，可以折合，盖在颜料瓶等的上面，然后加盖。盖的一边也活动。向外展开，盖内即可放小板。油画描在板上。小油画可画在板上，但大油画必须用布及框，放在画架上描写。

二、画布　西名曰 canvas，是麻织物，布纹有细的，有很粗的，视画家的好尚而运用。布面涂着一层漆类的东西，作黄白色。油画颜料即涂在这上面。油画颜料是不透明的，有掩覆性。故油画不留布地，全面涂满。画布以法国制者为最佳。以其坚牢致密，既宜于描写，又利于保存。英国制者次之，德国制者又次之，日本制者不可用。中国近亦有自制画布，胜于日本货。

三、画框　画布要紧紧地张在画框上，然后可描画。画框是四根木条凑成的，其大者，中央再加一横木。四角凑和处，不用钉钉杀，而用木片镶合。如此，可以自由拆开，便于携带。画布张到画框上，先把四角轻轻钉牢，然后钉每边的中央。渐渐向两端，最后将四角重新钉过。如此，布面紧张，利于作画。画布有四号、八号、十六号、……等。四号者，大小与四分之一张报纸相近。八号者与半张报纸相近，愈下愈大。五十号者，大似半壁。故画框的大小，亦有一定。依照画布的号数而分大小各种。普通作品，以八号为最多，四号、十六号、二十号等次之。过小及过大的油画，描者较少。

四、画板　四号的油画，往往不用画布张在画框上。而就描在板上。板用樱木最佳，因其轻便而不弯曲。但比四号更大的油画，不宜用板，恐怕大板要弯曲。用板作画，不用画架亦可，将板插在画箱的盖中，将画箱置膝上，即可作画。

五、画夹　画夹是放置油画的器具，有大小二种。小的与四号油画同样大小，形似木箱，但无底无盖。内侧四周有缝四五条，可插四五张画板。野外写生时，描小画（四号）不止一张，可以四五张画板插夹中而携去。画毕，颜料未干，可插夹中。夹中每张相距一二分，故未干之颜料，不致损坏。大的画夹，是放置八号或十六号画布用的。夹之大等于画布之半。将夹展开，将画布用图钉钉住在夹的内侧，即可作画。画毕将夹折合，夹内有一二寸之空面，故画布两面未干的颜料不会损坏，拿回家中，再将画布取出，钉在画框上。如此，路上携带较画框为便利。

六、画带　携带两个画框出门写生，归来时两画皆未干，携带困难。为避免这困难，宜用画带。画带是一根阔约一二寸，长约丈许的带子，有似火油炉子上用的纱带。带上穿着四个洋铁制的角。每个角内分三格，每格之阔与画框木条之厚相等。用时将四个角装在两个画框的四角上，而将带收紧。两画背面向外，正面向里，相距一木条的厚的空地，未干的颜料即不会黏合而损坏。

七、伞脚　油画野外写生，历时较久，画面被太阳晒着，颜料要溶，而且看色彩不易正确，故宜张洋伞。洋伞张在画的上面，必须用伞脚。伞脚由两个木棒接合而成。用时将两木棒由螺旋连接，再将伞柄由螺旋接连在棒的上端，而将棒的下端插在泥地中，即可障蔽太阳。用毕拆开，每棒长不过二三尺，可以和洋伞一齐纳入画囊中。

八、画囊　是帆布制的长形的袋，长约三尺，上端有带可以收口。中央有皮带二根可以捆扎，而背在肩上。画架、三脚凳、伞脚皆可纳入袋中，捆扎而背着走路。水彩画所用的与此相同。

九、画笔　油画笔须用猪毛制，笔尖扁形，笔尖上的金属镶头亦作扁形，笔杆木制，作圆形，长约七八寸。初学须备画笔六七支，自七号八号至十五号十六号。油画笔用过之后，宜从速洗净，否则颜料干燥，将笔毛胶住，笔就无用。洗笔先用火油，次用肥皂水。

十、调色板　油画的调色板用木制，不加漆，比水彩画用的广大。颜料的排列，与水彩画同。油壶挂在板的右端。室内写生可用椭圆形的大调色板。野外写生时，就用画箱中的调色板。

十一、油壶　油壶挂在调色板上，相当于水彩画的水筒，但性质与水筒不同。水筒是洗笔用的，油壶却是盛调颜料的油用的。油画笔在作画中不洗，要换色彩，可换一支笔，或用布将笔头揩拭一下。故油画不要笔洗。但颜料太坚时，须用油冲调，所以要用油壶。油壶里盛的是亚麻仁油或松节油。松节油容易干，故夏天作油画宜用松节油。

十二、画刀　油画画毕，调色板上的剩余的无用的颜料须得刮去，用布揩干净。否则过一两天后颜料干结在板上，无法拿去，调色板就无用。刮去颜料，必须用画刀。画刀用薄钢片制，软柔有弹性，宜于刮取颜料。有的画家，就用画刀取颜料在画布上作画。此时画刀之用就等于画笔。

十三、揩布　油画笔在作画中不洗，要换色则用布揩拭一下。故画箱中必备揩布一二块。清理调色板时，亦用揩布。揩布可用普通粗布，用久了要换新的。油画的用具，尽于上述。此种用具，外国的画具商店都有发卖，中国则难得完全有。有的可以自制，有的必须向外国购求。

第三章　绘画的学习法

绘画的学习，西洋画有一定的方法，而中国画没有定论。因为西洋画容易学，中国画不容易学。学西洋画可以用功而成就，学中国画用功不相干，全靠天才。所以现在讲绘画的学习法，关于中国画只能略说一般学画的习惯，但照此习惯学习，不一定成功。关于西洋画就有一定的路径，学者按照路径而学习，必得成就。

学习中国画，向来从临摹古人佳作入手。清代的李渔（字笠翁）为此编一本画谱，叫做《芥子园》[1]，流传甚广。这《芥子园》可说是中国唯一的绘画教科书。全书分为石、树、梅、兰、竹、菊、山水、人物等数部，每一部中集合古代名家的作品，以供学画者临摹参仿。临遍了这画谱，各种景象都会画，便可自己作画。但多数学者不是"作"画，而是"凑"画。他把某古人的山，某古人的树凑合起来，即成一图。如此，学画就变成一种机械工作，全无艺术创作的意义了。故《芥子园》作参考用是好的，作临本用是不好的。学中国画时，为学用笔，不妨临摹，但不可止于临摹，必须"读万卷书，行万里

---

[1] 按系李渔之婿沈心友请王氏兄弟编绘，刻于李渔在南京之别墅"芥子园"。

路"（董其昌说的），胸有成竹，然后作画。所以中国画的学习法，只有两句话："多读名画，多观自然。"但最重要的前提还是"多具天才"。倘没有天才，即使多读名画，多观自然，亦无用处。关于中国画学习，就只这几句话。

西洋画的学习法，颇有条理。只要从基本练习入手，自会成就。基本练习，便是木炭石膏模型写生。写过若干时，就可用木炭作人体写生。再写过若干时，就可用油画作人体写生。再写过若干时，便可用油画或其他各种画具自由作画。西洋画于是学成了。为什么要走这样的路径？说明其理由如下。

第一，基本练习的工具为什么用木炭？

答曰：西洋人长于科学方法，凡事彻底打算。对于学画，也用科学方法来支配。学画，在技巧上说，是要自由描出世间种种物象的姿态。物象姿态的表现，有形状、明暗、色彩三个条件。此三条件满足，物象就肖似真的了。但仔细研究起来，此三条件中，前二者尤为重要，后一者（色彩）较不重要。照相便是其证据。试看照相，只有形状和明暗，没有色彩，而表现出世间万物的姿态，无不毕肖。可知要在平面上表出物象的姿态，用黑白二色也已够了。这便是西洋画基本练习用木炭为工具的理由。初学西洋画，只要屏除了物象的色彩，而但看其形状与明暗，用木炭条将此形状与明暗如实地表出在纸上，物象便同真物一样。这样地练习，经过相当的时间，你的眼睛便会正确起来。一看见物象，立刻捉住其要点（要点便是形状与明暗）。然后更进一步，加入色彩而描写，则根柢稳固，成就可操左券。即使色彩描写法很生疏，而表现得不好，其物象总已正确而肖似了。所以西洋画的专门学校的初年生,不习色彩画,而专习木炭画。有色彩的名曰"彩画",只有黑白二色的名曰"素描"。专门的画学生,须经过一二年的素描练习,然后学习彩画。以后亦须常常温习木炭素描,以巩固其基本。

第二,基本练习为什么以石膏模型为题材?

答曰:基本练习的题材,必须用裸体人(这理由暂时不讲,当在次节说明)。但裸体人是活的,常常要移动,不便给初学者写生。又裸体人是肉的,肉体有色彩。初学者宜屏除色彩而专研形状与明暗(如上节所述),故不宜取裸体人为写生模型。因此,西洋人便想出一个方法来,用雪白的石膏仿造人体的形象,给初学者当作写生模型,称之为石膏模型。石膏模型具有人体的形状,但是死的,不会移动,可任初学者仔细观察。又是雪白的,没有色彩,可任初学者专心研究形状与明暗。所以石膏模型是最适宜的学画题材。现今一般美术专门学校所用的石膏模型,大部分是古代的雕塑,希腊古代的特别多。原来是大理石雕的,美术商人把它们翻造为石膏的,卖给美术家作习画模范。学者最初写石膏模型时,宜写头像,及手、足的模型。渐次进而写胸像、半身像,以及全体像。普通人以为面貌难写,身体易写,其实相反。面貌形状有定,是容易写的。身体上的形状、线条、明暗,变化无定,难于捉摸,是难写的。因此,初学必先写头像而后写身体。

第三,基本练习为什么以裸体人为题材?

答曰:西洋人用科学的方法来支配画道。他们以为要学写世间一切物象,拿天地万物来一个一个地练习,不胜其烦,亦不可能。必须想出一样最复杂最难画的东西来，当作练习的标本。练好了这个东西的描写法，则别的一切东西都会描写。所谓一通百通。世间最复杂最难画的东西，便是裸体人。所以决定取裸体人为基本练习的题材。初学者，或有不相信这句话的。但研究下来，自能相信。我们画山、画树、画花、画草，形状略加变更增删，往往无甚妨碍。树上多画一张叶子，山上少画一块石头，有何不可呢？但人体就不行，一丝一毫，不得变更增删。写生不忠实，写的便不像人。

人体上的线条，变化非常微妙，长短、弯度、刚柔、浓淡，稍差一点就不像。西洋人说，人体上有无数形状不同的"S弧"（Scurve）。这种弧线大体成S形，而千变万化，没有相同的。学习裸体写生，就是训练人的眼睛，要它能精细正确地辨别这种S线的变态。这个能辨别了，天地间森罗万象就没有一样不会画，而画家的基本就巩固了。

如上所述，西洋画的学习，有一定的路径。只要专心人体研究，初用素描，后用彩画。经过相当时间（依各人天分厚薄而不同），自会走上西洋画的堂室。

第四章　形体的描法

形是绘画的骨子，故习画初步就是练习写形。写形第一求其正确。正确者，就是说纸上所描的形象，须同眼中所见的物的形象一样。但须注意："眼中所见的物的形象"，与实际的"物的形状"是完全不同的。例如立在一条长的走廊的一端而眺望他端的门，见其形象极小，似乎不能通过行人。又如坐在船中望前面的桥，见其桥洞极小，似乎通不过船。但实际的门和桥，并不是小的。可知眼中所见的物的形象，与物的实际形状是不同的。其差异有一定的规则，图画上所宜学习的便是这规则。这规则在图画上称为"远近法"，或曰"透视法"。

譬如有一本书横放在离开你的身体数尺的桌上，请你在纸上描出书的形象来，那时便须应用远近法的观察，方描得正确。疏忽的人，误以为正确就是同实物一样，便去取过那册书来，用尺量一量书的各边的实际长短，就在纸上描出实际的书形。这便不是图画的办法，而变成手工的办法了。图画上所谓正确的形，是说眼中所见的形，不是实际的形。诸君可用书一册放在前方的桌上试行观察：这时所见的书，一定作梯形，或平行四边形的状态，决不是长方形的。参看第五图，可知方形的物体，在绘画中大都不是方的。——只有垂直立的东西，看法仍是方形，凡横卧在地上或桌上的方形物，在绘画中都不是方的。

　　要知道方形物体的描写法，须先知道透视法上的术语。现在把几个术语的意义说明如下：

　　一、透视　就是用一块玻璃垂直立在画者与写生物体（例如一册书）之间，使画者通过玻璃而眺视物体的意思。换句话说，犹似在玻璃窗里面眺望玻璃窗外的景物。并非实际写生的时候眼前须竖立一块玻璃，不过说透视二字是物体透过垂直玻璃面而观察的意义。写生的时候，可想象眼前有着这样的一块玻璃而观察。

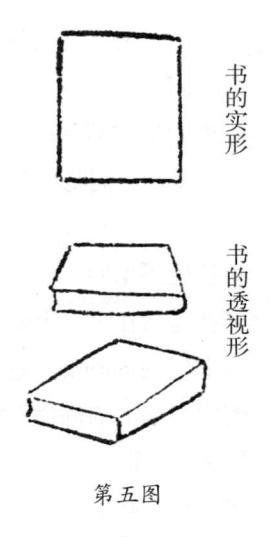

书的实形

书的透视形

第五图

　　二、透视图　就是说玻璃上所现的物体的图样。假如你在玻璃窗内，闭住一目，用其余一目眺望窗外的景物，同时用毛笔在玻璃上描出景物的形状（张开两目，观点不确。故宜闭住一目）。这窗玻璃上的图样便是景物的正确的透视图。但我们写生之际，不能套用这方法。因为这是很麻烦的，且机械的，倘用此法，野外写生者必须随身带一块大玻璃，岂不讨厌。现在我提出用毛笔在玻璃上描图的事，原不过是欲说明透视图的意思。实际的物象变成透视图，合乎一定的法则，这法则即"透视图法"。依照透视图法而描写，可得与玻璃上的描写同样正确的结果。

　　三、地平面与水平面　写生时所观察的物体，总是载在大地之上的。这大地有时是陆，有时是海。陆的一片称为地平面，海的一片称为水平面。因为物体载在这上面，故这二者是画中的形体的基础。画中有了这基础才得稳定。总之，地平面与水平面，同是横向扩张的平面，不过场所不同耳。

四、水平线与地平线　水平线，就是站在海岸上眺望海天相接处所见的线。换言之，就是海面的 outline（外廓线）。地平线就是站在大陆上眺望陆地与天相接处所见的线。换言之，就是平原的 outline。这两种线，在我们写生的时候不一定看到。例如写桌上的静物，写室内的光景，或写复杂的市街，绵密的树林的时候，大都看不见水平线或地平线。但在物形的透视图研究时，必须以此为根据。原来我们所以看不见者，是被物所障蔽的原故，并非这两线不存在。欲研究物体的正确的透视图法，必须知道这两线的意义。

五、地平线水平线与眼的高低的关系　学者须记忆一个重要的原则："水平线与地平线必定与观者的眼同样高低。"这里所谓高低，是说前述的垂直玻璃板上的高低，不是说实际的海或平原能跟人的眼而升降。例如你站在沙滩上眺望海天相接处的水平线，看见其线很低，因为你的身体站在低处，眼睛也低的原故。你倘跑到山顶上去眺望海景，就看见海天相接处的水平线很高，因为你登在高处，眼睛也高了的原故。道理是这样的：海是一片横卧在地上的东西，其状态同桌面、地板等一样。你站在低处的沙滩上看这片海，是斜看的，所见的面很狭小，面的 outline 也就低起来。你登在高处的山顶上看这片海，虽然也斜，但斜度比前较缓，所见的面也较广，面的 outline 也就高起来。充其极致,你坐在飞艇中俯首下望海面,便不是斜看而是正看(即视线与海面成直角),所见的是海面的实际形状而不是透视图,水平线与眼的高低便不成比例了。但坐在飞艇中鸟瞰下界,不是普通看物的情形,也不是绘画上所取的看法,故作例外论。普通绘画所用的对于自然的看法,总是人站在地上平看的。所站的地或高或低,所见的海面或广或狭,因而水平线或高或低。故水平面必然随了人的眼的高低而升降。诸君可作实验:试站在海滩上,用伸直的手加在额上而眺望,即见水平线出现在手的下面。再将这手移下,加在眼与鼻之间而眺望,即见水平线出现在手的上面。再将这手移到眼前,使与眼等高而眺望,水平线即被手所遮,遮就是同高的意思。倘你登上山顶再用同样的方法实验,所得的结果依然同样。这便可证明水平线是与观者的眼同一高低的。这个原则,在透视法上最为重要。换言之,在写生法上最为重要。写生者描形的时候,时时要用到这个原则。

六、画与水平线的高低　水平线与地平线同是一物,但水比地更平,故以后通称为水平线,地与

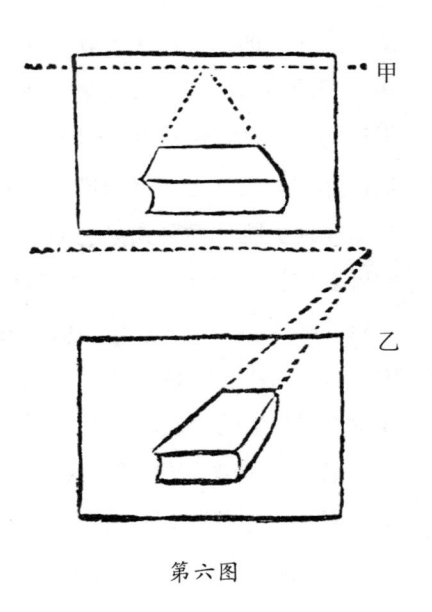

第六图

天相接处也称为水平线。如前所说，水平面与水平线是物体的根基地，其在画中也是重要的根基地。凡画必有水平线，不过或隐或显而已。例如静物画、室内景物画等，水平线大都隐藏；但并非没有，依照静物的透视状态而推测起来，可以推知隐藏的水平线的所在。换言之，可以推知描画的人的眼的高低——他是坐着写生的，抑或立着写生的。推测之法，将书的两边的直线向上延长使相交，如第六图甲。通过这交点作一与画面平行之线，其线即水平线。这样，我们便知道这画中的水平线是隐藏在画的背景（直立的书）中的。换言之，我们便知道描这写生画的人是坐在很低的椅子上眺望桌上的书而描写的。因为水平线的高就是画者的眼睛的高；现在水平线位在直立的书的中部，即可知画者眼睛的高低适当直立的书的中部，即其人所坐的地方一定不高。又如第六图乙，我们用同样的方法将书的两边的线延长起来，使之相交，通过交点作一与画面平行的线，其线已在画纸以外。可知道画的水平线是隐藏在画幅以外的。换言之，可知描这画的人的眼睛是很高的。他大约是立在地上眺望横卧在桌上的书而描成这画的。用这方法，我们可以推知一切静物画的水平线的所在，推知一切静物画作者的眼的高低。同时又可检验画中的形象的正确与否。假如乙图中另有一册书，其两边的延长线不相交在同一水平线——这画便犯着透视法的错误。因为一幅画是不能有两水平线的。

　　水平线显现的绘画，不须用上述的推测。但其在画中的位置高低，是布置上的一大问题。有的画水平线宜高，有的画水平线宜低。例如欲描写秋天的云，则水平线宜位在画中的低处，使水平线上的地位广大，线下的地位狭小，反之，为欲描写地面上的花草的绮丽，则水平线宜位在画的高处，使线下的地位广大而线上的地位狭小。近代的画家中，有许多人喜俯瞰地面的光景而写生，其作品中的水平线往往极高，画的趣味也别开生面。初学者最初不可好奇，宜取普通的位置。普通的位置，水平线大概在画纸的正中的横线的下方邻近之处。

七、视角与视域　写生时画者的眼眺望物体，其视线有一定的角度，眺望的地方有一定的区域，名曰视角与视域。我们开眼眺望宇宙间森罗万象，原来是有一限度的，仰望不见下面，俯视不见上面，左顾不见右面，右望不见左面。总之，我们在一瞬间只能明白清楚地看见某一区域内的光景，决不能同时看见上下左右一切光景。在怎样大小的区域内所见最为清楚明白呢？据画理研究者说，六十度圈内的光景最看得清楚明白。何谓六十度圈？试用报纸卷成一圆锥形，使圆锥两侧的线

第七图

在圆锥顶点（尖处）相交成六十度角，用眼向顶点的小孔中窥望，如第七图所示，所见的光景便是最明白清楚的部分。换言之，此喇叭形内所收的光景（倘合于美的条件），是可以写生的。这六十度角名曰视角。这视角内所收的自然物的范围，名曰视域。写生时所观察描写的物象，必须是视域之内的物象。视域以外的物象，眼睛不便顾到，故不可取入画中。我们鉴赏大幅的绘画，大形的雕刻，或建筑时，也须应用这原理。身体站在大幅绘画的旁边，绘画不能全部被收入在你的视域里，所见的只是绘画的一部分，便不能鉴赏绘画全体的调子和气势。雕刻亦然。鉴赏建筑时更须远离，务使建筑的全部能纳入你的六十度视域内，方得完全鉴赏。

八、视点　就是写生者的眼睛。这在透视画法称为视点。

九、方向线　照字面解说，就是表示写生的人的方向的线。例如我向正南立，则从我的两眼中央的点出发的正南向线，便是这时候的方向线。依上述的视域的实验法，可得更确切的说明：那报纸作成的圆锥体的轴，就是方向线。何谓轴？从圆锥的底的圆心（参看第七图A）引一线至圆锥的尖顶（即眼睛眺望之处），此线即是方向线。故方向线为视域的中心。自方向线至视域的四周，其距离都是相等的。

十、视线　从物体向眼射来的光线之群，名曰视线。方向线也是视线之一种。

十一、消失点　凡物体离眼愈远，其形愈缩小，终极则归于一点。此点名曰消失点。欲实验消失点，铁轨是最好的实例。试立在铁路上眺望前方，可见两条铁轨的线愈远愈相接近且愈高。到了与自己的眼睛同样高的地方（即到了水平线上），两铁轨便同归于一点。这点便是消失点。这种并行的线，无论在你的上下左右，都是愈远愈近而集于一点的。更举一例，例如有一条直而长的马路（好像上海法租界的霞飞路[1]等类），两旁立着电线木，你站在马路的中央向前眺望，就可看见上方两旁的电线愈远愈低，且相隔愈近，而同归于一点。下方马路的边线同铁轨一样，愈远愈高且愈接近，终极也归到同一点中。路旁的房屋建筑上凡与此种线相并行的，亦无不归于这一点中。即如前揭的第六图，书的两侧的线，也是从这消失点出发的。

关于透视法上的术语，重要者就是上述的几种。现在举一写生实例，以明透视法在绘画上的用处。

现在我们以一册洋装书为写生题材。书的形状是长方形，即每相对之二边并行且相等。从图学的见地观察，这书是具有长、阔，及厚的立体物。构成这立体的面，都是长方形。欲写生这册书，须先用透视画法的眼光观察其所表出的形相。欲明了透视之理，可先作两种实验：

第一种实验，即如第八图所示。图中甲为书的实在形象，即直立时所见的书面的长方形。写生所欲描的不是这种形象，而是横卧在桌上时的透视图，即如乙图。乙图中书面不是长方形，而是梯形。梯形的不并行的两边的线的角度，可用吊线法实验：即在书的脊的两端（A，B）各附着一线，用手提起两

---

[1] 即今淮海路。

线，使与书的两端的线相切合。这时候两线相交的顶点（S），一定与你的眼睛同样高低，这S一定在水平线上，这S便是消失点。书的两端的线的梯形的角度，即根据这S点所发出的两线的角度而定。（但作此实验时，须注意两线及书脊所围成的三角形，必须与自己的颜面相并行，否则其实验便不正确。）AC与DB两线的角度已实验

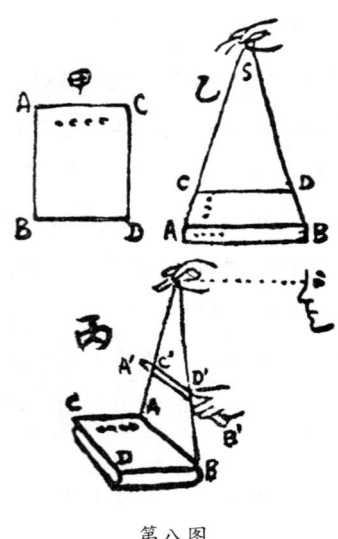

第八图

过，其次再要实验CD线的高低。其法如丙图所示，用其余一手持铅笔，使铅笔与AB线并行而渐渐向上推行，至与CD线相合而止。此时书脊与两线与铅笔（ABD'C'）所围成之梯形，便是书的正确的透视状态。乙图中的CD线的高低便是根据这实验而定的。我们可由此实验推想到种种画理：（1）由乙图的实验，可知凡从与眼等高的地方挂下两根线去，达到并行放置着的方形物的一边的两端。此二线一定与方形物的左右两边线相切。（2）设想乙图的书不止一本，有无数本同样大小的书向前方并列着，其书必收入在乙图的CSD的三角中，愈远愈小，最后一本变成一点，即S点。（3）由丙图的实验，可知凡最近身边的并行线最长，愈远愈短。例如铅笔之长A'B'与书脊相等，C'D'就比A'B'短得多。在实物上，CD原是与AB及A'B'等长

的；但在透视上，因为 CD 离观者较远，就缩短为 C'D'。比这远的线，照理比这再短。因为测量再远的线，铅笔必再拿高，两线在铅笔上所切取的部分愈短了。

第二种实验，如第九图所示，在两竹片上刻出分寸格子而钉住一端，使两片的角度可以任意大小。用此器的一竹片切于书的最近的 AB 一边，然后伸缩其他一竹片，使与书的左端的 AC 线相切合。此时，二竹片所成的角，便是书的透视图的角。

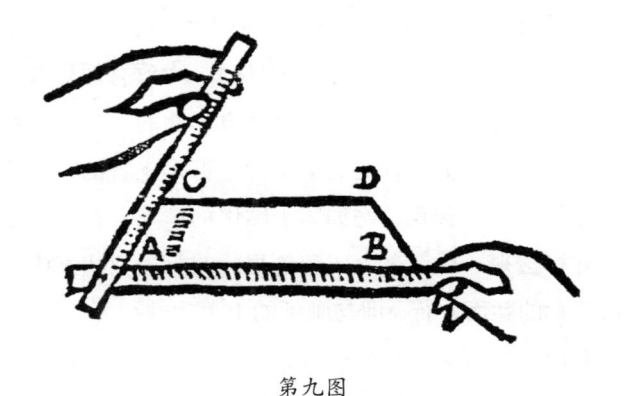

第九图

书角实际是九十度的，但在透视图上变成锐角。又 CD 线的高度，亦可由竹片上的格子而确定。换言之，即 AC 线的长度可由竹片上的格子而确定。此法较前者更为简便。但两法都有一重要的注意点，即无论吊线或用竹片，器具的位置必须与自己的颜面并行。且自己的眼必须固定位置，不可变动。

方形的实物在图画中变成梯形，其理由已在上文中说明了。但方形的实物在图画中还可变成近于菱形或平行四边的不

第十图

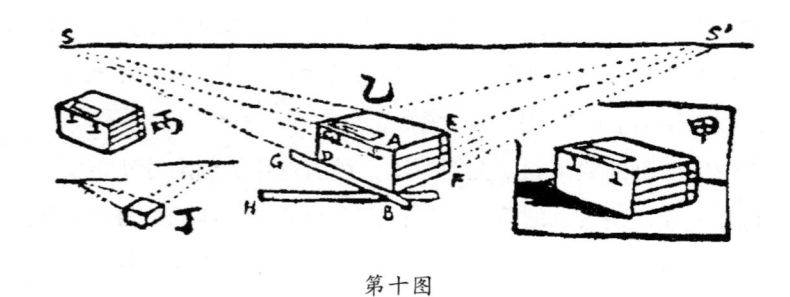

定形。这也是根据透视法的道理的,前者称为"并行透视",后者称为"成角透视"。现在再把成角透视之理说述于下。

我们在桌上或地上放置方形物件时,大致有两种放法。一种是正置,一种是斜置。正置就是把方形物的一边对着我放在与我颜面并行的线上。普通的桌子凳子都是正置的。斜置就是把方形物的一角对着我,例如第十图甲的情形,在图法上,前者名为并行透视,后者名为成角透视。并行透视状态中,方形物的边与我的颜面并行(即与画纸的上下边并行),成角透视状态中,方形物的边对于我的颜面都不并行而成某角度(即与画纸的底边成某角度)。所以成角透视状态的位置,比前者更为难描。

如前所述,并行透视图法中,方形物的左右四边必与所吊的线相切合,向上延长则分归于水平线上(与眼等高之处)的一点。成角透视则方形物四边的线延长起来,分别归到两点,这两点在一水平线上,如第十图乙所示。该图中所描的是一部古书。详细观察乙图,可知书的签条的线,书的搭纽的线,以及书端的每本的界线,延长起来,都分别归宿于左右两 S 点。

故写生的时候，须注意笔笔的方向都有系统。像这第十图的书，其一切线条可分别为三种系统。（1）是垂直线系统，凡与桌面垂直的线，都属于这系统：其中最近画者的一垂直线便是乙图的 AB，其他 CD，及 EF，都与此 AB 并行，EF 旁边的书端的装订线，亦属于此系统，更小的，两搭纽的带子也是属于这系统的。（2）是同归于左方 S 的诸线的系统，签条的两长边即属于这系统，搭纽两牙片也属于这系统。（3）是同归于右方的 S' 的诸线的系统，签条上下两短边也是属于这系统的。初学者写生的时候，对于线的方向的系统往往易犯错误。丙图所示，便是一例。丙图中把签条画成实际的长方形，即上下端两线脱离系统，延长起来不集中于 S'。又搭纽的牙片与带成直角，延长起来不能集中于 S，故属错误。写生不是机械的，原不须用角度表测量。但大体必须正确，像甲图是大体正确的。丙图用肉眼观察已能显见其错误，故属不可。

　　成角透视写生时还有一种易犯的错误，就是两 S 不在同一水平线上。例如丁图所示，骤看书的各线，好像系统不紊，但仔细研究，把各线延长起来，可知其 S 与 S' 一高一低，不在同一水平线上。前面说过，一幅绘画中只有一根水平线，不可有第二根，故丁图属于大误，这错误比丙图的错误不易看出，初学者往往易犯，故尤宜注意。

　　欲避免上述的错误，初学时可用一机械的方法以为写生的补助。其法便是前述的竹片制成的角度规，如乙图下方的所示。欲测知 DB 边水平线（即画的底边）成何角度，可把竹片 HB 置于水平方向，而伸缩竹片 GB 使切于 DB 的书边。所测得

GBH 角，便是 S 点放射线。其他诸角都可用这方法测量。但这方法不过是初学写生时的一种补助，不能习以为常。因为一则此法极为烦琐费时，不可常用；二则写生注重目测，若重用器械，目的观察力缺乏锻炼而无由进步。惟初学成角透视写生时，不妨一用此法以知形体的究竟。还有同样的一法，即用玻璃垂直立在自己的面前，闭住一目，用一目观察物体射在玻璃上的诸线，而用毛笔向玻璃上描写。描完之后，玻璃上便有正确的成角透视图，可由此图研究诸线的角度。但这也是机械的方法，学画始终须以练习目测为正则。

第五章　色彩的描法

图画以形为骨骼，以色为肌肉。形与色合成图画，犹之骨骼与肌肉合成人体。

色彩只出现于光的世界中，在没有光线的暗夜中，决看不见色彩。光的最强大的，无如太阳。太阳的光，是宇宙万象的根柢。

试看雨后跨踞太空的虹，光色灿烂，极壮严之美。于此可见大自然的色彩的丰富。于此又可知光是美之母。我们闭居在地球上一微点的实验室中，也可拿三棱镜来探求太阳的光色的美。本来无色的太阳光，一通过三棱镜，忽然现出色的本性，映成美丽的七色的色带。三棱镜所映出来的七色，是与虹的色彩完全相同的。这色带现象称为 spectrum〔光谱〕。更进一步而研究，便知道这七色中有的是原色，有的是由原色混合成的间色。七色者，便是赤、橙、黄、绿、青、蓝、紫。其中赤、黄、青三色，是宇宙万象的色彩之母，故称为"三原色"。橙（赤加黄）、绿（黄加青）、紫（青加赤）三色是三原色互相混合而成的，故称为"三间色"。蓝色称为绀壁，是在青色中加少量赤味而成的，故是偏于青的一种紫，不能称为原色。

宇宙万象所有的色彩，都是由此三原色的混合配合，加以光度强弱的变化而造成的。故三原色有绝对的独立特性。反之，其他的间色，都是三原色产生，自己没有独立性。例如现在我们看见一种绿色，便知道这绿色是由一半黄和一半青的混合而产生的。混合的分量又使他发生多样的变化。假如黄占了四分之三，青只占四分之一，这便成为早春的萌芽的嫩黄色，在色彩学上称为黄绿色（即偏重黄的绿色之意）。反之，倘青占了四分之三，黄只占四分之一，这就变成盛夏浓荫的深绿色。若三原色小的赤也来参加一份，这绿色便带灰色，称为灰黄绿。一切复杂的色彩，一切无名称的色彩，都是这般地由各原色增减各部分量而合成的，这色彩的无穷的变化，可说是宇宙间的一大秘密。人类用智慧去找到了叫做"科学"的钥匙，开开了这秘密的箱，便能自己自由应用原色，模仿着自然而造出各种的色彩来，以供日常生活上的装饰，以满足自己的美欲。所谓"色彩学"，便是这秘密的公开的一端。

但我们现在并不要向科学的光学上研究，我们学习描画，必须知道表现色彩工具——即颜料——的使用法。

颜料有种种，如油画颜料、彩画颜料、色粉笔、蜡笔等。

普通最多用的，是水彩画，所以现在专就水彩颜料而说。诸君用水彩颜料描写实际景物，有时不能用颜料自由描自然的色彩，或将感到工具的贫乏。但这是没有法子的，颜料所能描出的色彩，都只能说是自然的近似色，而不能完全同自然色彩一样。这一点学者必须预先知道。更须知道的，近似色并非价值缺乏。图画的描写自然，本来不是照样复制自然物，故色彩原不求其绝对的逼真。非但如此，有一种画趣，却能从颜料笔上发出，为自然所没有的。

颜料虽也根基于spectrum现象的三种原色。这三种颜料是产生一切色彩的母体。印刷上所谓"三色板"（现在各种书籍杂志上有色的插图，大都是三色版，诸君当然是看见过的），看来色彩非常复杂，其实是仅用三原色配合而成的。不过三原色各部浓淡分别种种程度，故配合起来可得变化复杂的各种色彩。这三色版与色彩配合法最有关系，现在不妨详说些：凡是色彩复杂的画，例如油画作品，水彩画作品，或中国的彩色画，要制版印在书籍上，最普通的方法是制三色版。三色版的制法，是用科学方法把原画中的三种原色分别提取出来，制成三个版子，一赤一黄一青。因为一切色彩都是这三色配合而成的，所以三次提取就可把画中所有的色提出。譬如画中所描的是紫藤花。花是青与赤合成的，叶是青与黄合成的。取三色版时，赤版上只见花，黄版只见叶，青版上有花有叶。若其藤是赭色的，赭色中三原色都含有的，那么每版上都有藤。但各版上色彩的浓淡，各处不同。用这三版顺次印刷，例如先印黄版，次在其上加印赤版，最后再在其上加印青版，即得与原画大致相同的结果，这原画就可印在书籍上广被鉴赏了。诸君倘有机会，务须看一看实际的三色版。这虽然是印刷界的事，但与绘画的色彩研究上有很大的关系，看了可以更加明白色的配合的道理。现今又有四色版，就是在三原色版之外，加一种黑色版，使印刷品更加精致逼真。

要用水彩颜料配成一切色彩，须在三原色以外再用白与黑两色，这叫做五原色。照理，五原色是可以配出一切颜色来的。但在学画的实际上，倘仅用五原色，往往不能自由配出自己所欲得的颜色来。例如绿，照理是青与黄混合而成的，你用水彩颜料中的 Prussian blue（青）和 gamboge（黄）混合起来，固然能配成绿色。但绿色有许多变化，这变化是由于两色的分量的多寡而来的。用笔蘸颜料，到底不能正确地规定所蘸的颜色的分量，故不能正确自由地配出种种变化的绿色来。且自然界的绿色，有时其成分不仅限于青黄两种，又须加入赤色或黑色等原色，其加入的分量更难规定。故欲用颜料的物质来配成某种特殊的绿色，是极难能的事。因此，颜料不能仅用五原色。每色种都备有数种，以便随时应用。例如绿，普通用的便有四五种。普通习画者所用的水彩颜料，大概有十种左右。

水彩颜料应备哪几种？没有一定的规则。但三原色是必备的。三原色以外，可随画者自己的趣向而添用辅助色。

三原色中的赤，其代表的颜料是 crimson lake〔深红〕。但此色稍含黑味，当作自然原色，稍不完全。欲补救其缺点，可稍加 vermillion（明亮的朱红色）。

代表黄色的，为 gamboge〔橙黄〕。此颜料含有毒质，不可入口。比此稍明的有 lemon yellow〔柠檬黄〕，亦宜置备。

代表青色的，为 Prussian blue〔普蓝、青〕。此颜料也含有黑味，欲补救这缺点，混入 cobalt blue〔翠蓝〕，可造成自然的青色。

白色用 Chinese white〔瓷白〕。黑色普通皆不用。赤黄青三原色均势地混合起来，即成黑色。

除上述数种颜料以外，普通写生者添用的，有 light red

（赭），rose madder（赤），yellow ochre（暗黄），ultramarine（暗蓝）等颜料。

以上所举颜料，共十一种，或齐备，或仅备三原色类，可由习画者自定。

关于色的表现，可作各种研究如下：

试造标准原色　先以三棱镜所分析的太阳分光色为标准，选取最酷似的水彩颜料三种，使分别溶解于三个小碟子中。用笔蘸三色涂抹纸上，与分光色比较浓度，务使十分相似。此时所宜注意者，溶解的颜料若过于浓厚，其色便成为暗色；过于淡薄，则成为明色，故须浓淡恰好。恰好之度，只有用肉眼鉴定。肉眼鉴定色彩的能力，是学画所必须练习的。浓淡恰好的色，称为"标准色"。初学图画的人，必须明白标准色的浓度，是为色彩研究上最初的要事。学者照上法配定了标准色，便把它们涂抹在纸上，使成三个圆块，或三个方块。倘涂方形或圆形不易匀净正确，可在纸上任意涂抹一块，待其干后，用剪刀把它们剪成方形或圆形，粘贴在别的白纸上。这是色彩练习的第一件工作。此后再作第二步的研究。

试造标准间色　这就是用以前所造的标准三原色拼成三间色。其法用每两种均等地配合起来，即得三间色。但配合的时候，须注意分量的均等，须防他色的混入。例如用黄一份，配赤一份，两方分量均等即成为橙色的间色。青一份，配黄一份，成为绿色。青一份，配赤一份，成为紫色。

这样造出来的三色，即橙、绿、紫，即称为"标准三间色"，亦称为"二次色"。二次色就是二种原色混合而成的色的意思。照这意思推度起来，若再加一种而配合起来，即称为三次色。但四次色、五次色……是没有的。因为如前所述，自然间所有的色彩，都不外乎三原色的配合。各部分量比例有千万种，所配出的色彩也就有千差万别了。

诸君既配出了三间色，请把它们照上法剪出，粘贴在以前所配的三原色的下面。贴的顺序可以随意。这是色彩练习的第二步工作。

试造偏重间色　偏重间色，就是构成间色的二原色中有一色分量增多时所成的色彩。例如构成绿的是青和黄二原色。倘其中的青分量增多，则变成青胜的绿。反之，黄的分量增多，则变成黄胜的绿。这种偏重间色亦称为"带间色"。黄胜的绿称为"带黄绿"。青胜的绿称为"带青绿"。这样，每一种间色可分出两种带间色来。列表如下：

一、绿色 { 带青绿色 / 带黄绿色 }　　二、紫色 { 带赤紫色 / 带青紫色 }

三、橙色 { 带赤橙色 / 带黄橙色 }

以上的表中列举了六种带间色，但这是极粗率的概观。倘把带的程度（即偏重的分量）仔细分别起来，带青绿可渐次加多青的分量，终于接近于青色；带黄绿也可渐次增多黄的分量，终于接近于黄色。这样，一种绿色的变化就有无数的阶段了。肉眼虽不能一一辨识这无数的绿色的成分，但其差别是看得出的。故同一绿色，有叶的绿色，苔的绿色，虫的绿色，织物的绿色。用锐敏的视觉辨别自然界的种种绿色，其差别之多可以惊人。

读了以上的说明之后，即请学者试造六种带间色。所造出来的成绩，仍旧剪贴在三原色三间色的下面，倘对色彩的配合研究感到兴味，不妨作更进一步的练习：加用墨和白粉，把墨加入绿中，使成暗绿色；把白粉加入绿中，使成粉绿色。又如带黄绿色，可把黄的分量分两次或三次逐渐加重。这样便可造出二三种的带黄绿色来，余例推。这可以磨练眼的识别力。

三种色彩练习已经完结了。最后对于标准色三字欲再加说明：所谓标准色，以不偏不倚为生命。倘赤的标准原色中微微带了一些黄味、青味，或黑味，这赤色就失去标准色的资格。故以上的练习，必须严格地举行。因为标准色的认识，是一切色彩的辨别力的根基。明白而确实地认识了标准色，然后能辨别一切色彩的配合成分。看见了一种色彩立刻能辨别其配合的成分，于写生上就有很大的便利了。

灰色的构成及效用　灰色是由三原色等量混合而成的，一试验便可实证。但为实用上便利起见，普通都不用三原色混合，而用墨。因为普通配色的时候，要用笔蘸出等量的三原色来，是不容易的事。用墨可以省事，且可得同样的效果。

灰色由三原色混合而成，故为三次色。其性质中正，有稳静安定之感。美术家利用它这特性，把它配在全用原色的单调的画上，以增加其趣味；把它配在强烈耀目的画上，以缓和其刺激性。又如两种色彩不能调和而互相排斥的地方，加入灰色，可使调和。关于调和，当在后面详叙。现在诸君可试行这三次色的造法。请在三原色，三间色，六带间色的十二色中，各混入一份灰色，使成为"十二种带灰色"。造成后再把它们剪出来贴在以前所造的诸色的下面，作为第四种色彩练习的成绩。

　　色的明暗　无论何色，皆因了其所受的光的明度而分为三种，一、明色，二、正色，三、暗色。但我们日常看到自然世界的色彩，往往不易辨别这是正色、明色，抑暗色。故初学写生的人，假如描写一方砚子，其结果往往是全体涂黑，分不出各面。这便是因为只见砚子为黑色，而不注意于其各面所受的光的明度的缘故。欲练习识别色的明度的能力，可取一红苹果来观察。红苹果是全身通红而外皮光洁紧张的。把它放在窗下，其近窗的一面受光最多，便有白光反射。这些发白光的块看去已不是红色而变成白色了。这便是它的明度，可知明色的极致等于白色。（但外皮不光洁不紧张的东西，反射力弱，不见白色的块。不过其明部色彩淡薄。）再看苹果上近室内的部分。因为这部分与窗外的光相反背，带着多量的黑味，其最暗处几乎不是红色而是黑色了。这部分便是赤的暗色。可知暗色的极致等于黑色。用更锐感的眼睛来观察，由极明的白处移向极暗的黑处的过程中，有不明不暗而呈红色的部分。这部分中的色彩，正是苹果原来的标准赤色，即正色。故明暗二色的区分，以正色为交界。正色的外方色彩渐趋淡薄，终而至于白块。正色的内方色彩渐趋浓重，终于成为黑色。这样看来，凡物体固有的色受了光的照射，便依了受光的多少而分别出正、明、暗的三色来。故苹果写生的时候，倘不明此理而用平涂一团红色，这就不能表现一只立体的苹果，而成为扁平的一片了。读者至此或将想起中国画，而质问中国画为什么色彩都是平涂。不错，中国画不注重立体的表现，这是中国画的特色。像上节所述的透视法，在中国画中也是全然不讲究的。但本书前面已曾说过，图画是采用西洋画方法的。因为西洋画方法一易于入手，二则切于实生活故也。

用颜料表示这色的明度，有什么方法呢？就以苹果写生为例而说：先观察其正色，发现其是赤与黄绿色合成的，便取颜料照配，涂在正色的部位上。造明色只须把正色的颜料加水使淡。反射的白块，则须在纸上留出白地，不涂颜料。这白块称为"辉点"（high light）。辉点琐碎或太多时，不易留出白纸，则待明色干后用白粉点上亦可。暗色的描法，有的在正色中加入墨色，适应了其明暗之度而增加墨的分量。但普通不用墨，而用三原色混合的黑色。因为三原色混合的黑色比墨色更有生气而美丽。近代印象派画风，描写暗色时所用的三原色混合颜料，其混合成分不喜均等，而偏重蓝青。因此印象派的绘画，其阴处多青色。但大多数的印象派作品，不喜混合，就把三原色的条纹错杂地描在阴暗之处，近看灿烂夺目，远望则三种色条混成鲜明的灰色。这可说是一种进步的色彩用法。但初学者不宜骤然模仿此办法，最初宜取用三原色造成暗色的练习。造成之法，也有捷径。例如用了赤色，只须再加绿色，因为绿是含有其余二原色（黄、青）的，用了黄，只须再加紫，用了青，只须再加橙。如此，即不须并用三种，只要用两种色拼合就好了。

要之，正色就是标准色；明色是把标准色冲淡；暗色是在标准色中加墨或三原色之和。色彩分别了这三阶段，写生就有立体感了。

色的调和　相异的诸色集成一团时，其所及于人目的刺激，有一种美快之感。这便是色的配合而调和的效果。欲表现"调和的效果"，应如何配合色彩？关于这问题最要研究的是色的死活的问题。调和的成败因了配色的如何而定。例如我们走进一间周周全部涂黑色及灰色的房间中，只要我们具有普通的色彩感觉，必然感到阴郁不快，好像入狱的心情。但我们看到穿黑洋装和灰色大衣的人，决不感到其色调的阴郁，反觉有一种光彩。这完全是因为那穿衣的人的颜面、领头、领带等色配在一起，互相对照的原故。可知一种色彩，配在不应配的地方就生恶劣结果，配在适当的地方就有光彩。故色的调和，实在是我们的眼的生活上的一件大事。

色的配合调和的方法如何？若欲根本地说明，非从审美学上入手不可。但现在省却烦琐的原理，就事实说明。

试集合种种杰作，而分析地观察其中的多样的色彩的配合，可知其中有一种能使诸色调和的色彩，名曰"协调色"。协调色就是灰色、白色，和黑色。这三种色能不借其他的色的补助而自成调和的现象。这些色混合在他色中，或排列在色与色之间，就忽然发生调和的效力。这三色又各有特色，各自发挥分业的能力。即灰色有使他色安定稳静的能力。黑色能使力强的色彩有力，又能镇抑色彩的浮薄。白色能调停色和色的冲突，又能使他色显现。三者各有特性，画家利用它们的特性，而在画中作成色彩的调和。画中有剧烈的动的色彩，加用灰色可使隐藏稳定。例如并用赤色和绿色，或并用黄色和紫色，或并用青色和橙色，其效果都是很剧烈而跃动的，或刺目的。因为这是 spectrum 七色轮上相对的二色。七色轮就是用前述的日光七色依原来顺序围绕一圆圈，如第十一图。此圆圈上凡相邻的二色，配合起来特别融和；凡相对的二色，配合起来特别强烈。读者可用颜料实验之。（实验之法，先用铅笔画一圆圈，次从圆心发出直线，把圆周平分为七格，使其形略似菊花。然后配日光七色，依次填涂。注意，先涂原色，次涂间色。）七色轮上相对的二色并列起来，其效果是强烈的，久视能使眼感到疲劳。不但如此，像赤和绿，又是恶俗的，幼稚的。欲补救此缺点，可用灰色混入二色中，二色带灰色后，立刻安定稳静，而带涩味了。

青与赤，赤与黄，黄与青，并列起来是很不调和的。此时若在二色间插入一块白色，二色便调和起来。

许多带灰色的力弱的色彩集合在一起，便充满了阴郁的，颓废的气象。若在其中加入一种黑色，其余的色便会力强起来。

白、黑、灰,三者有调和他色的能力。有时只用一种,有时须用二种,有时须并用三者。学者既置备水彩颜料,可作种种实验,以练习眼的色彩感觉。

调和的种类　上述的黑、白、灰,原是调和的要素。现在再考察调和的种类,不外四种:一、对比调和。二、余色调和。三、同次色调和。四、类似色调和。

对比调和者,就是性质相反对的两种色并列而发生调和。例如白与黑是相反对的。二者并列起来,能互相发挥其特质。白接着了黑,愈加白了,黑的衬了白,愈加黑了。俗语"一发遮三丑",就是说女子的发能遮掩丑处而显示美丽。这便是发的黑与脸的白成对比调和的原故。白色的手帕虽然污旧了,衬在黑色的衣服上,或在黑色的洋装衣袋里露出一角来,看去仍旧很惹目,也是为了对比调和的原故。对比的色彩,可列举如下:青对黄,青对赤,黄对赤,绿对赤,紫对黄,橙对青,橙

$$\text{补色}\begin{cases}(1)\ 橙+青=(黄+赤)+青\\(2)\ 紫+黄=(赤+青)+黄\\(3)\ 绿+赤=(青+黄)+赤\end{cases}\text{三原色。}$$

对紫之类是也。其中(一)橙对青,(二)紫对黄,(三)绿对赤三种,特称为"余色对比",又称为"补色对比"。补色就是补足三原色的意思。譬如(一)橙对青,橙是黄与赤合成的,三原色尚少青。故橙对青,补足三原色,即发生调和之感。总之,三原色具备,是热闹而又调和的。缺其一,即觉寂寞。补

了这一种，忽然热闹又调和起来。上举的三种补色，可解析之如下：（＋号当作并列之意。）

今举一种自然现象中的适例：试用一小块的绿色的纸片，放在一张白纸上。对此绿纸注视约一分钟之久，将其移去，再看白纸，即见绿纸的位置上隐约现出一块赤色。这不可思议的现象，也是由于三原色具足的要求而来的。原来我们的眼睛，对于三原色的缺乏一种，时时感到不满，自然地要求那种补色。绿是黄与青合成的，其中单少一种赤。故绿纸移去之后，所缺的赤能在幻象中显现出来。更举一例：中国的墨绘山水（不着色的），是东洋绘画艺术上价值最高的作品。这些作品上没有原色，只有墨色，但鉴赏时觉得神气活跃，趣味丰富，并不感到着色的要求。倘在其中某部分上涂一块青色，看时就觉色彩不满足，而要求其他二色（黄、赤）的补足了。原来黑色是三原色等量混合而成的。故墨绘山水中，三原色均等具足，更无着色的要求了。添了一色，其分量偏重，便有不满之感。可知灰色黑色是三原色的一变体，故墨画有独立的资格。

第三种，同次色调和者，就是说同一色彩浓淡各异的诸阶段相调和。例如赤的正色、暗色、明色，三者相调和，因为都是赤的同次色。同次色调和是单调的（因为缺着三原色中余二色）。但因诸色互相亲近，故有稳定安妥的感觉。墨绘山水所用浓淡各种墨色，便是黑的同次色，所以更觉调和。

第四种，类似色调和者，如字面所示，是相类似的色彩相调和的意思。类似，在色彩上的解说，就是具有共通的成分。犹如母亲与子女同一血统。举实例说，赤的类似色有赤橙、橙、黄橙、赤紫、紫、青紫。黄的类似色有黄橙、橙、赤橙、黄绿、绿、青绿。青的类似色有青绿、绿、黄绿、青紫、紫、赤紫。这即在第一种中共通含有赤的分子,第二种中共通含有黄的分子,第三种中共通含有青的分子,故称为类似色。类似色是比同次色更复杂一层的调和色,其色彩的效果亦较为显著,为绘画中所最常用的色调。例如风景中有穿红衣的人,风景的某部分中往往用含有红的分子的色彩,以与人物取调和。又凡画中主要物体的色彩,往往为背景中各部所含有,都是取类似色调和的方法。

以上已把色的调和大略说过了。调和的美的成立,由于"色的配合"。色彩是因了配合如何而成美或丑的。例如仅用三原色并列,也不能使人感到特别的美观。倘在其间加入白色、灰色,或黑色,诸色顿呈美的调和。故配色是调和上重要的一种研究。

色的配合　如何配合色彩,可使呈调和的美?这问题须跟了眼的发达而渐渐解决,仅靠讲义阅读补益是很少的。讲义所能说的,就是几种共通的法则。若能举一反三,读了也可自悟,其法则如下,

第一,仅用三原色并列,不能十分发挥调和之美,其间若添配白色、灰色,或黑色,效果便显。

第二,同次色配合时,其间加配白色,可得美满的调和。

第三,明色与暗色配合时,最好在两者交界之处加配正色。如此则明色与暗色的效力显著。学者试在纸上并列明红与暗红,再在另外一张纸上并列明红、正红,与暗红。比较观察

起来，即见后者明暗之度比前者更加显著。例如一立方体形如第十二图。此立方体实际是六面体，但所见的只是三图。此三面因受光的方向不同，势必成为明暗正三色，即图中标1的地方是明色，2是正色，3是暗色。如此布置，立体感甚强，即图1与3之间插入2的正色的原故。又其背景，地、背，与影，也是分明暗正三程度的，即1'为明色，2'为正色，3'为暗色。此画中有两个明暗系统。故色的立体感更强。这图是单色的，读者可用水彩颜料照此试描一幅，以练习色的调和的配合法。

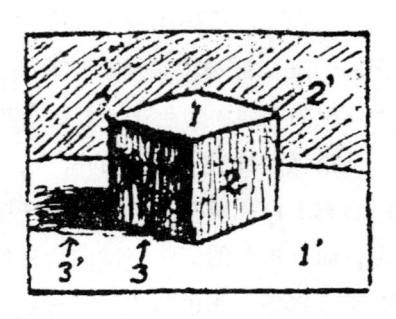

第四，色的强弱，与配合的调和大有关系。凡淡薄之色，其光的刺激较弱，故曰弱色。浓厚之色，其光的刺激强，故曰强色。凡弱色与弱色相配合，其结果柔和。反之，强色与强色配合，其结果刚强。一味柔和或一味刚强。虽然调和，究竟单调。故配色时最好避去这两种方式。因为同浓度的两色（即同强弱的两色）相配合，即使其色是调和的，也往往因了过于平淡而失败。故强弱相同的色的配合是忌避的。例如赤与青二色相配合，倘二色的浓度相同，便含互相损害其色的价值，缺乏调和的美感。

第五，所描的物体的形象与背景，其配色须有互相调济的关系。倘形象用弱色，则背景宜用暗色（强色），将形象显衬出来。反之，形象倘用强色，则背景宜配弱色以调济之。背景的作用，是显衬物象，增加景趣，且助成调和。故形象与背景，不宜配同等强弱的色彩，否则二者互相颉颃，不分宾主了。

第六，寒色与暖色的配合，也是调和的一种研究。从色的感觉上仔细辨味，凡暖色富于阳气与活动性；寒色则阴惨安定，而有永久的深味。试向清秋的青天中眺望，便会生起无限的幽玄之感。寒色的代表是青色，暖色的代表是赤色。位于这两色的中间的，是黄色，但黄色可包括在暖色中。暗色的最浓厚者黑色，似属于寒色。明色的最高度者白色，似属于暖色。例如黑色配上青色，黑色便有寒色的价值；白色配上赤色，白色便有暖色的价值。概言之，凡含有青色的色，必有寒色味；含有赤色的色，必有暖色味。照这样看，寒色包含青、紫、青绿、绿、黄绿；暖色包含赤、赤橙、橙、黄橙、黄。此寒暖二色巧妙地均势地配合在画中，其画的色彩就觉稳定丰足。有所偏重，其画的色彩就觉得孤独不全。用深淡不等的各种青色来描成的画（例如用蓝铅笔描的写生画），虽然构图妥当，用笔自然，远近法正确，立体感丰富，但看去总觉有孤独寂静之感。远不如含有三原色的画的丰满充实。用红铅笔描的也如此。最近常见杂志上的铜版插图，不用黑色印刷而用蓝色或红色、绿色印刷。这在杂志的装潢上固然增加华丽与新颖，但在插图本身，不如用黑色印刷为妥。因为偏寒偏暖，皆有孤寂之感。黑色虽可属于寒色，但如前所述，黑是赤黄青三原色等量混合而成的，为三原色的变体，故自有具足圆满之感。

以上已把色的调和与配合的要点说过了。色彩与人的思想感情有密切的关系，这是兴味更深的一事。例如欲表示我心中燃烧似的情趣，可用黑色为背景，中央的物象用赤、黄、白的系统的色彩。反之，欲表象我心中所潜蓄的宗教的感情，宜用透明而深的青色为背景，中央的物象用白色、黄的类似色或暗色。可知色彩是可以表象心中的感情的。反转来，我们可以利用色彩来支配感情：例如作广告画，所欲广告于大众的主要物，用对比色，背色用灰带色的弱色，则目的可以充分达到。又如室内的壁纸或油漆，是我们日常所看到的，对比色或强色，常看易使目力疲劳，绝对不宜用。壁宜取弱的灰带色的类似色，使目受平均的刺激，不起疲劳之感，便可安住室中。凡强色宜暂看，不宜久看。久看必因疲而生厌。

这样看来，色彩与人心的调子有密切的关系，又有影响人心的效力。色即是心，心即是色。故色彩的施用，于艺术的成效当然有很大的关系了。

第六章 构图法

构图，英名 composition，言画中物象的布置，犹之作文的章法。在中国画称为"置陈"。中国画理中关于置陈持论甚高，初学不易了解。西洋构图法则从浅近处说，易于了解。这是画面上物象布置的问题，必须举实例来说明。现在列述八条规则如下。每条附以一二例图。学者理解了下面的八条，更深的构图法便自能体会了。

一、凡一物象在画中的位置，不可太偏，但亦不宜太正。位在画面约三分之一处，最为美观。例如第十三图，位在左下角，画面轻重不均，故曰劣。位在正中，虽甚安定，但太呆板，故勉强曰可。位在横线约三分之一处，既无轻重不均之

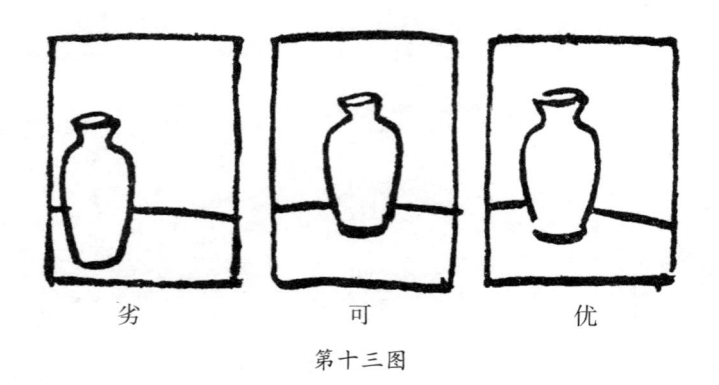

劣　　　可　　　优

第十三图

弊，又无呆板之嫌，故曰优。

二、凡二个以上之物象布置在画中，不可东西零乱，亦不可规则排列。必须有规则而又有变化，方为美观。例如第十四图，底下一图三个苹果乱摆，变化得没有规则，全图没有一个中心点，故曰劣。中央一图三个苹果并排在中央，固然规则整齐了，但是太呆板，故曰可。上面一图，两个苹果重叠起来，放在画面约三分之一处，另一苹果离开一点，把蒂头倾向那两个。就好比两个客人同一个主人对坐谈笑，既巧妙变化，又集中一气，画面就生动，故曰优。这种美的形式，在美学上称为"多样统一"，英名 unity in variety，即变化而有规则，规则而有变化之意。构图法上，应用这法则之处甚多。

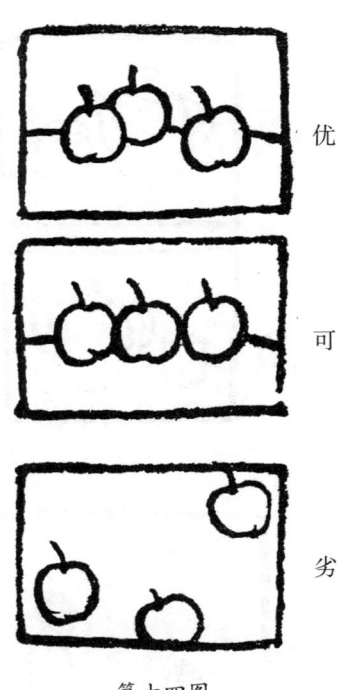

三、凡二个（或以上）物象布置在画面中，必须互相照应，不可左右反背。例如第十五图，两个苹果的蒂头相向，好似二人对晤，形势集中，故优。若一个向左，一个向右，便似夫妻反目，使人看了起不快之感，故劣。又如茶壶与茶杯，上图好比小孩依母亲膝下，使人看了心安，故优。下图茶杯放在茶壶

第十五图

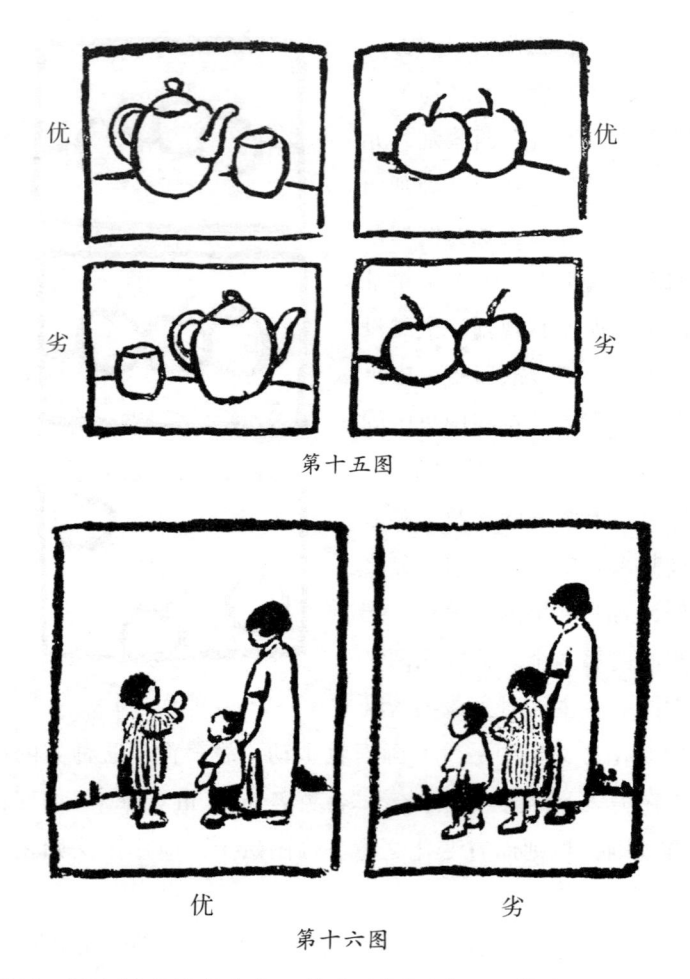

优　　　　　　　劣

第十六图

后面，好比母亲放弃小孩，使人看了不安心，故劣。

四、数个物象布置在画中，高低进出，宜参差变化，切忌作阶梯形。例如第十六图，右面的一图，母亲、女儿、儿子三人，由高而渐低，作阶梯形，布置甚为笨拙，故曰劣。左面的一图，把女儿调到左边，三人的高低就参差而有变化，画面顿呈美观，故曰优。学者于此还可设想：若教母亲立在中央，儿女左右各一，结果如何？答曰，比阶梯形稍佳，但也不好。因为三人的位置成"小"字形，也是笨拙的。

五、许多物象置在画中，须注意画面的均衡，勿使有轻重而倾侧。例如第十七图，房子、树木、人物，挤在右端，左端便觉太轻，而画面不稳，故曰劣。要补救这不稳，只要把人移在左边，如下面一图，全体就保住均衡，故曰优。学者或许要疑问：人物形小，房屋与树木形大，如何能保住均衡？

答曰：在绘画中，物的重量，另有一种标准，不是同真的分量一样，也不是大的重而小的轻。绘画中物的重量，因物的性质而区别，性质生动的分量重，性质沉静的分量轻。大约可分等级如下：（1）人物最生动，故最重。（2）禽兽次之。（3）人造物复杂而活动者，如车船等，又次之。（4）人造物单纯而静止者，如房屋，桥梁等，又次之。（5）自然物中有生机者，如树

第十七图

木等植物，又次之。(6)自然物中无生机者，如山、野、云、水等，为最轻。故上图中左端虽有大山，不能抵当右端的房屋等物。但把小小的一个人移过来，虽没有山，也能抵当房屋与树木。

六、画面中同方向的形体不可太多，宜与异方向的形体互相对照。例如第十八图，左面一幅，竹林是直的，人物是直的，人物手中的棒又是直的，画中直的形体太多，颇嫌单调，故曰劣。若改为人手中持琴，竹林下设石凳一具，如右面一幅，则竹林与人体的直线，便同琴与石凳的横线相对照，而各

劣　　　　　　　　优

第十八图

显示其效果，故曰优。洋房林立的都市风景，不易构图，便是为了直线太多之故。此时要巧妙利用横线，方可得对照的美。

七、画面中直线与曲线对照，亦有美的效果。例如第十九图，左面一幅，房屋与电线木都是直线，有坚苦单调之感，故

劣　　　　　　　優

第十九图

曰劣。若在其中添一张伞的人和一株树木，如右面一幅，便因伞与树的曲线的对照而消去其坚苦单调之感，成为美满的构图。都市中道旁种树，可以增加市街风景之美，便是拿曲线来对照直线所生的效果。山林中有一亭子或宝塔，风景忽然美丽，便是拿直线来对照曲线所生的效果。

八、画面勿用物象填满，宜有空地，则爽朗空灵。例如第二十图，右面一幅物象装满，阻塞不灵，出力不讨好。反之，如左面一幅，寥寥数笔，反而美观得多。这时候画面的空白地方，都有效用，不是无用的空地。这时候画面每一处地方都含有机性，不可任意增减。构图的妙处，于此可见。古人论诗文，有这样的话："凡诗文妙处，全在于空。譬如一室之内，人之所游息焉者，皆空处也。若窒而塞之，虽金玉满堂，而无安放此身处，又安见富贵之乐耶。钟不空则哑矣，耳不空则聋矣。"（见《随园诗话》）不但诗文如此，绘画也以空为妙。这话可为构图的格言之一。

优　　　　　　　劣

第二十图

第七章　图　案　画

图案，就是在图面上考案形象的构成。例如装饰物上的模样，器具上的花纹，都是图案。推广开去，建筑、桥梁、机械船舰的计划，以及庭园、公园、都市等的布置，凡在图面上考案形象的构成的，都可称之为图案。

惟关于建筑、庭园、都市等大规模的图案，特称之为"设计图案"。普通单称为"图案"的，是"装饰图案"的意义。练习图案，须从装饰图案开始。本章所说的就是关于这个的画法。

一、单位模样画法

装饰图案有三种。第一，是把为单位的形象加以装饰化的画法。第二，是在一定的轮廓内装入美的形象的画法。第三，是把某形象向二方或四方连续反复而表现图案美的画法。

单位的形象，可分为两大类：（甲）属于直线形的几何的形象，如矩形、三角形、菱形、梯形、多角形及直线的组合。（乙）属于曲线形的几何的形象，如圆形、椭圆形、卵形及曲线的组合。

这两种形体，或裁断，或结合，或加以变化，便可造出千差万别的图案形象来。

几何形象的美化，其理如下：吾人的眼睛是不可思议的一件东西。我们看物象，并不像几何学地正确。例如正方形，倘正确地描一个四边相等的形象，看起来便觉得是直里稍长横里稍狭，略似长方形。倘不照几何学的正确，把横的方面稍放长，使实际上成为扁方形，看起来反而觉得是一个正确的四方形。这是眼的一种"错觉"。照几何学理，错觉是错误的；但在美术上宜利用这错觉，使形象美化。例如一块正方形，故意把它的横边放长些，虽然不合几何学上的正方形，但看起来正方而美观。关于这几何的单形的美化，最可研究的是"矩形"。据图案家的研究，图案上所用的矩形，不取近于正方者，而喜用近于长方者。即使有时因不得已必须用正方形，亦宜利用眼睛的错觉，照前述的方法把横方稍稍延长。这特称为"视觉的正方形"，以别于"几何的正方形"。视觉的正方形，在几何学上看来是长方形。其左右两线之长，大约比上下两线之长增加百分之三。即根据眼的错觉，凡正方形的横方延长百分之三，看起来愈觉正方。长方形，普通是两个几何学的正方形连合而成的；但美术上所用的是最美观的所谓"黄金型"。黄金型的长短两边的比例，是 1：1.62。例如一边二寸，则他边大约三寸二分四厘。若一边五寸，则他边大约八寸。这比例在椭圆形上也可应用。凡长方形或椭圆形，倘其两边的长短合于这比例，其形象最为美观。

圆形，本身已是一个圆满完全的美观的形象，不须因了视觉的要求而另施变化。梯形、菱形，亦宜先将其嵌入黄金长方形中，而取最美观的形象。多角形只要依照几何图法描写，卵形亦可用几何画法描写，或者根据自己的美感任意增减其长短亦可。

用自然物象当作装饰的纹样，是装饰图案上常用的方法。例如带子上用花当作纹样，建筑的门窗上用鸟兽风景当作纹样。在图案画法上，这叫做"自然物的模样化"。自然物的模样化，可把自然物随意改变形状，不宜正确依照实物形态似写生画然。但变化也

第二十一图

有限制，不可失去该自然物的形态的特点而使看者不能认识。在这限度以内，尽可自由变化，越是变化而远离写实（写生），其图案越富于创造力，越是好看，因此装饰的效果越大。例如第廿一图所示，甲是太阳的模样化。即我国国民党旗上所用的纹样。乙是鹅鸟的模样化，用作圆形中的装饰的。丙是花的模样化，用作长方形中的装饰的。这种画法，对于自然物不须像写生画地写实，而捉住自然物形态的特点，加以变化，使之简单显明，这叫做"单纯化"。单纯化需要意匠，故图案不是模仿，而是一种创造。

把某形象向四方连续反复而表现的，是图案上最常用的方法，叫做"四方连续模样"。其画法先定格式，然后取定单位模

1　　　　2　　　　3　　　　4

第二十二图

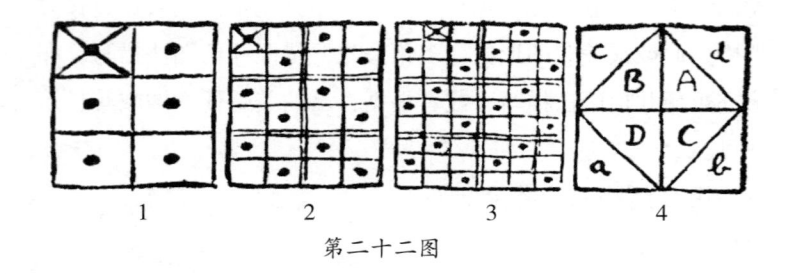

样，依照格式填入描写。今举格式四例如第二十二图：

第廿二图中的1，是四方连续模样中最简单的格式。图中的黑点，表示模样的所在。现在这里只画六个格子，倘格子增多，则此单位即向上下左右四方反复出现，即为最简单的四方连续模样。

2比1稍复杂，一单位分作四小格，而在其中配置两个模样。这两个模样不必完全相同，不妨将其方向变化，或一个向左，一个向右；或一倒一顺，变化就会巧妙复杂。这样的区域向上下左右四方反复出现，即成为更复杂的四方连续图案模样。

3比2更复杂，一单位划分为九小格，而在其中配置三个物象。这三个物象的位置，连结起来成为一个三角形。但不限定三角形，别种位置均可自由配用，而得各异的效果。又这三个物象亦不限定同一形状，尽可自由变化，即用三个各异的物象，亦无不可。包含这三个物象的一区域，即为一单位。这单位连续反复出现时，即成为复杂的四方连续模样。

再求复杂，可把一区域中的小格增多，物象也增多。例如把区域分为十六小格，或二十五小格，每单位中配置四个或五个物象。则单位愈形复杂，图案愈形华丽。学者如对于此种画法发生兴味，不妨自作种种练习。

4比上述三种性质稍异。单位的物象，其区划亦须变化。先在四方形中画一十字，分作四小格，再在每小格中画对角线，使四根对角线连成一块斜置的方形，而使全体成为八个三角形。这八个三角形分为两组，第一组是A，B，C，D，第二组是a，b，c，d。使A中的模样与a同，B中的模样与b同，C与c同，D与d同。这样，物象便交互错综，巧妙地布置着了。

以上四种格式，举实例如第二十三图。读者可将第二十二图与第二十三图对看。骤见第二十三图，一时看不出其描法。但对照第二十二图一看，即可了然。并且可以由此方法自己发明更巧妙的图案。这里所说的不过数例，对此有兴味的读者可以举一反三。

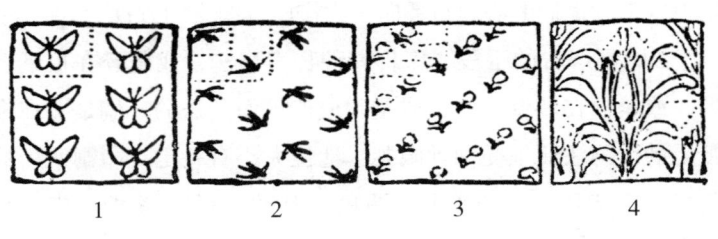

第二十三图

二、广告图案画法

装饰图案中,一部分是工艺图案,一部分是广告图案。广告图案不限定商店用。团体、集会,以及其他种种事业,都需用广告图案。故此种画法,在现今世间当作一种必要的研究。因为图案的巧拙,与事业的进行上有很大的关系。美国人与德国人,对于广告图案的研究最用苦心,其进步亦最显著。听说在美国、德国,广告图案的技术与商品的销行成正比例,这可证明图案的效果。今日的世间,什么事都要宣传,因此广告图案的用途愈大,几成为社会人的一种常识了。故中学生的图画科,也应该在应用图案中取入广告图案,使学生对此道获得相当的常识。现在把制作广告图案所须知的几个要点说在下面。

制作广告图案先须注意下列数点:

1 考虑看这广告的人　例如这广告是预备给男人看的,抑女人看的;给上流阶级看的,抑中流阶级看的;给家庭主妇看的,或给学生看的,或给劳动者看的……等。确定对手的人的地位,揣度他们的心理与趣向,为作广告图案的方针。

2 顾到广告的手段　广告有种种表出法,或是登在报纸上的,或是贴在墙壁上的,或是印成传单而分送的。倘是登在报纸上的,画法便须受种种限制:地位大小有一定,印刷所用的色彩只有黑的一色(或至多两色,但极少有)。此种广告,画时宜用功夫在黑白两色(白纸上印黑色,故有两色)的巧妙配置上。又宜用功夫在轮廓的意匠,线条的画法上。倘是贴在墙壁上的,地位可以从容,色彩或可自由,但须注意线的描写及色彩的效果，务使行人仰起头来一看，便看出这广告的主要用意，不必靠近墙壁上去细读了方才知道是什么一回事。我国旧式壁上广告，大都不注意这一点，普通在纸的四周画了许多不相干的花边，或者在上头画两面交叉的国旗，一个商标，而在纸的中央像作文一般地写一篇广告语。行人一看只见一张花边的字纸贴在墙上，不辨其有何用意。必须走近去，站定了，仔细阅读，然后知道它的意思。这样，广告的效果很狭小了。巧妙的壁上广告图案，须使人一望即知内容大概。这是最重要的一点。印在小形纸上分送的传单广告，这一点也须首先顾到。因为分送的传单果然可使人取在手中仔细阅读，但近代人都忙碌，没有充分的余多的时间和头脑来仔细玩读传单。故传单的图案必须触目，使人一望而知内容。而构图的新颖美观，又是使画触目的根本条件。关于广告图案的构图，在后面再说。

3 商品广告　倘作商品广告，货物的品质、体裁、特色、价格诸点，最宜使之显明表出。商品的图，或用详密逼真的写实画法，或用特点夸张表现画法，均可。总之，务使人一看即能认识该商品的状态，不致误认他货。

4 告白　例如展览会、音乐会、运动会、讲演会、请柬、警告单等告白，性质与商品广告不同，画法也自有别。第一须适合该事业的体裁性质；第二，图案的意义须与该事业内容有所关联。

要之，广告画作法，第一须简洁得要。例如商品广告，务须表出该商品的使人满足的状态，而暗中挑拨看者的购买欲。第二，要巧用色彩，对于主眼的物，务须用对比色，使主眼物显出。第三，线的构造务须使人远望即可看出，线与色彩的强度务须与目的物的性质相调和。例如化妆品的广告画，倘用朴素的描法，便与目的物的性质不调和，须用流畅、婉丽、清新的调子，方与化妆品相合，反之，例如农具、工具等的广告画，则宜用刚健，强烈的画法，方始调和。

以上是广告图案制作时的先决问题，以下再说色彩及构图的话。

色彩务须用易于牵惹人目的色彩。因为一般人所喜欢的色彩正是惹目的色彩。一般人所喜欢的是哪几种色彩？统计起来，大约是赤、蓝、绿，以及紫色、橙色。黄色独立应用时，颇不惹目，但当作对比色彩，用以衬托他色（例如紫色），亦有用处。又黄色近于金色，有非常高贵的性质，为宗教画所盛用；但在广告画上，效果并不广，除了地涂及背景用等间接效用之外，没有直接的效果。

再就男女性别而调查其对于色彩的爱好的倾向，大概男子欢喜看青色，女子欢喜看赤色。故对女子的广告宜以赤为主，以青为从；而以紫、绿等为地色。对男子的广告，宜以青为主，以赤为从；而以绿、褐、黑等色为附属色。前文早已说过，人目中本能地有着三原色具足的欲求。故黄色、中和色的灰色、黑色、白色，这四种色彩中任何一种加入上述的两种画（以赤为主的与以青为主的）中，都可得圆满的效果。

作广告画之先，须大体计划画中的布置。例如画的轮廓，横直的长短比例如何，以何处为画的中心而描写主眼物。专门研究广告作法的，叫做广告学。据广告学所说，画的比例以下诸式为最适当：

1 画的纵与横的比例，若横为 1，纵宜取 1.62。例如横五寸，纵宜取八寸。这是最美观的型，叫做"黄金型"，前面曾经提及。

2 画的主眼物宜置在"黄金配分线"的附近。所谓黄金配分线，就是画中假设的线，其线与长短两边的距离，亦照黄金比例。例如离短边五寸，离长边八寸。在这距离的附近放置主眼物，最为适宜。

3 主眼物置在画面的"视觉中央"亦可。所谓视觉中央，就是用眼睛观看所见的正中央。如前所述，眼有错觉，与实际尺寸不合。故视觉中央与实际中央位置不同，例如一块长方形的画面，先用尺实际测量其中央而画一横线，把画面实际分为相等的上下两部。然后再将其中一部分为十格，而以一格之长加在横线之上，再作一横线。这横线即为视觉中央。换言之，视觉中央必在实际中央的上部，二者的高低相差，为自底边至实际的中央的距离的十分之一。参看第二十四图即知，实际的中央又可称为数学的中央，视觉的中央又可称为图画的中央。

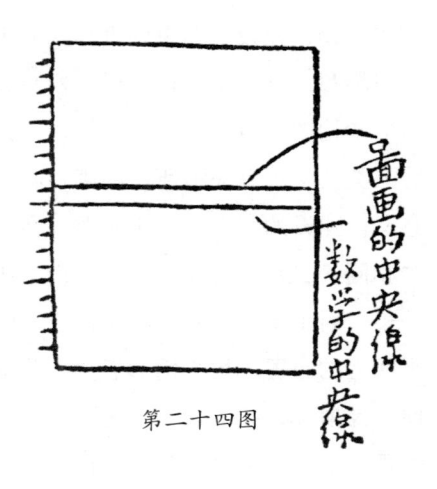

第二十四图

4 求物象的位置的安定，宜使物象上部稍小，下部稍大，例如画一条实际上同样阔狭的长方形，不妨把下端稍稍放大，使比上端加阔十分之一。这理由与上条相同。因为在视觉上，看上方的东西往往觉得大，看下方的东西往往觉得小，倘画实际同样阔狭的一条长方形，看起来似觉下端缩小，因而位置不安定，好像尖脚易倒的样子。若把下端稍稍放大，看去便觉稳定。

广告画是图案之一种，除了其用途之外，画法原理均与图案相同，并非另有一种特殊画法。图案最重构图，因为它全是平面上的表现，故以平面的支配（构图）为最主要的事。现在把这事略加说明于下。

构图的意义，简言之，就是在规定的平面中建设新的物象的世界而作的一种构成。规定的平面或是方形，或是圆形，或是长方形。人类的造形能力即以此为根据地而活动，而在其中布置各物，建设一物象的世界。倘不论布置，仅照眼睛所见的状态描写在画面中，这叫做"模写"，便是一种无意味的工作，而失却构图的意义了。这种工作，远不如照相机的周密，无须劳人类去学习。人类所作的画，必须有匠心的活动，有建设的意义。建设的意义即在于构图。在这一点上模样图案与普通绘画相同，二者都需要匠心与建设。所异者，普通绘画表现立体的美，而图案表现平面的美而已。图案不需要立体味，只需要平面上的布置，故不用远近法。若施阴影而给予立体味，其画便不像模样，即不成为图案了。又如山水画，若取去其远近的表现与阴影的浓淡，其画便带平面性而模样化了。绘画与图案的异同，即在于此。又，绘画的构图，不受用途拘束，可在自由的天地中构成独立的世界。而模样图案则从属于本体，为求本体的显著而考案。本体就是实用物，例如衣服、花瓶、匣子、器皿等，都是本体。欲使这些东西形状显著而美观，故在其上加以模样图案。故模样当然跟了本体的性状而变化。衣服上的模样不能移用在花瓶上，纸壁上的模样不能移用在杯子上。故图案的构图必受本体的拘束。这是图案的构图与绘画的构图的主要的异点。

构图的形式的要素的线、色彩，与明暗（即浓淡）。这三者在一定的系统之下组合起来，构成一种美的状态，便是构图的工作。以下就这三者分别加以说明。

线，就形式上看，不外乎直线与曲线二种。但这二种的线因了其跨度、曲折，及长短的如何而造出种种美的姿态来。试辨识各种线的意味：例如直线，有透彻的神气，好像是人类的意志的象征。在几何学上，直线的定义是二点间最短距离所结合的线。这正是人类的意志的象征。我们凝视某一目标时，心中即希望向着该目标取直捷的途径而达到。心与目标相连结的线，正是直线。故我们看到直线，即有直截明了痛快透彻之感。试入森林，眺望那垂直地矗立的大杉树，或入殿宇，瞻观那高大的柱子，便可切实地感到这些形象是刚健的意志的象征。同时又因其表示重心的稳定，而感到永远的安静，心中自起依归之念。在这安静上更添加和平之感的，是水平直线。水平直线平稳地躺着，正是完全的和平与永远的安定的象征。故水平与垂直线所构成的形象，富于安定平静之感。反之，若用了斜线，其中便发生觉醒的活动，好像暗淡瞑晦的太空中打破平安而来的电光。倘斜线不只一根，而上下左右几度反复，则活动之感更多。故水的波浪，是用连续的斜线构成的。

其次，曲线的感觉如何？这与直线正反对，柔和，融通，丰满，优美，为其特性。试看佛像的画，颜貌的轮廓的曲线，眉的半月形曲线，两肩的环形曲线，各种微妙而圆满的曲线，构成着最高美术的佛像。其端严的姿势，正保住垂线的重心，令人起优美崇高而永远安定之感。欧美人热烈地赞赏东洋的佛像画，便是为此，佛像画之所以称为最高美术，也是为此。但曲线不仅为圆满的象征，曲线中的波状线，犹如直线中的斜线，其屈折的反复富有活动之感。试看海的绘画，其波状线何等活泼地活动着！故线各有其微妙的意味，能锐敏地感受这等意味的，便是艺术的天才。艺术家感受线的意味，又把他们巧妙地配合起来，成为美术的构成。普通的人，也都具有这种感觉，不过不及艺术天才的锐敏，不能自己发见有创造，但一经指点，便会觉醒。故无论何人，只要累积修养与陶冶，都能感受线的意味，而创造线的构成。例如全无绘画鉴赏力的人，只要同他到绘画展览会中，把良作的构成一一地为他说明，累积几度经验之后，自然也会得到相当的理解力。换言之，其人对于线的感觉经过几度磨练之后，自然会锐敏起来。

色彩及明暗（浓淡），在画题的意味的表现上有重大的功用。试就同一风景，作不施色彩与明暗的线描三幅。然后就各幅分别施以不同的色彩与明暗。结果，同一风景同一构图，能因色彩与明暗的差异而发生完全不同的趣味。倘构图一异，其画的情趣的变化当更复杂了。色彩与明暗的深浅，有一个阶调。阶调，就是色的调子的阶段，就是色彩的渐减的发展的律动。渐减的，例如有一种黑色，其深度假定为十，但这黑色在画面中不是始终同样深浅的，有的地方渐渐淡起来，成为九、八、七、六、五等比例。这些深度不同的黑色，在画中成一系统，绘画的色彩方有统一之感。详言之，即最深的黑色集注在画中某一点，别的渐减的黑色以它为中心而配置。明暗，便是说色彩的浓淡之度。把一切色彩都当作黑色看待而比较其浓淡之度，浓的较暗，淡的较明。初学的人，对于这看法往往不惯。练习之法，可将两眼微微合拢，不辨其色彩而朦胧地观望画面各部的明暗。换言之，这犹如把有色的绘画摄影而印成单色的铜版图。原画上本有红的黄的蓝的各种色彩，在铜版图上只有一种黄色，不过变化其浓度。这里就可以分明地看出色彩的浓淡——即明暗了。淡的红色并不很明，深的蓝色并不很暗，有时深的蓝色反比淡的红色为明亮。故学者必须实地练习，不可臆测。

第八章 漫 画

"漫画"这两个字,最初是日本用出来的。后来舶来中国,到今日已经盛行,成为绘画的一种。现在把它的性状、发展、种类、描法略说如下:

一、漫画的性状 漫画相当于西洋的 caricature 与 cartoon。前者是关于颜貌的漫画,或译为"似颜画"。后者是讽刺世事的漫画,或译为"讽刺画"。其定义究竟如何?很难下得妥当。暂定如下:"漫画是注重意义而用简笔的一种绘画。"绘画有注重画面形式的,与注重内容意义的。又有用工笔表现的与用简笔表现的。交互错综,得四种画,即(1)重形式而用工笔者为图案,(2)重形式而用简笔者为速写(sketch),(3)重意义而用工笔者为插画,(4)重意义而用简笔者为漫画。

用略笔,故画中表现的只是物象的特点,其他详细点一概删去。取物象的特点,往往把这特点夸张。例如描写尖鼻头的人,就把鼻头描得过分尖一点,形成发笑的状态。描写胖子,就把肚皮描得过分胖一点,形成奇怪的状态。故略笔画必夸张特点。

重意义,故画的内容必然含有象征的,讽刺的,或记述的意味。例如画一只大狮子张牙舞爪的姿势,用以象征国家的复兴。画雀巢鸠居，用以象征侵略国的无道。更进一步，可在画上加文字的说明，委曲地讽刺，或记述人生社会的事。

故漫画的定义，可以加详地说："漫画是注重意义而有象征、讽刺、记述之用的，用略笔而夸张地描写的一种绘画。"故漫画是含有多量的文学性质的一种绘画。漫画是介于绘画与文学之间的一种艺术。

二、漫画的发展　漫画在中国，是民国十三四〔1924—25〕年间开始流行的。那时上海有《文学周报》，拿我的画去发表，编者名之为"子恺漫画"。漫画从此流行起来。其实在我以前，中国虽无漫画之名，早有漫画之实。清末，陈师曾的简笔画发表在《太平洋报》上，当时虽不称为漫画，其实已是一种漫画。又如前所述，漫画重意义而用略笔。中国古来的急就画、即兴画，都已含有漫画的分子。清初有人画七八个盲子，手里各拿着圭璧书画等古玩，大家张着口，作争论的样子，名曰《群盲评古图》。又有人画一个枯瘦的男子挽车，车中载着妻子奴仆器物，空中一个狰狞的鬼拿鞭子驱策这男子，使他向死路走。这种画，其实就是漫画，不过当时没有漫画之名耳。有漫画这名词以来，不过十余年。此十余年中非常发达，报纸杂志几非有漫画不可。努力制作的人很多。最近的抗战漫画，尤为生气蓬勃。然画法多数是模仿西洋的，又含义大都是浅近的，少有中国风的深刻的作品。

漫画在西洋如何？据彼国人自言，二千年前的地下礼拜堂（catacomb）中的壁画，便是漫画的起源。然如此说，范围太广。实在，西洋的有漫画，是十六世纪开始的。十六世纪意大利文艺复兴有一位大画家,名曰辽拿特·达·文西〔莱奥纳多·达·芬奇〕(Leonardo da Vinci)的,作大壁画时,先用小纸速写所见的人物的面貌姿势,作为参考品。他的速写,往往夸张面貌姿势的特点,作滑稽可笑的表现。这正是西洋 caricature 的起源。此后渐有 cartoon 出现,例如教权时代,教徒借基督之名而实行聚敛。僧侣有致巨富者,于是有画家作画讽刺之。画一天国的门,门口有人卖入场券,有钱的僧侣大家买了入场券入天国,没有钱的僧侣不得入天国。僧侣看见这画,恐惧起来,不敢放肆。世间的人从此相信漫画的效果。拿破仑时代,巴黎女子盛行高髻,高得过分,没有道理。画家作画讽刺她们。画一丈夫登梯为其妻梳头。见的人都笑煞。高髻的风气就渐渐平息了。十九世纪时,法国有讽刺画名家独米哀〔杜米埃〕(Daumier)专写平民生活之奇怪相、可笑相、丑恶相。自此以后漫画遂盛行于欧洲。欧战时有谚曰:"漫画强于弹丸。"美国人亦有言曰:"漫画以笑语叱咤世间。"俄罗斯革命的成功,全靠 poster(漫画标语〔招贴画、宣传画〕)的宣传力。

漫画在日本,发达最早且盛,八百年前,我国宋朝盛行院体画。日本人曲意模仿,遂成藤原时代的隆盛。藤原画坛的主力,实为漫画。不过那时不称为漫画,而称为"鸟羽绘"。因为那时有一个大画家名叫鸟羽僧正的,用中国画的笔法写现实生活,题材都带滑稽味。他的画派就叫"鸟羽绘"。到了镰仓时代,盛行"绘卷"。绘卷就是在很长的手卷上绘写一故事,犹似现今流行的连续漫画。到了室町时代,有讽刺画大家土佐光行、土佐光信,所作的画与漫画更相接近。到了德川时代,盛行"浮世绘",即描写浮世日常生活状态的画。浮世绘中用简笔的,特称为"漫画",漫画二字自此出现。此后漫画名家接踵而出,其最著者,有英一蝶,作《儿童恶戏画》,作《百人男》,刻划描写权贵的姿相,得罪下狱。出狱后又作《百人女》,又以忤贵妇人而下狱。第二次出狱后,作讽刺画如故。又有葛饰北斋,专写小画,时人称为"北斋漫画"。入明治时代,西洋漫画入日本,日本漫画作风为之一变。名家有狂斋,亦以漫画忤权贵而下狱。出狱后改名晓斋。有竹久梦二,以毛笔作潇洒生动的表现,趣味尤为隽永。盖不仅以讽刺为能事,而又以画抒情,故他的作品有类于诗。最近活跃于漫画界者,有北泽乐天、冈本一平、柳濑正梦等。北泽写实工夫很深,其画为一般社会所爱读。冈本笔法奇特,善于夸张特点。柳濑善于讽刺时事,有笔如刀。用画描写日本政治舞台的丑态,非常刻毒,日本侵略中国以来,不知这画家有什么作品?

三、漫画的种类　漫画的形式,有用毛笔的,有用钢笔的,有用单色的,有用彩色的。这并无重大关系,可以不论。漫画是注重内容的,故分类宜以内容意义为标准。约可分为四种:

1. 战斗漫画　便是用画代替论文,即所谓"强于弹丸"的。例如最近西班牙被侵略时,有漫画家名叫卡斯德洛(Castelao)的,作一幅漫画,写几个人埋葬一个被敌机炸死的人的尸体。题目叫做《他们埋的是种子,不是死尸》。又描写一个先生被敌机炸死,小学生在旁哭泣。题目叫做《最后一课》。这些画表面看似很沉静，实则怒火万丈，潜伏在画面之内，正在等待机会而迸发。俄国某作家写《大扫除》图，画一人手持火箝，立于地球上，火箝挟住一大腹洋装人物（资本家），将掷之于地球之外。日本柳濑正梦作一连续漫画题曰《拔草》。写一军阀拔草，一财阀一政阀在后相助。不知这草原来是一个巨人的头发，他们把巨人拔了出来。巨人出世，便扑杀三阀。如上所举，皆战斗漫画的例。

2. 讽刺漫画　态度比前者稍和平，即所谓"以笑语叱咤世间"的。例如日本有一漫画家，作《提线戏》图，写一舞台上有许多木傀儡，他们的手脚上都缚着线，线的他端拿在舞台后面一个大肚皮洋装人物（资本家）的手里。傀儡的身上都有文字注明政界要人的姓名。又有西洋某画家，作一连续漫画，第一幅写一个政客似的人在台上讲演，主张"地球是方的"。下面的听众表示不相信。第二幅，那人仍在台上讲演，用拳头敲桌子，竭力主张"地球是方的"。下面的听众表示沉思，似乎将信将疑。第三幅，讲演的更积极地主张"地球是方的"，听众中有人点头说："或许有道理。"第四幅，台上主张得更厉害，听众都说："确有道理。"第五幅，再进一步。第六幅，听众都站起来，一齐举手大喊："地球是方的！主张圆的都是反动分子！"讽刺人类的盲从，及政客的利用民众，用意甚为深刻。讽刺形似讥毁，其实是劝勉爱护的变相。故只要不伤厚道，于画家的人格无害。我国古代东方朔、淳于髡等，皆以讽刺滑稽的言语来劝谏，效果甚大。太史公所谓"谈言微中，亦足以解纷"。

3. 描写漫画　不事争斗，不加批评，但以画描出人生诸相，真切而富有情味的，名曰描写漫画。此种漫画，在西洋较少，在东洋特多。日本老画家竹久梦二的作品，多数属于此类。例如有一幅，写一女子独居，细看手上的指环。题材简单得很，但是笔墨之外的意趣很丰富。又如描写一女子收到一邮信，题曰《欢喜的欠资》，含义亦深（欠资信是太重之故，太重是信长之故。收到爱人的长信，故欢喜）。又如描一贫妇人与一贵妇人在途中相遇，题曰《同班同学》，则表现世态更为动人。这都是描写漫画的好例。

4. 游戏漫画　这是趣味浅薄的漫画，除了引人发笑之外，别无意义。例如写近视眼的人坐在公园中的油漆未干的椅子上，弄得满身是花纹。又如写儿童恶戏，用墨笔在睡觉的人的脸孔上画花等，都是游戏漫画。西洋杂志中常有此种漫画，吾国漫画家常模仿之。

四、漫画的描法　要学漫画，须具备三种修养：即写生画法，简笔画法，与取材用意法。分述之：

1. 写生画法　便是普通绘画的基本练习。漫画要自由描出世间各种物象，故必须先作写生的练习。写生长久了，不在目前的景象也能据回想与记忆而描出。这时候才可自由写漫画。

2. 简笔画法　单是有了写生的基础，描物象时必用工细的笔调，与写实的手法，仍不能作漫画。因为漫画宜用简笔，把物象的特点捉住，或再加以夸张，然后易于动人。故漫画家必懂得物象简化与特点夸张的方法。怎样把物象简化？怎样捉住特点？怎样夸张特点？很难说明。多看名作，自然懂得。

3. 取材用意法　这一步功夫范围很广，非绘画范围内的事。必须多读书，多阅历，而能洞察人生社会的内幕，方能取得漫画的题材。故上两项是属于绘画修养的，这一项是属于普遍的人生修养的。人生观、世界观、宇宙观的修养，便是漫画取材用意的基本练习。缺乏这修养，虽有熟练的画技，也不能创作漫画。

第九章　中国画与西洋画

东西洋文化，根本不同，故艺术的表现亦异。大概东洋艺术重主观，西洋艺术重客观。东洋艺术为诗的，西洋艺术为剧的。故在绘画上，中国画重神韵，西洋画重形似。两者比较起来，有下列的五个异点：

一、中国画盛用线条，西洋画线条都不显著。　线条大都不是物象所原有的，是画家用以代表两物象的境界的。例如中国画中，描一条蛋形线表示人的脸孔，其实人脸孔的周围并无此线，此线是脸与背景的界线。又如画一曲尺形线表示人的鼻头，其实鼻头上也并无此线，此线是鼻与脸的界线。又如山水、花卉等，实物上都没有线，而画家盛用线条。山水中的线条特名为"皴法"，人物中的线条特名为"衣褶"，都是艰深的研究功夫。西洋画就不然，只有各物的界，界上并不描线。所以西洋画很像实物，而中国画不像实物，一望而知其为画。盖中国书画同源，作画同写字一样，随意挥洒，披露胸怀。十九世纪末，西洋人看见中国画中线条的飞舞，非常赞慕，便模仿起来，即成为"后期印象派"，详见第十一章。但后期印象派以前的西洋画，都是线条不显著的。

二、中国画不注重透视法，西洋画极注重透视法。　透视法，就是在平面上表现立体物。西洋画力求肖似真物，故非常讲究透视法。试看西洋画中的市街、房屋、家具、器物等，形体都很正确，竟同真物一样。若是描走廊的光景，竟可在数寸的地方表出数丈的距离来。若是描正面的（站在铁路中央眺望的）铁路，竟可在数寸的地方表出数里的距离来。中国画就不然，不欢喜画市街、房屋、家具、器物等立体相很显著的东西，而欢喜写云、山、树、瀑布等远望如天然平面物的东西，偶然描房屋器物，亦不讲究透视法，而任意表现。例如画庭院深深的光景，则曲廊洞房，尽行表出，好似飞到半空中时所望见的；且又不是一时间所见，却是飞来飞去，飞上飞下，几次所看见的。故中国画的手卷，山水连绵数丈，好像火车中所见的。中国画的立幅，山水重重叠叠，好像是飞机中所看见的。因为中国人作画同作诗一样，想到哪里，画到哪里，不能受透视法的拘束。所以中国画中有时透视法会弄错。但这弄错并无大碍，我们不可用西洋画的法则来批评中国画。

　　三、东洋人物画不讲解剖学，西洋人物画很重解剖学。　解剖学，就是人体骨胳筋肉的表现形状的研究。西洋人作人物画，必先研究解剖学。这解剖学英名曰 anatomy for art students，即艺术解剖学。其所以异于生理解剖学者，生理解剖学讲人体各部的构造与作用，艺术解剖学则专讲表现形状。但也须记诵骨胳筋肉的名称，及其形状的种种变态，是一种艰苦的学问。但西洋画家必须学习，因为西洋画注重写实，必须描得同真的人体一样。但中国人物画家从来不需要这种学问。中国人画人物，目的只在表出人物的姿态的特点，却不讲人物各部的尺寸与比例。故中国画中的男子，相貌奇古，身首不称。女子用蛾眉樱唇，削肩细腰。倘把这些人物的衣服脱掉，其形可怕。但这非但无妨，却是中国画的妙处。中国画欲求印象的强烈，故扩张人物的特点，使男子增雄伟，女子增纤丽，而充分表现其性格。故不用写实法而用象征法。不求形似，而求神似。

四、中国画不重背景，西洋画很重背景。 中国画不重背景。例如写梅花，一枝悬挂空中，四周都是白纸。写人物，一个人悬挂空中，好像驾云一般。故中国画的画纸，留出空白余地甚多。很长的一条纸，下方描一株菜或一块石头，就成为一张立幅。西洋画就不然，凡物必有背景，例如果物，其背景为桌子。人物，其背景为室内或野外。故画面全部填涂，不留空白。中国画与西洋画这点差别，也是由于写实与传神的不同而生。西洋画重写实，故必描背景。中国画重传神，故必删除琐碎而特写其主题，以求印象的强明。

五、东洋画题材以自然为主，西洋画题材以人物为主。 中国画在汉以前，也以人物为主要题材。但到了唐代，山水画即独立。一直到今日，山水常为中国画的正格。西洋自希腊时代起，一直以人物为主要题材。中世纪的宗教画，大都以群众为题材。例如《最后的审判》《死之胜利》等，一幅画中人物不计其数。直到十九世纪，方始有独立的风景画。风景画独立之后，人物画也并不让位，裸体画在今日仍为西洋画的主要题材。

上述五条，是中国画与西洋画的异点。由此可知中国画趣味高远，西洋画趣味平易。故为艺术研究，西洋画不及中国画的精深。为民众欣赏，中国画不及西洋画的普通。

第十章　中国画简史

中国绘画生长于黄帝时，成立于汉代，昌盛于唐代，延滞于元代。今分四节略述如下：

一、生长时代　自黄帝至周末，为生长时代。据史传，我国黄帝时代画法早已盛用。当时多施用在服饰上。如《通鉴外纪》所说："黄帝作冕旒，正衣裳。视翚翟草木之华，染五彩为文章，以表贵贱。"可知当时的绘画，即今所谓图案画。到了周朝，始有更进步的描写。周朝人在衣服上，旗上绘写禽兽之形，以为装饰。又在器物上描写鸟兽、草木、云山之图。又在明堂的壁上画朝觐揖让之图。孔子看了，徘徊不忍去，说"此周之所以兴也"。可知人物、山水，在那时已为绘画题材。春秋战国时，楚有先王庙，公卿的祠堂。这些庙堂内画着天地山川神灵之状。齐有画家名曰敬君。齐王造九重台，召敬君去描壁画。敬君久不归家，思念其妻，乃画其妻的姿态。《说苑》中记着这故事，想见他所画的一定很好。这些画早已失亡，传下来的只是一笔记载。不过我们知道当时已有绘画而已。

二、成立时代　自汉至六朝，为成立时代。汉初，绘画亦以壁画为主。如甲观画堂，及明光殿，壁上都画古代烈士贤人，其法以胡粉涂壁，然后施画，与西洋的 fresco〔壁画〕相似。其后有鲁灵光殿、麒麟阁、凌烟阁，皆以壁画著名。所画的大都是功臣、将相的肖像。又有孔子庙壁画，写孔子与七十二弟子之状。成都有周公礼殿，写周公辅成王的事迹。当时有两位人物画大家，即蔡邕与毛延寿。蔡邕绘烈女图，"丑好，老少，必得其真"。毛延寿为王昭君画像，昭君不行贿赂，毛延寿把她的相貌画得丑陋，汉帝就送她去和番。后来明白了，毛延寿就被诛。可知这是一个贪贿赂的人物画家。以上所述的，大都是人物画。可知汉初以前，中国画以人物为主要题材。但鸟兽、风景画亦在汉代成立。鸟兽画家有陈敞、刘白、龚宽。风景画家有刘褒。据说刘褒画的《云汉图》，使人看了觉得炎热。他的《北风图》，使人看了觉得寒冷。汉明帝时，佛教入中国，宗教画自此盛行。明帝造白马寺，令画家于壁上画《千乘万骑绕塔三匝图》。想见佛教美术的盛行。汉末有人物画大家曹不兴，在五十丈长的绢上画一佛像，庄严伟大无比。他的弟子卫协，作《七佛图》，又作《列女传》《伍子胥醉客图》《卞庄子刺虎图》，皆有名于时。到了晋代，卫协的弟子顾恺之，画法尤精。其人物图数年不点睛。人问其故，答曰："四体妍蚩，无关妙处，传神写照，尽在阿堵中。"所以点睛非常郑重。六朝有陆探微，善画帝王将相像。张繇僧，善画塔庙，人物奇形异貌。为一乘寺作壁画，远看凹凸不平如真物，故一乘寺称为凹凸寺。六朝还有一位有名的绘画批评家，即南齐的谢赫。他著有《古画品录》，此为中国艺术论的第一部著作。他说画有"六法"，气韵生动为最高。中国画至此已充分发达，到唐代就昌盛起来。

三、昌盛时代　自唐至宋，为昌盛时代。唐代第一位大画家是吴道子。他是人物山水兼长的画家，曾作《地狱图》。京都屠沽渔罟之辈见了大家惧罪而改业。又作《孔子像》，相貌温而厉，威而不猛，恭而安。又作《嘉陵江三百里山水图》，一日而成。唐代还有三大画祖：第一人李思训，人称他为李将军。他写山水，用工笔，着彩色，世称为工密派。第二人王维，字摩诘，人称他为王右丞。他写山水，用淡墨，不着色，世称为秀丽派。第三人张璪，写山水，笔墨淋漓，世称为泼墨派。但后者不及前二者的重要。前二人的画法，为中国山水画法之根源。故李思训的称为北宗，王维的称为南宗。这南北二宗，为千余年来中国画家之模范，其艺术当永垂不朽。故唐代为绘画的昌盛时期。其后五代与宋，承唐代昌盛的遗绪，有名家辈出。五代有荆浩、关同、李昇。宋有李成、王诜、郭熙、董源、僧巨然、刘道生、范宽、马远、夏珪、米芾、米友仁等。上述诸家均有作品传世，为后世画人之范本。

四、延滞时代　自元以至今日，为延滞时代。因为作者并不少，而没有新的发展，只是承继唐宋的遗业，保守勿失而已。元明清三代，均有名家辈出，且流派甚多。元初有高克恭、钱选、赵孟頫等，或长于山水，或长于墨竹。元季有四大家，即黄公望、王蒙、倪瓒、吴镇。倪瓒即倪云林，其画特称为"文人画"。他自己说："仆之所画者，不过逸笔草草，不求形似，聊以自娱耳。"又曰："予之画竹，聊以写胸中逸气耳。"明代绘画分三派。即院画派，文人画派，与折衷画派。院画派大家有王履，其主张与文人画相反，不重意而重形。其言曰:"取意舍形,无所求意。故得其形,益溢乎意。失其形者,意云乎哉?"又有戴进,亦作工笔画。他是杭州人,故其画又曰浙派。其次,文人画分两系,其一曰华亭系,代表者为顾正谊。其二曰苏松系,代表者为赵左。又其次,折衷画派有沈周(石田),文徵明,唐寅(伯虎),董其昌诸家,而董其昌为其代表。这三派中,院画派与文人画派主义相反,折衷派得其中和,故为明代画坛的中坚。到了清代,画家的门户之见更深,流派就更复杂。清初有江左四王,即娄东人王时敏,及其子王鉴,其孙王原祁,及另一位虞山人王翚。故前三人,祖孙三代,称为娄东派,后一人称为庐山派。又有江西派,代表者为罗牧。新安派,代表者为僧宏仁。与上述诸派相对峙的,曰浙派,是宋明画院派的支流,代表者为蓝瑛、蓝涛父子二人,大家有王巘、顾符稹、李调元、张又华等。到晚清,画家的门户之见极深,各树一帜,各成一家,而画道愈趋于狭径。故元明清三代,对于唐宋的画道并无什么新的展进,只是延长而已。最近西洋画法入中国。不知这对于中国固有的绘画有何影响?现在还看不出来。汉代佛教美术入中国,曾与中国相交混。西洋画一定也有影响于中国画。

第十一章　西洋画简史

西洋美术，曾经三次隆盛。第一次是二千余年前的希腊埃及时代，第二次是十五六世纪的意大利文艺复兴，第三次是最近的十九世纪。但第一期的作品，现今流传的只有雕刻及建筑，绘画大都失亡，不可征考。所以我们要讲西洋画史，只有从文艺复兴讲起。而文艺复兴前后，欧洲宗教艺术盛行，绘画被宗教所限制，难得自由发展。故真正的绘画艺术的发展，乃在十九世纪西洋画派的勃兴。现在分两节记述如下：

一　文艺复兴期的绘画

西洋艺术在希腊时代非常隆盛。基督教兴起，美术便衰颓，一直沉默了一千余年，到了十三世纪，方始在意大利重新放光。这时代就叫做"文艺复兴期"（Renaissance）。文艺复兴分三期，即初期、盛期，和后期。盛期达隆盛的极点，初期后期亦有传世的名家。今分述之：

一、文艺复兴初期的绘画　初期的绘画，发达于弗罗伦斯〔佛罗伦萨〕（Florence）地方，故曰弗罗伦斯派。十三四世纪时，有大画家西马部〔契马布埃〕（Cimabue）及其弟子乔笃

〔乔托〕（Giotto）。这二人是文艺复兴画家的先锋。后者本是一个牧羊童子，有一天在石上描羊，被他先生赏识，就教他成为大画家。乔笃的画派之下，有名家奥尔卡涅（Orcagna），作《死之胜利》，至今还珍藏在意大利。同时与这前期弗罗伦斯派并行的，有西哀那〔锡耶纳〕（Siena）派。这派中有名画家昂格里可〔安吉利科〕（Angelico），所作《天使下降》，也是当代名作。入十五世纪，有马萨菊〔马萨丘〕（Masaccio）者，作《亚当夏娃被逐出乐园》之图，为世所宝。同时又有乌彻洛〔乌切洛〕（Uccello）与卡斯塔玉〔卡斯塔格诺〕（Castagno），前者是有名的战争画家，后者善作悲壮的表现，所作《最后的晚餐》著名于世。到了十五世纪末，有波的塞利〔波堤切利〕（Botticelli）出世，方始尽量发挥文艺复兴的特色，而在近代绘画史上划分一新时期。在他以前，美术还没有脱离实用的意义，到了他的时代，美术方始独立。例如他所作《凡奴斯〔维

维纳斯的诞生　波提切利 作

纳斯〕的诞生》，画面充满梦幻的美，与恍惚的陶醉的精神，这正是文艺复兴的特色。同时又有大家奇朗达约〔基朗达约〕（Ghirlandaio），画风与前人相近。亦作《最后的晚餐》。由此二人引导，遂入文艺复兴盛期。

二、文艺复兴盛期的画家 盛期的画家，便是"三杰"，即十六世纪初的辽那独·达·文西〔莱奥纳多·达·芬奇〕（Leonardo da Vinci）、米侃郎琪洛〔米开朗基罗〕（Michelangelo）与拉费尔〔拉斐尔〕（Raphael）。前二人都是绘画、雕塑、建筑并长的，实在是稀世的美术大天才。文西的杰作是《最后的晚餐》。以前曾有二画家（卡斯塔玉与奇朗达约）写过这题材，但都不及文西的成功。他的画面，构图非常巧妙。耶稣与十二个学生，姿态表情无不生动，而全体紧密照应，一气呵成。绘画的表现形式，至此大著进步。第二人，米侃郎琪洛，作画奔放豪健，气魄最为伟大。其代表作是《最后的审判》与《创世纪》，画面广大，人物众多，而各尽其态。其人独身，为艺术而奋斗，享年九十余岁。与后来的托尔斯泰等同为英雄的范型的艺术家。第三人，拉费尔，称为薄命画家。自幼贫苦，独学成名。其作风富于感情的，理想的，沉静的要素。代表作为《圣母子》。所作圣母与幼年耶稣之图甚多，皆温和文雅，富于陶醉的、梦幻的趣味，为雅俗所共赏。三杰之外，还有许多名家，如谛谛昂〔提香〕（Titian）、丁托雷托〔丁托列托〕（Tintoretto），尤为著名。前者善写现世的行乐图，及娇艳的妇人。《花神》（*Flora*）是其杰作。后者表现有力，作《最后的晚餐》《最后的审判》，可仿佛三杰。

三、文艺复兴后期的画家　三杰之后，美术移向北欧发展。十五世纪初，荷兰有房爱克〔凡·爱克〕（Van Eyck）兄弟二人，发明油画，于是画家辈出。最著者为梅谟林（Hans Memling）与勃罗格尔〔勃鲁盖尔〕（Brueghel）。前者善用色彩表现理想的妇人，后者长于农民生活描写。同时德国亦有大画家出世。最著者曰霍尔朋〔贺尔拜因〕（Hans Holbein）、裘勒〔丢勒〕（Dürer）。前者长于肖像画，为当时权威阶级所赞喜。后者善作力强的表现，又长于etching〔蚀刻〕（铜面用化学药品腐蚀的一种画法）。入十七世纪，荷兰又有大画家伦勃郎德〔伦勃朗〕（Rembrandt），描写风俗、肖像，及下层社会生活。西班牙亦有大画家凡拉史侃士〔委拉斯开兹〕（Velázquez）作国民生活的切实的描写。法国、英国等处，亦皆有名画家出世，自此再经一二世纪，遂有十九世纪法兰西画派的勃兴。

二　十九世纪西洋各画派

"画派"这个名词，是现在美术议论上的常用语。因为近世及现代，人的思想复杂，作画的样式也纷歧，就造出各种各样的"画派"来。但是不专门研究美术的人，便不易知道画派的真义，只听到"印象派""未来派"等几个空空的名词。所以往往有人指西洋杂志上的广告图案画，装饰图案画等，质问我这是什么派的绘画？又有人指报纸上的滑稽画、讽刺画、漫画问我这是什么派的绘画？然而我对于这等疑问，都不能圆满地解答。因为画派一事，不是很浅近的表面的问题，而是伏在画的内面的一种较深的意义。因为画家所作的绘画，是以其人所处的时代的精神及文化为背景的，这是一时代的人的人生观、自然观、世界观的表现，是画家的思想人格的表现。广告画与讽刺画不过是绘画的应用，不是正式的绘画艺术，故不足以代表画派。各种画派，不能仅就表面的形状色彩而判别，也不能用一两句话来说明。而向来不留意于绘画的人，对于画的派别更不能一望而判别。必须多看，多商量，然后渐渐领会起来。故欲获得画派鉴别的能力，必先具备绘画鉴赏的素养。这素养越是深厚，对于画的理解越是明白，画派的鉴别，是兴味深长的一事。何以言之？在画面的题材的选择，用色、用笔的技巧上，可以历历地看出画家的精神、人格，及其时代的思想与文化，这不是很有兴味的研究么？

要说画派，可先举几个浅近的譬喻来比方：假如我们买到一件日用品，或一件玩具，大都只要仔细玩弄观察一下，就可以辨别这是东洋货、西洋货，或是中国货。要确然地指出标识来，固然不能；然而在这物品的全体上总可直觉地感到这是东洋货、西洋货，或是中国自己的土货。好像有一股气息可以嗅得出的。再举一例，譬如初见几个素不相识的人，只要静静观察他们的容貌、服装、态度、举止，便可大约知道这人的职业、地位、品格，和性质。或竟可以从表面看出他是南方人或北方人，文人或商人，富人或穷人，善人或恶人。可知凡表现必有背景。东洋货中表现着日本国和日本人的浅薄，轻佻；西洋货中表现着西洋国本的深固和民力的富厚。人的容貌服装，态度举止中，都表现着这人的生涯的状态。艺术为人的心灵的表现，当然与背景有更加深切的关系。世界是人与自然的对峙，艺术的历史就是吾人的世界观的历史。历代的人的世界观不同，表现也不同。于是在绘画上就有所谓"画派"。所以要说画派，必须从时代文化说起。

现在请把绘画暂置不提，先回想近世纪中的世界变迁的情形：

近世纪以来，世界的大变迁的原因不外乎三端，即十五六世纪的文艺复兴，十八世纪末的法兰西大革命，与十九世纪的科学昌明。这是学过历史的人谁也知道的大事，无须详说，但现在有概括地说一说的必要。

第一，文艺复兴（Renaissance），是近代文化的第一步。这是意大利人所发起的一种文化复兴运动。当时他们提倡美术文艺不遗余力，使得全欧都受影响，造成一个庄严灿烂的文化繁荣期，名曰"文艺复兴期"。文艺复兴期之前，就是中世纪。中世纪的欧洲人，都热心于宗教，不注意于艺术。所以人类都好像酣睡在混混沌沌的黑暗中，不知道起来发挥人心固有的美。那时虽然也有文学艺术，但都无生气。意大利人首先觉悟这苦闷，设法解除他。他们在数千年前的古代希腊所遗留下来的雕刻中发现了美的光明，就大呼"归希腊"的口号，鼓吹人们都来发挥固有的美感。于是人们都从中世纪的酣睡中醒觉起来，艺术的、经济的、社会的、精神的，一齐发达。其中尤以精神文化方面的觉醒为最显著。从此以后，人始向了理知、生活、自我、社会、主观，一步一步地觉醒起来。于是希腊的古典的趣味，宗教感情与古典趣味相交混的种种梦境似的美，陶醉的美,理想的美,以及自由平等等要素,在文艺复兴的时候均强调起来。这人类精神的跳跃的进步,是近代文化的第一步。

第二,人类生活的真正的解放,不能单从精神方面求得。犹之欲求住居的安适,不能专事修饰上层的建筑,必须从建筑的下层的基础上求根本的改善。故近代文化的第二步,就变出十八世纪的法国大革命来。法兰西革命是政治解放的初步。政治是人类生活的机关,这机关解放之后,就可促进人类生活的解放,经济的解放。经济革命的第一段为以前的资本主义社会的发达,其第二段为现今的社会主义的实现。要之,这个人的解放与社会的解放,为文艺复兴以后的、近代人类精神上的二大潮流。

第三,是最近十九世纪的科学昌明。科学的发达,及于世界人类的精神上、物质上的影响,都非常深大。在物质上说,科学昌明了,发明机器,机器能迅速地多量地产出货物来。又能应用在交通上(轮船、火车),使货物流通迅速,人类交通便利。这样一来,从前靠人力做工的就不能抵敌机器,变成衰落或淘汰;从前蛰居在穷乡僻壤的人现在也因交通的便利而受到外来物质文明的刺激,其生活也非变更不可,于是生存竞争就激烈起来。故十九世纪名曰"经济的时代"。在精神上,科学的研究,养成了近代人的分析的、观察的、实验的、理智的头脑。使对于什么都要用科学的态度来研究、分析、观察、批评。于是从前一切无理的因袭的生活,都被近代人看破,打倒。故十九世纪又曰"批评的时代"。人们高呼着科学万能,对于什么事都要用科学来解决。然而拿科学来批评解决人生的一切事物,究竟是不可能的事,所以后来终于有叹"科学破产"的人。因为科学的分析、观察的态度,把以前的因袭,迷信的美丽的梦叫醒,而世间的现实状态完全暴露,结果在人心中引起了一种忧惧、悲哀、绝望、不安定的状态。即应用科学的态度在人生一切事物上,结果造成了"定命论""决定论",否定自由意志,一切都听命于"物质"的势力。这就惹起现代人的厌世观与破坏的思想。于是一切都不安定,一切都动摇起来,混乱起来。现代实在是思想混乱的时代,试看我们目前的状态,尤足以实证这句话。

近世纪世界大变迁的三大原因,大约如上述。现在试想,以这等时代精神为背景而表现的艺术,情形如何?换言之,即这等人类思想及生活的变化,在绘画上有什么影响?

第一,文艺复兴之后,个人和社会都解放了,自觉了。故在艺术上,也偏重精神的激烈的活动,竞尚理想的、陶醉的、享乐的主义。在绘画上就产生"罢洛克"〔巴洛克〕与"洛可可"(baroque,rococo)的样式来。因为当时的人都欢喜自由、解放、陶醉及理想的美,故罢洛克与洛可可都是精美华丽的艺术。然而这在艺术上是最幼稚的时代,还全然没有具备现代艺术的条件。只因这是后来的一切现代艺术的萌芽,故必须从他说起。

第二,法兰西革命以后,方有真的现代艺术的急先锋出现。现代最浓烈的色彩,是个人的自觉,社会的要求,现实的精神的觉醒。文艺复兴期的特色是"情绪的""文艺的";现代的特色是"理智的""科学的"。文艺复兴期的特色是"宗教的""陶醉的";现代的特色是"实际的""功利的"。总之,现代是"现实""个人""社会"三者同时觉醒的时代。法兰西的大革命,便是这三要素的表现的第一步。中世纪的酣睡，至文艺复兴期而觉醒，但是当时还受王权教权的束缚，故虽觉醒而不能活动。到了法兰西大革命以后，政治解放，人类始得奋起活动。于是个人的自由解放，自我的扩张，主观的强调，社会组织的改变，民众政治的实现，劳动者的抬头等重大问题，相继而起。当这社会现象一大转局的关头，艺术上立刻显出现实化、个人化、社会化等现象来。譬如从前以王侯贵族的肖像画为高贵的画题，现在则平民的生活也可描写。从前专描宫殿邸宅的建筑，现在田舍也可以入画了。但在法兰西革命的初期，还是过渡的时代。那时候所流行的承上启下的画派，就是所谓"古典派""浪漫派"，总称为理想主义。这两派，严格地说起来，不能划入现代绘画的范围内，只能说是现代绘画的先驱。

第三，入了科学昌明的现代以后，前述的现代的色彩愈加浓重了。艺术经过现实化、个人化、社会化之后，就成为"自然主义"。以前的"理想主义"是主观的，只有自己心中的火，心以外的自然都被视为冷却的无生命的客观。理想主义者只重热情，耽于空想，而不顾实际的世界的状况。到了自然主义，始有艺术的客观化、现实化。绘画上的自然主义，就是"写实派""印象派"。他们描画的时候，熄灭了心中的热情的火，而只是冷静地张开眼来观看客观的自然，给他们写照。这可说是用科学的精神来观察自然而描写绘画。然而如前所述，科学破产了，科学是在世间引起"动"与"乱"的。到了科学破产，思想混乱的时候，绘画也在画面上动起来了。最初用粗大活泼的线条来描写的，是"表现派"，或称为"印象派"。这是从自然主义的纯客观复归于主观，但与以前的理想主义（古典派、浪漫派）意趣又大不相同。前者使用其热情于题材上，后者使用其热情于技术上；前者以情绪为主，后者以感觉为主。从此再进一步就把形体解散为形的单位，拿这些单位来再造新形，便描出不可认识的形态来，就是"立体派"。拿时间的经过描写在画中，使时间与空间相乘，而错综变化地表出的，就是"未来派"。最后描画不用物象的形体，而用图式与符号，就是最近欧洲有少数人所提倡的"构成派""达达派"。

概观时代精神的变迁，可知科学昌明是现代最大的转机，以现代精神的背景而表现的绘画，也以"自然主义"为本干。先驱于自然主义前面的"理想主义"为其根柢，发展于自然主义后面的"表现主义"为其枝叶花果。今把近代画派的展进列表如下：

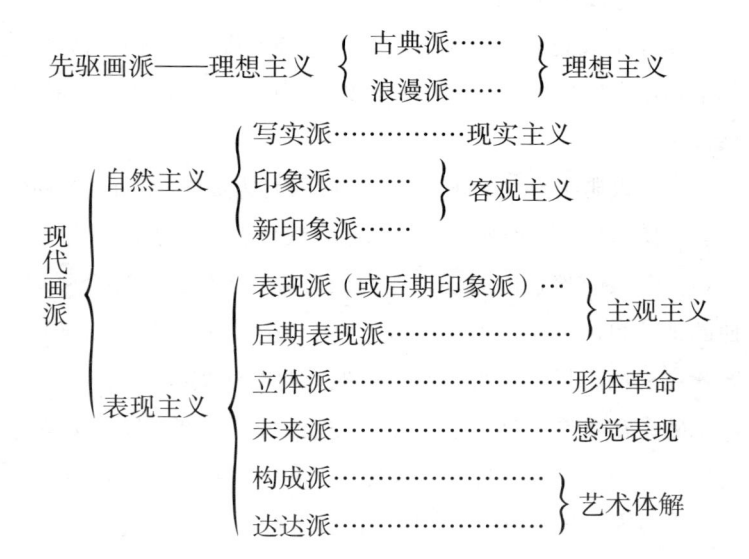

```
先驱画派——理想主义 ┤ 古典派……  ├ 理想主义
                    │ 浪漫派……  │

                ┌ 自然主义 ┤ 写实派……………现实主义
                │          │ 印象派………    ├ 客观主义
                │          │ 新印象派……
现代画派 ┤
                │          ┌ 表现派（或后期印象派）…  ┐
                │          │ 后期表现派………………    ├ 主观主义
                │ 表现主义 │ 立体派………………形体革命
                │          │ 未来派………………感觉表现
                │          │ 构成派………       ┐
                │          └ 达达派………………  ├ 艺术体解
```

法兰西大革命以前的绘画，即中世纪及文艺复兴前的绘画，大部分是实用的装饰的东西。或为宗教宣传的工具，或为宫殿的装饰。故当时的所谓绘画作品，大都是大建筑上所用的壁画、装饰画。画法以纤巧工整华丽为主，全无画家的热情的表现。这种绘画，其实尚未成为独立的艺术，尚未具备绘画自己的生命。现代绘画的最主要的特点，是赋绘画以独立的生命。就是使绘画脱离宗教、政治、实用的奴隶生涯，而回复其独立自主之权。这就是专为绘画美而描写绘画，即绘画艺术的独立。最初显示这样的方针，是拿破仑的美术总监达微特〔大卫〕，即古典派的首领画家。浪漫画派承继他的画风。这理想主义的二画派筑成为现代绘画的基础。于是写实派、印象派等近代画派就可以稳固地筑在它的上面，再加上表现派、立体派等的层楼，造成近代绘画的巍峨的殿堂。

要详细知道各派的画风，要看各派绘画的实例，请另读《西洋画派十二讲》（开明书店出版）。现在我仅把各派的概要略说于下：

一、古典派（Classicists） 是法国人达微特（Louis David, 1748—1825）所提倡的。他是拿破仑崇拜者，为拿破仑当美术总监。拿破仑挫折的时候，他曾经失势，下狱。拿破仑复兴，他的地位也恢复了。后来拿破仑终于失败，达微特也被放逐，客死在外国，尸骨不得归乡。但他当时在法国画坛上的势力，与拿破仑在政界上势力相匹敌。他的绘画，大部是描写拿破仑的庄严与威力的。题材上虽未脱落旧套，但画法比前新颖，以形式美为主。其绘画注重素描，轻视色彩。

二、浪漫派（Romanticists）　是法国人特拉克洛亚〔德拉克洛瓦〕（Paul Delacroit，1798—1863）所提倡的。他的画法所异于古典派者，是注重色彩。古典派的注重形体（素描），画面有拘束而硬涩之感。浪漫派矫正这缺点，画面上充满着活跃而鲜丽的色彩，因此较前者更易发挥画家的热情，即其现代的意义比前更深。就内容上说，浪漫派绘画也喜取表现热情的题材。以前的达微特所取的题材大都是有权威的、有势力的、尊贵的事物，尚不脱旧时的宫廷艺术的传统。特拉克洛亚则取卑近的事物为题材，注重热情的表现。故绘画到了浪漫派时代，与宫廷艺术已无交涉。在这点，可知浪漫派绘画的现代的意义，比古典派更多。且浪漫派的注重色彩，确是新时代艺术的先导。故批评家崇奉特拉克洛亚为现代印象派的远祖（因为印象派是极端注重色彩的画法）。

三、写实派（Realists）　这是米叶〔米勒〕（Millet）、柯裴〔库尔贝〕（Courbet）所倡立的。其主旨在于客观的忠实描表。即在画家的头脑中，一扫从前的古典主义的庄丽，与浪漫主义的甘美，而用冷静的态度来观察眼前的现实。技巧上务求形状色彩的逼真。题材上不似从前的专于选择贵的、美的东西，而近取诸日常人生自然。帝王、英雄、美人、名士，与劳农、乞丐、病夫等无差别，同样是客观的题材。这点在米叶的画中，最明显地表出。米叶的画，差不多完全是劳动生活、农民生活的写实。

四、印象派（Impressionists）　写实派是注重"形"的，对于色与光全然不曾顾到。印象派的莫南〔莫奈〕（Monet），马南〔马奈〕（Manet）憬悟了这一点。移转其注意于"色"与"光"的写实上，就倡造印象派。印象派的主旨，以为自然全是色与光的凑合，绘画是眼的艺术，应该以描出刺激眼睛的色与光的印象为正格。于是他们用科学的方法把色分析。例如要画紫色，不像从前地取红蓝二色在调板上调匀涂抹，而直接用红的条与蓝的条并列在画布上，观者自远处望去，这二色就在网膜上合成鲜明的紫色。又他们由冷静的科学的观察，发现自然物的色彩并非固定，皆随光而变化。例如立在青草地上，日光之下的人，其脸的阴面有绿色、紫色、青色，决不像从前地规定为赭色。又如在强烈的日光下面，物的影子都成鲜美的紫色、蓝色，决不像从前地规定为褐色。对于画材，就全不成为问题，全不加以取舍选择的意见。凡"光"与"色"美好的，都是美好的画材，花瓶也好，杯子也好，水果也好，旧报纸也好，充其极致，不必问画的是什么东西，画面上只是模糊的印象，光与色的合奏，这种忠实的客观的描写，完全是科学的态度。这真是科学昌明时代的画风。

五、新印象派（Noe-Impressionists） 这是前面的印象派的更彻底的画派。首领为修拉（Seurat）与西涅克（Signac）。以前的印象派，用一条一条的色彩来组成物体。新印象派则要求光与色的表现的彻底，改用圆点，画面上犹似五色的散砂的集合。故新印象派又有"点画派"（Pointillists）之称。

以上三派，（一）重形的写实，（二）与（三）重光与色的写实。故画面的表现形式虽然大不相同，然其中心态度，即对于自然的观察法，是同一的"写实"。然而这终于使人厌倦了。

因为这态度,是主观的否定,是主观做客观的奴隶。人似乎只有眼睛而没有头脑,只有感觉而没有热情了。于是回复主观的表现主义的绘画就应了自然要求而起。

六、表现派(Expressionists) 表现派又称后期印象派(Post-Impressionists),其主旨是以人格征服自然。然并非像从前的蔑视自然,是把自然融化于创造的火中。不像前派的为客观的再现,是把客观翻译为主观而表现。故其最重要的特征,是画面的摇动。即用线条来表出对于客观的主观的心状。故其画面,不事形状色彩的忠实的写实,而加以主观化。主观化的最显明的,是"特点扩张"。例如大的眼睛,画得过分大一点,瘦的颜面,画得过分瘦一点(然这不过是大体的说明,实际并非这样简单)。总之,以前各派,画面都是"固定的""死的",到了表现派,而开始"动"起来,"活"起来。故这是划时代而开新纪元的画派。这"动"为后来一切新兴艺术的初步。表现派的画家,在当代为最有名,差不多在地球上的文明人大家晓得,即赛尚痕〔塞尚〕(Cézanne),谷诃〔梵高〕(Gogh),果刚〔高更〕(Gauguin)三大家。

七、后期表现派(Post-Expressionists) 此派与表现派的关系,与新印象派与印象派的关系同样,是同一主张的更进步更彻底。大作家为马谛斯〔马蒂斯〕(Matisse)。他的画风,比前更忽视形似,而注重内心的运动。他反抗物质主义,崇奉唯心主义。这明明是科学破产后的艺术时代的产物。

八、立体派(Cubists) 以前诸派的首领都是法国人,立体派的首领则是西班牙人披卡索〔毕加索〕(Picasso)。他的主张,"自然都是形体与形体的相映合,犹如颜色的调合。"又说:"甲形体接近于乙形体时,两者必互相受影响而变化。"故他的画面上,极不重形似,竟有全无自然物的形似,而只有三角方形等形体的凑合。这就是用调色的方法来调形。把形解散,重新组织起来。印象派是"色的音乐",立体派是"形的音乐"。

九、未来派(Fturists) 未来派是一九一〇年倡生的,其主将为意大利人马利耐蹄〔马里内蒂〕(Marinetti)。他的画,马有二十余个足,弹琴的人有四五只手。其主张以为凡物动的时候,其形常常增多。故绘画必表出动力自身的感觉。即在绘画中描出时间的感觉。又他的画中,常常在墙内描出墙外的事物,在衣服外面描出乳房,仿佛事物都是透明的玻璃。这是因为他的主张,以为空间不是独立存在的,必关系于其周围,故要描一物,必描其周围的他物,又表出其前后的动作的变化。这是主观主义的极度的进展。原来意大利是古代艺术兴盛的国,遗产丰富的国,故现代的意大利青年,极端地反对古代赞美,以为赞美古代就是侮辱现代,就创造出像未来派的全新的艺术来。然而这画派究竟基础未深,只能视为现代新兴艺术的一现象,尚不足以代表现代。

十、构成派(Compositionists) 又称构图派。是俄国人康定斯基(Kandinsky)所倡立的。他的画只有构图,也不讲究事物描写。他的主张,以为绘画应是对于自然的精神的反应的,造形的表现。自然的外观,须得还原为全抽象的线与色。这意思大致与立体派相近,但程度不同。

十一、达达派（Dadaists） 这是最近的，最新奇的画派。这画派于一九二〇年二月五日在巴黎开大会，发表宣言，其主导者是扎拉〔查拉〕（Tristan Tzara），有大家披卡皮亚〔皮卡比亚〕（Francis Picabia）。他们的画，全是图式的。例如一条直线，一个圈，一条曲线，注许多文字，即成一画，其题名曰"某君肖像"。他们的主张，是全不问传统，但把所要表示的心传达于对手，故用记号的，图式的表现。故其作品，只有其同派人能理解。这仿佛一种宗教，或一种国语，实在已经不是艺术了。达达派与未来派同样，不限于绘画，又及于文学。故有"达达诗"，为任何国语所不能翻译。

第十二章　书法略说

一　中国字的特色

世界各国的文字，要算我们中国字为最美术的。别国的字，大都用字母拼合而成，长短大小，很不均齐。只有我们中国的字，个个一样大小，天生成是美术的。

所以外国不拿字当作美术；而中国的书法，自古以来与画法并论。所谓"书画"，是两种同样高深的艺术。可知外国文字只是实用的；而中国文字则于实用的之外，又兼为艺术的。这便是中国字的特色。

何谓实用的与艺术的？譬如记账、写信、作日记等，但求笔划整齐清楚，便于阅读，而不一定要写得美观，便是主重实用的文字。又如标语、匾额、对联、扇面等，其文字表达一种意思之外，又必求其美观，或当作装饰，便是主重艺术的文字。但我们须知：这两者不是分得很清楚的。记账、写信、作日记等，清楚整齐之外倘能写得美观，当然更好。标语、匾额、对联、扇面等倘只是写得美观，而文章不通，文字错误，决定是要不得的。可知我国的文字，是实用的又兼艺术的。换言之，艺术常常帮助实用。例如标语的字写得好，大家欢喜看，标语的效果就增大。商店往往请名手写招牌，也是为了这个道理。

中国文字因有这个特色，所以中国人都应该学书法。我们切不可贪钢笔铅笔的简便而废弃原有的毛笔。须知中国的民族精神，寄托在这枝毛笔里头！

二　书体的变化

学习书法，应该知道文字的来由。我们现在常写常看的文字，你知道是怎样造出来的？变化很多，说起来极有兴味。

据说，上古没有文字，伏羲氏开始画八卦。八卦只是几条线，这便是文字的起源。八卦出世之后，便有人照云的样子写文字，叫做云书；照鸟的足迹写文字，叫做鸟书；照虫、龟、螺、虎爪、蚊脚、虾蟆子、蝌蚪的形状写文字，叫做虫书、龟书、螺书、虎爪书、蚊脚书、虾蟆子书、蝌蚪书；然这些都是太古的事，不可考据了。文字的正式成立，据说在于黄帝时代。黄帝的史臣苍颉，开始造六书，即象形、指事、会意、形声、转注、假借。文字于是乎成立。到了周朝，宣王的史官叫做史籀的，根据了苍颉的文字而造一种字体，名叫"大篆"。现在一般人所用的图章，大家都见过的吧。图章上弯弯曲曲的文字，便是"篆字"。但"大篆"是"篆字"中之最古的，不像图章上的容易认识。现今流传着的"石鼓文"（有正书局有石印本），便是大篆。这些字和现在我们所用的字，形状相差很远。你们看石鼓文，一定十个字里有九个不认识。但须知现在我们所用的字，是由此变化出来的。

到了秦始皇时，丞相李斯嫌史籀的大篆太难写，把它变化，另造一种篆字，叫做"小篆"。小篆和我们现在所用的文字相去稍近。图章上用的，便是小篆之类，故小篆比大篆容易认识。李斯写的"峄山碑""琅邪碑"，现今都流传着，大家可以找来看看。

同时，秦始皇有一个县令叫做程邈的，犯了罪，坐了十年牢狱。他在牢狱里想出一种文字来。笔画比小篆更简，而且写得快。叫做"隶书"。他造出三千个隶书来，献给秦始皇。始皇统一天下，政事很忙，文书很多，正在嫌小篆太难写，看见程邈新造的隶书，很高兴，就放他出狱，封他做御史。隶书就流行。现今写匾额等，用隶书的很多。这与我们常用的字形状很相近了。有一种隶书叫做八分，八是背字的意思，就是说笔划左右背分。八分与如今常用的字更近了。

到了汉朝，有一个叫做王次仲的，把隶书稍加变化，就造出我们现在常用的"楷书"来。楷书在上述各种字体中，最为便于书写。故现在我们学习书法，即以楷书为标准。古来楷书写得最好的，是所谓"钟王"。钟就是汉末的钟繇，王就是晋朝的二王——王羲之同他的儿子王献之。学书法，应该先学钟王的楷书（他们写的帖很多，有正书局等都有印本）。

楷书之后，还有两种变化：东汉桓帝时，有一个叫做刘德升的，把楷书笔画改简些，使它可以写得快，便造成一种字体，叫做"行书"。就是我们现在写信等时所用的。汉朝又有一种字体，比行书更草率而写得更快的，叫做"草书"。草书不知是谁先造的,但知道汉朝有草书大家史游、杜度、张芝(字伯英)。章帝命杜度用草书写奏章,故曰章草,张芝有"草圣"之名。自此以后,历代有许多草书大家出世。例如晋朝的卫瓘、索靖、二王,唐朝的张旭,和尚怀素,是最著的。王献之写草书一笔到底,故曰"一笔书"。张旭用头发写字,亦有"草圣"之名。苏东坡说:"楷书好比立,行书好比走步,草书好比快跑。未有不能立而先能走步或快跑的。"故学书必先学楷,然后学行,学草。

三　历代书法大家

历代书法大家很多。现在推选最重要的楷书大家于下,使初学者知所适从。

从汉末起,到清朝止,书法上可分为四个时代。第一代是魏晋六朝,第二代是唐,第三代是宋,第四代是元明清。魏晋六朝人的字注重神韵,故神韵潇洒。唐人嫌它轻飘,改为注重装法,故唐人的字整齐谨严。宋人嫌它呆板,改为注重笔势,故宋人的字纵横尽态。元明清人嫌它放荡,立意回复晋人的注重神韵,然而终不及晋人。

上面的话,初学者恐不易理解。但将来看过了下面诸大家的法帖,就渐渐能够懂得。

魏有一大家,即钟繇(字元常),他的字现今流传的有《忧虞帖》《宣示表》等。他是楷书的第一个大家。学书法的首先应该认识他。

晋有二大家，即二王。（一）王羲之，字逸少。官至右军将军，故通称为王右军。现今流传的法帖有《乐毅论》《道德经》《黄庭经》《霜寒表》等。（二）他的第七子王献之，字子敬。法帖有《孝经》《女史箴》《洛神赋》等。这二王都长于楷书。大王的字神气森严，小王的字神气清朗。后人学书法必先学"钟王"，即钟繇与二王。

六朝有王僧虔、陶弘景，及僧人智永三大家，作风从钟王。以上为第一时代，都是注重神韵的。

唐代以书法取人，所以字的装法都很谨严。而大家亦最多。最重要者可举六人。（一）欧阳询，字信本。字学右军，刚劲遒逸。作品有《千字文》《阴符经》《九歌》，《九成宫醴泉铭》等，学欧字的，宜先习《醴泉铭》。（二）虞世南，字伯施，是唐太宗的书法先生，他也学右军，而比右军温厚秀润。作品有《孔子庙碑》《破邪论序》《千字文》等。（三）褚遂良，字登善，也是学右军的。但不及欧、虞的雄逸。作品有《圣教序》《孟法师碑》《儒林传赞》等。（四）颜真卿，字清臣，官至刑部尚书，封鲁郡公，故通称为颜鲁公。他的大楷很雄伟，中楷小楷太端正，不免拘束。作品很多，《庐山题名》《疏拙帖》《争坐位帖》为佳。《多宝塔》《东方朔传赞》不可作范本（米元章说）。（五）柳公绰，字子宽。用笔沉着有力，宜为初学者作模范。作品有《紫阳观碑》《南海庙碑》等。米元章说他的字比他的弟弟写得更好。（六）柳公权，字诚悬，便是公绰的弟弟。他的字学欧阳询，结体险怪，骨力清劲。作品有《心经》《阴符经》《玄秘塔》等。

唐代六大家中，虞、褚的字轻快，欧、颜、柳的字沉着。但都是装法谨严的。这是第二时代。

宋代的书家嫌唐代的字太拘谨，用笔就活跃起来。故宋人字比唐人字生动。今举四位大家：（一）苏轼，字子瞻，即苏东坡。他首先废弃晋唐人的"悬腕法"（即写字时腕悬空，不着纸，详见后文），而开始把腕衬着纸而写字。因此他的字柔顺圆肥。作品很多，例如《丰乐亭记》《醉翁亭记》，是后人最爱学的。（二）李公麟，字伯时，号曰龙眠居士。他的字笔势纵横，爱学的人也很多。作品中小楷《洛神赋》为代表。（三）黄庭坚，字鲁直，号山谷道人。他的用笔挥洒，变化不测。不及苏的雄伟，而比苏挺秀。《伯夷叔齐碑》写得最好。（四）米芾，字元章，号海岳外史。用笔淋漓尽致，像他的画。作品有《千字文》《上清储详宫碑》《华严经》等。上述四家的书法，都注重笔势。这是书法的第三时代。

元人因宋人书体太放逸，立意要恢复魏晋的神韵。故元、明、清三代的书家，都以钟王为师。这可说是书法的复古。今就三代中举十大家如下：（一）赵孟頫，字子昂，为元代最大家，取法二王。（二）刘基，字伯温，是明代第一书家，取法智永。（三）赵扬谦，字古则，明人，取法钟繇。（四）祝允明，号枝山，明人，取法二王。（五）文璧，字徵明，明人，亦学二王，而兼得欧、虞之长。（六）董其昌，号思白，又号香光，谥文敏，明人，书画兼长。（七）顾炎武，字亭林，清人。（八）梁同书，字元颖，清人。（九）翁方纲，字正三，清人。（十）何绍基，字子贞，清人。以上十人的法帖很多。学书法的人都应该看看他们的作品，但不必学他们。因为他们大都是学钟王的，学他们，不如直接学钟王。

四　碑帖的学法

碑是碑碣，帖是法帖。北朝人的书法通称为碑，南朝人的书法通称为帖。讲字体，碑都壮美，帖都秀美。重美术的人宜学碑，重实用的人爱学帖。总之，碑帖都是书法的模范，可随各人的性情而选用。如何选择？如何应用？略说如下：

（一）碑帖的选法。有志研究书法美术的人，宜学碑。初学宜选用的，是《龙门二十品》《魏齐造象》《张猛龙碑》等。因为这些都是楷书，容易入手的。由此便可进而研究《爨龙颜碑》《爨宝子碑》（隶楷之间）《天发神谶碑》（篆隶之间）等。

倘选用帖，一定要选钟王。但钟王不易着手，故宜先从唐人欧、颜、柳、虞、褚入门。选唐帖须视各人性情而定。性情沉着的人宜选习欧、颜、柳。性情爽逸的人宜选习虞、褚。选习若干时之后，即可直学钟王。因为大王的字用正锋（见后说明）而森严，小王与钟的字用侧锋（见后说明）而疏逸。

倘学隶书，最好先学钟繇的《乙瑛碑》。《张迁碑》亦可。但不宜先取《曹全碑》。倘学草书，宜先学张芝与索靖。然后学王右军（羲之）。

（二）碑帖的用法。一般人学书法，大都专拿碑帖来临摹，老是一笔一笔地照样描写。这方法很不好。因为这样只能学得字的皮毛，不是学得字的精神。要学字的精神，必须多看。清朝的书家梁同书说:"帖教人看,不教人摹。"唐僧怀素的草书,是看了"夏云多奇峰"而学得的。汉朝初有草书的时候,据说是看见了斗蛇与担夫争道而悟得其写法的。可知学字不可专事临摹,临摹之外又应该多看。最好把帖拆开来,挂在壁上,日常行住坐卧随时可看。这样字的神气能给你很深的印象,动手写起来自然有精神了。

五　笔的用法

书法中最重要的是笔法。学笔法须先正姿势。程道明先生说:"我写字的时候,态度很恭敬。并不是要字习得好,这恭敬便是学习。"其实态度恭敬了,字自然学得好。

姿势端正了,然后讲用笔。古人教人用笔,有四句格言,叫做"双钩悬腕,让左侧右。虚掌实指,意前笔后。"解说如下:

"双钩"——便是食指中指圆曲如钩。这双钩与拇指一齐撮住笔管。这样执笔可以挺直。至于笔的高低,古人也有歌诀,叫做"一管分为上下中,真字小字靠下拢。行书大字从执中,草书执上始能工。"写真书(即楷书)手指离笔头一寸,写行书二寸,写草书三寸。握笔管宜用指尖。

"悬腕"——便是说手腕要悬空,不可贴着纸。大字运上腕,小字运下腕,则走笔如飞。这是古法。苏东坡反对这悬腕法,说腕不妨贴着纸,总之,写大字自然非悬腕不可。写小字则不妨贴纸。

"让左侧右"——便是说左肘让开,右肘侧进来,使笔管对着鼻梁。这样,写出来的字行间正直,不致歪曲。

"虚掌实指"——虚掌,便是说掌中要空。古人说,掌中要可以抱一鸡蛋。实指,便是说大指食指中指的指尖要紧实地握住笔管。所以又有诀曰:"指要死,肘要活。"无名指小指要用力抵住笔管。这样才可"无垂不缩,无往不收"。即一直垂下去,无名指教他缩住;一横划过去,无名指把它收住,不露笔锋。

"意前笔后"——就是说写一笔时,心目中先想见第二笔第三笔。写一笔时心目中先想见字的全体。多看法帖,体会字的精神,自然达到这地步。

用笔有"正锋"与"侧锋"之别。正锋就是笔尖藏在笔划的中央,不露锋芒。侧锋就是笔尖向外侧出,笔划便有锋芒。用正锋的书法严正,像王羲之的便是。用侧锋的书法妍秀,像王献之的便是。初学以用正锋为主。

用笔又有"永字八法"。王羲之曾经费十五年工夫去学写这"永"字。因为这字含有用笔的八种方法,学好了这字的用笔,别的一切字都写得好了。八法者。第一笔,曰"侧"。第二笔,曰"勒"。第三笔,曰"努"。第四笔,曰"趯"。第五笔,曰"策"。第六笔,曰

第二十五图

"掠"。第七笔,曰"啄"。第八笔,曰"磔"。

六　行间与装法

书法的要点已经说过了。以后学者可自向碑帖中去研究字的行间与装法。但下面的说明可以帮助你们的研究。

古人说:"一字千字,准绳于画。十行百行,排列于直。"便是说一篇书法,横的方面由画统一,竖的方面由直统一。故字的画与直的方向、姿态、气势,最要讲究。楷书的直,大都垂直,画则大都左低右高,不与直成直角。(只有铅字的画,才与直成九十度角。又有极少数人,写画时左高右低,与通常相反。如近人朱祖谋的字便是其例。但这不是正格。)画与直所成的角度,便是行间统调的机关。最浅近的统调,是一切画与直所成的角度相等。进步的统一,是角度大体相等,而小处不等。优良的书法,就小处看,各直东歪西倒,并不垂直;各画左倾右侧,并不并行。然而就全体看,调和圆满,一气呵成。以前所认为东歪西倒左倾右侧的,不但不是毛病,竟非如此不可。于此可见书法艺术的妙处。

关于各个字的装法,有下列数点宜注意:(一)避就——就是说要避去重复而就简洁。例如"廬"字,左下方有两尖撇,勿可重叠,宜变化其方向。又如"府"字,左外边有一大撇,内边有一小撇,也不可同方向,宜使大撇向下,小撇向左。又如"逢"字,底下一笔向右尖出,则上面的第三笔不可也向右尖出,宜写作点形。(二)偏侧——有许多字,生成不正的，宜随其字势而安置。例如"心"字，"衣"字，态度生成向右的，写时宜靠左。"夕'字，"少"字，态度生成向左的，写时宜靠右。又如"亥""女""丈""又""互"等字，似正而实偏，写时亦须注意安排。（三）相让——就是说要顾到字的各部笔画繁简，而互相让步。例如"變"，言字上画宜短，让地位给两个系字。又如"辦"字，中央的位置宜低一点，让地位给两个辛字的大头。又如"鷗""鷗"等，左右两字都是下面大的，要注意镶配，勿使拥挤。（四）意连——有的字，形状隔断，而意能相连，须注意安排。例如"之""以""心""必""小""川""水""求"等，分离的各部宜遥遥相照应，勿使真个脱离。（五）借换——有的字装法困难，笔法可以变通。例如"祕"，《醴泉铭》中把示字的右点与必字的左点合而为一，以防其杂沓。又如"靈"字，雨字下面的可改写为四字及主字。又如"蘇"，有时可把禾字同鱼字对调。"秋"的禾字也可调到右边来。"鹅"的我字可以加在鸟的顶上。（六）应副——就是说左右两边都是有许多画的，应使各画均匀相对。例如"龍""師""雛""轉"等便是。（七）撑拄——有的字，上部大而下部小的，下部应该写得有力，可以撑住上部的重量。例如"可""下""永""亨""亭""寧""丁""手""司""草""矛""巾""千""予""于""弓"等皆是。（八）均势——有的字，左右或上下两部形势相异，宜注意布置，保住均衡。例如"武""氣"等字，左边静而右边动，左边进而右边出，则左边宜布置得坚固，以防右倾。又如"勵""斷"，左边繁而右边简，左边大而右边小，则右边宜写得有力，以防左倾。又如"省""炙"，上面大而下面小，上面动而下面静，则下面宜坐得稳，以防倒翻。（九）附丽——有的字，看来虽分两部，其实一部附属他部，好比一个人提一个皮包似的。这时两部要写得靠拢，不可作成平等的两部。例如"形""影""飛""起""超""飲""勉"等便是。凡是文旁、欠旁、支旁的字都是这样。（十）包裹——凡包裹的字，要包得稳固。例如"園""圃""國""圈"等是四面包的。"尚""向"是上包下的。"幽""山"是下包上的。"匶""匡"是左包右的。"句""匂"是右包左的。（十一）朝揖——凡字由数部合成的，各部须互相照顾，好像朝揖的样子。学者可把各部看作各个人或物，正在合演一幕戏剧。例如"鄹"，可看作一人背负一人，另一人在后面跟着走。又如"謝"，"身"和"寸"好像夫妻二人，妻跟着夫走，途中遇见朋友"言"，夫和朋友相对说话，妻站在后面旁听。又如"儲"，好像"者"一人朝外正坐，"言"和"亻"二人站在一旁请教他。又如"鋤"，好像"力"正在搬一件重东西，"且""金"走来帮助他。学者倘懂得了这几个比喻，别的字都可自由取譬，而容易看出各部互相朝揖的姿势了。

下编 音乐

第一章　音乐的种类

音乐可依六种标准而分类。现在从最重要者开始，顺次说述如下：

一、从表现的工具上分类。音乐可分为"声乐"（vocal music）与"器乐"（instrumental music）两类。声乐用人声当作乐器，其形式短小者多，长大者少。器乐则以各种乐器演奏，其形式长短不拘，短小的也有，长大的更多。声乐盛行于中世纪，器乐勃兴于十八世纪后的近代。声乐曲上必附有歌词，器乐曲则仅有音而没有文词。故声乐是音乐与文学的综合艺术，器乐是纯粹的音乐，两者又各可分类：声乐，依照表现方式而分类，有独唱、齐唱、轮唱、合唱等。依照乐曲形色分类，有独奏、重奏、竞奏、合奏等。依照乐曲形式分类，有舞曲、朔拿大〔奏鸣曲〕、交响乐等。

二、从作曲的技法上分类。音乐有"复音乐"〔复调音乐〕（polyphony）与"单音乐"〔单声部音乐〕（monophony）。复音乐的作曲法，乐曲有两个以上的各能独立的主要旋律，同时相并而进行，作成复杂变化的效果。单音乐则每曲只有一个能独立的主要旋律，余者多是辅佐这主要旋律的和声，自己不能独立。中世纪的宗教音乐，都是复音乐，十八世纪以后的近世音乐,都是单音乐。复音乐盛行于中世纪的声乐时代,单音乐盛行于十八世纪后的器乐时代。复音乐的作曲法称为"对声法"(contrapoint),单音乐的作曲法称为"和声法"(harmony)。复音乐的作曲有 canon〔卡农〕,fugue〔赋格〕等形式。单音乐的作曲有 sonata〔奏鸣曲〕,symphony〔交响乐〕等形式。

三、从乐曲的性质上分类。音乐有宗教音乐与世俗音乐。中世纪时代,欧洲基督教势力甚盛,人民差不多全是教徒,所有的音乐都是赞美上帝或基督的音乐,抒发人生感情的俗乐很不发达,是为宗教音乐时代。十八世纪之后,德国音乐大家罢哈〔巴赫〕(Bach)使音乐脱离宗教而独立,音乐方为自由发表人生感情的艺术,是为世俗音乐时代。然宗教音乐时代也有俗乐,如中世纪的流浪乐人便是。但当时视俗乐为卑下,故甚不发达。又今日的世俗音乐时代,宗教音乐在教会里仍是存在,不过是音乐中的一小部分罢了。

四、从乐曲的内容上分类。音乐有绝对音乐与内容音乐。仅由音乐的构造——音阶、节奏、拍子等——表现美的感情的,叫做绝对音乐(absolute music),用音描写自然事象的叫做内容音乐(content music)。绝对音乐如弦乐四重奏等,不描写事象,没有题名。内容音乐最浅近的叫做模仿音乐。即用音模仿风声水声、鸟鸣声、马蹄声等;最高等的叫做标题音乐,用音暗示自然人事的情趣,如近代的交响乐、剧乐等是。

五、从时代的作风上分类。音乐有古典派、浪漫派、现代派等区别。古典派音乐注重形式的整齐与美丽,作者的情感常为形式美而牺牲其自由。浪漫派音乐注重主观热情，乐曲的形式宁为情感而自由变通。故前者是形式的、客观的；后者是内容的、主观的。裴德芬〔贝多芬〕以前的音乐为古典派，裴德芬以后的音乐为浪漫派。十九世纪后半以来，注重标题音乐，称为现代乐派。

六、从民族性上分类。音乐有东洋音乐和西洋音乐的区别。东洋音乐中，又有中国音乐、日本音乐等。西洋音乐中也有条顿〔日耳曼〕音乐、拉丁音乐、斯拉夫音乐之别。音乐与人类生活状况有密切的关系，故一种国民性必有一种特殊的音乐，世间各国，各有其特殊的民谣。各地的音乐家，各有其特殊的作风。不过近世交通便利，民风互相影响，乐风的差别也随之而减少。就东洋音乐与西洋音乐的大体的差别而言，东洋音乐注重旋律，西洋音乐注重和声。故东洋音乐多轻清明快之趣，西洋音乐多紧张切逼之趣。

第二章　音乐的学习法

学习音乐第一要辨识门径，第二要确修技术。说明于下：

一、辨识门径。音乐表现可大别为二类，其一是用人声唱歌，名曰"声乐"。其二是用乐器演奏，名曰"器乐"。声乐中虽然也有种种组织法，但表现器具只是人声一种，概称之曰唱歌亦无不可。器乐则种类繁多，所用乐器有数十种，组织方法亦变化复杂。普通学生学习音乐，应取道如何的门径，不可不先辨识。

现今普通学校中的音乐科大部分的工作是唱歌，或只限于唱歌而不修器乐。音乐科的工作范围究竟如何？照教育部所定课程标准，初中一年生即须兼习唱歌和器乐基本练习。但实际奉行的学校似乎极少，大都仅教唱歌而音乐科的能事已毕。学校的实际虽然如此，但学者应该明白学习音乐所应走的正道。其道如何？答曰："宜以声乐为基础，以器乐为本体"。在小学校受了唱歌训练后，基础略具；初中一年生自当进而接近音乐的本体。声乐何以为音乐课业的基础？器乐何以为其本体？其理如下：

第一，音乐是人的感情的发表。声乐是用人声演奏的音乐，故声乐的发表感情最为直接。最直接的表现最自由，且最易感染。因这理由，声乐在音乐上有根本的价值。器乐原是由声乐发展而来的，即因人声的音域有限，不够应用，遂用乐器代替喉音而作更广大的表现。换言之，声乐是直接用自己的身体直接发表心中的音乐，器乐是在心中默唱而以乐器代替身体发表。故声乐为乐器的根本。无论学习何种乐器，必须从声乐研究（唱歌）开始。凡擅长器乐演奏的人，同时必擅长声乐；不过其喉音未经磨练，不能用口直接表现而在心中默唱而已。故中学校的音乐科须以唱歌为主而以乐器练习为副；以冀其基础巩固。

第二，音乐是表现音响的美的艺术。音乐与言语不同，言语含有意义，音响则只有高低强弱长短而没意义。唱歌的歌词是用言语表示意义的，故唱歌不是纯粹的音乐，是音乐与文学的合并的表现。不用言语表示意义而仅由音响的高低强弱长短表出音乐的美的，正是器乐。故曰：器乐是音乐的本体。近世音乐发达以来，器乐勃兴而大进。大音乐家的作品大多数是器乐曲，音乐演奏会所奏的大半是器乐曲。故近代称为"器乐时代"。器乐时代的人对于器乐必须具有相当的理解。故中学校的音乐科不可止于唱歌，而必兼修器乐，使学生具有器乐鉴赏的能力，而接触音乐的本体。

音乐的门径较图画的简明。学者只须先修唱歌，略具基础，则兼习器乐，如是而已。唱歌是团体练习的，材料自有先生选配。器乐是个人练习，其材料亦有基本练习书或教本排定，不须自己探求。所修的乐器，则不外二种，即风琴与洋琴〔钢琴〕。因为风琴与洋琴是最完全的独奏乐器，既可奏旋律，又可奏和声。故初习器乐，舍此莫由。如欲修习怀娥铃〔小提琴〕、笛、喇叭等其他乐器，亦须以键盘乐器（即风琴与洋琴）为基本。但普通学生的音乐课业时间有限，事实上不能专修多种乐器。故其音乐练习的工作不妨指定为唱歌与弹琴二事。

二、确修技术。音乐的门径很简单，容易辨识；但音乐学习的难点在于技术的修练上。流动的音过去即行消灭，不比形状色彩的留下凭据，故音乐修练最难正确。不正确的修练，虽门径无误，尽可流入邪道歧途，而不能入门。故音乐学习的要点，全在技术修练的态度上。现代音乐进步发展已达于极高深的程度。故研究音乐必取极严格，郑重而正确的态度。古人教人写字态度必端庄严肃，曰："非是要字好，只此是学。"这不是道学先生的迂阔之谈，确是深解技术的人的循循善诱的教训。凡技术修练，态度正确者必多进步，习字与习音乐同一道理。但说明理由，学者必抱功利心而盼待效果。今不言明态度正确的效果，则学者无功利心于其间，而可在不知不觉之中渐渐进步了。学习音乐正宜取这样的格言："弹琴唱歌，态度必端庄严肃。非是要音乐好，只此是学。"近世进步的音乐，技术非常高深。无论声乐的唱歌，器乐的弹琴，都不许当作消闲娱乐之物而任意玩弄，须用严肃的态度而勤修基本练习。音乐的基本练习如何严肃，请为读者略述之。

声乐的基本练习，首重发声。声有地声、上声、里声三种声区。唱歌者必须充分练习这种声区的，使唱时善于变换。声区的变换名曰"换声"。换声是唱歌上极困难的一种技术。熟达这技术的唱歌者，其换声不见显明的痕迹，而自然移行。声区的优劣，全由唱歌法的基础的"发声法"的学习态度而定。学习态度不严正，决不能习成优秀的声区。发声的要点在于呼吸。须使呼出的空气皆为歌声，全不夹杂一点别种的声响，明快、澄澈而自由，方为最上的发声法。又声量的变化也须练习。唱歌时所发的声，须先由弱声开始，次第加强，再次第减弱，终于消失。这声量调节的方法名曰 Messa di voce〔渐强渐弱唱法〕。还有声的进行也有种种的技术。例如从一音移到别音时，欲其不分明界限而圆滑进行，名曰"贯音"〔连音〕（legato）；由此更进一步，欲使两音完全接续，名曰"运音"〔滑音〕（portamento）；反之，各音短促而分离的唱法，名曰"顿音"（staccato）；使歌声震颤，名曰"颤音"（vibrato）。这等唱法各有其巧妙的用处，练习声乐的人均须一一认真地修习。唱歌者的最初步的工夫是练习发音字眼的明确。在唱歌上，无论何国言语，其发音必须明白清楚而正确，不得稍有模糊。练习者须置备小镜子一面，照着自己的口而较正发各母音时的口的形状。母音有五，即 A（阿），E（哀），I（衣），O（恶），U（乌）。发 A 音时口作大圆，E 作阔扁形，I 作狭扁形，O 作小圆形，U 作合口形。歌词中所用的字眼都是各种子音和这五个母音的结合。故五种母音正确练习之后，就能正确地唱奏一切歌词中的字眼了。母音练习之法，先用 A 音唱出音阶上的各音，及各种音程练习课。顺次及于其他四音的练习。同时由指导者或由自己从镜中检点口的形状，每唱一音，务使口始终保住同样的形状而发同样的声音。不励行这种严正的练习，带着笑而任意唱歌的，都不是正当的学习者。他们是以唱歌为游戏，他们是侮辱声乐，他们的学习是徒然的。

弹琴的基本练习更为严密繁复。例如练习洋琴，则须依据原册的基本练习书而一课一课地弹练。每课中都有艰难的指法与迅速的拍子。一课弹练十分成熟，然后进而弹练新课。这不比看书，不是以懂得其意义为目的，而以学得其技术为目的。要懂得意义，可用理解力及记忆力；但要学习技术，理解与记忆都无用，而全靠"熟练"。熟练不能速成，除了一遍一遍地多弹以外没有别法。中等天才的人要熟练一个小小的洋琴曲，至全无停顿与错误而流畅地演奏的地步，至少也须弹练数十遍。但这种实技的工夫，必须身入其境，然后知道其难处。平日在小风琴上随意乱弹小曲的人，听了如此严肃的话未必能相信。他们不知道弹琴一定的指法，音乐有复杂的和声。不讲指法，不用和声，要仅在琴键上弹出一道旋律，原是容易的事。但现在的进步的洋琴音乐决不能就此满足，必须用复杂的和声与正确的指法。我们只有十个手指，要同时按许多键板而敏捷地继续进行，自非精研指法不可。但这仍不过是局部的技术而已。就全体而论，名家的作曲都有一定的速度与表情。弹奏的人必须充分理解其乐曲全体的内容，用了相当的速度而表现其曲趣，方为完全的演奏。故学习洋琴须用极认真的态度。演奏者的身体的姿势，手指的弯度，足的位置，头的方向，都须讲究，必须用恭敬严肃的态度，方能探得洋琴音乐的门径。否则止于音乐的游戏。

第三章　读 谱 法

乐谱的道理很简单，一小时内可以说完；但要看了乐谱即刻能流畅正确地唱出来或弹出来，非熟练不可。熟练就是多看多唱多弹，这全靠读者自己用功，不是本书所能负的责任了。

乐谱读法上最困难的一点，在于要同时顾到音的高低和长短。乐谱上用音符的位置的高下来表示音的高低；同时又变化音符的形状，以表示音的长短。初学者读谱要辨明音符的位置而分别 do，re，mi，fa……同时又要顾到音符的形状而分别各音历时的长短，便感到困难。现在先把这两种表示法分别说明。

乐谱上关于音的高低的表示法，如第廿六图。音乐上所用的高低不同的音，自最低至最高约有数十个。但其中性质不同的，只有七个，即 CDEFGAB。许多的音，都不过是这七音的

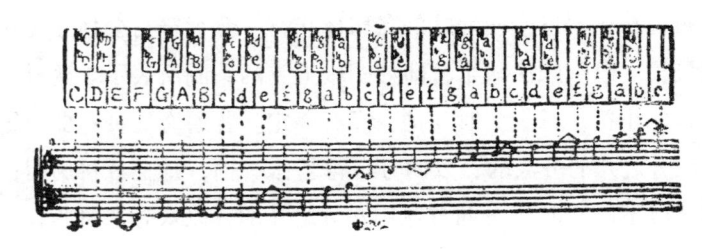

第廿六图

反复，不过每反复一次，其音增高一倍。例如第廿六图中的风琴的键盘，共有二十九个键板。这就是七音的四次反复（余多一音），即这键盘含有四组（一组即七个音）。但各组的高度，自左向右，顺次加倍，故这二十九个键各有一定的名称，即第一组中的称为"大字C""大字D"……第二组中的称为"小字C"……第三组中的称为"一点C"……第四组中的称为"两点C"……第五组中的称为"三点C"……这叫做"音名"。乐谱要表出这些高低不同的音，其法用十一根水平线，每一线之上与每两线之间，均可记录一个音，由下向上而渐高。但中央的一根水平线，平时省去不写。要用的时候临时加描一根短线以表明之。又把上面的五根线和下面的五根线分开一些，使成为上下相连接的两个五线谱，以便于阅读。上面的五线谱称为高音部谱表，下面的五线谱称为低音部谱表，但十一根线和各线之间，一共只能记录二十一个音。欲记录比这更高及更低的音，可在上方及下方添加短线，其短线即名为加线，如第廿六图所示。"上一点C"音适在键盘的中央，即谱表的中央，故名曰"中央C"。

乐谱上关于音的历时长短的表示法，如第廿七图。发音的名曰音符，不发音而静默的名曰休止符。全音符与全休止符历时最长，以下顺次减半，即如图中上方的圆圈所表示。这种音符与休止符，每个历时几拍，没有一定。普通有三种：曲首冠用四分之几的分数的，以四分音符当作一拍，则全音符历时四拍，以下顺次减半。曲首冠用八分之几的，以八分音符当作一拍，则全音符历时八拍，以下顺次减半。曲首冠用二分之几的分数的，以二分音符当作一拍，即全音符历时二拍，以下顺次减半。在符的旁边附加一点，即其历时加长二分之一，名曰"附点音符"。（休止符与音符同例）

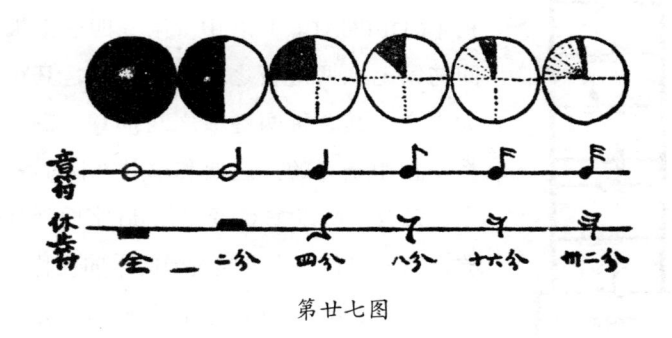

第廿七图

关于音的高低与长短的表示法，即如上述。知道了这两种表示法之后，再来谈"音阶"与上述的许多"音名"的关系。

音阶上共有七个字，即 do，re，mi，fa，sol，la，si。这叫做"阶名"。阶名的七个字也由低而高，也可以反复数次，每次增高一倍。但各字间的高低的距离，有一定规则。最通用的长音阶，其各字间的距离规定如第廿八图。

即第三四两字之间，最后一字与其次的音阶的第一字（可称为第八字）之间，其距离较别的各两音间的距离减短一半。故别的各两音的距离称为"全音"，这两处则称为"半音"。即一个音阶之中，含有五个全音与两个半音。若统以半音计，即一个音阶平分为十二个半音。

现在我们可把阶名和音名配合起来。即拿第廿八图的七个字配到前第廿六图的音名上去。且看配在那里的七个音名上最为合适。你便可发现，把 do 字配在 C 音上最为合适。试看第廿六图中的键盘，自 C 以下（向右）的八块键板（CDEFGABC）之中。第三四两键板之间与第七八两键板之间没有黑键，其距离为半音，其余每两键板之间都有黑键，即都是相距全音的。这便和第廿八图的音阶完全符合。所以拿 C 音当作 do 字而弹琴唱歌，最为便利。这时候所弹的乐曲便称为 C 调乐曲。C 调为一切调子的基础，故亦称为"基调"。

但唱歌弹琴，不限定用 C 音当作 do 字，有时比 C 更高的音当作 do 字。这就发生许多麻烦。即在琴键上须用到黑键，在谱表上须用到调子记号。

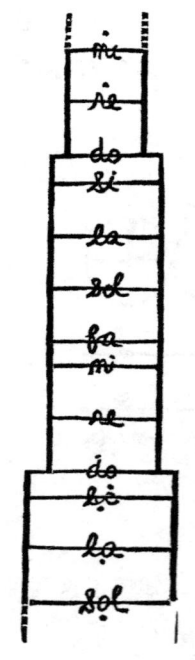

第廿八图

先就琴键上说：例如现在要改用 G 音作 do 字（请看第廿六图），则音名与阶名的配合如下：（＝表示全音距离，－表示半音距离）

G=A=B-C=D=E-F=G

do=re=mi-fa=sol=la=si=do

即第六音以下全音半音的位置不符合了。补救的方法，须将第七音 F 升高半音，改用了其右邻的黑键 #F，然后合于第廿八图的音阶的规则。（# 称为升记号，即升高半音的记号；b 称为降记号,即降低半音的记号。刚才所用的黑键,比 F 高半音,故称为"升 F";又因比 G 低半音,故亦可称为"降 G"。第廿六图中各黑键均有两个名称。)这音阶称为"G 调长音阶〔大调音阶〕"。

但改用 G 音当作 do,只要把第七字改用黑键,还算是不十分麻烦的。倘用 D 音当作 do,更要麻烦。即

D=E-F=G=A=B-C=D

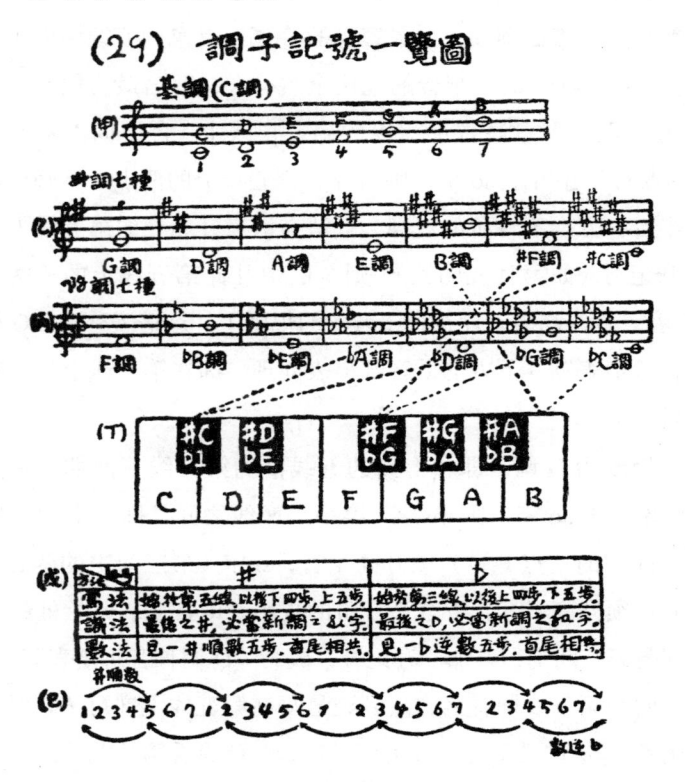

第廿九图

do=re=mi-fa=so=la=si-do

须把第三音 F 升高半音，用黑键"升 F"，又把第七音 C 升高半音，用黑键"升 C"。这音阶称为"D 调长音阶"。D 调长音阶比 G 调长音阶更为麻烦，已经须用两个黑键了。但是用两个以上（最多要多到六个）的黑键的调子也有，看到后面的第廿九图自当知道。

次就谱表上说：第廿六图谱表上附有 ∧ 记号的地方是半音的距离，读者必须注意。最容易的 C 调，是拿两五线谱中央的"中央 C"当作 do，半音的地位全然符合，写谱最为便利。倘改为 G 调，即拿高音部谱表的第二根线上（自下向上数）的"一点 G"音当作 do 字，则 si 字（第五线上的两点 F）必须升高半音，方合于音阶的规则。其法在谱表开始处的第五线上加一升记号（如第廿九图乙），则全曲中凡此第五线上的"两点 F"音，皆升高半音而符合于音阶的规则了。这谱表称为"G 调长音阶谱表"。（下方的低音部谱表同理，即在第四线上加一升记号。）

倘改为 D 调，即拿上面的五线谱的第一线下面的"一点 D"音当作 do 字，则 mi 字（第一二两线之间，即自下向上数第一间中的一点 F 音）须升高半音，si 字（第三间中的两点 C 音）也须升高半音，方合于音阶的规则。即在谱表开始处的第一间与第三间中，各加一升记号，成为"D 调长音阶谱表"。但第一间与第五线同音名，故升记号写在第五线上亦可（如第廿九图乙）。这些升记号就称为调子记号。请参看第廿九图的调子记号一览图。

低音部谱表与高音部谱表是相连接的。音的位置虽不同，但移调的道理相同，故现在第廿九图中仅示高音部谱表。

调子的移变，是乐谱知识中最麻烦的一部分。第廿九图所示移调的规则，务望读者留意分辨。今附加说明如下：

先在（甲）图中认明了基调的各音的位置与名称。然后用升记号来变化调子，即如（乙）图。用降记号来变化调子，即如（丙）图。欲知（乙）（丙）两图的变化，可参看（戊）的说明表。即升记号的写法，从第五线开始，为 G 调；次向下第四步上再写一个，为 D 调。又次，向上第五步上再写一个，为降 A 调；余例推。降记号的写法，从第三线开始，为 F 调；次向上第四步上再写一个，为降 B 调；又次，向下第五步上再写一个，为降 E 调；余例推。又如（戊）表中识法所示，欲辨识这是何调，do 字在那里，可按照最后的一个升（降）记号而辨识。即凡最后的升记号所在的地方，一定是这新造出来的调子的 si 字，由此向上走一步，或向下走六步，即可找到该调 do 字。这 do 字适当某音（看甲图）该调即为某调。降调的辨识法例推。但不由最后的升降记号，也可辨认这是何调与 do 字在那里。即如（戊）表中的数法所示，见一个升记号，顺数五步，即 do re mi fa sol（略作 1 2 3 4 5），sol 在（甲）图中为 G 音，故知其为 G 调，即以（甲）图中的 G 的地方的音为 do 字。倘见两个升记号，则数 1 2 3 4 5，5 6 7 1 2，2 字在（甲）图中为 D 音，故知其为 D 调，即以 D 的地方的音为 do 字。余例推。若遇降记号，则逆数即 do si la sol fa（1 7 6 5 4）……亦可依前法求得调名的 do 字的所在。数法的顺逆即如（己）图所示。读者倘依

[第三十图：《早秋》曲谱片段，歌词"十里明湖一叶舟 城南烟月水西楼 几许秋容娇欲流 隔着垂杨柳"]

照识法或数法的说明而试验（乙）（丙）两图中的十四个调子，便可会得调子变化的法则了。

但（乙）（丙）两图所示的十四个调子，内中有三个是重出的。即如点线所示，升C与降D同是一键，只须用一个，余一个重出。又升F与降G同一键，升B与降C同一键，亦均属重出。结果（乙）（丙）两表中共有十一个调子，加上基调，共得十二个。故西洋音乐上共有十二调，与中国音乐上的十二律相同。

乐谱记录法的规则，在上文中已经概括地说过了。道理很简单，一小时内可以说完；但熟练很不容易，至少须费数十小时的唱歌练习，方能正确流畅地阅读谱表。现在举一个识谱的实例在上面，以供全未学习者的练习，上面的第三十图，是《中文名歌五十曲》（开明版）第二十九页上的《早秋》曲的一部分。这是C调长音阶的乐谱。五线谱下面的圆圈表示拍子，每一圆圈为一拍。

第四章　唱　歌　法

唱歌是用人的声音来表现的，即用喉代替乐器而演奏。人们的喉虽然都会发出声音。但普通说话时所需的声音，只求清楚，而不讲求其音色。要把声音当作乐器而演奏，则必须用特殊的方法，而加以磨练。磨练声音的方法，根本的有三种，即呼吸练习、声区练习与发韵练习。学习唱歌的人，必须勤修这三种练习。

所谓呼吸练习者，就是空气的呼出与吸入的方法的练习。肺脏呼出的空气，触动喉头的声带，使之振动而发生声音。所呼出的空气的分量的多少，与声音的音量的大小有关。故欲发健全的声音，必须练习相当的分量的空气的呼吸法，呼吸的方法不正确，决不能发生健全的声音。故唱歌练习的基础正是呼吸练习。

呼吸练习有四种方法，如缓吸缓呼法、缓吸急呼法、急吸缓呼法与急吸急呼法。

缓吸缓呼法，先取直立的姿势，头部正直，胸廓充分张开，两肩向后方，口稍张开，徐徐将空气吸入，至肺中充满空气，不能再吸为止。此时肺中所充满的空气须留意勿使漏出，令暂在肺中存储一二秒钟，然后徐徐将空气呼出。其吸入及呼出，愈缓愈佳。——如此反复，即缓吸缓呼法的练习。

缓吸急呼法，吸入的方法与前一种相同，不过空气在肺中存储一二秒钟后，急速地喷出。即吸入时愈缓愈佳，呼出时愈急愈佳。

急吸缓呼法则反之，急速地吸入，空气在肺中储存一二秒钟之后，徐徐地喷出。

急吸急呼法，即急速地吸入，存储之后，又急速地喷出。

练习呼吸，最初宜请教师教导。请教师用指挥棒或教鞭调节呼吸的速度，比学者独自练习稳当得多。即教鞭起的时候表示吸入，教鞭放下的时候表示呼出。教师已有相当的唱歌修养，其对于时间的调节必然适宜。若初学的练习者，则缓急之度每每不匀，因之其练习不易获得良好的效果。由教师指挥若干时之后，学者渐渐习惯其方法，便可独自练习。每日清晨在空气新鲜的园林间行这呼吸练习，不但有益于唱歌，而且于身体的健康上很有补益。

凡歌曲的开始及有休止符的地方，唱者宜行充分的吸入，以准备唱歌时的呼出。在歌曲的进行之中，倘没有休止符，宜在乐句交替的地方的音符中借用历时的几分，行急速的吸息。这方法最要迅速敏捷。不可因吸息而延长拍子，又不可因急速的吸息而在唇间发出吵音。

第二种磨练声音的方法，是声区练习。人的声音的性质，因其发声的方法的不同而有"地声""上声"及"里声"的三种区别。这就叫做声区。但普通男声仅分为"地声"及"上声"两种。

我们唱歌的时候，发高声时与发低声时，并非是常用同样的发声法的。发低声时所用的，名曰地声；发高声时所用的，名曰上声；发更高的声时所用的，名曰里声。在唱歌上巧妙地应用这三种声区，使唱歌的表演十分优美完全，即名曰声区应用法。

凡音，因共鸣状态如何而音质各异。人的发声机关的构造，犹如风琴类的乐器。肺脏犹如兴风机，声带犹如发音的簧。气管（胸部）咽喉（后头部）及口腔等，都是作成共鸣的空窝，声区的分别，主要由于这等空窝的共鸣状态而来。上述三声区的音质，其共鸣部分的差等，大致如下：

一、地声。地声为最强固广阔的音，发声时喉头及气管皆大扩张，声带全部振动，胸部全体起共鸣，故或称为胸声。地声是男子的最主要声区。

二、上声。上声的音质比地声稍细，呼吸的压力及分量亦稍减少。其共鸣部分主要在于喉头及口腔。上声又称为中声，为女子的最主要的声区。

三、里声。里声的音质比上声更细，呼吸的压力及分量亦更少。其共鸣部分主要在于喉头的内部（喉头），故又称为头声。

要之，声区的差别，在于发声机关的形状及作用，呼吸的方向、分量及压迫的多少等。简言之，即声音或从胸出，或从口出，或从头出。最初须请教师实地指导而练习。以后可凭自己的生理的感觉，辨别声音出发的来源，而自行练习。

第三种磨练声音的方法，就是发韵练习。唱歌所唱的是歌词中的语言文字，语言文字的正确的读法，便叫做发韵法。文字的音，大都有音头及音尾，其音头称为子音，其音尾称为母音。例如一个"花"字，用西洋字母拼起来便是 HWA。这时候头上的 HW 即为子音，后面的 A 即为母音。只有 AEIOU 等母音，其发音始终不变；其他由子音拼成的，其发音的最开始及其延长一定不同，即开始处为子音，延长处为母音。例如将"花"字延长起来，到后来就变成 A（阿）音。唱歌与普通说话的异点，即普通说话大都音尾短促，唱歌则音尾多延长。因之，唱歌中的母音，比会话中更为重要。故唱歌中特重"母音练习"。发韵法的主要的练习，便是母音练习。

母音的差别，大致由于开口的度（下颚放下之度），舌的位置（详言之，舌的前部、中部、后部或全部，装置在口腔内的下段、中段或上段，因而上颚与舌之间所生的空隙的差异）及唇的形状（或向下开，或向横伸，或突出等）而生。音乐上所练习的母音有五个，即 A（阿）、E（哀）、I（衣）、O（屋）、U（乌）。各母音的发声法大致如下：

A——先把口张大，齿间的广度约可插入二指。把舌放平，装置在口腔的下部，然后发声。

E——口作扁平形而张开，齿间的广度约可插入拇指。舌的中部装置在口腔的中段，然后发声。

I——口作扁平形而张开，但比前更狭，齿间的广度可插入小指。舌的前部（但非舌尖）装置在口腔的上段，然后发声。

O——口形稍窄而开作圆形，齿间的距离宜比拇指之幅稍广。舌的后部装置在口腔的中段，然后发声。

U——口仍开作圆形，不过稍狭，齿间的距离以插入小指为度。两唇突出，舌的后部装置在口腔的上段，然后发音。

上述五个母音的发声法，就口的形状而言，不外圆形与扁形两种，但开度的广狭不同。即

广圆——A

中圆——O

狭圆——U

中扁——E

狭扁——I

初学唱歌的时候，宜用小镜子一面，照着自己的口，而练习母音的正确的发声法。母音练习有两种利益：第一，母音发声法正确之后，唱歌的发声也便正确。因为一切唱歌中所用的字，都是母音和子音拼成的。第二，练习乐曲的时候，不用 do re mi fa 等字而用母音，则于音程练习上大有利益。例如仅用 A 音来练唱一乐曲，则乐曲中所有的音都唱作 A 字，仅由 A 各字的高低表出乐曲的旋律。这时候各 A 字的高低的相差，非仔细辨别而表明不可。这比较用 do re mi fa 等字练习乐曲更为困难而严格。故对于音程的练习上很有利益。同时其对于乐曲的理解，也可得不少的帮助。因为如前所说，歌曲的精神在于乐曲上，即在于音的高低强弱长短上。故摒去别的字眼，而仅用一种字（例如 A）来表出音的高低强弱与长短，即歌曲的精神的纯粹的表现，可以促进学者对于音乐的理解。

以上，关于声音磨练的三种基本的练习法大致已经说过了。但这种练习，宜在教师的指导之下实行，要完全个人独

习,颇有困难之处。因为凡是技术,不能全凭讲义的说明而自习,都需要实地的指导。讲义的说明,不过是实技练习的一种补助而已。

学习唱歌,除了上述的三种练习必须勤修之外,还有几点不可不知的事,现在也得讲一讲。

凡美是由于真实而正确的技术而产生的。不真实不正确的技术,即使有人欢喜,一定不是正当的美。唱歌的材料是声音。故求声音的真实与正确是唱歌研究上的第一大事。世间有几种音乐,表面听来非常华丽悦耳,但其中没有真实与正确的技术,故其性质卑俗。对于艺术的理解力浅薄的人,往往爱唱那种华丽悦耳的音乐,而对于真实正确的基本练习,觉得枯燥无味而不愿实行。这是趣味的堕落,为艺术研究上的致命伤,须知真实正确的练习,一时虽若枯燥无味,但入门以后,即可感到深刻而广大的兴味,为那种华丽悦耳的音乐所万不能及。这时候你便发见走向艺术的国土的道程了。

音乐是耳的艺术,音乐的训练是耳的训练。唱歌虽然由于喉音,但喉音不过用为表现工具而已,歌声的正误与美恶,全靠耳朵来辨别,故唱歌仍是归根于耳的训练。以上所说的磨练声,可说是唱歌的乐器(喉)的用法的磨练。倘喉音健全而耳朵没有辨别力,终于不能唱出完美的音乐。故耳的训练是一切音乐训练的基本。训练耳力,除了多听以外没有别的办法。例如临音乐会,开蓄音机〔唱机〕,或听教师的范唱,都是耳力训练的良好的机会。但听的态度非认真不可,倘用听戏的态度,全以自己的娱乐为本,或仅依自己的偏好而取舍乐曲,则虽多听亦少利益。必注意倾听,用感情体验音乐的滋味,全不执着偏见而广泛地鉴赏一切的音乐,则其艺术研究的道程自会宽大而进步。现今最进步的蓄音机,其发音与真的肉声几乎没有差别。辨取世界著名的声乐家的蓄音片〔唱片〕,以为唱歌练习之助,比听教师的范唱当得更多的利益。

唱歌是人声的演奏,即以人的身体为乐器的。故唱歌者的身体的姿势,也是一项重要的练习。姿势不正当,犹如乐器的构造不良,便不能发出美的音乐。唱歌的正当的姿势,第一胸廓须充分张开,两手下垂,身体直立。练习时坐唱亦可,但总不及立唱的合理。故正式的出席唱歌,总是立唱的。及唱歌者的衣服,不宜太紧,胸部尤不可略有束缚。束缚则吸入的空气的分量减少,其唱歌即不自由。唱歌者的颜貌宜温雅而从容,口形宜略作微笑。唱歌中头的位置不可变动:发高音时不可把头仰起,发低音时不可把头俯下。手足亦不可动摇。但为求拍子正确,不妨用一足尖轻轻扣拍。——总之,唱歌者的姿势与态度,须十分郑重而认真,不可略有轻佻放浪之态。现今一般社会对于唱歌一事,视为一种游戏,因而取轻忽的态度。但他们是不解艺术,侮辱艺术。艺术上的唱歌,是严肃而尊贵的一种事业,我们应当取郑重而认真的态度去研究。

第五章　风琴与洋琴的奏法

一切器乐之中，最完全的莫如键盘乐器，即风琴与洋琴〔钢琴〕。因为它们既能自由地奏出旋律，又能自由地奏出和声。故学习器乐，以弹琴为主。风琴与洋琴，其构造的音色各异，但根本的弹法大致相同。即同是用十根手指按键盘而弹奏的。故两者可说是大同小异的乐器。

风琴有两种，即管风琴（pipe organ）与簧风琴（reed organ）。前者是由风通过管而发音的，后者是通过金属的簧而发音的。现今美国所称为风琴的，普通是指管风琴。我国普通所称为风琴的，是指簧风琴。管风琴组织极大，其音域之广不亚于洋琴。每音设一管，因管的长短粗细而分别音的高低。下部风箱的组织，和普通所用的簧风琴的相同。按键盘时，这键盘所属的管开放，下方风箱中吹出的风就通过这管而发出一定高低的某音。簧风琴，规模比管风琴小，音域亦较狭。每键下方有一片铜制的簧，因簧的长短厚薄而分别音的高低。按键的时候，这键所属的簧受风，即发一定高低的某音。簧风琴有大小各种。最小的约三组音（即三个 octave〔八度音〕），最大的约五组音。又有单簧双簧之别。双簧的音量较宏，音色较佳。

洋琴构造比风琴复杂。简单地说，是并张许多金属制的弦线，每弦设一槌，槌柄附着于键盘。按键盘，则槌打弦而发音。构造复杂，音的强弱变化也自由得多。故洋琴在独奏乐器中，占有最主要的位置。洋琴依形式而分为两种：其弦平张者曰平台洋琴，直张者曰竖台洋琴，但构造原理相同。洋琴价格比风琴昂贵。普通的洋琴，现值每架五百元左右。大的管风琴虽然也极贵，但数十元一具的簧风琴也已可用。在艺术上的地位，洋琴也比风琴为重要而正大。风琴在宗教乐时代盛行。但因为它的音色庄重而威严，宜于宗教乐而不宜于世俗的音乐。故自洋琴发明之后，风琴的用途就限于教会内，而世俗的家庭学校中都用洋琴了。近世的大音乐家，多数是研究洋琴的人。专为这乐器而作曲的人很多。例如罕顿〔海顿〕（Haydn）、莫扎尔德〔莫扎特〕（Mozart）、斐德芬〔贝多芬〕（Beethoven）、李斯德〔李斯特〕（Liszt）、勃拉谟斯〔勃拉姆斯〕（Brahms）和刚才所说的洋琴诗人晓邦〔肖邦〕等，都是近世最大的洋琴音乐家。

　　洋琴与风琴，在弹法上是大同小异的。现在我们先就弹琴所宜共通注意的要点说一说。

　　要学弹琴，第一要熟识正谱〔五线谱〕及其与键盘的关系。学习音乐，正谱当然非通不可。仅学唱歌，有时还不妨看看简谱；但学习弹琴，绝对不宜用简谱，非用正谱不可。因为正当的弹琴方法，是眼看乐谱而手按键盘。决不可先把乐谱读熟，然后眼看键盘而弹奏。惯用简谱的人往往犯这恶习，因而阻碍其进步。倘用正谱，即可免此恶习。因为正谱上的音符，以位置的高下来表示音的高下，与键盘的由低趋高相一致。看见谱表上高一位的音符，手指便可在键盘上向右移行一位，高二位的音，向右移行二位。即谱表与键盘在形式上有对照的关系。故习熟之后，眼睛看到谱表上的音符时，手自会在键盘上摸着相当的键板。即手与眼相关连而一致动作，为弹琴练习上最重要的技术。简谱是由意义表明音的高低（例如用数目字 1 表示 do，2 表示 re 等），在形式上不能与键盘相对照；又简谱不能记录重音及和声。故在弹琴上，宜绝对废弃简谱而用正谱。且必须熟达正谱与键盘的对照的关系。

青年们往往听见别人弹行进曲或舞曲，觉得好听，因而自己也发心学习弹琴。但是你们必须按照教则本〔练习曲本〕而从枯燥的基本练习学起，决不可直接从行进曲或舞曲练习。别人弹行进曲等弹得好听，正是他们的基本练习的辛劳的收获。你们决不能不劳而获。弹琴的教则本，是专门的技术家根据了自己学习经验，苦心编制而成的。一课一课的基本练习，难易适度，进行有序，都是循循善诱的教程。练习者应该绝对信仰而服从。一课弹练纯熟之后，方可进于次课。每次均须熟练，不可自由删节。

弹法上最根本的要事，是手的指法。正式学习弹琴，手须有一定的姿势，按键须用一定的手指。没有经过正式的训练的人，往往乱用手指，只求键板按得不错，而不拘用那个手指，最为恶习。这乱用手指的恶习养成之后，后来矫正非常困难。这恶习的来源，也是由于不肯依照教则本渐进而欲猎等先试有趣味的乐曲之故。倘能依照教则本而渐进，则手指的运用自能合于一定的规则。两手上的手指，都有一定的名称，即自大指至小指，顺次称为１２３４５，左右两手都如此。教则本中乐谱的上方或下方所注的１２３４５的数字，便是指法记号，并非do，re，mi，fa，sol的简谱。五指之中，４５两指平时运动最少，其筋肉最不灵敏。故弹琴时对于这两指的练习，尤宜注意。

音阶练习及五指练习，最为重要，可说是基本练习的基本练习。二者都是平均发展各指的能力的练习。音阶练习，左右两手的指法不同，不妨先把两手分别练习，然后合并弹奏。但在练习乐曲的时候，必须两手同时进行，决不可把两手分别练习。初弹时觉得困难，可把拍子放得极缓，徐徐练习。渐熟，而拍子渐渐加快。乐曲的缓急，有拍子记号及速度记号等规定者，宜依照所规定的速度而弹奏。五指练习及音阶练习等，以手法磨练为目的，则拍子越速越佳，但不可因过速而弹错。弹琴的人，胆欲大而心欲细，胆大则流畅而有生趣，心细则不致弹错。

流畅是纯熟爽快的意思，但拍子音符等仍须按照乐谱而正确弹出，不可任意缓急或擅加不必要的装饰音等。往往有未受正式的弹琴教养的人，欢喜在乐曲上漫附无谓的装饰音，最为恶习。很高尚的乐曲，常常被他们弹成恶俗不堪入耳的音调。《梅花三弄》等中国俗乐，其曲趣本来柔腻不振，演奏者又把它加上了华丽的装饰音，便更加油滑而难听。又有人弹琴，欢喜滥用八音，即常把左手的大指与小指按弹相隔八音的同名音，甚或左右两手皆弹八音。以致把乐曲的音量无端地增大，而乐曲中的音符都变成促音一般。这种都是游戏的弹法，最有伤害于音乐的美，而反认为增加音乐的美。但这是他们的音乐鉴赏力低下的原故。他们不能辨识崇高、优美、深刻等高尚的音乐美。而听到华丽、复杂、柔软、急速的音调，便以为是可贵的艺术。这犹之不懂色彩的调和对比的美，而专重五彩的复杂，显见其眼光的低浅。在前面也曾说过：美是由于正确而来的。不喜正确而喜油滑，不能得美而反得丑。油腔滑调的音乐，使听者感觉异常的不快，便是为了不正确而丑恶的原故。音乐技术最重正确。十九世纪世界大洋琴家褒洛〔毕罗〕（Hans von Bülow）教训学习洋琴的人说："洋琴家有三要事：一技术，二技术，三技术。"他的意思就是"由正确的方法，按正确的时间，而奏正确的音符"。这话可当作弹琴学习者的座右铭。

以上所说，是风琴、洋琴的学习者所宜共通注意的几个要点。两乐器构造既不同，弹奏上亦各有特殊的方法。现在再就两者的特殊的要点谈一谈。

风琴奏法的特殊点，是踏板的用法、音栓的用法及增音器的用法。这些都是洋琴奏法上所没有的。分述如下：

踏板的功用，是伸缩风箱，使箱内空气上通于簧或管而发音。故踏板的轻重与音的强弱有关。往往有弹风琴的人，两足合着乐曲的拍子而踏踏板，这是不良的习惯。因为在乐曲进行中，有时须把踏板重踏，以增加音量；有时须轻踏，以减少音量。养成了合拍子而踏足的习惯，便不能自由缓急轻重了。学弹风琴，宜在心中按拍，而两足专司踏板。两足踏下时的用力，普通宜大、宜深、宜缓。遇特别需要强大的音量时，可以加急。但踏板不可太急。太急，往往有发音粗杂之弊。

音栓（stop）。就是键盘上方乐谱下方的圆形木栓。这些栓的用度，是加润音色。拉出某一音栓，则风琴所发的音添加某种特殊的音色。弹琴者按着乐曲的性质拉出某几个音栓而弹奏，其乐曲便富生趣。音栓的数目无定。最小的风琴没有音栓。较大的风琴，有音栓自二个至二十个、三十个不等。各音栓位置的配列，亦没有一定。音栓头上附有文字，其文字为乐器名称或关于强弱的术语。弹琴者看了音栓的文字而选择应用。故音栓上的文字的意义不可不记诵。今将风琴上普通所用的音栓的名称及意义记述如下：

Melodia——清脆。

Viola——圆滑婉美，如微渥拉〔中提琴〕。

Viola Dolce——流丽、明朗，如微渥拉。

Vox Humana——发音颤动（不宜独用）。

Creble Coupler——弹中音部各音时，高音部的同度音与之联合发音。

Bass Coupler——同上，与低音部联合发音。

Flute——清朗，如笛。

Forte——强烈，雄壮。

Diapason——流动，平滑。

Dulciane——爽利。

Dulcet——弱而优美。

Piano——柔和。

Clarabella——柔弱而愉快。

最初练习弹琴，可不用音栓。弹乐曲的时候，可审乐曲的性质选用某几个，音栓不滥用，滥用则损失弹琴的趣味。

增音器（swell），位在膝的近旁。其作用是增大音量。小风琴上只有右方一个，较大的风琴则有左右两个。左方的增音器的作用等于全部音栓的作用。增音器用膝开闭。开闭方法有两种：一是渐开渐闭，二是急开急闭，都须视乐谱上的记号而实行。

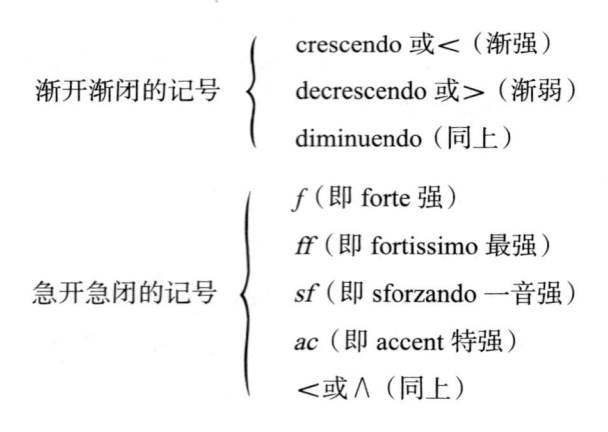

渐开渐闭的记号 $\begin{cases} \text{crescendo 或} < （渐强） \\ \text{decrescendo 或} > （渐弱） \\ \text{diminuendo（同上）} \end{cases}$

急开急闭的记号 $\begin{cases} f（即 forte 强） \\ ff（即 fortissimo 最强） \\ sf（即 sforzando 一音强） \\ ac（即 accent 特强） \\ < 或 \wedge （同上） \end{cases}$

踏板音栓及增音器，对于风琴音乐的表现上，有很大的关系。不善应用这三种机关的人，所弹的乐曲往往板滞。善于应用，其音乐就多变化而有生气。

洋琴奏法上的特殊的技术，是运指法及踏瓣的用法。

洋琴的键，构造与风琴不同，故按键的方法亦不同。风琴上的键只要按下便发音；洋琴上的键则徐徐按下不能发音，必稍用力一弹，内部的槌方始扣弦而发音。故弹奏洋琴，手指的运动更要活泼，须多作五指练习及音阶练习。五指练习实为洋琴练习的基本教练，凡是认真的教师，一定勉励学生勤修五指练习。但是练习的人，往往因为其困难而没有兴味，不肯用功；甚或闲却五指练习，猎等而进，以求有兴味的乐曲，其实反而损失了兴味。因为基本不固，弹奏任何乐曲都不能充分感得有兴味。

踏瓣位在洋琴的下部，奏者的两足的近旁，大都是铜制的两个瓣。右方的一个名曰 damper pedal〔制音踏板〕，又称曰 forte pedal〔强音踏板〕。左方的一瓣名曰 soft pedal〔弱音踏板〕。

Damper pedal 用右足踏下时，洋琴内部遏止弦音的机关不发生作用。因之弦线一经发音之后，继续振动而延长其余音，且同调弦的共鸣更加强大，使洋琴所发音有热闹的壮大的音色。右足离开踏瓣，则内部遏止弦音的机关依旧作用，音的振动经过相当时间即便中止。乐曲中欲发强大、豪壮的音时，用这踏瓣，其在乐谱上的记号即 ℘。音符下面附有这记号，即自这音起踏下右方的踏瓣，表示停止踏瓣的记号，如 ✱。音符下附有这记号。至此音右足离开踏瓣。即弹上述的两记号之间的音符时，右足须保留在右方的踏瓣上。踏瓣的用法须正确而敏捷。乐曲上没有注明上述的记号，不可滥用踏瓣。

Soft pedal 用右足踏下时，洋琴内部槌与弦的距离缩短，槌扣弦的力就减小，使洋琴发音微弱。乐曲中欲某数发音柔软时，用这踏瓣。其在乐谱上的记号是 Una Corda。停止的记号是 Tre Corda，或略作 T.C.。

要之，这两个踏瓣的作用，是使音加强或减弱，即 piano

与 forte 的自由表出。故洋琴弹奏者似用不到足,其实足的运动也很要紧。

洋琴音乐上还有种种特用的记号,也是学习所应该知道的。现在记述在下面:

- R. H. 即 　　Right Hand（英）　⎫
- M. D. 即 ⎰ Main Droite（法）　⎬ 用右手弹奏
- 　　　　 ⎱ Mano Destre（意）　⎭

- L. H. 即 　　left Hand（英）　 ⎫
- M. G. 即 ⎰ Main Gauche（法）　⎬ 用左手弹奏
- M. S. 即 ⎱ Mano Sinistra（意）⎭

- 2 Hands（英）　⎫
- 2 Handen（德）⎬ 独弹
- 2 Mains（法）　⎭

- 4 Hands（英）　⎫
- 4 Handen（德）⎬ 二人联弹
- 4 Mains（法）　⎭

2 Piano zu 4 Handen　两洋琴两人弹奏

洋琴弹奏的技术非常复杂。有时,在右方的键,因为右手无暇,须得把左手伸过去弹奏,其处的音符上即须加注 L.H. 等记号。反之左方的键要用右手弹奏时,须加注 R.H. 等记号。有时两人四手合弹一洋琴,有时两人两洋琴合奏一曲。可见近世的洋琴音乐非常进步而发达。

西洋乐器种类甚多，有弹奏乐器，吹奏乐器，打奏〔打击〕乐器，不下数十种。而洋琴在一切乐器中独占有特殊的地位。因为它构造复杂，音色优美，节奏鲜明，既能自由演奏旋律，又可完全演奏和声。别的乐器都没有像它一般十全的表现能力。提琴及管乐器只能演奏旋律。打乐器只能加强节奏。洋琴则兼备各器的优点。故洋琴有"乐器之王"的称号。复杂长大的洋琴演奏，听来无异于由数百人用数十种乐器而合奏的管弦乐。这实在可说是全能的乐器！所以外国的学校、团体、家庭，大都置备洋琴。近世的大音乐家，大作曲家多半是洋琴家；即使从事歌剧或提琴研究的人，也必从洋琴研究出发，或旁修洋琴音乐。故关于洋琴音乐的书，特别丰富。初学者往往欲选择而无从着手。普通学习洋琴的人，采用下列的几册书：（即初学宜用）

  F. Beyel：*Piano Method*

  Czerny：*op.139*

  Czerny：*op.639*

  Czerny：*op.848*

有相当基础后，可续弹较深的乐谱，即：

Sonatinen Album

Sonaten Album

第六章　提琴的奏法

在一切西洋乐器中，要算怀娥铃〔小提琴〕的演奏法为最困难。它的价值的要点，是发音的自然和音色的美丽。因为怀娥铃上的音的字眼没有规定而完全用左手的手指在弦线上摸出来，又用弓在弦线上磨擦而发音。故所发的音好像人的喉咙的唱歌声，非常自然。又怀娥铃的琴身的质地、形状和构造，都极讲究，使十分利于传导音响的振动而共鸣，故所发的音的音色非常美丽。琵琶能及得它么？不能。因为琵琶虽然也有四根弦线，但音的字眼用格子固定，又是弹拨弦线而发的音，其所发的音琐碎而不自然；且琵琶的琴身的制造不及怀娥铃的讲究，共鸣的效果不甚良好，故音色亦远不及怀娥铃的美丽。三弦和胡琴能及得它么？也不能。因为三弦虽然没有固定音的字眼为格子，但也是弹拨弦线而发音的，且共鸣作用也不及怀娥铃的精良。胡琴虽是用弓磨擦弦线而发音的，但其构造过于简单，不能演奏复杂的音乐，音色亦很粗陋。所以怀娥铃看似与琵琶三弦等相仿佛的乐器，但在音乐上的价值比它们高得多。同时演奏亦比它们困难得多。西洋乐器中最有独奏乐器的资格的有两种，即洋琴〔钢琴〕与怀娥铃。演奏的技法，怀娥铃实比洋琴更不易精通。学习洋琴只要指头灵敏，学习怀娥铃又要耳朵对于音的辨别力。故洋琴是手的乐器，怀娥铃是手与耳的乐器。缺乏先天的人，学习洋琴或别种乐器不过进步慢些，总有一点成绩可见；但学习怀娥铃竟全然不能入门。反之，倘是像萨拉萨推〔萨拉萨蒂〕的先天丰富的人，一旦遇着这乐器，就感到无上的兴味而猛进。技术愈是进步，兴味愈是浓厚，怀娥铃音乐的高深实在没有止境。这小小的乐器能载没有止境的高深的音乐，故其制造法当然很值得讲究，而非常困难。略举制造法的数点来说说：例如琴身的木箱，形状、体积和材料，对于共鸣作用很有关系，非精细研究不可。材料的选择尤为精细。制作这小小的乐器，须用到数种的木材。例如琴腹须用松木，取其疏松而利于传导音；响背板须用枫木，取其致密而可以紧固琴身。又如弓的木材，须用布拉齐尔地方特产的一种轻而坚致的木材，弓毛须用长短粗细相同的一种马的尾毛。其他各小部分，亦都根据一定的理由，选用一定的材料与制法。例如腹板两旁的 f 字形孔，不仅是一种装饰，而在传达弦线的振动的腹板上有重大的作用。又如木箱周围的一条黑线，也不仅是一种装饰。这黑线名曰"象眼木"，是在腹板与背板的周围刻了一道小沟，而用黑色的细木条填入的。有了这象眼木，腹板与背板的木质的振动受了限制，可以集中于箱内而作成强力的共鸣。——以上所举的，不过怀娥铃制造法上的数点，但由此已可窥知这乐器的制造的困难了。所以专门的怀娥铃制造者对于制造法须费长年的研究工夫，经过累代的改良进步，然后产出最良好的乐器。世界上制造怀娥铃最有名的国是意大利。

怀娥铃的起源远在于古代埃及，但怀娥铃本身是意大利人创造的。据说二千年前,埃及尼罗河地方有一个人名叫麦寇雷(Mercury)的,有一天在尼罗河畔散步,他的脚偶然蹴动了地上一种东西,发出锵然的美音。原来这是一只死久而干燥了的龟壳,因了壳内的空气的共鸣而发出美音的。他就模仿这龟壳的形状制造一种四弦乐器,名之为"拉伊亚"(lery)。这便是怀娥铃的远祖。后来这拉伊亚渐渐发达,到了十一世纪而形式一变,就称为"微奥尔"(viole)。这便是怀娥铃的近祖。到了一千五百二十年,有意大利人把微奥尔再加改良,成为现在的怀娥铃的形状,这便是怀娥铃的创生。怀娥铃的真的生命与价值,是意大利人所赋与的。因为微奥尔像琵琶一样,有划分音的字眼的格子,意大利人开始把这些格子除去,而改造为没有格子的怀娥铃。当时世人都非笑他们,以为没有格子是不便于演奏的。其实这正是怀娥铃的特色。没有了格子。在演奏法上固然困难得多,但发音自然而变化丰富,从此这乐器一跃而占有一切乐器中最高位置了。

故意大利是怀娥铃的故乡。十六世纪时,意大利制造怀娥铃的名匠辈出,供给最优良的乐器于世间,就中最有名的制造者有阿马谛(Amati,1596—1684),萨洛(Gasparo da Salò,1560—?),格尔内理(Guarneri,1640—1745),及前述的史德拉第伐利斯(Stradivarius)诸家。最后的史氏全家都研究怀娥铃制造法,在意大利诸家中最为著名。而史家诸人中研究最精的,便是前述的昂笃尼奥〔Antonio,安东尼奥〕。故昂笃尼奥是自来世界上最大的怀娥铃制造者。他曾经费了二十年的工夫,苦心研究怀娥铃的制造法。结果,他所作的怀娥铃质料最良，造法最精，因而发音亦最美。他是意大利克雷莫那〔克雷莫纳〕地方的人，因这原故，怀娥铃又称为"克雷莫那"。西班牙女王所赠与萨拉萨推的，正是世间最名贵的"克雷莫那"。

如上所说，怀娥铃的价值最高，制法最难。故表面看来好像是与琵琶、胡琴等同类的小小乐器，其性质却高贵得多。就其音乐而说，自来有无数大作曲家专为这乐器制作高尚艰深的乐曲。我们如欲把所有的怀娥铃名曲学习过，恐怕毕生的精力与时间亦不够用。就其乐器的价格而说，最普通的怀娥铃亦需数十元，良好的制品每具值价数百元。至如"史德拉第伐利斯"的怀娥铃，在现世差不多是无价之宝了。故西洋乐器中的怀娥铃，可说与中国乐器中的古琴相似。古琴音乐实际如何，在我们已不容易听到，但看见古书上所说，姜伯牙的鼓琴只有钟子期一人能知音，子期死了，伯牙不复鼓琴，可想见他的琴上所奏的音乐一定非常高深；又如所谓古桐琴，向来视为一种稀世的珍品。关于西洋的怀娥铃，虽然没有这样神秘性的逸话，但世界所最知名的，在欧洲空前绝后的怀娥铃大家也只有二人，即前述的西班牙的萨拉萨推和比他早半世纪的意大利人巴格尼尼〔帕格尼尼〕（Niccolò Paganini，1782—1840）。读过《孩子们的音乐》（开明书店版）的人一定记得巴格尼尼在皮鞋上张四根弦线，当作怀娥铃而奏出微妙的音乐的逸话。这逸话也已有些不可思议了。萨拉萨推自作一曲怀娥铃名曲，名叫《流浪音乐》〔《流浪者之歌》〕，即 Zigeunerweisen。这乐曲音节非常复杂，拍子非常急速，非有充分的训练的人不能演奏。现今世间的人所演奏的，已比萨拉萨推自己演奏的拍子放缓二倍，然而现在的人还是嫌它过于复杂迅速。回想萨拉萨推自己的演奏，一定是变化迅速而神出鬼没的。萨拉萨推以后，世间没有出现过可以匹敌他的第三个怀娥铃大天才呢。

现在我们要谈一谈关于学习法的话了。学习怀娥铃，第一要认识乐器的性质与价值，而作相当的准备。颇有些爱好音乐的人，因为不曾明白怀娥铃的性质与价值，而轻易地选习这乐器，这种人在我看来是明明地向着失败而进行的。他们既没有相当的先天，又没有充分的忍耐力和时间，他们想在课余，业余花费少量的劳力和时间而换得音乐的享乐。倘然他们所选的乐器是较容易的东西（例如曼独铃〔曼陀林〕或口琴），或者可以相当地达到他们的目的；但倘轻易地选习了怀娥铃，他们的练习将来一定要受困难的障碍而半途废止。故学者的准备，第一是要检点自己是否有相当的先天，即指的能力与耳的能力。这一点自己或者难于正确判别，宜请求怀娥铃的先辈的试验与忠告。倘然先天不甚丰富，还是舍弃这最难的乐器而另选较轻便的乐器。第二须准备相当的时间而下一个极大的决心。时间每日至少须有一小时，不可间断。但所谓一小时，不是确数的一小时，非有些余裕不可。譬如你两点钟下课，三点钟又要上课，其间空闲的时间确数虽有一小时，但是除去休息和预备等，总要打一个七折，则练习时间的净数不过半小时多一些，故一小时的音乐练习，其实须有两小时的空闲的准备，方始从容。好学的青年往往打如意算盘，预备在一个暑假中要读完若干本书，但到了开学的时候，往往大失所望，而感到懊丧。这就是计算时间过于精确而忘却了余裕的必要之故。练习怀娥铃比较读书更费精力，故时间的余裕非更加充分不可。在元气不甚旺盛的人，两小时的课业中间的一小时空闲，实在不宜于练习怀娥铃。倘勉强支撑，一定不能持久，且有妨碍于练习的进步。练习之前须有相当的休息以涵养其精力，练习之后又须有相当的休息以恢复其疲劳。则练习的时间即使不长，效力一定显著。

既然有了充分的准备而开始练习了，须得注意这二事，即第一是须用正确严格的态度而从事练习，第二是须亲近其他的音乐以辅助怀娥铃音乐的进步。

正确是音乐技术修练上最必要的一种精神。练习怀娥铃这至难的乐器，开始时尤须正确。除音的长短与音的高低当然要正确外，又有演奏姿势与指法、弓法，均要求绝对的正确与严格。演奏姿势就是身体的态度，琴身的持法，指的按法，弓的移动的方法等。这些都有一定的规则。故学习怀娥铃的人，最初须对着镜子而练习。从先生得着指导之后，自己又须时时向镜中检点自己的姿势是否正确。指法就是左手上除大指以外的四根手指的运行的练习。进步以后，关于指法有专门的练习书。但初学时的基础先非正确稳固不可。指法除了服从练习书上所注明的以外，还有种特殊的应放应抑的方法，须实地从先生学习。这种特殊的方法看似不堪重要，其实对于技术的进步上很有关系。故怀娥铃不能完全独修。闭门造车，一定不利于将来的进步。弓法就是右手的弓的运行法。进步以后，关于弓法也有专门的练习书。初学所应修的基础，最重要的是弓的用力的轻重与弓的移动的方向。用力的轻重与发音的强弱有关，方向的正确与否与音色的美恶有关。这完全是右腕的筋觉的练习。筋肉习惯于正确的活动之后,即能在弦线上自由的奏出正确美丽的音了。初学者更有要正确地实行的事,是对于练习课的熟达。凡练习一课,必须练得全部精通纯熟,奏起来毫无一点停顿疑逗之处,然后进而练习其次的一课。练习书上的课程,是怀娥铃的先辈根据了他的经验和必然的顺序而编制的,学者必须逐课纯熟练习。一课的技法未曾练习纯熟,决不可贪快而遽习其次的一课。各课都有联络的关系,对于一课的技法未曾体得,不能进而修得其次的一课的技法。故贪快而急进的人,其进步反而迟滞了。又有初学者不肯照练习书依次渐进,擅自删略自己所不欢喜或困难的课程,而专选富有兴味的小曲风的课程,这是怀娥铃学习上大忌的一事。一般人的见解,往往视音乐为娱乐的东西,以为弄音乐可以全不费力而获得陶醉与享乐。但在具有正当的音乐训练的人,一定确信音乐训练是非常刻苦而严肃的一事。它当然有兴味,但不是像他们所想的一种浅薄的兴味,而是用刻苦与严肃的奋斗而换得的一种深刻的兴味。浅薄悦耳的兴味,是下流的音乐的所有物。音乐的价值越是高贵,其所含的理性越多,即练习与鉴赏时需要的困难越多。一个音乐的初学者不肯依照正确的练习书而刻苦用功,而一味追求满足自己的兴味的乐曲,他明明是自己阻碍自己的进步。因为他没有经过训练,他自己的兴味是浅薄的,能适合他自己的兴味的乐曲一定是浅薄的音乐。固执己见,从此不能从事于高尚的音乐了。初学者应该胸中毫无成见,而以极谦虚的态度而恪守练习书的课程。这是练习上第一要注意的事。

第二要注意的事是亲近其他一切音乐以辅佐怀娥铃音乐的进步。前面已经说过，怀娥铃是并用手和耳演奏的乐器。因为怀娥铃上的音的字眼没有格子规定，全靠演奏者用自己的左手的四根手指去摸出来。手指是听命于耳朵的。耳朵对于音没有正确的辨别力，手指决不能摸出正确的音的位置。故学习怀娥铃须训练耳朵。换言之，学习怀娥铃的人不可专弄怀娥铃，应该预习或旁修其他的音乐，例如学习唱歌，听各种的演奏或听蓄音机〔唱机〕等。凡对于耳的音乐的训练有补益的事，学怀娥铃的人都宜亲近。初学者多习唱歌及听赏，可使手指所按的音正确。进步的怀娥铃学习者多听别人的演奏，可以帮助他的技术的上进。我有好几个朋友对于怀娥铃已修得相当的技术，他们自己说，他们曾从蓄音机上获得不少的帮助。——因为在中国，听怀娥铃或其他音乐演奏的机会是很少的。

怀娥铃同类的乐器有四种，形体最小的是怀娥铃，稍大的叫做"微渥拉"〔中提琴〕（viola），更大的叫做"赛洛"〔大提琴〕（cello），最大的叫做"倍斯"〔低音提琴〕（bass）。这四种乐器构造是完全同样的，不过形体大小不同，故音乐者称它们为"弦乐四姊妹"。怀娥铃独似最小的妹妹，但是她的才华最丰富，发音最明亮，表现最雄辩。虽然其他的三者也都可独奏，但在音乐演奏上，以怀娥铃独奏为最正大而最盛行，便是为了其最雄辩的原故。这四者都是"磨擦弦乐器"，即用弓磨擦弦线而发音的。此外还有"弹弦乐器"，即由指甲弹拨弦线而发音的。弹弦乐器的价值不及怀娥铃的高尚，学习起来也不像怀娥铃的困难。爱好音乐的人想学一种弦乐器而没有充分的准备，不宜选习怀娥铃而大可选习弹弦乐器。弹弦乐器中最普通的是曼独铃（mandolin）与奇塔〔吉他〕（guitar）。曼独铃也是四弦的（两根合成一组，共八根弦线）。奇塔有六弦，故可称为六弦琴。这等乐器学起来不费多大的劳力，但也可获得相当的音乐的陶冶。普通音乐爱好者的选习这种乐器，最为轻便而稳妥。

第七章　口琴的奏法

一、口琴的种类

口琴有单音复音两种。单音的只有八孔、十孔，或十二孔，只能作小儿的玩具，不能奏复杂的乐曲。复音的每孔有两层，发音宏亮。现在所谓口琴，便是指复音口琴。

复音口琴有二十一孔的，二十三孔的，二十四孔的，以至二十八孔的。普通适用的，是二十一孔或二十三孔的口琴。

此外还有重音口琴、半音阶口琴等，普通不用。大规模的口琴合奏中往往用之。

本书读者欲购置口琴，可买二十一孔或二十三孔的 C 调口琴。牌子有种种，"真善美"牌子甚通行。但别的牌子也可用。

二、口琴演奏的姿势

口琴的拿法，各人略有不同，但大概相同。普通的拿法，先将口琴两端放在两手的大指和食指间。然后左手指弯转来，覆护琴面。最后右手指弯转来，包住左手指端，如第三十一图。

第三十一图

吹口琴时，两唇衔住口琴不可太紧，须使口琴可以向左右自由活动。身体或坐或立皆可。胸部宜挺起，则肺部呼吸自由，呼吸有力。倘立奏，则左足立停，右足稍微踏出，作体操中"少息"姿势，最为相宜。

三、口琴的乐谱

口琴曲不用五线谱而用简谱。简谱用 1 2 3 4 5 6 7 七个字构成。

高音的在其上方加一点（再高则加二点）。低音的在其下方加一点（再低则加二点）。故二十一孔的口琴上各音的写法如下：

$\dot{1}\dot{2}\dot{3}\dot{4}\dot{5}\dot{6}\dot{7}$ 1 2 3 4 5 6 7 $\underset{.}{1}\underset{.}{2}\underset{.}{3}\underset{.}{4}\underset{.}{5}\underset{.}{6}\underset{.}{7}$

简谱音符历时的长短，以划及点为记号。普通有下列数种：（假定 — 为一拍）

    1 — — —（四拍）   1 — —（三拍）

    1 —（二拍）   1（一拍）

$\underline{1}$（半拍）　　　　　　　$\underline{1}$（四分之一拍）

$\underline{\underline{1}}$（八分之一拍）

倘在音旁加点，则加长原音之半，其点叫"附点"。普通附点音符如下：

1·（一拍半）　　　　　　$\underline{1}$·（四分之三拍）

$\underline{\underline{1}}$·（八分之三拍）

休止符用 0 表示。历时长短也有种种，其表示法同上。即：

0———（休四拍）　　　　0——（休三拍）

0—（休二拍）　　　　　　0（休一拍）

$\underline{0}$（休半拍）　　　　　　　$\underline{0}$（休四分之一拍）

$\underline{\underline{0}}$（休八分之一拍）

口琴乐谱头上，有分数写在左角，即如 $\frac{4}{4}$，$\frac{2}{4}$，$\frac{3}{4}$，$\frac{6}{8}$，$\frac{2}{2}$ 等。这些是拍子记号。其意义如下：

$\frac{4}{4}$ 每小节四拍，以四分音符（即 1）为一拍。

$\frac{2}{4}$ 每小节二拍，以四分音符为一拍。

$\frac{3}{4}$ 每小节三拍，以四分音符为一拍。

$\frac{6}{8}$ 每小节六拍，以八分音符（即 $\underline{1}$）为一拍。

$\frac{2}{2}$ 每小节二拍，以二分音符（即 1—）为一拍。

今举《义勇军进行曲》中一句为例，注明拍子如下：初学者可以举一反三。

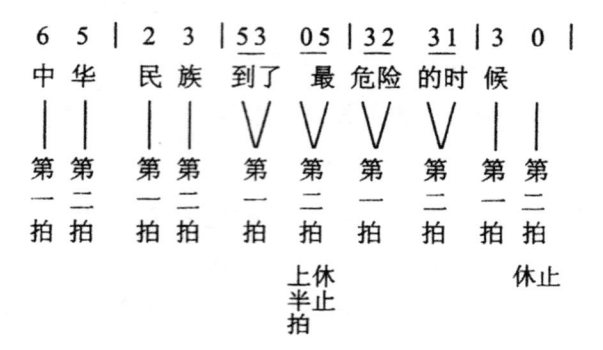

```
6  5 | 2  3 | 53  05 | 32  31 | 3  0 |
中  华   民  族   到了 最    危险 的时   候
|  |    |  |   V  V   V  V   |  |
第  第   第  第   第  第   第  第   第  第
一  二   一  二   一  二   一  二   一  二
拍  拍   拍  拍   拍  拍   拍  拍   拍  拍
              上休         休止
              半止
              拍
```

四、口琴的音阶

风琴上的键板，是1234567顺次排列的。口琴则为了便于伴奏（理由见后第六节）的关系，只有中央一组大都顺次排列。

左方（低）右方（高）的各组中，七音时有颠倒。这是初学口琴时最感困难的一点，须得久后方能习惯。

今将二十一孔及二十三孔口琴上各音的位置注明如第三十二图。有 S 的地方，表示顺序颠倒。写在孔的上格的表示

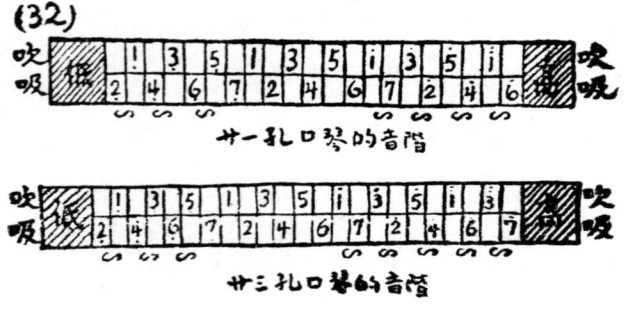

第三十二图

吹，写在孔的下格的表示吸。

五、单音的奏法

单音奏法，是口琴学习的初步。旧法两唇作小圆孔，对准某一两孔而吹吸。但此法不佳，其理有二：一者，如此吹吸，发音不宏亮。因为口洞太小，空气进出分量很少。二者，惯用此法，将来吹吸伴奏时须另换口的姿势，很不便利。因此，新式的单音奏法，两唇并不作小圆孔对准某一琴孔，而用舌将左方的琴孔舐住，仅留出最右方的琴孔通气，这样地吹吸起来，所发的音便是最右方一琴孔的音，而发音宏大。其姿势如第三十三图。

最初练习单音奏法，是练习音阶。先就中央的一音阶，即 1 2 3 4 5 6 7 1̇ 八个字，顺次由低向高，再回转来由高向低。务使唇右角的通气孔，对准所欲奏的琴孔，而用舌头精密舐住其余的琴孔，勿使发音。由此更进一步而练习伴奏，最为便利。

第三十三图

六、伴奏加入法

伴奏，就是用三个字音去陪伴一个音。这三个音叫做"和

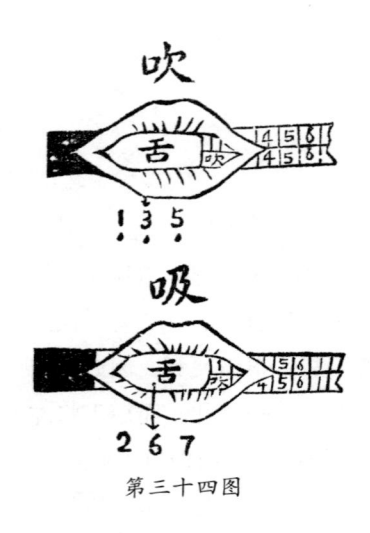

弦",这一个音叫做"单音"。例如用１３５三个音(和弦)去陪伴 $\dot{1}$ 音(即１３５三音和 $\dot{1}$ 同时响出),即成伴奏。

照和声学的理论,１３５三个音同时响出,无论其顺序如何(例如１３５,３５ $\dot{1}$,５ $\dot{1}\dot{3}$ 等)都是谐和的。故可作为和弦。

２４６７四个音中,任何三个音同时响出,也很谐和。例如 ２４６,４６ $\dot{2}$,６ $\dot{2}\dot{4}$,７ $\dot{2}\dot{4}$ 等便是。惟６７两字同时响出,稍感不调和。但轻轻的响出,亦无妨碍。

第三十四图

口琴就应用这和声学的理论而作伴奏。琴孔的顺序时有颠倒,正是为此。

伴奏之法,将两唇深深地衔住口琴,务使含住七个琴孔。如第三十四图。然后用舌将左边的六个琴孔舐住。

但使最右方的一琴孔发单音。正在吹奏单音时,忽然将舌头缩回一下,其时左方的六个孔(三个音)忽然同时响出,即１３５一和弦,去陪伴那单音。但舌头缩回一下,立即舐住,故伴奏所占时间不长,大约为单音的三分之一。如此,音乐仍以单音为止,而其中跟着和弦的伴奏,仿佛加了一种装饰,听来更加复杂繁华而美丽。

乐谱中要加伴奏的地方,用∧为记号。不加此记号的地方，不准加伴奏。（有时在不准加伴奏的地方用 C 记号。但不加任何记号亦可。）

伴奏时间加上的时候，用 ∧——记号，名曰"空气伴奏"。此时舌头长期缩回，使四个音（七个孔）长期一同响出，至曲线完结而止。

七、重音奏法

重音之理比伴奏简单。1 与 $\dot{1}$，2 与 $\dot{2}$，3 与 $\dot{3}$，4 与 $\dot{4}$……同时响出，就叫做重音。

奏重音时口须更加张大，衔住八个琴孔或九个琴孔。吹的时候（例如 1 与 $\dot{1}$）衔住八个琴孔，吸的时候（例如 2 与 $\dot{2}$）则须衔住九个琴孔。用舌将中央各孔舐住，仅留口角两孔发音，即成重音。如第三十五图。

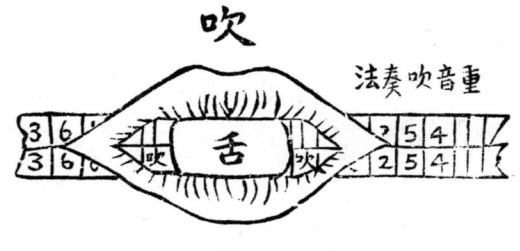

第三十五图

口琴曲中须奏重音时，所用记号如下：

Octave……或 Oct……或 8……或 8va……

点线表示重音的范围。奏到点线完了处，线停止重音。

第八章　近世音乐简史

音乐在十八世纪以前，长期地受宗教的拘束，世俗音乐全无可观。十八世纪初德人罢哈〔巴赫〕（Bach）出世，方始有独立的音乐艺术。此后名家接踵而起，音乐一日千里地发展，直到今日。故音乐史上最重要的一部分是近世史，即自十八世纪前半至十九世纪后半之间的音乐史。

近世音乐可分为前后两期，前期是古典派音乐，后期是浪漫派音乐。两者的区别约言之，古典派音乐注重形式，表现纯粹的音乐美，绝对音乐就是这派的产物。浪漫派音乐注重内容，表现深刻的精神生活，标题音乐就是这派的产物。现在把两派分述如下：

一、古典派音乐

古典派可分为前后二期：前期为古典派复音乐，后期为古典派单音乐。复音乐〔复调音乐〕是宗教音乐时代的作曲法。其法每曲有两个以上的独立的旋律，同时相并而进行。单音乐〔单声部音乐〕是近世器乐勃兴之后所改用的作曲法，其法每曲只有一个可以独立的主要旋律（常在高音部），其余的都是辅佐这主要旋律的和声，不能独立，像现今学校中的二重唱、三重唱等便是一例。

古典派复音乐有二大作家，即罢哈与亨代尔〔亨德尔〕。

罢哈（Johann Sebastian Bach，1685—1750）是德国人，他是救音乐脱离宗教的桎梏而独立的人，故有"音乐之父"之称。音乐之父有子甚众，其第三子爱马纽尔·罢哈（Emanuel Bach，1714—1788）也是大音乐家，为后来的浪漫派的先驱。

罢哈在音乐上是多方面的天才，关于声乐、剧乐（神剧）、风琴、洋琴〔钢琴〕、怀娥铃〔小提琴〕、管弦乐都有杰作。他发明洋琴的弹奏的指法。（本来洋琴弹法很幼稚，仅用四指，罢哈始加用拇指）又发明"十二平均律音阶"——就是现今洋琴风琴所用的音阶。但最伟大的事业，是复音乐作曲法的改进。他废止宗教音乐时代所行的乐曲形式——即所谓"卡浓〔卡侬〕"（canon），而改用"覆盖〔赋格〕"（fugue）及"托卡塔〔托卡塔〕"（toccata）等最高的复音乐形式。罢哈的 fugue 在今日还是音乐上的珍品。

与罢哈同时同国的，还有一位古典派复音乐大家，便是亨代尔（Georg Friedrich Händel，1685—1759）。亨代尔是古今最大的神剧（oratorio 是关于宗教事迹的一种歌剧）作者。其中《救世主》（Messiah）被称为不朽之作。但他的伟大的事业，是声乐法与管弦乐法的展进。他的管弦乐法与罢哈的大异。接近于后来的单音乐，复音乐从此渐渐衰沉。

单音乐代替复音乐而发达。其原因在于器乐的勃兴。罢哈以后，洋琴已发达完成，怀娥铃技术，管弦乐演法，皆显著地进步，因此音色变化复杂，无须再作艰涩的复音乐了。单音乐的先驱者，前已说过，是罢哈的第三子爱马纽尔和意大利的克雷门谛〔克莱门蒂〕（Muzio Clementi，1752—1832）等。其完成者有三大家，即罕顿〔海顿〕，莫札尔德〔莫扎特〕与裴德芬〔贝多芬〕。

罕顿（Franz Joseph Haydn，1732—1809）是奥国一个车匠司务的儿子，六岁时就发露音乐的天才。一生专研器乐，发表十二大交响乐，音乐史家称他为"交响乐之父"。

莫札尔德（Wolfgang Amadeus Mozart，1756—1791）也是奥国人，一个在世仅三十五年的短命天才。五岁时，就随父演奏旅行，见者皆叹为神童。十二三岁时开始作曲。所作以器乐曲为主。他的朔拿大〔奏鸣曲〕比罕顿的更为进步。他的四十九个交响乐中，以"G短调〔小调〕"及"C长调〔大调〕"（即周彼德〔朱必特〕）交响乐为最著名。

裴德芬（Ludwig van Beethoven，1770—1827）是近世最伟大的乐圣，晚年两耳全聋，而其九大交响乐中的最大的杰作《第九交响乐》，却在全聋的时期中制作，好像是有神力的。他的作品，除九大交响乐以外，主要的是朔拿大，四重奏序曲，竞奏曲〔协奏曲〕等。就中《月光朔拿大》〔《月光曲》〕（*Moonlight Sonata*），《克罗伊采尔朔拿大》〔《克莱采》〕（*Kreutzer Sonata*），《悲怆朔拿大》〔《悲怆》〕（*Sonata Pathetique*）等为最著名。他的乐风的特色，是注重精神生活的表现，故其作品超越于形式美之上，有深入肺腑感人力。他是模范的标题音乐的作者，又是近世古典派音乐的桥梁。

二、浪漫派音乐

浪漫主义是热情的、主观的。故浪漫派音乐尚清新，贵独创，有不拘形式的倾向。裴德芬以后的浪漫乐派，荟聚于德法

浪漫乐派 {
　初期 { 修裴尔德〔舒伯特〕（Schubert，德）
　　　　　韦伯（Weber，德）
　成熟期 { 孟特尔仲〔门德尔松〕（Mendelssohn，德）
　　　　　　修芒〔舒曼〕（Schumann，德）
　　　　　　晓邦〔肖邦〕（Chopin，波兰）
　向现代的过渡期 { 裴辽士〔柏辽兹〕（Berlioz，法）
　　　　　　　　　李斯德〔李斯特〕（Liszt，匈）
}

二国。其中最大的天才有七人，可分为三时期如下：

修裴尔德（Franz Peter Schubert，1797—1828）被称为"歌曲之王"。以前的作家竞作长大的乐曲，他独能发见短小的歌曲的价值，一生所作共有八百余名曲。就中《听呀！听呀！那云雀》（*Hark，Hark，The Lark*），《野蔷薇》（*Heidenröslein*），《魔王》（*Erlkönig*）等传诵最广。但他也作大乐曲，有交响乐十曲，和洋琴朔拿大〔钢琴奏鸣曲〕，弦乐四重奏各二十余曲。其中《未完成交响乐》（*Unfinished Symphony*）和《C长调交响乐》最为著名。他是生涯坎坷的短命天才，于《未完成交响乐》的制作中死去，但其作品却能成为杰作，至今常在世间开演，也

好像是有神力的。

韦伯（Carl Mariavon Weber，1786—1826）是浪漫派歌剧的建设者。十二岁时已能作歌剧。一生杰作甚多，其中有《自由射手》（Der Freischütz）一剧最广受世人的欣赏。剧中的音乐被选拔出来，施行于各种器乐上，口琴曲中也有《自由射手》的偏曲。他的乐风的特色，是打破形式而注重感情表现。他采用民间音乐作为曲的基础，使音乐的效力广被于民众，尤为现代音乐的先驱。

孟特尔仲（Felix Mendelssohn Bartholdy，1809—1847）全生涯是幸福，其作品也异常美丽可爱。所作洋琴曲《无言歌》（Song Without Words）尤为清新粹美，可说是浪漫音乐成熟期绝顶的产物。序曲《仲夏之夜的梦》〔《仲夏夜之梦》〕（Midsummer Night's Dream）也是脍炙人口的音乐，这是他十七岁时所作的。

修芒（Robert Schumann，1810—1856）为浪漫色彩最丰富的作家。他的生活非常浪漫，曾经失恋，流浪，图自杀，终于癫狂而死。他的作风如其生活，奔放而热狂。洋琴曲《蝴蝶》（Papillons），《谢肉祭》〔《狂欢节》〕（Carnaval），《梦幻》（Traumerei）等，为最脍炙人口的小品。也可以代表他的乐风。

以上四人，是德意志风的浪漫乐家。总括各人的特色：修裴尔德是歌谣式的，美的。韦伯是描写的，民乐的。孟特尔仲是技巧的，爱情的。修芒是诗的，热情的。

以下三人是法兰西式的浪漫乐家。

晓邦（Frederic François Chopin，1810—1849）是波兰人——亡国之民，其音乐中充满着忧愁悲哀的感情，洋琴曲"夜乐"〔夜曲〕（nocturne）可说是他的代表作。他平生喜穿黑衣服，又喜在晚上或暗室中弹洋琴。这种特殊的生活都反映在他的作品中。所作洋琴音乐甚多且美。享年只有三十九岁，也是一位短命天才。

裴辽士（Hector Louis Perlioz，1803—1869）是法国乡村间一位医生的儿子，由医学转入音乐，一生潦倒，多愁多苦不亚于修芒。所作交响乐最有特色，后人称他为"交响诗人"。他研究管弦乐法，大著进步。又用全然独创的方法制作交响乐，在曲中加以文词的标题，说明曲所描写的事象，称之为"交响乐诗"（symphonic poem）。其中像《幻想交响乐》（*Symphony Fantastic*），《在意大利的哈洛尔特》〔《哈罗尔德在意大利》〕（*Harold en Italie*）为最著名的作品。他是现代标题音乐的勇敢的先锋。

李斯德（Franz Liszt，1811—1886）是匈牙利人，其作品中最有名的是《匈牙利幻想曲》〔《匈牙利狂想曲》〕（*Hungarian Rhapsodia*），这是由匈牙利民谣的旋律来改作的。此外有交响乐，交响乐诗，乐风都很奇拔。李斯德与裴辽士的音乐，在浪漫乐中另树一帜，论者说这二人是浪漫派中的异端者，现代标题音乐的有力的指导者。十九世纪后半以来的音乐，皆自这两人的作品风出发。